HEYNE <

Zum Buch

Gut ein Jahr nach den dramatischen Geschehnissen in *Trias* haben sich die Gegner des umstrittenen Geheimvertrags der Großmächte neu formiert. Eine internationale Terrorgruppe mit Namen Hexagon operiert mit Unterstützung des venezolanischen Geheimdienstes aus Europa heraus. Ihr Ziel ist die Schwächung der Volkswirtschaften der drei TRIAS-Länder durch gezielte Anschläge auf deren Wasserversorgung. Ein Kamikazepilot tötet Hunderte Touristen an den Niagarafällen, ein Wolgastaudamm wird zerbombt; es wird ein Blausäureanschlag auf das Gezeitenkraftwerk in Saint-Malo verübt; und in Kabul sterben bei einem diplomatischen Empfang Dutzende Abgesandte der alliierten ISAF-Schutztruppen. Pate des Widerstands ist Victor Rodriguez, der als Präsident Venezuelas einer linken Regierung vorsteht und auf die vermeintliche imperialistische Vorherrschaft der USA mit Enteignungen amerikanischer Öl- und Wasserkonzerne reagiert. BKA-Spezialagent Markus Croy ermittelt unter Hochdruck und gerät dabei selbst ins Fadenkreuz von Hexagon.

»Kayser ist drauf und dran, in die John-le-Carré-Liga der besten Real-Thrillerautoren aufzusteigen. Das liegt vor allem an der präzise recherchierten Kulisse der weltweiten Schauplätze und einer wunderbar scharfsinnigen Detailgenauigkeit.«

Märkische Allgemeine Zeitung

»Eine brillante Idee.«

Dr. Klaus Töpfer, ehemaliger Direktor des Umweltprogramms der Vereinten Nationen

Zum Autor

Marc Kayser wurde 1961 in Potsdam geboren. Neben dem Studium an der Hochschule für Politik in München war er viele Jahre lang als Autor bei der Süddeutschen Zeitung, Financial Times Deutschland, DIE ZEIT, Die Weltwoche sowie verschiedenen Sendern und TV-Produktionen tätig, bevor er sich dem Romanschreiben zuwandte. *Trias* war sein erster Roman um Sonderermittler Markus Croy, derzeit arbeitet er an der Fortsetzung von *Hexagon*. Besuchen Sie Marc Kayser im Internet unter www.marckayser.de

MARC KAYSER

Hexagon

Thriller

WILHELM HEYNE VERLAG
MÜNCHEN

FSC
Mix
Produktgruppe aus vorbildlich
bewirtschafteten Wäldern und
anderen kontrollierten Herkünften

Zert.-Nr. SGS-COC-1940
www.fsc.org
© 1996 Forest Stewardship Council

Verlagsgruppe Random House
FSC-DEU-0100
Das für dieses Buch verwendete
FSC-zertifizierte Papier *Holmen Book Cream*
liefert Holmen Paper, Hallstavik, Schweden.

Originalausgabe 05/2009

Printed in Germany 2009
Umschlagfoto: © plainpicture/Oscar; © AAGAMIA / Getty Images
Umschlaggestaltung: Init GmbH, Bielefeld
Illustrationen: Jan Heidebreck
Satz: KompetenzCenter, Mönchengladbach
Druck und Bindung: GGP Media GmbH, Pößneck
ISBN: 978-3-453-43303-8

www.heyne.de

Ich mache meinen Job nicht, weil ich an das Gute glaube, sondern weil das Böse mich fürchtet.

Markus Croy

Der Inhalt dieses Buchs ist ein Produkt meiner Fantasie. Jede noch so winzige Ähnlichkeit mit lebenden oder verstorbenen Personen ist unbeabsichtigt und wäre rein spekulativ. Spekulationen sind irrational und führen demzufolge häufig ins Nichts. Das gilt auch für Rückgriffe auf Vergangenheit und Gegenwart. Auch deren Schilderungen und Schlussfolgerungen sind rein fiktiver Natur.

Wasser wird ein immer knapperes Gut. Weltweit haben mehr als eine Milliarde Menschen keinen regelmäßigen Zugang zu sauberem Trinkwasser. Immer mehr Staaten betrachten den Zugang zu Wasser als ein Sicherheitsinteresse und als Konfliktpotenzial.

Aus einer Studie der
Asiatischen Entwicklungsbank ADB,
A.D., 2008

Prolog

In einer Zeit, in der die Verknappung von Lebensmitteln, Wasser und Erdöl Auslöser für Kriege war, schlossen Deutschland, Russland und die USA einen Billionen Euro schweren Vertrag, der den Namen TRIAS erhielt. Darin teilten die drei Länder die Rohstoffe Sibiriens – und damit beinahe die Hälfte der auf der Erde existierenden Vorkommen an Erdöl, Erdgas, Gold und Diamanten – unter sich auf. Vor allem die aufstrebende Supermacht China, aber auch Indien und die Länder Lateinamerikas liefen gegen den Vertrag Sturm und versuchten mit allen Mitteln, TRIAS zu verhindern. Intrigen, Korruption und blutige Anschläge forderten auf beiden Seiten Tote. Dem deutschen Sonderermittler Markus Croy und dem amerikanischen CIA-Agenten Vincent Talo gelang es kurz vor einem bedeutsamen G8-Gipfel im November 2010, den Kopf der chinesischen Gegenwehr und den Chef eines internationalen Neonazi-Netzwerks auszuschalten.

Doch ein Jahr später haben sich die Gegner von TRIAS neu formiert. Ihr Ziel heißt Machtverteilung zugunsten neuer politischer Achsen, wirtschaftliches Chaos und die Eliminierung von Politikern. Eine blutige Ära des internationalen Terrorismus nimmt ihren verhängnisvollen Lauf.

Freunde und Feinde

Markus Croy	Spezialagent, deutscher Teamchef der TRIAS-Sicherheitsgruppe (T3)
Katja Kirchner	Journalistin
Vincent Talo	Special Agent der CIA
Maria Uljanowa	FSB-Agentin
Lucas Méndez	spanischer GOES-Agent
Lydia Sprado	deutsche Bundeskanzlerin
Stefan Wilkens	Kanzleramtschef
Eberhard Cromme	deutscher Innenminister
Viktor Komarenko	ukrainischer Präsident
Will Foxx	amerikanischer Präsident
Nicolai Andrejewitsch Saizew	russischer Präsident
Gheza Karvani	afghanischer Präsident
Konrad Kaltenborn	BKA-Präsident
Etienne Loire	Kommissarin der Gendarmerie Nationale
Victor Rodriguez	venezolanischer Präsident
General Rolando Cortez	Chef des venezolanischen Geheimdienstes DISIP
Miguel Herriero	venezolanischer Doppelagent

Colonel Manuel Timoco	Special Agent und stellvertretender Sicherheitschef des venezolanischen Geheimdienstes DISIP
Maxim Kislinsky	Chef des ukrainischen Geheimdienstes SBU
Sarbanar Al-Shawi	afghanischer Präsidentenberater
Hassan Al-Mouawi	militärischer Befehlshaber der Taliban in der Provinz Kunduz
Abdul Imam Rahman	Paschtune, afghanischer Taliban-Chef
Uwe von Bergen	ehemaliger RAF-Terrorist, deutscher Hexagon-Söldner
Thomas Falck	ehemaliger Staatssekretär im DDR-Wirtschaftsministerium, Head of Hedgefonds *Concord 1*

Teil 1

ORKAN

1

**Washington,
29. Januar 2012**

Peter Gordon Smith war als Politiker geradezu prädestiniert für eine amerikanische Bilderbuchkarriere. Er verteidigte die christlichen Grundwerte und genoss seine Freizeit bevorzugt im Kreis seiner Familie in seinem Haus im Grünen. Smith war der einzige Unterhändler des TRIAS-Vertrags, der den Anschlägen des chinesischen Geheimdienstes vor zwei Jahren entgangen war. Das Glück hatte ihm dabei zur Seite gestanden: Das Amalgamgemisch, versetzt mit Strychnin, landete deshalb nicht in seinem Mund, weil er direkt aus der Zahnarztpraxis von Dr. Weizman zu einem dringenden Termin abberufen worden war. Das Gift war zuvor von einer chinesischen Agentin angerührt worden, die sich als Zahnarzthelferin bei Weizman eingeschlichen hatte.

Der Vertragsabschluss zwischen Deutschen, Russen und Amerikanern hatte ihn eine weitere Karrierestufe höher gehievt: Er war von seinem Senatorenposten im Kapitol zum außenpolitischen Wirtschaftsberater des ersten farbigen Präsidenten Amerikas aufgerückt. Seit die Lateinamerikaner, an der Spitze Venezuela, zunehmend Probleme bereiteten und Washington mit immer rigideren Steuer- und Zollgesetzen auf ihre Waren düpierten, fuhr das Weiße Haus eine Strategie der harten Hand und drohte seinerseits mit neuen Zollschranken für südamerikanische Produkte. Sämtliche Vorlagen dafür entstammten der Feder von Gordon Smith. Er galt neben dem Außen- und dem Katastrophenschutzminister als mächtigster Berater Amerikas. Gordon Smith lebte mit seiner Frau Linda und den Kindern Florentine und Lance in einem prächtigen Haus im Washingtoner Vorort Alexandria. Er war ein Mann mit Prinzipien. Und zu denen gehörte, am Freitag Fisch zu essen und am Sonntag um zehn Uhr in die Washington National Cathedral, eine Episkopalkirche, zu gehen und mit seiner Familie das Abendmahl zu empfangen. Smith mischte sich hier unter das Volk, das aber meist nie mehr als siebzig Gläubige zählte.

Auch an diesem friedlichen Januarsonntag hatte Smith seine Kinder zur Eile angetrieben, seine Frau gebeten, sich nur maßvoll zu schminken, und sich selbst für einen unauffälligen schwarzen Anzug mit einem weißen Hemd entschieden. Um die schwarzen Locken im Nacken zu bändigen, hatte er sich eine Portion Babyöl in die Haare gestrichen. Smith war Anfang fünfzig, schlank, mittelgroß, mit einem auffälligen Muttermal unter dem linken Auge. Sein Gesicht war gebräunt, seine Zähne frisch geweißt.

Als Präsidentenberater standen ihm zwei Bodyguards zu, die sich allerdings beim Kirchgang stets dezent im Hintergrund hielten. Sie warteten bereits vor der Haustür auf ihn.

»Guten Morgen, Sir«, sagte der Stämmigere von beiden.

»Scheint ein wunderbarer Tag zu werden«, antwortete der Politiker.

»Oh ja, überraschend mild«, bekam er zur Antwort.

Smith sah ins Haus zurück. »Kommt Kinder, komm Linda, wir müssen los. Prediger Ludwig ist ein Mann mit Prinzipien. Ihr wisst, wer zu spät kommt, muss nach der Messe zusätzlich das Nizänische Glaubensbekenntnis beten. Und das wollt ihr doch nicht, oder?«

»Nö, extra Beten ist Kacke«, nuschelte der neunjährige Lance, boxte seinen Vater in die Seite und verschwand hinter den dunkel getönten Scheiben einer der beiden schwarzen Lincoln-Limousinen. Sein Vater drohte ihm mit dem Finger hinterher. Die elfjährige Florentine und seine Frau Linda verströmten, als sie an Smith vorbei zum Wagen gingen, einen Geruch nach frischer Minze.

Smith blickte seiner Frau mit lüsternem Blick nach. Kurz flammte in ihm die Erinnerung an die Hitze vergangener Nachtstunden auf.

Als er in die feinen Ledersessel seines Dienstwagens gesunken war, setzten sich die beiden Wagen in Bewegung. Seine Armbanduhr zeigte neun Uhr fünfundzwanzig. Er fühlte sich frisch und erholt.

Die zweitgrößte Kathedrale der USA befindet sich an der Kreuzung Massachusetts und Wisconsin Avenue im Nordwesten Washingtons. Über ein Jahrhundert lang war sie geplant, gebaut und verändert worden.

Hier hatte Martin Luther King Jr. gepredigt, hier waren die Präsidenten Eisenhower, Reagan und Ford nach ihrem Tod aufgebahrt worden. Die Kirche stellt eine Art Nationalheiligtum der USA dar und ist dementsprechend gesichert. Doch natürlich konnte nicht jeder der zahllosen Wasserspeier kontrolliert werden, diese Skulpturen dämonischer Mischwesen aus Mensch und Tier, die nur eine Aufgabe haben: über Wasserrohre Regen von der Außenfassade fernzuhalten.

Die Türme, Galerien und schmalen Gänge auf den Dachüberhängen waren für den Besucherverkehr freigegeben. Hier gelangte jeder problemlos zu den fratzenhaften Wasserspeiern, die allesamt mit ihren Mäulern hinunter auf den Vorplatz der Kathedrale glotzten.

Der Tross des Präsidentenberaters bog in schneller Fahrt in die Massachusetts Avenue ein, überfuhr lässig einen schmalen Grünstreifen und kam direkt auf dem Grundstück der Kirche, dem Mount Saint Alban, zum Stehen.

Als Erste verließen die beiden Kinder von Smith ihre Limousine und rannten ungestüm über den langen Kiesweg auf den

Eingang der Kirche zu. Unterdessen waren auch Gordon Smith und seine Frau Linda ausgestiegen und zupften noch schnell ihre Mäntel und Halstücher zurecht. Es war ein stiller Morgen, an dem Gottesdienstbesucher in sich gekehrt mit gefalteten Händen vor dem Haupteingang zur Kathedrale die milde Wintersonne genossen.

Jäh peitschten Schüsse über den Platz, zerrissen die beschauliche Stille. Funken stoben aus den schmalen Rohren der Wasserspeier. Abgehackte Garben aus Maschinenpistolen und die Schreie panisch flüchtender Gottesdienstbesucher hallten in der Kirche und auf dem weiten Platz wider. Die Kinder Florentine und Lance stürzten getroffen zu Boden, bäumten sich kurz auf und blieben dann zusammengekrümmt am Boden liegen. Ihr Blut breitete sich schnell unter ihnen aus und färbte das gelbe Kiesbett rot. Weitere Schüsse durchlöcherten die Flanken der schwarzen Lincolns, trafen ihre Reifen und zerstörten ihre Fensterscheiben. Wie gelähmt vor Entsetzen duckten sich die Bodyguards des Präsidentenberaters hinter ihre Lenkräder. Die Kirchenuhr sprang auf neun Uhr fünfundfünfzig. Die Glocken beider Türme begannen ohrenbetäubend zu läuten. Die nächsten Geschossgarben vermischten sich mit ihrem Dröhnen. Sie galten Linda und Gordon Smith. Smith hatte sich instinktiv auf seine Frau geworfen, um sie zu schützen. Er starb in einem Kugelhagel aus drei verschiedenen Wasserspeiern, der seinen Rücken und die Hüften zerfetzte. Seine Frau überlebte schwer verletzt und fiel augenblicklich in ein tiefes Koma.

Ein Geruch von Blut, aufgewirbeltem Staub und einem Hauch von Minze lag in der Luft. Wie Donner dröhnten die letzten Schläge der Glocken durch die Luft und verliehen der grausamen Realität einen Hauch von Todesmystik. Als sie verstummt waren, stand der Pfarrer, ein stämmiger Mann in einer Albe, unter Schock an der Kirchentür. Er weinte und hielt seine Hände anklagend zum Himmel empor. Die Personenschützer, endlich wieder zu sich gekommen, forderten über Bordfunk Hilfe an. Als die ersten Krankenwagen und Autos mit FBI-Spezialagenten heranjagten, waren etwa zwölf Minuten vergangen.

2

Zürich,
am selben Tag,
16:35 Uhr Ortszeit

Das kleine Motorboot, das über das Wasser des Zürichsees dahinraste, war mit einer Frau und einem Mann besetzt. Beide trugen blau-weiß gestreifte wattierte Windjacken und wasserabweisende Hosen. Die Frau war eher zierlich und schlank; ihr Gesicht hatte etwas Mädchenhaftes und zugleich Verwegenes. Der Mann hatte blondes lockiges Haar, war mittelgroß gewachsen und von kräftiger Statur. Er lachte ausgelassen. Ihre Köpfe hielten sie in den Wind, ihre Haare flogen nach hinten. Gischt spritzte über den Bug aufs Deck, verwirbelte zu kleinen Tropfen und durchnässte sie von Kopf bis Fuß. Den beiden schien die Dusche nichts auszumachen; sie strahlten und lachten auf den See hinaus, hielten sich an den Händen, küssten sich immer wieder. Hinter ihnen erhoben sich die Glarner Alpen des Uri; die Sicht war klar, der Wind frischte böig auf. Das Boot beschrieb eine weite Kurve, dann steuerte es auf einen Anleger zu, bremste stark ab, sodass der Bug tief ins Wasser sank. Langsam schaukelte das Boot auf einen Poller zu, und der Mann sprang an Land.

»Wirf mir das Tau rüber, Katja.«

Etwas steif von der Kühle, machte die Frau einen ungeschickten Schritt. Erschrocken schrie sie auf.

»Vorsichtig«, warnte er. »Nicht dass ich dich noch aus dem Wasser fischen muss.«

»Der Fischer aus der Bibel hieß Johannes, nicht Markus«, lachte sie.

Er drohte ihr schelmisch mit dem Finger.

»Ich habe Hunger«, sagte er zu ihr, nachdem auch sie auf dem Steg stand. Sie zitterte etwas. Markus Croy nahm ihre Hand und schob sie wärmend unter seine Jacke. In ihrem Gesicht stand Glück geschrieben. Die beiden waren nun schon seit fünf Tagen hier und wollten am Sonntag abreisen.

Es war ihr erster gemeinsamer Urlaub nach den erschöpfenden Tagen vor dem G8-Gipfel im Ostseebad Marienstrand vor mehr als einem Jahr. Eine Premiere nach Wochen des Sich-Annäherns und Vertrautwerdens. Die Journalistin und der Fahnder hatten sich nach ihren gemeinsamen Erlebnissen in Prag immer wieder in unregelmäßigen Abständen getroffen und sich vorsichtig auf etwas eingelassen, was sie nicht benennen konnten und vielleicht auch nicht wollten. Liebe auf den ersten Blick war es ganz sicher nicht gewesen, aber was sie gemeinsam durchgemacht hatten, führte zu einem Vertrauensverhältnis, das beide sich erhalten hatten. Sie waren einander nähergekommen, und jetzt schien sie nichts mehr trennen zu können.

»Bist du in mich verliebt?«, fragte sie ihn unvermittelt.

Er hielt kurz inne, blickte auf ihr blondes, strähniges Haar, ihr fein geschnittenes Gesicht, ihren bunt gemusterten Schal. Diese Frage hatte er sich selbst auch schon gestellt, war aber zu keinem endgültigen Ergebnis gekommen. Er fühlte, dass da mehr war als bloße Sympathie. Er beschloss, ihr eine ehrliche Antwort zu geben. »Ich kann mir mit dir alles vorstellen, Katja.« Er strahlte sie an.

Sie erwiderte seinen Gesichtsausdruck mit einem unsicheren Lächeln.

Seit sie ein Paar waren, war die Welt, in der sie lebten und arbeiteten, nicht einfacher geworden. Nach seiner Ernennung zum Teamchef der deutschen TRIAS-Sicherungsgruppe reiste Croy sehr häufig zu seinen Partnern nach Moskau, Washington und Langley. Viel Zeit beanspruchten auch die präventive Aufklärung, die Schulungen und Trainings in ballistischen Forschungszentren. Katja Kirchner hingegen lebte nach einem anderen Rhythmus. Als Redakteurin der *Tagespost* in Berlin hatte sie ihren festen Platz im Politikressort und verließ nur gelegentlich für Recherchen die Stadt.

»Bald werden wir uns wieder nur selten sehen«, sagte sie etwas wehmütig. »Können wir das nicht ändern?«

Croy hakte sich bei ihr unter, während sie beide auf das Restaurant Limmatquai zusteuerten. Noch leuchteten seine Augen.

»Genießen wir das, was wir haben«, sagte er salomonisch. »Alles andere ist graue Theorie.« Er legte seinen Arm um ihre Schultern.

»Nein«, antwortete sie. »Es ist die Realität. Du bist für die Regierung Tag und Nacht im Einsatz. Willst du das als graue Theorie abtun? Willst du ewig den Handlanger für Politiker spielen, die an nichts als dem eigenen Machterhalt interessiert sind?« Sie hatte plötzlich Lust auf eine Zigarette, obwohl sie längst aufgehört hatte zu rauchen. Für den Hund wäre es hier bestimmt auch schön, dachte sie kurz. Doch seit sie Charly, ihren Boxer, einer Freundin auf dem Land in Pflege gegeben hatte, waren auch ihre Spielräume als Reporterin größer geworden.

»Natürlich nicht«, beschwichtigte er sie. Ihm stand nicht der Sinn nach einer Diskussion, die zwar ihre Berechtigung hatte, aber doch völlig fruchtlos war. Croy hatte eine neue

Aufgabe übernommen, und er würde sich ihr auch mit aller Konsequenz stellen. Mit einer galanten Geste hielt er ihr die Tür zum Lokal auf.

»Hältst du mich für so dumm, dass ich die Politiker nicht durchschaue?« Croys Augen verdunkelten sich. »Mach uns mit diesem Thema nicht den Abend kaputt, bitte, Katja.«

Sie drückte seinen Arm. »Nein, das will ich nicht. Gib mir einen Kuss …«

Die Gäste des Lokals wurden für einen Moment Zeugen einer sehr anrührenden Szene.

Sie kamen bis zum ersten Gang: eine passierte Kartoffelsuppe mit frischem Salbei, gerösteten Croutons und hauchdünnen Lachsschinkenscheiben auf Meerrettich. Dann gab sein Communicator, ein technisch ausgeklügeltes Handy mit Satelliten-, Video- und Internetempfang, ein Geräusch von sich, das er an diesem Abend lieber nicht gehört hätte. Eine Nachricht aus Berlin.

»Zeig sie mir«, sagte Katja. Er zögerte kurz, dann reichte er ihr das Gerät. Es hatte einen Monitor von der Größe einer Zigarettenschachtel. Sie las.

Eine amerikanische C2 abgemeldet. T3-Angelegenheit. Sofortige Rückkehr erforderlich. L7.

»Was bedeuten diese Kürzel?«, fragte sie besorgt. »Ist der Abend, unsere Reise … ist das alles jetzt vorbei?«

Croy nahm ihre Hand. Sie war zart und warm. Er legte so viel Wärme in seine Stimme, wie es ihm in dem Moment möglich war.

»Lass uns bei unserer Absprache bleiben. Ich erzähle dir, so viel ich darf, aber keine Details. Alles andere verstößt nicht nur gegen meine Dienstvorschriften, sondern würde dich auch viel zu sehr beunruhigen.« Katja blickte ihn traurig an, aber sie hatte Verständnis. Diese Abmachung hatten sie bereits in Prag getroffen, als Croy auf der Jagd nach gestohlenem Y3-Sprengstoff der tschechischen Armee gewesen war.

»Wir müssen morgen früh die erste Maschine nehmen«, sagte Croy. »Begleitest du mich?«

Sie entzog ihm ihre Hand.

»Natürlich begleite ich dich. Mich interessiert auch, was da vorgeht. Ich bin schließlich Journalistin.«

Croy hob die Augenbrauen.

Sie beugte sich vor. Er tat es ihr nach.

»Keine Sorge, Markus. Ich weiß, dass du während laufender Ermittlungen nichts sagen kannst. Wir haben doch Erfahrung im Trennen von Beruflichem und Privatem.«

Er roch ihr Parfüm. Ihre Lippen berührten sich leicht. Seine Augen sprachen von Wärme und Lust.

Der nächste Flug nach Berlin ging in elf Stunden. Zeit genug, um bei spanischem Champagner und dem Austausch von Zärtlichkeiten ihre noch so junge Beziehung zu genießen.

3

**Berlin-Treptow,
Bundeskriminalamt,
am nächsten Tag**

Die Fensterscheiben des Treptowers im Berliner Osten glitzerten zur Spreeseite hin im gleißenden, kalten Sonnenlicht. Im sechzehnten Stock des schlanken, hohen Gebäudes hatten die Abteilungen Terrorabwehr und Staatsschutz des Bundeskriminalamts ihre Büros. Der lange Gang endete abrupt vor einer schweren, mit einem Codeschloss gesicherten Metalltür. Sie trennte das BKA-Referat von den Räumen einer hochgeheimen Abteilung mit der Bezeichnung T3. Das Kürzel stand für einen Sicherheitsdienst, den Bundeskanzlerin Lydia Sprado nach den Angriffen auf TRIAS installiert hatte. Auf deutscher Seite wussten lediglich der Innenminister, der BKA-Präsident und der Chef der aus den Landesämtern für Verfassungsschutz und dem Bundesnachrichtendienst hervorgegangenen Nationalen Sicherheitsagentur, NAST, von T3. Auch auf amerikanischer und russischer Seite hatten jeweils nur die Präsidenten, ihre engsten Vertrauten und die Spitzen der CIA und des russischen Geheimdienstes FSB von der TRIAS-Schutzgruppe Kenntnis.

Die Lagebesprechung fand in Raum 5150 statt. Eine absolut abhörsichere Betonzelle, die so kalt wie eine Gruft wirkte und in die kein natürliches Licht gelangte. Beleuchtet wurde 5150 durch LED-Lampen, die hinter Bullaugen aus Panzerglas saßen und fahle, kalte Strahlen aussandten. Die nackten, ungestrichenen Betonwände, der Fußboden aus grauem Gussharz, die quadratischen Holzplatten mit Metallfüßen und die sieben verchromten Lederstühle hatten dem Raum den Namen »Mausoleum« eingebracht. Hier fanden Besprechungen statt, die unter dem Signum »Strenge Geheimhaltung« liefen. Ein graues Telefon und ein Mikrofon für Schaltungen zu anderen Behörden waren in der Mitte des Konferenztisches installiert. Zwei leistungsstarke Lautsprecherboxen hatte man links und rechts an der Stirnwand des Raums verschraubt.

BKA-Chef Kaltenborn hatte eine Zusammenfassung der aktuellen Lage vorbereitet. Die Anwesenden blickten auf den hochgewachsenen, sehnigen Endfünfziger, der mit seinem kahl rasierten Kopf, den eingefallenen Wangen und schmalen Lippen auch Senior-Ausbilder einer Kompanie Soldaten hätte sein können.

»Meine Herren«, begrüßte er von seinem Platz aus seine Gäste, »fangen wir an.«

Eigentlich hätte Markus Croy an diesem Treffen nicht teilnehmen müssen. Doch aus Verbundenheit zu seinem früheren Chef Kaltenborn war er erschienen, um sich dessen Analyse anzuhören und, wenn nötig, in dessen Vortrag einzusteigen. Seit Croy vom BKA als Chef der T3-Sicherungsgruppe ins Kanzleramt entsandt worden war, unterstand er direkt dem Kanzleramtsminister. Der blinzelte ihm gerade freundlich zu. Stefan Wilkens, dachte Croy, ist im Vergleich zu Konrad Kaltenborn eine harmlose Figur, die es nicht verdiente, mit Missachtung gestraft zu werden. Obwohl Wilkens ein Schreibtischhengst war, der noch nie in seinem Leben an einem Tatort gewesen war, geschweige denn eine Waffe in der Hand gehalten hatte, verstand er es geschickt, die noch junge Sicherheitszelle der Bundeskanzlerin gegenüber den angestammten Sicherheitsapparaten zu stärken. Deren Reaktionen auf T3 reichten von Misstrauen bis zu glatter Ablehnung. Die Nationale Sicherheitsagentur fürchtete zwar nicht um ihren Einfluss, forderte aber ein grundsätzliches Mitspracherecht bei allen Aktionen, die das Team um Markus Croy plante und mit geheimdienstlichen Methoden auch durchsetzte. Doch Sprados Geheimdienstkoordinator war dann doch zu erfahren, als dass er zu viele Esser an den Trog mit sensiblen Informationen bat. Er und Croy sprachen sich vorher ab, was das Büro des Kanzleramtsministers verließ und was nicht.

Der BKA-Chef begann seine Lageanalyse mit einer gewissen Schärfe in der Stimme. »Der Anschlag auf Gordon Smith hat uns ebenso überrascht wie das FBI und die CIA. Wir glaubten, wir hätten mit der Zerschlagung der chinesischen Gegenwehr keine weiteren Opfer mehr zu erwarten. Schließlich liegt Smiths Mitwirkung am TRIAS-Vertrag ein Jahr zurück. Linda Smith, seine Frau, hat den Anschlag übrigens nur knapp überlebt, liegt aber im Koma. Ob sie jemals wieder daraus erwacht, kann derzeit niemand sagen. Für Gordons beide Kinder kam jede Hilfe zu spät.« Kaltenborn machte eine kurze Pause. Ihm war deutlich anzusehen, dass ihn dieses Geschehen mitgenommen hatte und immer noch stark berührte.

Markus Croy hielt den Kopf gesenkt und war mit seinen Gedanken bei Katja und der Frage, ob sie, so wie er, über dem Anschlag auf Gordon Smith brütete. Er hob kurz den Kopf. Sein Blick war sehr ernst.

»Es stellt sich natürlich die Frage«, Kaltenborns Stimme klang jetzt nicht mehr betroffen, sondern sachlich, »wer an der Auslöschung der Familie Smith interessiert war. Die Mörder haben jedenfalls ganze Arbeit geleistet, wenn ich das so salopp sagen darf. Die Läufe der drei Schnellfeuergewehre steckten in den Abflussrohren der Wasserspeier der National Cathedral. Nach ersten Erkenntnissen handelte es sich um eine besonders ausgeklügelte Konstruktion. Die Gewehre waren so umgebaut worden, dass ihre Läufe genau in die starren Rohre passten. Eine Fernsteuerung hat die Feuerstöße in jenem Moment ausgelöst, als sich die Opfer im richtigen Schusswinkel befanden. Wer die Waffen dort installiert hat, liegt noch völlig im Dunkeln. Auch ein Bekennerschreiben ist bislang nicht aufgetaucht.

Aber«, und jetzt heftete Kaltenborn seine Augen auf den Vertreter des Auswärtigen Amts, »wir wissen, womit Smith zuletzt beschäftigt war. Erst kürzlich hatte er dem Präsidenten empfohlen, ein lange anberaumtes Treffen der sogenannten Rio-Gruppe, einem losen Verbund der Lateinamerika-Staaten, mit Vertretern Washingtons platzen zu lassen. Es sollte um die Klärung eines offen ausgebrochenen Streits über Wasserrechte gehen, die sich der weltweit operierende Wasserkonzern Bluewater für mehr als fünfzig Jahre in Venezuela, Bolivien und Chile gesichert hatte.« Der BKA-Chef blickte auf seine Hände. Dann fuhr er fort.

»Nach Angaben aus dem Weißen Haus sollten Bluewater

die Konzessionen für geplante Kläranlagen und für ein Staudammprojekt entzogen werden. Eine ähnliche Vorgehensweise wie bei amerikanischen Ölfirmen, die seit dem Amtsantritt von Victor Rodriguez nach und nach entmachtet werden. Der Vorstand des amerikanischen Wasserkonzerns wandte sich daraufhin an das Weiße Haus mit der Bitte um Intervention gegen die Regierungspläne aus Caracas. Smith wurde mit einer Vorlage für den Präsidenten beauftragt. Er sollte ein scharfes Dekret gegen die Torpedierung von Bluewater entwerfen. Präsident Will Foxx gab ihm außerdem grünes Licht für die Ausarbeitung einer restriktiven Einfuhrsteuer für Waren aus den drei genannten lateinamerikanischen Ländern. Dies alles«, holte Kaltenborn Luft, »könnte für ein Motiv gedungener venezolanischer, bolivianischer, chilenischer oder auch kolumbianischer Söldner taugen.« Der BKA-Chef leckte sich über seine trockenen Lippen. »Die Frage ist nur«, wandte er sich angespannt an die Runde, »wer gab den Auftrag?«

Es war jetzt sehr still in Raum 5150. Kaltenborn sah zu Markus Croy. Croy übernahm.

»Verehrte Anwesende, wir alle wissen seit Monaten von den verbalen Ausfällen von Venezuelas Präsident Victor Rodriguez gegen die deutsche Bundeskanzlerin. Er hat sie mit Hitler verglichen und damit gedroht, dass die TRIAS-Länder auch in der Zukunft mit erheblicher Gegenwehr rechnen müssten. Er stellt seine antiamerikanische Haltung unverhohlen zur Schau und inszeniert Massendemonstrationen in Caracas, bei denen jedesmal amerikanische, russische und deutsche Flaggen brennen. All dies weist auf ein angewachsenes Hasspotenzial der venezolanischen Staatsführung hin.« Croy legte bewusst eine Pause ein. Niemand der Anwesenden zeigte Ungeduld. Die mächtigsten Männer der deutschen Exekutive hatten Respekt vor dem erfolgreichen Spezialagenten des BKA. Schließlich sprach Croy weiter.

»Seit Monaten versuchen CIA, FSB, aber auch wir, Spanisch sprechende Informanten ins Umfeld von Präsident Rodriguez einzuschleusen. Die Venezolaner sind ein misstrauisches Volk – eine Mentalität, die uns diese spezielle Arbeit nicht gerade leicht macht. Dennoch konnten wir einige Erkenntnisse über den venezolanischen Geheimdienst DISIP gewinnen.« Croy ließ kurz seine Worte wirken, bevor er ins Detail ging.

»Der Geheimdienstchef, Rolando Cortez, ein Mann im Rang eines Generals, ist einer der treuesten Anhänger des Präsidenten. Er tritt so gut wie nie in der Öffentlichkeit in Erscheinung. Sein Stellvertreter, Manuel Timoco, der sich nur Colonel nennen lässt, ist sozusagen sein Schwert. Timoco führt gemeinsam mit Agenten und Söldnern aus Nachbarländern sämtliche Operationen aus, die Cortez anordnet. Als gesichert gilt, dass der Anschlag auf eine mongolische Erdgaspipeline vor einem halben Jahr auf das Konto der DISIP geht. Das hat uns Maria Uljanowa, meine russische T3-Kollegin, kürzlich noch einmal bestätigt. Der FSB hat in unmittelbarer Nähe von Cortez eine Quelle installiert, die offensichtlich gute Arbeit leistet. Von ihr erhoffen wir uns in den nächsten Tagen auch Hinweise darauf, wer hinter dem Anschlag auf Smith steckt. Der DISIP, so heißt es in vielen internationalen Analysen, stellt eine größere Gefahr dar als der chinesische Geheimdienst Guanbou. Präsident Rodriguez lässt seinem Geheimdienst sehr viel mehr Spielraum als die Chinesen. General Cortez darf sich in seinen Entscheidungen sehr frei fühlen, verfügt über ein enormes Budget und spinnt seine Fäden nicht nur in die Länder Südamerikas, sondern auch nach Asien und die arabische Welt. Wie gesagt«, kam Croy zum Ende, »eine Verstrickung wenigstens eines südamerikanischen Geheimdienstes in die Morde ist nur eine Annahme, wenn auch eine begründete.«

Bundesinnenminister Eberhard Cromme, von seinen Kabinettskollegen »Ebby« genannt, rollte mit seinen Basedowaugen. Seine Schilddrüsenkrankheit gab ihm das Aussehen eines Lurchs; seine Stimme klang merkwürdig gepresst.

»Vor uns steht ein Treffen der Bundeskanzlerin mit Vertretern der Rio-Gruppe. Die Absage von Foxx muss die Südamerikaner schwer düpiert haben. Lydia Sprado nimmt einen Tross von Wirtschaftsvertretern mit auf die Reise, die …«

Weiter kam Cromme nicht. Der Vertreter des Auswärtigen Amts, ein parlamentarischer Staatssekretär im Alter eines Ruheständlers, mit eisgrauen Augen, schlohweißen Haaren und dem Gesicht eines sonnenhungrigen Lebemanns aus Ibiza, fuhr Cromme in die Parade.

»Zu Ihrer Information, meine Herren, Deutschland exportiert hauptsächlich Maschinen, Elektrotechnik, Pharma-, Chemie- und Kunststoffprodukte, Werkzeuge, mineralische Baustoffe, Fahrzeuge, Fabrikationsanlagen und Malz nach Venezuela. Ein Volumen von mehreren Hundert Millionen Euro. Von dort bezog Deutschland bis zum Abschluss des TRIAS-Vertrags hauptsächlich Erdöl, Erdgas und Erdölprodukte, Eisen, Aluminium und Aluprodukte. Und genau hier liegt das Problem. Vor TRIAS betrug das Volumen der venezolanischen Ausfuhren nach Deutschland noch rund sechshundertfünfzig Millionen US-Dollar. Seit sich Deutschland vom venezolanischen Ölimport unabhängig gemacht hat, sind die Umsätze massiv eingebrochen. Caracas hat den Vertrag zur wirtschaftlichen Zusammenarbeit einseitig aufgekündigt. Die Beziehungen sind, vorsichtig formuliert, abgekühlt.«

Er übergab wieder an Ebby Cromme, der etwas unwirsch dem Vortrag seines Kollegen gefolgt war. Er liebte solche Unterbrechungen nicht. Er wandte sich jetzt direkt an Kaltenborn und Croy.

»Sie müssen sehr vorsichtig agieren. Wir können es uns

nicht leisten, dass die Venezolaner Terrorkommandos nach Deutschland entsenden.«

Kaltenborn und Croy hoben abwehrend und beinahe synchron die Arme.

»Nun mal langsam, Herr Minister«, reagierte Croy forsch, »Noch wissen wir nicht, ob Caracas überhaupt hinter dem Anschlag auf Gordon Smith steckt ...«

»Ich wollte es nur vorsorglich gesagt haben«, bekam er säuerlich zur Antwort.

Nur wenige Minuten später beendete Geheimdienstkoordinator Wilkens das kurze Treffen, verabschiedete die anwesenden Herren per Handschlag und ließ sich von seinem Fahrer in einem dunkelblauen, gepanzerten Mercedes ins Bundeskanzleramt zurückchauffieren. Kaltenborn, dessen Amtszimmer nur wenige Schritte vom Mausoleum entfernt lag, kochte sich dort einen grünen Tee, entledigte sich seiner braunen Lederschuhe und platzierte seine Beine auf einem Hocker neben seinem Schreibtisch. Er blickte angespannt von seinem hochgelegenen Büro auf die Spree. Lastkähne schoben sich auf dem Fluss vorwärts, mächtige Wasserwirbel zurücklassend. Vor ihm lagen die druckfrischen *Richtlinien für die Arbeit des Bundeskriminalamts*, herausgegeben vom Bundesinnenministerium. Kaltenborn wusste längst, was sie beinhalteten. Parallel zu den Auseinandersetzungen zwischen den politischen Fronten und der zunehmenden Gewaltbereitschaft der Linken waren die Befugnisse des Bundeskriminalamts wesentlich erweitert worden. So hatten sich alle Fraktionen im Deutschen Bundestag darauf geeinigt, dem BKA auch geheimdienstliche Ermittlungsmethoden zu gestatten und Spezialagenten unter Sold zu nehmen. Der vorübergehende Wirtschaftsaufschwung der Jahre 2007 und 2008 hatte nur die Oberschicht wohlhabender gemacht und hatte kurz die sozial Schwachen gestreift, war aber, wie immer, am Mittelstand vorbeigegangen. Schon warnten Soziologen in einer Vielzahl von Zeitungsartikeln vor sich anbahnenden vorrevolutionären Zuständen. Und seit die vormalige Außerparlamentarische Opposition mit Namen Revolutionäre Oppositionelle Kraft, ROK, den Status einer Partei erlangt hatte und damit wählbar war, sahen sich die Sicherheitsbehörden nicht nur Gefahren von außen, sondern auch von innen gegenüber. Die Gründung der Geheimzelle T3 war da nur eine der Maßnahmen, die die Bundesregierung ergriffen hatte, um die Bundeskanzlerin und ihr weit verzweigtes Amt zu schützen.

Bei aller Nervosität hielt Kaltenborn die innenpolitischen Analysen der Soziologen und politischen Kommentatoren für reine Stimmungsmache. Solcherlei Schriftwerk nutzte vor allem den Falken in der Regierung Sprado, die sich jedes Jahr aufs Neue die Einsätze der Bundeswehr im Innern und eine weitere Verschärfung der Telefon- und Internetüberwachung genehmigen lassen wollten. Doch er hütete sich davor, seine private Meinung öffentlich kundzutun. Zwar hatte er für seine Abteilung mehr als fünfzig neue Planstellen gefordert und auch bekommen, doch den Teufel malte er deshalb noch lange nicht an die Wand.

Er stand kurz vor seinem sechzigsten Geburtstag. Als Jugendlicher hatte er die Zeiten der deutschen Studentenunruhen erlebt und für die Schärfung des eigenen Profils genutzt. Er hatte sich damals, die Gewalttheorien von Rosa Luxemburg und Friedrich Engels im Kopf, auf die Seite des Protestes geschlagen und fasziniert die spontanen Demonstrationen in Frankfurt am Main und Westberlin verfolgt. Er war mit Steinen auf Polizeiwannen losgegangen, ein Foto von Ché Guevara im Portemonnaie. Kaltenborn empfand noch heute eine Art verklärte, fast romantische Sympathie für Revolutionäre, die, wie bei so vielen Sicherheitsbeamten, aus einem phänomenalen Defizit herrührte. Der BKA-Chef war, wie viele andere Agenten auch, ein Einzelkämpfer geblieben. Auch wenn er eine riesige Behörde führte, mit Teams vielfältige Angriffs- und Verteidigungsstrategien durchspielte und die tatsächliche Wirklichkeit kannte – Kaltenborn hatte sich die Welt immer selbst erklärt und tat das bis heute. Und nur wer ignorant durchs Leben ging, dem konnte verborgen bleiben, dass die Auswüchse der globalen, kapitalistischen Wirtschaftsdoktrin die deutsche Gesellschaft wie ein Krebsgeschwür allmählich zerfraßen und die sozialen Systeme kaum noch in der Waage hielten.

Doch gab es eine Alternative? Kaltenborn richtete sich mit einem Ruck auf. In seinem Gesicht stand die enorme Anspannung der letzten zwei Jahre.

Auch Markus Croy war in sein Büro zurückgekehrt, das ihm immer noch sehr fremd vorkam. Der T3-Sicherungsgruppe waren vom BKA erst vor Kurzem insgesamt zehn Räume zugewiesen worden, die wie aus einem einzigen großen Block herausgeschnitten wirkten und wie Waben eines Bienenstocks aneinanderklebten. Die Büros verfügten über schallisolierte Wände, ihre Böden bedeckten geräuschschluckende Teppiche. Jeder Raum war mit den nötigen Medien ausgestattet, um Video- und Datenübertragungen in Sekundenschnelle herstellen zu können. T3 war an die Datenströme des BKA angeschlossen worden – ohne allerdings fürchten zu müssen, in das Räderwerk der riesigen Behörde zu geraten.

Der Raum des deutschen T3-Teamchefs Markus Croy wirkte aufgeräumt und auf das Wesentliche reduziert. Er hatte Akten und Schriftstücke in Büroschränke mit großflächigen Türen einsortiert. Der BKA-Spezialagent betrachtete sein Arbeitszimmer eher als notwendiges Übel. Croy galt in der Behörde als einer der erfolgreichsten Undercoveragenten.

Einer, der die Klaviatur der investigativen Ermittlung beherrschte wie kein Zweiter. Als sein Meisterstück galt die erfolgreiche Abwehr des Angriffs auf den G8-Gipfel im Dezember 2010 im deutschen Seebad Marienstrand. Ihm war es zu verdanken, dass der TRIAS-Vertrag existierte und die Bundeskanzlerin und ihre ausländischen Kollegen noch am Leben waren. Der amerikanische Präsidentenberater Gordon Smith war der einzige hochrangige Initiator des TRIAS-Vertrags gewesen, der die mörderischen Anschläge des chinesischen Geheimdienstgenerals Lee Kong überlebt hatte. Dass er mehr als ein Jahr nach Inkrafttreten des weltweit verhassten Rohstoffvertrags doch noch sterben musste, erschien Croy mehr als rätselhaft.

Ein Ton, als schlüge jemand mit einer Gabel an ein Glas, drang aus den Lautsprechern seines Computers. Eine neue E-Mail mit dem Absender *HA 5, NAST* war in sein Postfach gelangt, die monatliche Analyse der Extremismusabteilung der Nationalen Sicherheitsagentur. Es war Tradition, dass der BKA-Chef und Croy die Analysen gemeinsam bewerteten. Croy druckte die Nachricht aus, überflog sie, verzog das Gesicht und machte sich zu Konrad Kaltenborn auf.

Der BKA-Chef genoss sichtlich seinen grünen Tee, dem er einen Schuss Zitrone beigegeben hatte. Als Croy eintrat, hob er die Hand.

»Gott zum Gruße, Markus.«

Croy feixte.

»Oh, Hölderlin gelesen.«

Kaltenborn wies schmunzelnd auf einen schweren Sessel links neben seinem Schreibtisch. Vor seinem Fenster zogen düstere Schneewolken auf. Kaltenborns Büro entsprach nicht den üblichen Vorstellungen von einem Arbeitsraum. Die Mischung aus Bibliothek, Museum und Hightechlabor erzählte

Geschichten. Drei von vier Wänden des geräumigen, stillen Raums waren mit Regalen zugestellt, die vom Fußboden bis an die Decke reichten. In ihnen stapelten sich Bücher über Forensik, Profilanalysen, Observationstaktiken, Psychologie, Innere Sicherheit, Strafrecht sowie Abhandlungen über Vernehmungsmethoden und Spurenanalysen. Dazwischen hatte Kaltenborn Kästen mit alten Revolvern, Messern und Spezialwerkzeugen gestellt, die die Fachgebiete voneinander trennten. Wie Fremdkörper wirkten da die vier Kunstdrucke des Expressionisten Alexej von Jawlensky an der einzigen regalfreien Wand. Dessen bis zur Abstraktion reduzierte Porträts schätzte Kaltenborn sehr. Jawlensky selbst hatte sie *Meditationen* genannt, und als solche nutzte der BKA-Chef sie auch.

Der ausladende Schreibtisch protzte ungeniert mit seinem Preis, der Chefsessel nicht minder. Ein Touchscreen war in die Tischoberfläche eingelassen, auf dem Kaltenborn per Fingerdruck nicht nur Verbindungen ins Internet, sondern auch zu Behörden anderer europäischer Länder herstellte.

Akten, Tages- und Wochenzeitungen, Magazine der Kriminalistik und Gesetzestexte, die erst in den vergangenen Monaten veröffentlicht worden waren, lagen auf dem Tisch oder auf dem Boden verstreut oder waren zu kleinen Türmen aufgeschichtet. Die Jalousien vor den Fenstern hingen auf halber Höhe. Croy fand den Raum zu dämmrig, sagte aber nichts.

»Wollen Sie?« Kaltenborn zeigte auf eine weiße Kanne aus Porzellan.

Croy nickte bejahend und trank kurz darauf in kleinen Schlucken seinen Tee.

»Es gibt einen neuen Monatsbericht der Geheimdienstkollegen vom Extremismusreferat.« Der Ermittler schob seinem früheren Chef ein Blatt über den Tisch.

»Können Sie mir das nicht kurz zusammenfassen?«, fragte Kaltenborn stöhnend.

Croy blickte prüfend auf sein gegenüber und sagte dann: »Bislang gut einzuschätzende Personen innerhalb der militanten Linken sind nach Angaben der Analysten durch Personen ersetzt worden, die vor allem im Ausland durch Aufrufe zu Gewalt auffällig wurden. Sie kommen aus Frankreich, Italien, aber auch von den kommunistischen Plattformen Russlands. Als ›besonders gefährliches Potenzial‹ sieht unser Auswerter den Anteil von Lateinamerikanern in der Partei der Revolutionären Oppositionellen Kraft. War der Anteil von Chilenen, Bolivianern und Venezolanern in den letzten Jahren deutlich rückgängig, nimmt ihre Zahl jetzt wieder zu. Angesichts der aktuellen politischen Lage in Südamerika halten unsere Spezialisten eine verschärfte Beobachtung der ROK für notwendig …«

»Was halten Sie davon?«, fragte Kaltenborn und legte seine Stirn in Dackelfalten.

Croy griff nach seinem Teeglas. Er nippte kurz, bevor er antwortete.

»Seit sich Victor Rodriguez diesen überraschenden Sieg bei den letzten Wahlen gesichert hat, ist er so etwas wie ein politischer Held. Ich denke, dass seine Ideen längst auch in Deutschland angekommen sind und erste Früchte tragen.«

»Als Rodriguez 1998 erstmals gewählt wurde, war er ein nahezu unbekannter Obrist«, warf Kaltenborn ein. »Gerade mal mit etwas Revolutionsrhetorik und einem moderaten sozialdemokratischen Programm bewaffnet.«

»Aber er hat das jüngste Referendum gegen ihn in einen Sieg umgewandelt«, gab Croy zu bedenken.

»Das gab ihm genügend Selbstvertrauen«, bestätigte Kaltenborn. »Heute steht er an der Spitze einer gewaltigen Oppositionsbewegung gegen eine neoliberale Hegemonie der USA in Lateinamerika. Panama, Chile, Bolivien und Argentinien – Rodriguez ist zu einem geistigen Führer aufgestiegen und sucht den Schulterschluss mit den Kapitalismusgegnern überall auf der Welt.«

Croy sah jetzt nachdenklich aus. »Rodriguez als Anführer der Idealisten dieser Welt?«, fragte er.

»Mag sein, dass das seine Vision ist«, antwortete Kaltenborn. »Nicht umsonst ist der feine Herr gegenüber Lydia Sprado entgleist und hat sie als Faschistin diffamiert.«

Croy blickte nachdenklich an die Decke. Eine Fliege umkreiste die Lampe, als sei sie besoffen.

»Ein unerwarteter Bonus für Rodriguez dürfte der dramatische und wegen des TRIAS-Abkommens dauerhafte Anstieg des Weltölpreises sein. Rodriguez hat so die Möglichkeit, den Armen Extraeinnahmen zukommen zu lassen, aber auch die Länder Zentralamerikas, Kuba und neuerdings auch China mit Öl zu Discountpreisen zu versorgen.«

»Dürfte für China allerdings nicht ganz so billig sein«, ergänzte Kaltenborn. »Die Transportwege sind lang. Aber so macht er sich unentbehrlich. Und das birgt gleichzeitig Erpressungspotenzial. Wer nicht für ihn ist, ist gegen ihn. Die Doktrin Stalins.«

Croy nickte beifällig. »Meinen Sie, dass Rodriguez sich für einen Revolutionär hält, der für seine Ideen auch über Leichen geht? Die Befreiung der Welt vom globalen Kapitalismus nach amerikanischem Vorbild würde einen Krieg zur Folge haben, den wir *nicht wollen dürfen*. Sosehr der Kapitalismus auch mittlerweile in der Krise ist: Für die Geheimdienste der westlichen Welt ist der Mann ein Ziel.«

»Er ist jetzt schon von Feinden umzingelt«, orakelte der BKA-Chef und nahm einen schnellen Schluck. »Und die sitzen nicht nur in den USA, sondern auch in den anderen erdölexportierenden Ländern.«

»Rodriguez ist also ein potenzielles Attentatsopfer«, stellte Croy fest.

Kaltenborn hielt dies insgeheim für die beste Lösung. Die Welt wäre über Nacht einen geistigen Brandstifter los, dessen Revolutionstheorien neue Brände entfachen könnten. »Ein Revolutionsexport von Lateinamerika nach Europa klingt zwar völlig utopisch«, sagte der BKA-Chef dann laut. »Aber in Zeiten wie diesen, in denen Terror und Militanz unter den fanatischen Kapitalismuskritikern als legitim gelten, ist nichts mehr auszuschließen. Dieser Planet ist auch im politischen Widerstand global vernetzt. Und vergessen wir nicht, dass sich Deutschland, die USA und Russland mit TRIAS weltweit Feinde geschaffen haben ...«

Croy atmete hörbar durch. Während Kaltenborn sich Tee nachschenkte, blickte er grimmig auf die sich langsam füllende Tasse. Croy richtete sich mit einem Ruck auf. Er war hungrig, seine Muskeln schmerzten; die Nacht davor war zu kurz gewesen.

»Ich denke, wir werden das Problem heute nicht lösen. Ich gehe nach Hause und werde eine Runde drüber schlafen«, sagte er.

»Tun Sie das«, bekam er zur Antwort. Kaltenborn winkte ihm aufmunternd zu. Es war neunzehn Uhr dreiundzwanzig.

Kaum hatte Croy sein Büro verlassen, griff der BKA-Chef nach dem – abhörsicheren – Telefon. Der Teilnehmer war eine Frau; die Stimme klang hell durch den Hörer. Er sprach minutenlang verschwörerisch leise in den Hörer und sah dabei mehr als angespannt aus.

4

Caracas, Venezuela, eine Woche später

Die Tür zu Raum 0001 im Verwaltungsbereich des venezolanischen Präsidentenpalastes war seit gut zwei Stunden verschlossen. Davor hatten sich in einem lang gezogenen Korridor schwer bewaffnete Wächter aufgebaut, in deren Gesichtern nicht ein Fünkchen Freude stand.

0001 war eine schmucklose Stätte mit schalldichten Wänden, gepolsterten Türen und niedrigen Decken. Ventilatoren an der Decke fächelten den anwesenden sechs Staatschefs eine Luft zu, die sie eben schon geatmet hatten: muffig, stumpf, zu wenig Sauerstoff. Die Administration hatte sich aus Sicherheitsgründen nicht getraut, Klimaanlagen einbauen zu lassen. Die Gefahr war zu groß, dass Giftgas oder virenverseuchte Luft durch die Schächte in den Raum gelangten.

Eben füllte Victor Rodriguez seinen Gästen und den Dolmetschern die Kaffeetassen nach. Der Präsident Venezuelas sah am frischesten aus. Sein dunkles Kopfhaar leuchtete ölig. Mit seiner olivbraunen Haut, den wachen kastanienbraunen Augen und dem kurz gestutzten Vollbart machte er den Eindruck eines Mannes, der in den Nächten gut schlief und am Tag von einer Armada von Referenten entlastet wurde. Während er redete, gestikulierte er wie ein Schauspieler mit den Händen; sein Gesicht zeigte eine ganze Bandbreite mimischen Ausdrucks. Er blickte jetzt mit gönnerhafter Miene auf seine Gäste, die um einen elliptisch geformten Konferenztisch herum auf Lederstühlen saßen und ihn erwartungsvoll ansahen. Wasser-, Cola- und Saftflaschen standen militärisch aufgereiht vor ihnen. Rodriguez setzte zu einer letzten kurzen Rede an, die von den Dolmetschern eilfertig übersetzt wurde.

»Liebe Freunde aus Kiew, Peking, Islamabad, Delhi und

Mazar-i-Sharif.« Er breitete die Arme aus. »Ich denke, wir sind auf unserem kurzfristig anberaumten Treffen sehr weit gekommen. Wir sehen auf eine zweigeteilte Welt. Hier die TRIAS-Länder und ihre Duldung durch die Europäische Union. Und dort«, Rodriguez breitete seine Arme noch weiter aus, »die stolze Ukraine, China, Indien, Pakistan, Afghanistan und die anderen asiatischen, afrikanischen und orientalischen Länder. Während die einen im Wohlstand schwelgen und nach Gutdünken einen Großteil der Rohstoffe der Erde verprassen, kämpfen die anderen jeden Tag ums Überleben. Ich denke dabei vor allem auch an die Ukraine, die sich durch ihren mächtigen Nachbarn Russland an die Wand gedrückt sieht.«

Komarenko hörte dem Dolmetscher zu und schenkte Rodriguez dann ein listiges Lächeln. Dessen Wortwahl hatte das Lebensgefühl der Ukrainer genau getroffen.

Rodriguez' Stimme klang jetzt sarkastisch. »Das bedauerliche Ableben unseres verehrten Feindes Gordon Smith verschafft Russen, Deutschen und Amerikanern ein ganz und gar unschönes Problem. Es schürt Unsicherheit und Angst. Wir werden diese Gefühle noch verstärken. Nur so gelingt es uns, ein Gegengewicht zu TRIAS zu schaffen. Meine Freunde«, blickte er sich Beifall heischend um, »jetzt sind wir am Zug.«

Rodriguez hatte den richtigen Tonfall gewählt. Seine Gäste klatschten eifrig Beifall. Eben wollte der venezolanische Präsident zu einem weiteren Satz anheben, als es an die Tür zum Konferenzraum klopfte. Gleich darauf gesellte sich ein Mann in der Uniform eines Generals zu der Runde und verbeugte sich kurz. Die Sterne auf seinen Schultern funkelten, das Rot der Seitenstreifen auf der Uniform strahlte hell.

Rodriguez stellte ihn vor. »Das ist mein Vertrauter und der Chef unseres Geheimdienstes, General Rolando Cortez. Er ist in unsere Pläne eingeweiht und wird künftig mit Ihren Abgesandten jedes weitere Vorgehen unserer neuen Allianz abstimmen und besprechen. Setzen Sie sich doch, General.«

Cortez nahm Platz und sah erwartungsvoll auf seinen Präsidenten.

»Ich denke, wir sind sehr weit gekommen. Wir können nun alle erforderlichen Maßnahmen zur Umsetzung unserer Ziele einleiten.«

Cortez nickte zustimmend.

»Ab dem heutigen Tage wird die Welt eine andere sein«, ließ sich Rodriguez erneut vernehmen, um anschließend sofort eine wirkungsvolle Pause einzulegen. Seine Gäste blickten gespannt, aber etwas abgekämpft auf ihren Gastgeber. Zwei der hohen Gäste gähnten ungeniert. Das Thema der Besprechung strengte sie an, der Mief tat sein Übriges.

»Wir eröffnen einen Krieg, mit dem die TRIAS-Länder und neuerdings auch Frankreich nicht rechnen werden. Paris hat mit seiner Aufstockung von Truppen in Afghanistan, der geheimen Zusammenarbeit mit dem Iran und einer Juniorbeteiligung am TRIAS-Vertrag der Welt keinen guten Dienst erwiesen. Wir schlagen diese Länder mit ihren eigenen Waffen. Wir sind ihnen ab sofort voraus und hecheln nicht mehr hinterher. Wir nehmen uns das Wertvollste, was diese Länder haben und was jeder Mensch zum täglichen Leben braucht.« Der Venezolaner machte eine bedeutungsvolle Pause. »Meine Herren«, legte er mit donnernder Stimme nach, »TRIAS hat die Welt verändert, jetzt werden wir die Welt verändern!«

Wieder erscholl Beifall; die fünf Präsidenten nickten sich begeistert zu.

Jäh blickte Victor Rodriguez so tief in seine Tasse, als fände sich auf ihrem Grund die endgültige Wahrheit. Dann wandte er sich an Chinas Partei- und Regierungschef Jiang und sagte vorsichtig: »Was unsere chinesischen Freunde nicht allein geschafft haben, wird uns nun im Verbund mit einem

Netzwerk gelingen, das die Unterstützung der hier Anwesenden hat.«

Jiang verzog das Gesicht. Er dachte an den schmachvollen Tod seines Geheimdienstchefs Lee Kong und dessen größenwahnsinnigen Plan eines Giftgasanschlags auf die Regierungschefs der G8-Länder im ostdeutschen Seebad Marienstrand. Der Terrorakt war vom deutschen BKA verhindert worden. Chinas Image hatte dadurch stark gelitten; chinesische Botschaften wurden weltweit vorübergehend geschlossen. Doch nun, ein Jahr später, sah sich Peking dank der neuen Allianz wieder obenauf.

Der Venezolaner und seine Gäste aus Kiew, Delhi, Peking, Mazar-i-Sharif und Islamabad warfen dem chinesischen Regierungschef aufmunternde Blicke zu.

Geheimdienstgeneral Cortez blickte äußerlich gefasst, aber innerlich stark beunruhigt auf seinen Regierungschef. Ihm schwante, dass dessen Plan unüberschaubare Risiken barg. Das bisherige Weltgefüge aus den Angeln zu heben, kam ihm auf einmal sehr utopisch vor.

Unterdessen hatte Rodriguez einem Adjutanten gewunken, der eine Flasche venezolanischen Brandy und sechs Gläser brachte. Die anfängliche Abwehr seiner muslimischen Gäste verwarf Rodriguez mit einer deutlichen Handbewegung und einem kurzen Spruch. »Es gibt Momente, meine Herren, da schließen sich der liebe Gott, Allah und unsere Heilige Jungfrau Maria zusammen.«

Er überging die gemurmelten Kommentare Einzelner mit einem souveränen Gesichtsausdruck, füllte selbst die Gläser auf und legte dann eine Menge Dramatik in die Stimme. »Es wird nicht ohne Blutvergießen gehen, meine Herren Präsidenten. Es wird Opfer auf beiden Seiten geben müssen. Der Weg ist das Ziel, und das Ziel ist die Freiheit, wie wir sie verstehen.«

Auf einen Wink von Rodriguez hin griffen die Gäste zu ihren Gläsern.

»Viva la Revolución!«, brachte der Venezolaner theatralisch einen Toast aus und begoss das Ganze mit einem kräftigen Schluck.

Sein ukrainischer Amtskollege war beinahe so schnell wie er, während die vier anderen Präsidenten nur vorsichtig nippten.

Komarenko schnalzte genießerisch mit der Zunge. »Very good«, sagte er und schielte gierig auf die Flasche.

Rodriguez lächelte breit und goss sich und ihm erneut die Gläser voll. Die Anwesenden sahen begeistert auf den Präsidenten. Jetzt tranken auch die Herren aus Indien, Afghanistan, Pakistan und China ihre Gläser in einem Zug leer.

Der Gastgeber goss sofort nach und sagte rasch: »Zu Brandy gehört Musik. Und deshalb habe ich noch etwas für Sie vorbereitet. Janis Joplin. Sie war übrigens die Tochter eines Ölarbeiters bei Texaco. Pikant, nicht wahr?«

»Who is ...?«, fragte der pakistanische Präsident. Er blickte leicht benebelt auf den venezolanischen Präsidenten. Dessen schwarzer Schnurrbart glänzte jetzt noch eine Spur öliger.

Statt Rodriguez antwortete ihm der venezolanische Geheimdienstgeneral Rolando Cortez. »Sie kennen die Passion Ihres verehrten Kollegen noch nicht?«

Der Pakistani schüttelte den Kopf.

Mit einem Augenzwinkern in Richtung seines Präsidenten sagte Cortez: »He is a great fan of sixties heroes.«

Rodriguez drückte lächelnd auf eine schwarz eingefärbte Glasplatte einer flachen Vitrine. Ein beleuchtetes Musiklaufwerk erhob sich träge aus ihrem Innern. Es ertönte die heisere Stimme der legendären Sängerin. Rodriguez schloss genießerisch die Augen und murmelte den Text der ersten Strophe beinahe synchron mit.

Oh lord, won't you buy me a Mercedes Benz?
My friends all drive Porsches,
I must make amends.
Worked hard all my lifetime,
no help from my friends,
So lord, won't you buy me a Mercedes Benz?

General Rolando Cortez war nach dem Treffen mit dem Präsidenten ins Hauptquartier des venezolanischen Geheimdienstes DISIP gefahren. Schon seit einer halben Stunde saß er an seinem Schreibtisch im Seitenflügel des riesigen Baus und blickte auf den übergroßen Monitor vor sich. Wie eine Spinne ihr Netz webt, hatte der Geheimdienstchef eine Art Machtpyramide des Staates entworfen: An der Spitze stand der Name des Präsidenten Venezuelas, fünf weitere Namen folgten, die er nebeneinandergeschrieben hatte. Von diesen führten weitere Linien nach unten und fächerten sich in der Breite auf. Unter der Pyramide standen sechs Begriffe: *Bluewater, Concord1, Berlin, Washington, Moskau* und *Opium*.

Der General war ein Mann von Mitte vierzig, mit schütterem grauem Haar, einer kräftigen Nase und einem fast lippenlosen Mund. Er trug eine schwarze Hornbrille, die sehr altertümlich wirkte. Sie war eckig und drückte schwer auf seine Wangenknochen. Er sah damit aus wie ein griesgrämiger Bibliothekar. Doch Cortez war alles andere als ein Aktenschnüffler; er war ein Pragmatiker mit einem ausgeprägten Gespür für das, was ihm nützlich war oder auch gefährlich werden konnte. Er hatte sich in der Armee Venezuelas nach oben gedient, kannte Präsident Rodriguez seit mehr als zwanzig Jahren und teilte dessen Vorliebe für Kubas Sozialismus, Brandy und amerikanische Popmusik aus den Zeiten von *Make Love not War*.

Seit er vor vielen Jahren auf Haiti an der Seite von »Baby

Doc« Duvalier Aufstände von einheimischen Guerillas niedergeschlagen hatte, besaß er genügend Erfahrungen mit Aufträgen der speziellen Art.

Cortez goss sich aus einer schweren, gusseisernen Kanne Kaffee nach. Er roch würzig, nach einem Hauch Vanille. Der Geschmack der Kaffeesorte Mirama aus der venezolanischen Anbauregion um Táchira war leicht und fein, mit einem milden Aroma. Sein Blick fiel auf das Bild seines Großvaters, das vor ihm auf dem Schreibtisch in einem Goldrahmen steckte. Es zeigte einen bärtigen Alten, der nach Manier Hemingways stolz einen Merlin in der Hand hielt und dabei mindestens so breit grinste wie einst der erfolgreiche Autor. Der General strich behutsam mit einem Finger über das staubige Glas. Sein Finger hinterließ eine Spur. Abrupt erhob er sich, öffnete die kleine Tür eines Wandschranks, nahm eine Flasche mit sechzehn Jahre altem Brandy heraus und füllte ein kleines Cognacglas bis zur Hälfte. Er nippte nur kurz und schloss dann genießerisch die Augen. Der Brandy roch torfig und schmeckte leicht rauchig. Cortez stellte das Glas vor sich auf den Tisch, drückte seinen Rücken durch, griff nach dem Telefonhörer und schnarrte einen kurzen Befehl hinein.

Nur wenige Minuten später öffnete sich die Tür. In den darauf folgenden zwanzig Minuten diktierte der General einem Adjutanten den Ablauf des morgigen Tages in einen Block mit blauem Papier. Anschließend rief er eine Nummer in der afghanischen Hauptstadt Kabul an. »How are you, Sarbanar?«, fragte Cortez freundlich in den Hörer.

Der General nannte seine Auslandsagenten grundsätzlich nur beim Vornamen. Sarbanar war einer der Referenten des Ersten Staatssekretärs in der Kanzlei des Präsidenten in Kabul. Kennengelernt hatten sie sich auf einem Empfang, den Victor Rodriguez zu Ehren des afghanischen Präsidenten in Caracas gegeben hatte. Sarbanar war ihm dadurch aufgefallen, dass er sehr viel besser Englisch sprach als seine afghanischen Kollegen. Nach eingehender Prüfung und der Zusage eines monatlichen Zusatzlohns hatte Sarbanar sich bereit erklärt, für den venezolanischen Geheimdienstchef Augen und Ohren offen zu halten und weitere Quellen anzuheuern. Vermutlich war er nicht der einzige enge Mitarbeiter des afghanischen Präsidenten, der für das Ausland spionierte. Seit die ISAF mit ihren alliierten Truppen das Land mit dem weltweit umfangreichsten Anbau von Mohn kontrollierte, wimmelte es dort nur so von Agenten aus Lateinamerika, Asien und Russland. Viel zu groß war die Neugier der Regierungen, in welcher Weise die an der ISAF-Mission beteiligten Länder die Entwicklung des Landes am Hindukusch beeinflussten.

»Ah, Rolando, very well«, schallte es aus dem Hörer. »What can I do for you?«

»Wie ist denn die Lage vor Ort?«

»Es ist kalt hier. Keine dreißig Grad wie bei Ihnen.«

»Nun ja«, antwortete der General etwas gedehnt, »so heiß wie dieses Jahr war es bei uns im Januar selten. Aber zur Sache, mein Freund. Sind die nächtlichen Ausgangssperren tatsächlich nochmals verschärft worden?«

Im Spätherbst des vergangenen Jahres waren im Süden Afghanistans und in Kabul Hunderte amerikanische und deutsche Soldaten bei Sprengstoffanschlägen ums Leben gekommen. Die betroffenen Regierungen hatten daraufhin erheblichen Druck auf den afghanischen Präsidenten ausgeübt und damit gedroht, große Truppenkontingente abzuziehen und Kabul sich selbst zu überlassen.

»Außer Patrouillen einheimischer Polizeieinheiten und deren Anführer von der deutschen Bundespolizei sind die Straßen menschenleer. An wichtigen Straßenkreuzungen postieren sich Nacht für Nacht Scharfschützen der Polizei auf den Dächern und suchen mit hochempfindlichen Nachtsichtgeräten jeden nur möglichen Winkel ab. Am Tag mischen sich Geheimdienstagenten und gedungene Freizeitschnüffler unter das Volk. Sie unterwandern systematisch die Stadtviertel Kabuls und saugen nach dem Staubsaugerprinzip jede noch so winzige Information über Pläne möglicher Anschläge ab. Zurzeit lebt es sich in Kabul also nicht gut, Rolando.«

»Aber es lebt sich doch sicherer, oder?«

»Was heißt sicherer? Die Anschläge konzentrieren sich mehr auf die Kasernen der Deutschen und der Amerikaner. Aber es ist unmöglich geworden, in der Nacht und am frühen Morgen die wenigen noch frei zugänglichen Lebensmittelgeschäfte und Gemüsemärkte mit frischer Ware zu beliefern. Und ab sechs Uhr, wenn die Ausgangssperre aufgehoben ist, herrscht hier das totale Chaos.«

»Was meinen Sie mit Chaos?«, fragte Cortez zurück.

»Ich meine das Verkehrschaos. Brechend volle Busse, Hunderte Lieferwagen, privater Autoverkehr, Militärfahrzeuge und durch die Straßen hastende Menschen. Und wenn es auf Märkten, Kreuzungen oder vor Ämtern deswegen zu Unruhen kommt, regelt das die Polizei auf ihre Weise. Sie schießt mit scharfer Munition in die Luft ...«

»Das machen wir hier auch so«, grinste Cortez in den Hörer. »Alles, was knallt, erschreckt die Leute und macht sie gefügig. Wir nennen das ›vollendete Tatsachen schaffen‹. Wie lange herrscht denn nun schon Ruhe bei euch, und wie ist die Lage im Nordosten, speziell in Kunduz?«

»Auf den Tag genau seit einem Monat hat es keine kriegerischen Angriffe oder Selbstmordanschläge mehr gegeben. Der stillste Winter seit Beginn des ISAF-Einsatzes 2001. Das ehemalige Basislager der deutschen ISAF-Soldaten nahe der drittgrößten Stadt, Mazar-i-Sharif, ist zu einem Kommandostützpunkt der afghanischen Freischärler mutiert.« Stolz klang aus der Stimme des afghanischen Spions im Dienste der DISIP.

»Nun, Sie sehen, Sarbanar, wie man mit einem rigorosen Vorgehen Gebiete befrieden kann. Die Methoden der Taliban mögen nicht immer fein sein, aber seit der Norden und die Provinz Kunduz beinahe vollständig in der Hand von Befehlshaber Hassan Al-Mouawi sind, können die Menschen wieder hoffen.«

»Was kann ich für Sie tun, General? Bestimmt wollten Sie nicht nur eine politische Lagebeurteilung von mir.«

»Nein, mein Freund«, sagte Cortez mit salbungsvoller Stimme, »das wollte ich nicht.«

Das Gespräch war für ihn nur ein Warm-up gewesen. Er musste schnellstmöglich Kontakt zum geistlichen Oberhaupt der Taliban, dem Paschtunen Rahman, aufnehmen. Die Operation, von der Victor Rodriguez gesprochen hatte, musste endlich anlaufen.

»Organisieren Sie mir einen stillen Flug nach Kabul und ein Treffen mit dem Imam. Am besten Ende der Woche.«

»Geht in Ordnung.«

»Adiós, Sarbanar.«

»Adiós, General.«

Der Geheimdienstchef blickte aus seinem Bürofenster in die Abenddämmerung. In dem kleinen Park vor dem DISIP-Gebäude lümmelten drei halbwüchsige Jungen mit dunklen Gesichtern auf weißen Bänken, während zwei andere in Abfalleimern nach Zigarettenstummeln stocherten, die die fünf dann gemeinsam pafften.

5

Avila-Gebirge, Region Caracas, später Abend

Es war noch immer heiß und stickig. Kein Mond stand am Himmel, und die flimmernden Lichter von Santa Sophia, einem winzig kleinen Dorf mitten im Avila-Gebirge, waren zwischen ausgedehnten Baumgruppen und Bergmassiv kaum zu erkennen. Ein kleiner Lastwagen fuhr eine schmale, staubige Straße entlang; seine gelblichen Lichter beleuchteten für einen Augenblick das Blattwerk, die Baumstämme, die Felsen und schwarzes Geröll, das dicht am Wegesrand lag. Von der Helligkeit geblendet, starben Insekten beim Aufschlag auf die Scheinwerfer oder fanden ihr Ende an der Frontscheibe des Wagens.

Die Federn des Zweieinhalbtonners ächzten und quietschten, während er sich durch die vom Regen ausgewaschenen Schlaglöcher quälte. Der Fahrer spuckte wütend aus seiner Kabine auf die Straße. Er hieß Miguel, war ein kleiner, untersetzter Mann von Mitte dreißig, mit einer Halbglatze, Schnurrbart und kleinen, wachen Augen in einem tabakbraunen Gesicht. Er fluchte leise, wenn die Räder und Achsen des Lastwagens immer tiefer rutschten und sein Kopf gegen die Kabinendecke stieß. Miguel hörte Gepolter aus dem Laderaum. Auch die Fracht schien unter dem katastrophalen Zustand der Straße zu leiden. Die Scheinwerfer erfassten in einiger Entfernung ein Schild mit der Aufschrift *Casa Maria*.

Der Fahrer kuppelte aus, ließ den Lkw ohne Gang behutsam vorwärtsrollen. Kurz vor dem Schild bog er in einen schmalen Weg ein, der an den Rändern von wildem, ausladendem Gestrüpp überwuchert war. Er fuhr jetzt fast im Schritttempo. Die Lichter des Minitrucks erfassten ein Haus mit nur einer Etage, das aus Brettern zusammengezimmert war. Eine kleine hölzerne Treppe führte zur Eingangstür, die – wohl wegen umherstreunender Wildhunde – erst eineinhalb Meter über dem aus Ziegeln gemauerten Fundament begann.

Miguel kletterte aus dem Fahrerhaus, entknotete die Plane des Laderaumes, schwang sich hinein und zog fünf längliche, leichte Holzkisten zur Ladekante. Zwei davon schulterte er, tapste durch das Gestrüpp und zog sich mit der freien Hand vorsichtig die Treppe nach oben. Er stieß mit einem Fuß gegen die Tür, die sofort aufsprang. Die Luft, die ihm entgegenschlug, roch abgestanden und nach fauligem Holz. Er machte diesen Gang ein zweites und dann ein drittes Mal.

Nachdem er die Kisten an einer Wand aufgestapelt hatte, entzündete er eine kleine Öllampe, orientierte sich kurz in dem kleinen Raum und setzte sich dann an einen kreisrunden, von Holzwürmern zerfressenen Tisch mit sechs Stühlen.

Mit einem Griff in die Reißverschlussleiste seiner Jacke förderte Miguel einen Gegenstand, groß wie ein Zwei-Euro-Stück, zu Tage und blickte sich kurz prüfend im Raum um. Er erspähte einen Spalt zwischen den Dielen des Holzfußbodens und der Wand, presste den Gegenstand hinein und kehrte an den Tisch zurück. Dann griff er erneut in eine seiner Innentaschen und hielt eine Büchse von der Größe eines Visitenkartenetuis in der Hand. Er klappte sie auf, entnahm ihr ein längliches Metallplättchen und ein Tütchen mit einem groben weißen Pulver. Nachdem er etwas davon auf den Tisch gegeben hatte, zerkleinerte er vorsichtig die Kristalle, schabte das feine Weiß säuberlich zusammen und schob es in die längste der Einkerbungen auf seinem Autoschlüssel. Er beugte sich über den Tisch und glitt mit seiner Nase heftig schnüffelnd über die Furche. Der Autoschlüssel war nun wieder blank wie zuvor. Er löschte die Öllampe und blieb still in der Dunkelheit sitzen. Sein Kopf sank ein wenig nach hinten. Er fühlte sich, als schösse das Blut nun mit doppelter Geschwindigkeit durch seine Adern. Er hörte Geräusche herannahender Autos. Jäh erhob er sich und griff nach einer kleinen Pistole, die er unter seiner Jacke trug. Wagentüren klappten auf und wieder zu. Miguel hörte mehrere männliche Stimmen, von denen er zwei erkannte. Schwungvoll riss er die Tür auf. Er fühlte sich siegessicher, selbstbewusst und unantastbar.

»Seien Sie mir gegrüßt!«, lachte er den beiden Besuchern übermütig entgegen.

»Was ist los, Miguel?«, sagte einer der beiden Männer, »warum so überschwänglich? Mach dich ins Haus zurück und koch uns einen Cortado.«

»Jawohl, Colonel«, gehorchte Miguel. Er entzündete erneut die Öllampe und bespritzte sich das Gesicht mit Wasser aus einem Kanister. Er entzündete die Flamme eines kleinen Gaskochers und blickte mit stark geweiteten Pupillen auf das Geschehen vor ihm.

Einer der Besucher war Manuel Timoco, ein Mann von Mitte vierzig, mit der Statur eines Mittelgewichtsboxers. Sein Kopf war kahl geschoren, und seine grünen Augen saßen tief unter buschigen, schwarzen Augenbrauen. Seit er vor mehr als zwei Jahren zum stellvertretenden Chef des Geheimdienstes DISIP ernannt worden war, nannte sich Timoco nur noch Colonel. Diese Rangbezeichnung war ein Überbleibsel aus den Zeiten, als er noch in der Republikanischen Garde Venezuelas gedient hatte und Chef des Personenschutzes des venezolanischen Präsidenten gewesen war.

»Setzen Sie sich doch, General Cortez«, forderte er den anderen Mann auf.

Die beiden Männer wurden von vier Bodyguards begleitet, von denen sich drei um das Holzhaus verteilt hatten. Es waren wenig vertraueneinflößend aussehende Kerle mit dunkelbrauner Haut, breiten Schultern, in grauen, unauffälligen Anzügen. Sie waren über Intercom miteinander verbunden. Kleine Kabel steckten hinter ihren Ohren und verschwanden unter ihren Jacketts. Der vierte postierte sich innerhalb der Hütte an einem Fenster, das nicht größer als eine Schießscharte war. Er behielt den Weg zum Waldstück im Auge.

Als Miguel den Cortado, die südamerikanische Ausgabe eines doppelten Espresso mit einem Schuss Milch, servierte, war der Colonel dabei, mit der Hand die Tischplatte zu säubern.

»Ihr Vorschlag, Colonel, Caracas zu verlassen und in die Hütte in die Berge zu fahren, hat mir anfangs nicht behagt. Sie wissen, mein Sicherheitsbedürfnis ist groß, und es besteht immer die Gefahr, unterwegs überfallen zu werden.«

»Der Präsidentenpalast hat tausend Ohren«, antwortete Colonel Timoco. »Ich vertraue mehr auf die Stärke unserer Personenschützer als auf die Loyalität von Regierungsbeamten.«

»Ich bin nur deshalb auf Ihren Vorschlag eingegangen, weil ich nur zu genau weiß, wovon Sie reden«, gab Cortez zu. »Ich möchte gar nicht wissen, wie viele Beamte aus Rodriguez' Administration bestechlich sind.«

Timoco nickte zustimmend.

Was sie zu besprechen hatten, war in der Tat streng geheim. Die kleinste Unachtsamkeit konnte ihr Vorhaben empfindlich stören, wenn nicht gar gefährden. Und dass Miguel anwesend war, verdankte er dem Umstand, dass er der Fahrer des Geheimdienstgenerals war und deshalb zu seinen Vertrauten gehörte. Doch heute war Miguel mit den grünen Kisten vorausgefahren, deren Inhalt der General und der Colonel später begutachten wollten.

Ein herzhafter Geruch zog durch den Raum. Der Duft des Cortados ließ die einfache Hütte behaglicher erscheinen. Der General schloss für einen Moment genüsslich die Augen.

Auch der Colonel genoss das Getränk sichtlich. Miguel, dem ein Becher geblieben war, verdrückte sich in eine Ecke. Er fühlte sich stoned.

Der Colonel strich sich über den kahl rasierten Kopf. Seine grauschwarzen Haarstoppel hatten die Farbe einer Schimmelpilzkultur. Er ergriff als Erster das Wort.

»Wir sind nun beinahe komplett. In den letzten Wochen haben wir sechs Zellen mit je zwei Agenten in Washington, New York, Berlin, Moskau, Kabul und Paris endgültig installieren können. Die zwölf Männer und ihre weltweiten Söldnergruppen arbeiten bereits. Darunter sind übrigens auch zwei Männer des Dschihad. Sie sind als Fedajin ausgebildet worden und haben ein ganz klares Ziel: sich selbst zu opfern, um den Amerikanern zu schaden. Einer von ihnen ist bereits unterwegs. Und wenn er durchkommt, werden wir spätestens morgen den weltweiten Nachrichten entnehmen, wie effektiv er war.«

Cortez grinste boshaft.

Colonel Timocos Gesichtsausdruck war keine Spur sympathischer. »Jede der sechs Zellen hat einen Führer«, berichtete er weiter. »Zwei Männer haben mein besonderes Vertrauen. Paul Vadalis, ein Deutsch-Litauer, und Wasin Ali-Bhutto, der Pakistani.«

»Unser Sniper in Berlin? Den ich in letzter Minute wieder abgezogen habe?«

Der Colonel nickte. »Er war schon sehr dicht an der deutschen Bundeskanzlerin dran, brauchte quasi nur noch abzudrücken.«

»Das mag richtig sein.« Der Geheimdienstgeneral lehnte sich zurück. »Aber nicht nur das Konzept von Rodriguez hatte sich von einem Moment auf den anderen geändert. Es gab noch einen anderen, bedeutenderen Grund, den ich Ihnen aber jetzt nicht nennen werde. Außerdem war TRIAS nicht mehr zu verhindern. Dafür ist ja nun Gordon Smith hingerichtet worden, einer der Erfinder dieses Erpresservertrags.« Der General blickte mit einem Gesichtsausdruck in den Raum, als suche er dort nach Anerkennung.

Der Colonel musterte seinen Chef misstrauisch.

»Was verheimlichen Sie mir, General?«

Cortez wedelte mit der Hand, als verscheuche er eine lästige Fliege. Mit einem Ton, der keine weitere Nachfrage duldete, wechselte er das Thema. »Und Vadalis, hm, eine wirklich gute Personalie.« Der General blickte versonnen auf den Ventilator, der von der Decke der Hütte hing und nur ein wenig kleiner als ein Mühlrad war.

»Sie kennen ihn?«, fragte der Colonel und nippte schnell an seiner Tasse.

»Ja, er hat in den Achtzigerjahren als Offizier bei den Grenztruppen der ostdeutschen Nationalen Volksarmee gedient und Gebirgsjäger ausgebildet. Vergleichbar mit den heutigen Terroreinsatzkommandos. Hartgesottene Spezialisten, zumeist im Jemen und Afghanistan unter Extrembedingungen ausgebildet. Haben Sie ihn schon gesprochen? Welchen Eindruck machte er?«

»Unser Mann ist ein unauffälliger, ja fast intellektueller Typ. Er ist mental und körperlich auf der Höhe seiner Leistungsfähigkeit. Ein überzeugter Kommunist, der für seine Weltanschauung über Leichen geht. Wussten Sie, General, dass er an einer Militärakademie in der damaligen Sowjetunion studiert und erste Erfahrungen als Ausbilder fanatischer Islamisten gesammelt hat? Er hat, wie er selbst sagte, aus ihnen Gotteskrieger geformt.«

Der General lächelte fein. »Formen klingt gut. Und Gott formte den Menschen nach seinem Ebenbild.« Er nahm einen Schluck Kaffee.

»Er hat Soldaten in elektronischen Waffensystemen, Schiffsnavigation und Kommunikationstechnik für Spionage unterrichtet. Vadalis ist eine Allzweckwaffe.« Der Colonel blickte so stolz, als habe er Vadalis selbst gezeugt.

»Ich bin beeindruckt«, sagte der General nach einem kurzen Moment. »Ich halte Moskau, Paris und Kabul für die drei wichtigsten Standorte von Hexagon. Seit die Falken der Taliban im Norden wieder über befreites Gebiet fliegen können, dürfte sich ihr Hunger auf den Süden täglich vergrößern. Und was wir in Frankreich und Russland planen, muss von Profis vorbereitet werden.«

»Keine Sorge, General, wir haben für die Führungsposten ausschließlich Spitzenleute ausgewählt.«

»Ist das gut? Wer macht dann die Drecksarbeit?«

»Söldner«, antwortete der Colonel kurz.

»Gut«, gab sich der General zufrieden, »und wer wird die Terrorzelle in Kabul befehligen?«

»Sie selbst, Rolando. Sie haben vorzügliche Kontakte zum geistlichen Führer der Taliban, Imam Abdul Rahman. Gleiche Augenhöhe, gleiche Ziele. Was halten Sie von meinem Vorschlag?«

Der General blickte konsterniert.

»Sie wollen mich doch nicht loswerden, Timoco?!«

»Nein, verstehen Sie diesen Vorschlag nicht falsch«, erwiderte der Colonel und verlieh seiner Stimme einen einschmeichelnden Ton. »Rahman wird keinen Söldner akzeptieren, so wie er Sie respektiert. Außerdem scheint mir der Kabuler Auftrag zur Destabilisierung der TRIAS-Länder ziemlich knifflig zu sein. Aber natürlich werde auch ich vor Ort sein, wenn Sie es wünschen.«

»Eine hervorragende Idee, Colonel. Jetzt bin ich schon etwas beruhigter. Zumal wir uns seit Kurzem auf unerhoffte Verstärkung aus Moskauer Geheimdienstkreisen verlassen können.«

Beide Männer grinsten hintergründig. Bislang liefen die Vorbereitungen mehr als zufriedenstellend.

»Noch einen Kaffee, General?« Doch dieser schüttelte den Kopf und fragte stattdessen: »Kennen Sie einen Deutschen namens Falck?«

Der Colonel dachte scharf nach.

»Nein«, gab er zu. »Noch nie von ihm gehört.«

»Als es die DDR noch gab, war er Staatssekretär im Ostberliner Wirtschaftsministerium. Hat immer noch beste Beziehungen nach Nahost, Afghanistan und China, und seine Netzwerke zu ehemaligen westdeutschen, russischen und arabischen Wirtschafts- und Finanzexperten sind noch voll intakt.«

»Und was hat dieser Mann mit Hexagon zu tun?«, fragte der Colonel.

»Scheinbar erstmal nichts. Falck arbeitet aufgrund seiner guten Kontakte seit einigen Jahren als offizieller Berater der UN-Unterorganisation UNEP, des United Nations Environment Program. Die Organisation kümmert sich um Wasser- und Umweltprojekte in der Dritten Welt. Die UNEP veranstaltet in weniger als zwei Wochen die erste Internationale Weltwasserkonferenz. Es werden mehr als hundertfünfzig Staats- und Regierungschefs anwesend sein, die ein Projekt beschließen sollen, das den schönen Namen Noah trägt. Thomas Falck spielt eine Schlüsselrolle bei der Vergabe des Fünfzig-Milliarden-Dollar-Auftrags, der die Sahelzone und die Wüstengebiete Somalias, Äthiopiens und des Sudans bewässern soll. Ich habe bereits mit ihm Kontakt aufgenommen. Ihm gegenüber wird Hexagon aber nie namentlich erwähnt werden. Und ob wir zusammenarbeiten, richtet sich allein danach, wie erfolgreich unsere Zellen in den nächsten Tagen und Wochen operieren. Rodriguez will so schnell es geht Erfolge sehen.«

Cortez saugte gierig an seinem Cortado. Sein Adamsapfel sprang dabei wie ein Jojo auf und nieder. »Das bedeutet«, fuhr er fort, »dass die ersten Aktionen jetzt gezielt anlaufen und durchgeführt werden müssen. Wir brauchen in Europa ein unauffälliges Hauptquartier. Es muss aus der Luft und zu Land gut zu erreichen und ebenso gut abzuschirmen sein.«

»Ich werde diesen Wunsch berücksichtigen«, sagte Timoco. »Und was die weiteren Pläne von Hexagon betrifft – da sind wir gut vorbereitet. Was diesen Falck angeht, werde ich mich noch ausgiebig informieren. Allerdings habe ich nicht so ganz verstanden, was Sie sich von diesem Ostdeutschen versprechen.«

»Warten Sie es ab, Colonel. Ich brauche noch ein wenig Zeit, dann erfahren Sie alles. Übrigens …«, der General fingerte nach einer weiteren Zigarre, »haben Sie freie Hand bei der Durchsetzung unserer Ziele. Sprengstoff, Maschinengewehre, Gifte, Minen, Raketen. Kaufen Sie die Menschen, die wir brauchen, erpressen Sie sie. Liquidieren Sie alle, die uns im Weg stehen. Ich denke dabei auch an einen Mann, der den Chinesen vor einem Jahr auf dem G8-Gipfel gehörig in die Suppe gespuckt hat.« Der General blickte prüfend auf seinen Stellvertreter.

»Sie meinen Markus Croy?«

Cortez nickte bedeutungsvoll mit dem Kopf.

»Er ist verdammt gut, aber auch verdammt gefährlich«, sinnierte der Colonel. Seine Stimme hatte dabei einen beinahe respektvollen Klang. »Hat als Undercoveragent dem deutschen Bundeskriminalamt bereits eine Menge Freude gemacht. Er arbeitet am liebsten allein. Ich habe mich ein bisschen mit ihm beschäftigt, als die Nachricht von General Kongs Tod um die Welt ging. Er scheint etwas zu haben, was den meisten Regierungsagenten fehlt: Er ist absolut auf seine Aufgabe fokussiert. Wie Croy die Chinesen abgeschaltet hat, alle Achtung.«

»Höre ich da Anerkennung heraus?«, fragte Cortez irritiert. »Dieser Kerl muss ausgeschaltet werden«, schob er grimmig nach. »Ist Croy erst neutralisiert, stellt das die Sicherheitsdoktrin dieser faschistischen Bundeskanzlerin in Frage. Wir können uns einen Ausgang wie auf der G8-Konferenz in Marienstrand bei dieser Operation nicht erlauben.«

»Ich könnte Vadalis auf ihn ansetzen«, bemerkte der Colonel.

»Nein, der braucht einen freien Kopf für die deutsche Hexagon-Sektion. Ich habe einen anderen Mann im Auge, der sich allerdings erst einmal selbst befreien muss.«

»Wen meinen Sie?«, fragte Cortez' Gegenüber und starrte dann stumm auf die wurmzerfressene Tischplatte vor sich. Worte wie *Brandstiftung, Gewalt, Terror* überfluteten urplötzlich sein Hirn wie eine Welle.

»Ich werde es Sie wissen lassen, wenn es so weit ist«, sagte der General eine Spur hochmütig. Der Colonel blickte beleidigt auf.

»Vertrauen Sie mir«, sagte der General. »Vieles von dem, was wir vorhaben, ist noch im Fluss. Rodriguez hat sich mit den Präsidenten Chinas, Indiens, Pakistans, der Ukraine und unseren afghanischen Freunden eng abgestimmt. Man ist einhellig der Meinung, dass eine Destabilisierung Russlands, Deutschlands und der USA durch eine gezielte Torpedierung ihrer Lebensqualität möglich ist. Um das zu erreichen, müssen wir vorsichtig vorgehen. Das gilt auch für Informationen.« Ihn überfiel ein plötzlicher Hustenanfall. »Die Zigarren«, röchelte er heiser.

Colonel Timoco fühlte Hitze in sich aufsteigen, die in ein Frösteln umschlug. Im Unterschied zu den Tagen waren die Nächte in den Hochebenen kühl und feucht. Die Nähe des Meers war auch hier zu spüren. Doch diese Kälte kam von innen.

»Miguel«, rief er dem Fahrer zu, »koch uns noch einen Cortado. Und mach uns ein Feuerchen im Kamin.«

Der General streckte sich.

Der Colonel musterte ihn. Er bemerkte Schatten unter seinen Augen. Der General schien in den letzten Tagen wenig geschlafen zu haben. Offensichtlich stand auch er unter enormem Druck. Der Colonel kannte General Cortez nicht gut genug, um seine Nervenstärke einzuschätzen. Doch war ihm klar, dass erfolgreiche Strategien immer auch eine peinlich genaue Abwägung von Aufwand und Nutzen erforderlich machten. Jedes Vorhaben beinhaltete Risiken, die es einzuschätzen galt, bevor man sie einging. Der Colonel wusste, dass dies nicht nur eine Frage des Gespürs, sondern auch der Professionalität war. Aller Erfolg fußte auf einer penibleni Vorbereitung, die gerade im Fall des Rodriguez-Plans gar nicht gründlich genug sein konnte. Ein einziger Fehler konnte das geplante Netzwerk gefährden und unter Umständen sogar zerreißen.

Miguel brachte die heißen Getränke. Er zwinkerte dem General zu, der zurücklächelte. Miguel und er kannten sich mehr als zehn Jahre. Beide verbanden vor allem Respekt und gegenseitiges Vertrauen.

Cortez trank gierig. Schließlich blickte er auf. In seinen Augen glomm ein fanatisches Feuer. »Darf ich Ihnen eine persönliche Frage stellen, Colonel?«

»Nur zu.«

»Glauben Sie an eine Welt ohne Vorherrschaft der USA? Ohne hegemonialen Wirtschaftsimperialismus? Eine Welt, in der das Geld nur noch eine untergeordnete Rolle spielt und das Wort Gerechtigkeit für jede Bevölkerungsschicht die gleiche Bedeutung hat?«

Solche Fragen behagten Timoco nicht. Sie waren ihm zu theoretisch, zu allgemein und klangen nach Pseudomarxismus. Schon Fidel Castro hatte so geredet und war von seinem Volk nie ganz verstanden worden.

»Hören Sie, General, ich bin Ihr Stellvertreter, ich bin Agent, aber kein Politiker. Ich arbeite in erster Linie für Geld. Wenn das Risiko überschaubar ist, wenn ich über brauchbare Leute verfüge und meine Bewaffnung nicht aus dem Zweiten Weltkrieg stammt, erledige ich meine Arbeit effizient. Das Ziel vorzugeben ist Ihr Job. Es zu erreichen meiner.«

»Nun gut. Ich hoffe, dass Ihre Motivation ausreicht, um die Sache zum Erfolg zu führen. Es wird von unserer Seite weder an Geld noch an logistischer Unterstützung mangeln. Beantworten Sie mir dennoch eine andere Frage: Würden Sie für Präsident Rodriguez und Hexagon auch in den Tod gehen?«

Cortez' Augen fixierten den Colonel unerbittlich. Doch Timoco parierte den Blick souverän.

»Ich bin Katholik. Für mich ist der Tod nicht das Ende von allem. Demzufolge denke ich auch nicht darüber nach.«

Der General glotzte ihn verständnislos an. Doch dann lächelte er, erhob sich, drückte den Rücken durch und stellte seine Gesichtszüge wieder auf souverän. Seine Körperhaltung verriet Stärke und Durchsetzungskraft.

»Zeigen Sie mir nun die Babys, Colonel, und dann fahren wir nach Caracas zurück.«

Timoco gab Miguel einen Wink.

Dieser öffnete behände eine der Holzkisten und langte nach einem zylindrischen Gegenstand, der wie eine Granate geformt war. Er war etwa einen Meter lang, maß zehn Zentimeter im Durchmesser und trug eine Kappe, auf der ein Ventil mit einem schmalen Plastikschlauch saß.

»Beeindruckend.« Der General drehte die Zylinder in den Händen. »Wie viele von denen brauchen wir?«

»Wir rechnen mit fünfzehn Fässern mit je fünfzig Kilogramm Material. Ausreichend, um eine nachhaltige Wirkung zu erzielen.«

»Gut!« Der General legte den Behälter vorsichtig ab. »Bevor wir nach Kabul aufbrechen, organisiere ich für Sie ein Treffen mit unseren besten Waffen-, Abhör- und Sabotagespezialisten. Und nun: Auf geht's!« Ohne eine Antwort abzuwarten, erhob er sich, grüßte Miguel kurz und schritt geduckt durch die niedrige Holztür.

Der Colonel wies Miguel an, die Kisten an den vereinbarten Ort zu schaffen, und folgte Cortez nach draußen.

Kurz darauf hörte Miguel das Klappen von Autotüren und Motorengeräusche. Sekunden später herrschte wieder Stille. Vorsichtig zog er den verborgenen Gegenstand aus der Dielenbodenritze und schob ihn sich in die Jacke. Er setzte sich auf den Stuhl, auf dem eben noch Cortez gesessen hatte. Der Sitz war noch warm. Er dämmerte in eine Art Halbschlaf, rutschte später, ohne es zu bemerken, vom Stuhl und lag nun schnarchend auf dem Boden.

Als Miguel von einem quäkenden Geräusch geweckt wurde, war es beinahe sechs Uhr morgens. Die Glut im Kamin war erkaltet, die Hütte kühl und klamm. Miguel kochte flink einen Cortado, goss ein wenig mehr Milch als üblich auf und hantierte dann mit einem winzigen Handy, auf dem die Tastatur als Touchpad in den Bildschirm integriert war. Und als bräuchte er zu seiner Wachheit noch ein Quantum Glück, schnupfte er erneut eine Prise Kokain. Als die Verbindung stand, grüßte er in seiner Muttersprache und wechselte dann ins Englische. Er sprach flüsternd und sehr schnell in den Hörer.

6

Niagarafälle, amerikanisch-kanadische Grenze, am nächsten Tag, 17:22 Uhr Ortszeit

An diesem lauen Februartag war der Touristenandrang besonders groß. Vor allem von amerikanischer Seite schleusten Scouts Gruppen zu je fünfzig Touristen wie am Fließband über die Aussichtspunkte an den Niagarafällen. Besonders Mutige wagten sich in die ausladende Gondel, die an dünnen Seilen direkt über der sprühenden Gischt unermüdlich hin- und herschwebte und einen spektakulären Ausblick bot.

Auf der amerikanischen Seite des Niagaraflusses hatten sich zu Anfang des letzten Jahrhunderts gewaltige Schwerindustriekomplexe und ein riesiges Wasserkraftwerk angesiedelt, auf dessen fulminantem Verwaltungsgebäude der Name des Betreibers prangte: *Bluewater Incorporated.* Kanada war einen anderen Weg gegangen. Gesegnet mit jenem sagenumwobenen Blick auf die herabstürzenden Wassermassen, war eines der weltweit bestdurchstrukturierten Touristikzentren entstanden, das jährlich Millionen von Abenteurern, Weltenbummlern und Pauschalreisenden aus aller Welt anzog.

Dementsprechend ausgefeilt waren die Sicherheitsbestimmungen. Es wimmelte nur so von Polizisten und bewaffneten Mitarbeitern privater und staatlicher Sicherheitsdienste. Eine Luftüberwachung war in dem Konzept allerdings nicht vorgesehen.

In etwa zwanzig Kilometern Entfernung, in der Nähe der kanadischen Ortschaft mit dem schönen Namen Milkyway, parkte auf einem Rasenstück von der Größe eines Fußballfelds eine weiß-rot lackierte Piper Pawnee, ein einsitziger Tiefdecker, der als Agrarflugzeug entwickelt worden war. Ihr Pilot, ein junger Mann mit dunkler Gesichtshaut und in einem schwarzen Overall, hielt einen Schraubenschlüssel in der Hand und bückte sich unter das Fahrwerk seiner Maschine. Er griff nach einem Paket von der Größe einer Schuhschachtel, das mit Schnüren versehen war, und befestigte es am Fahrwerkgestänge. Dann fädelte er die Schnüre in zwei winzige Öffnungen eines schwarzen Kästchens ein, in das eine Uhr eingelassen war und auf dem ein kleiner Schalter aus Metall saß. Sein Handy klingelte. Er legte den Schraubenschlüssel ab, langte in seinen Overall und meldete sich.

»Wasim?«, fragte er und spitzte einen Moment lang die Ohren. »Sí, alles so weit in Ordnung. Ich starte in spätestens zwei Minuten.«

Während er dem anderen zuhörte, wanderte sein Blick zum Himmel.

»Sí«, klang seine Stimme fest.

Er beendete das Gespräch, warf das Handy zu Boden und schlug mit dem Schraubenschlüssel darauf ein. Als es vollständig zertrümmert war, verscharrte er die Einzelteile in der lockeren Erde. Anschließend stellte er die Zeitschaltuhr des schwarzen Kästchens auf zehn Minuten ein, schwang sich in die Kabine des Tiefdeckers, startete den Frontpropeller und gab Gas.

Nach einer Anlaufstrecke von etwa hundertfünfzig Metern hob die Piper Pawnee ab, flog einen weiten Bogen über das Rasenfeld und gelangte nach etwa fünf Minuten Flugzeit in die Nähe der Niagarafälle. Ihr Pilot sah auf Tausende zitronengelbe Punkte herab, die Plastikcapes, die hier jeder Tourist trug, der das Areal nicht mit durchgeweichter Kleidung verlassen wollte. Die Gischt der Fälle verursachte einen faszinierenden Sprühregen, der mehr als achtzig Meter nach oben geschleudert wurde und die Luft zur Waschküche werden ließ. Jetzt verringerte die Piper ihre Flughöhe und flog in etwa hundert Metern Höhe über die Fälle hinweg. Kaum jemand nahm

Notiz von der Maschine. Der Lärm des Wassers übertönte ihre Motorengeräusche, und Flugzeuge dieser Art überquerten täglich mehrmals das Naturparadies. Es war siebzehn Uhr neunundzwanzig amerikanisch-kanadischer Zeit.

Cindy O'Mullan hielt die Hand ihres Sohnes Patrick fest umschlossen. Sie verrenkte ihren Kopf und hielt nach ihrem Mann David Ausschau, der für Patrick einen Hotdog und für sie einen Cranberrysaft holte. Obwohl der Getränke- und Hotdogstand nur ein paar Schritte entfernt lag, waren so viele Menschen unterwegs, dass Cindy Mühe hatte, ihren Mann zu entdecken. Die Familie hatte die beinahe achthundert Kilometer lange Reise auf sich genommen, um das beeindruckende Naturschauspiel endlich einmal von Nahem zu erleben. Cindy und David betrieben eine kleine Farm in der Nähe von Hanover im US-Bundesstaat Vermont. Ihre einzige Einnahmequelle war die Produktion von Ahornsirup, von der sie mehr schlecht als recht lebten. Dennoch hatten sie in den letzten Monaten genügend Geld beiseitegelegt, um sich einen Wohnwagen mieten und auf ihrer einwöchigen Tour durch Vermont und New York State das teure Benzin und die Verpflegung zahlen zu können.

»Sieh mal«, sagte der elfjährige Patrick zu seiner Mutter, »das rote Flugzeug.« In dem Moment drehte die Piper wieder ab und verlor sich als schwarzer Punkt irgendwo in der Ferne. Cindy blickte auf ihre Armbanduhr. Es war siebzehn Uhr fünfunddreißig.

Um achtzehn Uhr würden die Aussichtsplattformen geschlossen werden. Eine Stunde später würde ein Großteil der Wachleute und Polizisten abziehen. Gegen einundzwanzig Uhr würde ein Mann in einem Jeep vorfahren, einen Lift besteigen, ins Innere des riesigen Steuerungsmoduls der Niagarafälle hinunterfahren und die Zufuhr des herabstürzenden

Wassers reduzieren. Nachts nahm der Mensch dem stolzen Naturereignis jegliche Dramatik. In diesen Stunden waren die Niagarafälle im Vergleich zu vergangenen, von Menschen unbeeinflussten Jahrhunderten, nur mehr ein trauriges Rinnsal.

Jetzt überflog die im Volksmund auch *Airtractor* genannte Maschine erneut die Fälle, beschrieb nochmals einen Bogen und ging in den Sinkflug.

Cindys Ehemann David war inzwischen zurückgekehrt und hatte seinem Sohn den Hotdog in die Hand gedrückt. »Los, zurück zum Parkplatz.« David stupste seinem Sohn in die Seite.

»Noch fünf Minuten«, bettelte der Kleine. Er hatte sich blitzschnell ein Spiel ausgedacht, um seine Eltern an diesem fabelhaften Naturschauspiel noch ein Weilchen zu beschäftigen.

»Guck mal, wie das Wasser da unten schäumt. Seht ihr auch das Ungeheuer?«

Cindy ging auf das Spiel ein. »Tatsächlich«, sie beugte sich wegen der Lautstärke des tosenden Wassers zu ihrem Sohn hinunter, »da schwimmt ja ein blauer Drache.«

»Der ist gar nicht blau, der ist grün!«, sagte David überzeugt.

»Nein, der ist rot«, rief sein Vater, der sich zu seinem Sohn gehockt hatte.

»Ihr seht etwas anderes als ich!«, schrie David und stampfte mit dem Fuß auf. »Ich sehe einen grünen Drachen mit roten Augen und einem Fisch im Maul.«

»Oh ja«, stimmte Cindy zu, »er frisst einen Karpfen.«

»Du spinnst ja«, rutschte es David heraus. »Hier gibt es gar keine Karpfen, hier gibt es nur verhexte Hechte. Sie werden soooo lang und soooo dick.« Davids Armspannweite reichte gar nicht aus für die Beschreibung seines Fantasie-Superfisches.

Patrick und Cindy lachten.

»Verrücktes Kerlchen«, strich ihm sein Vater über die Stirn. »Gehen wir jetzt, sonst müssen wir noch in diesem Sprühregen übernachten.«

Murrend fügte sich ihr Sohn. Doch an ein zügiges Vorwärtskommen war nicht zu denken.

Die Piper war jetzt nur noch knapp hundert Meter von der zentralen Aussichtsplattform und den zahlreichen Imbissbuden, Souvenirläden und der Gondel entfernt. Sie flog so niedrig, dass das Dröhnen ihres Propellers die Menschen erschreckt aufblicken ließ.

»Mummy, Mummy!«, rief der kleine David, »sieh mal, das Flugzeug kommt auf uns zu!«

»Runter!«, schrie sein Vater und stieß Frau und Sohn zu Boden.

Die Piper schlug direkt hinter ihnen in den Hotdogstand ein und explodierte. Die Druckwelle zerstörte augenblicklich Gondeln, Aussichtstürme, Imbissstände, Bänke, Tische, Scheiben, Möbel und Kassenhäuser. Millionen kleinster, rasiermesserscharfer Metall- und Holzsplitter wirbelten durch die Luft und verletzten oder töteten auch jene Menschen, die sich nicht in unmittelbarer Nähe aufgehalten hatten.

Cindy, Patrick und David waren in dem Chaos nicht zu entdecken. Unzählige Menschen lagen unter Trümmern begraben. Eine weitere Explosion brachte die Aussichtsplattform ins Wanken, die kurz darauf zusammenbrach und Hunderte Menschen mit sich in die Tiefe riss. Von der Piper Pawnee war nichts als ein verkohlter Klumpen Blech geblieben. Der Wind wehte die Asche verbrannter Menschen träge über den Wasserfall flussabwärts, wo die Gischt die Flocken mit sich nahm.

7

**Berlin,
am nächsten Tag,
um die Mittagszeit**

Die Meldung von der Tragödie an der amerikanisch-kanadischen Grenze hatte den Lagedienst der Bundesregierung, das BKA und die Nationale Sicherheitsagentur zwar schon in der Nacht als geheime Depesche aus Washington erreicht, doch mit ersten öffentlichen Reaktionen des politischen Berlins war nicht vor dem Nachmittag zu rechnen. Es war bislang auch noch völlig offen, ob die Maschine aufgrund eines technischen Defekts abgestürzt und nur zufällig in die Menschenmenge gerast war, oder ob sich dahinter ein Anschlag verbarg. Die Kommentatoren der Nachrichtensender hielten sich deshalb mit Wertungen zurück. Selbst Washington hatte noch keine Stellungnahme abgegeben, sondern lediglich »tiefes Mitempfinden« mit den Angehörigen bekundet. Croy, der keinen Fernseher besaß – und ihn auch nicht vermisste –, war per Telefon informiert worden, blieb aber dennoch in seiner Wohnung, weil er Akten sichten und Recherchen anstellen wollte.

Der T3-Teamchef lebte erst seit Kurzem in der Großen Hamburger Straße im angesagten Berliner Stadtteil Mitte. Ein Ort, an dem Vergangenheit und Gegenwart mit Wucht aufeinanderprallten. Croys Wohnung befand sich in einem Haus, das im Krieg seine Rückseite verloren hatte. Blickte er aus dem Fenster des Vorderhauses, sah er auf eine Häuserwand, in der die Kämpfe zum Kriegsende 1945 Einschusslöcher wie Pockennarben hinterlassen hatten, die bis heute nicht beseitigt waren. Gleich neben diesem einzigartigen Mauerensemble hatte man die größte jüdische Schule Berlins wieder aufgebaut und an ihren Erkern, Eingängen, Fenstern und Dächern Dutzende von hochempfindlichen Überwachungskameras installiert. Ein Hightechzaun mit Sensoren sollte jedem antijüdischen Angriff zuvorkommen. Junge, vom israelischen Geheimdienst Mossad ausgebildete Männer versahen tagsüber routiniert ihren Dienst, nachts übernahmen Streifenpolizisten. Die Agenten brabbelten übermütig in ihre Walkie-Talkies oder scherzten mit jungen Schülerinnen, die vom Alter her die übliche Flirtgrenze allerdings eher unterschritten.

Croys Telefon gab einen tiefen Klingelton von sich. Mit schnellen Schritten durchquerte er sein Wohnzimmer, vorbei an einer Ledercouch, einem Schreibtisch, einer alten Kommode und zwei exotisch anmutenden Grünpflanzen, die beinahe mannshoch gewachsen waren.

Maria Uljanowa war in der Leitung. Die junge FSB-Agentin und russische Teamchefin der T3-Schutzgruppe hatte die vergangenen Tage auf dem Land in der Nähe von Moskau verbracht und war am Morgen in ihre Wohnung zurückgekehrt. Dort hatte sie eine verschlüsselte Nachricht auf ihrem Anrufbeantworter vorgefunden, die sie nach der Dekodierung erstarren ließ.

»Priwjet, Markus«, begrüßte sie ihn und sprach dann atemlos weiter. »Irgendetwas geht in Venezuela vor. Die Präsidenten Chinas, Pakistans, der Ukraine, Indiens und – das halte ich für besonders delikat – Hassan Al-Mouawi, der militärische Befehlshaber der Taliban in Kunduz, einer der erfolgreichsten Taliban-Krieger der vergangenen fünf Jahre, haben einen ganzen Vormittag lang bei Victor Rodriguez getafelt. Anwesend war auch der venezolanische Geheimdienstchef General Rolando Cortez …« Maria atmete schwer in den Hörer.

Croy bekam ein mulmiges Gefühl. Blitzschnell wanderten seine Gedanken zu dem Gespräch, das er erst vor Kurzem mit Kaltenborn über Rodriguez geführt hatte.

»Das ist in der Tat eine sehr merkwürdige Zusammensetzung für ein Präsidentenmeeting«, antwortete Croy. Die lupenreinsten Autokraten der Welt unter sich. »Ein scheuer Mann, der General.«

»Allerdings. Einer der engsten Vertrauten von Carlos, den die Medien beinahe ehrfurchtsvoll ›Schakal‹ nannten.«

»Ich kenne ihn. Heißt mit bürgerlichem Namen Ilich Ramírez Sánchez«, antwortete Croy, »einer der meistgesuchten Terroristen der Achtziger und Neunziger. Er hat mindestens fünfzehn Menschen auf dem Gewissen und zahlreiche Anschläge zu verantworten. Dass er und Cortez sich kannten, wusste ich nicht.«

Als alle Welt Carlos suchte, hatte dessen Geburtsland Venezuela noch eng mit dem BKA und dem FBI zusammengearbeitet. Croy war damals gerade Anfang zwanzig, studierte Kriminalistik und hatte die Jagd auf den Schakal mit Spannung verfolgt.

»Sie waren sogar sehr eng befreundet«, sagte Uljanowa. »So eng, dass die Verhaftung des Antizionisten Carlos im Jahr 1994 zu Unruhen in der venezolanischen Regierung führte. Cortez verlor einen treuen Freund und unerschrockenen Unterstützer der Revolutionspläne gegen Länder, die Israel offen unterstützten.«

»Ist er immer noch in Paris inhaftiert?«

»Ja«, sagte Maria, »im Hochsicherheitsgefängnis La Santé. Lebenslange Haft, ohne Chance, jemals wieder lebend rauszukommen.«

»Es gab doch mal so eine Legende«, sinnierte Croy, »dass Carlos Jünger herangezogen habe, die in seinem Auftrag weltweit für Destabilisierung sorgen sollten. Erinnern Sie sich?«

»Auch einer der Gründe, warum ich Sie anrufe, Markus. Es gibt sie tatsächlich, diese Nietos, seine Enkel. Carlos war vernarrt in die Idee, eine Art Enkelgeneration zu hinterlassen, wenn man ihn eines Tages kaltstellen sollte. Allen war eigen, dass sie nicht nur perfekt kämpfen und schießen konnten, sondern auch seiner Idee von einer antizionistischen, antiimperialistischen Revolution treu ergeben waren – und es vielleicht noch sind. Unsere Quelle ist einer von ihnen. Miguel Herriero. Er hat sich gestern Abend mit dem FSB in Verbindung gesetzt. Seinen Angaben zufolge müssen wir von etwa fünfzehn Männern und Frauen ausgehen, die heute zwischen fünfunddreißig und vierzig Jahre alt sind.«

»Schläfer oder Aktive?«

»Keine Ahnung.«

»Wer ist dieser Herriero?«

»Er fiel uns als Fahrer von Rolando Cortez auf. Wir haben sein Privatleben unter die Lupe genommen und eine ausgeprägte Kokainabhängigkeit festgestellt. Er litt unter permanentem Geldmangel, traute sich aber nicht, Cortez von seiner Sucht zu erzählen. Wir haben ihn über Wochen mit Stoff versorgt und schließlich angeworben. Seitdem forscht er das Umfeld des venezolanischen Geheimdienstchefs für den FSB aus. Und seit gestern wissen wir, dass wir mit Miguel Herriero einen jener Zöglinge von Carlos umgedreht haben, nach denen nicht nur wir seit Jahren suchen, sondern auch die CIA und der Mossad.«

»Verstehe«, sagte Croy kühl. »Aber könnt ihr euch tatsächlich auf einen drogenabhängigen Informanten verlassen?«

»Niemand ist beeinflussbarer und beherrschbarer als ein Mensch mit großen persönlichen Schwächen«, antwortete Uljanowa jetzt ebenso kühl. »Ich bin so etwas wie eine Mentorin für Herriero. Ich versorge und umsorge ihn, und er revanchiert sich mit Interna aus dem Dunstkreis des venezolanischen DISIP. Ich halte das nicht für ehrenrührig. Außerdem ist er ein Profi.«

Vagabundierende Terroristen, die sich auf einen kaltgestellten Verbrecher beriefen? Ein angeblicher Profi, der kokainabhängig war? Obwohl er am liebsten heftige Zweifel angemeldet hätte, hielt sich Croy mit weiteren kritischen Anmerkungen zurück. Geheimdienstmethoden, das wusste er, waren nicht mit normalen menschlichen Maßstäben zu messen.

»Und was hat Miguel an verwertbaren Details von jenem merkwürdigen Präsidentenstammtisch abgesaugt?«, nahm er den Gesprächsfaden wieder auf. Seine Hände umklammerten den Hörer.

»Bei diesem Treffen leider fast nichts. Aber später traf er Cortez und Colonel Timoco in einer Hütte in den Bergen. Da war für ihn mehr zu holen.« Uljanowas Stimme hatte plötzlich einen unheilvollen Unterton.

Croy registrierte diese Veränderung und richtete sich innerlich auf ein Worst-Case-Szenario ein. Und was er dann zu hören bekam, bestätigte tatsächlich eine Vermutung, die ihn schon seit geraumer Zeit plagte: Der Kampf gegen TRIAS war neu entbrannt.

»Nach Miguels Angaben plant Caracas die Gründung von weltweit drei Terrorzellen, die mit je zwei Agenten besetzt operieren sollen. Sie haben angeblich die Unterstützung der Präsidenten, die von Rodriguez empfangen wurden. Der Kopf der sechs Terroristen sitzt höchstwahrscheinlich an einem geheimen Ort in Frankreich. Ihr Ziel«, jetzt stockte Maria, »sind Angriffe auf die TRIAS-Länder.«

Croys Augen verengten sich. *Warum Frankreich?*, dachte er. *Was hatten die Franzosen mit TRIAS zu tun?*

»Und was Sie besonders interessieren dürfte, ein Deutscher namens Paul Vadalis befehligt wenigstens eine dieser Zellen. Ein ehemaliger Gebirgsjäger, der vor 1989 in der Sowjetunion, im Jemen und Afghanistan ausgebildet wurde.«

Croy nahm instinktiv eine Abwehrhaltung ein. Die Schatten der Vergangenheit holten ihn für einen kurzen Moment ein. Seine Herkunft aus Potsdam und die Mauern zwischen Ost und West erschienen ihm – wie so oft – wie ein lästiges Menetekel. Seitdem er als Spezialagent die Feinde von TRIAS abzuwehren hatte, stieß er immer wieder auf Gespenster des Kalten Kriegs: die Stasi-Agenten Michael Storm und Franz Hilpert, den ehemaligen Sowjetoffizier und späteren russischen Präsidenten Sergej Semjonow und den Deutsch-Nationalisten Paul Graf von Sprock, Sohn eines Kriegsverbrechers. Auf Croy wirkten diese Personen wie auferstandene Todesengel.

»Was wissen wir noch?«, drängte er Maria. »Konkrete Orte oder Daten für Anschlagziele dieser Terrorzellen hat er nicht übermittelt?« Sie ließ die Informationen für seinen Geschmack etwas zu bruchstückhaft fließen.

»Njet. Nur …« Sie stockte.

»Was?«, fragte Croy.

»Es ging auch um Sie. Sie sollten auf sich aufpassen, Markus.«

»Um mich?« Croy lachte kurz auf. »Will mir etwa jemand wehtun?«

»Sie waren der Dreh- und Angelpunkt bei der Operation TRIAS. Sie haben die Geheimdienstwelt gehörig durcheinandergewirbelt. Sie haben sich Feinde gemacht, die, wenn es wirklich um erneute Angriffe gehen sollte, versuchen werden, Sie aus dem Weg zu räumen.«

»Danke, Ihre Sorge rührt mich, Maria. Aber ich werde mich zu schützen wissen.«

»Nicht nur sich, auch Ihre Familie«, tönte es aus dem Hörer.

Croy dachte daran, dass er sich schon seit einigen Wochen nicht mehr bei seinen Zieheltern gemeldet hatte und demzufolge auch nicht wusste, was sie gerade machten. Er dachte an

Katja, die ihm am Tag zuvor mitgeteilt hatte, dass sie einen Artikel über die bevorstehende Weltwasserkonferenz in Nairobi vorbereitete. An dieses Treffen der internationalen Regierungschefs mochte Croy noch gar nicht denken. Auf die deutschen, aber auch auf die russischen und amerikanischen Sicherheitsbehörden kamen schlaflose Nächte zu, sowohl bei der Vorbereitung als auch während der Konferenz. Vermutlich würde er schon bald nach Kenia fliegen müssen.

»Hat der FSB weitergehende Erkenntnisse über dieses merkwürdige Treffen in Venezuela?«, fragte Croy.

»Bisher noch nicht. Ich werde Vincent Talo informieren. Vielleicht hat die CIA in Caracas oder der Ukraine Quellen, die mehr wissen. In jedem Falle«, folgerte Uljanowa mit einem leichten Beben in der Stimme, »ist es an der Zeit, die Truppen zu sammeln.«

»Ja, das sehe ich auch so. Die Ratten kommen aus ihren Löchern. Und wir sollten dabei nicht tatenlos zusehen.«

Bevor sie sich verabschiedeten, einigten sie sich auf ein Treffen der deutschen, russischen und amerikanischen T3-Sicherungsgruppen in Berlin. Insgesamt würden ab sofort achtzehn Aufklärungsspezialisten eng zusammenarbeiten.

Wie er es gewohnt war, wollte Croy BKA-Chef Kaltenborn von seinem Telefonat informieren. Doch irgendetwas hielt ihn davon ab. Irgendetwas sagte ihm, dass er Kaltenborn jetzt beweisen musste, dass er als vom Bundeskriminalamt unabhängiger Teamchef der deutschen T3-Sektion auch allein entscheiden und handeln konnte.

Der Name Vadalis kam ihm in den Sinn, was für ein unangenehmes Ziehen in seinem Magen sorgte. Croy loggte sich in die BKA-Datenbank ein, tippte auf V, fand aber niemanden, der diesen oder einen ähnlichen Namen trug. Nachdenklich blickte er auf die Buchstaben W und Z, begann wieder bei A und landete bei B. Er sah auf finstere Gesichter, Steckbriefe von Räubern und Mördern und Fahndungsaufrufe, die zum Teil mehrere Jahre zurücklagen. Gerade wollte er enttäuscht das Programm beenden, als er bei dem Namen eines Mannes hängen blieb, der vor genau sechzehn Jahren inhaftiert worden war: Uwe von Bergen.

Er war ein promovierter Chemiker, einer der führenden Köpfe der Rote-Armee-Fraktion, verantwortlich für den Tod von Politikern, Managern und zwei Bankangestellten. Ein Mann, der sich mit explosiven chemischen Substanzen auskannte und Bomben herstellen und zünden konnte.

Markus Croy verlinkte die Berichte über die tödlichen Anschläge der RAF mit Analysen, Recherchen und Untersuchungsberichten des Generalsbundesanwalts, des Bundeskriminalamts, von Verfassungsschutz und örtlichen Polizeidienststellen. Uwe von Bergen, so stand es in einem Abschlussbericht des Generalbundesanwalts, verbüßt seit 1996 in der Justizvollzugsanstalt Rippersdom in Baden-Württemberg eine lebenslange Haftstrafe, ohne Aussicht auf eine Freilassung. Er war erst sehr viel später als seine Mittäter aufgeflogen. Ein eher zufälliger Fund der Stasi-Aufklärungsbehörde hatte auf seine Spur geführt. Er hatte, so wie andere Mörder der RAF, Unterschlupf in konspirativen MfS-Wohnungen in Sachsen und Sachsen-Anhalt gefunden und eine neue Identität erhalten. Und genau an diesem Punkt stieß Croy auf den Namen Paul Vadalis. Der frühere Chef eines Fallschirmjägerbataillons der Nationalen Volksarmee tauchte in den Akten als von Bergens »Betreuer und Ratgeber« auf. Vadalis, stand da geschrieben, »sorgte sich im Auftrag des Ministeriums für Staatssicherheit um die körperliche Fitness des überraschenden Zugangs aus Westdeutschland. Der Deckname der Operation zum Schutz der RAF-Mitglieder lautete ›Gulag‹.«

Vadalis war es auch, der Uwe von Bergen im Auftrag des Ministeriums für Staatssicherheit mit einer neuen Identität als Chemielaborant in den Volkseigenen Betrieb Plaste und Elaste, Schkopau, einschleuste. Doch ein Foto des Betreuers des einst meistgesuchten RAF-Terroristen fand er in dem Datensatz nicht.

Croy beschloss, dem inhaftierten RAF-Terroristen in den nächsten Tagen einen Besuch in der JVA Rippersdom abzustatten. Wenn jemand über den Mann ohne Gesicht Auskunft geben konnte, dann er.

Bevor er diesen Plan jedoch in die Tat umsetzte, verbrachte Croy zwei Tage schießend, kletternd und programmierend bei einem schon lange festgelegten Training in einem nie fertiggestellten alten U-Bahn-Schacht am Berliner Oranienplatz. Ein schalldichtes Betonbauwerk, das bereits seit mehr als neunzig Jahren brachlag und wie eine unterirdische Festungsanlage vor der Außenwelt gesichert war. Zwar drängte es ihn, Uwe von Bergen schnellstmöglich aufzusuchen, andererseits hielt er das Schieß- und Aufklärungstraining an hoch entwickelten, computergesteuerten Angriffs- und Abwehrsystemen für überlebensnotwendig. Aus Geheimdienstberichten wusste Croy, dass der moderne Terrorismus nicht nur technisch schon längst zu den Fahndern aufgeschlossen hatte, sondern ihnen – wie Doper den Kontrolleuren –, bereits voraus war.

Diese Erkenntnis sollte sich in den Tagen darauf wieder einmal bitter bewahrheiten.

8

Saint-Quentin, Region Picardie, nordöstliches Frankreich, zur selben Uhrzeit

Schon von Weitem zeichnete sich das kraftvolle Gemäuer der Basilika Saint-Quentin gegen den Himmel über der sechzigtausend Menschen zählenden Stadt im Nordosten Frankreichs ab.

Saint-Quentin umfasst ein Gebiet von etwa zehn Quadratkilometern. Das Zentrum ist jene Stadt, mit fruchtbarem Hinterland, riesigen Äckern, kleinen Seen und winzigen Wäldchen, wie grüne Inseln.

Das Centre de Culture am Ende der Stadt war verfallen, sein Mauerwerk brüchig und mit wildem Efeu bewachsen. Das einstige Kulturzentrum hatten längst Vögel, streunende Katzen und Liebespärchen für sich erobert. Lediglich eine Autovermietung unterhielt hier noch ein kleines Büro. Ein untersetzter Mann versah dort Wachdienst. Er war Anfang sechzig, hatte graue, kurz geschnittene Haare und einen schmalen Schnurrbart. Sein Name war Michel Carnot. Er hatte einen Telefonhörer am Ohr und sagte eben mit zigarettenrauchiger Stimme:

»Jusqu' à la prochaine fois.«

»A très bientôt …«, hieß es am anderen Ende.

Carnot legte auf. Es war später Nachmittag. Der Wachmann verschloss das Büro, schwang sich schnaufend auf sein Fahrrad und rollte mit wehendem Schal in Richtung Stadt.

Etwa zwanzig Minuten später näherte sich aus westlicher Richtung ein Geräusch wie ein Gewittergrollen, das sekündlich anschwoll, lauter und dröhnender wurde. Es ging von einem schwarzen Punkt am Himmel aus, der sich nur wenig später als riesiger, feuerrot lackierter Hubschrauber entpuppte. Seine Motoren übertönten jetzt jedes andere Geräusch. Die für Schwerlasten geeignete Maschine vom Typ Mi 12 überflog einmal das Gelände, drehte dann bei und setzte schwerfällig in dem weitläufigen Innenhof auf. Dichte Sandwolken stoben auf. Nacheinander entstiegen dem Hubschrauber zwei Männer und eine Frau, die sich eilig zur Eingangstür einer der vier Hallen begaben. Sie wussten offenbar genau, welche der Türen unverschlossen war.

»Auf Carnot ist Verlass«, sagte die Frau. Sie trug ihre Haare nicht ganz so kurz wie ein englischer Hooligan. Ihre Gesichtszüge hatten etwas Männliches.

Dumpfe, feuchte Luft schlug ihnen entgegen. Die Eingangshalle des einstigen Kulturzentrums war lange nicht durchlüftet worden. Wände und Decke waren weiß gekalkt, der Betonboden mit einem grauen Lack überstrichen. In der lang gezogenen Halle hatte man mittig zwei quadratische Räume errichtet. Die Quader waren aus Metallplatten zusammengeschweißt, mit schmalen Fenstern, aus denen ein gelbliches Licht fiel. Das Ganze wirkte wie eine künstlerisch gemeinte Reminiszenz an Verschläge einer Hühnerfarm.

Kurz darauf saß das Trio in einem der Metallverschläge an einem länglichen Tisch. Vor ihnen lagen Papiere, die in schwarzen Klemmmappen steckten.

Auf den Deckblättern stand das Wort *Hexagon*.

Im Raum war es stickig und heiß.

»Wie ist der Stand, Nina?«, fragte Colonel Timoco.

Die Frau sah ihn stumm an. In ihren Augen lag der Ausdruck eines gehetzten Tieres. »Unsere Sektion in Berlin ist bereits unterwegs in ihr Operationsgebiet. Und unsere russischen Freunde haben schon Quartier außerhalb Moskaus bezogen.«

»Klingt gut«, sagte er. »Und Sie, Vadalis?«, wandte er sich einem Mann zu, der groß gewachsen war und trotz seines Alters von etwa Ende fünfzig kein Gramm Fett zu viel hatte. Er trug eine Nickelbrille, einen streng gezogenen Seitenscheitel, und über seinen Augen durchfurchten Falten seine Stirn so gerade wie mit dem Lineal gezogen. Er sah aus wie ein in die Jahre gekommener Akademiker. Seine stahlblauen Augen leuchteten wach und kampfeslustig.

»Die Quelle von Cortez in Moskau hat uns genauestens darüber unterrichtet, wo sich unser Paket zu welchem Zeitpunkt befindet. Sobald die Operation in der Nordsee abgeschlossen ist, greifen wir an der Atlantikküste an. Zuvor muss die Ladung allerdings in das Operationsgebiet transportiert werden. Das dauert etwa zwei Tage.«

»Und unser deutscher Freund? Wann erwarten Sie sein Erscheinen?«, fragte der Colonel.

»Spätestens übermorgen Nachmittag. Hoffentlich ist er nicht zu sehr aus der Übung.«

Die Frau fuhr ihn harsch an: »So ein Quatsch! Wir haben ihn in den letzten Monaten mit einer Menge Fachzeitschriften versorgt. Er macht seit Monaten Krafttraining, und unsere Leute vor Ort sind Spezialisten. Das Einzige, was schiefgehen könnte, ist …«

Die Blicke beider Männer durchbohrten ihre Komplizin.

»… dass der Tagesablauf überraschend geändert wird. Unser Mann bekommt morgen seinen regulären Wochenbesuch, der eine Schlüsselrolle spielen wird. Wird der beispielsweise abgesagt, hat es sich erledigt. Und das wäre sehr schade.«

Die Männer bemerkten in den Augen der blonden Schönheit so etwas wie Schmerz.

»Nina«, sagte Vadalis mitfühlend, »wenn wir immer vorher wüssten, wie die Dinge laufen, hätten wir ein paar Probleme weniger.« Er wusste, warum der Frau die Angelegenheit so wichtig war. »Wie halten wir Kontakt?«, wandte sich Vadalis an den Colonel.

»Über das kleine Ding hier.« Timoco zeigte ihm eine kleine schwarze Box mit einem Bildschirm, die nicht größer als eine Streichholzschachtel war. »Voice-Mail. Ich spreche hinein, und Sie empfangen meine gesprochenen Worte schriftlich. Das Spracherkennungsprogramm ist perfekt. Alles wird natürlich bei der Übertragung verschlüsselt und später decodiert. Ich habe für jeden von uns solch ein Gerät mitgebracht.« Er wies auf ein kleines, braunes Päckchen, das auf einem Tischchen nahe der Tür lag.

»Ich werde jetzt aufbrechen«, sagte Vadalis. Der ehemalige ostdeutsche Gebirgsjäger drehte sich auf der Schwelle noch mal um. »Informieren Sie Falck?«, fragte er den Colonel. »Bis zur Weltwasserkonferenz in Nairobi sind es nur noch vier Wochen. Er muss gut vorbereitet sein, damit wir leichtes Spiel haben.«

Timoco bestätigte mit einem Kopfnicken. Vadalis trat vor die Tür und schob sie mit der Ferse hinter sich zu. Er verschwendete keinen Blick auf den geparkten Hubschrauber. Mit gesenktem Kopf überquerte er schnell den Innenhof zu einer weiteren Eingangstür, hinter der sich eine Garage befand. Nur wenige Minuten später trug er eine schwarze Lederkombination und einen Helm, schwang sich auf ein schweres Motorrad und jagte mit aufjaulendem Motor die Hallen entlang, an den Feldern vorbei in westliche Richtung.

9

Nordsee,
vor der niederländischen Insel Texel,
am späten Abend

Der Wintersturm war von den Wetterdiensten angekündigt worden und passte genau in das Kalkül der fünf Männer, die sich auf einer schwarz lackierten Quicksilver Commander mitten auf der Nordsee befanden. Das aufgewühlte Meer trieb meterhohe Wellen vor sich her, die gischtschäumend und schwer auf das schmale Vordeck des sieben Meter langen Bootes niedergingen. Doch das große Boot hielt sich tapfer und tauchte aus den Wellentälern immer wieder unbeschadet auf. Im Licht seiner Scheinwerfer glitzerten die Millionen Wassertröpfchen auf dem Deck wie weiße Diamanten.

Die Besatzung hatte unter einem Vordach Schutz gesucht. Der Mann, der das Boot lenkte, war groß gewachsen, sehnig und wog kein Gramm zu viel. Er trug eine Nickelbrille, einen streng gezogenen Seitenscheitel und seine Stirn war von messerscharfen Falten durchzogen. Die Geschwindigkeit der Quicksilver war eher mäßig. Die Männer wollten nicht riskieren, zu kentern oder über Bord gerissen zu werden. Die zweihundert PS starke Maschine röhrte, als wäre es ihre letzte Arbeit. Das elegant wirkende Boot fuhr ohne Positionslichter.

Die Männer hatten einen russischen Frachter mit Namen *Rossija-11* im Visier, der mit nur einem Container spärlich beladen war und deshalb ebenso mit der schweren See kämpfte und dabei gefährlich zur Steuer- und Backbordseite krängte. Der Frachter und sein Verfolgerboot befanden sich jetzt auf der Höhe von Texel, der größten der westfriesischen Inseln, die sich an der nordholländischen Küste entlangzogen. Die Westseite der Touristeninsel lag an der offenen Nordsee. Der mehr als dreißig Kilometer lange Sandstrand war nicht zu erkennen, denn die von der starken Gischt erfüllte Luft nahm jede Sicht. Dazu kam, dass sich die Abenddämmerung herabsenkte. In Kürze würde es dunkel werden.

Die *Rossija-11* kam aus St. Petersburg und war mit zehn Männern besetzt. Neben dem Kapitän taten ein erster und zweiter Steuermann, ein Maschinist und sein Assistent sowie fünf Deckmatrosen Dienst. Das Schiff maß fünfunddreißig

Meter in der Länge und gehörte zu den kleinen Küstenmotorschiffen. Es hatte einen Container an Bord, der mit fünfundzwanzig grellrot lackierten Fässern beladen war. Sie waren allesamt mit Totenkopfaufklebern und dem Kürzel KCN für das hochgiftige Kaliumcyanid versehen. Das Küstenmotorschiff war auf dem Weg nach Rotterdam, um die Ladung zu löschen. Die Firma CMI – Chemische Werke Rotterdam erwartete die Fässer am nächsten Morgen. Doch das Schiff hatte wegen des Sturms schon jetzt erhebliche Verspätung.

Die *Rossija-11* war ein modernes Schiff, doch hatte ein Verräter an Bord – der offiziell kurzfristig für einen erkrankten Matrosen eingesprungen war – in einem unbeobachteten Moment für einen Kurzschluss in der Schalttafel gesorgt. Nicht nur das Radar war plötzlich ausgefallen, auch das Funkgerät verweigerte hartnäckig seine Dienste.

Der Kapitän hatte überraschend unaufgeregt reagiert, seine Besatzung um sich versammelt und Zuversicht verbreitet. »Kameraden«, sagte er fest, »wir wissen genau, wo wir hinmüssen. Wir alle haben das Kartenlesen gelernt, kennen Zirkel, Sextanten und Kompass. Also, keine Sorge, wir kommen heil durch den Sturm nach Rotterdam.«

Die Männer hatten erleichtert aufgeatmet. Bei Sturmstärken zwischen neun und elf war die Vorstellung ausgesprochen ungemütlich, sich mit einer derartigen Ladung ohne Radar und Funkgerät auf dem offenen Meer zu befinden.

Inzwischen war die Quicksilver nur noch etwa fünfzig Meter vom Heck der *Rossija-11* entfernt. Der Mann an der Steuerkonsole hielt das Boot geschickt aus dem aufgewühlten Fahrwasser der Schraube. Eine zusätzliche Verwirbelung konnte er nicht gebrauchen. Das Boot tanzte ohnehin unbändig von einer Seite auf die andere. Er griff nach einem winzigen Funkgerät. Sein Gesicht war nass von der Gischt, und seine Haare klebten wie mit zu viel Gel frisiert am Kopf.

»Hier Blue Bay«, sagte er auf Englisch. »Wir sind hinter dir.« Ein Fiepen ertönte. Die Antwort kam sofort.

Wie aus dem Nichts fiel eine in die Tage gekommene Strickleiter direkt von der Reling an der Backbordseite des Frachters in die See und schleifte eine Weile lang mit. Das schwarze Boot versuchte sich dicht an die Außenwand des mit etwa elf Knoten stampfenden Frachters heranzumanövrieren. Ein schwieriges Unterfangen, denn die tosende See drängte sie immer wieder ab. Außer dem Mann am Steuer waren alle vier in schwarze Neoprenanzüge gekleidet, trugen Tauchermasken und hatten lange Tauchermesser und großkalibrige Pistolen umgeschnallt. Einer von ihnen, ein auffällig großer und breit gebauter Typ, hatte eine Tasche umgeschnallt. Noch saßen sie auf ihren schwarzen Schalensitzen, die ihnen bei dem rasanten Auf und Ab Halt gaben.

Der Steuermann gab jetzt Gas, führte das Boot längsseitig an den Frachter und versuchte, die gleiche Geschwindigkeit zu fahren. Er gab einen Befehl auf Englisch. »Ihr geht nacheinander hoch! Haltet euch dicht beieinander! Also los, Männer!«

Wie Seiltänzer balancierten die vermummten Männer über das schmale Deck des Boots. Sie ergriffen nacheinander die Leiter und schwangen sich Sprosse für Sprosse an der Außenwand des unruhigen Schiffs nach oben auf Deck. Dort wurden sie von einem Decksmatrosen erwartet, der seinen Zeigefinger auf die Lippen legte.

»Was ist mit der Wache am Bug?«, fragte der Froschmann mit der Tasche. Er sprach paschtunischen Dialekt, wie die Afghanen und Pakistani.

Der Matrose fuhr sich mit der Handkante über die Kehle.

Sein Gegenüber nickte anerkennend.

»Verhaltet euch dennoch ruhig«, wies sie der Matrose an. »Der Kapitän und seine Offiziere sind zwar mit der Handnavigation beschäftigt, aber es kann jederzeit einer der anderen Matrosen hier auftauchen.«

»Wo geht es zur Messe, Lester?«, fragte der kräftige Typ, der jetzt seine Tasche abgeschnallt und in die Hand genommen hatte.

Der Lester genannte wies auf eine Luke, die direkt in die Aufbauten führte, wo sich die Kajüten und der Steuerraum befanden und man über eine weitere Eisentreppe das Oberdeck erreichte. »Dort werden wir sie alle festsetzen«, freute er sich. Diese Aktion war ganz nach seinem Geschmack.

Flink verteilten sich die drei anderen, während der groß gewachsene Froschmann bei Lester blieb.

Dieser blickte etwas verunsichert auf sein Gegenüber. »Willst du nicht mit den anderen gehen?«, fragte er.

»Nein«, antwortete der, zog seine Waffe und schoss dem Matrosen direkt ins Herz. »Ich kann Mitwisser nicht ausstehen«, sagte er, zog den Toten im Schutz der Dunkelheit zur Tampenkiste, öffnete sie, holte die Seile heraus, warf sie neben sich und hievte die Leiche hinein. Dann klappte er den Deckel wieder zu.

Eilig folgte er den anderen. Zwei seiner Männer hielten bereits den Kapitän und die beiden Steuerleute in Schach. Angesichts der .44er-Desert-Eagle-Pistole hatten sie das Steuerhaus kampflos übergeben.

»Wo ist der andere?«, fragte er seine beiden Komplizen.

»Zur Messe«, antwortete einer knapp. Er hatte die Figur eines Boxers, war klein und stark.

Der Mann machte sich auf den Weg, wobei er seine Pistole mit der rechten Faust fest umschlossen hielt. Er erreichte eine mit Linoleum ausgelegte Treppe, schwang sich geräuschlos hinunter und hörte Stimmen. Zwei, drei Sekunden verharrte er, dann schlich er wieder vorwärts. Er erreichte eine Abbiegung, die nur nach rechts oder durch das Schott nach außen führte. Die Stimmen wurden deutlicher. Er erkannte seinen Kumpan, der Befehle erteilte.

»Ihr bleibt hier ganz ruhig sitzen. He!, he!, ruhig, hab ich gesagt. Und immer schön die Hände hinterm Kopf. Und keinen Lärm, verstanden?«

Die stürmische See setzte dem Frachter erneut heftig zu.

Der Paschtune äugte vorsichtig um die Ecke, verlor dabei mehrmals den Halt und konnte sich nur mühsam aufrecht halten. Er zählte vier Matrosen. Sein Kumpan hatte die Situation unter Kontrolle. Der Maschinist und sein Assistent waren offenkundig noch im Maschinenraum. Er machte sich auf den Weg.

Der Lärm der stampfenden Dieselaggregate wurde lauter. Schwerer Ölgeruch schlug ihm entgegen, es war stickig und heiß hier unten. Mit einem Ruck entriegelte er das schwere Eisenschott, das den Maschinenraum vom übrigen Teil des Schiffs trennte. Mit der Waffe in der Hand schlich er, so gut es eben ging, von hinten an seine Opfer heran.

Durch einen Schatten irritiert, blickte sich der Maschinist um. Er war ein breiter Kerl mit einem grob geschnittenen Gesicht. »Was …?« Weiter kam er nicht.

Der Froschmann schoss zuerst ihm und dann seinem Assistenten mitten ins Gesicht. Anschließend zog er fünf kleine Kästen mit jeweils sechs Sprengstoffstäben aus seiner Tasche, presste sie nacheinander an die eiserne Innenwand des Schiffs, wo sie dank starker Magneten haften blieben. Er installierte die Zünder, führte kleine Drähte zusammen und setzte sie mit Batterien unter Strom. Lämpchen glühten auf.

Inzwischen hatte der Mann mit der Boxerfigur im Steuerraum dem Schiff einen neuen Kurs gegeben und es in den Wind gelegt. Mit einem Knopfdruck hatte er die Ankerwinde in Gang gesetzt, die den schweren Zweizack laut rasselnd in die Tiefe der See schickte. Das Schiff lag jetzt etwas ruhiger in der schweren See, was auch nötig war, da ihnen ein schwieriges Manöver bevorstand. Der Mann trat an das Steuerbordfenster des Steuerhauses und gab seinem Kumpan in der Quicksilver ein Zeichen. Der sprach ein paar kurze Worte in ein Funkgerät.

Etwa zehn Minuten später tauchte ein exakt baugleiches Containerschiff aus dem Dunkel der gischtigen See auf, rammte mit einem kurzen Stoß das Heck der *Rossija-11* und wurde dann an ihrer Backbordseite vertäut. Die Kennung an Bug und Heck glich der *Rossija* bis ins kleinste Detail. Wortlos kletterten zwei Männer in Arbeitskombinationen und Wollmützen auf das russische Schiff hinüber und wechselten mit dem Mann im Steuerhaus ein paar Worte auf Spanisch. Der öffnete per Knopfdruck langsam die Ladeluken. Ein Kranausleger des Piratenschiffs senkte sich in den Stauraum der *Rossija-11* hinab und hob wenige Augenblicke später den Container mit den Giftfässern heraus, hievte sie über das Deck und senkte sie anschließend in die eigene Ladeluke ab. Die Taue wurden gelöst, das Schiff legte wieder ab und verschwand in der Dunkelheit in Richtung bretonische Küste.

Die Männer der Quicksilver schlossen die Besatzung der *Rossija-11* in der Messe ein, verließen das Schiff und legten mit ihrem Boot ab. In etwa hundert Metern Entfernung zog der Froschmann mit der Tasche ein präpariertes Handy heraus und betätigte einen Knopf.

Ein Feuerschein zerriss die Dunkelheit. Die *Rossija-11* bäumte sich auf wie bei einem Seebeben. Dann donnerte es ein zweites, ein drittes Mal. Das Tosen des Windes und die Geräusche des brodelnden Meeres vermischten sich mit einem dunklen Grollen. Die Decksmaschinen kippten aus ihren Verankerungen, das Schiff bekam Schlagseite, meterhohe Flammen schlugen aus seinem Innern nach außen. Es begann mit dem Heck voran zu sinken. Wieder ertönte eine Detonation;

die vordere Außenhaut riss auf, Teile von Stahltrossen, Luken und Gestänge wirbelten durch die Luft und klatschten auf das Wasser. Ein Funkenregen ging nieder und verdampfte. Das Meer verschluckte den Rest des Containerschiffs und spuckte dabei Blasen wie ein Geysir.

Die Froschmänner beobachteten beeindruckt das dramatische Geschehen. Einer rauchte.

Kurze Zeit später hielt der Mann mit der Zigarette eine schwarze Box in der Hand. Er drückte auf einen Knopf und hielt das Gerät dicht an seinen Mund. »Hola. Operation ›Glut‹ erledigt. Komplettes Chaos. Pakete unterwegs.« Dann schaltete er das Gerät wieder ab.

Mit Abebben des Explosionslärms starteten die Terroristen die Quicksilver und preschten, ohne Positionslichter zu setzen, wieder auf die offene See hinaus.

10

Bundesland Baden-Württemberg, Justizvollzugsanstalt Rippersdom, wenige Stunden später

Wie immer am Rosenmontag, der in diesem Jahr auf ein frühes Datum fiel, waren die Karnevalfans aus Rippersdom nach Freiburg gereist, um sich dort in das bunte Treiben einzureihen. Das seit zwei Jahren bestehende *Gesetz zur Unterbindung von Anschlägen des gewaltbereiten linken und rechten Spektrums an Feiertagen* griff auch zu dieser karnevalistischen Zeit. Die Umzüge Tausender maskierter und verkleideter Menschen waren von Geheimdienst- und Polizeispitzeln unterwandert, die sich die nötige Portion Schminke sowie grelle Kleidung verpasst hatten, um nicht aufzufallen.

Das mittelalterlich anmutende Zentrum Rippersdoms war menschenleer. In einem von Streusalzspritzern verschmutzten Polizeiauto dösten zwei Beamte der Landespolizei. Die Scheiben ihres Wagens waren leicht beschlagen, aus dem Auspuffrohr waberte dünner weißer Dampf.

Auch vor der Justizvollzugsanstalt herrschte noch kaum Betrieb. Erst ab zehn Uhr würden die Angehörigen der Häftlinge mit Proviantpaketen, frischer Wäsche oder Geschenken eingelassen werden, um ihre gestrauchelten Verwandten oder Freunde zu beglücken.

Im vierten Flügel des alten Gefängnisses standen alle Zellen bis auf eine leer. Der dort einsitzende Häftling erwartete zwar auch Besuch, doch einen Kuchen würde es für ihn wohl kaum geben. An der stählernen Zellentür waren in ein Metallplättchen drei Buchstaben eingraviert: *U.v.B.* Seit mehr als sechzehn Jahren war der Inhaftierte aus dem Blick der Öffentlichkeit verschwunden gewesen – bis er eher unfreiwillig wieder in die Schlagzeilen der Boulevardzeitungen geriet.

Der Häftling war ein dürrer, hochgewachsener Mann von Anfang fünfzig. Sein noch immer volles, dunkles Haar trug er wie ein Pennäler glatt zu einem Mittelscheitel gekämmt; seine stechend grünen Augen lagen in tiefen Höhlen und seine Nase ragte wie der Schnabel eines Bussards weit aus seinem Gesicht hervor. Wenn der Mann sprach, offenbarte sein Gebiss weit zurückgegangenes Zahnfleisch. Sein Name war Uwe von Bergen. Er war einmal der Führer der sogenannten dritten Generation der Rote Armee Fraktion gewesen.

Uwe von Bergen hatte zwölf Menschen getötet. Das Urteil lautete auf lebenslänglich mit anschließender Sicherheitsverwahrung und ohne Chance auf vorzeitige Entlassung. Blieb noch die Begnadigung durch Volkes Willen. Und in solch einem Fall ging dieser Wille allein vom Bundespräsidenten aus.

Eine Klingel schellte. Ein Mann trat ein, dem er vertraute. Dr. Theo Roth, Gefängnispsychologe, ein typischer Intellektueller mit Halbglatze und Goldrandbrille. Der Achtundvierzigjährige trug einen anthrazitfarbenen Anzug, schwarze Budapester Schuhe und eine teuer wirkende Armbanduhr. Der Stahl des Armbands glitzerte unter der grellen Beleuchtung. Er legte den Zellenschlüssel vor sich ab. Hinter ihm verschlossen zwei Aufseher die schwere Zellentür. Wegen guter Führung Uwe von Bergens, und weil Roth Vertrauen vor Misstrauen setzte, hatte der Therapeut bei der Gefängnisleitung durchgesetzt, mit dem Gefangenen bei den wöchentlichen Sitzungen unter vier Augen reden zu dürfen. Dass dennoch alle dreißig Minuten Wärter an der Zellentür vorbeipatrouillierten – und wenn ihnen danach war, auch durch den Türspion die Lage der Dinge kontrollierten –, beruhigte Dr. Roth.

Der Psychologe hatte seinem Patienten ein kleines Päckchen mitgebracht, das er ihm jetzt entgegenstreckte.

»Für Sie«, sagte er.

Doch Uwe von Bergen griff nicht danach.

Stattdessen bemerkte Roth in den Augen seines Häftlings Erstaunen, aber auch Abwehr. Uwe von Bergen zeigte solche Regungen nur selten. Roth glaubte, den Grund dafür zu kennen. Wer in Einzelhaft saß, hatte kaum Gelegenheit, Gefühle zu entfalten. Das letzte Mal, hatte ihm von Bergen erzählt, sei er vom überraschenden Wechsel des für mehrere Wochen gültigen Speiseplans angerührt gewesen.

»Wie fühlen Sie sich heute, Herr von Bergen?«, suchte der Psychologe einen Gesprächsbeginn. Sie duzten sich nicht, obwohl sie sich schon seit mehr als zehn Jahren kannten. Er war sein Therapeut, aber nicht sein Freund.

»Ich werde wieder wahrgenommen«, antwortete von Bergen.

»Wie meinen Sie das?«

»Die Zeitungen und Briefe.« Der Häftling wies auf einen dünnen Stapel Papier.

Seit Monaten rauschten kontrovers geführte Diskussionen um die Begnadigung einstiger RAF-Täter durch den Blätterwald deutscher Zeitungen. Auslöser war ein Interview Uwe von Bergens, in dem er den deutschen Bundeswehreinsatz in Afghanistan als »förderlich für den internationalen Terrorismus« bezeichnet hatte. Daraufhin beschäftigten sich ausgerechnet jene Boulevardzeitungen wieder mit ihm, die ihn einst gemeinsam mit dem Bundeskriminalamt und der Generalbundesanwaltschaft gehetzt hatten. Die Folge waren Sympathiebekundungen für den RAF-Mann, die in Form von Postkarten und Briefen in Rippersdom eingingen, von denen allerdings nur die harmloseren Grußbotschaften den Weg in von Bergens Zelle fanden.

Aufgrund eines Dekrets des Bundespräsidenten waren in den letzten drei Jahren nach und nach Aktivisten der einstigen Rote-Armee-Fraktion freigelassen worden. So unspektakulär der eigentliche Vorgang auch war, so sehr hatte diese Entscheidung doch die Gemüter der Öffentlichkeit erregt. Wochenlang hatten Politiker, Journalisten, geistige Wächter des deutschen Grundgesetzes und Moralisten aus allen möglichen gesellschaftlichen Schichten hitzig und polemisch die frühere Rolle der inhaftierten RAF-Terroristen diskutiert.

Niemand schien eine Art Versöhnung wirklich zu wollen. Zu sehr geriet immer wieder das Leiden der Opfer der RAF-Anschläge in den Vordergrund der Diskussion. Aber die Entscheidung des Bundespräsidenten beeinflusste offensichtlich auch die Gefängnisleitung der Justizvollzugsanstalt Rippersdom. Der prominente Vertreter der deutschen Terrorszene durfte regelmäßig Besuch von seinem Psychologen empfangen und erhielt seine Post nicht mehr mit monatelanger Verspätung.

»Und was empfinden Sie bei all diesen Sympathiebekundungen?«, fragte Dr. Roth mit echtem Interesse.

»Genugtuung.«

»Machen Sie sich keine Illusionen. Sie sind schnell wieder aus den Schlagzeilen. Wer sieht schon gern einen Terroristen als Helden!«

»Ich glaube, ich habe da draußen noch genügend Fans.«

»Ich würde sie Verirrte nennen«, konterte Roth.

»Es ist mir egal, wie Sie dazu sagen«, fauchte von Bergen zurück.

»Mäßigen Sie Ihren Ton, Bergen. Wenn Sie ein ruhiges Gespräch wollen, erwarte ich Entgegenkommen.«

Roth war als Gefängnispsychologe hart in der Sache. Zu weich oder mitleidvoll zu reagieren war in seinem Job nicht angebracht.

Der Häftling griff nach den Briefen mit der Miene eines verliebten Mannes. »Die meisten Verfasser sind Vorhut für diejenigen, die längst nicht mehr nur davon träumen, die Gesellschaft zu verändern«, gab sich von Bergen überzeugt.

»Sondern?«, drängte Roth.

»Die Aktionen der ROK im Zusammenhang mit den explodierenden Rohstoffpreisen, der Widerstand gegen die Militäreinsätze im Ausland, die weltweite Kritik an TRIAS – das sind für mich Zeichen, dass sich schlagkräftige Bewegungen gegen die Auswüchse des Kapitalismus gebildet haben.«

»Das mag alles sein«, erwiderte der Psychologe unbeeindruckt. »Aber diese sogenannte Bewegung findet ohne Sie statt. Was würde es denn bedeuten, wenn Sie nicht mehr in den Schlagzeilen stünden?«

Roths heutiges Ziel war es, herauszufinden, wie sehr sich sein Patient mit den Sympathiebekundungen identifizierte. In der Summe würden seine Gesprächsergebnisse mit darüber entscheiden, ob der ehemalige Terrorist jemals wieder freikam.

Uwe von Bergen suchte den Blick seines Psychologen.

Der sog die feuchte, etwas abgestandene Luft ein und schaute sich um. Links an der grauen Betonwand stand ein schmales Bett, gegenüber ein wackliger Schreibtisch aus Holz, davor ein harter Stuhl aus schwarzem Plastik. In der Mitte des Raums thronte eine Fitnessbank, die Uwe von Bergen seit einigen Monaten regelmäßig zu benutzen schien. Roth bemerkte an den Armen seines Patienten eine Zunahme der Muskelmasse. Uwe von Bergen bewegte sich auch nicht mehr so steif, eher elastisch, wie ein Sportler vor einem wichtigen Wettkampf. In einem Zelleneck war eine Kloschüssel verschraubt, provisorisch durch einen schmalen Vorhang vom übrigen Raum abgetrennt. Auf der gegenüberliegenden Seite hing einst hoch oben eine Kamera, die von der Anstaltsleitung aber wegen guter Führung von Bergens abgeschraubt und durch ein Mikrofon ersetzt worden war. Seither war Dr. Roth öfter der Gedanke gekommen, ob ihn sein Patient irgendwann nicht einfach niederschlagen und den Schlüssel an sich nehmen würde. Doch er verdrängte diese Gedanken immer wieder. Mal abgesehen von den Geräuschen, die ein Kampf machte, war spätestens am Ende des Ganges Schluss mit der Flucht. Durch die stark bewehrte Stahltür kamen nur Panzer.

Über dem Schreibtisch hatte von Bergen Fahndungsplakate und eine Vielzahl persönlicher Fotos aus den Siebzigerjahren an die weiße Tapete geklebt. Es waren sehr verschiedene Motive: der junge Uwe von Bergen mit seinen konservativ anmutenden Eltern; er mit seinem älteren Bruder Paul; gemeinsam mit drei Freunden am See, eine Hechtangel in der Hand; von Bergen als Verfolgter der Justiz, aber auch als zärtlicher Freund einer jungen Frau mit einem Sommersprossengesicht, heller Haut, grünen Augen und einem schwungvoll gezeichneten Mund. Ein hübsches, ganz und gar harmloses Gesicht. Ihr Porträt zeigte keine Zornesfalten, keine düstere Absicht, keine Schuld. Und doch hatte sie gemordet, genauso wie ihr Freund. Heute saß sie in Österreich in Haft. An welchem Ort, war nie an die Öffentlichkeit gedrungen. Aus Sicherheitsgründen war sie über die Jahre regelmäßig verlegt worden.

Der Häftling lehnte seinen Kopf an die Zellenwand, während der Psychologe ihn musterte.

»Ich hatte Sie etwas gefragt, Herr von Bergen.« Roths Stimme klang knurrig.

»Ich genieße diese Aufmerksamkeit natürlich«, wand sich sein Patient.

»Warum? Was löst dieses ›Wahrgenommen-Werden‹ in Ihnen aus?«

Etwas glänzte in von Bergens Augen auf. Er überlegte nicht lange. »Selbstbewusstsein, Stärke, Lebensmut.«

»Und diese Gefühle hätten Sie ohne die öffentliche Wahrnehmung nicht?«

»Alles, was mir von der Staatsanwaltschaft vorgeworfen wird, geschah in der Öffentlichkeit«, wich Uwe von Bergen erneut aus. »Unser Kampf war öffentlich und forderte Opfer aus der Öffentlichkeit. Insofern bleibe ich auch hinter diesen Mauern ein Mensch mit einer öffentlichen Geschichte.«

Der Psychologe kannte die Vita des einstmals gefährlichsten deutschen Terroristen bis ins kleinste Detail. Nina Liesegang, das Mädchen mit dem Sommersprossengesicht, war von Bergens letzte Freundin gewesen. Als sie sich begegneten, war sie gerade zweiundzwanzig Jahre alt geworden. Bis sie vor sechzehn Jahren gemeinsam mit ihm verhaftet wurde, hatten sie keinen Tag getrennt verbracht. Sie liebten sich und töteten auch gemeinsam.

Die beiden hatten sich in einem Café im Pariser Stadtteil Marais kennengelernt. Er bat sie um Feuer, es entspann sich ein Gespräch. Die Frau mit den auffällig blonden Haaren gab sich wortkarg. Bevor er erfuhr, wer sie wirklich war, trafen sie sich zweimal. Sie gingen zusammen essen, saßen in der Nähe der Pont Neuf am Ufer der Seine und redeten über politische Ideale und die Studentenrevolten in Deutschland und Frankreich. Später erzählte sie ihm, dass sie die Tochter eines ehemaligen Nazioffiziers sei, der bis zu seinem Tod nicht bereit gewesen war, seiner Familie gegenüber Rechenschaft über seine Gesinnung abzugeben.

»Ich hasste meinen Vater für sein Schweigen«, sagte Nina kalt. »Und ich hasse mein Land, in dem ehemalige Nationalsozialisten bis in die Siebzigerjahre unbehelligt Karriere machen konnten.«

Er stellte ihre Ansichten nicht in Frage. Erstens stimmten sie mit seinen überein, und zweitens passten sie ihm gut ins Konzept.

Bevor er sie für die RAF gewann, war ihre bürgerliche Karriere kurz, aber erfolgreich gewesen. Sie wurde von einem Model-Scout entdeckt, stach viele andere schöne Mädchen ihres Alters aus und schmückte weltweit die Titelseiten der großen Magazine. Sie war eine Muse von Karl Lagerfeld und Yves Saint Laurent, verdiente als Twen viel Geld und gab sich ein Pseudonym. »Mein Name erschien mir bürgerlich und klang nach einem fetten Mädchen«, erklärte sie ihm. Statt Bettina nannte sie sich fortan Nina.

Roth wusste nicht, ob und wie sehr der Häftling noch an der Frau hing. Der Terrorist erhob sich und strich jetzt zart mit den Fingern über die Glasscheibe eines der Bilderrahmen. Dahinter steckte ein Foto von ihm und Nina. Beide sahen sich verliebt in die Augen. Obwohl er mit seinem Patienten oft über die verschiedenen Fotos geredet hatte, war Roth doch kaum etwas über die Gedanken und Träume bekannt, die der ehemalige Terrorist heute damit verband.

Uwe von Bergen atmete hörbar durch.

»Woran denken Sie?«, fragte der Therapeut. »An die Vergangenheit?« Roth hielt das leichte, kleine Päckchen noch immer unter dem Arm.

»Ja, an die Vergangenheit«, sagte von Bergen gleichmütig. »Wie ich Nina instruiert habe, Banken auszukundschaften, die wir anschließend überfielen, um an Geld zu kommen. Wie wir mit Zündschnüren hantierten und Sprengstoffpakete zu Bomben umbauten. Ich sehe uns schrauben und löten und als Müllbehälter präparierte Bomben an Kreuzungen postieren. Ich sehe explodierende Autos und erinnere mich, wie sich unsere Gruppe nach den tödlichen Anschlägen trennte und nach ein paar Tagen wieder an einem geheimen Ort zusammenkam.«

»Und worüber haben Sie dann gesprochen?«

»Wir diskutierten vor allem über unsere nächsten Missionen. Haben uns gegenseitig aufgestachelt, immer wissend, dass nur ein verschwindend geringer Teil der Bevölkerung mit uns sympathisierte.« Von Bergens Stimme klang resigniert.

»Und das hat Sie nicht deprimiert oder sogar zweifeln lassen?«

Sein Patient schien auf diese Frage gewartet zu haben. Die Antwort schoss aus seinem Mund wie ein Projektil aus einem Pistolenlauf. »Im Gegenteil. Wir spürten Hochgefühle. Wir hielten uns tatsächlich für überlegen. Wir glaubten, so etwas wie visionäre Hirten für eine Schar von Millionen dummen Schafen zu sein. Die Erkenntnis, dass sich durch unsere Attentate nichts änderte, haben wir damals bewusst verdrängt. Die Gesellschaft blieb die gleiche, die Menschen blieben die gleichen.«

Uwe von Bergen blickte jetzt auf seine Zellentür, auf sein Fitnessgerät, vor sich auf den Boden, auf das viel zu hoch angebrachte Fenster und dann wieder auf den Boden. Er sah nichts, was er nicht schon millionenfach bis ins kleinste Detail mit den Augen vermessen hatte.

Roth fragte weiter. »Und dennoch brachten Sie immer wieder Politiker und Manager um. Warum?«

»Nach der Schlacht war für uns vor der Schlacht«, antwortete von Bergen kurz und knapp.

»Leiden Sie eigentlich noch immer unter Hassschüben gegenüber Ihren Richtern?«

Von Bergen sah überrascht zu Roth auf.

»Ich bin mit denen fertig«, winkte er ab. Seine Stimme hatte einen resignierten Ton, der Roth nicht entging. »Ich bin seit sechzehn Jahren inhaftiert. Der Staat hat seine Sühne bekommen.«

»Das reicht dem Staat aber nicht«, antwortete der Psychologe. »Man sähe Sie am liebsten lebendig im Gefängnis begraben. Wollen Sie das?« Roth wusste, dass er seinen Patienten provozierte. Aber er glaubte, mit dieser Strategie weiterzukommen.

Von Bergen ließ sich mit seiner Antwort Zeit.

Roth wippte auf den Fußspitzen.

»Nein«, sagte der Häftling schließlich. »Ich sehne mich nach einer Art innerer Reinigung.«

»Einer Reinigung? Wie meinen Sie das?«, fragte Roth interessiert.

»Ich sehne mich danach, meine einstmals von Hass erfüllten Emotionen endgültig unter Kontrolle zu bringen.« Der ehemalige Terrorist blickte zu seinem Therapeuten.

»Und was fühlen Sie dabei?«, fragte dieser etwas atemlos zurück. Sein Patient sprach zum ersten Mal etwas an, worauf er, Roth, lange gewartet hatte.

»Überschüssige Wut. Unterdrückte Wünsche und Lüste. Ich verachte mittlerweile meine beinahe orgiastischen Ausbrüche der Vergangenheit, weil ich sie nicht mehr verstehe.«

Roth, der während ihres Gesprächs auf Uwe von Bergen herabgeschaut hatte, setzte sich jetzt ihm gegenüber auf einen der Hocker. Er legte das Päckchen auf dem Tisch ab und schob es ein wenig zur Seite. Nach einem kurzen Moment des Nachdenkens sagte er: »Sie befreien sich nur durch das Offenlegen Ihrer Gefühle von krank machenden Affekten und neurotischen Symptomen.«

»Aber praktizieren wir das nicht schon seit ein paar Jahren?«, fragte Uwe von Bergen zurück. »Wie lange dauert denn so ein Prozess?«

Der Therapeut zuckte mit den Schultern.

»Vielleicht Ihr Leben lang. Vergessen Sie nicht, Sie sind der Täter, nicht das Opfer. Und das bis an Ihr Lebensende.«

»Und genau das werde ich nie akzeptieren«, antwortete von Bergen mit aufkeimendem Trotz in der Stimme. Gleichzeitig verhärteten sich seine Gesichtszüge.

»Das werden Sie aber müssen«, blieb Roth fest.

»Jetzt geben Sie mir endlich das Päckchen«, reagierte sein Patient gereizt.

Von Bergen erhob sich und machte einen Schritt auf Roth zu. Dieser sprang ebenfalls auf.

Sie standen jetzt kaum mehr als eine Handbreit voneinander entfernt. Von draußen drangen Geräusche durch die Zellentür. Die Wärter machten ihren Rundgang und würden in ein paar Minuten wieder verschwunden sein.

»Es steht der Absender Ihrer Mutter darauf«, sagte Roth, während er das Päckchen seinem Gegenüber in die Hand drückte.

Von Bergen wog es in den Händen wie einen Schatz.

»Ist es vorher geröntgt worden?«

»Natürlich.«

»Wie sicher kann ich mir sein, nicht umgebracht zu werden?«

»Es gibt Menschen, die Sie lieber tot als lebendig sähen, da mögen Sie Recht haben.«

Uwe von Bergen nickte unbeeindruckt. Er hatte sich an den Gedanken gewöhnt, für die Außenwelt ein Mann ohne Zukunft zu sein. In Schweigen versunken blickte er auf das Päckchen. Er nagte auf seiner Unterlippe und sagte schließlich: »Wissen Sie eigentlich, dass sich meine Mutter vor Jahren in einem Zeitungsinterview öffentlich von mir distanziert und losgesagt hat? Kein schönes Gefühl, kann ich Ihnen sagen.«

Roth schwieg dazu und nahm sich vor, das Thema Mutter zum nächsten Sitzungsgegenstand zu machen.

Sein Patient sah auf den Absender. »Hm, meine Mutter trägt wieder ihren Mädchennamen.«

Unsichtbar für Roth spielte plötzlich ein winziges Lächeln um den Mund des Häftlings. Vorsichtig löste von Bergen das von den Wärtern nur lieblos zusammengeklebte braune Papier des handtellergroßen Päckchens. Er war an der letzten Papierschicht angekommen. Zum Vorschein kam ein hellgraues Schächtelchen aus Karton.

Währenddessen blätterte der Therapeut, noch immer um Verständnis bemüht, in den Briefen an seinen Patienten. Auf seiner Stirn standen feine Schweißperlen.

Der Häftling hob den Deckel ab. Es lag eine Art Brosche darin, die wie eine Birne geformt war. Das Schmuckstück war aus Messing, mit Draht überzogen, und auf der Oberseite bildeten winzige rote Strasssteine die Buchstaben NL. Ein zusammengerolltes Zettelchen schmiegte sich an das Schmuckstück. Er zog es vorsichtig heraus und las: *Mach das Unsichtbare sichtbar. Deine Mutter.*

Im Buchstaben N befand sich eine kaum sichtbare, winzige Öffnung. An der Unterseite des bauchigen Medaillons ragte eine Art winziger Stift gerade mal einen halben Millimeter heraus. Durch eine Öse am Kopfende der Brosche war ein langes Band gezogen.

»Man kann es sich umhängen.« Von Bergen leckte seine Lippen.

Das Schmuckstück baumelte jetzt an seinem Hals.

»Wollen Sie es sich ansehen? Es ist ein Familienerbstück meiner Großmutter.«

Der Psychologe schob sich neugierig an sein Gegenüber heran.

Von Bergen streckte dem Psychologen die Brosche entgegen, drückte dabei vorsichtig und für Roth nicht wahrnehmbar mit dem Daumen auf den winzigen Stift. Sofort schoss, wie aus einer Spraydose, ein scharf riechendes Gas aus dem Schmuck.

Dr. Roth schrie auf, presste seine Hände an die Augen, rasend vor Schmerz. Mit seiner Linken presste der Terrorist den Mund des Therapeuten auseinander und schob das Schmuckstück tief in seinen Hals. Zwei, drei Mal drückte der Häftling mitleidlos auf den Stift. Erst als sein Therapeut bewusstlos zu Boden sank, hielt er inne.

Er überlegte nicht lange: Rasch streifte er die Gefängnisuniform ab, entkleidete den Psychologen und stieg in dessen etwas zu weite Hose, Hemd, Jackett und Mantel. Er griff in die Innentasche des Jacketts und lächelte dann kalt. Er hielt eine kleine, handliche Pistole in der Hand. Von Bergen lud das unerhoffte Geschenk durch und entsicherte die Waffe. Er griff nach den Schlüsseln auf dem Tisch und öffnete vorsichtig die Zellentür.

Zwischen der Ankunft des Therapeuten und seiner Betäubung war etwas mehr als eine halbe Stunde vergangen. In dieser Zeit hatte sich vor den Gefängnistoren etwas zunächst nicht weiter Ungewöhnliches ereignet: Einmal monatlich untersuchte eine Baufirma aus der benachbarten Ortschaft Graben-Neudorf den Zustand der Fluchtmauer, der Wachtürme und des Dachs des achteckigen Gefängnisbaus. Mehr als hundertfünfzig Jahre hatten an den Mauersteinen gefressen und sie porös werden lassen. Normalerweise entlieh die Firma dazu einen Kranwagen von der Freiwilligen Feuerwehr des Örtchens. Ungewöhnlich schien nur, dass die Arbeiter ausgerechnet an einem Feiertag anrückten, hatte doch die Feuerwehr heute, am Rosenmontag, frei. Statt ihrer hatte eine Fremdfirma, ausgestattet mit einem offiziellen Schreiben, kurzerhand einen Kranwagen zur Verfügung gestellt und war mit einem vierachsigen Ungetüm vorgefahren, dessen Ausleger weit in den Gefängnishof hineinreichte.

Schornsteinarbeiten auf dem Dach des Zentralgebäudes, hieß es auf dem Auftragsblatt, das der Gefängnisleitung zugegangen war. *Genehmigt*, stand auf dem offiziellen Antwortschreiben an die Firma.

Aus Sicherheitsgründen durften die Handwerker nicht zu Fuß durch die normalen Eingänge in die Vollzugsanstalt kommen. Zu groß sei die Gefahr, hieß es seitens der Gefängnisleitung, dass durch Bestechung von Beamten Waffen hineingeschmuggelt wurden. Für sämtliche Arbeiten, die nicht von hoch oben und von Kranauslegern aus zu erledigen waren, beschäftigte das Gefängnis eigenes Personal.

Die acht Wachtürme der Zellentrakte waren jeweils mit zwei bewaffneten Männern besetzt. Im Innern waren sie kaum größer als eine Duschkabine. Lange, schmale Gänge verbanden die Türme miteinander. Die Wachen sahen mit einer Mischung aus Respekt und Langeweile auf den Liebherr-Kran, auf dessen rote Seitenflanken das Wort *Mammoet* mit weißer Farbe gepinselt war. Einer der Arbeiter saß in der Fahrerkabine, ein weiterer, untersetzter, kräftig gebauter Mann hantierte an den Hebeln des Krans. Sein Atem gefror in der kalten Luft. Während der Kranausleger sich nach und nach über die Mauern in den Innenhof schob, kletterten vier Männer über eine Metallleiter in den Ausleger an dessen Spitze. Über den Schultern trugen sie riesige blaue Werkzeugtaschen.

Der Motor des Krans machte einen Höllenlärm. Jetzt befand sich der Ausleger bereits drei Meter über den Gefängnismauern. Der Hof, durchschnitten von den steinernen Anstaltsflügeln, war nur noch leicht schneebedeckt und von mehreren Betonwegen eingefasst. Die vier Männer blickten aus etwa zehn Metern Höhe auf das Geschehen. Sie schwebten nun über den Besucherbaracken, vor denen ein Kinderspielplatz angelegt war. Die Karussells aus rotem und grünem Kunststoff waren von einer dünnen Eisschicht bedeckt. Jetzt kam ein kleiner, dick eingemummelter Junge aus dem Besucherraum gerannt und zerrte an einer der schmutzigen Wippen, die im Betonboden befestigt waren. Durch ein geöffnetes Fenster der Besucherräume waren Betten zu sehen, die für genehmigte Liebesspiele zwischen Ehefrauen und ihren inhaftierten Männern an die Wände geschraubt waren.

Während sich der Kranausleger stetig weiter zur Kuppel des Zentralbaus vorarbeitete, war im Inneren des Gefängnisses Uwe von Bergen wie selbstverständlich mit ruhigen Schritten den etwa dreißig Meter langen Zellengang bis zum Ende gegangen. Dabei hatte er sich vorsichtshalber dicht an der linken Wand des Zellenflurs gehalten. Hoch oben an der ersten Sicherheitsschleuse erfasste eine Kamera den Zellentrakt. Sie lieferte zwar scharfe Bilder, aber nur in Schwarz-Weiß. Noch taugte der Anzug des Psychologen als perfekte Tarnung. Niemand hielt Uwe von Bergen auf.

Mit dem Pistolenknauf klopfte er mehrmals gegen die Eisenstreben der Schleuse. Dabei drehte er sein Gesicht so weit es ging zur Seite. Die Kamera filmte nun seinen Hinterkopf und den Anzug.

Schlüssel klirrten laut im Schloss. Als sich die Tür öffnete, sprang er mit erhobener Waffe auf den Schließer zu. Völlig perplex zögerte dieser eine Sekunde zu lang. Von Bergen rammte ihm mit aller Kraft den rechten Ellenbogen in die Magengrube. Von der Wucht überrascht, kippte der Wärter zur Seite und schlug mit dem Kopf hart auf dem Boden auf. Von Bergen sprühte ihm drei Stöße Gas in den Hals und ließ ihn liegen, wo er war.

Hinter der Schleuse sah der Häftling bereits den lichtdurchfluteten Ausgang des Gefängnistrakts, in dem er so viele Jahre eingesperrt gewesen war. Mit ausgestrecktem Arm und entsicherter Waffe sprintete er auf den Ausgang zu.

Alarmsirenen begannen zu heulen. Aus Seitengängen stürmten Wachmänner auf ihn zu.

»Bleibt, wo ihr seid!«, schrie von Bergen. Er gab einen Warnschuss ab, der augenblicklich Wirkung zeigte. Der Terrorist sah, wie sich breite Gitter aus Eisenstäben langsam vor die Tür zum Innenhof des Trakts schoben. Er bewegte sich jetzt nur noch seitlich vorwärts, immer die Wachen vor und hinter sich im Blick. Als sich einer von ihnen bewegte, schoss von Bergen erneut. Die Kugel pfiff durch den Gang und schlug in eine Wand ein. Mit einem Sprung war er in einer Art Glaskabine, in der ein Wärter die eiserne Sicherheitstür betätigte. Von Bergen hielt ihm die Pistole an die Schläfe.

»Aufmachen, aber schnell!«

Ängstlich sah der Mann zu ihm auf, blickte dann aber schnell wieder auf eine Konsole mit roten Knöpfen.

»Wird's bald?!«

Der Wärter parierte. Die Stahltür fuhr zurück.

Von Bergen wartete kurz ab und schoss dem Mann dann ins Bein. Der kippte jammernd vom Stuhl.

Der Ausbrecher sicherte sich nach vorn ab, hielt die Waffe dabei genau vor seinen Kopf und schritt rückwärts auf die Außentür zu. Er hatte die fünf verbliebenen Wärter genau im Visier.

»Machen Sie keinen Scheiß!«, rief einer von ihnen. »Sie werden hier drin verfaulen, wenn wir Sie kriegen.« Doch niemand rührte sich, niemand wagte einen Zugriff.

Der RAF-Häftling drückte die Stahlklinke auf und schlüpfte behände ins Freie.

Der Kopf des Kranauslegers war genau über ihm. Er blickte hinauf, dicht an die Mauer des Zentralgebäudes gepresst. Er sah vier Männer mit Maschinenpistolen in den Händen. Ihre leeren Werkzeugtaschen flatterten lose über ihren Rücken. Einer der Kranarbeiter winkte ihm zu. Die anderen drei hielten ihre Waffen auf drei der Wachtürme gerichtet. Die übrigen fünf Türme befanden sich im toten Winkel des kuppelartigen Zentralbaus. Langsam senkte sich der Kranausleger herab.

Die Wärter des betroffenen Zellentrakts stürmten auf den Ausgang zu. Der Kranausleger brauchte nur noch wenige Zentimeter, bis Uwe von Bergen nach den Stahlrippen greifen konnte. Der erste Wärter schoss. Die Kugel prallte an dem Ausleger ab. Uwe von Bergen zog sich hinauf und legte sich flach auf den Bauch. Von Bergens Befreier eröffneten das Feuer; die Wachen wichen panisch zurück. Aus zwei Maschinenpistolen kamen Rauchgasgeschosse, die nacheinander in den Türmen und auf dem Platz vor dem Zentralgebäude einschlugen und das gesamte Terrain blitzschnell einnebelten. Windstille und Kälte ließen die giftigen Schwaden träge im Innenhof hängen bleiben.

Die Männer auf dem Kran zogen sich blitzschnell Atemmasken über. Erneut schossen die Wachen wild um sich. Doch sie trafen keinen ihrer Gegner, die mit kühnen Sprüngen aus dem Korb des Auslegers in die Steuerkabine flüchteten.

Kaum ruckte der vierachsige Liebherr-Kran schwerfällig an, waren aus der Ferne die Sirenen der Polizei zu hören. Ihr Heulen schwoll an, kam näher und näher. Der schwere Lastwagen nahm Fahrt auf, erreichte eine Geschwindigkeit von etwa achtzig Stundenkilometern und walzte auf der Flucht durch die engen Straßen jedes Hindernis nieder. Ohne Rücksicht auf den fließenden Verkehr überfuhr der Koloss Kreuzungen, überrollte Müllbehälter, Fahrräder und Verkehrsinseln für Fußgänger.

Kurz hinter dem Ortsausgang klingelte das Handy des Fahrers. Hektisch sprach der Mann ein paar kurze Worte hinein, behielt dabei aber ständig den Rückspiegel im Blick. Dann wandte er sich an Uwe von Bergen, der sich nur mühsam in seinem Sitz aufrecht hielt.

»Du wirst gleich aussteigen. Und zwar am besten dort vorn.«

Der Fahrer zeigte auf eine scharfe Kurve, hinter der sich ein Weizenfeld erstreckte. Sie war etwa achthundert Meter entfernt.

»Dort wartet ein Mercedes auf dich. Wir werden jetzt mal ein bisschen manövrieren, um die Bullen auf Distanz zu halten.«

Das riesige Ungetüm scherte weit nach rechts aus und fegte dabei einen stattlichen hölzernen Gartenzaun hinweg, dessen Trümmer durch den Vorgarten schossen und an den Wänden des protzigen Einfamilienhauses zersplitterten. Als der Fahrer scharf nach links zurücklenkte, um einen zum Überholen ansetzenden Polizeiwagen abzudrängen, neigte sich der Kranwagen zur Seite und schien ein paar Sekunden lang nur auf seinen linken Reifen zu fahren. Mit einem dumpfen Bollern legte er sich kurz danach wieder in die Spur. Sie näherten sich der Kurve.

»Festhalten«, rief der Fahrer und trat abrupt auf die Bremse. Während die Räder des Liebherr blockierten und der Fahrer den Truck kaum noch halten konnte, bewahrte die Enge des Steuerhauses die flüchtenden Männer vor schlimmeren Verletzungen. Die ersten drei von dem Manöver überraschten

Polizeiwagen krachten ins Heck des Kranwagens und schleuderten von der Straße. Einer der Wagen beendete seinen Schlingerkurs frontal an einem Baum.

Der Fahrer des Krantrucks gab wieder kräftig Gas und nutzte den entstandenen Vorteil. Unsichtbar für die sich berappelnden Verfolger sprang Uwe von Bergen am Ausgang der scharfen Kurve aus dem Steuerhaus und wechselte in ein Mercedes-Cabrio, der mit aufjaulendem Motor einen Satz nach vorn machte und im Schatten des Liebherr auf der Landstraße davonraste. Der Kran nahm wieder Fahrt auf, dicht gefolgt von einem Tross zerbeulter und zerschrammter Streifenwagen, die an dem Koloss klebten wie Jagdhunde an einem Bären.

11

Währenddessen in Berlin

Uwe von Bergens Ausbruch lag jetzt eine Viertelstunde zurück; die wilde Verfolgungsjagd dauerte weiter an. Konrad Kaltenborn, Chef des Bundeskriminalamts, balancierte den Telefonhörer zwischen Ohr und Schulter. Ein Mitarbeiter vom Landeskriminalamt Stuttgart war am Apparat, der ihm die dürftigen Informationen eines überforderten Landesbeamten zutrug. Kaltenborns sonst eher knurrig-ruhige Stimme schnappte über.

»Wie bitte? Ein abgehalfterter Häftling spaziert über eine Kranleiter aus einem Hochsicherheitsknast? Sind Sie verrückt, Mann? Was haben wir denn da für Nieten vor Ort?«

Kaltenborn versetzte seinem Papierkorb einen Tritt. Papiere wehten über den Boden, der Blecheimer trug eine Beule davon.

»Sind die Zufahrtsstraßen gesperrt? Gepanzerte Posten aufgestellt? Hubschrauber in der Luft? Was habt ihr unternommen?«

Sein Gesicht war feuerrot, der Adrenalinspiegel bedenklich hoch. Er presste den Oberkörper an den Schreibtisch, die rechte Hand hielt die Computermaus umklammert. Mit einem kurzen Ruck riss er das Gerät über das Gummipad, bewegte den Cursor auf den Button einer Nachrichten-Online-Seite, längst damit rechnend, dass Journalisten vor Ort mal wieder mehr wussten als er selbst.

Der Mann aus Stuttgart reagierte gelassen. Es war nicht das erste Mal, dass Berlin glaubte, die Provinz sei unfähig, eine gefährliche Lage selbst in den Griff zu bekommen. Und seit das BKA wie eine Geheimdienstbehörde agieren durfte, benahmen sich die Mitarbeiter auch immer öfter so: Sie hielten Informationen zurück und überließen die stupide und wenig abwechslungsreiche Kärrnerarbeit den Landeskriminalämtern.

»Uwe von Bergen war sehr gut vorbereitet«, musste Kaltenborn sich anhören. »Der Ausbruch war perfekt organisiert, und so ein Liebherr hat ziemlich viel Power ...«

Kaltenborn unterbrach den Mann prompt. »Höre ich da so etwas wie Respekt vor den Tätern heraus?«, fragte er zornig.

»Nicht vor den Tätern«, antwortete der LKA-Beamte, »nur vor der Tat. Die Sache mit dem Kran war schon ein Coup. Sechs Männer hielten viermal so viele Wachleute in Schach. Ich werde das Gefühl nicht los, dass hier etwas nicht stimmt. Vielleicht hatten die Täter in der Justizvollzugsanstalt Helfer? Es ist unvorstellbar, dass ein Kran am helllichten Tag einen Mörder aus einem Hochsicherheitsgefängnis hieven kann.«

»Sie sind ein Dummkopf«, schnauzte Kaltenborn. »Die haben was aus dem Hut gezaubert, womit niemand gerechnet hat. Kein Wunder, dass sie erfolgreich waren. Aber die Flucht, die hätte verhindert werden können. Warum haben die Polizeibeamten vor Ort so kläglich versagt?«

»Die Täter benutzen den Kran wie einen Panzer. Walzen momentan alles nieder, was sich ihnen in den Weg stellt. Ich glaube, die Polizisten haben ganz einfach nur Angst um ihr Leben.«

»Und nun? Wo ist dieser Scheißkerl von Ex-Terrorist jetzt?«

»Sitzt auch in diesem Kranwagen. Bewegt sich Richtung Westen. Wir haben bereits Hubschrauber in der Luft.«

»Bleiben Sie an ihm dran. Wir werden von hier aus weitere Maßnahmen veranlassen. Ende.«

Der BKA-Direktor griff nach seinem Tischtelefon und tippte eine Nummer ein. Kurz darauf nahm in seinem Vorzimmer eine brünette, zierlich gewachsene Frau von Anfang vierzig den Hörer ab. Sie war Kaltenborns Sekretärin und Vertraute.

»Witha, stöpseln Sie mir eine sichere Leitung zu Innenminister Cromme. Es eilt.«

Er lauschte angestrengt in den Hörer. Er hörte eine Stimme.

»Ebby, endlich«, knurrte Kaltenborn in den Hörer, »hast du von der Scheiße in Rippersdom gehört?«

Innenminister Eberhard Cromme gab sich ahnungslos.

Kaltenborn berichtete ihm kurz von den Vorgängen und schlug dann vor: »Lösen Sie Sicherheitsstufe zwei aus. Wir brauchen Zugriff auf jede Datenbank. Und wir müssen Leute reaktivieren, die bis heute schlafen durften. Die Sache stinkt.«

»Von mir haben Sie grünes Licht«, sagte Cromme nach einem kurzen Moment. »Ich werde allerdings die Bundeskanzlerin davon unterrichten.«

Der Innenminister war kein Freund von Bundeskanzlerin Lydia Sprado, er war aber auch nicht ihr Feind. Solche Fälle wie der Ausbruch eines brandgefährlichen Häftlings erforderten schnelle Entscheidungen und nicht erst die Ausarbeitung einer Tischvorlage.

»Tun Sie das«, brummte Kaltenborn und legte auf. Entspannt legte er seine Füße auf den Tisch. Von Wut war in seinem Gesicht sehr plötzlich nichts mehr zu sehen.

Zu diesem Zeitpunkt hatte Markus Croy bereits ein Hubschrauberteam zusammengestellt und Kaltenborn eine Kurzmitteilung gesandt. Dieser Ausbruch passte nur zu gut zu den aktuellen Ereignissen und war deshalb für Croy eindeutig eine Angelegenheit für T3. Bevor er seinen früheren Chef Kaltenborn informierte, hatte er sich bereits mit Kanzleramtsminister Wilkens abgestimmt. Schließlich gehörte T3 zum Bundeskanzleramt und holte sich demzufolge auch von dort die Order.

Kaltenborn hatte die Kurzmitteilung etwas ungehalten zur Kenntnis genommen. Offensichtlich hatte er sich noch nicht daran gewöhnt, dass Croy von ihm unabhängig arbeitete.

Das schwere Fluchtfahrzeug fuhr einen Zickzackkurs, um seine Verfolger auf Distanz zu halten. An einer Kreuzung missachtete der Kranwagen ein Stoppschild und schob mit Wucht zwei Autos von der Fahrbahn, die nicht mehr rechtzeitig bremsen konnten. Nach weiteren zweihundert Metern versperrte ihm eine eilends errichtete Polizeibarrikade den Weg. Fünf BMW-Streifenwagen und zwei gepanzerte Polizeiwannen standen quer zur Straße. Die Beamten hielten ihre Pistolen schussbereit von sich gestreckt. Über ihnen schwebte ein Hubschrauber der Bundespolizei.

Bis auf den Fahrer duckten sich die Terroristen tief in die Sitze. Als die Beamten das Feuer eröffneten, war der Truck etwa einhundert Meter von der Absperrung entfernt. Der Fahrer drückte das Gaspedal bis zum Anschlag durch. Mit gut achtzig Stundenkilometern donnerte der Vierachser auf das Hindernis zu. Aus dem Hubschrauber feuerten zwei Maschinenpistolen auf das Führerhaus. Kugeln durchsiebten die

Frontscheibe. Ein Schauer aus feinen Glasstückchen regnete auf die Männer herab und verletzte zwei von ihnen am Kopf. Doch die meisten Projektile verfehlten ihr Ziel und pfiffen durchs Dach wieder hinaus. Mit ohrenbetäubendem Krachen rammte das Fluchtgefährt die Polizeiwagen und schleuderte sie wie Spielzeuge von der Straße. Vier Wagen wurden in die Luft gehoben, überschlugen sich und prallten beim Absturz aufeinander. Ausfließendes Benzin entzündete sich und setzte die Wracks in Brand.

In etwa zwei Kilometern Entfernung säumte ein dichter Fichtenwald auf beiden Seiten die Straße. Die Männer blickten angestrengt durch die zersplitterte Frontscheibe. Nicht nur ihre Gesichter waren von den Strapazen der Flucht gezeichnet, blutende Hände, Schürfwunden an Hals und Kopf zeugten von der wilden Verfolgungsjagd.

»Dort steigen wir aus«, brüllte der Fahrer.

Zu diesem Zeitpunkt war Uwe von Bergen bereits auf dem Weg zur deutsch-französischen Grenze. Das Dach des Mercedes-Cabriolets war eingeklappt, der Fahrer, ein Mann von Mitte fünfzig, mit fleischigem Gesicht und Halbglatze, hielt das Lenkrad nervös umklammert. Niemand folgte ihnen. Der Coup hatte funktioniert.

»Wie heißt du?«, fragte Uwe von Bergen.

»Lombard«, erwiderte der andere.

»Und wohin geht die Reise?«

»Nach Paris. Ich hab dir die Adresse auf ein Streichholzbriefchen geschrieben. Wie es dann weitergeht, sagen dir Verbindungsleute vor Ort.«

Uwe von Bergen schwieg. Die Befreiungsaktion hatte ihn nicht sonderlich überrascht. In einem der zahlreichen Briefe, die ihn in den vergangenen Wochen erreicht hatten, war in verschlüsselter Form von Flucht und Befreiung die Rede gewesen. Und als er Ninas Kürzel auf dem angeblichen Erbstück seiner Großmutter entdeckte, war ihm klar, dass die Aktion begonnen hatte.

»Du hast professionell reagiert, als wir dich da rausgeholt haben«, bemerkte Lombard.

»Ich habe als aktiver Revolutionär gelernt, auf bestimmte Codes und Zeichen zu achten«, antwortete von Bergen in selbstgefälligem Ton. »Offensichtlich ist mir dieses Wissen nicht verloren gegangen.«

»Aber du hast lange im Knast gesessen«, wandte der andere ein. »Hätte ja sein können, dass du aus der Übung bist. Aber du scheinst körperlich fit zu sein.« Lombard drehte grinsend seinen Kopf zu Uwe von Bergen.

Der blickte starr geradeaus. Die Straßen waren kurvig, die Luft feucht und trüb.

»Wenn du weißt, du bist für immer weggeschlossen, bleiben dir nur zwei Möglichkeiten: Entweder du gibst dich auf und vermoderst äußerlich wie innerlich, oder du träumst von einem Neuanfang wie diesem hier und arbeitest und feilst an dir wie ein Bildhauer an seinem Werk. Ich habe immer an Letzteres geglaubt.«

»Woher konntest du wissen, dass dich irgendwann jemand aus dem Knast rausholt?«

»Ich habe in meinem Leben nur zwei Sorten von Menschen kennengelernt: den Judas, der dich verrät, und den Freund, der zu dir hält. Leider hat der Freund etwas länger auf sich warten lassen, als ich mir erhofft hatte.« Von Bergen strich mit den Fingerspitzen über das zerschlissene Leder des Wagens.

»Und wie fühlt es sich an, wieder frei zu sein?«, fragte der Fahrer. Auf seiner Stirn bildeten sich feine Schweißtröpfchen.

»Grandios.« Mehr sagte Uwe von Bergen nicht.

Der Mercedes fuhr in einen etwa sechshundert Meter langen, gut beleuchteten Bergtunnel hinein, der auf eine Straße hinausführte, die sehr kurvig war. Auf ihrer linken Seite ging es einen steilen Abhang hinab, während sie rechts von einer lang gezogenen Anhöhe begrenzt wurde.

»Wir erreichen gleich ein Plateau«, sagte Lombard. »Von dort führt eine kaum ausgebaute Landstraße direkt über die grüne Grenze nach Frankreich. Wir werden tanken, etwas essen und dann direkt weiter nach Paris fahren. Dort werden wir erwartet.«

Auf weitere Nachfragen Uwe von Bergens hüllte sich Lombard in Schweigen und verwies auf die Anweisungen eines Mannes, von dem der entflohene Terrorist noch nie etwas gehört hatte. Sein Name war General Cortez.

Der Kranwagen hatte jetzt die ersten Ausläufer des großflächigen Waldstücks erreicht. Seine Bäume standen dicht an dicht. Der Fahrer des Liebherr hielt verzweifelt nach einer Lichtung Ausschau. Die Teerstraße war jetzt breit genug, und die Polizeiwagen bedrängten den Kran immer hartnäckiger. Einige schlossen jetzt sogar von links auf. Drei, vier gezielte Schüsse reichten, um zwei der acht Reifen des gewaltigen Trucks zu zerfetzen. Der Liebherr begann sich stark zur Seite zu neigen. Der Fahrer kurbelte wie wild am Lenkrad – dann verlor er die Kontrolle über den schweren Truck. Das zwanzig Tonnen schwere Ungetüm kippte über die Seite in eine Lichtung von der Größe eines Tennisplatzes. Als seien mehrere Minen gleichzeitig gezündet worden, stoben Tonnen von Waldboden, Laub, trockenen Zweigen und nassem Humus in die Höhe. Junge Bäume, Unterholz und Geäst schleifte der Koloss mit sich, als seien es Streichhölzer. Das Fahrzeug schoss über die Lichtung in den immer dichter werdenden Wald hinein und riss eine mehr als zwanzig Meter breite Schneise. Der Ausleger brach aus seiner Verankerung und durchschlug eine Armee von Baumstämmen. Kräftige Wurzeln rissen erst den einen, dann den anderen Blechbehälter der Doppeltanks auf. Hunderte Liter Diesel verseuchten die fruchtbare Walderde zu einem öligen Schlamm. Erst die Standfestigkeit eines stattlichen Ahorns setzte der zerstörerischen Rutschpartie des stählernen Kolosses ein Ende. Mit einem letzten infernalischen Krachen verstummten der dröhnende Motorenlärm und das Ächzen fallender Bäume. Aus der Ferne heulten Polizeisirenen heran, das heisere Brummen von Hubschraubern war zu hören.

Zwei Minuten später waren die ersten Streifenwagen vor Ort. Vier der fünf Flüchtigen lagen, von Streben, Scheiben und Armaturen zerquetscht, in der Fahrerkabine. Der Anblick der toten Männer verschlug den Polizisten die Sprache und hemmte schnelle Entscheidungen.

In einem Helikopter hielt T3-Agent Markus Croy ein Fernglas in der Hand und suchte immer wieder das riesige Waldgebiet ab. Noch hatten sie das Gebiet des gewaltigen Crashs nicht erreicht. Croy bedrängte den Piloten, tiefer zu fliegen. Er wusste, wenn er die Flucht des deutschen Terroristen beenden wollte, musste er demnächst aussteigen.

Als Croy der Lichtung und der rauchenden Trümmer ansichtig wurde, dirigierte er den Hubschrauber in die Tiefe.

Als er gelandet war, eilte der Spezialagent zu dem völlig zerstörten Fahrzeug. Erst kurz vor dem Wrack verlangsamte er seine Schritte. Beim Anblick der blutigen Leiber der Männer krampfte sich sein Magen zusammen. Doch er fing sich schnell wieder, streifte die Gummihandschuhe über, die er stets bei sich trug, und durchsuchte vorsichtig die Jackentaschen der Toten nach verwertbarem Material. Einer der Männer bewegte sich noch. Teile des zersplitterten Lenkrads hatten sich tief in dessen Unterbauch gebohrt. Obwohl er schwer verletzt war, hielt er seine Augen geöffnet und flüsterte irgendetwas.

Croy beugte sich tief hinunter, bis sein Ohr fast den Mund des Verletzten berührte. Ohne zu zögern, griff er nach der Hand des Mannes. Sie fühlte sich kalt an. Nach einem kurzen Moment bewegten sich zwei Finger in der Hand des Agenten.

»Was wollen Sie mir sagen?«, fragte Croy eindringlich.

Der Mann stöhnte leise, machte eine abwehrende Bewegung. Delirierte er bereits? Croy war unsicher. Er versuchte es mit einer konkreten Frage.

»In wessen Auftrag habt ihr Uwe von Bergen rausgeholt?«

Wieder erhielt er als Antwort nur ein Stöhnen.

»Na los, sag es mir!«, drängte er. Der Schwerverletzte, ein Mann um die fünfzig mit pechschwarzem Haar und langen Koteletten, starrte ihn mit glasigen Augen an. Er griff sich mit seiner freien Hand an den Hals. Croy sah auf ein silbernes Kreuz. Blut rann dem Mann jetzt aus Mund und Nase. Croy wusste, dass es zu Ende ging.

»Stirb nicht in Schuld«, sagte der T3-Agent mit Blick auf den Halsschmuck des Sterbenden. »Du hast nichts mehr zu verlieren.«

Und dann, endlich, erhielt Croy als Antwort ein Flüstern.

»Vadalis. Es war seine Idee.«

»*Der* Paul Vadalis?«, fragte Croy schnell zurück, obwohl er wusste, dass jetzt keine Zeit mehr für detaillierte Fragen blieb. »Wo finde ich Uwe von Bergen?«, bohrte er weiter. »Nur ein Anhaltspunkt, bitte.«

Er umschloss die Hand des Mannes jetzt noch fester. Dessen Finger reagierten erneut in der Hand des Ermittlers. Croy nahm die Aufgabe an, den Verbrecher in den Tod zu begleiten. Er strich ihm die schweißnassen Haare aus der Stirn. Kurz, aber intensiv flackerten in Croy Erinnerungen an seine Kindheit auf. Als er als Siebenjähriger vom Dach des Einfamilienhauses gestürzt war, weil er an die Nüsse des Walnussbaums gelangen wollte, die für den kleinen Markus viel zu hoch hingen. Nach dem Unfall, der ihn beinahe das Leben gekostet hatte, hatte sein Stiefvater oft an seinem Krankenbett gesessen, dem schwer verletzten Jungen die Hand gehalten und ihm über die Stirn gestrichen.

»Paris«, flüsterte der Sterbende. »Rue Amelot. Zirkus.«

Fest umschlossen seine Finger das Christuskreuz, das jetzt blutverschmiert war. Ein Zucken ging durch den malträtierten Körper des Mannes. Sein Mund öffnete sich, und ein knarrendes Geräusch drang aus seiner Kehle. Seine Pupillen wurden starr, das Augenlicht erlosch.

Croy entzog dem Toten seine Hand und drückte ihm die Lider zu.

Croy kehrte zum Helikopter zurück und nannte dem Piloten das neue Ziel.

Auf dem Flug verfasste er auf seinem mobilen Communicator eine E-Mail an seine beiden T3-Kollegen, den CIA-Agenten Vincent Talo und die russische FSB-Agentin Maria Uljanowa. Nach einem Tankstopp bei belgischen Kollegen und vier Stunden Flug landete der Helikopter auf dem Dach des Hauptquartiers der Gendarmerie Nationale. Während des gesamten Flugs hatte Croy kein Wort gesprochen.

Er verzichtete auf einen Polizeiwagen und nahm sich stattdessen ein Taxi zur Rue Amelot. Die schmale Straße verlief parallel zum Boulevard Beaumarchais, der das 3. Arrondissement vom Marais-Viertel trennte. Im Haus Nummer 54, dem eher unscheinbaren Grand Hôtel Amelot, mietete er ein kleines Zimmer mit Doppelbett, Dusche, Internetanschluss und Blick auf die Straße. Er nahm sich kaum Zeit, die Zimmereinrichtung zu begutachten. Es trieb ihn wieder hinaus, um einen Zirkus zu finden, der sich angeblich in eben jener Straße befand. Er war überzeugt, dass der sterbende Mann ihn nicht belogen hatte.

12

Berlin, zur selben Zeit

In Berlin war Bundesinnenminister Eberhard Cromme soeben seinem Dienstwagen entstiegen und eilte durch die weit offene Halle des Bundeskanzleramts in den zweiten Stock des hellen Betonbaus. Diskret betrat der Minister das Büro von Kanzlerin Lydia Sprado, schaltete dann aber sofort zwei Gänge hoch.

Sprado blickte in ein entschlossen wirkendes Gesicht.

»Frau Bundeskanzlerin, schlechte Nachrichten. Ein ehemaliger RAF-Terrorist ist heute Morgen aus der JVA Rippersdom ausgebrochen.«

Die Kanzlerin blickte ihn verständnislos an. »Wer? Was? Wo?« Mehr brachte sie nicht heraus. Sie war mit ihren Gedanken gerade ganz woanders gewesen. Und seit sie ihren wichtigsten Ministern gestattet hatte, ihr auch ohne vorherige Anmeldung und kurze Vorabinformationen an ihren Büroleiter sicherheitsrelevante Belange des deutschen Staates vorzutragen, häuften sich derartige Situationen. »Noch mal langsam von vorn, bitte.«

Cromme schien irritiert. Er stand jetzt wie ein Pennäler vor ihrem Schreibtisch. »Uwe von Bergen. Sie erinnern sich? Der letzte große RAF-Prozess Anfang der Neunzigerjahre.«

»Etwa *der* Uwe von Bergen?«, brachte sie endlich heraus. »Der Mann unserer schlaflosen Nächte aus den Siebzigern?«

Cromme guckte etwas schief. Schlaflose Nächte bereitete ihm eher die Frauenwelt, mit der es nicht so lief, wie er es sich vorstellte.

»Ja, *der* Uwe von Bergen«, bestätigte er und fummelte nach einer Zigarette.

»Vergessen Sie es«, zischte sie. »Sie dürfen erst wieder rauchen, wenn ich wieder rauche. Und dafür muss eine Menge mehr passieren.«

»Ein erneutes Attentat in Deutschland vielleicht?«, parierte er, biss sich aber sofort auf die Zunge. Derlei Späße hatte Frau Sprado gar nicht gern.

Eberhard Cromme war nun schon seit vier Jahren Innenminister im Kabinett von Lydia Sprado. Seine Chefin war in der Zeit ihrer Regierungsverantwortung kaum gealtert. Sie strich sich einzelne Strähnen ihres Ponys aus der Stirn. Ansonsten saß ihre auftoupierte Frisur, die sie schon seit Jahren an den Ohren und im Nacken kurz hielt, wie betoniert. Sie trug – wie üblich – ein eng geschnittenes orangefarbenes Kostüm mit weißen Perlmuttknöpfen, dazu eine weiße Bluse und schlichte flache Schuhe. Lydia Sprado war eine Dame, die ihren Stilberater nicht so einfach wechselte.

Immerhin hatte sie es geschafft, dass wieder Ruhe auf den Straßen herrschte. Doch die war trügerisch. Mit der einstigen Splittergewerkschaft Revolutionäre Oppositionelle Kraft, ROK, die mit gezielten Aktionen die öffentliche Ordnung lahmgelegt hatte, war das Protestbewusstsein der Deutschen neu erwacht, bis TRIAS dafür gesorgt hatte, dass die Preise für Erdgas, Heizöl, Benzin und Diesel wieder unter die magischen zwei Euro pro Liter gesunken waren. Die innenpolitische Lage hatte sich beruhigt, doch mit dem Wandel der ROK von einer außerparlamentarischen Kraft zu einer offiziellen Partei hatte sich das politische Aufbegehren von der Straße in den Bundestag verlagert. Bisher hatte in Deutschland ein Fünf-Parteien-System geherrscht, doch mit den anstehenden Landtags- und Bundestagswahlen im Frühjahr und Herbst 2013 könnte eine sechste Partei den Bundestag noch weiter aufsplittern. Die ROK-Partei gab sich wild entschlossen, in den Bundestag einzuziehen und linksaußen von SPD und Die Linke die Regierenden anzugreifen und bloßzustellen.

Cromme trat etwas beiseite. Durch die großflächigen Fenster schickte eine beherzte Vorfrühlingssonne ein erfrischendes Gelb.

»Es wird einen Grund haben, dass er geflohen ist«, überging die Kanzlerin seine Bemerkung und blinzelte ins Sonnenlicht. »Immerhin hat er hinter Gittern ein friedlicheres Leben geführt als jenes, das ihm jetzt blüht. Was immer er plant: Wir werden ihn doch sicher jagen, oder?« Sprados blaue Augen leuchteten plötzlich auf.

»Deshalb bin ich hier«, sagte Cromme schnell. »Wir brauchen eine interne Sicherheitsstufe zwei.«

Beide wussten, was das bedeutete. Verschärfte Kontrollen an Flughäfen, Absperrungen auf Autobahnen, Kontrollen in Zügen und die Mobilmachung der Bundeswehr. Der gemeinsame Einsatz von Soldaten und Polizei hatte sich bewährt.

»Sie haben meine Genehmigung«, sagte sie. »Und, Cromme«, seine Lurchaugen rollten in ihre Richtung, »fangen Sie ihn ein, bevor er weiteren Schaden anrichtet. Aber bitte geräuschlos. Keine Medien, keine Presseerklärungen, Funkstille. Dieser Kerl hat mit Sicherheit eine Rechnung mit dem deutschen Staat offen, die ich nicht bezahlen will.«

Sprado wandte sich von ihm ab und griff nach ihrem Videotelefon. Sie tippte eine Short Message ein.

Crommes Augen blickten herablassend. Für den Vierundsechzigjährigen war das Schreiben von Kurznachrichten Firlefanz, den niemand brauchte. Er verließ still den Raum.

Teil 2

FLUT

1

Paris,
16:00 Uhr

Das Gebäude in der Rue Amelot 110 war im 19. Jahrhundert im klassizistischen Stil erbaut worden. Es nannte sich Cirque d'Hiver – Winterzirkus –, war ein Werk des Pariser Architekten Jaques Hittorf und wirkte wie eine Miniaturausgabe des römischen Colosseums. Die Farbenpracht der Außenfassade beeindruckte den T3-Agenten. Gleichzeitig fragte er sich, wo von Bergen wohl seine Komplizen treffen würde. In der Manege des Winterzirkus? In einem der zahlreichen Büros? In den Garderoben? Croy blickte sich suchend um. Es war zugig und frisch. Zwar war die Luft für einen späten Februartag ungewöhnlich mild, dennoch fröstelte ihn in seinem leichten Trenchcoat.

Er trat hinter einen Mauervorsprung neben dem Eingang des Rundbaus, schloss für ein paar Sekunden die Augen und meditierte. Diese Kurzreisen nach innen hatte ihm einst sein Pfarrer beigebracht. Dessen Sätze hatte er sich damals in sein Tagebuch geschrieben. Inzwischen kannte er sie auswendig.

»Du brauchst keine Kirche, um zu beten«, hatte er zu seinem zwölfjährigen Religionsschüler Markus gesagt. »Die Kraft, die du suchst, ist in dir. Dein Körper ist wie eine Kirche und dein Geist wie ein Altar. Spiritualität heißt nichts weiter als Ausblenden dessen, was dich vom Eigentlichen abhält. Indem du das Unwichtige, das Oberflächliche, die Störfeuer der Außenwelt ausschließt, ermöglichst du wertvollen, fördernden Gedanken ungehinderten Zutritt in das Zentrum deines

Denkens. Ausschluss bedeutet nicht Verlust – im Gegenteil. Es bedeutet den Einschluss des wirklich Wahren und der Wahrheit.«

Markus Croy war sehr schnell klar geworden, dass der Ausbruch des Terroristen von langer Hand vorbereitet und von außen präzise gesteuert worden sein musste. Der gestohlene Kranwagen, die Hinweise von Uljanowa auf Vadalis und die von Caracas aus gesteuerte Gründung von Terrorzellen – das alles schien wie ein Puzzle zusammenzupassen.

Croy kamen die Worte des im Zusammenhang mit dem TRIAS-Vertrag hingerichteten marokkanischen Informanten Kamidou Saanigri in den Sinn. Er hatte Kaltenborn und Croy prophezeit, dass sich Deutschland, Russland und die USA überall dort Feinde schaffen würden, wo Regierungen sich gedemütigt fühlten. TRIAS hatte mit der Aufteilung der verbliebenen Rohstoffreserven in Sibirien Fakten geschaffen, die weltweit zu Protesten und Drohungen gegen die TRIAS-Länder führten. Und heute, mehr als ein Jahr nach der Ratifizierung des Vertrags durch Bundeskanzlerin Sprado, die amerikanische Präsidentin Nancy Wood und Russlands Präsidenten Semjonow, ging ein Riss durch die Welt, der nach Croys Ansicht kaum mehr zu kitten war. Hier die TRIAS-Länder, dort die ehrgeizigen und aufstrebenden Wirtschaftsnationen in Asien, Osteuropa und Lateinamerika. Inzwischen hatten zwar die Präsidenten Russlands und Amerikas gewechselt, doch der Riss war geblieben. Das Ziel der TRIAS-Feinde konnte nur Krieg, Terror und Destabilisierung heißen. Und gezielte Angriffe auf die Volkswirtschaften von TRIAS erschienen Erfolg versprechend. Sicherheitslücken gab es überall; die in Russland, Mitteleuropa und Amerika miteinander vernetzten Versorgungssysteme waren wegen ihrer ausschließlich computerbasierten Steuerungen störanfällig.

Doch was genau planten die Terrorzellen? Wie viele davon

gab es, und wer befehligte sie? Und wofür brauchten sie einen Ex-RAF-Terroristen, der einmal Chemiker gewesen war?

Croy schob sich vom Mauervorsprung zum Eingang des Cirque d'Hiver. Er drückte auf die Klinke. Verschlossen.

Er schlenderte hinüber zu einem Abfallkorb. Nachdem er sich unauffällig umgesehen hatte, zog er eine Kamera in der Größe eines Zwei-Euro-Stücks aus seiner Manteltasche. Er beugte sich nach vorn, als wolle er etwas in den Abfallkorb werfen, und klebte die Kamera direkt auf das Logo der Entsorgungsfirma. Dann richtete er sich wieder auf und lief zurück zum Zirkusbau.

Auf dem Weg zückte er einen Monitor in der Größe eines Handys, der an den Seiten vier winzige Stellschrauben hatte. Als wollte er telefonieren, drückte er den ersten Knopf. Sofort übermittelte die Videokamera ein gestochen scharfes Bild. Mit einem anderen Knopf ging er in den Weitwinkelmodus. Schließlich zoomte er das Bild so nah heran, dass jede Bewegung vor dem Winterzirkus zu erkennen war. Mit dem vierten Knopf schließlich startete er die Aufnahme. Der Flashspeicher der Kamera zeichnete Filme von einer Länge bis zu acht Stunden auf. Dank der kleinen Spionagekamera würde niemand das Gebäude betreteten können, ohne dass Croy es bemerkte.

Sein Communicator piepte. Eine Kurzmitteilung. Er machte sich auf den Weg. Zwischendurch sah er immer wieder auf den Empfänger. Aber er entdeckte niemanden, der so aussah wie Uwe von Bergen.

Nach einem zehnminütigen Fußweg stoppte er vor der Eglise St. Denis du St. Sacrement. Unweit der Rue Amelot in der Rue de Turenne und inmitten des Marais gelegen, markierte sie die Grenze zum jüdischen Viertel und zeigte mit ihren vier mächtigen Säulen und ihrem hohen Kreuz direkt nach Süden. Die Kirche war innen eher schlicht, wies aber eine Vielzahl von dunklen Seitenaltären auf, die gerade einmal einer Person Platz für eine stille Andacht boten. Jedes der prächtigen Kruzifixe trug ein anderes Motiv des Kreuzwegs Jesu. Die Beichtstühle am Eingang und im rückwärtigen Teil der Kirche waren mit Szenen aus der Bibel geschmückt. Wer einen Priester suchte, hatte hier, abgesehen von der Mittagszeit, meistens Glück.

Die Kathedrale war so gut wie menschenleer. Die Zwölf-Uhr-Andacht war gerade zu Ende gegangen; die Touristen hockten jetzt in den gut besuchten Restaurants rund um die Rue de Turenne, und die Priester bereiteten sich in der Sakristei auf die nächste Andacht um siebzehn Uhr vor.

Croy betrat leise die Kirche, sah sich kurz prüfend um und schritt schließlich direkt zu einem der hinteren Beichtstühle. Seinen Trenchcoat legte er sich über den Arm. Croy trug einen beigefarbenen Anzug mit einem braunen Hemd und elegante dunkelbraune Sneaker mit drei weißen seitlichen Streifen. Sein Jackett war an der linken Seite leicht ausgebeult.

Vor dem Beichtstuhl hielt er inne und musterte die beiden Beichtkammern aus Holz. Ihre Türen waren nur angelehnt. In ihrem oberen Drittel waren Rundungen herausgefräst. Schnell betrat er eine der Kammern und schloss die Tür. Kurz danach schlüpfte er wieder heraus, setzte sich auf eine der vorderen Bänke im Seitenschiff und betrachtete den Altar. Zwei Altarkerzen flackerten. Es roch nach Weihrauch und alten Steinen. Croy blickte verstohlen auf seinen Empfänger. Außer vorbeifahrenden Autos war vor dem Cirque d'Hiver nichts zu sehen. Offenbar war heute keine Vorstellung.

Etwa fünf Minuten später betrat eine zierlich gewachsene Frau in grauem Hosenanzug, schwarzer Bluse und hellem Kopftuch die Kirche. Sie trug einen auffällig ausgebeulten Rucksack. Zunächst studierte sie wie eine Touristin ausgiebig das Interieur der Kirche und schob sich dabei immer dichter an das Seitenschiff heran. Schon aus einiger Entfernung hatte sie den blonden Schopf des Mannes entdeckt, der auf einer der vorderen Bänke saß. Dezent räusperte sie sich dreimal. Dann setzte sie sich auf eine der hinteren Bänke, senkte den Kopf und faltete die Hände. Sie bewegte stumm ihre Lippen.

Ein paar Atemzüge später erhob sich Croy, schlenderte an der betenden Frau vorbei und betrat den Beichtstuhl.

Wenige Augenblicke später nahm er in der benachbarten Kammer eine Bewegung wahr. Croy fasste unter sein Jackett.

Eine Frauenstimme sagte leise auf Deutsch zu ihm:

»Wie geht es Ihnen?«

»Ich muss mich daran erinnern, Paris zu vergessen«, erwiderte er rasch.

»Et voilà, Markus«, sagte die Frau leise.

»Bonjour, Etienne. Sie sehen gut aus. Fast zu gut dafür, dass Sie undercover sind.« In Croys Stimme lag eine Portion Schmelz.

Etienne Loire war leitende Kommissarin der französischen Staatspolizei, Abteilung Politischer Extremismus. Die fünfunddreißigjährige Kriminalbeamtin war zwar von zierlicher Statur, hatte aber sehnige Oberarme und kräftige Schultern. Ihre schwarzen Haare trug sie über den Ohren kurz geschnitten und rechts gescheitelt. Die blauen Augen, die kleine, schmale Nase und der weich geformte Mund bildeten einen aparten Kontrast zu ihrer strengen Frisur. Croy und sie kannten sich schon seit einigen Jahren. Als Verbindungsbeamtin der Staatsschutzabteilung der Gendarmerie Nationale war sie zuständig für den Kontakt mit der Schwesterabteilung des BKA in Deutschland.

»Was wissen Sie über die Aktivitäten der französischen Terrororganisation Action Directe?«, fragte Croy.

Sie brauchte nicht lange zu überlegen. Das extremistische Netzwerk hatte in der jüngeren Geschichte Frankreichs eine ähnlich spektakuläre Rolle gespielt wie die RAF in Deutschland. »Ihre Führung hat sich vor Jahren angeblich selbst abgeschaltet. Warum fragen Sie mich das, Markus?«

»Uns ist ein ehemaliger Terrorist entwischt. Sein Name ist Uwe von Bergen. Saß mehr als sechzehn Jahre in einem Hochsicherheitsgefängnis. Er war der führende Kopf der Rote-Armee-Fraktion, die noch bis weit in die Achtziger hinein gute Kontakte zur französischen Action Directe hatte. Wir haben Hinweise, dass er in Kürze in der Rue Amelot auf einen Kontaktmann treffen wird. Ich frage mich, ob er vielleicht bei einem alten Kampfgenossen untergeschlüpft ist. Das Gefängnis, aus dem er ausgebrochen ist, liegt dicht an der französischen Grenze.«

»Böse Geschichte«, bemerkte Etienne Loire.

»Kann man so sagen. Die Flucht ist anscheinend von langer Hand vorbereitet worden. Seine Komplizen benutzten einen gestohlenen Kranwagen. Wir fragen uns, warum er ausgerechnet jetzt ausgebrochen ist. In zwei Jahren hätte er entlassen werden können.« Wieder blickte Croy auf seinen Empfänger. Unruhe stieg in ihm auf.

Nach kurzem Schweigen fragte Etienne: »Gehen Sie davon aus, dass dieser Ausbruch mit einem Angriff auf die TRIAS-Länder zusammenhängt?«

»Möglich. Uwe von Bergen galt neben Carlos als einer der gefährlichsten Bombenleger der Welt.«

»Kannten die beiden sich?«

»Ich weiß es nicht.«

»Wie gefährlich kann ein seit Langem inhaftierter Ex-Terrorist sein?«

»Er hatte eine Fitnessbank in seiner Zelle, las viel Fachliteratur über Chemie- und Biotechnologie, bekam Unmengen von Sympathiebriefen. Außerdem liebt er angeblich immer noch seine Frau Nina, ebenfalls eine Ex-Terroristin. Aber er ist sicher nicht allein ihretwegen ausgebrochen. Der Mann hat noch eine Rechnung offen.«

»Vielleicht will er auch Bomben bauen?«, fragte Etienne flüsternd. »Einem Chemiker mit seiner Vergangenheit ist alles zuzutrauen.«

»Ich kann ihn im Moment nicht danach fragen,« erwiderte Croy etwas ungehalten.

»Wo ist diese Nina jetzt eigentlich?«, fragte sie.

»Soll irgendwo in Österreich im Knast sitzen«, antwortete Croy. »Ich habe mich nie mit ihr beschäftigt. Wahrscheinlich wird er irgendwann Kontakt zu ihr aufnehmen. Doch er ist nicht so naiv, es zu diesem frühen Zeitpunkt zu versuchen. Ich nehme an, dass die Wachen vor ihrer Zelle verdoppelt wurden. Vermutlich hat er die französische Grenze überschritten und ist tatsächlich bei einem früheren Mitstreiter untergetaucht.«

»Ich lasse sofort unsere Datensätze über diese ominöse Nina und die Action Directe prüfen. Wer noch am Leben ist, wer in Haft sitzt, wer auf der Flucht ist. Kann ich sonst noch etwas für Sie tun, Markus?«

»Die Fahndung muss auf Frankreich ausgedehnt werden. Schicken Sie an jede Präfektur ein Foto des Flüchtigen. Außerdem brauche ich ein Foto eines Mannes namens Paul Vadalis. Wahrscheinlich müssen Sie dafür das FBI anzapfen. Er war in den Achtzigerjahren ein großer Fisch in der Nationalen Volksarmee der DDR und ist nach der Wende untergetaucht. Angeblich hat er sich einer internationalen Terrororganisation angeschlossen.«

»Ich tue mein Bestes, Markus.«

»Merci, Etienne, au revoir.«

»De rien, au revoir.«

Croy wartete ab, bis Etienne die Beichtkammer verlassen hatte, glitt schnell hinüber, griff nach dem Rucksack und warf ihn sich über die Schultern. Dann schlüpfte er wieder hinaus und durchschritt den Seitengang in Richtung Ausgang. Vor einem der letzten kleinen Seitenaltäre hielt er kurz inne und bekreuzigte sich.

Zu Fuß machte er sich auf den Weg zurück in die Rue Amelot. Dunkelheit senkte sich auf die Stadt herab. Es war kurz vor siebzehn Uhr.

Den ganz in Schwarz gekleideten Mann, der dem Kircheneingang gegenüber die Auslage eines Geschäfts studierte, bemerkte Croy nicht. Croys Spiegelbild war in der Scheibe des Schaufensters nur undeutlich zu erkennen. Doch es reichte dem Unbekannten, um zu sehen, welche Richtung der T3-Agent einschlug. Er folgte ihm in sicherem Abstand.

Croy rief nach einem Taxi, mit dem Ziel Rue Amelot. Unterwegs fragte er sich, ob eine Observierung Uwe von Bergens ihn wirklich zu Paul Vadalis führen würde. Noch immer sendete die am Abfallkorb installierte Kamera Bilder vom Eingang des Zirkusbaus. Sie waren jetzt grünlich eingefärbt. Wegen der einsetzenden Dunkelheit hatten die Nachtlichtsensoren die Regie übernommen. Die wenigen Straßenlaternen konnten das fehlende Tageslicht nicht kompensieren. Das Taxi, ein pechschwarzer Peugeot 407, näherte sich dem Ziel.

»Halt«, verlangte Croy.

Auf dem Bildschirm seines Empfangsgeräts sah er, wie ein unauffälliger Transporter vor dem Cirque d'Hiver bremste. Niemand stieg aus dem Kastenwagen. Nichts rührte sich.

»Fahren Sie langsam weiter«, knurrte Croy dem Taxichauffeur auf Französisch zu.

Der Peugeot schlich jetzt nur noch vorwärts. Als sie etwa hundert Meter von dem Transporter entfernt waren, zückte

Croy seinen Ausweis und hielt ihn dem Fahrer direkt vor die Augen. Der las mit erstauntem Gesichtsausdruck die Worte »Gendarmerie d'Europe«. Von einer europäischen Polizei hatte er offensichtlich noch nie etwas gehört, geschweige denn gelesen. Bevor er protestieren konnte, fuhr ihn Croy scharf an.

»Das Auto ist beschlagnahmt. Steigen Sie unauffällig aus und gehen Sie nach Hause. Ihren Wagen bekommen Sie morgen wieder.«

Eingeschüchtert und ohne zu murren griff der Taxifahrer nach seinen persönlichen Gegenständen, verließ sein Auto und trabte in der Richtung davon, aus der sie gerade gekommen waren.

Croy zwängte sich aus dem Fond nach vorn ans Steuer und warf den Rucksack auf den Sitz neben sich. Er betätigte einen winzigen Knopf unterhalb des tragbaren Monitors. In genau fünf Minuten war der Akku leer, und der winzige Spion würde sich von selbst abschalten. Mit einem stark vergrößernden Nachtsichtgerät zoomte er den parkenden Kleintransporter heran. Quer über seiner linken Seitenflanke las er den Schriftzug *Wir versorgen Paris*. Belieferte sein Besitzer tatsächlich den Zirkus, oder war das Ganze nur Tarnung?

Croy versuchte, den Fahrer zu erkennen. Umöglich. Zu dunkel. Doch dann glimmte kurz eine Zigarette auf. War tatsächlich nur ein Mann in dem Auto? Croy musste dichter heran.

Er steuerte das Taxi vorsichtig geradeaus, setzte den Blinker und tat so, als umfahre er den Zirkusbau. Als er annahm, endgültig aus dem Rückspiegel des anderen verschwunden zu sein, stoppte er den Peugeot und griff in den Rucksack auf dem Rücksitz.

Bewaffnet mit seiner Beretta, einem Bolzenschussgerät, das eine Peilsenderpatrone enthielt, einer Infrarottaschenlampe und einer Brille mit eingebautem Restlichtverstärker, pirschte er sich langsam an den Transporter heran. Dabei hielt er sich dicht an der Wand des Cirque d'Hiver. Hinter einem Mauervorsprung, der etwa zwanzig Zentimeter aus der Wand herausragte, blieb er stehen. Er war jetzt keine zwanzig Meter mehr von dem Fahrzeug entfernt. Zwei Pärchen schlenderten nacheinander an ihm vorbei. Sie beachteten ihn nicht.

Croy übte sich in Geduld. Er war sich jetzt ganz sicher, dass der Fahrer des Transporters etwas im Schilde führte. Brächte er nur Ware, wäre sie längst entladen. Croy entschloss sich zu einer präventiven Maßnahme, die er jederzeit wieder rückgängig machen konnte. Er zielte und drückte ab. Die Patrone mit dem magnetischen Peilsender schlug mit einem leisen Plop an die Hinterachse des Fahrzeugs und blieb an dem metallenen Gehäuse kleben. Der Sender war schwarz und so groß wie ein Mantelknopf.

Ein Fahrradfahrer näherte sich. Croy bemerkte aus den Augenwinkeln sein Vorderlicht, das ihn für Sekundenbruchteile streifte. Plötzlich ein Schuss. Croy reagierte blitzschnell und duckte sich zur Seite. Die Kugel schlug dicht neben ihm im Boden ein. Der schwarz gekleidete Schütze sprang von seinem Rad und war in zwei, drei kurzen Sprüngen an der Seitentür des Transporters angelangt, die er hektisch aufriss. Der Motor des Transporters war inzwischen angelassen worden, und noch während der Mann hineinkletterte, raste das Auto bereits mit quietschenden Reifen los.

Croy zwang sich, nicht zu schießen. Stattdessen sprintete er zu dem beschlagnahmten Taxi. Der Kleinlaster hatte bereits zügig Fahrt aufgenommen. Croy hatte Mühe, dessen Heck nicht aus den Augen zu verlieren. Mehrere Autos hatten sich zwischen sie geschoben. Der späte Abend war diesig, die Luft voller Nebeltröpfchen. Croy aktivierte die Scheibenwischer. Sie hinterließen schmutzige Schlieren. Croy fluchte leise. Er fragte sich, woher der Mann auf dem Rad gewusst hatte, dass außer seinem Komplizen noch jemand auf ihn wartete.

Der Lieferwagen bog jetzt von der Rue de Turenne ab. Der Fahrtwind hob eine Art Gummilappen an, der nur provisorisch neben dem Nummernschild des Transporters angebracht schien und offensichtlich ein weißes, viereckiges Schild verdecken sollte. Die Straße beschrieb eine Kurve. Erneut hob der Fahrtwind den Gummi an und legte für Sekundenbruchteile ein weißes Quadrat mit einem schwarzen Aufdruck frei, den Croy als Totenkopf identifizierte.

Als sie sich einer Brücke über die Seine näherten, gab der Transporter plötzlich Gas. Er scherte scharf nach links aus, überholte einen dahinschleichenden Citroën und behielt die für den Pariser Abendverkehr viel zu hohe Geschwindigkeit bei. Croy reagierte prompt, holte das Letzte aus dem Peugeot heraus und überholte mehrfach riskant. Es gelang dem Lieferwagen nicht, Croy abzuschütteln, und schließlich bremste ein kleiner Stau seine rasante Flucht.

Das gab Croy Zeit, die Nummer von Etienne Loire zu wählen. Als die Kommissarin der Gendarmerie Nationale in der Leitung war, gab er mit knappen Worten das Kennzeichen, eine Beschreibung des Transporters sowie des Totenkopfsymbols an dessen Hecktür durch. Bevor er das Gespräch beendete, sagte er: »Etienne, die wissen, dass ich hinter ihnen her bin. Wir haben vermutlich nicht viel Zeit. Vor allem interessiert mich dieses verdammte Zeichen und was es bedeutet!«

Sie versprach ihm, die gewünschten Informationen so schnell wie möglich zu beschaffen.

Der Stau löste sich auf. Zwischen Croy und dem Lieferwagen befand sich nur noch ein kleines Cabriolet mit einem Stoffdach und dem Schriftzug *Autogas* unterhalb des Markennamens. Neben der Fahrbahn verlief ein breiter Gehweg, auf dem Fußgänger die Seine überquerten.

Croy blickte auf seinen Video-Communicator. Der Peilsender versah seinen Dienst mit einem leisen Blinken.

Der Transporter näherte sich der Pariser Stadtgrenze. Croy nahm eine Bewegung hinter den Doppelscheiben der Hecktüren des Transporters wahr. Instinktiv warf er seinen Kopf zur Seite. Sekundenbruchteile später zertrümmerte eine Maschinenpistolengarbe die Frontscheibe von Croys Taxi. Die Kugeln jagten knapp am Kopf des BKA-Ermittlers vorbei und zerfetzten die Ledersitze im Fond des Wagens. Ein Scherbenregen ging auf Croy nieder, der kühle Fahrtwind schlug ihm ins Gesicht.

Der Fahrer des Cabriolets traf in dieser Schrecksekunde die falsche Entscheidung. Panisch riss er sein Steuer weit nach links. Der Wagen schoss auf die Gegenfahrbahn, kollidierte mit einem entgegenkommenden Kleinwagen, den die Wucht des Aufpralls ebenfalls aus der Spur warf. Beide Autos schrammten funkensprühend über die Fahrbahn.

Während Croy selbst stark abbremste, hörte er einen lauten Knall und nahm aus den Augenwinkeln einen plötzlichen Feuerschein wahr. Der Ermittler riss seinen schleudernden Wagen scharf nach rechts, knallte mit den Rädern gegen die Bordsteinkante und raste auf einen Brückenpfeiler zu. Doch er behielt die Nerven und bekam den Peugeot kurz vor dem Zusammenprall unter Kontrolle.

Der Transporter hatte unterdessen rasch wieder Fahrt aufgenommen. Croy brachte seinen Wagen wieder auf Kurs, sorgte aber diesmal dafür, dass sich zwei Autos zwischen ihm und dem Transporter befanden. Er spekulierte darauf, dass sie ihm Schutz vor einem erneuten Angriff boten.

Jede Menge Fragen drängten sich ihm auf: Befanden sich neben dem Fahrer und dem geflüchteten RAF-Terroristen Uwe von Bergen noch weitere Männer an Bord des Transporters? Und wenn ja, was hatten sie vor? Wie konnte er sie aufhalten? Und machte das überhaupt Sinn? War es nicht wichtiger herauszufinden, was sie vorhatten? Warum meldete sich Etienne Loire nicht?

Hinter der Brücke beschrieb die Straße einen weiten Bogen und führte später durch Pariser Vororte aufs Land hinaus. Der Autoverkehr wurde immer spärlicher. Die Lichter von Paris versanken langsam im Dunkeln. Weiße Vorortschilder blitzten auf.

Die Insassen des Transporters hatten sich mit weiteren Angriffen zurückgehalten. Croy fuhr jetzt mit einem Abstand von etwa zweihundert Metern hinter ihnen her. Seine Autoheizung lief auf Hochtouren. Der kalte Fahrtwind war so eine Spur erträglicher geworden.

Endlich klingelte sein Telefon. Croy verstand kaum ein Wort. Zu laut pfiff der Fahrtwind durch die zerborstene Frontscheibe und heulte um die Blechkanten des Peugeot.

»Wie bitte? Sprechen Sie lauter, Etienne! Was für eine Ladung? Vielleicht Säure? Was für eine Säure, Etienne!«

Es war beinahe unmöglich, die Kommissarin zu verstehen.

»*Wasser?* Sagten Sie Wasser?«

Croy schrie mit aller Kraft gegen den Fahrtwind an. Dann brach er das Telefonat ab. Wenn er die Gangster nicht verlieren wollte, musste er so dicht wie möglich an ihnen dranbleiben.

Welche Säure konnte Etienne Loire meinen?

Der Transporter erhöhte plötzlich das Tempo, scherte nach links aus und überholte einen Kleinwagen. Croy gab ebenfalls Gas und ließ gleich zwei Autos hinter sich. Die roten Rücklichter verschwammen vor seinen Augen. Er unterschied sein Zielobjekt nur noch mühsam von den anderen Fahrzeugen. Croy schloss jetzt dicht zu den mutmaßlichen Terroristen auf, überlegte kurz, ob er auf die Reifen schießen sollte, verzichtete aber darauf.

Für den Ermittler überraschend bog der Transporter in voller Fahrt nach rechts in einen kaum zu erkennenden Waldweg ein, neigte sich dabei stark zur Seite und entging bei dem Manöver nur haarscharf einem Zusammenstoß mit einer stattlichen Pinie.

Da es Croy unmöglich war, scharf zu bremsen, ohne einen Crash mit seinem Hintermann zu riskieren, reduzierte er vorsichtig die Geschwindigkeit, setzte den Warnblinker und stoppte am Straßenrand. Die Antwort waren ein wütendes Hupkonzert und aufblendende Fernlichter.

Mit durchdrehenden Reifen setzte er den Wagen zurück und nahm die Verfolgung auf. Armdicke Wurzeln zogen sich immer wieder quer über den morastigen Waldweg, was Croy an einer rasanteren Fahrweise hinderte. Wie Krakenarme schlangen sich dürre Zweige von Buschwerk in die Radkästen, peitschten Front und Seiten des Autos. Wütend trat Croy das Gaspedal durch, kam aber mit dem viel zu weich gefederten Stadtwagen kaum voran. Der Transporter war durch seine höheren Räder im Vorteil. Der BKA-Ermittler sah nichts als Dunkel vor sich. Der Lärm schleifender Zweige und der röhrende Motor übertönten jedes andere Geräusch, doch sein Peilsender sagte ihm, dass der Lieferwagen noch immer in Bewegung und offensichtlich stadtauswärts unterwegs war.

Der Waldweg endete abrupt an einer Landstraße, auf der es nur nach links oder nach rechts ging. Vor ihm erstreckte sich ein Feld, auf dem ein einsames Gehöft zu stehen schien. Ein paar Lichter leuchteten zu ihm herüber. Er entschied sich für links und beschleunigte.

Noch hatte er den Transporter nicht wieder im Blick. Croy fühlte, wie seine Hände vom eisigen Nachtwind taub wurden. Er musste unbedingt das Auto wechseln. Die zersplitterte Glasscheibe verhinderte, dass er eine höhere Geschwindigkeit fahren konnte. Zum Glück kam ein Dorf in Sicht.

Vor einer kleinen Kneipe stoppte er, parkte sein Auto, öffnete die Tür und steuerte sofort den Tresen an, hinter dem ein kleiner, rundlicher Mann Gläser polierte. Croy zeigte seinen Ausweis und sagte auf Französisch:

»Guten Abend, ich bin ein deutscher Kriminalkommissar und brauche ein Auto. Es wäre schön, wenn Sie …« Weiter kam er nicht.

Der Mann am Tresen zeigte mit einem Finger auf eine Frau mittleren Alters, die an einem Billardtisch die Spitze eines Queues mit Kreide einrieb.

»Francine«, rief er, »hier ist jemand aus Deutschland, der deine Hilfe braucht.«

Die Frau drehte sich zu ihm um. Sie hatte einen südländischen Teint, brünette Haare und dunkelbraune Augen. Ein kariertes Hemd hing locker über ihre Jeans, die wiederum in braunen Wildlederstiefeln steckten.

Croy schritt lächelnd auf sie zu, zeigte ihr seinen Polizeiausweis.

»Ich verfolge einen Transporter mit drei flüchtigen, schwer bewaffneten Männern. Ich brauche einen Wagen.«

Sie sah ihm etwas herablassend in die Augen.

»Ein blonder *Boche*, der auf unserem Territorium kämpft? Darf ich wissen, worum es geht?«

»Ich habe keine Zeit für Erklärungen«, drängte Croy. »Können Sie mir helfen?«

»Ich bin die Bürgermeisterin dieses Kaffs. Wenn Ihnen mein Dienstwagen schnell genug ist, nehmen Sie ihn. Er steht hinter dem Lokal. Die Schlüssel stecken. Ich darf heute ohnehin nicht mehr fahren. Falls Sie Hilfe brauchen, rufen Sie mich an. Mein Mann arbeitet bei der Gendarmerie Nationale.«

Croy drückte dankbar ihre Hand.

»Ihre Karte?«

Die Frau langte neben sich nach einem Glas Weißwein,

trank einen kurzen, kräftigen Schluck und griff dann in eine der rückwärtigen Taschen ihrer knapp geschnittenen Jeans.

»Ein guter Wein«, sagte sie, während sie Croy eine eng bedruckte Visitenkarte in die Hand schob. »Schade, dass Sie ihn nicht probieren können. Er würde Ihnen schmecken. Auch unser Ort würde Ihnen gefallen.«

Die brünette Frau warf ihre Haare zurück und zeigte eine Reihe gut gepflegter Zähne.

Croy lächelte etwas schief. »Ich werde Sie anrufen, wenn ich Hilfe brauche. Wo, sagten Sie, arbeitet Ihr Mann genau?«

Francine zögerte einen Moment, bevor sie antwortete.

»Eine Spezialeinheit. Chemische Abteilung. Er ist nicht oft zu Hause. Er liebt seinen Job mehr als seine Frau, glaube ich.« Wieder nahm sie einen Schluck Wein und sah ihm herausfordernd in die Augen.

Croy fühlte, dass er schleunigst gehen sollte. Womöglich lud ihn die Bürgermeisterin sonst noch zu einer Besichtigung ihrer Wohnung ein. Er blickte auf den Billardtisch.

»Spielen Sie Ihre Kugel 3 über die Bande auf die feindliche Kugel 6. So lochen Sie die 3 garantiert ein und schießen die 6 ins Abseits.«

Die Bürgermeisterin fixierte das Spielfeld. Während Sie sich mit ihrem Queue in der Hand weit über den Tisch beugte, brummte sie: »Gehen Sie mit Gott, und erschießen Sie nicht die falschen Leute. Wir Franzosen mögen schießwütige Deutsche nicht.«

Croy wandte sich ab und rief ihr von der Tür aus ein Adieu zu.

Francine machte ihren Stoß und lochte Kugel 3 sicher ein.

2

Autoroute zwischen Paris und Le Havre, 20:00 Uhr

Der Dienstwagen der Bürgermeisterin war ein etwas ausgeblichener, einst kobaltblauer Renault Avantime, dessen beigefarbene Ledersitze schon leicht verschlissen waren. Croy blickte anerkennend auf das Fahrzeug, dem seine Designer eine außergewöhnliche Form verpasst hatten. Allerdings hatte der Wagen zwischen den Jahren 2001 und 2004 nur wenige Käufer gefunden, sodass Renault sich gezwungen sah, seine Produktion wieder einzustellen.

Croy schwang sich etwas übermütig in den großzügig verglasten Van. Er öffnete die lang gestreckten Dachfenster und kontrollierte schnell den Inhalt des Rucksacks, den Etienne ihm mitgebracht hatte. Er fand neben den beiden Beretta-Pistolen einen zweiten Peilsender, Seitenschneider, ein starkes Fernglas mit einem digitalen Entfernungsmessgerät, ein hochempfindliches Richtmikrofon und ein Magazin mit Nebelmunition. Er rollte vom Hof.

Während er sich vom Dorf entfernte, loggte er sich über seinen Video-Communicator in die Datenbank des europäischen Satellitensystems Galileo ein, gab das Kennzeichen des Transporters ein und hoffte auf eine Auskunft. Sein mobiler Galileo-Navigator zeigte ihm an, dass er sich etwa sechzig Kilometer westlich von Paris befand. Seitdem die Kontrollbehörde GSA durch die Europäischen Gesetze zur Bekämpfung des Internationalen Terrorismus – kurz EGBIT – die Freigabe von Kennzeichen in Ausnahmefällen genehmigt hatte, war ein solches Vorgehen für die europäischen Polizeibehörden möglich geworden. Doch Croy wurde nicht fündig. Für ihn überraschend zeigte der Peilsender an, dass der Lieferwagen jetzt nach Westen fuhr.

Er nahm erneut Kontakt mit Etienne Loire auf. Der Van versprach eine wesentlich bessere Verbindung, da die starken Windgeräusche fehlten.

Als habe sie nur auf seinen Anruf gewartet, war Etienne sofort am Apparat. Sie kam ohne Umschweife zur Sache.

»Markus, wir haben ein Problem.«

Croys Gesicht nahm einen gespannten Ausdruck an.

»Das Zeichen, von dem Sie sprachen, ist ein Gefahrenpiktogramm. Weißes Schild, schwarzer Totenkopf. Eine 6.1-Klasse. Sollte Ihre Annahme zutreffen, transportiert der Lieferwagen ein hochgefährliches Gift.«

»Wie kommen Sie darauf?«

»Es würde zu einer Meldung passen, die vor einigen Stunden an unsere Behörde und wahrscheinlich auch ans BKA ging.«

»Wovon reden Sie?«, fragte Croy ungeduldig. Er mochte lange Einleitungen nicht. Kurz und präzise sollten die Informationen sein, das war sein Credo.

»Soll ich sie Ihnen vorlesen?«

»Um Gottes willen ja, Etienne!«, fuhr er sie unbeherrscht an. Stille am anderen Ende.

»Etienne?«

»Bleiben Sie entspannt, Markus. Sonst machen Sie Fehler. Also …«

Croy war kurz davor, eine Kugel in den Boden des Vans zu schießen. Auch wenn ihm klar war, dass für Außenstehende seine äußerst angespannte Situation nur schwer nachzuvollziehen war.

»Okay, Etienne«, sagte er scheinbar friedlich, obwohl er innerlich kochte.

Die Kommissarin ließ sich kurz Zeit, dann verlas sie mit monotoner Stimme die Meldung, die eine Nachrichtenagentur herausgegeben hatte:

Rotterdam. Die hochgiftige Ladung des seit zwei Wochen vermissten russischen Frachters Rossija-11 *wurde bei Bergungsarbeiten nicht gefunden. Die niederländischen Behörden stehen vor einem Rätsel. Wie wir berichteten, war der Frachter während des Sturmtiefs Artur bei Windstärke elf gesunken. Unterwasserspezialisten haben das Wrack zwar vor der holländischen Küste gefunden, allerdings fehlt jede Spur von den fünfundzwanzig Fässern mit hochgiftigen Blausäuresalzen, die das Schiff geladen hatte. Das Schiff weise starke Zerstörungen auf, die auch von einer Explosion stammen könnten, sagte ein Sprecher des zuständigen Verteidigungsministeriums. Ob die Gifte an das Ufer gelangt sind, konnte bislang nicht bestätigt werden.*

»Ich nehme an, dass wir beide wissen, was das bedeutet«, schloss Etienne.

»Was glauben Sie?«, fragte Croy vorsichtig. Er erinnerte sich, in der Zeitung von dem folgenschweren Sturm gelesen zu haben. Auch andere Schiffe hatten ihre Ladung verloren oder waren in Seenot geraten.

»Es rollen nicht einfach Fässer mit eineinhalb Tonnen Gift von Bord, die in einem Container arretiert waren.«

»Selbst dann nicht, wenn das Schiff sinkt und auf dem Grund des Meeresbodens aufschlägt?«

»Nein«, sagte sie. »Ein Schiff gerät vielleicht in Seenot, ist nicht mehr zu steuern. Aber gleich sinken? Und für Riffe, die ein Schiff bei extremem Wellengang aufreißen können, ist die Nordsee nicht gerade bekannt.«

»Ein Anschlag auf hoher See?«, fragte Croy. »Klingt auch nicht gerade überzeugend.«

»Warum nicht?«, entgegnete Etienne. »Wir sprachen über Uwe von Bergens Ausbruchmotive. Der Mann ist Chemiker. An Bord waren Fässer mit tödlichem Kaliumzyanid.«

»Halt!«, fuhr Croy dazwischen. »Das klingt mir zu konstruiert.«

»Ach ja?«, hielt Etienne dagegen. »Was wäre denn, wenn sich in dem Transporter, den Sie da gerade verfolgen, Teile dieser Schiffsladung befänden? Sagten Sie mir nicht etwas von Warnschildern und Totenköpfen?«

»Bestimmt haben Sie aber noch andere Gründe für diese Annahme, oder?«

Croy bohrte gern nach. Das gehörte zu seinem Job als Ermittler. Etienne blieb geduldig, denn auch das gehörte zum Job eines Ermittlers.

»Markus, wo genau befinden Sie sich, und in welche Richtung fahren Sie?«

»Nach Westen«, antwortete er. »Richtung Caen, Bretagne, diese Ecke.«

»Aha«, sagte sie. »Richtung Westen. Das Ziel dieser Männer könnte das Gezeitenkraftwerk in Saint-Malo sein. Sie selbst haben mir erzählt, dass es Hinweise auf Anschläge gibt, die Energieversorger zum Ziel haben. Ein 750 Meter langer Damm trennt dort die Rance vom Meer ab uns staut sie zu einem zweiundzwanzig Quadratkilometer großen See auf.«

»Und der Stausee ist ein Trinkwasserreservoir?“, fragte Croy alarmiert.

»Ja, eines der größten Reservoirs der Bretagne. Die Terroristen könnten versuchen, den Staudamm zu sprengen und parallel dazu Gift einbringen.«

»Aber würden Terroristen es wirklich riskieren, mit einer Giftladung in der Gegend herumzukutschieren?«

»Wenn sie gültige Ladepapiere haben, kann sie niemand aufhalten«, warf die französische Kommissarin ein.

»Gut, gut«, antwortete Croy ungeduldig. »Welches Gift ist wasserlöslich und gefährdet in besonderer Weise auch Menschen?«

Etienne war offenbar auf diese Frage vorbereitet, denn sie schnitt mit ihrer Antwort Croy das Wort ab.

»Nur Zyanid. Wasserlöslich, extrem giftig, hochexplosiv. Und genau dieser Stoff befand sich an Bord des jetzt so wundersam leeren Schiffes. Zyanid entsteht, wenn man Gold auswäscht, Kunststoffe herstellt oder in der Galvanik, also wenn bei elektrochemischen Prozessen Metallisches auf Gegenstände aufgetragen wird. Die chemische Struktur bildet ein Sechseck, ein sogenanntes Anion-Hexagon.«

»Ich habe Chemie nie sonderlich gemocht«, gab Croy zu.

»Ich auch nicht«, antwortete Etienne. »Dennoch: Fünfundzwanzig Fässer sind spurlos verschwunden, und alle enthielten sie Kaliumzyanidkristalle, aus denen man durch Zugabe von Wasser Blausäure herstellen kann. Blockiert bei Trinkwasseraufnahme oder Einatmen im Blut das für den Sauerstofftransport zuständige Protein Hämoglobin und führt auf diese Weise zum Erstickungstod. Ein höllisches Zeug. Mit dieser Menge ist es möglich, viele Tausend Menschen zu töten. Allerdings glaube ich nicht …«

»Was glauben Sie nicht?«, fuhr ihr Croy erneut unbeherrscht ins Wort.

»Dass dies das Ziel der Männer sein könnte.«

»Warum nicht?«

»Weil die Polizei oder die Armee sie auf ihrem Weg dorthin jederzeit aufhalten könnte.«

»Nicht, wenn sie eine Doppelstrategie fahren«, sagte Croy, ohne zu ahnen, dass er damit genau ins Schwarze getroffen hatte.

»Wie meinen Sie das?«

»Was, wenn die Terroristen an einem anderen Ort der Welt zeitgleich etwas planen und uns mit dieser Aktion entweder nur ablenken oder erpressen wollen?«

»Erpressen?«, fragte Etienne.

»Wir stoppen sie, und sie erklären: Wenn ihr uns nicht weiterfahren lasst, explodiert irgendwo in Europa ein Munitionsdepot der Armee oder ein Flugzeug stürzt ab.«

»Hm. Wir müssen in jedem Fall an den Transporter heran«, sagte Etienne. »Aber ich kann Ihren Plan nicht gutheißen, dass Sie als ein deutscher Agent bei uns in Frankreich ein Problem der nationalen Sicherheit lösen. Ich informiere die Regierung.«

»Nein«, bat Croy sie. »Tun Sie das nicht. Ich muss Ihnen nicht sagen, wie Europol funktioniert. Sie kennen den Passus, dass auch ausländische Spezialisten in Ländern operieren dürfen, deren Staatsangehörige sie nicht sind. Natürlich nur, wenn Gefahr in Verzug ist. Ich sehe diesen Fall gegeben und halte Sie auf dem Laufenden.« Und dann fiel ihm noch etwas ein. »Kennen Sie die Betreiber des Kraftwerks?«

»Soweit ich weiß, gehört Saint-Malo zum Bluewater-Konzern. Sie haben in der Vergangenheit kommunalen Versorgern in großem Stil Wasserwerke abgekauft. Ein neuer Trend im stark verschuldeten Frankreich.«

»Nicht nur bei Ihnen«, antwortete Croy. »Auch in Deutschland glauben die Kommunen, mit dem Verschleudern ihres Tafelsilbers die Kassen aufzubessern. Den Anfang machten die Strom- und Gasversorger, dann folgten die Wohnungsbaugesellschaften. Offenbar ist jetzt das Wasser dran. Bluewater ist sicherlich börsennotiert, oder?«

»Ich denke, ja«, antwortete Etienne.

»Finden Sie heraus, an welchen Börsen Bluewater vertreten ist und wie sensibel die Kursschwankungen in der Vergangenheit waren. Bei einem Anschlag auf ein Kraftwerk dürften die Kurse rapide fallen. Das würde es potenziellen Interessenten erleichtern, Aktien nachzukaufen und so Einfluss auf die Geschäftspolitik des Konzerns zu nehmen.«

»Glauben Sie, Markus?«

Etienne klang alarmiert. Sie verstand nicht viel von internationalen Finanzmärkten. Aber so, wie Croy ihr das Szenario gerade geschildert hatte, schien die Angelegenheit äußerst brisant.

»Sicher hat irgendein Geheimdienst Hinweise auf bevorstehende Anschläge auf Wasseranlagen in anderen Ländern. Kontaktieren Sie auch die militärischen Geheimdienste, die Auswärtigen Ämter der europäischen Regierungen. Und, Etienne …«

»Ja, Markus?«

»Finden Sie heraus, wo Maria Uljanowa und Vincent Talo stecken. Mich würde es nicht wundern, wenn dieser ominöse Transporter und Uwe von Bergens Ausbruch mit einem Angriff auf die drei TRIAS-Länder zusammenhängen.«

»Sind das nicht etwas viele Bitten auf einmal?«, fragte sie etwas gereizt.

»Tun Sie es bitte«, antwortete Croy und trennte die Verbindung.

Während ihn der Peilsender über die Route des Transporters auf dem Laufenden hielt, kreisten Croys Gedanken um Fälle, bei denen Terroristen Giftgasanschläge verübt hatten. Er erinnerte sich an das Attentat im Jahr 1995 in einer Tokioter U-Bahn, verübt von Mitgliedern der Amun-Sekte. Damals waren zwölf Menschen gestorben und Tausend verletzt worden. Und als im November 2005 Taucher direkt neben den Ansaugrohren der Bodensee-Wasserversorgung bei Sipplingen auf mehrere geöffnete Plastikkanister mit dem Pflanzenschutzgift Atrazin stießen, bekam der Kampf gegen den Terror eine neue Dimension. In geradezu panischer Hast verfügte das Bundesinnenministerium die Entwicklung von speziellen Sensorchips, die mögliche Anschläge auf Trinkwasserreservoirs rechtzeitig anzeigen sollten. Damals war der zweiunddreißigjährige Markus Croy noch Student an der Fachhochschule für Kriminalistik in Brühl bei Köln. Einer seiner Dozenten war der Terrorexperte David Link. Er arbeitete gemeinsam mit Kollegen aus Israel im Auftrag der NATO am renommierten Forschungszentrum Technion an einem interdisziplinären Projekt zur Trinkwassersicherheit.

»Wovor alle Angst haben«, hatte Link zu seinen Studenten gesagt, »ist nicht eine Vergiftung von Seen oder des Grundwassers. Denn dafür würde man ungeheure Giftmengen oder eine sehr aufwendige Technik benötigen. Die eigentliche Gefahr geht von einer Injektion gefährlicher Stoffe in das Trinkwassersystem aus.«

Croy ahnte damals bereits, dass der Angriff auf Trinkwassersysteme eine neue Dimension des Terrors darstellen würde. Er hatte Link gefragt: »Ist es überhaupt möglich, ein Trinkwassersystem vor Anschlägen zu schützen?« »Nein«, hatte ihm David Link damals ehrlich geantwortet. Doch als die US-Umweltbehörde im selben Jahr eine Software zur Berechnung von Wasserströmungen freigab und die israelischen Forscher um Link genetische Algorithmen dazu programmierten, war es möglich geworden, die Ausbreitung von Gift in einem beliebigen Leitungsnetz zu simulieren. Die Sensorchips arbeiteten nach mehreren Prinzipien. Sie waren entweder mit Antikörpern für jeweils eine Bakterienart ausgestattet, an die die Erreger andockten und dadurch die Leitfähigkeit im Chip änderten. Ein anderes Konzept arbeitete mit tierischen Zellen, deren Stoffwechsel vom Chip überwacht wurde. Kamen sie mit biologischen oder chemischen Gefahrstoffen in Berührung, änderten sich pH-Wert, Sauerstoffaustausch oder auch die Form der Zelle. Die Toxine wurden so neutralisiert. Croy hatte oft mit BKA-Chef Kaltenborn und anderen Strategen mögliche Gefahren durchgespielt. Die Möglichkeit der Trinkwasservergiftung hatte dabei zwar nie an erster Stelle gestanden, doch schlaugemacht hatte Croy sich trotzdem.

Ein helles Fiepen riss Croy aus seinen Gedanken. Der Chip, der an dem Transporter klebte, zeigte an, dass beide Fahrzeuge jetzt nur noch hundert Meter Abstand voneinander hatten. Croy bremste etwas ab. Einen geringeren Abstand wollte er zum jetzigen Zeitpunkt nicht riskieren.

»Klebt die Zecke noch an unserer Stoßstange?«, fragte der Beifahrer des Transporters seinen Kompagnon.

Der Fahrer mit der Hautfarbe eines Südeuropäers blickte erst in den Rück- und dann in die beiden Außenspiegel.

»Ich sehe nichts«, antwortete er. »Scheinwerfer sehen alle gleich aus.«

»Ich verzieh mich zu unserem Spezialisten nach hinten und helf ihm, die chemischen Keulen scharf zu machen. Wie viel Zeit haben wir noch?«

»Genug«, brummte der Mann am Lenkrad. Er wischte sich den Schweiß von der Stirn, während der Beifahrer über seinen Sitz in den Laderaum stieg. Sein Revolver lag schussbereit neben ihm. In der Trommel steckten nur noch drei Schuss. Er verlangsamte das Tempo, um die Männer bei ihrer gefährlichen Arbeit nicht zu gefährden.

»Wie kommst du voran, Uwe?«, fragte der Beifahrer den dritten Mann im Laderaum. Er blickte mit Respekt auf zehn Fässer, die allesamt wegen ihres extrem giftigen Inhalts mit Warnschildern versehen waren.

»Reich mir mal die Zange rüber«, erhielt er zur Antwort. »Setz dir eine Atemmaske auf, zieh dir Handschuhe an und schließ die Tür zum Fahrer.«

Uwe von Bergen hielt jetzt einen zylindrischen Gegenstand aus Stahl in der Hand, der etwa einen Meter lang war und einen Durchmesser von zehn Zentimetern hatte. Er stülpte sich eine Schutzmaske über; seine Hände steckten in gelben Gummihandschuhen. Mit einer Kelle hob er ein weißliches Granulat aus einem Fass und befüllte den Zylinder zu drei Vierteln. Anschließend goß er ihn mit Wasser auf und stülpte eine Art Kappe, auf der ein Ventil saß, auf den granatenförmigen Behälter.

Der Transporter neigte sich leicht zur Seite. Anscheinend fuhren sie durch eine Kurve. Eilig zog er den Verschluss mit der Zange fest. In der nächsten halben Stunde würden Uwe von Bergen und der andere Mann – er war blond, groß gewachsen und trug eine Nickelbrille – fünfzehn weitere Zylinder befüllen und in mehreren Holzkisten vorsichtig aneinanderreihen.

Croys Communicator meldete sich und zeigte auf dem Bildschirm eine Verbindung mit der Datenbank des BKA an. Mit einem Knopfdruck empfing er mehrere Seiten über die Wirkungsweise von Zyankali, Zyanid, Blausäure und verwandten Stoffen. Ihm war zwar nicht unbekannt, dass Zyanide im Wasser nur eine akute toxische Sofortwirkung hatten, da sich das Gift durch Ausgasung schnell verflüchtigte. Neu war jedoch für ihn, dass der Explosionspunkt der Blausäuregase bereits bei etwa fünfundzwanzig Grad lag.

Plötzlich wurde ihm klar, dass die Gefahr eines solchen Anschlags nicht nur in der Trinkwasservergiftung, sondern auch in einer enormen Druckwelle lag. Diese konnte den Staudamm beschädigen, sodass sich Millionen Tonnen von Wasser in die umliegenden Dörfer ergießen, Häuser, Tiere und Menschen mit sich reißen und für Tod und Verwüstung sorgen würden.

Die Datenbank übermittelte ihm auch Informationen unter dem Stichwort Zyklon B. Unter dieser Bezeichnung hatten Hersteller im Auftrag der Nationalsozialisten Zellstoffpellets mit Blausäure getränkt und in luftdicht zu verschließende Büchsen gepresst. Das Gas ließ man dann, vor allem im KZ Auschwitz-Birkenau, über »Duschanlagen«, die eigentlich Gaskammern waren, langsam und kontrolliert austreten. Über die Haut aufgenommen, führt es zu Hyperventilation, Bewusstlosigkeit und innerhalb von wenigen Minuten zum Herzstillstand.

Der Transporter hatte inzwischen Le Havre und Rouen passiert, das Autobahnkreuz Beuzeville Sud erreicht und würde in wenigen Minuten Caen passieren. Seit mehr als eineinhalb Stunden hielt sich Croy nun schon hinter dem Lieferwagen, der eine Geschwindigkeit von etwa achtzig Stundenkilometern beibehielt. Traf Etiennes Annahme zu, dass das Ziel der Terroristen der Gezeitenstaudamm von Saint-Malo war, würden sie in nicht ganz zwei Stunden, also etwa gegen fünf Uhr morgens, ihr Ziel erreichen. Um diese Zeit herrschte in einem kleinen Städtchen am Atlantik kaum Betrieb, und die Bedingungen für ein unbemerktes Vorgehen wären nahezu perfekt.

Noch hatte Croy keinen Kontakt zur GIGN, der französischen Antiterroreinheit, aufgenommen. Der geheimsten aller französischen Spezialtruppen gehörten nicht mehr als hundert Mann an, die in vier Teams aufgeteilt waren und von vier Offizieren befehligt wurden. Operationen aus dem Wasser und der Luft waren das Spezialgebiet der GIGN-Männer, die in den letzten Jahren vor allem zur Befreiung von Geiseln eingesetzt worden waren. Komplettiert wurde die Einheit von einem Logistikteam, einer vier Mann starken Aufklärungseinheit und einem eigenen kleinen Geheimdienst. Die GIGN galt als eine verlässliche Streitmacht, die ihre Befehle direkt aus dem Elysée-Palast erhielt. Und genau da lag Croys Problem.

Frankreich hatte anfangs mit großem Argwohn das Treiben der TRIAS-Länder um die Rohstoffsicherung beobachtet.

Zwar hatten Berlin und Paris weitreichende Kooperationsverträge geschlossen und sich von Lieferungen aus Venezuela, Brasilien und Norwegen weitestgehend unabhängig gemacht. Doch noch immer herrschte ein gewisses Misstrauen zwischen Frankreichs Präsident Marc Chatelet und Bundeskanzlerin Lydia Sprado. Die deutsch-französischen Verhandlungen beschäftigten sich bereits seit zwei Jahren mit nichts anderem als der stabilen Versorgung Frankreichs mit Rohöl, Erdgas, Bauxit und Diamanten aus den Steingruben und Rohstofffeldern Sibiriens.

Als deutscher Teamchef der TRIAS-Sicherungsgruppe war Markus Croy über diese Treffen stets gut informiert. So hatte er auch erfahren, dass das Verhältnis Paris–Berlin seit Kurzem von einem neuen Problem belastet wurde: Lydia Sprado hatte Marc Chatelet bei seinem Plan ausgebremst, eine eigene politische Allianz mit den ehemaligen Kolonien in Nordafrika zu schmieden. Dabei ging es vor allem um sehr viel Geld. Paris träumte von einer neuen Union am Mittelmeer mit Algerien, Tunesien und Marokko. Zwar schob Frankreichs Präsident die Erschließung neuer Schiffsverkehrswege und die Errichtung eines gigantischen Trinkwassernetzes vor, doch wäre es nach Chatelet gegangen, hätte allein die ehemalige Kolonialmacht Frankreich entschieden, an wen das Geld für die Aufträge ging. Mit eleganter Diplomatie hatte Lydia Sprado dafür gesorgt, dass die Europäische Union und das zentralistische Brüssel die Oberaufsicht über dieses Jahrhundertprojekt erhielten. Dabei hatte sie vor allem auch auf die ehemaligen Feinde aus dem Ostblock gesetzt: Polen und Bulgarien unterstützten die Kanzlerin und erhofften sich davon eine Stärkung ihrer eigenen Wirtschaftspolitik mit den Anrainern des Schwarzen Meeres.

»Meine liebe Lydia Sprado«, hatte Chatelet erst kürzlich bei einem Besuch in Berlin geflötet, »ohne Sie wüssten wir gar nicht, dass Politik auch ohne männliche Drohgebärden funktioniert.« Sprado hatte den französischen Staatspräsidenten nur angelächelt und geantwortet, dass Frauen eben doch die besseren Diplomaten seien. Sie verschwieg ihm, dass es häufig ihr Mann war, der emotionale Spitzen kappte und ihr empfahl, nüchterner zu denken.

Einfacher hatten diese kleine Rochade und die Machtbeschneidung der Franzosen das Verhältnis zu Deutschland dennoch nicht gemacht. Markus Croy mochte diese taktischen Spielchen der Politik nicht. Schließlich verlangte man von ihm klares Handeln, und dies sollte man auch von Politikern erwarten dürfen.

Croy spürte, dass er Etienne Loire auf seine Seite ziehen musste. Die Frage war, wie es ihnen gelingen konnte, die GIGN-Männer mit dem Segen des französischen Präsidenten nach Saint-Malo zu bringen und gleichzeitig zu verhindern, dass die französische Öffentlichkeit von Croys Anwesenheit erfuhr. Das würde ihn nicht nur die Karriere kosten, mehr noch – er wusste, dass er sich am Rande der Kriminalität bewegte und sich der Gefahr aussetzte, zu einer empfindlichen Haftstrafe verurteilt zu werden, wenn er sich taktisch ungeschickt verhielt.

Wie verloren gegangene gelbe Lampions flogen die Laternen der Autobahn an ihm vorbei. Am westlichen Horizont war nur ein blasser Streifen Licht zu sehen. Die Luft roch würzig und war feucht und mild. Der Peilsender versah seinen Dienst ohne Probleme, sodass er mit dem Lieferwagen ständig auf Tuchfühlung war. Croy unterdrückte die aufkeimende Müdigkeit. Es war nicht der erste Job, der ihn länger als fünfzehn Stunden wach hielt. Er fuhr sich mit einer Hand durch seine Locken. Er spürte, dass seine Haare im Nacken schweißnass waren.

Croy dachte mit Bitterkeit daran, dass der Alleingang von

Moskau, Berlin und Washington durch den kalt kalkulierten Abschluss des TRIAS-Vertrags sowohl in der EU als auch auf den beiden letzten UNO-Hauptversammlungen lautstarke Proteste vor allem der Entwicklungsländer in Lateinamerika, Osteuropa und Asien ausgelöst hatte. Croy verfluchte diese Entwicklung, die geradezu prädestiniert war, terroristische Angriffe gegen Deutschland, Amerika und Russland zu fördern.

Die Offenlegung geheimer Papiere über die Operationen des chinesischen Geheimdienstgenerals Lee Kong und seiner Auftraggeber in Peking hatte zu einer anhaltenden diplomatischen Verstimmung geführt. Zwar war durch Unterverträge mit besonders rohstoffabhängigen Ländern deren Widerstand gegen TRIAS gebrochen worden, doch aus Delhi, Peking, Kiew, Islamabad und Caracas waren nach wie vor keine versöhnlichen Stimmen zu hören. TRIAS, so hieß es in immer wiederkehrenden diplomatischen Noten, sei das Machwerk kapitalistischen Größenwahns.

Croy war diese Haltung nicht unsympathisch. Das Prinzip von Teilen und Herrschen und die Abgrenzung der Starken von den Schwachen war für ihn ein überkommenes Konzept. Croy fühlte sich nicht als Linker. Aber er mochte die sogenannten Wirtschaftsliberalen nicht, die jedermann glauben machen wollten, dass Glück nur eine Sache des Einzelnen und nicht der Gemeinschaft war.

Croy schob diese Gedanken beiseite. Das Peilgerät zeigte ihm, dass der Lieferwagen die Autobahn verlassen hatte und auf eine Landstraße abgebogen war. Croy ließ die linke Seitenscheibe hinunter. Der kühle Fahrtwind war angenehm und munterte ihn etwas auf. Seine eben noch düsteren Gedanken verflogen. An ihre Stelle trat die für die nächsten Stunden entscheidende Frage: Was planten die Terroristen, und wie sollte er dagegen vorgehen?

Eine halbe Stunde später hatte Croy Gewissheit. Der Transporter mit den Terroristen steuerte tatsächlich das bretonische Küstenstädtchen Saint-Malo an. In der Ferne erhob sich die gewaltige Klosteranlage von Mont-Saint-Michel in den Himmel. Die kleine Insel war Saint-Malo vorgelagert, befand sich mitten im Wattenmeer und war nur bei Ebbe zu erreichen.

3

Saint-Malo,
4:45 Uhr

Saint-Malo war die größte Hafenstadt an der Côte d'Émeraude im Norden der Bretagne und Ausgangspunkt für den gesamten Autoverkehr zwischen europäischem Festland und britischen und französischen Kanalinseln. Mehrere Fährverbindungen und von Highspeed-Booten befahrene Routen verbanden das Festland mit Großbritannien. In Saint-Malo mündete der Fluss Rance ins Meer, der die weiten Ebenen des französischen Nordwestens fruchtbar hielt.

Im sogenannten Bassin de Rance hatten zwölf Meter Gezeitenunterschied zwischen Ebbe und Flut die Ingenieure zu einer Meisterleistung inspiriert: Vierundzwanzig Durchlässe des Gezeitenkraftwerks waren jeweils mit einer starken Turbine bestückt, die insgesamt rund sechshundert Millionen Kilowattstunden Strom pro Jahr erzeugten.

Markus Croy war sich inzwischen sicher, dass die Terroristen genau diesen Staudamm im Visier hatten. Das erhabene Bauwerk hatte er, obwohl es erst gerade zu dämmern begann, klar vor Augen. Ebenso wie den Transporter, der den Blinker gesetzt hatte und sich vorschriftsgemäß und unauffällig in die rechte Spur der Landstraße einordnete und direkt dem Schild zum Kraftwerk folgte. Croy beschloss, einen anderen Weg zu nehmen, um möglichst lange unbemerkt zu bleiben. Er fragte sich, ob die Insassen des Kleinlasters nicht mehr damit rechneten, beschattet zu werden, oder ob sie einfach nur eiserne Nerven bewiesen.

Während sich der T3-Agent dem Kraftwerk von Westen näherte, verlor er den Transporter aus den Augen. Er ließ den Renault auf einen mit dichtem Buschwerk bestandenen Weg rollen, sodass er von der Straße aus kaum noch zu entdecken war. Dann verließ er den Wagen und griff nach dem Rucksack mit den Waffen und seiner Kleidertasche, der er ein weißes Hemd, eine graue Flanellhose und ein dazu passendes Jackett entnahm. Croy wechselte schnell von bequem zu distinguiert, dann machte er sich zu Fuß auf den Weg.

Der Pfad zum Kraftwerk war unwegsam, da ein hoher Wall aus lockerem Geröll das Werk umgab. Immer wieder rutschte Croy aus, während er den Hügel emporkletterte. Oben angekommen, klopfte er seine Hose aus, setzte das Fernglas an und ließ seine Blicke über das Terrain schweifen.

Er hielt inne, als er den Transporter entdeckte. Drei Männer stiegen gerade aus, gekleidet in schwarze Overalls. Sie trugen hohe, schmale und offenbar stark versteifte Rucksäcke, die Kanistern ähnlich waren und ihnen vom Kopf bis zu den Kniekehlen reichten. Ein wenig erinnerten sie Croy an die mächtigen, ergonomisch geformten Sauerstoffbehälter, die Astronauten beim Start oder bei Weltraumspaziergängen auf dem Rücken trugen. Enthielten die auffälligen Rucksäcke der Terroristen das Gift?

Um von seinen Gegnern nicht entdeckt zu werden, schlich er dicht an dem Waldstück unterhalb des Geröllwalls entlang. Dann bog er auf einen breiteren Feldweg ein, der mit Kies befestigt war und auf dem es sich angenehm laufen ließ. Etwa zwanzig Meter hohe, breit wachsende und noch blätterlose Tulpenbäume standen an seinem Rand Spalier und gaben dem Feldweg das Aussehen einer besonders stattlichen Allee.

Obwohl die Sonne es noch nicht über die Horizontlinie geschafft hatte, schwitzte Croy, lockerte immer wieder den Kragen seines Hemds und knöpfte seinen Mantel auf. Er hörte einen Signalton, griff in die Innentasche seines Jacketts und hielt sich den Communicator ans Ohr.

»Ja, ich höre Sie gut, Etienne. Ich bin kurz vor dem Ziel ...«

Er lauschte angestrengt.

»Okay, Etienne, ich bin Ihrer Meinung. Wenn ich mich bis sechs Uhr fünfzehn nicht zurückgemeldet habe, schicken Sie Charly mit den Zielkoordinaten auf die Reise. Ich lege jetzt auf. Ende.«

Er war jetzt nur noch etwa dreihundert Meter von dem grauen Lieferwagen mit der Aufschrift *Wir versorgen Paris* entfernt. Croys Uhr zeigte fünf Uhr dreiunddreißig.

Im gleichen Moment fuhr der Lieferwagen überraschend an und passierte – als würde er zum Fuhrpark des Kraftwerks gehören – problemlos die Sicherheitsschleusen. Hatten sie gefälschte Werksausweise? Arbeitete einer der Männer im Kraftwerk und verschaffte den anderen so den Zugang?

Das Werksgelände hatte vier Eingänge, wobei sich ein Tor direkt am Ufer der Rance befand und über eine schmale Teerstraße zu einem ausladenden Bootsanleger führte. Croy entdeckte mit dem Fernglas zwei Männer vom Werkschutz, die, an ihren Unterstand gelehnt, rauchten. An ihnen würde er vorbeimüssen, wenn er auf das Gelände wollte. Dieser Zugang war für die Männer aus dem Lieferwagen nicht einsehbar. Von dort aus würde er versuchen, seine Gegner aufzureiben.

Mit schnellen Schritten gelangte er, den Erdwall als Deckung nutzend, hinunter an den Fluss zu Werkseingang vier.

Er grüßte freundlich auf Französisch, zeigte seinen Europol-Ausweis und erzählte etwas von einem kurzen Treffen mit dem Sicherheitschef des Kraftwerks. Das Wachpersonal ließ ihn passieren. Mit seinem feinen Zwirn, dem Trenchcoat und einem mehrsprachigen Dienstausweis vermittelte Croy nicht den Eindruck, als könnte er Probleme bereiten.

Es war kurz vor sechs Uhr. Wenn er sich bis sechs Uhr fünfzehn nicht zurückmeldete, würde Etienne Loire Verstärkung schicken. Sollte er tatsächlich auf Behälter mit Blausäure stoßen, war die Sache für Croy klar: Er würde die verabredete Zeit verstreichen lassen und die GIGN als verlängerten Kampfarm nutzen. Es war bereits riskant genug, allein gegen drei schwer bewaffnete und gefährliche Terroristen vorzugehen.

Croy gab sich so, wie er sich einen Kraftwerksangestellten vorstellte, und spazierte gemächlich in Richtung Lieferwagen. Der war vor einem Metalltor geparkt, auf das groß der Buchstabe A gepinselt war. Die schwarze Segeltuchtasche auf seinem Rücken war für einen Angestellten vielleicht etwas ungewöhnlich. Andererseits kamen ihm zwei Arbeiter entgegen, die ihre dunklen Werkzeugtaschen ebenso lässig umgehängt trugen. Croy grüßte und bewegte sich weiter unauffällig auf den Transporter zu. Er stoppte an seiner Hecktür und drückte den Türhebel nach unten. Verschlossen.

Er dachte kurz nach. *Drohte eine Explosion, wenn er auf die Tür schoss?* Er ging das Risiko ein, zückte seine Beretta, verschraubte schnell einen Schalldämpfer und schoss aus geringer Entfernung zweimal zwischen Blechfalz und Türschloss.

Die Luft im Innern des Transporters roch scharf und ätzend. Croy hielt sich schützend einen Arm vor Nase und Mund. Das diffuse Licht der Laderaumbeleuchtung fiel auf mehrere Metallfässer, auf denen leuchtfarbene Aufkleber angebracht waren. Sie zeigten einen schwarzen Totenkopf, kryptische Zahlenreihen und die chemische Formel KCN für Kaliumzyanid. Er fand vier zylindrische Stahlbehälter, die aber leer waren.

Croy warf die Hecktür zu, steckte die Beretta in den Gürtel und bewegte sich schnell in Richtung Staumauer. Noch im Laufen wählte er die Nummer der französischen Kommissarin.

»Etienne«, keuchte er in den Hörer, »alarmieren Sie den Werkschutz und ein Havariekommando. Die Wasserschleusen zum Stausee müssen sofort geschlossen und die Turbinen gestoppt werden. Schnell!«

Etienne bestätigte.

Eine breite Teerstraße führte auf den Staudamm, der links und rechts mit einem hohen Sperrzaun versehen war. Der Atlantik glitzerte in der aufgehenden Sonne, der Stausee wirkte friedlich, von Gefahr keine Spur. Tief unten auf der gegenüberliegenden Seite des Stausees floss das Wasser aus dunklen Röhren ab und versorgte das bretonische Hinterland.

Vom Damm führte eine lange Eisentreppe hinunter zu den Turbinenschächten. Vor dem Treppenzugang befand sich ein mannshohes Eisentor, das allerdings offen stand. Croy stutzte. Eine Sicherheitstür, die unverschlossen war?

Vorsichtig, die Pistole weit vor sich haltend, schlich er Stufe für Stufe hinab. Nach etwa achtzig Stufen erreichte Croy ein drei mal drei Meter messendes Plateau, von dem aus eine weitere Eisentür in das Innere der Betonmauer führte. *Attention! Électricité!* war mit gelber Farbe aufgemalt, daneben prangte ein schwarzer Totenkopf. Auch diese Tür war unverschlossen. Wahrscheinlich waren Wachmänner unterwegs, nahm Croy an.

Wie eine Katze auf der Jagd schlich Croy voran, nutzte dabei sein Nachtsichtgerät, um den Einsatz einer Taschenlampe zu vermeiden. Noch arbeitete jede der vierundzwanzig Turbinen dumpf bollernd. Doch plötzlich ließen diese Geräusche nach.

Croy hatte jetzt einen schmalen Gang erreicht, der mit verzinkten Stahlplatten ausgelegt war. Spritzer wie von roter Farbe waren an den Wänden zu sehen; ein paar Schritte weiter lagen zwei Kraftwerksarbeiter zusammengekrümmt am Boden. Sie waren beide mit einem Kopfschuss niedergestreckt worden.

Croy entsicherte seine Waffe. Wut über die beiden Morde stieg in ihm auf. Vorsichtig schob er sich weiter. Er war jetzt an Turbinenschacht eins angelangt. Auf die nächste Maschine würde er in etwa dreißig Metern treffen.

Er konzentrierte sich, dann riss er die Tür auf, hielt die Waffe mit beiden Händen umklammert – und blickte auf eine ruhende Maschine. Ihr gewaltiger stählerner Körper mit den feinen Rippen ließ Croy für einen kurzen Moment beeindruckt staunen. Schwarz wie flüssiger Teer schwappte das Wasser in der Dunkelheit durch die geöffnete Luke des Staudamms und verschwand irgendwo unterhalb des Turbinenschachts. Croys Taschenlampe flammte auf, warf ihr Licht gegen Sicken und Schrauben, Ösen und Flansche. Ihre Schatten tanzten gespenstisch auf dem rauen Beton.

Bis auf die zwei toten Arbeiter schien der Turbinengang menschenleer. Doch dann, kurz vor Turbine sieben, hörte er in einiger Entfernung Stimmen. Er war jetzt etwa zweihundert Meter von der Stahltür des Plateaus entfernt. Croy hielt den Atem an und verlangsamte seine Schritte. Die Stimmen waren nun deutlicher zu hören und kamen aus dem Schacht von Turbine zehn. Es klang nach einem hitzigen Streit.

»Ich weiß es auch nicht«, sagte eine männliche Stimme in deutscher Sprache. Croy glaubte, einen leichten sächsischen Dialekt wahrzunehmen. »Irgendjemand muss die Scheißdinger abgestellt haben. Die laufen normalerweise Tag und Nacht.«

»Vielleicht nur eine kurze Wartung«, sagte ein anderer ohne erkennbaren Akzent. »Das Zeug fließt sofort los, sobald die Turbinen wieder laufen.«

»Und wenn sie nicht wieder hochgefahren werden? Was, wenn uns dieser Bulle aus Paris doch gefolgt ist?« Die Stimme des Sachsen klang gereizt.

»Dann beginnen wir jetzt, die Zuflussrohre mit Sprengstoff zu ummanteln.« Eine dritte Stimme mit spanischem Akzent. »Wenn uns die Turbinen nicht helfen, dann zerstören wir eben die Trinkwasserzuleitungen.«

»Dann wird das Zeug aber zu stark verdünnt«, wandte der Sachse ein.

Croy hatte genug gehört. Er blickte auf sein Handgelenk: sechs Uhr zweiundzwanzig. Die Spezialeinheit der Gendarmerie Nationale musste auf dem Weg sein.

Auf Zehenspitzen schob sich Croy zentimeterweise voran, bis er vor der Tür stand, hinter der die Männer bis eben erregt diskutiert hatten. Er entsicherte beide Waffen, beugte sich etwas nach hinten und trat dann mit großer Wucht gegen die Tür, die mit einem lauten Knall nach innen gegen eine Wand prallte. Croy sah sich zwei Männern gegenüber, die sofort versuchten, ihre Waffen zu ziehen.

Doch Croy war im Vorteil. Er hielt seine beiden Neun-Millimeter längst in den Händen.

»Stehen bleiben und die Hände nach oben!« Seine zornige Stimme hallte von den Betonwänden wider. Er hatte die beiden Kerle gut im Blick.

Croy nahm eine Bewegung wahr. Vorsichtshalber schoss er gegen die Decke des Turbinenraums. Die Kugel prallte ab und pfiff gegen eine Seitenwand. Zementbrocken fielen zu Boden, Staub waberte durch die Luft des engen Turbinenschachts.

»Machen Sie keine Fehler«, warnte er seine Gegenüber. »Ich werde nicht zögern, Sie beide zu erschießen. Und jetzt die Waffen auf den Boden! Ganz langsam!«

Er trat einen Schritt zurück, fühlte sich aber im Rücken ungeschützt. Er hatte drei Männer erwartet, nicht nur zwei. Die Männer trennten sich von zwei Revolvern und zwei Springmessern.

»Einzeln vortreten!«, befahl er den Männern.

Sie gehorchten, in ihren Augen funkelte der blanke Hass. Er klopfte sie ab. Nichts.

»Zurücktreten!«

Doch bevor er sie fragen konnte, wo der dritte Mann war, ging der Sachse in die Offensive. Der Mann war Ende fünfzig, mit einer runden Brille und blonden, beinahe militärisch exakt gescheitelten Haaren. Er machte auf Croy den Eindruck eines Intellektuellen, der auf Abenteuersuche war.

»Spielen Sie nicht den Helden«, sagte der Blonde. »Wenn Sie uns töten, verhindern Sie vielleicht *hier* etwas. Aber Sie können nicht gleichzeitig am anderen Ende der Welt sein. Dann wird die Welt eben dort ihr blaues Wunder erleben.«

Der Sachse lachte kehlig.

»Sie sehen«, amüsierte er sich weiter, »wir sind der Polizei einen kleinen Schritt voraus.«

In Croy stieg Wut hoch. »Dann erzählen Sie mir doch mal, was Sie sonst noch Schönes geplant haben. Auch wenn das Ganze für mich eher nach größenwahnsinnigem Gefasel klingt.«

Der Sachse lief rot an.

»Sie bornierter Bulle. Sie haben ja keine Ahnung, wozu Menschen fähig sind, wenn sie an etwas glauben. Sie tumber Verteidiger eines rassistischen Systems. Wir töten die Vertreter eurer Besatzungstruppen, wir quälen euch mit dem Leid eurer Kinder.«

Croy musterte ihn amüsiert. »Sie haben *wirklich* das Zeug zu einem Geschichtenerzähler. So bunte Schilderungen, facettenreich und blumig.«

Der Sachse blickte Croy wutentbrannt an und machte einen Schritt nach vorn.

»Na!?«, warnte ihn Croy.

»Fall nicht auf ihn herein, Paul«, sagte der Mann mit dem spanischen Akzent. Er hatte eine dunkle Haut, schwarze krause Haare und einen Dreitagebart.

»Er will dich nur provozieren.«

Paul. Durch Croy ging ein Ruck.

Im selben Moment wirbelte der Sachse herum und hieb seinem Kumpan die rechte Faust in den Magen, ihn dabei wüst beschimpfend.

»Du billiger Amateur! Wenn du noch mal meinen Namen nennst ...«

Der Spanier lag japsend am Boden. »Ist ja gut, ich wollte ja nur ...«

Der Sachse trat wütend auf den am Boden Liegenden ein, der sich verzweifelt zu schützen suchte.

»Schluss jetzt«, rief Croy, der die Szene bis dato interessiert verfolgt hatte. Es passierte ihm nicht zum ersten Mal, dass er Männer festsetzte, die sich dann gegenseitig fertigmachten.

»So, *Sie* sind also Paul Vadalis? Wollte Sie immer schon mal kennenlernen. Hab viel von Ihnen gehört. Sie sollen in der DDR ein guter Psychologe und Ausbilder gewesen sein.«

Croys lobende Worte verfehlten ihre Wirkung nicht. Vadalis warf verblüffte Blicke in Richtung des Ermittlers.

Croy sah, dass er ihn überrumpelt hatte.

»Nein, wirklich«, ließ Croy nicht locker, »ich habe Ihre Akte in Zusammenhang mit Uwe von Bergen gelesen, auch ein Spezialist auf seinem Gebiet. Wenn er nicht die Seiten gewechselt und stattdessen seinen Job gemacht hätte wie andere Menschen auch, wäre sicher was aus ihm geworden. Vielleicht der Chef einer großen Firma. Doch leider …«

Vadalis tat etwas, was Croy in dieser Situation völlig absurd erschien – er kicherte. Seine Augen waren nur noch Striche. Doch schnell fasste er sich wieder.

»Ach, quatschen Sie doch nicht«, zischte er. »Was wissen *Sie* denn von Freiheit und Patriotismus? Sie stützen und erhalten als Beamter eine imperialistische Großmacht. Und Sie tun dabei so, als kämpften Sie für eine gerechte Sache. Uwe von Bergen ist ein Revolutionär, der eine bürgerliche Karriere niemals nötig hatte.«

Vadalis blickte auf Croy wie auf eine Schabe, die er nur aus einer Laune heraus davonkriechen ließ.

»Apropos, Revolutionär«, sagte Croy völlig unbeeindruckt. »Wo ist denn nun der dritte Mann? Und was sollte Ihr Gefasel von einem weiteren Angriff?«

Er trat einen Schritt beiseite, stand jetzt mit dem Rücken zur Wand und seitlich neben der Tür. Das weiße, fahle Licht des Turbinenraums fiel auf die Gesichter der Terroristen und färbte sie leichenblass.

»Von wem reden Sie?«, fragte der Sachse gedehnt.

»Von der Person«, blieb Croy geduldig, »die bis gestern noch in einem deutschen Hochsicherheitsgefängnis saß. Und wo sie auch definitiv wieder hingehört. Also – wo ist Uwe von Bergen?«

Croy hielt jetzt nur noch eine Waffe auf die beiden Männer gerichtet, sein linker Arm machte Pause. Er wünschte, er hätte ein Schnellfeuergewehr oder eine Maschinenpistole dabei. Er musste die beiden in Schach halten, bis die französische Verstärkung eingetroffen war. Wen Etienne Loire hierher beordern würde, wusste Croy nicht. Sicher nicht die Antiterrorspezialisten aus Paris, das würde zu lange dauern. Sie mussten in Kürze eintreffen, und er hoffte, sie gingen klug vor. Bis dahin allerdings würde er sich wohl noch einiges an Beschimpfungen, Lügen und Provokationen gefallen lassen müssen

Der Spanier murmelte etwas. Seine dunklen Augen funkelten kurz auf. Wahrscheinlich hatte er ebenso wie Croy das Aufleuchten einer Taschenlampe irgendwo im Gang bemerkt. Croy drehte sich instinktiv zur Seite. Die Verstärkung konnte es nicht sein. Die französische Polizei würde für den Anweg mindestens eine halbe Stunde brauchen. Kurz fragte er sich, ob er drei Männer gleichzeitig würde in Schach halten können. Doch Uwe von Bergen durfte ihm um keinen Preis entwischen.

»Vor die Tür treten! Los! Sie dahinten zuerst, und zwar leise!«

Der Spanier setzte sich in Bewegung.

Croy nahm ihn mit der Smith & Wesson ins Visier, während er die Beretta auf Vadalis richtete.

Langsam schob sich der Spanier an ihm vorbei.

»Und jetzt Sie!«, drängte er Vadalis. »Beide die Hände über den Kopf!«

Er schubste die Männer aus dem Maschinenraum durch den finsteren Gang in Richtung Ausgang. Über jedem der Turbinenräume, die sie passierten, brannten batteriegespeiste Notlampen, die wie Positionslichter eines Rollfelds für Orientierung sorgten.

Da war es wieder, dieses Flackern. Es kam aus der Richtung, in die er seine Gefangenen trieb. Der Gang beschrieb eine leichte Kurve, sodass der Lichtschein der Taschenlampe die beiden Männer und Croy noch nicht erfasst hatte. Doch das würde in den nächsten Sekunden unweigerlich passieren.

»Stehen bleiben und Mund halten«, zischte Croy. Um seinen Befehl zu unterstreichen drückte er den Männern die

Mündungen der Waffen in den Rücken. Croy hoffte, dass sie die andere Person nicht warnten. Er würde notgedrungen schießen müssen. Es war für ihn eine Horrorvorstellung, einen wehrlosen Menschen – wie schuldig er auch immer sein mochte – zu töten.

Das Taschenlampenlicht kam näher und zeichnete einen grotesken Schatten an die Seitenwände. Plötzlich wurden sie jäh geblendet und standen im Kegel des Lichts. Croy nutzte die Schrecksekunde seines Gegenübers, zielte zwischen den beiden Männern hindurch und drückte ab. Der Schuss hallte ohrenbetäubend durch den Stollen. Dann war es still. Das Licht war erloschen.

Croy schob die Männer vorwärts wie störrisches Vieh. Nach etwa zwanzig Metern sah Croy die zerstörte Taschenlampe und ein glitzerndes Etwas von der Größe eines Schmuckstücks am Boden liegen. Croy bückte sich schnell und steckte das deformierte Objekt in die Hosentasche. An den Wänden und auf dem Boden waren Blutspritzer. *Angeschossene Tiere kommen nicht weit*, dachte Croy.

Kurz darauf waren sie am Eingangsplateau angelangt. Als sie aus der Tür traten, war es schon fast heller Tag. Dennoch leuchteten um sie herum starke Scheinwerfer das Gelände aus. Die Polizei war mit einem Panzerwagen und mehreren Einsatzfahrzeugen angerückt. Ein hochrangiger Beamter schritt auf den verdutzt dreinblickenden Croy zu.

»Ich bin Kommissar Valdon. In Frankreich überlassen wir Ausländern ungern das Feld.«

»Ich habe den Job bereits erledigt«, lächelte Croy schief. Sein Französisch klang etwas holprig.

Der Kommissar gab den umstehenden französischen Beamten ein Zeichen.

Während Vadalis und seinem Kompagnon Handschellen angelegt wurden, sagte Croy langsam: »Übergeben Sie die

Männer der Gendarmerie Nationale in Paris. Unsere Leute holen sie dort ab, wenn ihr mit ihnen fertig seid.«

»Gut. Und was machen Sie jetzt?«, fragte der Beamte.

Wenn Croy ihm jetzt erklärte, dass es noch einen dritten Mann gab, würde der Kommissar Fragen stellen und am Ende darauf bestehen, ihn – im Sinne des französischen Gesetzes – bei der Jagd zu begleiten.

»Ich werde in Saint-Malo ein paar Tage Urlaub machen.«

Der Franzose blickte kurz misstrauisch, gab sich dann aber jovial. »Saint-Malo ist für einen Mann allein genau das Richtige. Viele Touristen, rassige Frauen, guter Wein.«

»Eben«, antwortete Croy gedehnt, drehte dem Kommissar den Rücken zu und verschwand mit schnellen Schritten. Kurz flackerte Katjas Bild in ihm auf. Ob sie sich Sorgen machte, weil er sich zwei Tage nicht gemeldet hatte? Er verwarf den Gedanken. Sie hatten besprochen, dass er sich aus Einsätzen nur dann meldete, wenn es die Situation erlaubte. Persönliche Verpflichtungen dieser Art lenkten ihn nur ab, hatte er ihr erklärt. Sie hatte es akzeptiert. Er musste sich jetzt auf das konzentrieren, was vor ihm lag. Er hatte keinen Schimmer, wie er Uwe von Bergen finden sollte. Außerdem bedauerte er es, keine Zeit für eine Besichtigung des historischen Stadtkerns *Intra-Muros* zu haben.

4

Mündungsgebiet der Rance, früher Morgen

Der Anblick seiner festgenommenen Komplizen hatte Uwe von Bergen so überrascht, dass er für kurze Zeit unfähig gewesen war, sich zu bewegen. Gleichzeitig wurde ihm schlagartig klar, dass er durch seine brennende Taschenlampe ein perfektes Ziel abgab. Er wollte sie fallen lassen, aber da schlug ihm Croys Kugel bereits die Maglite aus der Hand, streifte seine Hüfte und riss dabei ein Stück Muskel heraus. Abgesehen von den brennenden Schmerzen, hatte ihm das Glück zur Seite gestanden. Es war nur ein Streifschuss. Und seine Waffe hatte er auch nicht verloren. Sie steckte noch immer fest verzurrt in seinem Gürtel. Seine Wunde hatte er sich mit der rechten Hand und einem Stück Stoff seines Hemds zugehalten und war zurück in Richtung Eingang gestürzt. Doch als er durch die Tür ins Freie trat, standen schon die ersten Polizeischeinwerfer in Position und vereitelten eine risikofreie Flucht. Kurz entschlossen war er von dem Plateau gesprungen, hatte dabei seine Arme schützend um seinen Körper und die Pistole geschlungen und war kerzengerade in die Tiefe gefallen. Er war in dem Wasserbecken versunken, hatte sich dann an die Oberfläche hochgearbeitet und von der Strömung der Gezeiten ins Hinterland tragen lassen.

Noch immer trieb er auf dem Wasser, dessen Kühle den Wundschmerz linderte. Andererseits wusste er, dass ihm eine Unterkühlung drohte, die ihn weiter schwächen würde. In der Dämmerung erblickte er die beleuchtete schmale Terrasse eines Hauses, die bis an den Fluss reichte. Er ruderte so lange seitwärts gegen das Wasser an, bis er nahe genug heran war und sich festklammern konnte. In ihrem Schutz zog er sich aus dem Fluss und kroch auf allen vieren an Land. Er wälzte sich auf die unverletzte Seite, verschob ein wenig seine Waffe und blieb erschöpft am Ufer liegen. Er fasste sich an den Hals. Verdammt. Die Brosche seiner Mutter, die noch immer das betäubende Gas enthielt, war weg. Uwe von Bergen versuchte sich zu erinnern, wo das passiert sein konnte, doch er war zu abgekämpft und müde, um zu einem Ergebnis zu kommen.

Windböen fuhren über das Wasser des Flusses und kräuselten seine Oberfläche. Von irgendwoher schrie ein Käuzchen. Trotz seiner nassen Kleidung versank Uwe von Bergen in einen unruhigen Schlaf.

Nach einer Stunde des Umherirrens hatte Markus Croy erschöpft und müde seine Suche nach Uwe von Bergen abgebrochen und das Gelände des Kraftwerks in Richtung Caen verlassen. Er war auf den erstbesten Parkplatz auf der Landstraße zur Autobahn abgefahren, hatte die Autositze so weit es ging nach hinten gelegt und sein Jackett als Kopfkissen und seinen Mantel als Decke benutzt. Er hatte noch eine Nachricht an Katja versandt, in der er um Nachsicht für sein Schweigen bat. Dann war er eingeschlafen.

Vom Meer waberte Nebel ins Hinterland hinein und ließ alles zu einer undurchdringlichen Waschküche werden.

Dreitausend Kilometer weiter östlich braute sich etwas zusammen, von dem Uwe von Bergen wusste, Markus Croy aber nicht einmal etwas ahnte.

5

Uglitsch, am Oberlauf der Wolga,
am selben Tag,
10:00 Uhr Ortszeit

Ein alter Kahn bollerte mit rußendem Schornstein gegen die Wolga-Strömung an, steuerte in eins der riesigen Hebewerke und wartete darauf, mehrere Meter emporgetragen zu werden, um die Reise fortsetzen zu können.

An Bord des schwarz-weiß gestrichenen, an die zehn Meter langen und drei Meter breiten Boots standen zwei Männer mit Wollmützen und in blauen Arbeitskombinationen. Vor ihnen auf Deck befand sich eine mit einer großen Plane verdeckte Kiste von gut sechs Metern Länge und drei Metern Höhe. Sie war mit mehreren daumendicken Seilen fest vertäut.

Aus einem Funkgerät drangen russische Kommandos.

»Fahren Sie vorsichtig ein, und warten Sie auf das rote Licht. Dann stellen Sie die Maschine ab.«

»Choroscho«, antwortete der Mann am Steuerrad.

Von seinem Gesicht war nicht viel zu erkennen. Er hatte sich die Wollmütze tief in die Stirn gezogen. Wie ein Russe sah er jedenfalls nicht aus. Mit seinem schwarzen Schnauzbart und dem dunklen Teint wirkte der Mann, der Ende dreißig sein mochte, eher wie ein Tschetschene. Sein Begleiter war erheblich jünger und hatte eine ähnlich dunkle Gesichtsfarbe.

»Das Becken füllt sich jetzt mit Wasser und trägt Ihr Schiff nach oben«, knarzte es aus den winzigen Lautsprechern des Funkgeräts.«

»Choroscho«, antwortete der Steuermann wieder gleichmütig. Ihm war es sichtlich egal, was hier gerade passierte. »Zigarette?«, fragte er den anderen.

»Njet«, antwortete der. Er trippelte nervös mit seinen Füßen auf den Planken des Bootes.

»Du machst mich nervös«, sagte der Ältere.

»Tut mir leid. Das dauert hier alles so lange«, bekam er zur Antwort.

»Nur Geduld bringt die Rose zum blühen«, sagte der Steuermann, ein altes russisches Sprichwort zitierend.

Als sie die Schleuse verließen und die letzte von drei Staustufen überwunden hatten, war eine halbe Stunde vergangen. Etwa einen Kilometer voraus erhob sich das stattliche Bauwerk, das mit einer Länge von zweihundertfünfzig Metern und einer Wanddicke von etwa dreißig Metern zu den mittelgroßen Dämmen Russlands zählte. Doch es war längst nicht so trutzig, wie es erschien. Sein Beton war an einigen Stellen spröde, und eine Generalreparatur war schon lange angekündigt, aber aus Kostengründen immer wieder verschoben worden.

Die mehr als tausend Jahre alte russische Ansiedlung Uglitsch erstreckte sich entlang des Oberlaufs der Wolga. Ihre Einwohner waren größtenteils im Kraftwerk des Uglitscher Stausees beschäftigt. Von dort waren es knapp siebzig Kilometer in Richtung Norden bis zum Rybinsker Stausee und einer der größten Wasserkraftanlagen der Erde. Sie hatte die doppelte Größe der Anlage von Uglitsch und schien uneinnehmbar wie eine perfekt gesicherte Festung. Zu Zeiten des Staatssozialismus noch in Volkes Hand, gehörten beide Staudämme heute zur Bluewater-Gruppe, dem weltgrößten Wasserkonzern, mit Sitz in Zürich, Washington, Berlin und Kairo.

Die Männer wussten ganz genau, was sie hier erwartete und wie sie sich verhalten mussten. Sie würden nach einem Plan vorgehen, der sich vor sehr langer Zeit schon einmal bewährt hatte. Doch noch war es nicht dunkel genug für seine Ausführung, daher gingen sie an einer Landzunge, die vom Ufer in die Wolga hineinreichte, vor Anker. Die bleiche Vorfrühlingssonne versank bereits im Westen hinter der Staumauer und verwandelte das Bauwerk im Gegenlicht in ein unheilvolles Gebilde.

6

Mündungsgebiet der Rance in der Nähe von Saint-Malo, etwa zur selben Zeit

Nach wenig mehr als drei Stunden Schlaf blinzelte Uwe von Bergen gegen das Sonnenlicht. Die Schmerzen an seiner Hüfte hatten ihn geweckt. Er fasste unter sein Hemd. Die Wunde war größtenteils verkrustet; einige Stellen fühlten sich klebrig an. Das Haus an der Rance schien unbewohnt zu sein. Er sah niemanden auf dem Grundstück oder dem Bootssteg und richtete sich mühsam auf. Das kleine schwarze Ding, mit dem er Voice-Mails absetzen konnte, war nass geworden und funktionierte nicht mehr. Er tastete nach seiner Waffe. Sie würde immer ihren Dienst tun, auch wenn sie einen trockenen Lappen und einen Spritzer Öl gebrauchen konnte. Er strich sich seine durchnässte Kleidung glatt. So, wie er aussah, würde er auffallen, das wusste er. Er hatte eine Idee.

Im Schutz einer Hecke schlich er sich zu dem Haus hoch, das wie eine Art Finnhütte mit auf beiden Seiten lang heruntergezogenen Dachhälften gebaut war. Vorsichtig äugte er durch die verglaste Terrassentür. Er drückte dagegen. Sicherheitsglas. Schlüge er die Scheiben mit einem Stein ein, würde das viel Lärm verursachen. Ein Zufall kam ihm zu Hilfe, der eigentlich keiner war. Das Abrücken der Einsatzkräfte der Gendarmerie Nationale und der Spezialisten vom Katastrophenschutz aus dem Gezeitenkraftwerk in Saint-Malo erfolgte genau so lautstark, wie ihr Einsatz begonnen hatte: mit gepanzerten Fahrzeugen und zwei Hubschraubern. Nachdem die Spezialisten die Blausäurekanister geborgen hatten, wurden sie – nach beinahe fünf Stunden harter Arbeit – zurück in ihre Quartiere geflogen. Die Helikopter knatterten in einer Höhe von weniger als hundert Metern.

Uwe von Bergen verbarg sich an einer Ecke des Hauses, die dicht mit Efeu bewachsen war. Die Helikopter machten einen Höllenlärm, den der entflohene Häftling nutzte. Kaum hatten sie das Haus überflogen, presste er die Mündung seiner Waffe dicht an das Schloss der Tür und drückte zweimal ab.

Kurz darauf stand er in einem modern eingerichteten Wohnzimmer, das offenbar lange nicht gelüftet worden war. Schnell nahm er die Treppe nach oben, wo er das Schlafzimmer vermutete. Schränke mit Regalen, in denen Handtücher, Bettwäsche und mehrere Paar Hosen, Hemden, T-Shirts und Socken lagen, waren geschickt in die Wandschrägen eingebaut worden. Rasch entledigte er sich seiner nassen Kleidung, bediente sich aus dem Regal und trabte hinunter ins Erdgeschoss.

An das Wohnzimmer schloss sich eine kleine Küche an, von der ein Bad ohne Fenster abging. Er duschte mit kaltem Wasser, säuberte seine Wunde, fand ein Paket mit Pflaster und Mullbinden und versorgte sie.

Als er wieder aus dem Haus trat, sah er nicht mehr wie ein Fremder aus. Das karierte Flanellhemd, die schwarze Joppe aus Wolle, die blaue Cargohose und eine schwarze Baskenmütze gaben ihm das Aussehen eines Einheimischen. Bevor er sich auf die Suche nach einem Telefon machte, warf er seine nasse Kleidung in den Fluss. Es war kurz nach elf Uhr.

Zur gleichen Zeit war Markus Croy bereits auf der Autobahn in Richtung Paris unterwegs. Nur unwillig hatte er seine Suche nach Uwe von Bergen eingestellt. Obwohl er bezweifelte, dass die Rasterfahndung der französischen Polizei zu einem schnellen Erfolg führen würde, schätzte er seine eigenen Erfolgschancen als noch geringer ein.

Nach einer zweistündigen Fahrt verließ er die Autobahn, bog auf eine Landstraße ab und hielt mitten in einem kleinen

Dorf vor einem Haus aus Sandstein, an dessen First eine französische Flagge wehte. Er klopfte an eine Tür. Auf einem Schildchen stand das Wort *Mairie*.

»Herein«, rief eine junge Frauenstimme.

»Bonjour, Madame«, sagte Croy freundlich, »ich suche Ihre Bürgermeisterin.«

»Dort«, zeigte das Mädchen mit einem Finger auf die gegenüberliegende Tür.

»Merci«, sagte Croy und klopfte brav an und drückte dann die Tür auf.

Die Bürgermeisterin sah erst erstaunt und dann missbilligend auf den Ermittler. »Vous venez mal à propos.«

»Das tut mir leid«, antwortete Croy auch auf Französisch. »Ich wollte Sie nicht stören. Ich möchte Ihnen nur den Wagen zurückgeben.«

»Gut«, sagte sie, »geben Sie mir die Schlüssel und lassen Sie mich allein. Ich habe zu tun.«

Croy zögerte kurz.

»Alors quoi?«, fragte sie.

»Nichts, nichts«, antwortete Croy. »Ich frage mich nur, warum Sie so kurz angebunden sind.«

»Das kann ich Ihnen genau sagen«, beugte sie sich über ihren Schreibtisch nach vorn. »Mein Mann ist in den frühen Morgenstunden zu einem Einsatz in Saint-Malo gerufen worden. Er ist bei der Bergung eines hochgiftigen Stoffs schwer verletzt worden. Er liegt in einer Spezialklinik für Lungenkranke. Sie sehen, heute ist nicht mein Glückstag.«

Croy biss sich auf die Lippen. Sollte er ihr erzählen, was in der Nacht passiert war? Er entschied sich dagegen.

»Ich hoffe, dass Ihr Mann bald wieder gesund wird«, sagte er. »Und nochmals Danke für Ihre Hilfe. Merci, au revoir, Madame.«

»Au revoir, Monsieur.«

Croy verließ das Bürgermeisteramt und fand vor der Dorfkneipe das schwarze Taxi so vor, wie er es am Tag zuvor abgestellt hatte. Ohne Frontscheibe und mit einer Menge Glassplitter auf dem Boden des Innenraums.

Bevor er mit dem Wagen die verbleibenden sechzig Kilometer nach Paris in Angriff nahm, wählte er die Nummer von Konrad Kaltenborn beim BKA. Er schilderte ihm die Vorgänge der letzten Nacht und berichtete von der Flucht des verletzten RAF-Terroristen.

»Und Sie wissen nicht, wo er ist?«, fragte Kaltenborn.

»Ich hab keinen Schimmer«, gab Croy zu.

»Wir haben aktuell europaweit Sicherheitsstufe zwei. Er dürfte nicht weit kommen. Die polizeilichen Maßnahmen gelten auch für Frankreich. Sein Foto hängt in jeder Polizeipräfektur.«

»Gut zu wissen«, sagte Croy. »Ich fliege noch heute nach Berlin zurück.«

»Ah, nach Berlin«, antwortete Kaltenborn in einem Ton, der Croy aufhorchen ließ. Doch der BKA-Direktor sprach schnell weiter. »Es gibt erste Hinweise auf die Attentäter im Fall Peter Gordon Smith. Wahrscheinlich wissen Sie bereits davon, oder?«

»Nein, wie sollte ich?«, fragte Croy leise empört. »Ich hatte in den letzten drei Tagen alles Mögliche um die Ohren.«

»Machen Sie nicht solch einen Wind um einen Routinejob, Markus. Immerhin sind Sie Profi. Also, unsere Quelle aus dem Umfeld von General Cortez, ein gewisser Herriero, hat den Russen über Quartz-3 Beweise dafür geliefert, dass venezolanische Agenten und zwei Söldner aus Pakistan an dem Anschlag beteiligt waren.«

»Ein starkes Stück«, entfuhr es Croy. »Wie kommt denn ein Mann wie Miguel Herriero an einen Quartz-3-Sender?«

»Sie kennen Herriero?« Kaltenborn klang irritiert.

»Maria Uljanowa hat mir von ihm erzählt«, sagte Croy. Er blickte auf seine Schuhspitzen. Sie waren völlig verstaubt.

»Ich habe bei dieser Gelegenheit zum ersten Mal von ihm gehört«, sagte Kaltenborn pikiert. »Ihr kocht doch in der TRIAS-Schutzgruppe nicht euer eigenes Süppchen ...?«

»Quatsch«, bügelte Croy Kaltenborns Befürchtungen ab. Doch so falsch lag er nicht. Croy, Uljanowa und der amerikanische T3-Teamchef Vincent Talo hatten verabredet, nicht mehr jede Information an das BKA weiterzugeben. Das Risiko undichter Stellen war zu groß.

»Und wie wollen die Amerikaner darauf reagieren?«, wollte Croy wissen. »Die Falken in der Regierung von Will Foxx haben doch sicher schon die Krallen ausgefahren.«

»Das wissen wir nicht«, sagte Kaltenborn immer noch verschnupft. »Ich könnte mir aber vorstellen, dass die ohnehin sehr kühlen Beziehungen zwischen Caracas und Washington unter die Null-Grad-Grenze sinken. Am wahrscheinlichsten ist, dass die CIA und FBI-Spezialisten den venezolanischen DISIP und seine Tarnorganisationen wie Eier auf einem Geflügelhof durchleuchten werden.«

»Das ist ihr gutes Recht«, antwortete Croy. »Ich werde heute Abend in Berlin sein. Um siebzehn Uhr geht meine Maschine von Paris.«

»Gute Reise, Markus.«

»Danke«, beendete Croy das Gespräch.

Uwe von Bergen hatte mittlerweile zu Colonel Timoco Kontakt aufgenommen und ihm die Pleite von Saint-Malo geschildert. Dann war er auf seinen Verfolger zu sprechen gekommen.

»Und Sie sind sicher, dass es dieser Croy war, der Sie in Saint-Malo aufgerieben hat?«, hatte ihn der Colonel verärgert gefragt.

»Todsicher.«

»Er *muss* ausgeschaltet werden. Ich habe über Moskau unsere Quelle in Berlin kontaktiert. Offensichtlich ist der Scheißkerl auf dem Weg nach Paris. Ich melde mich, sobald ich Näheres weiß. Sie kümmern sich ab jetzt um nichts anderes mehr, ist das klar?«

Uwe von Bergen hatte diesen Befehl bestätigt. Auf die Ausschaltung von Menschen war er schließlich jahrelang trainiert worden. Und sollte es Probleme geben, hatte er als Chemiker immer noch ein paar Tricks auf Lager, um hässliche Blutspuren zu vermeiden. Von Bergen machte sich auf den Weg. Ein Telefonat am Abend würde ihn hoffentlich auf die Spur seines Verfolgers bringen. Er würde jetzt den Spieß umdrehen, den Jäger zum Gejagten machen.

Mit einem Lkw gelangte er unbehelligt nach Paris. Zwar hatten die Franzosen eine landesweite Fahndungsmeldung nach Uwe von Bergen herausgegeben, die stündlich in den Nachrichten wiederholt wurde, doch der Lastwagenfahrer hatte sein Radio nicht eingeschaltet.

Inzwischen war es Mittagszeit, und von Bergen hatte Hunger. Seine Wunde schmerzte zwar noch, aber sie schien sich nicht infiziert zu haben. Seine Stimmung war gefährlich gut.

7

**Paris,
13:00 Uhr**

Während der gesuchte Ex-Terrorist von Bergen im Schatten blieb, zog es Croy ins Licht der Place des Vosges, seinem Lieblingsort im Pariser Stadtteil Marais. Es war Essenszeit, und an den Tischen in oder vor kleinen Restaurants mischten sich Angestellte umliegender Büros unter die Touristen. Die Kellner hatten den ganz Mutigen Fleecedecken nach draußen gebracht, damit sie sich nicht verkühlten, denn noch wärmte die Februarsonne nicht stark genug.

Auch Croy saß vor dem Lokal, hatte dankend eine Decke entgegengenommen und sich einen Café au lait, einen Martini mit einem Schuss Zitrone und einen Salat Niçoise mit Schalotten, grünen Bohnen, schwarzen Oliven und Thunfisch bestellt. Er fühlte sich müde und verspannt. Die Sitze des Vans hatten für eine anhaltend bequeme Schlafpause nicht getaugt.

Sein Telefon klingelte. Vincent Talo war in der Leitung. Sein Gesicht leuchtete auf dem Videoschirm von Croys Telefon grün-blässlich.

»Markus, wo befinden Sie sich im Moment?«

»In Paris, im Bistro le centenaire.«

»Lassen Sie es sich schmecken.«

»Sie wollten mir nur *bon appétit* wünschen? War das alles?«

»Nein.« Talos Stimme wurde ernst. »Ich fürchte, auf uns kommt in den nächsten Stunden ein Riesenproblem zu. Unsere Regierung hat konkrete Hinweise auf die Täter von der Washington Cathedral.«

»Ja, das hat mir Kaltenborn bereits vor zwei Stunden berichtet.«

»Wie das?«, wunderte sich Talo. »Wir selbst wissen erst seit Kurzem von der Verstrickung venezolanischer Geheimdienstagenten.«

Croy blickte angestrengt auf seinen Martini. Bevor er auch nur ansatzweise einen klaren Gedanken fassen konnte, sprach Talo weiter.

»Washington wird mit aller Härte reagieren und die venezolanische Botschaft in den USA schließen. Das allein könnte uns kaltlassen. Doch in Kabul scheint sich ein Problem zu entwickeln. Präsident Kavani plant unter strengster Geheimhaltung einen Empfang für die vierzig ISAF-Botschafter. Die CIA vor Ort spricht allerdings von einer sehr heiklen Sicherheitslage. Taliban-Truppen hätten sich nur etwa hundertfünfzig Kilometer weiter östlich an den Ufern des Flusses Kabul bei Dschalalabad gesammelt.«

Croy dachte kurz nach, dann sagte er: »Damit sind sie zu weit weg, als dass eine so hochkarätige Veranstaltung abgesagt würde. Andererseits verfügen die Truppen des Nordführers Al-Mouawi über Kampfhubschrauber, die Mittelstreckenraketen abschießen können.«

»Stimmt. Doch Kavani bleibt stur, will Stärke zeigen. Er ist von diesem Empfang nicht abzubringen. Wir versuchen zwar, unsere Leute in den Präsidentenpalast einzuschleusen, um möglichst alle neuralgischen Punkte zu sichern. Doch da niemand weiß, wie viele Mitarbeiter des Präsidenten Agenten oder Anhänger der Taliban sind, werden wir schlechte Karten haben.«

»Gibt es schon einen genauen Termin für die Konferenz?«

»Nein, Kavanis Büro hüllt sich in Schweigen. Ich hasse solche Situationen, bei denen mir mein Bauchgefühl sagt, dass eine Katastrophe droht.«

»Verstehe«, antwortete Croy. »Ein bisschen erinnert es mich an den G8-Gipfel in Marienstrand. Im Grunde hätte man die Veranstaltung angesichts der bedrohlichen Lage absagen müssen. Erinnern Sie sich, wie die Politiker reagiert haben?«

»Augen zu und durch«, bestätigte Talo.

»Ganz richtig. Sie haben die unliebsamen Fakten einfach ignoriert.«

»Wir sitzen zwischen allen Stühlen«, knurrte Talo in den Hörer. »Von Terroristen bedroht, von der Politik gegängelt.«

»Vielleicht ist es ja langsam an der Zeit auszusteigen, Vincent.« Croy kaute jetzt in Ruhe ein Salatblatt. »Ein bisschen so wie in einer Kneipe mit Sperrstunde. Irgendwann steht die letzte Bestellung an. Und ganz sicher werde ich nicht derjenige sein, der sich vorschreiben lässt, wann er seinen letzten Drink nimmt. Üblicherweise verlasse ich ein Restaurant immer vor dem letzten Gast und trinke vor allem nie ganz aus.«

»Meinen Sie das ernst, Markus?« Talo klang verunsichert.

»Natürlich nicht«, log Croy, der schon einige Male darüber nachgedacht hatte, ob er weiter als Sicherheitsbeamter den verlängerten Arm der Politik spielen oder sich aus dem Verteidigungsgeschäft zurückziehen sollte. Immerhin hatte er eine hübsche Freundin, wünschte sich irgendwann Kinder und träumte von einem eigenen Haus am Meer.

»Gut«, klang es erleichtert durchs Telefon, »ich halte Sie auf dem Laufenden. Ich versuche natürlich rechtzeitig, in Kabul vor Ort zu sein.«

Croys Augen blitzten auf. »Wo sind Sie jetzt, Vincent?«

»In Langley. Mich wurmt es, dass mich die Fahndung nach den Attentätern des Präsidentenberaters so stark beansprucht. So long, Markus.«

»So long, Vincent.« Es klickte im Hörer. Croy schob den Thunfischsalat weit von sich. Für den Moment war ihm der Appetit vergangen. Er fühlte sich wie jemand, den man von den wichtigsten Handlungsschauplätzen abgeschnitten und ins Abseits gestellt hatte. Ihm war klar, dass er eigentlich nicht nach Berlin, sondern ebenfalls nach Kabul gehörte.

Dass man ihm großes Vertrauen entgegenbrachte und sein Geschick bei der Aufklärung der TRIAS-Gegner zu schätzen wusste, erfüllte Croy mit Genugtuung. Doch waren es gerade die teils verhängnisvollen politischen Entscheidungen im Zusammenhang mit TRIAS, die ihn grübeln ließen, ob er nicht eher Amboss statt Hammer war. Die Welt stand Kopf wegen TRIAS, die Attacken häuften sich, und er, Croy, gehörte zu denen, die mit dafür verantwortlich gemacht wurden.

Croys Unzufriedenheit schuf eine innere Zerrissenheit und weckte Sehnsüchte. Katja war ein Teil dieser Sehnsucht, ebenso wie seine Lust auf Veränderung und eine Neuordnung seines Lebens. Er reiste kaum noch privat, kümmerte sich nicht mehr um seine Hobbys. Wie oft war er noch vor wenigen Jahren an die französische Atlantikküste geflogen, war durch Bordeaux geschlendert und zum Baden und Laufen ans Meer nach La Rochelle gefahren? Hatte er noch das Geschick, Modelleisenbahnen zusammenzubauen oder über ein Fußballfeld zu dribbeln? Was trieben eigentlich seine Freunde in jenen Momenten, wenn er Terroristen jagte? War er zu einem Revolverhelden mutiert, besessen davon, die Welt zu retten?

Croy hatte plöztlich Lust zu rauchen. Er beugte sich zu seiner Nachbarin, einer jungen Französin mit hochgesteckten, schwarzen Haaren, und bat um eine Zigarette. Er hustete nach den ersten zwei Zügen; schließlich warf er die Kippe angewidert auf den Boden.

Uwe von Bergen war im Quartier Latin auf einen Kostümladen gestoßen, hatte einen borstigen Oberlippenbart, eine brünette Kurzhaarperücke und eine billige Brille mit Fensterglas erworben. Kurze Zeit später lief er mit dem Aussehen eines schmierigen Elektronikmarktverkäufers durch Paris.

Noch wusste er nicht, wo Markus Croy sich genau aufhielt. Es war für ihn ein seltsam prickelndes Gefühl, in derselben Stadt wie sein Todfeind zu sein. Gleichzeitig bereitete ihm der Gedanke Unbehagen, vielleicht erst in Berlin auf Croy zu treffen. Mit Deutschland verband er Rachegefühle, Furcht vor den Sicherheitsbehörden und eine Welt, die ihm gänzlich fremd geworden war. Frankreich dagegen war für ihn nicht mit negativen Erinnerungen belastet. Die Franzosen hatten ihn nicht gejagt, öffentlich an den Pranger gestellt und für viele Jahre hinter Gitter gebracht. Trotzdem hielt er sich vorsichtshalber in Deckung. Man konnte nie wissen, wie stark die französische Metropole von deutschen Europol-Polizisten durchseucht war.

Als von Bergen um sechzehn Uhr zwanzig von Colonel Timoco erfuhr, dass Markus Croy Paris verlassen und um siebzehn Uhr nach Berlin fliegen würde, wurden seine schlimmsten Befürchtungen wahr. Nun musste er dem Ermittler in Berlin auflauern. In Paris war Croy für ihn unerreichbar. Der T3-Agent saß bereits im Warteraum des Abflug-Gates und würde in Kürze das Flugzeug besteigen.

Zerknirscht fuhr er zur Gare du Nord und kaufte ein Billett zweiter Klasse für den Neunzehn-Uhr-Nachtzug von Paris nach Berlin.

8

**Uglitsch,
am frühen Abend**

Etwa sieben Kilometer von Uglitsch entfernt, in der an der Wolga gelegenen Ortschaft Bajowar, waren Lenja und ihr Mann Wolodja dabei, ihre Tiere zusammenzutreiben. Sie hielten sich etwa hundert Meter entfernt von ihrem auf einem niedrigen Hochwasserschutzdamm erbauten Haus auf. Ihr Grundstück erstreckte sich über zweitausend Quadratmeter und reichte bis ans Ufer der Wolga. Der gewaltige Fluss war an dieser Stelle mehr als vierhundert Meter breit.

Das Ehepaar hielt sich vier Ziegen, eine Milchkuh, zwölf Hühner und einen Hahn. Die Kaninchen waren bereits versorgt und machten in ihren Ställen Radau. Mit Laba, der ältesten Ziege, hatten sie noch ihre Mühe. Das Tier hatte an einer bestimmten Stelle der Flusswiese einen leckeren Flecken

Gras entdeckt und war partout nicht zu einer Rückkehr in den Stall zu bewegen. Lenja, die auf das fünfundsiebzigste Lebensjahr zuging, hieb mit einer Gerte auf das Tier ein, das sich zwar trollte, aber in die falsche Richtung. Verärgert blickte sie auf ihren Mann.

»Ich gehe jetzt die Wäsche aufhängen. Kümmer du dich um das Problem. Ich mag nicht mehr.«

Wolodja, der nur unwesentlich älter war als seine Frau, wusste, wie er mit einer störrischen Ziege umzugehen hatte. Er hielt ihr eine Scheibe Brot hin, das er mit Salz bestreut hatte. »Potsch, potsch«, lockte er sie.

Das Tier hob den Kopf und folgte ihm, während er ihm das Brot vor die Nase hielt.

Sieben Kilometer flussaufwärts lichtete das schwarz-weiß gestrichene Boot den Anker und tuckerte mit langsamer Fahrt auf die Staumauer von Uglitsch zu. Es war jetzt später Nachmittag, die Sonne hing schon knapp über dem Horizont, die Luft hatte sich stark abgekühlt. Es ging kaum Wind. Auf dem Vordeck stand noch immer die sechs mal drei Meter große Kiste unter einer Plane verborgen.

Etwa dreihundert Meter vor dem Bauwerk erreichten die Männer den künstlichen Hafen, der in den See hineingebaut war. Aus Gründen des Unweltschutzes bot er grade mal ein oder zwei kleineren Fischtrawlern Platz. Die Holzpoller des Landungsstegs waren ebenso morsch wie die Planken, über die man sein Boot verlassen und an Land gehen konnte.

Während die beiden Männer an Bord des schwarz-weißen Kahns die Leinen warfen, fixierten sie erkennbar beeindruckt ihr Ziel. Am oberen Rand der Staumauer leuchtete in kyrillischen Versalien und blauer Neonschrift der Konzernname Bluewater weit ins Land hinein. Das Firmenlogo – sechs Wellen in einem Kreis – stand für die weltweite Präsenz des

Konzerns. Nur in der Antarktis hatte Bluewater noch keine Niederlassung gegründet. Aber sie war in Planung. Das mit Wucht abschmelzende Gletschereis versprach einen unerschöpflichen Nachschub an Wasser und damit an Energie.

Während einer der Männer mit einem Fernglas die Umgebung beobachtete, löste sein Kumpan die Vertäuung des riesigen Pakets. Mit einer schweren Eisenstange hob er den Deckel an, drückte ihn mit einem kräftigen Ruck nach oben und verschob ihn um ein paar Zentimeter über die Kante. Zu mehr reichte seine Kraft nicht. Mit einem Vorschlaghammer schlug er dicke, etwa zehn Zentimeter lange Splinte aus eisernen Ösen. Er rief: »Wnimanje!« – Achtung! –, dann klappten zwei der dicken Holzwände nach außen.

Zum Vorschein kam ein zerlegter zweisitziger Autogiro, ein Tragschrauber, der nur zwei Rotorblätter hatte und auf engstem Raum alles bot, was für eine schnelle Flucht auf dem Luftweg notwendig war. Um vom Boot senkrecht starten zu können, saßen an beiden Propellerarmen Blattspitzenantriebe, die für die Anfangsrotation sorgten. War der Ultraleichtflieger erst einmal in der Luft, würde der Wind den weiteren Antrieb übernehmen, die Rotorblätter in Bewegung halten und so für eine geräuschlose Flucht sorgen. Neben dem kleinen Fluggerät war in der Kiste noch eine in Ölpapier gehüllte, kanonenähnliche Abschussvorrichtung verstaut. Ihr Rohr war nicht länger als ein großer Regenschirm und hatte einen Durchmesser von zwanzig Zentimetern.

»Ich sehe die Sicherheitsanlagen mit den Lasern«, sagte der Mann mit dem Fernglas auf Russisch. »Sonst keine Wachen.«

Im Zuge der Terrorprävention hatte Russland seine größten Wasserkraftanlagen mit sogenannten Tarnlasern bestückt. Die wie Sprinkleranlagen aus dem Wasser ragenden Laserköpfe bildeten einen unsichtbaren Grenzzaun. Sie reagierten sogar, wenn sich ein großer Fisch in den schmalen Laserkorridor verirrte. Unter Wasser sendete die Anlage Stromstöße aus, die die Fische verjagen sollten. Meldeten die Laser eine Berührung, schoben sich automatisch und mit enormer Geschwindigkeit schwere Schotte vor die Staumauer und die Ansaugstutzen für das Trinkwasser. Ihr Stahlpanzer von ungefähr sechs Zentimetern Dicke würde, so glaubte man, Sprengstoff- oder Giftanschläge verhindern.

Doch das Patent von Sir Barnes Neville Wallis, das bereits im Zweiten Weltkrieg den Engländern geholfen hatte, trotz der Torpedofangnetze die Möhne-Talsperre in der Nähe von Soest zu zerstören, sollte auch hier die Lasersperren überwinden helfen.

»Fass mit an!«, forderte der Steuermann seinen Kumpan auf.

Zu zweit justierten sie das Gerät mithilfe eines digitalen Visiers, das auf dem Abschussrohr saß.

»Und nun die *Babys*«, wies der Steuermann mit dem Kopf auf zwei längliche, schmale Holzkisten.

Der Jüngere der beiden öffnete sie an zwei Scharnieren und reichte zwei tonnenartige Gebilde ächzend an seinen Kumpan weiter. Eine Zahl und zwei Buchstaben waren in das Metall des Geschosses eingestanzt: 45 kg. Randvoll mit C4-Sprengstoff und Bleistyphnat gefüllt, trugen die nach Willis benannten Rollbomben an der Unterseite – wie bei einer Handgranate – eine Art Abzug, der auf einer winzigen Anzeigetafel saß, den der Mann jetzt löste. Ein winziger Bildschirm mit zwei stecknadelgroßen Steuerknöpfen leuchtete auf. Zahlen erschienen, die die Zeit, Tiefe und Rotationsgeschwindigkeit pro Minute anzeigten. Mit einem Fingernagel tippte er bei Zeit *dreißig Sekunden*, bei Tiefe *zehn Meter* und bei Umdrehungen *fünfhundert pro Minute* ein. Er wiederholte diese Prozedur bei dem zweiten Geschoss. Dann machte er die Zündladungen der Abschussvorrichtung scharf, fütterte das Rohr mit der ersten Bombe und drückte auf einen Knopf. Er gab dem anderen ein Zeichen. Beide stülpten sich Ohrenschützer über und gingen in der kleinen Steuerkabine in Deckung.

Nach einer Verzögerung von etwa fünf Sekunden zündete die Kanone und schleuderte das Geschoss mit einer Geschwindigkeit von mehr als vierhundert Stundenkilometern in Richtung Staumauer. Nach wenigen Sekunden hatte das tonnenförmige Ungetüm seinen höchsten Punkt erreicht, trudelte – sich um die eigene Achse drehend – in die Tiefe und schlug auf dem Wasser auf. Dann hüpfte es wie ein flach geworfener Stein in Richtung Laseranlagen, übersprang sie elegant und prallte gegen das Bauwerk. Da der Sprengkörper nicht mit einem Schlag-, sondern mit einem Druckzünder versehen war, detonierte er erst in einer Tiefe von zehn Metern. Eine gewaltige Fontäne erhob sich aus dem Wasser. Für die Männer unsichtbar hatte das C4 einen tiefen Riss in den Beton der Staumauer gesprengt, der sich nun durch den Druck des Stausees weiter verbreitern und schließlich zum Bruch des Wehrs führen würde.

Schnell luden sie die Kanone nach und zündeten die zweite Bombe. Auch sie erreichte ihr Ziel, ohne von den Lasern erkannt zu werden.

Noch während die Bombe unterwegs war, bauten die Männer mit geübten Handgriffen den Autogiro zusammen, starteten die Antriebe an den Rotorspitzen und hoben kurz darauf ab.

Inzwischen hatte die zweite Bombe nicht nur ihr Ziel erreicht, sondern dem bereits angeschlagenen Staudamm auch den Knock-out verpasst.

Lenjas Wäsche flatterte auf der Leine, die Ziegen standen in ihren Ställen, und auch das letzte Huhn bequemte sich zurück in den Verschlag. Es war beinahe windstill, sodass das Ehepaar diesen ruhigen Abend, auf zwei Klapphockern sitzend, am Wolgaufer verbrachte. Beide hatten sich in warme Wolldecken gehüllt; Wolodja trank Uglitschno Pivo, seine Frau bediente sich an selbst gemostetem Kirschsaft.

»Hast du das Licht gelöscht, Wowa?«

»Ja, bis auf das Licht im Dachgeschoss.«

Auch wenn kalendarisch noch Winter war – es gab immer Insekten, die im Innern des warmen Hauses Schutz vor der Feuchte suchten. Es dämmerte schon, und die Eheleute konnten das gegenüberliegende Ufer nicht mehr erkennen.

»Als ich noch ein Kind war«, sagte Lenja, »gab es Ende Februar noch Eis, und wir scharten uns alle um den Ofen. Heute sitzen wir fröhlich am Fluss in unseren Decken und trinken Bier und Most aus dem Kühlschrank. Wohin soll das noch führen? Vielleicht bauen wir uns doch noch einen Wintergarten ans Haus. Wenn die Sonne schon so früh im Jahr eine solche Kraft hat ...«

»Das überlassen wir unseren Kindern«, antwortete Wolodja. »Sie sollen schließlich auch noch etwas zu tun haben. Wir haben genügend Rubel in die Renovierung des Häuschens gesteckt.«

»Ich bin gespannt, ob es ein Junge oder ein Mädchen wird«, seufzte Lenja unvermittelt. »Lewschko ist ja dagegen, den Arzt zu fragen.«

»Diesen Eigensinn hat er von dir, Lenja.«

»Ach, was du redest. Und von dir hat er diese komische Angewohnheit, mitten im Satz das Thema zu wechseln. Neulich hatte ich ihn fast so weit, dass er mir etwas über ihre neue Wohnung erzählen wollte. Ronja möchte ja eher weiße Wände, während Lewschko ...«

Sie wurde von einem fernen Wummern unterbrochen, das sekündlich anschwoll.

»Hörst du das?«, fragte Wolodja seine Frau.

»Es klingt wie ein Gewitter«, sagte sie und blickte zum Himmel.

»Dann gehe ich mal die Dachfenster schließen«, entschied er, erhob sich und griff nach seiner Bierflasche.

Das Grollen wurde lauter und lauter. Wolodja blieb stehen und blickte sich um. Seine Frau hatte sich ebenfalls erhoben und starrte angestrengt in die Richtung, aus der diese bedrohlichen Geräusche kamen. Das Wummern war in ein gewaltiges, pausenloses Donnern übergegangen.

»Das ist kein Gewitter«, rief Wolodja alarmiert. »Komm Lenja, schnell ins Haus. Komm schon, komm!«

Lenja griff sich ihre Flasche Kirschmost und eilte auf ihren Mann zu. Gemeinsam stürzten sie in Richtung Haus, doch die ungeheure Flutwelle raste mit hoher Geschwindigkeit heran. Sie hatten fast den schmalen Damm erreicht, als sie sich, wie gelähmt vor Entsetzen und mit von Angst geweiteten Augen, umsahen. Ehe sie überhaupt realisierten, was geschah, hatte das herandonnernde Wasser bereits die Wohn- und Nebengebäude des Nachbargrundstücks mit sich gerissen. Lenja und Wolodja konnten sich gerade noch an den Händen fassen, bevor eine mehr als zwanzig Meter hohe Welle die Idylle unter sich begrub.

Die Männer im Autogiro blickten währenddessen mit Befriedigung aus der Luft auf ihr Werk und flüchteten, von ausreichenden Höhenwinden unterstützt, beinahe lautlos in Richtung Nordwesten, wo sich das kleine Fluggerät bald in der Abenddämmerung verlor.

9

Berlin, gleicher Tag, am späten Abend

Nachdem Croy von Paris kommend in Berlin gelandet war, brachte ihn die S-Bahn ins Stadtzentrum, genauer gesagt, zur Station Bellevue. Sie verdankte ihren Namen einem der ältesten Schlösser Berlins in unmittelbarer Nähe, heute nobler Sitz des Bundespräsidenten. Croy verließ den Bahnhof in westlicher Richtung und überquerte eine Steinbrücke über die Spree.

Der Fluss führte hier im Zickzack an Fabrikgebäuden aus dem letzten Jahrhundert und reich verzierten Gründerzeithäusern vorbei. Wegen des stabilen Vorfrühlingswetters hatten sich bereits die ersten Ausflugsschiffe und Jachten aufgemacht, die Stadt von der Wasserseite aus zu erkunden.

Croy stoppte vor einem sechsstöckigen, rot geklinkerten Apartmenthaus, das wie ein Kubus gebaut war und dessen Fenster aus allen Himmelsrichtungen Licht in die Wohnungen ließen. Er drückte auf die Klingel mit Katja Kirchners Namen. Ein Summer ertönte, und der Lift brachte ihn ins oberste Stockwerk.

Seine Freundin öffnete ihm auf sein Klopfen hin mit müden Augen, die jedoch bei seinem Anblick sofort hell aufblitzten. Sie trug einen weißen Jogginganzug, der ihre Figur reizvoll betonte. Was Croy nicht wusste, war, dass sie unter ihrer bequemen Kleidung schwarze Spitzenunterwäsche trug.

Sie fielen sich kurz in die Arme, dann schoben sie sich eng aneinandergepresst in die Wohnung. Mit der Ferse drückte Croy die Tür hinter sich zu.

Als er sie entkleidete, stutzte er kurz. »Ich bin beeindruckt«, flüsterte er ihr ins Ohr.

»Ich halte mich nur an die Lebensregel meiner Großmutter«, wisperte sie zurück.

»Und die lautet?«, fragte er leise.

»Man sollte immer die schönste Unterwäsche tragen, weil man ja nie weiß, ob man unerwartet ins Krankenhaus muss.« Sie kicherte.

Croy biss ihr zart ins Ohr. »Und du raubst mir den Atem und bist jederzeit gut für einen Ohnmachtsanfall.«

Ihre Hände wanderten von seiner Brust hinunter zum Bauchnabel. Er fühlte Hitze in sich aufsteigen.

»Und ich sterbe jedes Mal vor Glück, wenn du da bist«, raunte sie. Ihre Zunge berührte seinen Hals.

»Dann kaufen wir dir gleich morgen dreihundertfünfundsechzig Spitzenhöschen und -hemdchen, damit du immer gut vorbereitet bist«, neckte er sie.

»Erst will ich sehen, was *du* unter deiner Jeans trägst.« Sie umschlang ihn, und Croy drückte sie tief in die Couch.

Es war fast eine Woche her, dass sie sich zum letzten Mal gesehen hatten. Ein Anruf hatte Markus und Katja überstürzt aus Zürich abreisen lassen.

Und auch diesmal verging kaum eine halbe Stunde, bis Croys Communicator mit unerträglichem Fiepen die Zweisamkeit auf der Couch unterbrach. Der Ton verhieß Probleme, denn er erklang nur, wenn eine ganz bestimmte Telefonnummer eine Nachricht an ihn absetzte. Croy fluchte, Katja schmollte, doch das Gerät fiepte hartnäckig so lange weiter, bis der Ermittler die Nachricht las und bestätigte.

T3-Vorkommnis bei Mischa. Lagebesprechung in T minus 30 Minuten.

Sein Pflichtgefühl trieb ihn in Unterwäsche, Hemd und Hose,

doch seine Augen verrieten Unmut und Bedauern über die abrupte Störung.

»Wir werden nicht gerade vom Glück verwöhnt«, murmelte Katja deprimiert und blickte aus dem Fenster hinunter auf die Spree. Ein in die Jahre gekommener Passagierdampfer mit Namen »Don Juan« mühte sich mit schäumendem Heckwasser den Fluss hinauf.

»Terror und Glück sind unvereinbar«, sagte Croy etwas leicht daher. »Auch wenn die Terroristen das vielleicht anders sehen, angesichts ihrer vermeintlichen Erfolge. Wir dürfen diese brutalen und unmenschlichen Ereignisse nicht persönlich nehmen.«

»Hörst du dir eigentlich selbst zu, wenn du redest?«, fragte sie gallig. »Hier geht es gerade um *uns* und nicht um deinen Job. Wirst du es jemals schaffen, Privates von Dienstlichem zu trennen?«

Croy wurde wütend. »Wir dürfen diesen Dreck nicht zu nah an uns heranlassen! Das wäre nur ein weiterer Sieg für den Gegner!«

»Schon wieder redest du von den anderen. Red doch mal von dir, Markus! Was willst *du?*«

»Ich muss los.«

»Und was, wenn unsere Beziehung wegen all dem zerbricht?«, insistierte sie.

»Katja.« Er sah ihr jetzt tief in die Augen. »Ich habe mich verpflichtet, meiner Regierung zu dienen. Also sehe ich nur zwei Möglichkeiten: Entweder ich kündige und werde Privatier, oder wir trennen uns und ersparen uns so alle Sehnsucht. Denk darüber nach. Im Moment habe ich jedenfalls weder Zeit noch Lust, dieses Gespräch fortzusetzen.«

Croy griff nach seinem Mantel, band sich schweigend die Schuhe zu und verließ die Wohnung ohne Gruß, ohne Blick, ohne Kuss.

Katja ballte wütend die Fäuste und vergab zwei Noten: *Als Agent ist Markus gut*, dachte sie, *als Lebenspartner mangelhaft*.

Während Croy auf die S-Bahn in Richtung Berlin-Treptow wartete, starrte er grimmig auf die Welt um sich herum. Und nur eine S-Bahn-Station weiter bereute er es, seiner Freundin gegenüber so abweisend und kalt gewesen zu sein.

10

Berlin-Treptow,
Bundeskriminalamt, Hauptquartier der TRIAS-Schutztruppe,
gegen 20:00 Uhr

Die Tür des Mausoleums, des abhörsicheren und fensterlosen Konferenzraums für Top-Secret-Besprechungen im Bundeskriminalamt, schlug hinter Markus Croy und drei seiner Analysten zu.

»Die Konferenzschaltung steht«, sagte eine junge Frau. Sie gehörte erst seit Kurzem zum T3-Team und ließ keinen Zweifel daran, dass sie sich engagiert einbringen wollte. Sie hatte ihrem Chef in knappen Worten umrissen, was die Sicherheitsbehörden über den Anschlag in Uglitsch wussten. Die Zahlen, die sie ihm genannt hatte, ließen Schlimmes ahnen.

»Maria, Vincent, seid ihr auf Empfang?« Markus Croy sprach Englisch mit den beiden Agenten.

»Ja, Markus. Wir hören dich«, ertönte es fast unisono. Ihre Stimmen ertönten klar und unverzerrt aus den Lautsprecherboxen an der Stirnwand des Mausoleums.

»Ihr kennt die Zahl der Opfer?«, fragte er mit heiserer Stimme.

»Nach neuesten Angaben etwa fünfzehntausend Tote«, ließ sich Maria vernehmen. »Aber dabei wird es wohl nicht bleiben. Die Flutwelle hat sich mehr als zehn Kilometer ins Wolgatal bei Uglitsch ergossen und alles mit sich gerissen. Es sind grauenvolle Bilder, die uns das russische Fernsehen geliefert hat.«

»Gibt es irgendeinen Hinweis auf die Täter?«, fragte Croy.

»Nein«, sagte die russische T3-Teamchefin. »Wer auch immer Zeuge gewesen sein könnte, er hat die Flutkatastrophe nicht überlebt.«

»Vincent, haben Sie in Langley schon was herausgefunden? Gibt es weitere Hinweise auf die Täter von Washington?«

»Ja, eine Frau namens Nina Simonic hat von einem Wiener UPS-Büro aus einen Transportauftrag für einen Traghubschrauber, einen sogenannten Autogiro, erteilt. Er wurde in zerlegtem Zustand von Wien nach Jaroslawl in der Nähe von Moskau versandt. Miss Simonic hat selbst auf einem Fax unterschrieben, das in Langley vorliegt. Wir haben die Lady sofort unter die Lupe genommen.«

»Und?«, fragte Croy. In ihm machte sich Aufregung breit.

»Sie war mal die Lebensgefährtin eures geflohenen RAF-Häftlings Uwe von Bergen.«

»Wie bitte?« Jetzt wusste Croy, woher seine Aufregung rührte. Der Name Nina hatte sofort etwas in ihm ausgelöst. *Die schöne Nina*, dachte er, *das Model und der Verbrecher.*

»Ihr Klarname lautet Bettina Liesegang. Sie war in einer besonders liberalen Strafvollzugsanstalt in Wien-Simmering untergebracht und ist von einem Freigang nicht mehr zurückgekehrt. Sie hat im Knast eine Umschulung zur Büro- und Finanzkauffrau gemacht.«

Croy blickte düster auf das Mikrofon. Seine Analysten hatten eifrig mitgeschrieben.

Die Russin meldete sich zu Wort. »Sie wird versuchen, zu

ihrem früheren Begleiter Kontakt aufzunehmen. Macht eine Fahndung von Deutschland aus Sinn?«

»Ich denke schon«, sagte Croy. »Allerdings nur inoffiziell. Wenn wir öffentlich nach ihr fanden, taucht sie unter.«

»Es könnte auch sein«, entwickelte Talo ein Szenario, »dass Miss Simonic zu einer Terrororganisation gehört, die aus voneinander unabhängig arbeitenden Gruppen besteht. Vielleicht ist sie so was wie das Bindeglied zwischen den Attentätern von Saint-Malo und Uglitsch.«

»Und was wollen Sie uns damit sagen?«, fragte Maria Uljanowa.

»Wer sich so wenig tarnt, könnte das mit Kalkül tun«, antwortete Talo. »Sie legt Spuren in der Öffentlichkeit aus, um uns auf ihre Fährte zu locken, während ihre Komplizen in aller Ruhe die Anschläge ausführen.«

»Das hat aber beim Anschlag von Saint-Malo nicht funktioniert«, warf Croy ein.

»Entweder sie haben nicht damit gerechnet, dass Sie von Bergen so dicht auf den Fersen waren, oder sie hielten Saint-Malo für nicht so wichtig«, versuchte Talo zu folgern.

»Hm. Könnte es auch sein«, fragte Croy nach kurzem Überlegen, »dass die uns unbekannte Terrororganisation bereit war, den Spanier, Paul Vadalis und Uwe von Bergen zu opfern, um an ganz anderer Stelle in der Welt zuzuschlagen?«

»Klingt irgendwie unrealistisch«, sagte Talo. »Allerdings traue ich von einer Idee besessenen Menschen alles zu. Wer auch immer hinter diesen Anschlägen steckt – sie haben es auf Wasser abgesehen. Und mich würde nicht wundern …«

»… wenn das nächste Ziel in den USA liegt?«, unterbrach ihn Croy.

Talo schwieg. Dachte er nach? Croy lauschte.

Maria Uljanowa durchbrach die Stille. »Was ist mit Deutschland? Habt ihr sensible Zonen?«

»Natürlich«, antwortete Croy. »Aber seit dem Pestizidanschlag auf den Bodensee gilt eine neue Sicherheitsdoktrin. An allen Staudämmen, Wasseraufbereitungsanlagen und großen Trinkwasserreservoirs gelten verschärfte Sicherheitsbestimmungen. Es wurden berührungssensible Grenzzäune gezogen, Infrarotkameras angebracht und der Wachschutz erheblich aufgestockt.«

»Und in den USA?«, fragte die russische FSB-Agentin. »Könnte es sein, dass der Anschlag auf die Niagarafälle Bluewater galt? Schließlich sind Menschen in unmittelbarer Nähe des Wasserkraftwerks ums Leben gekommen.«

»Das sind Spekulationen. Und was andere Ziele anbelangt,« sagte Talo schleppend, »so habe ich mir noch keinen Überblick verschaffen können, wo undichte Stellen in den Sicherheitsvorkehrungen für Staudämme oder Ähnliches bestehen. Unser Heimatschutzministerium hat leider die großen Metropolen im Fokus. Ob kleinere Wasserkraftanlagen in Texas, Missouri, Neuengland oder Kalifornien unter lückenloser Beobachtung stehen, wage ich zu bezweifeln.«

»Leider muss ich Vincent zustimmen«, sagte Maria. »Das Gleiche gilt für Russland. Deutschland ist ein Global Player, weil hier einige der weltgrößten Konzerne wie Bayer-Schering, Siemens und Daimler ihren Sitz haben. Aber von der Größe her ist Deutschland mit Russland oder den USA nicht vergleichbar und erheblich besser zu kontrollieren.«

Croy wusste, dass sie Recht hatten. Ginge es nach der Größe des Territoriums, dürfte Deutschland nicht zu den TRIAS-Mächten gehören. Doch als eine der reichsten Industrienationen mit Firmenbeteiligungen in aller Welt war Deutschland längst über den Status einer sogenannten Mittelmacht wie in den Achtziger- und Neunzigerjahren hinausgewachsen.

Ein Handy klingelte. Ein Anruf für Croys junge Analystin.

Ein sehr kurzes Telefonat. Sie schrieb schnell etwas auf einen Zettel und schob ihn ihrem Vorgesetzten zu.

Markus Croy überflog ihn und knurrte dann ins Mikrofon. »In diesen Minuten trudelt der Aktienkurs der Bluewater Inc. im elektronischen XETRA-Handel und an den internationalen Börsen von New York bis Tokio ins Bodenlose. Die Aktien waren bereits nach dem verhinderten Anschlag in Saint-Malo unter Druck geraten. Das Unternehmen hat innerhalb von Minuten elf Milliarden Dollar an Wert verloren …«

»… und wahrscheinlich fallen die Aktien anderer Energieversorger und Rohstoffproduzenten durch den Dominoeffekt gleich mit«, ergänzte Talo.

»Das wird ein schwarzer Mittwoch«, orakelte Maria Uljanowa.

Erneut klingelte das Handy der Analystin. Sie gab gleich weiter, was sie erfuhr. »Die weltweiten Energieversorger und vor allem Bluewater haben jetzt bis zu vierzig Prozent an Wert verloren. Der Handel an der Frankfurter, New Yorker und Moskauer Börse wurde ausgesetzt.«

»Ich bin gleich wieder da«, sagte Vincent Talo und murmelte im Hintergrund etwas für Croy Unverständliches zu einem Kollegen. Auch Maria hatte sich für einen Moment entschuldigen lassen. Als die beiden sich schließlich wieder meldeten, bestätigten sie diese Nachrichten.

»Das ist die neue Form des Terrorismus«, stellte Croy fest. »Werte vernichten, Volkswirtschaften manipulieren, Menschen ihrer Arbeitsplätze berauben. Wie gehen wir weiter vor?«

»Gute Frage, aber mich beschäftigt gerade etwas anderes«, sagte Talo mit dem Mund dicht am Mikro. Es klang, als säße er direkt neben Croy. »Das Öl wird weiter gefördert, das Wasser fließt und der Goldabbau geht weiter. Wer profitiert von einer eklatanten, gefährlichen Schwäche der Energieversorger?«

Wieder herrschte Stille im Mausoleum.

Schließlich blickte die junge Analystin fragend auf Croy. Er nickte ihr aufmunternd zu. Bevor sie ihre verblüffende Antwort präsentierte, stellte sie sich Vincent Talo und Maria Uljanowa vor.

»Ich bin Tanja Weber«, sprach sie mit fester Stimme ins Mikrofon, »habe Wirtschaftswissenschaften studiert und arbeite seit vier Monaten für T3. Meiner Meinung nach profitieren von billigen Aktien nur große Investmentfonds. Die gefräßigsten unter ihnen sind die sogenannten Hedgefonds. Ihre Manager lieben solche Ereignisse, um ihre Portfolios zu durchlüften, sich von lahmenden Aktien zu befreien und sich mit abgestürzten Aktien einzudecken. Dass sie mit solchen Aktionen auch die gesunden Werte anderer Unternehmen mit in die Tiefe reißen, ist ihnen egal. Sie leben von der Performance und haben nur ein Ziel: ihre Anleger reich zu machen und mit Hilfe von Aktienpaketen ihren Einfluss auf die Geschäftspolitik von nationalen Firmen und globalen Konzernen zu verstärken. Es könnte also sein«, atmete sie durch, »dass einer dieser Hedgefonds gerade Bluewater-Aktien in großem Stil kauft, um sich innerhalb des Konzerns Einfluss zu verschaffen.«

»Das bedeutet«, folgerte Vincent Talo, »dass ein Krieg um die Wasserreserven der Erde ausbricht.«

»Das wäre ja …« Uljanowa brachte den Satz nicht zu Ende und Croy vervollständigte für sie. »… ein Angriff auf TRIAS? Ich fürchte, ja.«

Tanja Weber drehte erneut das Mikrofon zu sich herum. »Seit TRIAS in Kraft ist und die Öl- und Gasströme an den hungrigen Riesenreichen wie Indien, China und Brasilien vorbeifließen, leiden diese Länder unter regelmäßigen Einbrüchen ihrer Volkswirtschaftserträge. Die *New York Times* hat kürzlich in einem etwas arroganten Kommentar von

›einer Wirtschaftslage der Schwellenländer, so wechselhaft wie das Wetter vor den Azoren‹ gesprochen. Schuld an diesem Wirtschaftsdesaster ist nach Ansicht vieler Experten aber nicht nur der TRIAS-Vertrag. Investmentfonds haben in den vergangenen Monaten in großem Stil Aktien gebeutelter Unternehmen aus Fernost und Lateinamerika verkauft, damit ihren Niedergang und Massenentlassungen in Kauf genommen und sich lukrativeren Märkten zugewandt. Ein zentrales Anlagethema für die sogenannte Asset-Management-Branche sind schon seit Längerem Rohstoffe. Je knapper sie werden, desto höher steigen die Kurse. Im gleichen Zug stürzen sich die Manager von Investment- und Hedgefonds auf einen Bereich, der nach überwältigendem Profit riecht, nämlich auf Wasser. Ein Rohstoff, der immer knapper wird, für den es keinen Ersatz gibt und bei dem Engpässe die wirtschaftliche Entwicklung massiv bremsen könnten. Anders als Öl, Gas und Gold hat dieser Rohstoff aber erst vor wenigen Monaten die Aufmerksamkeit der Hedgefonds-Manager geweckt.« Sie holte tief Luft und wandte sich vom Mikrofon ab.

Croy blickte anerkennend auf seine Analystin. »Wie wir alle wissen«, fuhr er fort, »planen die Finanzministerien der TRIAS-Länder wegen der Spekulationen an den Ölmärkten schon seit Langem, die Hedgefonds einer Kontrolle zu unterwerfen.«

»Doch es wird ihnen nicht gelingen«, ergänzte Tanja Weber. »Denn Hedgefonds sind, im Unterschied zu Banken, völlig unreguliert und können auch bei waghalsigen und hoch profitablen Geschäften einsteigen. Die Versuche der Industrieländer, nach dem weltweiten Finanzcrash vor drei Jahren Regularien einzuführen, sind gescheitert. Hedgefonds sind die berühmten Geister, die der gierige Markt rief und nie mehr los wird. Sie sind wie die schwarzen Löcher im All; sie ziehen Risiken magnetisch an, und längst haben die Finanzmarktkontrolleure überall auf der Welt, trotz gegenteiliger Beteuerungen, den Überblick über die Kapitalmarktrisiken verloren. Wenn also Bluewater jetzt so dramatisch schwächelt, könnte es sein, dass der Wasserkonzern in kürzester Zeit von einem Hedgefonds aufgekauft und kontrolliert wird, ohne dass wir wissen, welche Geldgeber dahinterstecken.«

»Ist etwas Ähnliches nicht auch mit internationalen Automobilkonzernen passiert?«, warf Croy ein.

»Genau«, bestätigte Tanja Weber. »Die Geldgeber der Hedgefonds können im Jemen, in Afghanistan, in China, Indien oder Brasilien sitzen, also potenzielle Feinde von TRIAS sein. Doch das Beunruhigendste daran ist: Wir wissen nicht, in welche – möglicherweise feindlichen – Projekte die zukünftigen Gewinne aus den Beteiligungen an Bluewater oder anderen gebeutelten Energieversorgern fließen. Denn steigen die Aktien wieder, sprudeln die Profite der Konzerne, und über Dividenden und Beteiligungsmodelle verdienen die Großaktionäre zusätzlich Geld.«

Die junge Frau lehnte sich zurück. Ihr Gesicht zeigte vor Aufregung rote Flecken.

In dieser Situation erschien Croy das Mausoleum noch kälter und abweisender als es ohnehin schon war. Croy umfasste das Mikrofon so fest, als wolle er es aus der Tischplatte hebeln.

»Machen wir eine kurze Pause«, sagte er mit rauer Stimme, »und verdauen erst mal diese Informationen. Wir sollten unsere Telefonkonferenz in zehn Minuten fortsetzen und eine Strategie festlegen. Bis dahin bitte ich euch, Spezialisten mit Recherchen über Aufkäufe in großem Stil von Bluewater- und anderen Versorgeraktien zu beauftragen.«

Als sich die Spezialagenten der Bundeskanzlerin, des amerikanischen und russischen Präsidenten wenig später wieder zu ihrem virtuellen Meeting einfanden, beschlossen sie eine

Vorgehensweise, die sich nicht nur in einer rechtlichen Grauzone bewegte, sondern auch wenig Rücksicht auf nationale Interessen und Empfindlichkeiten nahm.

11

Kabul,
23:15 Uhr Ortszeit

Die Boeing 767-300 der venezolanischen Fluggesellschaft Santa Barbara Airlines war eine der letzten Nachtmaschinen, die auf dem Kabuler Flughafen Landeerlaubnis erhalten hatte. Als sie aufsetzte, löste sich ein schwarzer Mercedes S 600 mit blitzenden LED-Scheinwerfern aus einem Pulk von Limousinen, die am Rande des Rollfelds auf Passagiere mit hoher Sicherheitsstufe warteten. Obwohl niemand ausschließen konnte, dass einer der Chauffeure ein Wolf im Schafspelz war, hatte es bislang keine nennenswerten Vorfälle gegeben, die zu einer Verbannung dieser Kabuler Flughafenspezies aus den sensiblen Bereichen des Rollfelds geführt hätten. Der schwere Wagen stoppte kurz vor den Stellplätzen der Langstreckenjets aus Übersee.

Im Inneren des Flugzeugs spähte General Rolando Cortez, ausgestattet mit einem gefälschten Diplomatenpass, bereits suchend aus dem Fenster neben seinem Sitz. Er verrenkte den Kopf, weil er zwischen all den riesigen Batterien von Flughafenleuchten und technischen Fahrzeugen die von ihm bestellte Limousine noch nicht ausmachen konnte.

Der Chauffeur des Mercedes war gebürtiger Marokkaner. Er gehörte zu jenen Menschen, die Cortez im Verlaufe seiner Agententätigkeit von einem gegnerischen Geheimdienst angeworben und umgedreht hatte. Cortez, seit mehr als fünfzehn Jahren Chef des venezolanischen Geheimdienstes, hatte in dieser Zeit wie eine hungrige Spinne sein Agentennetz quer durch die Welt gespannt, Quellen ausgesaugt und, wenn sie unbrauchbar geworden waren, aus dem Weg geräumt. Dieses Schicksal ereilte allerdings nicht jeden Spion. Wer bewies, dass er Cortez treu ergeben und vor allem entwicklungsfähig war, dem war ein Platz am Fresstrog des DISIP sicher.

Unmittelbar nachdem die Passagiertreppe angedockt hatte, spazierte Cortez durch die Bordtür. Als er den Wagen erblickte, verzog sich sein Gesicht zu einem freudigen Ganovengrinsen. Jovial winkte er im grellen Flutlicht seinem Fahrer zu – einem mittelgroß gewachsenen, schlanken Mann mit Namen Sami, der einen braunen Cordanzug und dazu passende Schuhe trug. Wilde, schwarze Locken fielen ihm bis über beide Ohren. Sein markantes Gesicht war braun gebrannt.

Sami war mit Anfang zwanzig als Agent des marokkanischen Geheimdienstes DST, Direction de la Surveillance du Territoire, in Caracas stationiert gewesen. Er hatte sich dadurch hervorgetan, dass er eine Mitarbeiterin von General Cortez zuerst geschwängert, ihr dann Informationen über die Zusammenarbeit Venezuelas mit Kuba entlockt und diese brav an den DST weitergegeben hatte. Doch irgendwann offenbarte sich Samis Freundin Cortez. Der Geheimdienstchef ließ dem Marokkaner bei einem *stillen Treffen* ausrichten, dass er sein Leben verwirkt habe. Doch Cortez hatte eine Schwäche für junge Männer. Außerdem hatte den General beeindruckt, wie dreist und unverfroren Sami vorgegangen war. Cortez ließ ihm ausrichten, er gebe ihm eine letzte Chance, vorausgesetzt, er arbeite künftig als Doppelagent für den DISIP. Sami wusste, dass er keine Wahl hatte, und nahm das Angebot an. Seither spionierte er für Marokko und Venezuela die Truppenbewegungen der ISAF-Alliierten aus.

Als sich der General in die feinen Nappaledersitze des deutschen Automobils sinken ließ, entfuhr ihm ein leises Stöhnen. »Bonjour«, begrüßte er Sami auf Französisch, »comment allez-vous?«

»Sie wissen doch, ich bin aus hartem Holz geschnitzt«, lachte der Fahrer.

Sie folgten den Beschilderungen zur Pass- und Zollkontrolle für einreisende Diplomaten. Die Prozedur dauerte nur wenige Minuten. Als der Mercedes auf die staubige Landstraße in Richtung Dschalalabad eingebogen war, war es kurz vor Mitternacht. Obwohl sich ihr Ziel nur rund hundertfünfzig Kilometer vom Kabuler Flughafen entfernt befand, würden sie mehr als vier Stunden für die Strecke brauchen. Kontrollposten der ISAF, Straßensperren von rivalisierenden Clans und die Bergpässe hinter Kabul erlaubten kein schnelleres Vorwärtskommen.

»Es liegt eine Waffe für Sie unter Ihrem Sitz«, sagte Sami zu Cortez. »Man weiß nie, wer einen hier anhält.«

»Das war sehr klug von Ihnen, mein Freund.«

Cortez mochte es, geschützt zu werden. Zwar war der S 600 gepanzert, doch gegen Mörsergranaten oder gar Panzerfäuste war auch dieser Wagen nicht gefeit. Cortez machte es sich bequem und döste ein wenig.

Sami fuhr trotz der Dunkelheit und freier Straße mit abgeblendetem Licht. Sie kurvten durch kraterähnliche Landschaften, die von wild gezackten Bergen wie mit Zangen umschlossen wirkten. Nach etwa fünfzig Kilometern Fahrt durch Schlaglöcher, über Bodenwellen und steile Passstrecken erreichten sie den Distrikt Sorubi. In der gleichnamigen Bezirkshauptstadt herrschten Dunkelheit und Stille. Die Reifen der schweren Limousine summten über das Asphalt-Staub-Gemisch. Nach wenigen Minuten lag die einstmals von Warlords und Taliban heftig umkämpfte Ansiedlung hinter ihnen.

Noch waren es etwa hundert Kilometer bis Dschalalabad, am südöstlichsten Zipfel Afghanistans dicht an der Grenze zu Pakistan gelegen und für die ISAF-Truppen einer der strategisch wichtigsten Punkte des Landes.

»Darf ich Sie etwas fragen, General?«

»Nur zu, mein lieber Sami. Was wollen Sie wissen?« Der General gab sich betont väterlich.

»Warum nehmen Sie so eine weite Reise auf sich? Sind Ihnen die Adjutanten oder Agenten ausgegangen?« In Samis Worten schwang eine Spur Ironie mit.

Cortez stutzte. Mit dieser Frage hatte er nicht gerechnet. Er beschloss, sich nicht provozieren zu lassen.

»Wissen Sie, Sami, es gibt Gespräche, die müssen auf Augenhöhe geführt werden. Rahman ist da sehr empfindlich. Er hat schon zu viel erlebt, als dass er Adjutanten vertrauen würde. Sie wissen ja sicherlich, dass Dschalalabad einst eines der Hauptquartiere der Taliban war. Von hier aus haben sie in den Achtzigerjahren die Angriffe auf die russischen Besatzer gesteuert und nach dem Abzug der Russen 1989 selbst die Macht übernommen.«

Er blickte auf Samis Nacken, der feucht glänzte. Cortez leckte sich über die Lippen.

»Bis die Amerikaner kamen«, ergänzte der Marokkaner.

»Nicht ganz richtig«, entgegnete Cortez. »Erst marschierte die Nordallianz ein, dann die afghanischen Freischärler um Mohammed Junis Chalis, und 2002 bombardierten dann die Amerikaner das Gebiet, weil sie hier bin Laden vermuteten. Dschalalabad ist zwar noch immer in den Händen der NATO-ISAF-Truppen, aber wohl nicht mehr lange. Abdul Imam Rahman ist ein Paschtune und gehört damit der Bevölkerungsmehrheit an. Als geistlicher Führer der wieder erstarkten Taliban steht er wie kein anderer für den Traum vieler Paschtunen, die Alliierten aus dem Land zu jagen und eine streng islamische Welt zu errichten. Dschalalabad erscheint Rahman als der passende Ort, von dem aus diese Träume verwirklicht werden können.«

»Nimmt er sich da nicht ein bisschen viel vor?«, fragte Sami. »Der Norden Afghanistans ist doch erst seit ein paar Monaten in der Hand der Taliban und gilt nach wie vor als unsicheres Terrain.«

Cortez rieb sich die Augen und nickte bestätigend. Diese Situation war durch eine eklatante Fehlentscheidung der ISAF-Führung innerhalb der NATO entstanden. Man glaubte, dass der Norden Afghanistans ausreichend befriedet war, und hatte lediglich die afghanische Armee mit seinem Schutz betraut. Ein Großteil der deutschen Streitkräfte war im Jahr zuvor zur Unterstützung der Amerikaner, Kanadier und Briten in den Süden des Landes abkommandiert worden. Doch da es innerhalb der afghanischen Sicherheitskräfte genügend heimliche Sympathisanten des militärischen Arms der Taliban gab, war es durch Verrat gelungen, das ehemalige Basislager der deutschen ISAF-Soldaten nahe der drittgrößten Stadt, Mazar-i-Sharif, zu erobern. Bei dem Gefecht waren hundertachtzig deutsche Soldaten getötet worden. Das vormals ISAF-besetzte Kunduz, das für die Taliban-Bewegung ein historisch bedeutsamer Ort war, mutierte in der Folge zu einem Kommandostützpunkt der afghanischen Freischärler, der Mudschahedin.

»Rahman setzt auf seinen begabten Kommandoführer Hassan Al-Mouawi, der in der Provinz Kunduz mittlerweile ein Volksheld ist. Angeblich ist er mit seinen Fedajin, den Selbstmordattentätern, dabei, auch den Süden Afghanistans zu erobern.«

»Ah«, brummte Sami und konzentrierte sich auf die Straße.

Beide schwiegen jetzt. Der General war in sich zusammengesunken und starrte durch die schwarzen Scheiben in die Nacht.

Er sah nichts – außer sich selbst. Was Rahman und Al-Mouawi wollten, dachte Cortez, war nur mithilfe üppig sprudelnder Geldquellen zu erreichen. Um die alliierten Truppen zu schlagen, benötigten sie eine Freischärlerarmee, eine ausgefeilte Logistik, militärisches Gerät, Sprengstoff und eine moderne Aufklärungs- und Angriffstechnologie. Dies alles kostete Geld, über das der militärische Arm der Taliban nicht verfügte. Um dieses Problem rasch zu lösen, war der General nach Afghanistan gekommen. Und so, wie die Dinge sich aktuell entwickelten, würde er Rahman und Al-Mouawi auch helfen können.

12

**Dschalalabad,
4:00 Uhr Ortszeit**

Nach weiteren zwei Stunden waren sie am Ziel. Gesprochen hatten sie nicht mehr viel. Beide hatten Gedanken nachgehangen, über die sie nicht befugt waren zu reden.

Agenten sind einsame Menschen.

Sami öffnete dem General die Autotür und wies ihm mit einer Taschenlampe den Weg. In ihrem Schein sah Cortez, dass ihr Auto am Rande einer Ackerfläche stand.

»Hier entlang«, flüsterte Sami.

Vorsichtig setzte der General einen Fuß vor den anderen. Der schmale Ackerweg endete an einer Gruppe afghanischer Zedern, aus der er Stimmen zu vernehmen glaubte.

»Die Wachen sitzen in den Kronen«, raunte der Marokkaner. »Zedernhütten als Ausguckposten sind ein Überbleibsel aus früheren Zeiten.«

Dem General war es egal. Hauptsache, er kam heil an und ebenso unversehrt wieder weg.

Mitten zwischen den weit verästelten Kieferngewächsen erhob sich eine Art Turm, der mit Rinde verkleidet und kaum von den Bäumen zu unterscheiden war. Mit Draht hatten seine Erbauer Astwerk um den »Stamm« geschlungen. Eine perfekte Tarnung. Der Eingang, der aus einem halbrunden Blech bestand, war von außen ebenfalls mit echter Zedernrinde verkleidet.

Sami leuchtete in eine Türöffnung, die in einen runden Raum führte, in dem gerade mal ein Mann Platz hatte. Er wies auf eine Bodenplatte, die er anhob und die eine Treppe hinunter in das Erdreich unter der Baumgruppe freigab. Mühsam zwängte der General sich hinein, seine Körperfülle insgeheim verfluchend. Nach einem Abstieg über genau einundzwanzig Stufen erreichten er und sein Fahrer eine größere Höhle, von der aus mehrere, nur sehr schummrig beleuchtete Gänge irgendwohin führten. Sie verharrten ein paar Sekunden auf der Stelle, unschlüssig, ob sie allein weitergehen oder warten sollten.

Sami blickte unsicher auf den General. Der machte jedoch nicht den Eindruck, als fände er diese Situation besonders vertrauenerweckend.

»Willkommen in meinem Hauptquartier«, dröhnte es ihnen aus einem der Gänge entgegen. Ein Mann mit schwarzem Vollbart und viereckiger, altmodischer Brille kam auf sie zu. Er trug eine Qalansuwa, eine Art hohe Kappe, eine weiße Sirwal, eine weite Pumphose, ein Qamîs, ein lockeres, über das Gesäß reichendes Hemd, und dazu eine Izzar, ein um die Hüfte geschlungenes rotes Baumwolltuch. Seine Füße steckten in knöchelhohen Schuhen aus weichem Leder, den Khuf.

»Ah, der Imam«, der General streckte seine Hände aus. »Wie schön, Sie zu sehen.«

»Kommen Sie«, sagte Rahman und strich sich hektisch die Jubba, ein langes, vorn offenes Obergewand mit weiten Ärmeln, glatt. »Ich zeige Ihnen mein Reich.« Die Männer sprachen Englisch miteinander.

Der General und sein Fahrer folgten ihrem Führer durch Katakomben, die sich tief unter der Erde erstreckten. Kühle, aber offenbar belüftete Räume, deren Wände verputzt und deren Fußböden mit einer Art Kunstharz ausgegossen waren. Es gab sogar Strom. Ventilatoren drehten sich, Computer liefen, von irgendwoher ertönte das typische, rasselnde Geräusch eines Kopiergeräts. Im Gesicht des Generals stand ehrliches Erstaunen.

Irgendwann blieb der Imam in einem Raum stehen, der mit diwanähnlichen Hockern, einem niedrigen Tischchen und allerlei bunten Vasen sowie einer riesigen Büchse mit Räucherstäbchen ausgestattet war. An den Wänden hingen Tücher so groß wie Staatsflaggen.

»Setzen wir uns doch«, sagte Rahman und wies auf die Hocker.

Ein junger Mann brachte schwarzen Tee und Honig. Seine dunklen Augen blickten neugierig auf die beiden Fremden.

Der Imam wedelte mit der Hand. »Danke, Tarek, du kannst wieder gehen.«

Der Junge gehorchte und verließ still den unterirdischen Raum.

»Mit so einer perfekten Tarnung habe ich nicht gerechnet«, sagte der General und drückte den Arm des geistlichen Führers der Taliban. »Es macht überhaupt nicht den Eindruck, als seien hier Amateure am Werk gewesen, was man dem Untergrund ja manchmal unterstellt. Von hier aus steuern Sie alle Aktivitäten Ihres militärischen Netzwerks?«

Der Imam lächelte hintersinnig. »Wissen Sie, General, die Amerikaner überfliegen zweimal täglich dieses Gebiet. Sie haben Dörfer in der Nachbarschaft bombardiert, dabei den nahen pakistanischen Luftraum verletzt, weil sie Menschen jagen, die im Verdacht stehen, mit uns zu sympathisieren, oder die an uns glauben. Es gibt für Führer keinen besseren Ort als den Wohnort der Ratten. Erdhöhlen bieten Sicherheit, Dunkelheit blendet nicht und Vorräte bleiben länger frisch.«

Der General stellte sich Untergrundkämpfer zwar nicht als Ratten vor, dennoch gefiel ihm der Vergleich. Beide Spezies, sagte er sich, verbanden die Gier und die Gerissenheit.

»Und wie halten Sie Kontakt nach draußen? Hören die Satelliten der feindlichen Truppen nicht alle Funkfrequenzen ab?«

»Mit diesem kleinen Gerät hier.« Der Imam hielt den gleichen Pager in der Hand, den Paul Vadalis dem Colonel einige Tage zuvor in Saint-Quentin erklärt hatte.

»Er sendet nur Nachrichten und empfängt sie. Verschlüsselt und zerlegt sie in Zahlen und Buchstaben und setzt sie wieder zusammen. Eine Art Miniaturausgabe der Enigma. Übrigens eine chinesische Erfindung, spendiert vom chinesischen Geheimdienst MSS. Mir ist nicht bekannt, dass die Alliierten dieses System kennen, geschweige denn hinter seine Funktionsweise gekommen wären.«

»Warum kenne ich dieses Gerät nicht?«, fragte der General jetzt in die Runde.

»Das wundert mich auch«, antwortete Sami und schwieg dann.

»Reden wir doch über Ihr Angebot, General«, drängte der Taliban-Chef.

»Oh ja, kommen wir zur Sache«, antwortete Cortez. »Sami, geben Sie mir bitte die Papiere.«

Der Marokkaner übergab zwei kartonierte Mappen von jeweils einem halben Zentimeter Dicke an den General, der eine davon an Rahman weiterreichte.

»Der hier dargelegte Plan birgt die Chance, innerhalb von wenigen Wochen vielleicht zweihundertfünfzig Millionen, vielleicht aber auch eine halbe Milliarde Dollar zu verdienen. Die Rede ist von einem Hedgefonds, der über die Mittel verfügt, ein momentan angeschlagenes Unternehmen durch den Aufkauf riesiger Aktienpakete zu übernehmen.«

Rahman blickte unsicher auf Cortez. Von Aktien verstand er nicht viel. Er wusste nur, dass man mit ihnen sehr viel Geld gewinnen, aber auch verlieren konnte.

Cortez registrierte zwar Rahmans Blick, fuhr aber unbeeindruckt fort. Für Erklärungen würde später noch genügend Zeit bleiben.

Sami verfolgte das Gespräch der beiden Männer mit unbewegtem Gesichtsausdruck. Was hier gerade besprochen wurde, schien von ungeheuerer Bedeutung zu sein. Doch war er sich nicht ganz klar, wie dieser Plan funktionieren sollte, ohne dass der wachsame Westen hellhörig wurde und das riskante Börsenmanöver stoppte, bevor auch nur ein Cent Gewinn gemacht worden war.

»Die von unseren Partnern initiierte Operation Hexagon hat dafür gesorgt, dass die Aktie ganz nach unten geprügelt wurde. Börsenspezialisten haben in unserem Auftrag billige Aktienpakete des global operierenden Wasserkonzerns Bluewater erworben. Besitzen wir erst einmal die Aktienmajorität, bestimmen wir das Schicksal des Konzerns, beeinflussen eine ganz bestimmte Entscheidung – über die ich leider zu diesem Zeitpunkt nichts sagen darf – zu unseren Gunsten und booten damit die Europäer, die Russen und die Amerikaner aus. Dazu kommt«, der General beugte sich weit zu Rahman vor, »dass dramatische Aktienbewegungen immer einen Dominoeffekt bewirken, der zu einer weltweiten Rezession führen kann. Das schwächt die TRIAS-Länder zusätzlich.«

Jetzt hielt es den afghanischen Taliban-Chef vor Begeisterung und Neugierde kaum noch auf seinem Sitz. Mit der

Mappe in der Hand überflog er die auf Englisch verfassten Analysen, Strategien und Indizes eines Hedgefonds mit Namen Concord1.

Währenddessen beobachtete Cortez den Imam sehr genau. Mit dem Taliban-Befehlshaber verband ihn eine ausgeprägt antiwestliche und antiamerikanische Haltung, auch wenn der Venezolaner die Selbstmordanschläge der Fedajin für unmenschlich hielt. Doch das würde er dem afghanischen Revolutionsführer niemals offen sagen. Letztendlich war es ihm egal, auf welche Art und Weise den TRIAS-Ländern geschadet wurde. Und auf den Tod von Soldaten, das wusste Cortez, wurde in den jeweiligen Heimatländern stets besonders emotional reagiert. Vor allem aber war es die Konsequenz der Taliban-Kämpfer, die Cortez imponierte.

Rahman blickte von den Papieren auf und sagte: »Ich möchte Ihnen ein Kompliment für diese Analysen machen. Sie entsprechen den Tatsachen. Den Süden Afghanistans zurückzuerobern wird sehr viel mehr Geld verschlingen, als die Drogenküchen unseres Landes an Profit einbringen. Es wird tatsächlich immer schwieriger, das Heroin und seine wertvollen Derivate außer Landes zu schmuggeln. Und seit die Deutschen gemeinsam mit den Franzosen ein geheimes Grenzkontrollabkommen mit dem Iran geschlossen und modernste Überwachungstechnik geliefert und installiert haben, ist dieser Vertriebsweg Richtung Europa quasi dicht. Übrigens ein Grund mehr für uns«, Rahman hielt kurz inne, »neben den Amerikanern, Russen und Deutschen auch die Franzosen auf die Liste der meistgehassten Nationen zu setzen. Ihre Geheimpolitik mit dem Iran und die Aufstockung der ISAF-Truppen mit französischen Eliteeinheiten schreien geradezu nach Vergeltung …« Der Imam atmete tief durch. Er redete sich gern in Rage – über den Islam, Allah und die Gottlosigkeit des Westens.

»Dann schlage ich vor, im Sinne dieses Plans zu verfahren«, sagte Cortez. »Allerdings benötigen wir auch von Ihnen ein gewisses Startkapital. Concord1 hat sich zwar von millionenschweren Aktienpaketen anderer Wirtschaftsbereiche getrennt, doch die Manager erwarten finanzielle Unterstützung aus Afghanistan.«

Der Imam blickte scheel auf den General. »Und Ihr Plan geht hundertprozentig auf? Wir können die Amerikaner damit wirtschaftlich in die Knie zwingen?«

»Nicht nur die Gringos«, verfiel Cortez in die lateinamerikanische Umgangssprache, »auch die Europäer und die Russen. Bluewater dominiert weltweit den Wassermarkt. Haben wir erst die Kontrolle, eröffnen sich für uns und für Sie, mein lieber Rahman, noch ganz andere Möglichkeiten und Einnahmequellen.«

In den darauffolgenden zwei Stunden sprachen der General und der Imam nicht nur über die Welt der Börse und die Möglichkeiten ihrer Manipulation, sie tauschten sich auch über die Guerillataktiken der Taliban und lateinamerikanischer Terrorgruppen aus.

Gegen sechs Uhr morgens schlugen sie ihr Nachtlager auf. Während Cortez und Rahman in unterirdischen Räumen nächtigten, schlief Sami in dem Mercedes, den Taliban-Kämpfer mit Tarnnetzen, Zweigen und Stroh so gut wie unsichtbar gemacht hatten. Dem Marokkaner waren der Bunker mit seinen uneinsehbaren Nebengelassen, dem Geruch nach parfümiertem Rauch und der Unmenge bewaffneten Personals unheimlich geworden.

13

Deutschland, Berlin-Tiergarten, am frühen Morgen

Markus Croy hatte mehrfach vergeblich versucht, Katja Kirchner auf ihrem Mobiltelefon zu erreichen. Es interessierte ihn nicht nur, auf welchem Informationsstand sie und ihre Redaktion waren, er wollte auch wissen, ob sie ihm das etwas unglückliche Ende ihres letzten Gesprächs verziehen hatte. Doch ihr Handy war abgeschaltet. Merkwürdigerweise war er beunruhigt. Dabei hatten sie bei einem ihrer letzten Abendessen beschlossen, dass sich keiner von beiden sorgen dürfe, wenn der andere aus beruflichen oder auch persönlichen Gründen beschäftigt war und temporär seiner eigenen Wege ging.

Croy schlief in seinem Apartment schon tief und fest, als Katja gegen zwei Uhr – etwas beschwipst – in ihre Wohnung zurückkehrte. Um ihren nach zu viel Rheinhessen-Riesling übersäuerten Magen zu beruhigen, füllte sie eine Wärmflasche mit heißem Wasser und nahm sie mit ins Bett. Sie schlief sofort ein, drehte sich im Schlaf ein paar Mal herum und lag irgendwann auf ihrer linken Seite, den rechten Arm weit von sich gestreckt, den anderen verwinkelt unterm Kopf.

Drei Stunden später läuteten die Glocken der nahen Erlöserkirche am Berliner Wikingerufer genau fünf Mal. Ein paar Minuten später drang ein hoher Ton wie klirrendes Glas in Katjas Schlafwelt. Croys Freundin tauchte nur widerwillig in die frühmorgendliche Realität ein, spürte zunächst nichts als die Ruhe und Kühle des Zimmers und die Wärme des Betts. Benommen richtete sie sich auf. Ihre Wärmflasche war aus dem Bett gerutscht. Draußen herrschte noch Dunkelheit. Die wenigen Lichter, die durch ihr Schlafzimmerfenster hereindrangen, kamen vom nahen S-Bahnhof. Sie lauschte, hörte jedoch nichts und ließ sich wieder zurück auf ihr Kopfkissen fallen. Sekunden später bemerkte sie einen stechenden Geruch, der vom Fußboden aufzusteigen schien. Sie fingerte nach dem Schalter ihrer Nachttischlampe. Im selben Moment schlug ihr ein mächtiger Schwall stark bitter riechender Luft entgegen. Noch bevor sie realisierte, was vor sich ging, raubte ihr das Betäubungsgas das Bewusstsein.

Sie merkte nicht mehr, wie ein Mann sie aus dem Bett hob, ihr Füße und Arme fesselte und die Wangen tätschelte. Er rollte die Frau von oben bis unten in eine Decke, trug sie seelenruhig in den Fahrstuhl und dann vor den Hauseingang, wo er sie vorsichtig auf dem nassen Rasen ablegte. Per Fernbedienung öffnete er die Türen eines weißen Fiat Doblò, verstaute sein Opfer im Kofferraum, setzte sich hinters Lenkrad und fuhr nach Nordosten. Im Berliner Stadtbezirk Pankow bog er in Richtung Autobahn ab. Nach gerade mal fünf in scharfem Tempo zurückgelegten Minuten nahm er die Ausfahrt Berlin-Karow.

Nachdem der Entführer den alten Ortskern mit einer Feldsteinkirche, ein paar Geschäften und zwei Supermärkten durchquert hatte, hielt er auf ein weites Feld zu. Von ferne leuchtete das Band der Fahrzeuge herüber, die nach Hamburg oder in die Berliner City fuhren. Der Kidnapper bog mit abgeblendetem Licht von einer breiten Allee in eine schmale Straße ein, die links und rechts von rot geklinkerten, unauffälligen Reihenhäusern gesäumt wurde. Sein Scheinwerferkegel streifte kurz den Straßennamen – Ingwäonenweg. Nach etwa hundert Metern steuerte er eines der Häuser an, fischte eine Fernbedienung unter seinem Sitz hervor und drückte einen Knopf. Ein Garagentor öffnete sich, das Auto glitt hinein, die Scheinwerfer erloschen, und das Garagentor senkte sich wieder.

Zur selben Zeit, etwa achttausend Kilometer weiter westlich, schlug Hexagon erneut zu.

14

**Kuba, Guantánamo Bay,
am selben Tag,
23:55 Uhr Ortszeit**

Trotz des sternenklaren Himmels war die Nacht so dunkel wie ein schwarz gefärbtes Laken. Vom Karibischen Meer wehten sanfte Brisen auf die Südspitze der Insel, die aber keine nennenswerte Abkühlung brachten. Das Wasser der Karibik hatte auch in der Nacht noch zweiundzwanzig Grad.

Seit vor einem Jahr der ehemalige US-Militärstützpunkt und das Gefangenenlager Guantánamo Bay offiziell stillgelegt worden waren, wucherte Gras aus den Betonfugen der Landebahnen, verwitterten die Baracken der einstigen Wohnkomplexe der Marines, und die Metallzäune um das Gelände hatten Rost angesetzt. Die Salzluft und die starken Strömungswinde ließen hier keinen Quadratzentimeter ungeschoren. Die Schilder, Embleme und Symbole der US-Navy waren entfernt, die Fahnen eingezogen worden.

Die Regierung des einundachtzigjährigen Raúl Modesto Castro Ruz, Bruder des jüngst verstorbenen Volksidols Fidel Castro, hatte für dieses Areal einen ganz besonderen Plan. Nach dem Vorbild des russischen Weltraumbahnhofs Baikonur planten die sozialistisch regierten Staaten Lateinamerikas – allen voran Venezuela – an diesem symbolträchtigen Ort die Errichtung einer Raketenabschussbasis. Offiziell hieß es, man wolle gemeinsam mit den Chinesen und den Russen ein erweitertes Forschungsprojekt realisieren. Doch daran glaubte bei den internationalen Geheimdiensten niemand. Vielmehr gingen die Sicherheitsbehörden davon aus, dass der ehemalige amerikanische Stützpunkt als Basis für Kurz- und Langstreckenraketen mit Atomsprengköpfen zur Abschreckung gegenüber den Amerikanern genutzt werden würde.

Als offiziellen Baubeginn hatte Santiago den Jahrestag der kubanischen Volksrevolution festgelegt, den 26. Juli 2012. Bis dahin waren es noch knapp fünf Monate, in denen kubanische Soldaten das hundertsiebzehn Quadratkilometer große Gelände eher lasch bewachen würden. Am Flughafen und den Befestigungsanlagen des einstigen US-Außenpostens waren zwar Kameras installiert worden, aber keine davon mit Infrarotfunktion. Wer sich nachts hier herumtrieb, hatte wenig zu befürchten.

Etwa einen Kilometer von der Bucht entfernt schaukelten Fischerboote im Wasser. Ihre roten und grünen Positionslichter waren weithin zu sehen. Niemand ging hier nach Anbruch der Dunkelheit noch an Land. Durch ihren Verbleib an Bord sparten die kubanischen Fischer, die *pescadores,* wertvollen Diesel, der knapp war auf Kuba. Zudem kostete es viel Zeit, die Bay zu umfahren, denn noch waren die Hafenanlagen für den öffentlichen Schiffsverkehr nicht freigegeben worden. So machten die Fischer aus der Not eine Tugend und übernachteten meist im Rumrausch in ihren Kojen, um früh am Morgen wieder ihrer harten Arbeit nachzugehen.

Eben warf ein Boot in etwa zweihundert Metern Entfernung vom Strand den kleinen Anker aus. Das Wetter war ruhig, es ging kaum Wind. Ein schmaler, scharfer Lichtstrahl glitt für ein paar Sekunden übers Wasser. Wer genau hinsah, konnte erkennen, dass die Barke einen deutlichen Abstand von etwa fünfzig Metern zu den anderen Booten hielt.

Ungewöhnlich für ein normales Fischerboot öffnete sich am Heck leise surrend eine Klappe, aus der eine etwa vier Meter lange, schmale, schwarz lackierte Konstruktion glitt, die einem überdimensionierten Sarg glich. Mit einem leisen Surren hob sich vom Bug her ein flaches Dach. Fünf groß gewachsene, kahl geschorene Männer von auffällig sportlicher Statur warfen sich Seesäcke über den Rücken und schlüpften routiniert in das Gefährt. Sie trugen schwarze Arbeitskombinationen, die der Kleidung von Decksmatrosen auf Containerschiffen sehr ähnlich waren. Sie beugten sich weit nach vorn und saßen jetzt hintereinander wie in einem Vierer-Ruderboot mit Steuermann. Niemand sagte ein Wort.

Auf ein unsichtbares Zeichen hin schloss sich der schwarze Deckel über ihnen. Der den vier anderen Männern zugewandte Steuermann griff nach einem Joystick. Das Gefährt legte ab, glitt ein paar Meter voraus und begann dann langsam mit dem Bug voran zu tauchen. Ein Sehrohr fuhr aus und hinterließ, während das Boot etwa zwei Meter unter der Meeresoberfläche dahinglitt, winzige Wellen.

Als Erster brach der Steuermann das Schweigen. Er hatte während der Fahrt keinen Moment das Okular des Sehrohrs aus den Augen gelassen. »The beach«, sagte er leise in breitem Englisch, »the operation can begin.«

Das Gefährt bremste von etwa achtzehn Knoten auf Schleichgeschwindigkeit ab und tauchte auf. Von unten war ein Schurren zu hören. Bodenberührung. Der Steuermann gab noch einmal kräftig Schub, sodass das Gefährt wie ein Projektil förmlich aus dem Wasser auf den Sandstrand schoss.

Die Klappe öffnete sich. Die etwa vier Kilometer entfernten Scheinwerfer des ehemaligen Guantánamo-Stützpunkts waren nur als flirrende Punkte zu sehen. Hier unten am Strand herrschte undurchdringliche Dunkelheit. Die fünf suchten in ihren Seesäcken nach Nachtsichtgeräten und Pistolen mit doppelwandigen Schalldämpfern.

»Vorwärts, Männer«, befahl der Steuermann. Das sargähnliche Boot ließen sie liegen, wo es gelandet war.

Nach einem etwa fünfzehn Minuten dauernden scharfen Fußmarsch erreichten sie den Stacheldrahtzaun, der das Rollfeld und die Hangars der ehemaligen US-Basis weitläufig umgab. Von den Scheinwerfern, die sich alle fünfzig Meter in den Himmel reckten, brannte gerade mal jeder zehnte. Die Kubaner hatten auch hier am falschen Ende gespart. Weit und breit war kein Wachposten zu sehen.

Der Anführer der Männer hielt einen Strommesser an den Zaun. Keine Spannung. Mit Drahtscheren schnitten sie sich den Weg frei. Einer von ihnen nahm ein ultraleichtes, hochauflösendes Fernglas vor die Augen, das jede noch so winzige Lichtquelle in einem Korridor von beinahe einem halben Kilometer sichtbar machte. Er flüsterte: »›Maria‹ gerade voraus, Entfernung: dreihundertneunzehn Meter. Drei Castros.«

»Go«, befahl ihr Anführer.

Auf sein Kommando hin warfen sich die Männer zeitgleich auf den Boden, zogen sich Masken übers Gesicht, verstauten die Waffen unter ihren Arbeitskombinationen und krochen, ihre Seesäcke hinter sich herschleifend, über den schwarzen Teerbelag des Rollfelds. Sie machten sich dabei so flach wie möglich. Ihren Atem hielten sie so unter Kontrolle, dass von keinem der Männer auch nur ein Schnaufen zu hören war.

Was die Männer »Maria« nannten, war ein Kampfhubschrauber vom Typ Apache AH 64-D, der, bewacht von drei kubanischen Soldaten, auf dem Rollfeld stand. Einer der Soldaten rauchte schweigend, die beiden anderen unterhielten sich in einem typisch kubanischen Dialekt. Das Fluggerät trug das Emblem der kubanischen Nation. Die vermummten Männer wussten, dass der Kampfhubschrauber ein Geschenk des venezolanischen Geheimdienstchefs General Rolando Cortez an seinen Freund Raúl Castro gewesen war. Die Kubaner besaßen die fliegende Hightechwaffe erst seit einem halben Jahr. Bekannt war ihnen auch, dass der deutsche Militärische Abschirmdienst, MAD, als erster Geheimdienst von der venezolanischen Morgengabe erfahren und sein Wissen umgehend an die Nationale Sicherheitsagentur in der Berliner Invalidenstraße weitergegeben hatte.

Auf dem Rotorschaft des Apache war ein modernes Westinghouse-Longbow-Millimeterwellen-Radar montiert. Damit war man in der Lage, den neuesten Typ von panzerbrechenden Hellfire-Raketen mit Radarkopf in einem Umkreis von dreihundertsechzig Grad einzusetzen und bis zu sechzig Ziele gleichzeitig zu beschießen. Ein fliegender Todbringer, computergesteuert, mit rasanten Flugeigenschaften.

Die drei kubanischen Wachen hatten keine Chance. Sie starben durch Neun-Millimeter-Geschosse, die sie in Rücken und Hals trafen. Die Schüsse aus Schalldämpfern waren nicht lauter gewesen als das *Plopp* eines Proseccokorkens. In wenigen Minuten kaperten die fünf Männer den Hubschrauber und brachten ihn in die Luft, bevor weitere Wachsoldaten aufmerksam wurden.

Der Apache drehte nach Süden ab, blieb dabei unter der Radarortungsgrenze, und nach etwa drei Stunden Flugzeit und einem Zwischenstopp auf einer geheimen Militärbasis auf Haiti hatte er sein Ziel erreicht, ein Hochplateau des Avila-Gebirges, unweit von Caracas.

Die Männer sprangen heraus und tarnten ihr Fluggerät mit Netzen und Ästen. Vier von ihnen machten sich auf den Weg, einer blieb als Wache zurück. Ihr nächstes Ziel befand sich drei Kilometer weiter in östlicher Richtung. Die Nachtsichtgeräte saßen wie Masken auf ihren Gesichtern.

Nach etwa fünfzehn Minuten Fußmarsch erreichten sie eine bewaldete Anhöhe am Fuß des Bello Monte. In einer Baumgruppe versteckt lag eine Hütte. Sie hatte eine Grundfläche von nicht mehr als drei mal vier Metern und barg zwei mannshohe Blechschränke, zwei Holzstühle und einen kleinen, quadratischen Holztisch. Die Männer entnahmen den Schränken mehrere Taschen von unterschiedlicher Größe und entkleideten sich schnell und fast lautlos. Sie waren jetzt beinahe nackt. Ihre Oberarmmuskeln waren deutlich definiert, ihre Beine kräftig und wie modelliert. Als Nächstes zogen sie sich luftdurchlässige Netzunterhemden, schwarze Oberhemden, hellgraue Hosen, schusssichere Westen und weit geschnittene, dezente Jacketts über. Die Soldaten sahen nun aus wie Manager, die legere Kleidung schätzten.

Ihr Anführer nahm zusätzlich eine Tasche an sich, die offensichtlich schwer zu sein schien und deren Inhalt leise klirrte. Während er sie sich über die Schulter warf und ihre Riemen verknotete, fluchte er leise über ihr Gewicht. Bevor die vier Elitesoldaten die Hütte verließen, luden sie ihre Pistolen durch und verstauten mehrere Reservemagazine in ihren Innenholstern.

Draußen war der Himmel noch milchig-grau. Die Sonne hatte die Horizontlinie der Bergzüge um Caracas noch nicht überschritten. Nach etwa einer Stunde Fußmarsch erreichten sie das Zentrum von Caracas. In der Avenida Urdaneta orientierten sie sich. Vor ihnen lag das abgesperrte Areal des Präsidentenpalastes, des Palacio de Miraflores. Sie wirkten wie vier Investmentbanker auf einem Spaziergang durch die Stadt.

In der Nähe baute ein Kellner auf dem breiten Gehweg Tische und Stühle auf. Das Café Bolívar war nicht nur wegen seines frischen Apfelkuchens, dem *tarta de manzanas*, berühmt, es öffnete auch als erstes Morgencafé bereits um fünf Uhr. Die Männer überquerten die Straße.

Einer von ihnen fragte den Kellner auf Spanisch: »Können wir uns schon setzen? Es ist zwar noch nicht fünf Uhr …«

»Sí, sí, kein Problem«, sagte der Kellner lächelnd.

Er war ein indianischer Typ mit pechschwarzen Haaren und schmalen, leicht schrägen Augen. Er hatte sofort bemerkt, dass seine Gäste Ausländer waren. Er brauchte eine Weile, bis er Café con leche und warmen Apfelkuchen brachte. Die vermeintlichen Businessmänner sahen derweil unbeteiligt auf die Straße. Noch hatte der Berufsverkehr nicht eingesetzt. Gerade überwand die Sonne den von den Gebirgszügen gezackten Horizont.

Präsident Victor Rodriguez hatte nicht nur eine Vorliebe für Popmusik aus den Sechziger- und Siebzigerjahren, er war auch ein leidenschaftlicher Frühaufsteher. Seit er vor mehr als zehn Jahren zum Präsidenten Venezuelas gewählt worden war und mehrere Referenden gegen seine Person überstanden hatte, hatte er sein Leben immer mehr auf seine eigenen Bedürfnisse zugeschnitten. Dazu gehörten für ihn gewisse Rituale, die er mit Hingabe pflegte: So etwa das frühe Aufstehen, lautstarke Popmusik am Morgen und die Einnahme des ersten Kaffees mit Apfelkuchen in einem Frühcafé gegenüber des Präsidentenpalastes. Seine Bodyguards hatten sich längst daran gewöhnt, den Landeschef einmal am Tag vom Straßenvolk abzuschirmen.

Als Rodriguez, bekleidet mit einem sandfarbenen Anzug, weißem Hemd und schwarzer Fliege, in den gepanzerten Mercedes stieg, war es genau fünf Uhr. Von seiner Villa vor den Toren von Caracas zu seinem Amtssitz Palacio de Miraflores brauchte seine Kolonne in der Regel nicht mehr als zwanzig Minuten. So war es auch heute. Kurz vor halb sechs hielten sein Wagen und zwei Begleitfahrzeuge vor dem Café Bolívar.

Rodriguez schickte wie immer zwei Bodyguards zur Kontrolle in das Café. Die Männer entdeckten nichts Außergewöhnliches. Sie nahmen zwar kurz die zwei neuen Kellner wahr, doch schenkten sie dieser Tatsache so früh am Morgen keine weitere Aufmerksamkeit. Sie nickten sich zu, verließen mit breitbeinigem Gang das Lokal und gaben dem Fahrer des Präsidentenfahrzeugs einen Wink. Der öffnete die hintere Wagentüre, Rodriguez stieg aus. Er ließ sich lediglich bis zur Eingangstür begleiten.

Auch das war ein Ritual. Der Präsident wollte bei seinem ersten Kaffee ungestört bleiben. Keine Beschützer, kein Videotelefon, keine Referenten. Einfach den Tag kontemplativ beginnen. Rodriguez liebte es, in morgendlicher Ruhe mit seinen Gedanken allein zu sein.

»Buenos días«, begrüßte er die beiden Kellner, die hinter der Theke Gläser polierten.

Sie nickten ihm zu. Beide hatten müde Augen.

»Was ist mit den anderen beiden?«, fragte er. »Haben sie heute frei?«

»En vacaciones«, antwortete der eine.

»Ah, im Urlaub. Jeder Mensch braucht mal Entspannung.«

Rodriguez bestellte, was er hier immer bestellte. Frisch gebrühten Kaffee und zwei Stück warmen Apfelkuchen. Dann blickte der Präsident nach links aus dem Fenster zu seinen Wagen, aus denen die Bodyguards jede Bewegung vor dem Café beobachteten. Die Straßen und angrenzenden Gassen waren noch immer ruhig. Zwei Passanten, die auf das Café zusteuerten, wurden freundlich, aber bestimmt von den Präsidentenwächtern aufgehalten. Der Präsident mischte sich zwar unters Volk, wahrte dabei aber immer eine gewisse Distanz.

Rodriguez blätterte sichtbar angewidert in der Zeitung *El Nacional*, einer Publikation seiner politischen Gegner. Sie strotzte nur so von Verunglimpfungen der linken Politik des

Präsidenten. Da war ihm die freundlich gesonnene Tageszeitung *Diario Vea* schon sehr viel lieber.

Während der Präsident interessiert von kolumbianischen Freischärlern las, die an der venezolanischen Grenze festgenommen worden waren, stellten die beiden Kellner auf einem Tablett die Bestellung des Präsidenten zusammen. Einer von ihnen warf eine weiße Serviette über die Kuchen. Dann nahm er das Tablett in seine linke Hand und lief die wenigen Meter ein wenig tänzelnd zu seinem Gast hinüber.

Rodriguez sah amüsiert und dankbar zu ihm auf. Er legte die Zeitung beiseite.

Der Kellner stellte das Tablett auf den Tisch und zog mit einem Ruck die Serviette herunter.

Rodriguez erstarrte. Neben zwei Stücken dampfendem Apfelkuchen und einer Tasse würzig riechendem Kaffee lag eine Pistole mit Schalldämpfer. Ihr Lauf zeigte direkt auf ihn.

Bevor Rodriguez auch nur einen Ton herausbringen konnte, schnappte der Kellner mit der Serviette in der Hand die Pistole, und richtete sie auf Rodriguez, der entsetzt zurückwich. Doch der Kellner war schneller und drückte dem Präsidenten den Lauf in den Mund. Reflexartig riss Rodriguez Mund und Augen weit auf. Der Kellner drückte zweimal ab. Blut und Hirnmasse schossen aus dem Hinterkopf des Präsidenten. Rodriguez' Kopf brauchte zwei Sekunden, bis er nach vorn sackte. Behutsam bettete sein Mörder den zerschossenen Schädel auf das Tischtuch und drückte dem Präsidenten die Pistole in die rechte Hand.

Die beiden anderen Männer des Kommandos kamen aus dem Vorratsraum zur Theke. Die vier nickten sich zu und verließen schweigend das Café Bolívar durch den rückwärtigen Ausgang. Die Leichen der echten Angestellten hatten sie schon vor einer Stunde im Kühlraum deponiert und die Schlüssel in den Mülleimer geworfen.

Auf diesen Moment hatte das Kommando lange hingearbeitet. Die Rituale des Präsidenten wurden streng geheim gehalten. Mehr als sechs Monate hatten sie gebraucht, um an die nötigen Informationen zu kommen.

Draußen vor der Tür saßen die Bodyguards in ihren gepanzerten Wagen. In ihren Sonnenbrillen spiegelten sich Straßenszenen. Jetzt stieg einer von ihnen aus.

»Ich geh' mal pinkeln«, sagte er.

Die anderen nickten und riefen ihm etwas Unflätiges hinterher. Der Bodyguard verschwand im Café und verließ es sofort wieder durch die Hintertür. Er schloss sich den vier anderen Männern an, die in ihren Businessanzügen im morgendlichen Gewühl der Passanten untertauchten.

Bis Polizei und Militär über das Attentat informiert und der Luftraum abgesperrt waren, befand sich der Kampfhelikopter bereits über dem Karibischen Meer und flog in Richtung Haiti.

15

**Berlin,
wenige Stunden später**

Gegen neun Uhr dreißig betrat Markus Croy sein Büro. Nachrichtensender vermeldeten bereits seit einiger Zeit den Selbstmord des venezolanischen Präsidenten. Kommentatoren äußerten allerdings Zweifel daran, dass Rodriguez seinem Leben selbst ein Ende bereitet hatte. Auf Croys Schreibtisch lag ein Bericht über die Vorgänge auf der *Rossija-11*. Es fehlte weiterhin jede Spur von Uwe von Bergen und den Terroristen, die den Wolgastaudamm in Uglitsch zum Einsturz gebracht hatten. Und Katjas Handy war noch immer ausgeschaltet.

Croys Laune sank im Nu auf ihren Tiefpunkt. Die schleppenden Ermittlungen machten ihn nervös und hinterließen ein bohrendes Gefühl der Unzufriedenheit. Immer wieder musste er an Katja denken. War ihr etwas zugestoßen? Hatte sie ihr Telefon verloren? In der Redaktion der Berliner *Tagespost* hatte man sich auf seine Nachfrage hin unbesorgt gegeben. Frau Kirchner, hieß es, käme häufig erst gegen Mittag ins Büro.

Und was war mit Rodriguez? Hatte Talo nicht gesagt, in Washington braue sich etwas zusammen? Waren etwa amerikanische Elitesoldaten die Täter? Das schien zu einfach. Nach dem Mord an Präsidentenberater Gordon Smith wäre diese Art der Rache zu billig und durchschaubar. Steckte vielleicht die Terrororganisation, von der Maria Uljanowa gesprochen hatte, hinter den Ereignissen der letzten Tage? »Die Enkel« von Ilich Ramírez Sánchez alias Carlos, genannt der Schakal? Doch warum sollten Revolutionsjünger einen der ihren töten?

Mit schweren Schritten wanderte Croy in die benachbarten Waschräume, badete Hände und Gesicht in kaltem Wasser, fuhr sich durchs Haar und entdeckte an seinem Spiegelbild neue Indizien fortschreitenden Alters. Obwohl er sich ausgeschlafen fühlte, wirkten seine Augen müde. Als plötzlich aufgeregte Stimmen durch die Wände des Waschraums drangen, eilte er in den Bürotrakt zurück.

Dort hatte Tanja Weber, Croys Finanzexpertin, kurz entschlossen die vier anderen T3-Teammitglieder um sich versammelt und die Ergebnisse ihrer Finanzmarktrecherchen verkündet. Sie war so aufgeregt, dass sie vergessen hatte, auf den Mord an Rodriguez einzugehen – und vor allem, auf ihren Chef zu warten. Etwas verlegen blickte sie auf ihren Vorgesetzten. »Ich war ein wenig voreilig«, entschuldigte sie sich betreten.

»Wenn Sie wiederholen, was Sie gerade gesagt haben, und es stimmt dann immer noch, sind es gute Informationen«, sagte Croy.

Tanja lächelte etwas verzagt. Sie war einfach noch nicht lange genug in der Behörde, um sich cool und abgebrüht zu geben. Und genau das gefiel Markus Croy.

»Was haben Sie herausgefunden, Tanja?«

Die fünf anderen Ermittler hatten sich Stühle besorgt und sich um Croys Schreibtisch gruppiert. In dem ansonsten eher sterilen Raum entstand durch die sechs eng beieinandersitzenden Menschen eine beinahe verschwörerische Atmosphäre.

Tanja hielt einen Stapel Papiere in der Hand. »Auffällige Marktbewegungen um europäische Energieversorger, wie British Petroleum, deutsche Aral, Shell und Total. Hohes Aktienvolumen, starke Käufe und Verkäufe der Papiere. Aber diese Bewegungen sind nichts gegen das, was mit dem Bluewater-Konzern passiert. Als gestern nach dem Anschlag auf Uglitsch die Aktien in den Keller gerutscht waren, hat ein einzelner Hedgefonds Wertpapiere im Wert von hundertzwanzig Millionen Dollar gekauft.«

»Wissen wir, welcher?«, fragte einer aus der Runde. Er hatte rote Haare und Sommersprossen auf Stirn, Wangen und Nase. Er war gedrungen gebaut, mit kräftigen Oberarmen und einem massigen Hals. Sein Spitzname war Stout.

»Concord1«, sagte Tanja mit einem leichten Beben in der Stimme. »Mehrere Milliarden schwer, wird von Wien aus gemanagt.«

»Gibt es Namen?«, fragte Croy.

»Ja. Thomas Falck, ehemaliger DDR-Bürger und früherer Staatssekretär im Ostberliner Wirtschaftsministerium.«

»Die alten Geister«, entfuhr es Croy. Die anderen überhörten seine Bemerkung.

»Falck sitzt in Wien-Penzing«, wusste Tanja.

»Vielleicht müssen wir da ja schneller hin, als uns lieb ist«, sagte Stout. Seine roten Haare standen heute besonders widerborstig von seinem Kopf ab. Aufgrund seiner Korpulenz schwitzte er etwas unter den Achseln.

»Thomas Falck …«, dachte Croy laut nach. »Da bereichert sich also ein einzelner, milliardenschwerer Fonds an dem Global Player Bluewater und erlangt mit diesem Kauf einen Einfluss, den er vorher nicht hatte.«

»Zumal sich der Fonds in den letzten Wochen von auffällig vielen unterschiedlichen Aktien getrennt hat, die nicht sonderlich gut liefen oder sich kaum bewegten«, sagte Tanja.

»Könnte es sein«, warf Croy in die Runde, »dass Concord1 nur auf eine solche Gelegenheit gewartet hat, um sich massenhaft Wasseraktien zu sichern?«

Stout hob die Hand. »Ich würde sogar noch weiter gehen. Könnte es sein, dass wir bei Concord1 eine Antwort darauf finden, wer hinter den Anschlägen in Saint-Malo und Uglitsch steckt?«

Croy blickte ihn anerkennend an. »Eine nicht auszuschließende Möglichkeit.«

Sein Gesicht bekam wieder Farbe; der düstere Tag lichtete sich. War es jetzt nicht an der Zeit, Kaltenborn genauer zu unterrichten? Kurz meldete sich sein schlechtes Gewissen. BKA-Chef Kaltenborn war de facto immer noch sein Vorgesetzter, weil Croy vor einem Jahr von der Behörde lediglich als Chef der TRIAS-Schutzgruppe abgestellt worden war. Doch juristisch unterstand er weiter dem Bundeskanzleramt und damit dem Kanzleramtsminister. Und da Minister Wilkens mit am Kabinettstisch saß, waren die Wege zum Bundesinnenminister kurz. Croy verschob das Gespräch mit Kaltenborn auf später. Eigentlich reichten ihm die Ermittlungsfortschritte nicht aus, um bereits in dieser Phase an das BKA und das Bundeskanzleramt heranzutreten.

»Markus?«, riss Tanja ihn aus seinen Gedanken. »Ist alles in Ordnung?«

Croy rutschte auf seinem Stuhl etwas nach vorn. »Ja, Tanja. Ich habe gerade einen großen Schatten gesehen und beschlossen, ihm aus dem Weg zu gehen.«

»Muss ich das verstehen?«, fragte sie.

»Nein«, sagte er und schloss gleich eine Frage an. »Wie kommen wir an Concord1 heran? Üblicherweise wissen Manager über die Anleger wenig bis gar nichts. Und die Banken geben uns keine Auskunft, wenn wir nur mit Mutmaßungen kommen.«

»Genau da liegt der Hase im Pfeffer«, sagte Stout salopp. »Während wir hier rätseln und uns möglicherweise völlig umsonst den Kopf zerbrechen, kauft der Fonds fröhlich weiter Aktien von Bluewater. Wenn Concord1 über Bluewater Aktienmajorität erlangt, unterstehen der Konzern und alle seine Aktivitäten de facto seinen neuen Besitzern. Und was das bedeutet, brauche ich hier nicht auszuführen.«

»Die Frage ist«, warf Croy ein, »was außer dem Kerngeschäft an Bluewater so interessant ist, dass sich ein Hedgefonds wie ein beutehungriger Hai auf das Unternehmen stürzt. So ganz risikolos ist das alles ja nicht.«

Tanja Weber griff abermals in ihre Mappe und zog ein Organigramm des Konzerns hervor. Ihre Augen überflogen zwei Tabellen, dann erläuterte sie in Kurzfassung das Profil des Unternehmens.

»Klassischer Dienstleister mit sechs Konzernbereichen: kommunale Wasserversorgung, chemische Abwasser- und Gewässerreinigung, Herstellung von technischen Wasseraufbereitungsanlagen, Staudamm-, Kanal- und Rohrleitungsbau, alternative Wasserprojekte und Erkundung neuer Ressourcen. Also die ganze Palette.«

»Klingt furchtbar langweilig«, sagte Stout.

»Bis auf einen Konzernbereich«, entgegnete Croy. »Was steckt hinter ›Erkundung neuer Ressourcen‹? Was plant Bluewater für die Zukunft? Wohin hat der Konzern seine Krallen ausgestreckt? Denken wir doch mal weiter. Bluewater agiert global. Die Märkte in der westlichen Welt und Russland sind quasi erschlossen. Doch was ist mit Afrika, China, Indien und Lateinamerika? Was steckte wirklich hinter Venezuelas Plan, Bluewater lokal zu entmachten? Wir erinnern uns an den Wasserkrieg in Bolivien 1999 und den amerikanischen Konzern Bechtel. Die Stadt Cochabamba wurde zum Symbol eklatanter Fehlentscheidungen. Bechtel kaufte den kommunalen Wasserversorger auf und erhöhte die Wasserpreise um dreißig Prozent ...«

»Ich werde das recherchieren«, sagte Tanja Weber. »Bis heute Abend wissen wir, welche neuen Projekte der Konzern plante, und ob es irgendwo öffentlichen Widerstand gibt. Das könnte uns in der Tat weiterbringen.«

Croy schlug mit der flachen Hand auf den Tisch. »Ich darf kurz resümieren. Ein hochrangiger Beamter des Weißen Hauses wird ermordet – er hatte unter anderem mit Bluewater zu tun. Ein mit Chemikalien beladener Frachter wird gekapert – die Fässer sollten den Bluewater-Stausee des Gezeitenkraftwerks in Saint-Malo vergiften. In Uglitsch bei Moskau explodieren zwei Rollbomben – ein Staudamm bricht, die Medien sprechen von mindestens fünfzehntausend Opfern. Auch hier heißt der Eigentümer Bluewater. Und nun der Selbstmord des venezolanischen Präsidenten, der wiederum den Wasserkonzern außer Landes treiben wollte ...«

Es war jetzt ganz still in dem Raum. Ein Sperling hockte pickend auf der Fensterbrüstung. Als Croy sich aufrichtete, flog er erschreckt davon.

»Ich wette um eine Flasche irischen Whiskey, dass hinter den Aktivitäten von Concord1, dem Anschlag auf Smith und den Angriffen auf die Kraftwerke ein und dieselben Drahtzieher stecken«, unterbrach Stout die Stille.

»Aber wie kommen wir da weiter, und was ist mit dem merkwürdigen Freitod von Rodriguez? Klammern wir den erst mal aus?«, fragte Tanja.

»Ja, ausklammern«, sagte Croy nüchtern.

»Gut, bleiben wir bei dem Hedgefonds«, sagte sie. »Niemand von diesen Geldhaien wird uns die Tür auch nur einen Spaltbreit öffnen. Im Gegenteil. Wir wissen alle, wie verschwiegen Menschen mit viel Geld sind.«

»Weil sie eigentlich ein schlechtes Gewissen haben?«, fragte Stout zurück.

»Ja«, empörte sich Tanja. »Wenn Konzerne wegen ihrer Wirtschaftslage Menschen entlassen, ist das Gejammere groß. Die Aktionäre aber sind durch ihre Gier mit schuld daran. Also wagen sie sich nicht aus der Deckung.«

»Was ist mit Thomas Falck?«, warf Stout ein. »Sollten wir den Mann nicht mal besuchen?«

»Ausgezeichnete Idee«, lobte Croy, der gerade selbst daran gedacht hatte, nach Wien zu fahren. Er blickte auf die Uhr. Es war Mittagszeit, und noch immer hatte er nichts von Katja gehört. Doch die Aufgaben, die jetzt vor ihm und seiner Gruppe lagen, überlagerten die Sorgen, die er sich um seine Freundin machte. Er wandte sich erneut an Tanja Weber. »Versuchen Sie doch bitte verdeckt herauszufinden, wann Falck in seinem Büro anzutreffen ist. Am besten, Sie geben sich als Kundin aus, die Geld investieren will.«

»Mach ich, Chef«, antwortete sie und eilte sofort in ihr Büro.

Croy loggte sich ins Intranet des Bundeskriminalamts ein und studierte die aktuellsten Satellitenbilder der Wiener Innenstadt und des Stadtteils Penzing.

Etwa zur selben Zeit erwachte Katja aus ihrer Ohmacht. Sie hatte rasende Kopfschmerzen. Um sie herum herrschte tiefe Dunkelheit. Ihr Mund war mit einem breiten Pflaster zugeklebt, ihre Hände, Arme und Beine mit dicken Stricken gefesselt. Ihr Hals fühlte sich rau an, und sie hatte Durst. Ihre Augen schienen zugequollen.

In ihrem Kopf herrschte Chaos, sie war unfähig, sich zu konzentrieren. Ihre Angst, sich in einer Situation zu befinden, über die sie schon einige Male geschrieben hatte, war so groß, dass sie es nicht wahrhaben wollte. Sie schob den Gedanken an Kidnapping weit von sich und ahnte doch, dass sie sich in genau jener Situation befand und daraus auch so schnell nicht wieder herauskommen würde.

Sie rieb und zerrte an ihren Fesseln, bäumte sich auf und warf sich von einer Seite auf die andere. Irgendwann, als ihre Kräfte nachließen, gab sie auf. Ihre Handgelenke und Fußknöchel fühlten sich wund an, ihre Widerstandskraft schrumpfte auf ein Mindestmaß. Resigniert lag sie auf der Pritsche und starrte traurig und verzweifelt an die dunkle Decke.

Als Tanja Weber wieder in Croys Büro trat, hatte der gerade einen Redakteur der Berliner *Tagespost* in der Leitung. Doch er erfuhr nichts Neues. Auch in ihrer Redaktion hatte sich Katja Kirchner seit dem Vortag nicht gemeldet.

»Was haben Sie herausgefunden?«, wandte er sich Tanja zu. Er versuchte, Gelassenheit auszustrahlen, obwohl er überaus beunruhigt war.

»Ich hatte eine arrogante Frau am Apparat«, berichtete Croys Mitarbeiterin, »die sich nicht einmal vorstellen wollte. Sie war frech und anmaßend.«

Croy blickte sie fragend an.

»Ich habe ihr gesagt, dass ich einhunderttausend Euro investieren will, und gefragt, was sie mir raten würde.«

»Vielleicht erschien ihr die Summe zu niedrig?«, mutmaßte Croy.

»Das glaube ich nicht«, sagte Tanja noch immer leicht verärgert. »Sie erklärte mir in aufgeblasenem Ton, der Herr Vorstandsvorsitzende führe Anlagegespräche niemals persönlich, dafür gebe es schließlich Ansprechpartner bei den Banken.«

»Und wie haben Sie nun herausgefunden, wann er vor Ort in Wien ist?«

»Ganz einfach«, strahlte sie jetzt. »Ich habe ihr gesagt, dass ich mein Geld woanders anlegen würde, wenn ich nicht wenigstens ein kurzes Telefonat mit ihm führen dürfte. Und nun haben wir einen Termin. Übermorgen, sechzehn Uhr, bei dieser Wiener Adresse.«

»Die Adresse deckt sich mit dem Firmensitz?«, fragte Croy.

Tanja nickte.

»Gut gemacht«, sagte er, »ich gebe Ihnen einen Kaffee aus.«

16

Dschalalabad, zur selben Zeit

Als General Cortez vom Chef der Präsidentenleibgarde telefonisch über den angeblichen Freitod des venezolanischen Revolutionsführers unterrichtet wurde, befand er sich noch in den unterirdischen Katakomben der Taliban in Dschalalabad. Zwar gab er sofort Order zur Verfolgung der unbekannten Täter – Hundertschaften von Polizisten sollten ausschwärmen und Caracas und das Umland durchkämmen –, doch sonst übte sich der Geheimdienstchef vorerst weitgehend in Zurückhaltung. Er sagte sich, dass es in der momentanen Situation das Beste war, Ruhe zu bewahren, eine kurze Traueransprache übers Radio zu halten, aber gleichzeitig die Armee mobilzumachen. Er bellte Befehle an engste Mitarbeiter seiner

Geheimdienstbehörde ins Telefon, sprach von »Erwartungen« und »Erfolgen«. Und während Heerscharen von Geheimdienstagenten, Polizisten und Teile der venezolanischen Streitkräfte nach den Tätern suchten, die wie vom Erdboden verschluckt schienen, reifte in General Cortez bereits ein Plan.

Sein Fahrer Sami und der afghanische Taliban-Chef Rahman gaben sich betroffen und schwiegen pietätvoll.

»Abdul«, bat Cortez seinen afghanischen Freund, »können Sie mir eine stabile Satellitenverbindung nach Caracas herstellen?«

»Ist das nicht zu gefährlich?«, wandte Sami ein.

Der Imam strich sich bedeutungsvoll über den Bart. Dann rief er nach dem jungen Koranschüler, der am Abend zuvor den Tee gebracht hatte. Er erklärte ihm kurz, worum es ging.

Der dachte nicht lange nach. »Mister Cortez, ich schlage vor, Sie zeichnen die Radioansprache im MP3-Format auf, und wir versenden das File als verschlüsseltes Soundpäckchen per E-Mail an die Radiostation nach Caracas. Was halten Sie davon?«

»Eine großartige Idee«, bemerkte Sami vorlaut.

Während der kurzen Radioansprache betrauerte Cortez wortreich und mit zitternder Stimme den »merkwürdigen und unfassbaren Tod des geliebten Führers der Befreiung Venezuelas«. Doch seine nächsten Sätze über »nationale Sicherheit, Ruhe und Ordnung auf den Straßen und Vertrauen in die Macht des sozialistischen Staates« spulte er routiniert und in soldatischem Befehlston ab. Da er als Geheimdienstchef zugleich auch einer der drei Vizepräsidenten war, beendete Cortez seine Ansprache mit dem Satz: »Ich habe zu Ihnen als Erbe der revolutionären Ideen von Victor Rodriguez und als sein Nachfolger gesprochen. Gott segne unser Land.«

Seine nachfolgenden Handytelefonate mit venezolanischen

Quellen in Washington blieben erfolglos. Keiner seiner Spitzel brachte auch nur ein Fünkchen Helligkeit in das Dunkel.

Bei einem weiteren Telefonat mit dem Chef der Präsidialkanzlei ernannte sich Cortez selbst offiziell zum Nachfolger von Rodriguez und bestellte für den übernächsten Tag seine Minister in den Präsidentenpalast nach Caracas ein.

Rahmans findiger Koranschüler hatte die Vielzahl von Cortez' Gesprächen mit besorgter Miene verfolgt. Bevor er den unterirdischen Raum verließ, sagte er in Paschtun zum Imam: »Gespräche über Funktelefon sind gefährlich. Man könnte uns aufspüren. Bitten Sie den General, sich möglichst kurz zu fassen oder es ganz zu lassen. Wenn er sich in Gefahr bringen will, soll er das außerhalb unserer von Allah gesegneten Heimstatt tun.«

Rahman hatte verstanden und sagte: »Danke, Tarek, geh jetzt und bereite uns ein zweites Frühstück. Unsere Gäste brechen in Kürze auf.«

Tarek verneigte sich kurz und verschwand.

Cortez' Telefon klingelte erneut.

Der Imam bedeutete ihm mit einer Handbewegung, das Gespräch nicht anzunehmen.

Der General sah mit Bedauern auf das Display. Es war Sarbanar Al-Shawi, der Berater des afghanischen Präsidenten Kavani, sein Spitzel im Dienste des venezolanischen Geheimdienstes.

Nach dem Frühstück tauschten sich Cortez und Abdul Imam Rahman noch einmal kurz über die gemeinsamen Pläne aus, dann drängte er auf eine rasche Abfahrt.

Kaum waren Sami und Cortez wieder auf der Straße in Richtung Kabul unterwegs, wählte er Sarbanars Nummer. Die Neugier siegte über die Vorsicht. Es kümmerte ihn nicht, ob die alliierten Truppen sein Handy abhörten. Er war jetzt nicht mehr General Cortez, er war der neue Präsident Venezuelas.

»Machen wir es kurz, Sarbanar«, knurrte er in den Hörer. »Mir steht im arschkalten Afghanistan nämlich ganz und gar nicht der Sinn nach einem Gespräch übers Wetter.«

Dann schwieg Cortez. Auf seinem Gesicht gingen erstaunliche Veränderungen vor. Seine Nasenflügel fingen an zu beben, seine Haut lief rot an, er leckte sich nervös die Lippen.

»Ich möchte das präzisieren«, drang die Stimme des afghanischen Präsidentenberaters aus dem Hörer.

»Ja, ja, tun Sie das. Tun Sie das«, drängte Cortez. Er hob eine Hand schützend vor den Mund. Er misstraute Sami zwar nicht, aber ein Agent blieb ein Agent.

»Der Präsident gibt in drei Tagen einen Empfang. Die Botschafter der vierzig ISAF-Länder, ihre hochrangigsten Vertreter, alle an einem Ort. Ein leichtes Ziel für Attentäter. Und eine niemals wiederkehrende Gelegenheit zur Destabilisierung und zur Rache für den Mord an Rodriguez.«

»Das ist fantastisch, Sarbanar. Ich möchte alle Einzelheiten«, verlangte der venezolanische Sicherheitschef. »Übermitteln Sie mir bitte genau, wo dieser Empfang stattfindet. Alle Abläufe mit Uhrzeiten, Veranstaltungen, Reden und die dazugehörigen Örtlichkeiten innerhalb des Palastes. Kann ich damit in den nächsten Stunden rechnen?«

»Immer zu Diensten«, sagte Sarbanar unterwürfig.

»Danke, mein Freund.« Auch die Stimme des Generals triefte vor Freundlichkeit. »Wer auch immer für den Tod unseres Führers verantwortlich ist – wir werden ihn auf unsere Weise sühnen. Und wir werden in die Geschichte unseres ruhmreichen venezolanischen Volkes eingehen.« Dann legte Cortez auf. Sofort wählte er erneut und verlangte herrisch nach Colonel Timoco.

»Er ist in Europa«, sagte eine helle Frauenstimme.

»Erwarte dringend seinen Rückruf«, bellte Cortez in den Hörer.

»Sí«, sagte die Frau und trennte die Verbindung.

»Wir ändern unsere Pläne«, sagte Cortez zu seinem Fahrer. »Wir werden länger in Kabul bleiben als geplant. Fahren Sie aber nicht zu schnell, eher unauffällig. Ich bin nicht scharf auf amerikanische Patrouillen.«

Sami verlangsamte das Tempo. Nach etwa zehn Minuten klingelte erneut Cortez' Handy. Timoco war in der Leitung. Der General schilderte ihm in aller Kürze, was er gerade von Sarbanar erfahren hatte, und erteilte dem Colonel eine unmissverständliche Order. Bevor er das Gespräch beendete, fragte er: »Bleibt es beim Zeitplan für Projekt N?«

Der General lehnte seinen Kopf an die Seitenscheibe und lauschte. Sein feistes Gesicht war so unbeweglich, als flösse kein Blut, sondern Öl durch seine Adern.

»Das freut mich«, sagte er schließlich. Dann trennte er die Verbindung.

Militärhubschrauber näherten sich wie Riesenhummeln dem Mercedes, blieben aber in respektvoller Höhe. Nachdem sie ein paar Runden über ihnen gedreht hatten, brummten sie wieder davon. Von den nahen Bergen wehte Staub heran und fegte über das Wagendach hinweg.

»Eine unwirtliche Gegend«, murmelte der General und blickte dabei gierig aus dem Fond auf die sich deutlich abzeichnenden Adern auf den Oberarmmuskeln seines jungen Fahrers. Noch waren sie mehr als drei Autostunden von Kabul entfernt. Doch die Gedanken des Generals waren nicht nur bei Sami; voller Vorfreude spielte er durch, wie Colonel Timoco und der venezolanische Agent Sarbanar Al-Shawi bei dem bevorstehenden Empfang den Diplomaten die Laune verderben würden.

Teil 3

UNTERGANG

1

Kabul, zwei Tage später

Ein staubiger Landrover hielt vor dem Eingangsportal des neu errichteten, von einer hohen Mauer umgebenen Präsidentenpalasts. Nichts deutete mehr darauf hin, dass an dieser Stelle vor nicht allzu langer Zeit noch eine Ruine gestanden hatte. Ein Bombenangriff afghanischer Freischärler hatte Präsident Gheza Kavanis einstigen Sitz in Schutt und Asche gelegt. Stehen geblieben waren lediglich ein paar Säulen und zwei runde Türme, die von Spezialisten einer deutschen Baufirma umgebaut und zu Beginn dieses Jahres mit mehreren schusssicheren Glashauben überdacht worden waren. Der jetzige Palast von Präsident Kavani war im typisch maurischen Baustil errichtet und wirkte dennoch modern.

Ein komplexes Rohrleitungssystem für Heizung, Trink- und Abwasser erstreckte sich vielfach verzweigt unter den Räumen des Palastes. Die Baupläne des Gebäudes befanden sich zwar im Safe des Ersten Staatssekretärs des Präsidenten, konnten aber, falls Reparaturen notwendig wurden, von seinen Referenten jederzeit eingesehen werden. Schon vor etlichen Wochen hatte Sarbanar Al-Shawi, einer der engsten Berater Kavanis, die Pläne fotokopiert und als Büchersendung getarnt auf dem normalen Postweg nach Caracas gesandt. Als Kontaktmann des venezolanischen Geheimdienstgenerals Rolando Cortez war er stets bemüht, den Fluss seines monatlichen Judassalärs aufrechtzuerhalten.

Ein Mann mit kurz geschnittenem schwarzen Vollbart in schwarzem Anzug und weißem Hemd hielt auf der Beifahrerseite des Landrovers einen Ausweis gegen die Scheibe. Es war nichts Ungewöhnliches daran, wenn nachts ein Regierungsfahrzeug um Einlass ersuchte. In Kriegszeiten ticken die Uhren anders. Der afghanische Wachmann und sein Kollege, ein deutscher Bundespolizist, besahen sich den Ausweis sehr genau, aber ohne jeden Argwohn. Die Wachmänner winkten den Wagen von Sarbanar Al-Shawi durch. Für seinen Chauffeur, einen ebenso dunkelhäutigen Typen, hatten sie sich nicht interessiert. Wenn man nicht einmal mehr einem Präsidentenberater trauen konnte – wem dann?

Der Landrover bog auf dem abgezäunten und von einer Vielzahl Kameras überwachten Gelände nach wenigen Metern scharf ab und kam vor einer weiß getünchten Baracke zum Stehen. Brauner Staub wirbelte hinter den Rädern. Beide Männer griffen hinter sich und zogen schwarze Segeltuchtaschen hervor, die an den Seiten stark ausgebeult waren. Sie verließen den Rover, öffneten die breite Stahltür des Gebäudes per Fernbedienung und verschwanden dahinter. Den hochrädrigen Wagen ließen sie stehen, wo sie ihn geparkt hatten.

Im Innern der Baracke herrschte gähnende Leere. Al-Shawi drückte auf einen Lichtschalter, und zwei Leuchtstoffröhren flammten auf. Die Wände waren fensterlos und weiß gestrichen: sie wirkten ähnlich steril wie eine Einzelzelle auf einer psychiatrischen Station. Auf dem Fußboden bildeten feine Linien ein Quadrat von ein mal einem Meter.

Al-Shawi drückte erneut auf seine Fernbedienung. Beinahe lautlos öffnete sich eine Bodenklappe. Die beiden Männer traten näher. Subtropisch schwüle Luft schlug ihnen entgegen. Eine Aluminiumtreppe führte steil in die Tiefe. Die beiden Männer stiegen langsam nacheinander hinunter. Die Klappe schloss sich wieder lautlos über ihnen. Um sie herum war es jetzt stockfinster, und je tiefer sie hinabstiegen, desto stickiger wurde die Luft. Vorsichtig näherten sie sich Stufe für Stufe dem Ende der Leiter. Ihr Atem ging schwer und unregelmäßig.

Nach etwa sechs Metern waren sie angekommen. Der Boden, auf dem sie standen, war aus Beton. Al-Shawi griff in seine Tasche und beförderte zwei Stirnlampen hervor, die sich die Männer auf Kopf und Stirn schoben. Die scharfen Strahlen der LED-Leuchten erhellten einen Gang, dessen Ende im Dunkel lag.

»Dort entlang«, wies der Präsidentenreferent mit dem rechten Arm den Weg.

Seine Augen wanderten zu den verwinkelten und verzweigten Heizungsrohren, die sich wie kräftige Wurzeln eines uralten Baums an den Wänden des Schachts entlang ins Nirgendwo zogen. Er bemerkte, dass seinem Begleiter der Schweiß in Strömen herabrann. Auch seine eigene Unterbekleidung war inzwischen durchgeschwitzt.

Je weiter die beiden Männer ins Innere der labyrinthartigen Kelleranlage vordrangen, desto enger wurden die Gänge. Immer öfter mussten die Männer sich bücken, bis sie sich nur noch kriechend vorwärts bewegen konnten. Jetzt zogen sich nicht nur Rohre für Abwasser, Heizung und Trinkwasserversorgung die Decken entlang. Auch Kabel, so dick wie der Unterarm eines Kindes, waren an den Seitenwänden mit Haken befestigt.

»Die Kommunikationsanlage für Kameras, Mikrofone und Scanner«, flüsterte Al-Shawi.

Der Präsidentenberater in Diensten des venezolanischen DISIP kannte sich aus. Schließlich hatte er das Sicherheitskonzept des Präsidentenpalasts immer und immer wieder studiert, bevor er die Unterlagen schließlich als Büchersendung an General Cortez verschickt hatte.

Colonel Timoco war zwar körperlich fit, dennoch stand ihm die Anstrengung ins Gesicht geschrieben. Auf allen vieren krochen sie vorwärts, die schweren Taschen geschultert, niedergedrückt durch die Last ihrer tödlichen Fracht. Nach etwa zwanzig Metern blieb der Lichtkegel von Al-Shawis Lampe an einem Ungetüm aus Flanschen, Schrauben und verzweigten Rohrendungen hängen.

»Das Hauptventil der Wasserversorgung«, flüsterte der Präsidentenberater.

Colonel Timoco und sein Begleiter Sarbanar Al-Shawi hatten soeben einen Gang in der unterirdischen Welt des afghanischen Präsidentenpalasts erreicht, der sich nach links und rechts aufzweigte. Kavanis Berater hielt eine Karte in den Händen, auf der nicht nur alle Versorgungsleitungen und sämtliche Luftschächte auf den Millimeter genau mit roter Farbe eingezeichnet waren, in 3-D-Ansicht war in blauer Farbe auch der Grundriss der darüberliegenden Räume des Palastes markiert. Al-Shawi reichte Timoco eine 3-D-Brille, bei der ein Mikroprozessor die Schärfe regulierte, zugleich die Räume vermaß und auf einem Display in den Brillengläsern anzeigte, welchen Weg man einschlagen musste, um unterirdisch zu den einzelnen Bereichen zu gelangen.

»Ein Meisterstück chinesischer Ingenieure«, flüsterte Al-Shawi heiser. »Sehen Sie.« Er zeigte mit einem Finger auf die Karte.

Vor Colonel Timocos Augen war eine plastische, dreidimensionale Welt entstanden, die wie das Negativ eines Fotos haargenau die oberirdischen Gegebenheiten abbildete.

»Der Empfangssaal auf der Erdgeschossebene befindet sich jetzt genau über uns. Er hat eine Größe von vierzig mal vierzig Metern. Der Beton zwischen der Decke unseres Ganges hier und dem Boden des Saals über uns ist genau achtzig Zentimeter dick.«

Timoco beugte sich weit über den Plan, den ihm Al-Shawi dicht unter die Augen hielt. Er hörte gespannt zu, was ihm der Präsidentenberater ins Ohr flüsterte.

»Und hier«, Al-Shawis Finger wanderte in alle vier Ecken des Saals, »verlaufen die Schächte für die Klimaanlage bis nach oben und treffen in der Decke aufeinander. Sichtbar für jeden ist ein Gitter von ein mal einem Meter eingelassen, durch das reiner Sauerstoff in den Raum geblasen werden kann, wenn es zu stickig und heiß werden sollte. Die Idee dazu hatte der Pressereferent des Präsidenten, der mal als Discjockey in New Yorker Clubs Platten aufgelegt hat. Die hatten da aus Kostengründen keine Abluftsysteme eingebaut. Stattdessen ermöglichte reiner Sauerstoff, alle dreißig Minuten versprüht, dem Publikum, über Stunden hinweg wach zu bleiben.« Al-Shawi atmete durch.

Timocos Gesicht verriet Anerkennung. »Und genau durch diese Klimaschächte schießen wir die Granaten hoch, Al-Shawi. Ist dieser Plan nicht genial?«

Der Präsidentenberater bewegte leicht den Kopf.

»Unsere Spezialisten in Caracas haben eine Steuerung entwickelt, die es den Granaten erlaubt, eine Kurve zu fliegen. Vier Granaten treffen genau über dem Sauerstoffaustritt zusammen, explodieren und legen den Raum und den darüber in Schutt und Asche. Da kommt niemand lebend raus.«

Colonel Timoco stellte die vier Sprengstoffgranaten scharf. Sie würden in exakt vierzehn Minuten zünden und durch die vier Klimaschächte aus dem unterirdischen Schacht nach oben ins Erdgeschoss rasen.

Wie nicht anders zu erwarten, erschienen die meisten der Botschafter der an der ISAF-Mission beteiligten Länder pünktlich zum Abendempfang des afghanischen Präsidenten Kavani. Keiner von ihnen interessierte sich für den staubigen Landrover, der soeben vom Gelände des Präsidentenpalasts rollte.

Seit die UN die ISAF-Truppen mit einem sogenannten ›robusten Mandat‹ für einen uneingeschränkten Waffeneinsatz ausgestattet hatte, galt die Lage in Kabul und den südlichen Provinzen zwar immer noch als unsicher, aber momentan befriedet. Zwar hatte die ISAF im Frühjahr des Vorjahres nach einer Taliban-Offensive den Norden an die Gotteskrieger verloren, aber Geheimpläne der UN sahen vor, Afghanistan notfalls zu teilen. Als Vorbild für diesen Plan galt Deutschland in den Grenzen ab 1949.

Den jüngsten Erfolg – ein Monat ohne Selbstmordanschläge und Attentate in Kabul und Umgebung – wollte Kavani gebührend feiern: Der J.-de-Telmont-Rosé-Champagner kam aus Frankreich, die Dorade aus Belgien, der Salat und das Gemüse aus Spanien und der trockene Riesling Kabinett vom Weingut Tesch aus Langenlonsheim an der Nahe. Die Tschechen schließlich hatten fünf Fässer Urböhmisch-Dunkelbier aus Vratislavice spendiert. Es hatte unter den tschechischen Offizieren den Ruf eines besonders wirksamen Trunks gegen einsame Abende hinter den Mauern ihrer Ghettos jenseits gefährlicher Straßen und Plätze.

Eben beugte sich der deutsche Botschafter in Kabul, Graf Christoph von Seidenschnur, zum Ohr seines englischen Amtskollegen, Sir Peter Windermere.

»Wir versenken in diesem Jahre erneut einige Hundert Millionen Euro im Süden Afghanistans. Ehrlich gesagt, glaube ich nach den vielen Jahren unseres Engagements nicht mehr an eine endgültige Befriedung dieses Landes. Ich bin für eine Teilung. Im Norden die Taliban, im Süden die freie westliche Zivilisation. Was wir hier im Moment tun, ist doch nur Zeitverschwendung und eine Zurschaustellung europäischer Werte.«

»Ich stimme Ihnen zu, Graf Seidenschnur«, schwenkte Windermere auf den Kurs des deutschen Botschafters ein. »Doch ich fürchte, dass ausgerechnet die europäischen Werte hierzulande keinen der Stammesfürsten interessieren. Nehmen Sie die Rohopiumküchen …«

»Ganz genau«, griff der deutsche Botschafter das Argument dankbar auf. »Niemand in Europa würde derart offen und unverschämt zur Schau stellen, was dieses Land in den Ruin treiben wird: Die Abhängigkeit von einem Wirtschaftszweig, der Tausende Menschen gesundheitlich ruiniert und wenigen Verbrechern einen Geldregen beschert. Wussten Sie, dass wir und die Franzosen mit den Iranern bereits die Abriegelung der Grenzen zwischen Afghanistan und Iran beschlossen haben? Offiziell vertritt die Bundesregierung – allen voran die Bundeskanzlerin – natürlich nach wie vor die harte Linie der Amerikaner, um dem iranischen Streben nach einer muslimischen Vormachtstellung in dieser Region etwas entgegenzusetzen. Doch hinter den Kulissen …«

»Ich weiß, Graf Seidenschnur, ich weiß«, winkte Windermere ab. »Ihr Deutschen seid Weltmeister im Spiel mit gezinkten Karten. Wenn der Iran allerdings keine massenhafte Ausweitung des Drogenmissbrauchs in Großstädten wie Teheran riskieren will, sollten die Mullahs euer Angebot hochsensibler Grenzüberwachungstechnik annehmen. Allerdings kann die natürlich zweckentfremdet werden, wie wir alle wissen.«

»Nun gut«, gab der deutsche Botschafter zu, »auszuschließen ist gar nichts, doch reden wir hier eher von stiller Diplomatie als von …«

Das leise Summen seines Handys unterbrach ihn. Beinahe im selben Moment klingelten auch die Telefone der anderen Abendgäste. Beide Botschafter fassten an ihre Jacketts. Seidenschnur zückte sein Handy als Erster.

»Wie bitte? Ist das gesichert? Gut. Ende.«

Sein letztes Wort ging in einem wahnwitzigen Pfeifen unter, das zu einem schmerzvoll in den Ohren dröhnenden Getöse wurde, als würde gleich ein Hubschrauber auf die Decke stürzen.

»Runter«, brüllte der deutsche Botschafter, riss seinen englischen Kollegen ganz undiplomatisch mit sich zu Boden und warf sich schützend die Arme über den Kopf.

Die gewaltige Detonationswelle der aufeinandergeprallten Sprenggranaten rollte über ihn hinweg, breitete sich in Sekundenbruchteilen in dem weitläufigen Saal aus und ließ das Inventar samt Geschirr, Gläsern und Flaschen in winzige Splitter zerbersten, die mit rasender Geschwindigkeit in alle Richtungen flogen und sich dabei mit herausbrechenden Mauersteinen, Mörtel, Gips und Holzpaneelen vermengten. Wer sein Leben nicht schon durch die Druckwelle verloren hatte, starb durch umherfliegende Trümmer.

Die Wucht der Explosion riss ein riesiges Loch in die Decke des Raums und der Räume darüber. Eine Gasleitung in der dritten Etage riss auf und sandte eine ungeheure Stichflamme bis hinunter in den Empfangssaal, in dem gerade noch gefeiert worden war. Ein Gestank nach verbranntem Leder, Kleidung, Holz, menschlichem Fleisch und Gas waberte durch den Palast, und eine undurchdringliche Rußwolke senkte sich in schmutzigen Flocken auf die gepanzerten Scheiben der Gartenfenster. Mit dem Servicepersonal und den Angestellten des Präsidentenpalastes hatten sich zum Zeitpunkt der Explosion etwa einhundertzwanzig Menschen in dem Raum aufgehalten.

Es dauerte ungewöhnlich lange, bis die Sicherheitskräfte alarmiert wurden. Viel zu groß war die Konfusion unter den wenigen Überlebenden. Der Präsidentenpalast in Kabul war zu einer einzigen großen Falle geworden, aus der es kein Entrinnen gab.

Irgendwann eilten schließlich Krankenwagen mit heulenden Sirenen heran. Doch von den Nothelfern bekamen der deutsche und der englische Botschafter vorerst nichts mit. Sie lagen begraben unter einer dicken Schicht von Staub und Trümmern, unfähig, sich selbst daraus zu befreien. Befehle flogen durch die Luft, Krankentragen wurden hin und her geschoben und die herbeieilenden Helfer waren fassungslos vor Entsetzen. Als Ersten bargen die Sanitäter den deutschen Botschafter, kurze Zeit später seinen englischen Kollegen. Beide hatten den Anschlag nur leicht verletzt überlebt. Noch während Robin von Seidenschnur, gezeichnet von den Erlebnissen der letzten Minuten, aus dem Saal transportiert wurde, blickte er auf eine Szene, die an die Höllenvisionen von Hieronymus Bosch erinnerte: Er sah aufgeschlitzte Leiber, abgerissene Gliedmaßen, blutige Pfützen unter Leichen.

Diejenigen Botschafter, die verspätet zum Empfang erschienen waren, gaben als Erste noch sehr ungenaue Berichte über die Katastrophe an die italienischen und französischen Medien heraus. Später folgten Lageberichte von russischen und amerikanischen Agenten, die von ihren Botschaften aus die Informationen an den Kreml in Moskau und das Weiße Haus in Washington übermittelten.

2

Berlin,
16:30 Uhr Ortszeit

Als Croy von dem Anschlag erfuhr, saß er in einem der Elektrotaxis, die neuerdings auf Berlins Straßen ihren Dienst taten. Er war auf dem Weg ins Bundeskanzleramt, um sich Instruktionen für die bevorstehende UNEP-Weltwasserkonferenz in Nairobi geben zu lassen. Über seinen Communicator buchte er sofort einen Platz in der nächsten Maschine nach Kabul. Die Flugzeit betrug neuerdings nicht mehr sechzehn, sondern nur noch acht Stunden. Die Route über Peking und Delhi war von der Lufthansa durch einen Direktflug aus Berlin ersetzt worden. Wenn alles glattlief, würde er um acht Uhr Kabuler Zeit landen.

Croy informierte lediglich Tanja Weber und sein Team über diese Entscheidung, nicht aber das Bundeskanzleramt. Zugleich bat er die Analystin, den Gesprächstermin mit Thomas Falck um einen Tag zu verschieben. Dann wählte er die Nummer seines Mitarbeiters Stout. Als er ihn in der Leitung hatte, sagte Croy: »Ich habe eine Bitte, die Sie streng vertraulich behandeln sollten.«

»Was kann ich für Sie tun?«, fragte Stout.

»Meine Freundin meldet sich seit zwei Tagen nicht mehr, ihr Handy ist abgeschaltet, und ich mache mir ehrlich gesagt große Sorgen. Ich fliege heute noch nach Kabul und möchte, dass Sie sich diskret um dieses Problem kümmern.«

»Sie ist seit zwei Tagen unauffindbar?«, fragte Stout zurück, als habe er nicht richtig zugehört.

»Ja«, reagierte Croy leicht gereizt. »Mein Gefühl sagt mir, dass da irgendwas nicht stimmt.«

»Haben Sie sich gestritten?«, schob Stout neugierig nach.

»Hören Sie, Stout, ich habe keine Lust auf lange Erklärungen. Ich möchte, dass Sie jemanden mit der Suche nach ihr beauftragen. Kennen Sie jemanden, der das diskret erledigen kann? Sie können sich vorstellen, dass mir diese Bitte nicht leichtfällt.«

»Kann ich mir denken«, antwortete Stout. »Sie sind ja auch nicht gerade bekannt dafür, Ihr Privatleben öffentlich zu machen.«

Zwar fand Stout, dass Croy eindeutig überreagiere, doch traute er sich nicht, es ihm zu sagen.

Croy überhörte diese unterschwellige Kritik. »Fällt Ihnen jemand ein?«

»Ich habe einen ehemaligen Studienkollegen, der im Berliner Polizeipräsidium im gehobenen Dienst gelandet ist. Rauschgiftdezernat. Er hat gute Verbindungen und verfügt über ein Heer an Informanten.«

»Gut, fragen Sie ihn, und halten Sie mich auf dem Laufenden. Ich möchte gern eine Sorge weniger haben.«

»Okay, Markus. Gute Reise.«

»Danke«, beendete Croy das Gespräch.

Das Ganze behagte Croy nicht, doch er sah keine andere Möglichkeit herauszufinden, was mit Katja geschehen war. Eine Weile blickte er nachdenklich aus dem Taxifenster auf den Straßenverkehr. Das Wetter war diesig und sorgte für eine Stimmung in kräftigem Moll.

Stout hielt sich nicht an die Bitte um Vertraulichkeit. Während Croy zum Flughafen unterwegs war, informierte er BKA-Chef Konrad Kaltenborn von Croys Begehr.

Kaltenborn reagierte zunächst mit einer spitzen Frage. »Würde es Ihnen einfallen, eine verdeckte Fahndung anzuordnen, wenn Ihre Freundin sich mal einen Tag nicht meldet?«

»Ich war noch nie in einer solchen Situation«, antwortete Stout diplomatisch, setzte dann aber nach: »Für ein bisschen übertrieben halte ich das schon.«

»Kennen Sie einen Mann, der das diskret erledigen kann?«, fragte Kaltenborn.

»Ja, einen Oberkommissar, ziemlich ausgekocht. Seine Kontakte wissen bestimmt, wo er mit der Suche beginnen muss.«

»Gut«, sagte Kaltenborn. »Finden wir die Frau, die wahrscheinlich nur zu Mama gefahren ist und ihr Handy im Wagen vergessen hat.«

Beide Männer lachten.

Stout beauftragte Malte Löwenbrinck aus dem Rauschgiftdezernat des Berliner Polizeipräsidiums mit diesem delikaten Job.

3

Kabul,
20:00 Uhr Ortszeit

Zu diesem Zeitpunkt waren die beiden Attentäter von Kabul bereits auf dem Weg zum Flughafen. Sie gingen davon aus, dass eine kleine Linienmaschine der Iran Air dort wartete, die sie nach Teheran fliegen würde. So jedenfalls stand es in dem Logistikpapier, das ihnen Nina aus Saint-Quentin in Frankreich übermittelt hatte. Beide Männer wussten, dass zwischen dem Iran und Afghanistan wegen Drogenschmuggels diplomatische Eiszeit herrschte und deshalb auch sämtliche regelmäßigen Verkehrsverbindungen zwischen den Nachbarländern gestrichen waren. Gerade mal eine Maschine pro Tag hielt den Flugbetrieb zwischen den beiden Staaten aufrecht. Ihr Slot war von den Kabuler Fluglotsen auf zwanzig Uhr dreißig festgelegt worden. Mit zwei gefälschten venezolanischen Diplomatenpässen, die ihnen ein Verbindungsmann des DISIP in Wien hatte anfertigen lassen, standen die Chancen für Colonel Timoco und seinen Komplizen aus dem Präsidentenpalast mehr als gut, noch vor Croys Ankunft außer Landes zu kommen. Als sie die dem Flughafen vorgelagerten Logistikgebäude erreichten, überkam sie ein Gefühl von Sicherheit.

Doch als ihnen kurz darauf schwer bewaffnete Einheiten der ISAF-Truppen entgegenkamen und nur wenig später die Scheinwerfer von Polizeiautos vor dem Haupteingang des

Flughafens aufflackerten, wussten sie, dass etwas nicht stimmte.

»Sieht aus wie eine Polizeisperre«, knurrte Timoco in Richtung seines Beifahrers.

»Wir sollten nichts riskieren und umkehren«, sagte Al-Shawi hastig.

»Aber wir haben zwei gültige Diplomatenpässe, und Sie sind von der Regierung«, erwiderte Timoco.

»Hier fliegt heute niemand mehr ab«, antwortete Al-Shawi. »Ich kenne sämtliche Anordnungen. Wenn es die Sicherheitslage des Landes betrifft, werden als Erstes die Flughäfen dichtgemacht.«

»Kehren wir also um«, knurrte der Colonel missmutig, bremste und riss das Steuer herum. Der Geländewagen gehorchte ächzend.

Kurz darauf waren die beiden Männer wieder in Richtung Kabul unterwegs. Obwohl ihre Wagenfenster geschlossen waren, drangen die Sirenen der aus allen Richtungen herbeieilenden Rettungsfahrzeuge zu ihnen durch.

»Unser Feuerwerk scheint funktioniert zu haben«, grinste der Venezolaner.

»Aber wie kommen wir hier sicher raus?«, fragte der Afghane.

»Nina wird uns morgen Vormittag hier rausschaffen«, sagte der Colonel und blickte angespannt durch die Frontscheibe auf die Straße vor sich. Weit vor ihnen zerrissen Signallichter wie zuckende Spots eines Techno-Events die staubige Luft. »Kein Plan A ohne Plan B. Sie hat für uns extra zwei Slots vorbereitet, falls etwas schiefgeht«, fügte er hinzu.

Das Handy des Colonels klingelte.

»Hallo? Ah, Cortez, was für ein glücklicher Zufall, denn eigentlich wollten wir …« Der Colonel wurde unterbrochen. »Oh ja, ich verstehe. Es tut mir leid, dass Sie nicht nach Kabul durchkommen. Wir haben ein gewisses Durcheinander hinterlassen«, feixte Timoco in den Hörer. »Ja, gut. Treffen wir uns dort. Nehmen Sie morgen auch unsere Maschine nach Teheran?«

Timoco fuhr jetzt erheblich langsamer. Immer wieder kamen ihnen Krankenwagen entgegen, oder sie wurden von Militärfahrzeugen überholt.

»Gut, ich werde Nina instruieren. Dann bis morgen. Adiós.«

Er wandte sich an Sarbanar. »Der Chef wird uns morgen begleiten. Er genießt diplomatische Immunität, so wie ich auch. Und Sie als Regierungsangestellter werden ja sowieso keine Probleme bekommen.«

Al-Shawi sagte nach kurzem Nachdenken: »Wir sollten diese Straße verlassen. Hier ist für meinen Geschmack zu viel Polizei und Armee unterwegs. Ich kenne da jemanden, bei dem wir heute Nacht bleiben können.«

»Ausgezeichnet, Sarbanar. Ich werde zu Nina Kontakt aufnehmen, damit sie uns für morgen Vormittag einen Flug nach Teheran bucht.«

Ihr satellitengesteuertes Navigationsgerät sagte ihnen, dass sie sich zwölf Kilometer vor dem Stadtzentrum befanden und sich auf massive Behinderungen gefasst machen mussten. Bei nächster Gelegenheit verließen der Colonel und sein Begleiter die Staatsstraße A 01, die innerhalb kurzer Zeit zu einer Rennstrecke für heulende Polizei-, Militär- und Krankenfahrzeuge geworden war.

4

**Kabul,
am nächsten Morgen,
9:30 Uhr Ortszeit**

Elf Stunden nach dem brutalen Anschlag auf die Botschafter der ISAF-Staaten war die Lage auf Kabuls International Airport noch immer unübersichtlich. Doch trotz der starken Präsenz afghanischer Sicherheitskräfte und schwer bewaffneter Vertreter alliierter Truppen waren Timoco und Al-Shawi bisher ungehindert durchgekommen. Zwar war ihnen an den Grenz- und Zollposten eine gewisse Nervosität anzumerken, doch auch die Beamten strahlten wegen der unübersichtlichen Lage und der viel beschworenen Gefahr weiterer Attentate eine unruhige Aggressivität aus. Der Colonel besaß einen perfekt gefälschten Diplomatenpass, und Al-Shawi glänzte mit einer Identitätskarte des afghanischen Präsidialamts. Beide spazierten unbehelligt durch die Grenz- und Zollkontrollen und begaben sich gemächlich zum Terminal. Sie bestiegen einen Minibus, der sie nur wenige Minuten später mit anderen Passagieren zur wartenden Iran Air-Maschine brachte.

Um jegliches Risiko auszuschließen, hatten sie sich beim Check-in zwei getrennte Plätze geben lassen. Der Colonel saß in Reihe vier, Al-Shawi in Reihe sieben links am Fenster. Obwohl wegen des starken Winds Riesenwolken mit enormer Geschwindigkeit von Südosten nach Nordwesten trieben und der Tag grau verhangen war, trugen beide Männer Sonnenbrillen.

Timoco blickte sich unauffällig um. Cortez saß nicht in der Maschine. Er war beunruhigt.

Eine Windböe erfasste die kleine Maschine; sie erzitterte leicht. Alles sprach dafür, dass es ein ungemütlicher Flug werden würde.

Es war neun Uhr fünfundfünfzig. Während zwei Stewardessen in dunkelblauen Kostümen und Kopftüchern bereits mit Kaffeekannen klapperten und dabei über irgendetwas kicherten, kehrte der Minibus erneut zum Terminal zurück. Offensichtlich waren noch nicht alle Passagiere an Bord.

Wenige Minuten später bestieg ein sportlich wirkender Mann mit blonden Haaren und blauen Augen die Maschine durch den Eingang neben der Pilotenkabine. Er trug einen unauffälligen hellgrauen Anzug und Schuhe aus schwarzem Leder. Seine Tasche schien schwer; während er durch den schmalen Gang schritt, stützte er sie mit seinem rechten Bein. Gelangweilt musterte er die Passagiere, die ihrerseits unwillig und nur kurz aufblickten. Passagiere von Businessmaschinen mochten es nicht, wenn jemand zu spät kam und dabei noch nicht einmal von einer Limousine heranchauffiert wurde.

Der Mann setzte sich in Reihe neun auf den Gangplatz und wuchtete sein Handgepäck auf den freien Sitz neben sich. Erst zog er den Gurt fest, dann fixierte er die Passagiere in den Reihen vor ihm mit prüfendem Blick.

Als der Pilot die Triebwerke startete und sie dabei mehrmals kurz aufheulen ließ, winkte der Mann eine Stewardess heran. Sie hatte sich bereits angeschnallt und war alles andere als erfreut über diese Störung in der Startphase.

»Was kann ich für Sie tun, Sir?«, fragte sie ungehalten. »Der Moment erscheint mir …«

Der Mann unterbrach sie schroff, winkte sie mit einem Zeigefinger zu sich herunter. Er flüsterte ihr etwas ins Ohr und zeigte dabei für die anderen Passagiere unsichtbar einen Europol-Ausweis vor.

Sie blickte nur kurz darauf. Solche Ausweise waren ihr seit dem 11. September 2001 nicht mehr fremd. Sie las seinen Namen.

»In Ordnung, Mister Croy«, zischelte sie zurück. »Aber denken Sie daran, die Sicherheit der Passgiere geht vor.«

Der T3-Agent nickte verständnisvoll. Er war schließlich ein deutscher Kriminalbeamter und kein amerikanischer Cowboy.

Die Stewardess ging zu ihrem Platz zurück, griff in einen Aluminiumschuber, steckte sich etwas in ihre Weste und kehrte zu Croy zurück, der sich mit einem Geldschein dankbar zeigte.

Die Maschine war kaum zehn Minuten in der Luft, als das Zeichen zum Anschnallen erlosch. Als Erster verließ der Mann aus Reihe sieben seinen Platz und steuerte die Toilette im hinteren Teil der McDonnell Douglas an.

Nur wenige Sekunden später erhob sich auch Croy. Gemächlich schritt Kavanis Präsidentenberater Al-Shawi zum Heck der Maschine, nichts ahnend von seinem Schatten. In dem Moment, als Al-Shawi die Tür zu dem winzigen Waschraum schließen wollte, schob Croy seinen Fuß dazwischen und nutzte die Schrecksekunde des anderen, um sich ebenfalls in den Raum zu quetschen. Die anschließende kurze Rangelei entschied Croy mit einem eleganten Schwinger in Al-Shawis Magengrube für sich. Der kippte nach hinten gegen die Plastikverkleidung und erbrach übelriechenden Magensaft. Blitzschnell tastete Croy den Terroristen nach einer Waffe ab, wurde aber nicht fündig. Als Al-Shawi sich aufrichten wollte, schlug ihm Croy vorsichtshalber seinen Ellenbogen kraftvoll auf die Nase. Während der Kopf des Terroristen nach hinten wippte, schlossen sich Handschellen um seine Gelenke. Dann verklebte Croy ihm den Mund mit stark klebendem Gaffaband, das ihm die Stewardess gebracht hatte.

Der Kampf der beiden Männer hatte nicht mehr als drei Minuten gedauert, und der Lärm der kleinen Maschine hatte die Kampfgeräusche vollständig übertönt. Croy zischte Al-

Shawi ein paar knappe Befehle zu und schob ihn dann, sich dicht hinter ihm haltend, in die Maschine zurück. Er bugsierte seinen stummen Gefangenen neben sich auf den Sitz. Dann drückte er Al-Shawis Kopf mit aller Kraft nach vorn – so, als übe er mit ihm das Verhalten bei einem drohenden Absturz –, riss die Hände seines Gefangenen hinter dessen Nacken und stellte die Handschellen auf die engste Stufe ein. Al-Shawi würde sich ohne fremde Hilfe nicht aus dieser Lage befreien können. Erstaunten Passagieren bedeutete Croy, sich ruhig zu verhalten, um kein zusätzliches Aufsehen zu erregen.

Um zu verhindern, dass Al-Shawis Komplize Verdacht schöpfte, seinem Kompagnon folgte und womöglich die Passagiere des Flugzeugs gefährdete, steuerte Croy jetzt rasch Reihe vier an. Die Sicherheitsbestimmungen missachtend, entsicherte er seine Waffe. Innerlich angespannt, aber äußerlich ruhig, glitt er auf den freien Sitz neben dem Colonel, zeigte kurz auf den Lauf seiner Waffe und sagte mit knurriger Stimme: »Be quiet.«

Der Colonel erstarrte. Seine Augen rasten von der Revolvermündung zu Croys hartem Gesichtsausdruck und zurück.

»Was wollen Sie von mir?«, presste er auf Spanisch heraus.

»Speak english, buster«, zischte Croy zurück. »I know that you can.«

Der Colonel äugte jetzt schief und erkennbar nervös auf den Ermittler.

Die Maschine flog einen Bogen. Die Sonne stand tief am Horizont. Es waren keine Turbulenzen zu spüren.

Croy fühlte sich überlegen, stand aber stark unter Spannung. Er bemerkte ein Zucken unter dem rechten Augenlid des Colonels.

»Sie haben einen großen Fehler gemacht«, sagte er in fast verschwörerischem Ton. »Ihre Organisation hat geglaubt, mit tödlichen Anschlägen die Zeit zurückdrehen zu können. Aber dazu sind die Dinge schon viel zu weit fortgeschritten. TRIAS ist nicht aufzuhalten. Auch nicht von kommunistischen Utopisten wie Victor Rodriguez. Gewalt wird mit Gegengewalt vergolten. Auge um Auge, Zahn um Zahn. So ist unsere Welt nun mal gestrickt, Colonel Timoco.«

Der Venezolaner zuckte zusammen. Diesen Namen kannte man nur in der Schattenwelt des venezolanischen Geheimdienstes, nicht aber in der Öffentlichkeit.

»Erstaunt, Colonel? Ich habe Ihre Zelle in Frankreich aufgerieben und einen Mann zum Reden gebracht.«

Timoco verdrehte den Kopf.

»No«, quittierte Croy und rammte dem Venezolaner die Mündung seiner Waffe in die Hüfte. »Ihrem Kompagnon ist gerade nicht zu helfen. Hat sich eingerollt und macht ein Nickerchen. Übrigens warten in Teheran Verhörspezialisten der CIA auf Sie. Das wird sicherlich kein Spaziergang werden.«

Croy fiel sein Verhör des Tschechen aus Ústí nad Labem vor einem Jahr ein, der den deutschen TRIAS-Unterhändler in die Luft gejagt und wenig später unter Druck das Verbrechen zugegeben hatte.

»Je mehr Sie mir jetzt erzählen, desto schonender werden die Verhörspezialisten nachher mit Ihnen umspringen«, sagte Croy.

Der Colonel sah aus dem Bordfenster, als sehne er sich nach der grenzenlosen Freiheit über den Wolken. Dann sagte er: »Sie dürften gar nicht hier sein. Ich dachte, Sie seien längst neutralisiert worden.«

»Von wem?«, fragte Croy verblüfft.

»Das tut nichts zur Sache«, sagte der Colonel. »Aber Sie werden Ihr Tun bitter bereuen, glauben Sie mir.«

Croy spürte Wut in sich aufsteigen. Dass er als Ermittler mehr Feinde als Freunde hatte, lag auf der Hand. »Jetzt lassen

Sie schon die Katze aus dem Sack, Timoco. Wenn ich etwas für Sie tun soll, dann sollten Sie kooperieren.«

»Eure Welt ist nicht unsere Welt«, wandte sich Timoco schließlich wieder an Croy. »Wir haben die Amerikaner aus Venezuela vertrieben, neue politische Verhältnisse in Lateinamerika geschaffen und nach Fidel Castro seinen Bruder an die Spitze gehoben. Von Caracas aus werden wir die Flamme der linken Revolution in die ganze Welt tragen und euern Tanz ums Goldene Kalb stören, wo wir nur können.«

»Wer ist wir?«, fragte Croy. »Eine Bande von selbst ernannten Weltverbesserern? Haben Sie Ihren verblichenen Präsidenten Rodriguez etwa für einen klugen Mann gehalten? Er hat unsere Bundeskanzlerin mit Hitler verglichen. So jemanden kann doch niemand ernst nehmen, bei allem hehren Idealismus und der Suche nach gesellschaftlichen Alternativen. Und General Cortez? Der sitzt bereits in einer Hochsicherheitszelle auf dem Kabuler Flughafen. Er hatte sich aber auch ungeschickt getarnt.«

»Wie bitte?«, entfuhr es Timoco. »Cortez wurde verhaftet?«

»Oh ja«, sagte Croy. »Ein Singvogel hat gezwitschert, dass ihr Vorgesetzter eine Schwäche für junge Männer hat. Mir fiel auf, wie ein älterer Herr seinen attraktiven Begleiter im Flughafengebäude mehrmals auffällig hingebungsvoll umarmte. Afghanen, Araber und Asiaten würden so etwas niemals in der Öffentlichkeit tun.«

Timoco schluckte.

»Unprofessionell, nicht wahr?« Croy grinste böse.

»Vergessen Sie Cortez«, schnappte der Venezolaner zurück. »Die Linke hat genügend Führer. Wohin die Welt inzwischen steuert – in eine Milliardenarmut, in Versorgungselend und weltweite Korruption –, diese Probleme löst ihr Erste-Welt-Christen nicht mehr. Diese Probleme löst nur eine Revolution.«

Croy sympathisierte zwar durchaus mit den Meinungen des Colonels, aber er musste diesem Mann, der vor nicht mal einer Stunde ein verheerendes Blutbad angerichtet hatte, den Schneid abkaufen.

»Sie sind nichts weiter als ein feiger Killer, Timoco. Sie haben jedes Recht verwirkt, über eine humanere Gesellschaft zu philosophieren. Sie haben gemeinsam mit einem Verräter unschuldige Menschen auf die niederträchtigste Art getötet.«

»Unschuldige Menschen? Dass ich nicht lache!« Der Colonel richtete sich auf. »Diese verdammten Botschafter haben sich als Repräsentanten von Besatzungstruppen schuldig gemacht. Jede Nation, die sich anmaßt, den moralischen Sieger zu spielen, ist schuldig. Sie können nicht gewinnen. Denn Sie und die gesamte westliche Welt haben hier und in Lateinamerika nichts verloren.«

Der Colonel warf sich in seinen Sitz zurück.

Noch immer hielt Croy seine Waffe auf ihn gerichtet. Die Passagiere der vorderen Reihen hatten längst ihre Zeitungen beiseitegelegt und die Ohren gespitzt. Es war an der Zeit, Timoco kampfunfähig zu machen. Vorsichtig, Millimeter um Millimeter, schob Croy sich an Timoco heran. Er wollte nichts riskieren. Die Gefahr eines Handgemenges war viel zu groß und der Ausgang mehr als ungewiss.

Als hätte er Croys Gedanken gelesen, federte der Colonel plötzlich in seinem Sitz zurück, richtete sich wie eine angriffslustige Kobra auf und schwang den linken Arm blitzschnell zu Croys Hand mit dem Revolver herum. Reflexartig drückte der T3-Agent ab. Die Kugel durchschlug die linke Niere des Colonels und blieb – zum Glück für die Insassen der Maschine – in Timocos Gedärmen stecken.

Der Colonel sackte mit dem Kopf an den Sitz des Passagiers vor ihm, stöhnte kurz auf und kippte gegen die rechte Bordwand. So blieb er mit einem beinahe friedlichen Gesichtsausdruck regungslos liegen.

Im Flugzeug brach Panik aus. Die gut zwanzig Passagiere schrien wild durcheinander. Eine Frau schluchzte, die Hände vors Gesicht geschlagen.

Croy war aufgesprungen und unterdrückte die aufkommende Hysterie mit strenger Stimme. Dabei blickte er prüfend auf Al-Shawi, der gefesselt in seinem Sitz saß. Croy war, als sähe er Tränen auf dessen Gesicht.

»Beruhigen Sie sich!«, rief er durch das Flugzeug. »Niemand ist gefährdet! Es handelt sich um eine polizeiliche Maßnahme. Ich habe einen Menschen unschädlich gemacht, der als Mörder gesucht wurde.«

Croy schritt auf die weinende Frau zu und redete leise auf sie ein. Dann wandte er sich an die Stewardess, die mit nervösem Gesichtsausdruck hinter ihm stand und mit ihren Fingernägeln auf die Kopfstützen eines Sitzes trommelte.

»Bitte arrangieren Sie für mich beim Flugkapitän eine Funkverbindung nach Teheran«, bat er sie.

Die Stewardess nickte schwach. »Das ist mein erster Flug, bei dem ein Passagier von einem Polizisten erschossen wurde«, sagte sie leise und mit blassem Gesicht.

»Für mich auch«, antwortete Croy und schob die Frau langsam, aber bestimmt in Richtung Cockpit.

Als die Maschine um zwölf Uhr fünfundzwanzig Teheraner Ortszeit aufsetzte und zu den Passagierdocks rollte, vernahmen Croy und die anderen Passagiere bereits das Heulen von Polizeisirenen. Stille Diplomatie und sanfter Druck aus Washington hatten Iraner und Amerikaner für kurze Zeit zu Verbündeten gemacht.

Noch während der afghanische Präsidentenberater Al-Shawi von Agenten der CIA verhört wurde, flog der BKA-Ermittler bereits zurück nach Berlin. Während des langen Flugs kreisten seine Gedanken immer wieder um die Frage, ob das Massaker von Kabul nicht doch zu verhindern gewesen wäre. Croy bereitete sich innerlich darauf vor, dass schwere Vorwürfe seitens der Bundesregierung gegen die Führungsspitze der Nationalen Sicherheitsagentur erhoben würden und gegen ihre zuständigen Geheimdienstreferate. Die Berliner Politiker hatten sich von der Neuordnung der Geheimdienste sicher eine effizientere Aufklärungsquote von geplanten Terrorangriffen versprochen.

5

Berlin-Mitte, Bundeskanzleramt, zu später Stunde

Beinahe zeitgleich mit Markus Croy traf auch Bundeskanzlerin Lydia Sprado wieder in Berlin ein. Nach einem hastigen Aufbruch aus dem Pariser Elysée-Palast war ihr nicht nur das unruhige Flugwetter auf den Magen geschlagen. Der Gedanke, nach den Vertretern der ISAF in Kabul könnten nun auch die großen Städte der Allianzländer selbst Ziele von Anschlägen werden, versetzte sie in helle Aufregung. Nervöse E-Mails zwischen den Staats- und Regierungschefs der EU, Amerikas und Russlands zeichneten ein Bild von Ratlosigkeit und bösen Ahnungen.

Als Sprado zur verspätet einberufenen Krisensitzung im Lagezentrum des Berliner Bundeskanzleramts erschien, war sie sehr blass und unter ihren Augen lagen tiefe Schatten. An dem weit ausladenden, hufeisenförmigen Konferenztisch hatten Bundesinnenminister Cromme, der Chef der Nationalen

Sicherheitsagentur Kai Raff, Kanzleramtschef Stefan Wilkens, T3-Sicherheitschef Markus Croy, BKA-Chef Konrad Kaltenborn sowie diverse Staatssekretäre und Abteilungsleiter Platz genommen. Kanzlerin Sprado schob unwirsch ihr Tischmikrofon zur Seite. Sie sah mit scheelem Blick auf den Vizekanzler neben sich. Außenminister Kohlhoff wühlte laut raschelnd in Akten, während die anderen Männer betreten auf ein Wort ihrer Chefin warteten. Bundeskanzlerin Sprado schob sich den Pony aus der Stirn. Sie zupfte nervös am Kragen ihrer weißen Bluse, zu der sie einen streng geschnittenen, dunkelblauen Hosenanzug trug. Ihre Gesichtsfarbe war nicht frischer als ein zehn Tage altes Salatblatt. Schließlich erhob sie die Stimme.

»Am liebsten«, entfuhr es ihr, »würde ich dieses Scheißland am Hindukusch sofort verlassen.«

Ihre Minister blickten überrascht auf. Sprado war genervt, enttäuscht und voller Wut. Schließlich hatte sie erst kürzlich im Deutschen Bundestag gegen den Willen der Opposition den Afghanistaneinsatz für ein weiteres Jahr durchgepeitscht. Die Sozialdemokraten hatten sich als Koalitionspartner kleinlaut auf die Seite der Kanzlerin geschlagen, obwohl drei Landtagswahlen und im Herbst 2013 die Bundestagswahl anstanden. An der sozialdemokratischen Basis gärte es wegen des offensichtlichen Kriegskurses der Regierung schon lange. Außerdem erschien den Fraktionären der SPD die Summe von fünfhundert Millionen Euro für ein weiteres Jahr Afghanistan-Abenteuer viel zu hoch. Das Stöhnen darüber, wie man bei der neuerlich ansteigenden Arbeitslosigkeit und den Rekordölpreisen eine solche Summe rechtfertigen sollte, erschwerte die ohnehin vertrackte und diskursreiche Regierungsarbeit noch beträchtlich.

»Bei allem Schmerz über den Tod der verdienstvollen Beamten«, schniefte Kanzleramtsminister Stefan Wilkens in die

Runde, »wir dürfen und können da jetzt nicht raus. So einen Schritt würden uns nicht nur die Amerikaner übel nehmen. Denken Sie an den ausufernden Drogenexport der Taliban nach Europa und in den Iran. Wenn wir uns jetzt zurückziehen, folgen uns andere Länder nach. Das Ergebnis hieße freie Bahn für die gefährlichsten Opiumbarone der Welt. Wie wir von T3 wissen ...«, er blickte über den Rand seiner Halbbrille wohlwollend auf Markus Croy, »fließen die Gewinne direkt in die Finanzierung des militärischen Arms der Taliban.«

Die Bundeskanzlerin nahm die Ausführungen völlig unbewegt zur Kenntnis. Ihr Gesicht war starr wie eine Maske.

»Wir sind den Amerikanern schon sehr weit entgegengekommen«, kollerte sie jetzt zurück. »Wir haben quasi den gesamten Norden in der Provinz Kunduz verloren. Inzwischen sind viertausend Bundespolizisten in Kabul und im Süden an der Grenze zu Pakistan im Einsatz. Und was haben sie erreicht? Einen Monat herrschte Ruhe – und nun dieser Anschlag mit mehr als hundertzwanzig Toten. Das ist eine neue Dimension.« Schnaufend lehnte sie sich zurück. Sprado war seit zwei Amtsperioden an der Macht, doch dieses Geschehen drohte ihre Fähigkeit zu rationalem Denken und kühler Berechnung zu überfordern.

»Wir dürfen aber auch nicht vergessen«, warf Innenminister Cromme ein, »dass es amerikanische Polizisten waren, die die afghanischen Sicherheitskräfte anfangs in einer Art vierwöchigem Crashkurs ausgebildet haben. Vielleicht können die Afghanen schießen, aber von Strategie und Taktik haben sie nicht viel mitbekommen.«

»Das ist ja wohl auch der Grund«, ließ sich NAST-Chef Kai Raff vernehmen, »warum wir unsere Bundespolizisten für jeweils ein Jahr an den Hindukusch schicken. Doch gegen machthungrige Taliban samt ihren Verbündeten im Ausland haben wir keine Chance.«

Die Bundeskanzlerin sprang auf, verschränkte die Hände auf dem Rücken und marschierte wie ein General vor ihren Sicherheitschefs auf und ab.

»Ja, es geht um Macht. Heute mehr denn je. Die Drogenbarone sind von den muslimischen Imams gesteuert, die wiederum von den Profiten aus der Drogenherstellung eigene Koranschulen inner- und außerhalb von Afghanistan finanzieren. Und wenn ich sehe, zu welch rücksichtslos operierenden Profiteuren sich die internationalen Finanzfonds erneut entwickelt haben, wage ich kaum noch weiterzudenken.«

Sie machte abrupt auf dem Absatz kehrt, ging zum Konferenztisch zurück, stützte beide Hände auf und blickte den Männern direkt ins Gesicht.

»Und jetzt haben wir die Situation, dass es da wohl Finanztalente unter unseren Feinden in Afghanistan gibt, die mit westlicher Hilfe ein paar Millionen in einen Hedgefonds namens Concord1 investiert haben.«

Sie blickte rasch zu Croy. Der nickte ihr aufmunternd zu.

»Wie verhindern wir, dass dieser Fonds – ich möchte gar nicht so weit denken, dass andere Fonds schon genauso unterwandert sind – tatsächlich die Kontrolle über Global Player wie Bluewater gewinnt? Und stellen wir uns doch mal vor«, erhob sie ihre Stimme, »wenn dieser Krieg um Rohstoffe auch auf die Lebensmittel- und Stahlkonzerne übergreift?«

»Geht nicht«, trompetete Kanzleramtsminister Wilkens dazwischen. »Die Kontrollen durch weltweite Finanzaufsichtsbehörden und die Durchdringung der großen Börsen durch internationale Geheimdienste sind lückenlos ...«

»Ach ja?«, fuhr Lydia Sprado ihren engsten Mitarbeiter an. »Wissen Sie denn, wer von diesen Tausenden Spitzeln geschmiert ist? Wer an Allah statt an Jesus Christus glaubt, und wer erpressbar oder mit Drogen gefügig gemacht worden ist? Wissen Sie das, Kollege Wilkens?«

Der Mann zuckte zusammen.

Croy blickte düster in die Runde. Seit hochrangige BND-Beamte mit den Chinesen gegen den TRIAS-Vertrag gemeinsame Sache gemacht hatten, war das Vertrauen der Bundeskanzlerin in ihre Auslandsagenten nachhaltig gestört. Mit ihrer Idee der Gründung einer Nationalen Sicherheitsagentur war diese Störung längst nicht behoben.

Lydia Sprado griff nach einer Schale mit Schokoladen- und Buttergebäck. Seit die innenpolitische Situation so prekär war, war sie zu einer Stressesserin geworden. Ihre vielfachen Krisenreisen und Geheimbesprechungen im Ausland vergrößerten ihren Spontanappetit.

Es wurde viel gesessen und viel gegessen.

Ihre Augen blieben an Markus Croy hängen. Seit er die TRIAS-Schutzgruppe leitete, war er bei solchen Besprechungen gern gesehen.

»Fassen Sie für mich bitte noch einmal kurz zusammen, wie die Lage ist«, bat die Bundeskanzlerin etwas hölzern.

»Wir haben zwei Terrorzellen zerschlagen. In Saint-Malo und in Kabul. Insgesamt haben wir vier Männer ausgeschaltet und General Rolando Cortez verhaftet. Er war auch der Kopf von Hexagon, die mehrere Anschlagsziele hatten und vielleicht auch noch haben. Meiner Kenntnis nach hat ihn die CIA nach Europa in eins ihrer geheimen Gefangenenlager ausgeflogen. Beunruhigend ist, dass es Hinweise auf weitere vier Zellen gibt, die nun führerlos und damit völlig unberechenbar sind.«

»Kennen wir die Herkunft dieser Leute?«, fragte Lydia Sprado. »Wissen wir, wer diese Agenten sind?«

»Ja«, sagte Markus Croy mit fester Stimme. »Es sind die sogenannten Nietos, die selbst ernannten Enkel des Terroristen Carlos, der seit 1994 in Paris inhaftiert ist. Sie sind nur dafür ausgebildet worden, Anschläge zu verüben oder als Selbstmordattentäter möglichst viele Menschen mit in den Tod zu reißen.«

»Machen Sie diesem Spuk ein Ende«, sagte die Kanzlerin mit kämpferischem Blick. Sie trat dicht an Croy heran. »Sie wissen, dass in zehn Tagen die weltweit erste internationale Weltwasserkonferenz der UNEP in Nairobi stattfindet.«

Croy bejahte.

»Und Sie wissen auch«, fuhr Sprado fort, »dass auf dieser Konferenz milliardenschwere Beschlüsse gefasst werden sollen. Projekt Noah soll die gesamte Trockenregion der Länder um Kenia bewässern. Äthiopien, Somalia, den Sudan. Wenn wir Deutschen, aber auch unsere Freunde aus Russland und den Vereinigten Staaten, von dem Kuchen etwas abhaben wollen, darf Bluewater auf keinen Fall den alleinigen Zuschlag erhalten. Unsere nationalen Konzerne dürfen nicht leer ausgehen. Trinkwasser ist die Ressource der Zukunft und wird in den Dürregebieten Afrikas und der arabischen Halbinsel schon jetzt wie Gold gehandelt.«

Croy und andere anwesende Sicherheitsbeamte blickten mit ernstem Gesicht auf die Kanzlerin. Der Stil ihres Vortrags erinnerte Croy an die Argumentation, mit der sie einst den TRIAS-Vertrag durchgepeitscht hatte. Er hatte beinahe das Gefühl eines Déjà-vu. Wurde hier erneut eine Achse zwischen Moskau, Berlin und Washington geschmiedet? Kam nach TRIAS jetzt Noah? Hieß das Ziel in diesem Falle Herrschaft über Wasser statt Herrschaft über Öl und Gas?

Sprado bemerkte Croys nachdenklichen Blick und sagte: »Die UNO als Mutter der UNEP hat darauf bestanden, dass die einflussreichsten Vertreter der reichen Industrieländer aus Wirtschaft und Politik in Nairobi vor Ort sind. Was das bedeutet, können Sie alle sich im Zusammenhang mit den offensichtlich umhervagabundierenden Terroristen bestimmt vorstellen.«

Sprado machte eine kurze Pause. Dann sah sie Croy herausfordernd an.

»Was fällt Ihnen dazu ein?«, fragte sie ihn direkt.

»Von Salomon, dem Sohn Davids, später König der Juden, ist folgender Satz überliefert: ›Ein kluges Herz handelt bedächtig, aber die kühnen Narren handeln närrisch.‹ Je größer also die Erkenntnis über die uns aktuell umgebende Gefahr ist, desto schlagkräftiger können wir ihr begegnen. Ich schlage vor, mit unseren Teams und den TRIAS-Abwehrchefs aus Moskau und Langley gemeinsam Ihre persönliche Sicherheit in Nairobi zu gewährleisten. Wenn Sie mir umfassende Rückendeckung bei allen Aktionen zusichern, mache ich mich noch heute an die Arbeit.«

»Ich bin dafür«, hakte Cromme sofort ein.

Auch NAST-Chef Raff signalisierte durch ein Kopfnicken seine Zustimmung.

Kanzlerin Sprado trat jetzt so dicht an Croy heran, dass es für die anderen in der Runde unmöglich war zu hören, was sie zu ihm sagte.

»Ich werde noch heute nach Moskau reisen und mich mit meinen Amtskollegen abstimmen. Was auch immer sich hinter den ehrgeizigen Zielen von Bluewater und Hexagon verbirgt, die Hinweise auf ein Komplott scheinen sich zu mehren. Das bedeutet, dass Sie als der Chef der T3-Schutzgruppe schneller sein müssen als unsere Feinde. Und, Croy«, sie stand jetzt nur noch einen Fingerbreit von ihm entfernt, »finden Sie endlich Ihre Freundin. Wir brauchen Ihre ganze Kraft für einen möglicherweise gefährlichen Einsatz.«

Croy blickte sie überrascht an. »Woher wissen Sie …?«

»Ich verliere niemals den Blick auf die Menschen, die direkt für mich arbeiten. Und nun machen Sie sich auf den Weg, Croy.«

Lydia Sprado wandte sich Innenminister Cromme zu. »Sorgen Sie dafür, dass mein Chefagent freie Bahn hat. Russen und Amerikaner sollen genügend Slots für internationale Datenbankrecherchen öffnen. Und Sie, Wilkens«, wandte sie sich an den Kanzleramtsminister, »machen den Weg bei den deutschen Großbanken frei für einen Blick auf internationale Finanzbewegungen der letzten zwei Jahre. Und Sie, Herr Kaltenborn, lassen Croy genügend Raum für sein Tun. Vergessen Sie nie, dass er jetzt direkt dem Bundeskanzleramt unterstellt ist. Das war's, meine Herren.«

Kaltenborn zeigte keine Reaktion.

Für Croys Geschmack war dieser Hinweis Sprados unnötig gewesen. Er wollte in keinem Falle riskieren, dass es zu Eifersüchteleien innerhalb der Behörde kam.

Die Klinke der Konferenzraumtür in der Hand, drehte sich Lydia Sprado noch einmal zu Markus Croy um.

»Lassen Sie mich bei all Ihren Aktionen nicht dumm sterben, okay?«

»Wir halten Sie auf dem Laufenden, Frau Bundeskanzlerin«, sagte er und erhob sich.

»Danke«, murmelte sie. »Wer mich sucht, findet mich in Moskau.«

Ihr Gang hinaus in den Flur war etwas schleppend, aber aufrecht. Sie führte ihre rechte Hand zum Mund und biss krachend in ein Stück Gebäck.

Kurze Zeit später hatte Markus Croy das Bundeskanzleramt verlassen und war auf dem Weg in sein Büro. Sein erster Gang führte ihn zu Stout, dem rothaarigen Analysten seines Teams. Stout beruhigte ihn mit den Worten, dass er einen außerordentlich erfahrenen Fahnder mit der Aufklärung des Verbleibs von Katja Kirchner beauftragt habe. Croy, der von seinem spontanen Einsatz in Kabul todmüde war, beschloss, sich erst einmal auszuschlafen.

6

Moskau, vier Stunden später

Als Lydia Sprado an diesem Nachmittag im zweiten Wagen einer aus fünf Limousinen bestehenden Kolonne am Haupteingang des Moskauer Kremls vorfuhr, waren die goldenen Kuppeln des Bauwerks von gleißendem Licht übergossen. Die Temperatur lag knapp unter dem Nullpunkt. Aus Nasen und Mündern der hohen Gäste kamen weiße Atemwölkchen, als sie den schweren Autos entstiegen. Sprados Stimmung entsprach den klimatischen Gegebenheiten: Sie war frostig, ihr Lächeln eisig und kalt. Sie hatte ganz und gar keine Lust gehabt, am Morgen aus Berlin abzureisen, doch Präsident Nicolai Andrejewitsch Saizew war zwei Tage zuvor am Telefon hart geblieben und hatte um dieses spontane Treffen gebeten.

Präsident Will Foxx musste es ähnlich ergangen sein. Obwohl die amerikanischen Medien ihren schwarzen Präsidenten beinahe immer mit einem zuversichtlichen Lachen zeigten, warf sein Gesicht heute Morgen grämliche Falten unter einer Patina aus Müdigkeit und stiller Abwehr. Foxx war nur einen Augenblick später vorgefahren und hatte noch dem wehenden Mantel der deutschen Kanzlerin nachgeblickt. Als er die Kameras und Mikrofone der Reporter sah, erlaubte er sich einen ganz und gar unpräsidialen Fluch. Obwohl Geheimhaltung verabredet worden war, hatten es die Russen nicht geschafft, das Treffen der TRIAS-Spitzen aus Berlin, Moskau und Washington unter der Decke zu halten.

Als Saizew auf einem roten Teppich in der weitläufigen Empfangshalle des Kremls auf seine hohen Gäste zuschritt, schlug ihm die miese Stimmung der Kanzlerin und des Präsidenten wie kalte Kellerluft entgegen. »Willkommen«, rief er mit freundlicher Miene, »und verzeihen Sie diesen Auflauf vor der Tür. Mir ist das selbst etwas rätselhaft …«

»Schon gut, Nicolai«, unterbrach ihn die deutsche Kanzlerin. »Ich brauche dringend Kaffee und eine Stärkung, und mein neuer Freund Will sieht so aus, als ginge es ihm ähnlich.«

Foxx nickte freudig und verpasste seiner deutschen Kollegin einen freundlichen Stoß in die Rippen.

Sprado kicherte, erstarrte aber augenblicklich, als sie einen russischen Fotografen erspähte.

»Können wir die Presse endlich wieder heimschicken?«, fragte Saizew seine Mitarbeiter auf Russisch. Eilfertig verscheuchten sie die Fotografen, die wortreich, aber vergeblich versuchten, ihr Anliegen zu rechtfertigen.

Sprado strich sich nun deutlich entspannter eine Strähne ihres Ponys aus der Stirn. Es tat ihr gut, wenn man in ihrem Sinn entschied. Gemeinsam machten sie sich auf den Weg durch eine lange Galerie.

Der Demokrat Foxx, ein schlanker Mann von Ende vierzig, der die Präsidentschaftswahlen nur knapp vor seiner republikanischen Rivalin gewonnen hatte, war Sprado und Saizew einen Schritt voraus. Seine kurzen, schwarzen Haare glitzerten von einer Spur zu viel Gel. Sein Anzug war aus einem Seidenmaterial gefertigt und leuchtete dunkelblau in dem etwas schummrigen Gang. Ein Begleiter flüsterte dem Präsidenten etwas zu. Daraufhin zügelte er sofort seine Schritte und ließ Sprado und Saizew aufrücken.

Der Kremlchef hatte einen besonders prächtigen Raum für ein sogenanntes außerordentliches Tischgespräch herrichten lassen, der allerdings fensterlos war und hinter einer schalldichten und angriffssicheren Wand aus einem Meter Beton lag. Es war Josef Stalin gewesen, der Ende der Vierzigerjahre den kleinsten der Prunksäle des Kremls mit Seidentapeten und

Illusionsmalereien vor den allzu neugierigen Blicken von Kremlmitarbeitern verstecken ließ. Stalin hatte den Raum, von dem bis heute nur die Kremlspitzen und deren engste Mitarbeiter Kenntnis hatten, nach seiner ersten Ehefrau benannt: Swanidse. Jekaterina Swanidse, eine schöne, geheimnisvolle Frau, war 1907 an Typhus gestorben und hatte, wie der Heeresführer der russischen Armee einst bekannte, »durch ihren frühen Tod in mir eine ungeheuere Leere« hinterlassen.

Als sich vor den drei Delegationen das monumentale Ilja-Repin-Kunstwerk *Die Wolgatreidler* auf geheimnisvolle Weise öffnete und eine Tür freigab, durch die man nur durch die Eingabe eines sechsstelligen Codes gelangte, verschlug es den ansonsten eher schwer zu beeindruckenden Politikern den Atem. Beinahe zeitgleich legten die Kanzlerin, der amerikanische Präsident und ihre Begleiter die Köpfe in den Nacken, um Decken und Wände zu bestaunen. In den kleinen Saal waren hochempfindliche digitale Technik für die Aufzeichnung von Besprechungen der Kategorie Eins und ein modernes Leuchtdesign installiert worden. Doch das Blumen- und Stuckdekor, das die Kunstfertigkeit der Stukkateure aus dem vergangenen Jahrhundert bezeugte, übertraf alles.

»Nicolai«, sagte die Kanzlerin leise zu ihrem Gastgeber, »so etwas Schönes habe ich lange nicht gesehen. Wie könnt ihr *diesen* Saal bloß vor den Augen der Öffentlichkeit verstecken?«

»Nun«, antwortete Saizew lächelnd, »wir haben ja auch den Repin aus dem Russischen Museum in Sankt Petersburg hierhergeholt. Es bleibt genügend fürs Volk, das es sich ansehen kann. Und Touristen« – das letzte Wort sprach er mit einer gewissen Verachtung aus – »können gar nicht ermessen, was wir Russen für unsere eigene Kunst empfinden.«

Sprado blickte den Präsidenten zunächst verständnislos, dann mit einer gewissen Verwunderung an.

»Ich verstehe nicht ganz …«, antwortete sie, unterbrach sich aber und blickte zu Will Foxx hinüber, der jetzt wie ein begeistertes Kind mehrfach ein kehliges »Great« hören ließ, während er zur Decke emporstarrte. Ein wohlgenährter Engel legte mit Pfeil und Bogen auf eine Figur an, unter der das Wort »Atlas« stand und die eine Weltkugel geschultert hatte.

Saizew blickte zu Sprado, die leise den Kopf schüttelte.

Foxx' Blick wanderte von der Deckenmalerei zu dem langen Konferenztisch, auf den jetzt junge Mädchen in kurzen blauen Uniformen Früchte, Kanapees und verchromte Kaffeekannen stellten. Der Amerikaner heftete seine Augen auf ein blondes Mädchen, das eine auffallend weibliche Figur hatte und scheu um sich blickte. Er fixierte das Mädchen wie ein Hypnotiseur. Saizew, der das bemerkte, klatschte in die Hände und bellte auf Russisch einen Befehl, dem er ein kräftiges »Dawai« hinterherschob.

Die TRIAS-Delegationen setzten sich, wobei Sprado den Platz gegenüber Saizew wählte, während Will Foxx zu den beiden Europäern etwas Abstand hielt. Seine Außenministerin, eine Frau mit strengem Blick und einer noch strengeren Frisur, nahm neben ihm Platz. Dolmetscher hatten sich auf Stühlen in der zweiten Reihe um die drei mächtigen Staatslenker geschart.

»Meine Damen und Herren, lassen Sie uns anfangen.«

Präsident Saizew blickte mit befehlsgewohnter Miene erst nach links, dann nach rechts. Das rote Sprechlämpchen seines Mikrofons glühte. Vom Hauptkronleuchter in der Mitte der Decke seilte sich eine winzige Spinne ab. Ihr Faden leuchtete im hellen Licht. Papiere raschelten, Kanzlerin Sprado räusperte sich, Saizew ergriff erneut das Wort.

»Ich habe Sie hierher eingeladen, weil es nottut, eine gemeinsame Strategie hinsichtlich der Ausschreibung der Wasserrechte für das Projekt Noah zu entwickeln. Mir ist klar«, hob Saizew die Stimme, »dass wir zeitlich bereits etwas ins Hintertreffen geraten sind. Wie wir alle wissen, stehen die Chancen mehr als gut, dass allein Bluewater den Zuschlag für das Milliardenprojekt erhält. Doch die jüngsten Anschläge auf die Anlagen des Wassermultis ermutigen mich, diese Entscheidung der UNEP noch einmal in Frage zu stellen.«

Saizew machte eine Pause und ließ den Dolmetschern Zeit, dem amerikanischen Präsidenten die auf Russisch gehaltene Einführung zu übersetzen.

Kanzlerin Sprado, die jedes Wort verstanden hatte, blickte ungeduldig auf Foxx. Der machte nicht den Eindruck, als wolle er etwas sagen. Sprado übernahm.

»Es ist in der Tat ein merkwürdiger Zufall, dass Bluewater auf der einen Seite so enorm geschwächt wirkt, andererseits aber blitzschnell von einem Hedgefonds wieder aufgefangen wurde. Einem Hedgefonds«, betonte sie, »der sich bislang aus Wassergeschäften herausgehalten hat. Meine Sicherheitsstrategen in Berlin sind der Meinung, dass hinter diesen massiven Aufkäufen billiger Aktien unsaubere Machenschaften stecken. Noch ist nicht klar, wer genau die Geldgeber von Concord1 sind. Klar ist nur, dass mit Thomas Falck ein äußerst einflussreicher und mit diversen Netzwerken verbündeter Mann dahintersteckt, der bereits als ehemaliger DDR-Wirtschaftsstaatssekretär mit dem Westen Milliardengeschäfte gemacht hat. Dieser Thomas Falck« – sie sprach seinen Namen mit angewiderter Miene aus – »verfügt über vorzügliche Verbindungen in den arabischen und lateinamerikanischen Raum. Regionen, von denen wir alle wissen, dass man uns dort wegen des TRIAS-Vertrags feindlich gesonnen ist und wo man sich damit brüstet, über eine technisch hochgerüstete Guerilla zu verfügen. Doch Terror kostet Geld. Meine Spezialisten in Berlin nehmen an, dass ein Teil der zu erwartenden

Milliardengewinne von Bluewater zur Finanzierung von Terroristen verwendet wird.«

»Hinzu kommt«, mischte sich Foxx nun doch ein, »dass es uns auch mittelfristig nicht gelingen wird, die weltweiten Finanzströme so zu kontrollieren, dass wir vor vagabundierenden und destruktiv ausgerichteten Investmentfonds sicher sind. Die unkontrollierten Geldflüsse und ihre Hintermänner bilden eine akute Gefahr für den Weltfrieden. Daher brauchen wir neben nationalen und internationalen Terrorabwehrtrupps auch eine weltweit vernetzte Finanzpolizei. Wir benötigen Agenten, die die globalen Börsen, Banken, Investmentcenter, Versicherungen und Asset-Managements unterwandern und ihre Informationen an die zuständigen Behörden weiterleiten.«

Foxx griff nach einem Schnittchen mit Lachs und Schnittlauch und biss kräftig hinein. Während seine Zähne mahlten, bildeten sich Grübchen auf seinem noch jungenhaften Gesicht.

»Die Idee ist gut«, nickte Saizew anerkennend, »aber nicht neu. Wir in Russland haben natürlich längst erkannt, dass wir unseren Oligarchen nicht gestatten dürfen, die halbe Welt aufzukaufen. Wir sind der Meinung, dass jeder unserer Millionäre zunächst in Russland investieren muss, um dann ...«

»Lassen wir doch diese Spielchen«, raunzte Bundeskanzlerin Sprado. Saizews Augen blitzten auf. »Ihr in Russland«, fuhr sie mit einer Prise Ironie in der Stimme fort, »sperrt ja auch gern Manager weg, wenn sie euch politisch zu stark werden. Und von der Presse- und Meinungsfreiheit möchte ich gar nicht erst reden ...«

»Dann lassen Sie es«, reagierte Saizew kühl. »Wir Russen waren es, die Deutschland mit ins TRIAS-Boot geholt haben. Und das, obwohl ihr aufgrund eurer Größe und Geschichte nicht zu den Ländern gehört, die man unbedingt protegieren sollte.«

Kanzlerin Sprado bemerkte, wie ihr linkes Augenlid zu zucken begann. Einen Wimpernschlag lang dachte sie darüber nach, ob sie eine verbale Attacke gegen den russischen Präsidenten fahren sollte. Sie ließ es. Stattdessen wandte sie sich an den amerikanischen Präsidenten, der bereits bei seinem dritten Kanapee angelangt war. Gerade goss er sich ein Glas Orangensaft ein.

»Will«, sagte sie in freundschaftlichem Ton, »haben Sie noch jemanden in der Hinterhand, der versiert genug ist, den neuen Bluewater-Chef vor den UNEP-Delegierten so an die Wand zu reden, dass eine Entscheidung vertagt wird?«

»Ich muss darüber nachdenken«, antwortete Foxx. »Wir haben mit dem TRIAS-Vertrag – bei dem Deutschland übrigens nicht nur geografisch eine herausragende Rolle als Bindeglied zwischen den USA und Russland spielt – eine starke Gegenbewegung provoziert. Doch die Rohstoffsicherung für die nächsten fünfzig Jahre kann und darf meines Erachtens nur ein Part unserer zukünftigen Versorgungsstrategie sein. Angesichts der inzwischen vorherrschenden Klimaextreme sind wir geradezu herausgefordert, ein glühendes Plädoyer für die Wassersicherung und Wasserversorgung der nächsten fünfzig Jahre zu halten. Wenn wir als schlagkräftige amerikanisch-deutsch-russische Allianz nun auch noch die Kontrolle über das größte und teuerste Wasserprojekt der neueren Menschheitsgeschichte erlangen können, sollten wir uns nicht zieren. Erinnern wir uns«, Foxx blickte die Teilnehmer des inoffiziellen Treffens einzeln an, »fünfzig Milliarden Dollar hat die UNO für den Bau von Trinkwasserversorgungsanlagen in der Sahelzone und den Dürregebieten rund um Kenia in Aussicht gestellt. Dieser gewaltige Happen würde nicht nur unsere national geführten und global operierenden Konzerne sättigen. Auch wir, als ewig steuerhungrige Regierungen würden an dem üppigen Mahl teilhaben können.«

»Und«, ergänzte die Bundeskanzlerin schnell, »unser Einfluss auf die erstarkenden afrikanischen Länder und deren Rohstoffvorkommen wäre enorm. Denken wir nur an China: Peking ist jetzt schon in Afrika präsenter als die USA in Lateinamerika und Russland im ehemaligen Ostblock.«

Foxx und Saizew schauten grämlich drein. Beide Einflussgebiete waren längst verloren. Während die Lateinamerikaner, allen voran Venezuela, amerikanische Konzerne nach und nach entmachtet hatten, war vom Ostblock nicht mal mehr eine Krume geblieben. Im Gegenteil. Moskau fühlte sich von der immer stärker werdenden Präsenz der EU und der NATO bis dicht an seine Grenzen heran zunehmend brüskiert.

»Ja, die Geschichten von gestern«, mühte sich Saizew um Entkrampfung der Situation. »Aber Sie haben Recht, meine liebe Lydia«, schmeichelte er. »Russland, Deutschland und Amerika verbindet eine ganz bestimmte Mentalität. Wir haben alle drei einen Sinn fürs Hegemoniale. Und wenn es darauf ankommt, sich wirtschaftlichen oder militärischen Einfluss zu sichern, dürften sich Washington, Berlin und Moskau hinsichtlich ihres Ehrgeizes nicht viel nehmen.«

Während die Dolmetscher beinahe synchron übersetzten, hängte Kanzlerin Sprado schnell einen Satz an Saizews Monolog. »Und leider denken Delhi, Peking und Brasilia nicht anders.«

»Deshalb«, stieg Foxx mit ein, »werden wir Bluewater diesen sicher geglaubten Auftrag wieder entreißen. Projekt Noah gehört in unsere Hände und nicht in die eines Konzerns, von dem heute niemand genau weiß, wer ihn kontrolliert und wer mit seinem zu erwartenden Profit Politik betreibt.«

Sprado, Foxx und Saizew blickten sich an. Nur wer blind war, konnte den unbedingten gemeinsamen Willen übersehen, eine weitere Achse zu schmieden, die nach der gesicherten

Rohstoffversorgung nun auch die weltweite Wasserhoheit garantierte.

»Ich denke aber nicht«, sprach Foxx weiter, »dass unser Nahziel die Benennung eines Konkurrenten für Bluewater sein sollte, sondern vielmehr eine Verschiebung der Ausschreibung der Wasserrechte in Afrika. Dann bliebe uns nämlich genügend Zeit, ein Konsortium zusammenzustellen, das Projekt Noah in unserem Sinne betreibt.«

Nachdem die Dolmetscher übersetzt hatten, herrschte einen Moment Stille im Raum. Die kleine Spinne hatte vom Kronleuchter herab einen so langen Faden gesponnen, dass sie bald den Konferenztisch erreichte. Es durfte nur nicht windig werden in diesem hohen Saal, was aber durch das Fehlen von Fenstern mehr als unwahrscheinlich war. Als sei ihr die Nähe des Tisches dann doch nicht geheuer, krabbelte sie an ihrem eigenen Faden wieder ein paar Zentimeter empor.

»Wie viele Sorgen weniger hätten wir«, sagte Kanzlerin Sprado und blickte dabei so unschuldig wie möglich auf den Tisch vor sich, »wenn es Thomas Falck als Mehrheitsaktionär von Bluewater gar nicht erst gelänge, vor den Delegierten in Nairobi zu sprechen. Aber das«, sie hob den Kopf und strich sich übers Haar, »liegt ganz sicher nicht in unserer Macht.«

Die Spinne saß jetzt wieder am unteren Ende ihres Fadens. Sie schwebte nur noch ein paar wenige Zentimeter über den Köpfen der drei Regierungschefs und ließ sich langsam weiter hinab.

»Nein, das liegt leider nicht in unserer Macht«, sagte Saizew schnell und klatschte in die Hände.

Sofort stürzten mehrere junge Russinnen herbei und versorgten die Gäste mit Kristallgläsern. Eine von ihnen trug eine Magnumflasche Krimsekt in den Händen, die sie vorsichtig auf dem Tisch abstellte.

»Ich bitte Sie, nun mit mir anzustoßen und auf unsere erfolgreiche Zusammenarbeit zu trinken«, sagte er mit feierlicher Stimme zu seinen Gästen.

Nach weiteren zehn Minuten war die Veranstaltung beendet. Die deutsche und die amerikanische Delegation bestiegen wartende Hubschrauber und hoben ab.

Sobald die Helikopter außer Sichtweite waren, eilte Nicolai Alexejewitsch Saizew zurück in seine Präsidialkanzlei und beorderte die Teamchefin der russischen T3-Sicherungsgruppe zu sich. Beinahe dreißig Minuten lang besprachen sich Maria Uljanowa und Saizew hinter verschlossenen Türen.

Als Uljanowa in ihr Büro im Gebäude des russischen Inlandsgeheimdienstes FSB zurückgekehrt war, berief sie ein Meeting mit ihren Teamagenten Andrej Kolokow und Leonid Tarkowski ein. Beide waren Anfang dreißig, stammten aus Sankt Petersburg und hatten in der russischen Marine gedient.

Uljanowa kam gleich zur Sache. »Wir haben eine etwas delikate Situation«, begann sie. »Um die wirtschaftlichen und politischen Interessen Russlands auch in Zukunft zu sichern, verlangt der Präsident weitere Opfer. Saizew ist der Meinung – und hier schließe ich mich ausdrücklich an –, dass unser Land immer dann gut beraten war, wenn es nicht auf das Schicksal Einzelner, sondern auf das große Ganze geblickt hat. Saizew hat in diesem Zusammenhang übrigens bemerkenswerterweise den Namen Josef Stalin fallen lassen.« Sie blickte auf Kolokow und Tarkowski.

Beider Mienen drückten bislang nicht mehr als ein professionelles Interesse aus.

Sie fuhr fort. »So bedauerlich der Verlust von russischen Staatsbürgern an der Wolga auch sein mag, er war notwendig, um Russland als Global Player Nummer eins aufzubauen. Saizew sieht in Hexagon so etwas wie ein Säuberungskommando, das zwar unfassbar viel Leid erzeugt, von dessen Zielen wir aber profitieren könnten.«

»Ein dramatisches Spiel mit dem Feuer«, bemerkte Leonid Tarkowski mit düsterem Blick.

»Sehe ich genauso«, pflichtete Kolokow ihm bei. »Wir haben Verbündete im Kampf gegen Hexagon.«

Uljanowa winkte ab. »Die Amerikaner sind momentan mit der Aufklärung der Anschläge auf Gordon Smith, die Niagarafälle und den Präsidentenpalast in Kabul beschäftigt. Und die Deutschen verlassen sich auf einen Spezialisten und sein Team. Nein, meine Herren«, klang Uljanowa jetzt sehr staatsmännisch, »wir haben es derzeit nur mit einem Mann und seinen Getreuen zu tun. Lassen Sie uns besprechen, wie wir weiter vorgehen. Ich werde Sie zunächst über Saizews Pläne informieren.«

7

**Berlin,
zur selben Zeit**

Seit zwei Tagen war Malte Löwenbrinck auf der Suche nach Katja Kirchner, und noch immer gab es keine heiße Spur. Löwenbrinck galt unter seinen Kollegen als integrer, unerschrockener Polizist. Seit der zweiunddreißigjährige Oberkommissar des Berliner Rauschgiftdezernats LKA 21 überraschend den Auftrag erhalten hatte, möglichst unauffällig nach der verschwundenen Frau zu suchen, hatte er diverse Polizeiinformanten befragt, doch ohne Erfolg. Croys Freundin schien wie vom Erdboden verschluckt.

Während der Ermittler noch über ihren Verbleib nachgrübelte, hatte die Journalistin am zweiten Tag ihrer Entführung bereits jeglichen Zeitbezug verloren. Sie fühlte sich der realen Welt seltsam weit entrückt. Hunger, Durst und die klamme Kälte des vollständig abgedunkelten Zimmers hatten ihre Wahrnehmung stark beeinträchtigt. Noch immer lag sie in ihrem Pyjama auf der harten Pritsche, nur spärlich von einer feuchten Decke geschützt. Sie hatte keine Tränen mehr, die sie über das für sie noch immer unfassbare Schicksal vergießen konnte. Ab und an betrat ihr maskierter Entführer ihr Zimmer, brachte Wasser und übel schmeckende Müsliriegel eines deutschen Massendiscounters.

»Kümmern wir uns nicht rührend um Sie?«, hatte er sie bei seinem letzten Besuch mit vor Zynismus triefender Stimme gefragt.

»Was haben Sie mit mir vor?«, hatte sie erwidert

Doch er hatte nur blasiert geantwortet: »Verhalten Sie sich ruhig und nehmen Sie Ihr Schicksal an.«

»Bitte ... bitte«, war sie in Tränen ausgebrochen, »was wollen Sie von mir?«

»Womöglich Ihr Leben?«, hatte der Kidnapper mitleidlos gehöhnt und sie wieder allein gelassen.

Anfangs glaubte Katja Kirchner noch, ihr Freund Markus Croy würde bereits nach wenigen Stunden wie eine Art Superheld ihre Entführer niedermähen und sie dann in seine Arme schließen. Doch diese Hoffnung hatte sie inzwischen verloren. Sie war nicht einmal sicher, ob es überhaupt Bemühungen gab, sie aus dieser unerträglichen Situation zu befreien. Nicht einmal auf die Toilette durfte sie, worauf die Journalistin ihre Wasseraufnahme auf ein absolutes Mindestmaß beschränkte. Und die Male, die ihr Körper sie zur Notdurft zwang, erledigte sie diese schamvoll unter sich.

Auch an diesem Abend würde Löwenbrinck einen Informanten treffen. Der Mann hatte in einer vertraulichen Mitteilung versichert, ihm bei der Suche nach der verschwundenen Journalistin weiterhelfen zu können. Der Rauschgiftfahnder kannte die meisten der unzähligen Hinterhöfe der Stadtbezirke Mitte und Prenzlauer Berg noch aus seinen Kindertagen. Von außen unsichtbar verbanden sie wie Labyrinthe ganze Straßenzüge miteinander. Nach Dienstschluss drehte er häufig ein paar Runden, um sich bei Informanten über neue Drogen in der Rauschgiftszene zu informieren, die der Polizei verborgen geblieben waren. So war es auch heute, obwohl sein Ziel ein anderes war. Er trug wie immer einen unauffälligen schwarzen Kapuzenpullover, Bluejeans und eine Baseballkappe, auf die der Buchstabe M gestickt war.

Der Abendhimmel war beinahe wolkenlos, die Luft für einen Februarabend überraschend mild. Er überquerte den Alexanderplatz in westlicher Richtung und steuerte auf die unsichtbare Grenze zum Berliner Szenebezirk Prenzlauer Berg zu. Vor dem Eingang zum Theater Volksbühne Ost stand eine Gruppe junger Leute und diskutierte heftig miteinander. Über ihnen prangte in blauer Leuchtschrift das Wort »Zweifel« am First des Hauses. Löwenbrinck überquerte die Torstraße und erreichte zehn Gehminuten später die Kreuzung Danziger Straße – Schönhauser Allee – Pappelallee. Hier trafen mehrere U-Bahn-, Bus- und Straßenbahnlinien aufeinander. Eine Vielzahl von Lokalen buhlte um Kundschaft und würde, obwohl es ein normaler Werktag war, auch heute Abend wieder gute Umsätze machen. Massen von Menschen unterschiedlichen Alters drängten sich schwatzend auf den Bürgersteigen. Sich mitunter gegenseitig anrempelnd, strebten sie Cafés, Kneipen und Bars zu. Für die Jüngeren hieß das Ziel häufig Mauerpark – ein ehemaliger Grenzstreifen von der Breite zweier Fußballfelder. Hier hatte einstmals eine annähernd drei Meter hohe Betonwand den Osten Berlins vom Westteil getrennt. Diese

Nahtstelle der Stadtteile Mitte, Prenzlauer Berg und Wedding war aber nicht nur ein Tummelplatz für Flaneure, Liebespärchen und Punks mit Hunden. Auch für Polizisten und Fahnder in Zivil, also Männer wie Malte Löwenbrinck, schien sich ein Ausflug an diesen Ort zu lohnen.

Der Polizist fühlte nach einem Kabel, das mit einer kleinen Klammer an seinem Unterhemd befestigt war. Das winzige Mikrofon saß beinahe unsichtbar neben dem Zugband seiner Kapuze und führte zu einem Sender, der mit dem Empfangsgerät des diensthabenden Polizeioffiziers seiner Behörde verbunden war. Löwenbrinck überließ nichts dem Zufall. Dafür war er zu sehr Profi.

Löwenbrinck hatte den Nordwesteingang des Mauerparks erreicht und schritt auf ein mit jungen Bäumen umpflanztes Rondell zu. Der Weg dahinter gabelte sich in zwei Richtungen: nach links einen kleinen Hügel empor, auf dem unter Lindenbäumen breite Parkbänke standen, oder nach rechts zu einem größeren Areal mit hohem Buschwerk.

Der Fahnder orientierte sich kurz und nahm dann einen Mann wahr, der auf einer der Parkbänke saß und in einer Zeitschrift blätterte. Er setzte sich zunächst an das andere Ende der Bank, rutschte dann aber etwas näher. »Haben Sie etwas für mich, Lomsky?«

Der Informant war Ende dreißig, mit einem Vollbart und langen Haaren, die an den Schläfen bereits ergrauten. Er trug eine schwarze Jacke, einen Baumwollpullover, Jeans und Turnschuhe. Löwenbrinck kannte ihn nur unter dem Namen Lomsky, da er, wie viele Zuträger, niemals unter seinem wirklichen Namen auftrat. Er führte ein Schattendasein, an das er selbst glaubte und an dem er festhielt, als sei diese geborgte Welt schon immer die seine gewesen.

»Sie haben von dem Export gehört?« Lomsky lebte nicht nur in einer Schattenwelt, er bediente sich auch ihrer Sprache, die auf der anderen Seite nicht gesprochen wurde. Verbale Verklausulierungen waren eine Spezialität von Spitzeln, Zuträgern und Informanten.

Doch Löwenbrinck verstand ihn. Schließlich kannten sie sich schon lange und profitierten voneinander. »Ich habe davon gehört«, antwortete der Fahnder. »Wo hält er sich auf?«

»Überall und nirgends. Hat sich aus Paris hierher durchgeschlagen. Und wie zu hören ist, hat das auch einen Grund.«

»Welchen?«, fragte Löwenbrinck.

»Uwe von Bergen hat einen Auftrag.« Lomsky raschelte mit seiner Zeitschrift. »Er soll einen hohen Sicherheitsbeamten neutralisieren.«

»Woher wissen Sie das?«

»Sagt Ihnen der Begriff Hexagon etwas?«, fragte Lomsky bedeutungsvoll.

»Bezeichnet auf Griechisch ein Sechseck«, brummte der Fahnder und schlug die Beine übereinander.

»Stimmt. Ist aber auch der Name für eine Organisation, zu der ein gewisser Paul Vadalis gehörte. War Kommandeur eines Fallschirmbataillons der Nationalen Volksarmee – ein knochenharter Hund. Hat, wie viele andere ehemalige DDR-Offiziere, niemals verwunden, dass die DDR, wie eine Insel durch einen Tsunami, von einem Tag auf den anderen versunken ist. Er spielte eine Schlüsselrolle in der Organisation.«

»Woher wissen Sie von dem Mann?«, wollte Löwenbrinck misstrauisch wissen.

»Steht in den Akten über die RAF-Verwicklungen der DDR.«

»Und warum reden Sie in der Vergangenheit von ihm?«, hakte der Fahnder nach. »Was ist mit ihm geschehen?«

»Neutralisiert von eben jenem Sicherheitsbeamten. Ist aufgerieben worden bei einer Operation in Saint-Malo.«

Der Fahnder wusste jetzt, dass er mit dem richtigen Mann redete. Lomsky verfügte über vorzügliche Beziehungen ins

Bundesinnenministerium. Von dort aus war der Weg nicht weit zu Bundeskriminalamt und Nationaler Sicherheitsagentur. Deshalb lebte Lomsky auch nicht ungefährlich und ließ sich seine Zuträgerdienste teuer bezahlen. Löwenbrinck ahnte, dass sein Informant demnächst auf sein Honorar zu sprechen kommen würde, das in diesem Falle mit Sicherheit nicht gering war. »Und was hat dieser Vadalis mit dem Verschwinden einer Journalistin zu tun?« Löwenbrinck fuhr sich mit der Zunge zwischen die Zähne. Da hing ein Speiserest.

»Vadalis mag zwar inzwischen irgendwo in Frankreich einsitzen«, antwortete Lomsky, »doch seine Pläne, die er gemeinsam mit einer gewissen Nina ausgeheckt hat, werden weiter umgesetzt. Schritt für Schritt. Und dazu gehört die Eliminierung dieses mir unbekannten Mannes, der irgendwo beim BKA sitzen muss.«

Löwenbrinck war klar, dass er von Spezialagent Markus Croy sprach. »Wer ist diese Nina?«, fragte er.

»Von Bergens langjährige Gefährtin. Wie er ist auch sie aus dem Knast geflohen. Sie hat allerdings den bequemeren Weg gewählt, ist vom Freigang nicht wiedergekommen.«

Löwenbrinck bekam das Puzzle einfach noch nicht zusammen. »Was haben denn nun Vadalis, Uwe von Bergen, seine entflohene Gefährtin und die verschwundene Journalistin miteinander zu tun?« Er klang ungeduldig.

»Zweitausend für dieses Treffen«, sagte Lomsky schnell. »Wie immer bar und in einem weißen Briefumschlag. Ich hol' mir den Umschlag morgen in unserer bewährten Schreibwarenhandlung ab. Gleiches Regal, ganz links, Umschläge A6.« Lomsky blickte sein Gegenüber ruhig an.

Löwenbrinck wusste, dass er mit ihm handeln konnte, aber nicht sehr weit kommen würde. Dennoch versuchte er – mit Rücksicht auf den deutschen Steuerzahler –, den Betrag zu drücken.

»Kommt drauf an, was du sonst noch in der Tüte hast«, versuchte sich der Fahnder als Kumpel.

»Ich könnte jenen Zusammenhang herstellen, nach dem Sie suchen«, sagte Lomsky selbstbewusst.

Löwenbrinck gab sich unbeeindruckt. »Sie reden mir zu sehr im Konjunktiv.« Er ließ den Kumpelton. »Klingt, als wüssten Sie nur so viel, wie die anderen auch wissen. Entweder Sie haben den entscheidenden Tipp für mich oder Sie gehen mit leeren Händen nach Hause. Ich kaufe kein Obst, das eine Woche alt ist.«

Lomsky blickte starr geradeaus.

Löwenbrinck musterte sein Profil. Es war so scharf wie ein Scherenschnitt.

»Ich habe Kinder zu ernähren, Löwenbrinck.«

»Sie haben doch gar keine Kinder, Lomsky.«

»Wer weiß, was noch kommt …«

»Okay«, sagte der Fahnder grinsend. »Fünfzehnhundert, und ich kriege eine Wegbeschreibung. Und zwar eine ohne Umwege. Ich hab's eilig.«

»Sie fragten eben nach dem Sinn des Ganzen«, begann Lomsky.

Löwenbrinck nickte.

»Zwei Menschen auf der Flucht aus dem Knast. Ein Exterrorist, seine ehemalige Geliebte. Werden beide wieder geschnappt, werden sie hinter Gittern verfaulen. Da sind wir uns doch wohl einig, oder?«

Löwenbrinck bewegte unmerklich den Kopf.

»Plötzlich verschwindet die Freundin eines hohen Sicherheitsbeamten spurlos. Was für ein Kalkül könnte sich dahinter verbergen? Sie brennt durch, weil sie ihren Macker nicht mehr will? Eher unwahrscheinlich. Sie wurde umgebracht und treibt als Leiche über den schönen Wannsee? Ich sehe kein Motiv. Könnte doch sein, dass Sie als Druckmittel dienen soll, oder?«

Löwenbrinck war Lomsky bis hierher gefolgt. Doch wozu ein Druckmittel? Und warum ging sein Informant so zielsicher davon aus, dass Katja Kirchner entführt worden war?

»Die Journalistin als Lockvogel?«, fragte der Fahnder.

Lomskys Miene blieb undurchdringlich.

»Um diesen Faden weiterzuspinnen, müsste man allerdings todsicher wissen, dass sich die Dame in der Hand von Menschen befindet, die unter Druck stehen«, sagte Löwenbrinck.

»Ich hab' vorhin angedeutet, dass sich das Pärchen in Berlin befindet. Was sollte ein deutschlandweit gesuchter Exterrorist in dieser Stadt anderes machen, als was er immer schon getan hat? Nämlich gegen alle Gesetze verstoßen. Kommen Sie, Löwenbrinck, kombinieren Sie mal ein bisschen. Ich mag es, wenn Polizisten selbst auf die Spur kommen und dafür keine Helfer wie mich brauchen …«

»Hören Sie mal zu«, fauchte Löwenbrink ihn an. »Ich brauche keine Belehrungen von einem Menschen, der auf meiner Gehaltsliste steht!«

»Bleiben Sie cool, Mann, und spielen Sie nicht den Obermacker«, schoss Lomsky zurück. »Ohne uns habt weder ihr noch die hochbezahlten Geheimniskrämer der NAST auch nur den Hauch einer Aufklärungschance. Mag sein, dass wir von euch leben. Mag aber auch sein, dass wir die größeren Freiheiten haben. Ich brauche *Sie* nicht, Löwenbrinck, aber Sie brauchen *mich*.«

Der Fahnder wusste, dass Lomsky Recht hatte. Ohne Quellen waren die Sicherheitsbehörden heutzutage machtlos. Viel zu streng waren die Vorschriften, um auf unkonventionelle Weise ermitteln zu können, zu geschickt die Tarnungen politischer Gewalttäter. Dazu kam, dass die Netzwerke terrorbereiter Aktivisten sich nicht selten derselben Quellen bedienten wie die ermittelnden Behörden.

»Also gut, Lomsky. Sie wissen, wo sich Katja Kirchner befindet?«

Lomsky nickte stumm.

»Sie wurde tatsächlich entführt?«

Wieder nickte der Informant.

»Ich nehme an, ihr Entführer heißt Uwe von Bergen und er will die Journalistin gegen den – wie Sie ihn nennen – hohen Sicherheitsbeamten austauschen?«

Lomsky bequemte sich, nun wieder seinen Mund zu benutzen. »Mehr noch. Er will mit Sicherheit Straffreiheit für sich und seine Gefährtin herauspressen. Freies Geleit, Flugzeug ohne Sheriffs, Landung vielleicht in Libyen, das ganze RAF-Programm von gestern.«

Löwenbrinck nagte an der Unterlippe. Dieser Fall roch nach einem GSG-9-Einsatz und, wenn es hart auf hart kam, nach einem massiven politischen Unwetter. »Wo wartet unsere Braut?«, fragte Löwenbrinck.

»Ich kenne die genaue Adresse nicht», antwortete Lomsky. »Aber das Gebiet ist überschaubar. Eine frisch gemauerte Reihenhaussiedlung im Berliner Norden. Das Nest heißt Karow. Fünf Straßen, mehr nicht. Das dürfte für eure Späher kein Problem sein.« Lomsky rollte das Magazin zusammen und machte Anstalten, sich zu erheben.

»Moment«, sagte Löwenbrinck. »Und wer ist *Ihr* Informant, Lomsky?«

»Geheime Verschlusssache, Löwenbrinck. Werfen Sie das Geld morgen bei McPaper ab und kontaktieren Sie mich, wenn Sie weitere Fragen haben.« Lomsky stand auf, hob kurz die Hand und spazierte langsam in die Dunkelheit hinein.

Löwenbrinck blieb noch einen Moment lang sitzen und tastete nach seinem Mikrofon, dem Funkkabel und einer Zigarette. Wenn es keine Störung gegeben hatte, war sein Gespräch mit Lomsky auf einem winzigen Chip aufgezeichnet, wurde in diesem Moment in sein Büro übertragen und auf einem WLAN-Recorder gespeichert. Er nahm sich vor, noch heute seinen Freund Stout bei der T3-Sicherungsgruppe über den letzten Stand der Dinge zu informieren.

Der Fahnder hatte es auf einmal sehr eilig, den Mauerpark zu verlassen. Aus der Ferne hörte er das kehlige Gebrüll von Männerstimmen, das von einer hohen weiblichen Stimme abrupt unterbrochen wurde. Vor dem Eingang kam dem Fahnder eine Gruppe junger Leute entgegen, die Anfang zwanzig sein mochten. Sie diskutierten heftig miteinander, gestikulierten mit den Händen. Während Löwenbrinck die eiserne Drehtür des Ausgangs passierte, flogen ihm Worte wie »Wahrnehmung« und »Respekt« entgegen.

Löwenbrinck verspürte ein Surren an seiner Brust. Mit eiligen Schritten entfernte er sich von der Gruppe, griff nach seinem Mikrofon und steckte sich schnell einen Knopf ins Ohr. Dann drückte er sich in einen Hauseingang und fragte: »Ja?«

Ein diensthabender Beamter war in der Leitung. Offensichtlich hatte er Langeweile. »Alles in Ordnung, Malte? Straßen ruhig?«

»Ja, ja, alles in Ordnung. Liegt irgendwas an?«

Kurze Pause. Schließlich antwortete sein Kollege merkwürdig gedehnt. »Nein. Wo bist du jetzt?«

»Nordwesteingang, Mauerpark. Warum?«

»Gut, gut«, beschwichtigte ihn der andere. »Dann bis später. Ende.«

Löwenbrinck war verwundert. Seit wann machte man sich im Revier Sorgen um ihn?

Er konnte nicht wissen, dass sein Kollege ein paar Minuten zuvor einen Anruf erhalten hatte.

»Hören Sie mir genau zu«, hatte eine männliche Stimme am Telefon gesagt. »Was ich Ihnen jetzt mitteile, ist streng vertraulich. Wir haben den begründeten Verdacht, dass Oberkommissar Malte Löwenbrinck in einen Entführungsfall verwickelt ist. Wir brauchen seinen momentanen Aufenthaltsort und den Status seiner Bewaffnung.«

Der Polizist, überrascht von dem Anruf und von Amts wegen misstrauisch, hatte zurückgefragt: »Wer ist *wir?*«

»Das kann ich Ihnen aus Gründen der nationalen Sicherheit nicht sagen. Sehen Sie auf den Bildschirm Ihres Telefons. Was Sie jetzt gleich sehen werden, kennen Sie aus Ihrem internen Dienstgebrauch.«

Der Beamte hatte große Augen gemacht. Auf dem Display war das griechische Symbol Omega erschienen.

»Sie sind vom BKA, Abteilung Staatsschutz?«

»Sehr richtig. Und nun geben Sie mir die Informationen.«

Der Beamte parierte.

Der Anrufer bedankte sich und sagte: »Sie haben dieses Telefonat nie bekommen, verstanden?« Dann legte er auf.

Löwenbrinck hatte unterdessen den Hauseingang verlassen und eilte die Gleimstraße hinunter in Richtung S-Bahnhof Schönhauser Allee. Dabei saugte er den Geruch verschiedenster internationaler Küchen ein, die ihren Dampf aus den Lokalen bliesen.

Um seinen Weg abzukürzen, bog der Polizist in eine düstere Seitenstraße ein. An ihrem Ende schob sich dichter Autoverkehr über eine der Hauptverkehrsadern Berlins. Der Polizist beschleunigte seine Schritte. Plötzlich spürte er so etwas wie einen scharfen Luftzug. Doch bevor er reagieren konnte, wickelte sich etwas um seine Beine und riss ihn mit einem Ruck zu Boden. Zwei mit dunklen Schals maskierte Männer stürzten sich auf ihn und warfen ihn auf den Rücken. Einer der beiden presste seine Arme mit voller Kraft auf Löwenbrincks Bauch. Der Polizist bekam kaum noch Luft und schlug mit den Armen wild um sich. Schnell fesselte ihm der andere Mann mit dem Seil, das ihn zu Fall gebracht hatte, die

Beine, packte seine Hände und legte ihm Handschellen an. Löwenbrinck war noch immer viel zu überrascht, um begreifen zu können, was gerade geschah. Bevor er überhaupt an Gegenwehr denken konnte, hatten ihm die Männer zwei breite Streifen Klebeband über Mund und Augen geklebt.

Sekunden später hielt ein geräumiger Ford-Kombi neben ihnen. Ein ebenfalls maskierter Fahrer sprang heraus, öffnete die Heckklappe und zeigte mit dem Finger auf den Laderaum. Die Männer packten den Polizisten, schleiften ihn quer über den Bürgersteig und hievten ihr Opfer in das Auto. Sie sprangen auf die Rückbank, der Fahrer gab Gas, und der Wagen jagte in nördlicher Richtung davon. Kurz darauf bogen sie in Richtung Autobahn ab. Nach gerade mal fünf Minuten Fahrt in scharfem Tempo nahmen sie die Ausfahrt Berlin-Karow.

Der Polizist lag zusammengekrümmt hinter den Rücksitzen, war aber innerlich ruhig. Er dachte intensiv an seine Frau und seine beiden kleinen Kinder. Heute Morgen hatte er sie noch zum Kindergarten gebracht.

Als die Männer den Kofferraum öffneten, schlug dem Gefangenen eine um einiges kühlere Luft entgegen als in der Innenstadt. Sie war frisch und klar, ohne Kneipenduft. Sterne funkelten am Himmel; der sichelförmige Mond hatte einen orangefarbenen Hof. Löwenbrinck verhielt sich ruhig. Wenn er eine reelle Chance haben wollte, musste er kooperativ sein. Das hatte er auf der Polizeischule gelernt.

Unsanft schoben die drei Männer ihren Gefangenen vorwärts, öffneten die Tür zu einem Haus und stießen ihn hinein. Löwenbrinck fiel auf den Boden und stöhnte leise auf.

Kurz darauf schleiften ihn die Männer in ein dunkles Zimmer, setzten ihn auf einen Stuhl, lösten seine Handschellen und banden ihm stattdessen mit einem weiteren Seil die Hände an die Stuhllehnen. Der Polizist gab keinen Laut von sich, als ihm die Arme brutal nach hinten gebogen wurden. Er hörte, wie die Männer den Raum verließen und eine Tür hinter sich zuzogen.

Löwenbrincks Gedanken kreisten nur um eine Frage: Wie passte das alles zusammen? War er nicht eben selbst noch einer Entführung auf der Spur gewesen? Nun war er, der Jäger, zum Gejagten geworden. Angst spürte er keine, nur eine unbändige Wut über das Geschehene. Hätten sie ihn verletzen wollen, wäre reichlich Gelegenheit dazu gewesen, dachte er. Er lauschte angestrengt. Doch er hörte nur das leise Ticken einer Uhr. Aber irgendwer war noch im Raum. Er spürte es. Ihm war, als nehme er jeden Lufthauch wahr. Er konzentrierte sich so stark auf seine Umgebung, dass seinen Kopf ein plötzlicher Schmerz durchzuckte. Und dann strich dieser Luftzug dicht an seinem Gesicht vorbei.

Jetzt stieg doch Furcht in ihm auf. So wehrlos war er sich noch nie vorgekommen, so wehrlos war er auch noch nie gewesen. Das Ganze kam ihm vor wie ein Déjà-vu. Waren nicht ähnliche Situationen an der Polizeischule simuliert worden? Als man sie nachts aus den Betten holte, verschleppte und herausfinden wollte, ob und wie sie mit diesem überraschenden Überfall zurechtkamen? War das alles womöglich nur ein übler Scherz? Der Polizist verwarf diesen Gedanken schnell. Er erschien ihm zu absurd. Wieder reagierten seine Nackenhaare wie feine Sensoren. Etwas bewegte sich in diesem Raum, das spürte er genau. Aber was? Er rollte seine Augen angestrengt von links nach rechts. Doch unter den Klebebändern war es so dunkel wie in einem Tunnel ohne Licht.

Jetzt war dieses Etwas direkt vor seinem Gesicht. Instinktiv wich er mit dem Kopf nach hinten zurück.

Eine kräftige Hand packte ihn am Genick, gleichzeitig riss man ihm mit einer schnellen Bewegung die Klebebänder von Augen und Mund.

Der Polizist starrte angestrengt in das Dunkel. Er sah lediglich einen leuchtend roten Punkt, der von einem elektrischen Gerät zu stammen schien.

Kurz darauf flammte ein starker Scheinwerfer auf. Er war genau auf sein Gesicht gerichtet.

Der Polizeioberkommissar nahm schemenhaft die Umrisse eines Mannes wahr. Er sah sich um, so weit es ihm mit seinen Fesseln möglich war. Vor den Fenstern waren die Rollläden heruntergelassen. Eine kehlige, aber nicht unangenehme Stimme hallte durch den Raum.

»Entschuldigen Sie die Grobheiten meiner Mitarbeiter. Aber wir haben leider keine Zeit für Höflichkeiten.«

Löwenbrinck versuchte, seine Fassung wiederzuerlangen. »Ich hoffe, Sie wissen, was Sie da tun«, presste er heraus.

»Oh ja, wir wissen meistens sehr genau, was wir tun. Wir haben ja einen Plan, so wie Sie einen haben.«

»Wovon reden Sie?«, fragte der Fahnder. Er versuchte, irgendetwas zu erkennen. Doch es war einfach zu dunkel in dem Raum. Außerdem blendete ihn der starke Scheinwerfer schmerzhaft.

»Sie suchen jemanden«, sagte der Unbekannte »Leider können wir nicht riskieren, dass Sie diese Person finden, bevor *wir* zum Zug kommen.«

»Geht es auch deutlicher?«, giftete Löwenbrinck zurück.

»Nein«, erhielt er zur Antwort. »Ich denke, Sie wissen genau, was ich meine. Ihr Informant hat Sie sicherlich bestens unterrichtet. Wir schätzen Lomsky sehr. Er hält sich immer an unsere Instruktionen.«

»Sie haben Lomsky ...?«

»Mit dem gefüttert, was er Ihnen sagen sollte? Oh ja.«

Löwenbrinck hörte beinahe so etwas wie Heiterkeit in der Stimme seines Gegenübers. »Also bin ich nicht zufällig hier?«

»Zufall! Wie naiv. Nichts passiert aus Zufall. Jeder Schritt, den Sie heute taten, war geplant. Und nun beenden wir das Gespräch, weil ich Ihnen bald jemanden vorstellen werde. Wenn Sie sich beide ruhig verhalten und keine Probleme bereiten, kommen Sie auch lebend hier wieder raus. Wenn nicht …«

Der Scheinwerfer erlosch. Eine harte Hand packte Löwenbrinck am Genick und presste ihm den Hals zusammen. Der Fahnder bekam kaum noch Luft. Und dann traf ihn ein schwerer Gegenstand am Hinterkopf. Glühender Schmerz durchraste seine Wirbelsäule bis hinunter zu den Lenden, und er versank in einem schwarzen Loch.

8

**Berlin,
am nächsten Tag,
16:10 Uhr**

Croy, der gerade von einem ausführlichen Schießtraining zurückgekehrt war, befühlte sein frisch rasiertes Kinn vor dem Spiegel, als sein Videohandy zu klingeln begann. Etwas unwirsch nahm er das Gespräch an.

»Croy?«, fragte eine kehlige Männerstimme.

»Am Apparat«, sagte der Spezialagent leichthin.

»Sie vermissen etwas, das wir derzeit besitzen. Reicht Ihre Fantasie aus, sich vorzustellen, was das sein könnte?«

Croy reagierte träge.

»Wer ist denn dran?«, fragte er, sich weiter das Kinn reibend. Die Klinge hatte ein Stück Haut verletzt, was jetzt unangenehm brannte.

»Das tut nichts zur Sache. Machen wir es also kurz. Wenn Sie Ihre hübsche Freundin lebend wiedersehen wollen, sollten Sie sich beeilen. Ganz bestimmt hat sie Sehnsucht nach Ihnen.«

Croy, eben noch etwas langsam, hatte während der letzten Worte des Anrufers gleich mehrere Gänge hochgeschaltet. Er fühlte, wie es in ihm vibrierte und ihm heiß wurde.

»Wer sind Sie, frage ich noch mal«, sagte er, sich nur mühsam beherrschend.

»Ich wiederhole mich nicht gern«, tönte es in sein Ohr. »Halten Sie mich für so dumm, dass ich Ihnen meine Identität preisgebe? Machen Sie sich endlich auf den Weg, keine Laberei mehr. Und kommen Sie unbewaffnet.«

»Wohin?«, fragte Croy kalt und scharf.

Der Anrufer sagte es ihm, gab ihm eine Stunde Zeit und legte auf.

Croy wählte hastig die Nummer des Nachrichtendienstes des Bundeskriminalamts und ordnete an, im Großraum Berlin einen Mobilfunkanruf nachzuverfolgen, der zwischen sechzehn Uhr elf und sechzehn Uhr dreizehn auf seinem Apparat eingegangen war.

»Egal, welches Netz«, sagte er in herrischem Ton. »Alle Nummern auf meinen Tisch. Umgehend!«

Für Höflichkeiten blieb jetzt keine Zeit. Croys Hoffnung war, dass der Beschluss der Bundesregierung, alle Mobilfunktelefonate von den Netzbetreibern für drei Monate aufzeichnen zu lassen, auch in diesem Fall hilfreich sein würde. Was ihm Sorgen bereitete, war, dass diese Leute seine Nummer kannten.

Obwohl er kurz überlegt hatte, sich etwas lässiger zu kleiden, entschloss er sich zu bleiben, wie er war: in grauem Übermantel, weißem Hemd, grau-schwarz kariertem Pollunder, schwarzer Jeans und schwarzen Lederschuhen. Er durfte nichts riskieren. Croy sah aus wie ein Mann, der jederzeit ins Bundeskanzleramt gehen und Rapport erstatten konnte. Auch wenn ihm klar war, dass er möglicherweise in gewaltsame Auseinandersetzungen verwickelt würde, war diese Bekleidung ein Signal, das eher Souveränität als Kampfbereitschaft vermitteln sollte. Als Schutz zog er sich lediglich eine hauchdünne, kugelsichere Weste aus Kohlefasern unter den Westover.

Außerdem wechselte er seinen Ring gegen einen Fingerschmuck aus, der in seinem Innern eine hochfeine Technik barg, die ihm vielleicht nützlich sein konnte. Das winzige Schweizer Taschenmesser, das er an seinem Schlüsselbund trug, ließ er, wo es war. Hastig griff er noch in die Schublade eines Holzschränkchens und fasste nach einem kleinen, broschenartigen Gebilde an einer langen Schnur. Er hängte es sich um den Hals und schob es unter sein Hemd.

Croy verschloss seine Wohnungstür, lief zwei Stockwerke tiefer in den Keller und machte sich kurz an seinem Rennrad zu schaffen. Schließlich bestellte er ein Taxi mit großem Laderaum, verstaute das Rad und machte sich auf den Weg.

Auf der Fahrt durch Berlins Innenstadt hinaus in den Norden beschrieb Croy eine leere Seite seines Notizbuchs mit ein paar Zeilen. Er riss das kleine Blatt heraus.

»Stoppen Sie bitte hier«, sagte er nach etwa zwanzig Minuten Fahrzeit freundlich, zeigte seinen Dienstausweis und drückte dem Taxifahrer mit dem Fahrgeld den Zettel und ein anständiges Trinkgeld in die Hand. »Übergeben Sie das nur einer Frau mit Namen Tanja Weber. Lassen Sie sich am BKA-Haupteingang nicht abwimmeln. Versprechen Sie mir das?«

Der Taxifahrer sah ihn etwas verunsichert an.

Croy blickte schnell auf das Namensschild des Mannes, das am Cockpit des gasbetriebenen Fahrzeugs befestigt war.

»Sie schaffen das schon, Cem. Denken Sie daran, dass es sich um eine sehr, sehr wichtige Angelegenheit handelt.«

Der Mann lächelte jetzt. »Wie in einem James-Bond-Film«, sagte er.

»Nein«, entgegnete Croy. »Leider nicht. Bond darf immer

einen Schritt voraus sein, schießt sogar mit Uhren und spendet seinen Frauen immer das gewisse Quäntchen Trost. Worum es hier geht, ist aber die bittere Realität. Bitte enttäuschen Sie mich nicht.«

»Ich tue mein Bestes«, sagte der Taxifahrer und drückte auf einen Knopf des Volvos, der brav seine Heckklappe öffnete.

Croy hob sein Rennrad heraus, winkte dem Fahrer noch einmal zu und trat dann kräftig in die Pedale. Er hatte noch eine Strecke von etwa einem Kilometer vor sich.

Der Taxifahrer blickte ihm zweifelnd nach. Ein Ermittler, der augenscheinlich in kniffliger Mission unterwegs war und Rennrad fuhr? Ein Fahnder, der einen Wildfremden als Kurier beschäftigte und der nicht den Anschein erweckte, als könne er es mit mehr als einem Gegner aufnehmen? War er überhaupt bewaffnet?, fragte sich der Taxifahrer auf dem Rückweg in die Stadt. Diese ausgewählt feine Kleidung, die der Mann trug. Und dann dieser klobige Ring an seinem Finger …

Der Taxifahrer schüttelte den Kopf, als er an einer roten Ampel zum Stehen kam. Er schaltete das Radio ein. Eine Diskussion zum Anschlag auf die ISAF-Botschafter in Kabul und die Warnung eines Experten vor drohenden Angriffen auch in Deutschland. Er wechselte den Sender. Nach einem kurzen Musikstück verkündete der Moderator, man schalte nun an die Börse in Frankfurt. Der Reporter berichtete von einem erneuten Aktieneinbruch der Energieversorgungsunternehmen und hob vor allem den global operierenden Wasserkonzern Bluewater hervor. Er sagte:

Noch ist nicht ganz klar, wie sich die dramatischen Verluste des Wasserriesen auf die Arbeitsfähigkeit des Konzerns aus-

wirken. Wie ein Sprecher der Berliner Senatsverwaltung mitteilte, steht die Politik in engem Kontakt zur Konzernspitze, die heute in Berlin zu einem Krisentreffen zusammengekommen ist. Wichtigstes Thema ist die stabile Wasserversorgung Berlins und der von Bluewater verwalteten Wasserreservoirs anderer Bundesländer …

Der Taxichauffeur schaltete das Radio aus. Er näherte sich der BKA-Zentrale im Berliner Stadtteil Treptow.

Die Frau am Empfang des Bundeskriminalamts beäugte den südländisch aussehenden Besucher misstrauisch. Sie war mittleren Alters, trug eine hellblaue Bluse mit Schulterklappen und eine dunkelblaue Hose mit einem schwarzen Gürtel. Ihre blonden Haare waren zu einem Zopf gebunden, ihre Gesichtszüge sympathisch, aber streng. Sie war eindeutig eine Frau im unteren Dienstrang, die hier Wachdienst versah.

»Einen Zettel wollen Sie abgeben?«, fragte sie barsch. »Was soll denn da so Wichtiges draufstehen?«

»Das weiß ich auch nicht«, erwiderte der Fahrer wahrheitsgemäß und ging innerlich sofort auf Distanz. Frauen, die sich betont maskulin gaben, irritierten ihn.

»Der Herr, der ihn mir gegeben hat, machte nicht den Eindruck, ein Spinner zu sein. Er hat darauf bestanden, dass nur eine Tanja Weber die Nachricht entgegennehmen darf.«

Er hielt den Zettel mit seiner rechten Hand fest umschlossen.

»Geben Sie ihn mir, ich leite ihn weiter«, sagte die Frau streng. »Ich sitze schließlich nicht umsonst hier.«

»Nein«, sagte der Taxifahrer bestimmt. Seine Stirn glänzte jetzt etwas feucht. Er war Vertretern dieser Respekt gebietenden Sicherheitsbehörde noch nie so nahe gekommen.

»Hören Sie«, sagte die Beamtin verärgert. »Wir sind kein Hotel, wo jeder Mensch für irgendeinen Gast eine Nachricht hinterlassen kann. Wir sind eine *Behörde.* Also geben Sie mir schon dieses Stück Papier, oder nehmen Sie es wieder mit und gehen Sie.«

Cem Güler gehörte nicht zu jener Sorte Mensch, die vor Autoritäten den Schwanz einzog. Ihn konnte niemand mit seinem Amt beeindrucken. Er hatte ein langes, erfahrungsreiches Leben hinter sich. Als junger Mann war er aus Kurdistan nach Deutschland gekommen, hatte sich mit Gelegenheitsjobs durchgeschlagen, eine Familie gegründet und lange daran geknabbert, dass die Deutschen ihn als lästigen Zuwanderer betrachteten und es ihm auch ungeniert zeigten.

»Ich möchte nicht unhöflich sein«, sagte er zu der Wachhabenden, »aber ich habe wirklich wenig Zeit. Wenn Sie jetzt bitte Frau Tanja Weber anrufen würden, könnte ich ihr die Nachricht übergeben, und dann sehen Sie mich nie wieder.«

Die Beamtin griff widerwillig nach dem Telefon. Kurz angebunden sprach sie in den Hörer.

»Warten Sie außerhalb des Empfangsbereichs«, knurrte sie ihn schließlich an. »Frau Weber kommt in wenigen Minuten.«

Güler verwettete innerlich den Taxilohn eines ganzen Tages darauf, dass sie nur zu gern gewusst hätte, was auf dem Zettel stand.

Markus Croy war jetzt nur noch wenige Meter von der Adresse entfernt, die ihm der Unbekannte am Telefon genannt hatte. Betont auffällig schob er sein Rennrad vor sich her. Ein Ermittler, der mit einem derart harmlosen Fortbewegungsmittel erschien, erweckte erst mal keinen Verdacht. So weit sein Kalkül.

Und dann machte Croy Lärm. Er schlug mit der linken Hand so heftig auf die Radklingel, als stünde er am Empfang eines Hotels, dessen Portier eingeschlafen war. Gleichzeitig zog er den rechten Lenkergriff ab und holte mit dem Zeigefinger ein dünnes, etwa fünf Zentimeter langes Rohr heraus, das Ähnlichkeit mit einer überdimensionierten Patrone hatte. Croy umschloss das merkwürdige Ding fest mit der rechten Hand, während er mit der Linken weiter auf die Klingel eindrosch. Ihr schriller Ton war weithin zu hören.

Die Tür von Hausnummer 129 öffnete sich einen Spaltbreit, der Lauf eines Revolvers wurde sichtbar, eine wütende Männerstimme versuchte, das Gebimmel zu übertönen.

»Lassen Sie das, Sie Idiot! Herkommen, Hände dabei hinter den Kopf.«

Croy parierte, ließ sein Rennrad zu Boden gleiten und schritt, beide Hände hinter seinem Kopf zu Fäusten geballt, gelassen auf den Hauseingang zu. Die Mündung des Revolvers blieb die ganze Zeit auf seine Brust gerichtet. Er war jetzt noch etwa einen Meter von der Tür entfernt.

»Stehen bleiben!«, rief es aus dem Türspalt.

Croy tat, was ihm gesagt wurde.

Die Tür öffnete sich.

Croy erkannte den Mann sofort. Es war Uwe von Bergen.

»Wie sich die Dinge drehen können, was, Croy? In Saint-Malo hätten Sie mich beinahe erwischt, und nun habe ich Sie in meiner Gewalt.«

»Träumen Sie weiter, von Bergen«, sagte Croy unbeeindruckt. »Sie sehen ohnehin nur, was Sie sehen wollen.«

»Wie meinen Sie das?« Der entflohene RAF-Häftling fuchtelte mit seiner Kanone vor Croys Nase herum. »Was ich hier vor mir habe, ist kein Traum. Ich könnte Sie auf der Stelle erschießen.«

»Warum tun Sie es dann nicht?«, sagte Croy kalt.

»Langsam, langsam.« Uwe von Bergen zeigte eine Reihe gelblicher Zähne. »Ich möchte meinen Triumph auskosten. Es ist schließlich lange her, dass ich einem wehrlosen Bullen gegenüberstand.«

Croy hatte keine Lust auf weitere gehässige, ideologielastige Tiraden. Dafür war ihm die Persönlichkeit des entflohenen Exterroristen nicht interessant und die Situation nicht übersichtlich genug. Er kam zur Sache: »Ziehen Sie das hier allein durch?«

»Was denken Sie, Croy?«

»Dass ein Muttersöhnchen wie Sie jemanden braucht, der ihn wickelt.«

Markus Croy hatte gelernt, dass der Schlüssel zum Erfolg häufig in der Brüskierung des Gegners lag. Dessen Reaktion konnte einem erfahrenen Fahnder nützliche Hinweise liefern.

Uwe von Bergen trat jetzt ganz dicht an Croy heran. Zwischen beiden Männern war kaum mehr eine Handbreit Platz. Zwei Augenpaare musterten sich erbarmungslos. Der Spezialagent konnte von Bergens Atem riechen. Er hat Magenprobleme, dachte Croy.

»Ich tue immer, was ich für richtig halte. Denken Sie etwa, ich lasse mir von irgendjemandem Befehle erteilen?« Von Bergen war wütend.

»Nein, aber ich denke, dass Sie es ohne fremde Hilfe nicht geschafft hätten, aus dem Knast auszubrechen.«

»Das wird mein Geheimnis bleiben, Croy. Sie glauben doch wohl nicht, dass ich hier jemanden ans Messer liefere.«

»Also hat Ihnen jemand geholfen. Dachte ich es mir doch. Lassen Sie mich raten. Ein Wärter, oder zwei? Vielleicht aber auch jemand, der sich etwas davon verspricht, wenn Sie freikommen?«

»Ach, Croy, Sie stochern mit einer Stange im Nebel. Aber ich helfe Ihnen ein bisschen. Es war jemand, dem Sie vertrauen.«

Obwohl der Hinweis sofort seine Neugier weckte, entschied Croy, nicht weiter nachzuhaken. Er würde ohnehin nicht weit kommen, weil der andere in der Position des Stärkeren war und ihn nach Belieben an der Nase herumführen konnte.

»Was wollen Sie mit Ihrer Freiheit anfangen?«, wechselte Croy das Thema. »Sich als Giftmischer betätigen und sich daran ergötzen, wie unschuldige Menschen sterben?«

»Das könnte ein Teil meiner Motivation sein, ja.«

Uwe von Bergen grinste schief.

»Sehen Sie sich doch um, Croy! Sie sind von nichtsnutzigen, brav dem Staat hinterhertrottenden Menschen umgeben, die nur an sich und ihr eigenes Wohl denken. Sie akzeptieren diese Gesellschaft, wie sie ist, verschwenden keinen Gedanken an Veränderungen. Die Ressourcen schwinden – na und? In Afrika sterben Millionen an Hunger – so what? Wir verpesten das Klima und wundern uns über Wetterextreme – bleiben wir eben zu Haus! Finden Sie das nicht hinreichend, um mal ein bisschen für Unruhe zu sorgen?«

»Nein«, sagte Croy. »Das finde ich nicht. Ich stimme Ihnen zu, dass die Vorteile dieser Wirtschaftsform, wie Wohlstand und Sicherheit, die Menschen schläfrig gemacht haben. Doch Ihre Allgemeinplätze, Ihre wolkigen Worte über Veränderungen, die nötig seien – was bedeuten sie? Was steckt dahinter? Sozialismus, Kollektivismus, Autokratie? Oder gar Diktatur?«

Croys Blick wurde jetzt noch eine Spur härter. Er wählte Worte, die Uwe von Bergen nicht nur als persönlichen Affront, sondern auch als die Kampfansage eines mindestens gleichwertigen Gegners betrachten musste.

»Sie sind ein hemmungsloser Egoist, der sich nicht die Mühe macht, seine Utopien wirklich auszuformulieren. Und ich sage Ihnen auch, warum. Sie sind ein ungebildeter Schwätzer, der einen Menschen umbringt und sich dann erst fragt: Wer war das eigentlich? Sie sind ein kranker Mann, Uwe von Bergen. Sie gehören in die Psychiatrie.«

»Halten Sie endlich Ihr dreckiges Maul, Sie Bastard.«

Uwe von Bergen schäumte. Seine Augenlider zuckten, die Nasenflügel bebten.

»Mehr fällt Ihnen dazu nicht ein?«, höhnte Croy. »Geben Sie auf, von Bergen. Wenn Sie *mich* töten, kommen andere, die *Sie* töten werden.«

Noch während Croy sprach, hatte sich Uwe von Bergen noch mal ein Stück näher an den Agenten herangeschoben. Croy nahm aus den Augenwinkeln wahr, wie von Bergens Finger am Abzug zitterte. Die Waffe drückte jetzt schmerzhaft in Croys Rippenfell; von Bergens Atem stieg ihm direkt in die Nase. Croy wurde übel von dem säuerlichen Gestank. Der Agent wartete fieberhaft auf den richtigen Moment, um den Exterroristen anzugreifen. Er wusste, dass sein Gegenüber im Vorteil war. Doch dann kam ihm eine Idee. »Sie sind nicht nur ein Idiot, von Bergen. Sie riechen auch noch ekelhaft aus dem Mund.«

Der Terrorist verlor für den Bruchteil einer Sekunde die Fassung und wischte sich reflexartig über die Lippen. Diese kurze Unaufmerksamkeit nutzte Croy, um mit dem rechten Knie und großer Wucht präzise das Skrotum seines Gegners zu treffen.

Während Uwe von Bergen japsend zusammensackte, löste sich ein Schuss. Das Projektil zischte haarscharf an Croys Innenschenkel vorbei und schlug ins weiche Erdreich ein. Von Bergen hockte wimmernd auf den Knien und presste die Hände vor den Schritt. Mitleidlos hieb ihm der Ermittler seinen rechten Fuß mit der harten Lederkappe unters Kinn und trat gleich noch einmal nach.

Uwe von Bergen war endgültig außer Gefecht gesetzt. Croy entwaffnete ihn, griff ihm unter die Arme und schleifte ihn dicht an die Außenmauer des Hauses. Dort stülpte er ihm eine leere Regentonne aus grünem Plastik über den Kopf. Das

Ding aus dem Lenker steckte jetzt in Croys rechter Hosentasche. Dann schlich er geduckt auf den Hauseingang zu.

Katja Kirchner hatte den Schuss gehört. Malte Löwenbrinck ebenfalls. Sie befanden sich, an Armen und Beinen gefesselt, in zwei nebeneinanderliegenden Zimmern. Doch jeder glaubte, mit seinen Entführern allein zu sein.

Der Schuss hatte ihre Kräfte wieder mobilisiert. Katja holte tief Luft und zwang ihre strapazierten Stimmbänder noch einmal zu Höchstleistungen.

»Hilfe! Hilfe! Hilfe!«

Ihr Hals schmerzte. Sie brach ab und lauschte.

Im Nachbarraum war Malte Löwenbrinck noch immer dabei, die Knoten um seine Hand- und Fußgelenke zu lockern. Es gelang ihm nicht. Der Oberkommissar des Berliner Rauschgiftdezernats hatte sich in den zurückliegenden Stunden mit Galgenhumor immer wieder gefragt, wie Filmhelden es stets schafften, sich ohne fremde Hilfe von ihren Fesseln zu befreien. Jetzt drangen Hilfeschreie durch die Zimmerwände zu ihm herüber. Löwenbrinck war wie elektrisiert. War das die Frau, die er suchte?

Den Stuhl hinter sich herschleifend rückte er dicht an die Wand heran und schlug erst sachte, dann immmer stärker mit der Stirn gegen den Putz, auf dem sich langsam kleine blutige Flecken bildeten.

Seine Schläge waren bis zu Katja durchgedrungen, die jetzt ihrerseits vorwärtsrobbte und den Mund an die Wand presste. Dann stieß sie einen verzweifelten Schrei aus, der Malte Löwenbrinck durch und durch ging.

»Bleiben Sie ruhig!«, rief er, alle Vorsicht vergessend. »Ich helfe Ihnen!«

Er blickte sich suchend um, doch um ihn herum herrschte nichts als undurchdringliches Dunkel.

Markus Croy schob die Tür des Hauses mit einer Schuhspitze auf, betrat den Flur und sah sich aufmerksam um. Von irgendwoher hörte er das Ticken einer Uhr. Am Ende des Flurs hing ein großer Spiegel; das eigene Spiegelbild verunsicherte den Ermittler einen Moment lang. Links und rechts von ihm waren vom Boden bis zur Wandmitte Holzpaneele angebracht, auf denen verstaubter Zierrat stand: eine Spieluhr aus Blech, zwei Püppchen aus Keramik, ein paar Blumenvasen aus Ton und dazwischengestreut perlmuttfarben schimmernde Muschelschalen. Der Flur schien zu einem ganz normalen Reihenhaus zu gehören, in dem die Hausfrau ihren Hang zu Nippes auslebte. Schirme standen friedlich in einem Ständer, ein Ledermantel hing an einer Garderobe, linker Hand führte eine Tür offenbar zur Gästetoilette.

Auf Zehenspitzen schlich er auf eine nur angelehnte Tür zu, die zur Rechten in ein Zimmer führte. Vorsichtig schob er sie mit dem Fuß auf, wirbelte dann hinein und orientierte sich rasch, die Waffe weit vor sich haltend. Er blickte in eine Art Salon mit Ledercouch, Sesseln, einem kleinen Springbrunnen in der Mitte und zwei Yuccapalmen in den Ecken. Bücher gab es keine, dafür aber einen Flachbildschirm, der nur unwesentlich kleiner als ein Garagentor war. Croy stutzte. Das Standby-Licht leuchtete. Er schlich sich an den riesigen Fernseher heran, befühlte ihn. Warm.

Mit schnellen Schritten zog er sich aus dem Raum zurück in den Flur, von dem aus eine hölzerne Treppe in die nächste Etage führte. Uwe von Bergens entsicherten Revolver hielt er fest in beiden Händen.

Wo mochte Katja sein? Im Keller? Im Obergeschoss? Unter dem Dach? Und wer lauerte hier noch? Oder hatte von Bergen doch keine Helfershelfer?

Croy verwarf den letzten Gedanken sofort wieder. Diese Aktion war eine Nummer zu groß für von Bergen. Der Terrorist hatte mit Sicherheit einen Komplizen, der irgendwo im Haus auf ihn lauerte. Croy begann, die Treppe hinaufzuschleichen.

»Bleiben Sie, wo Sie sind.«

Croy stoppte, ohne sonderlich überrascht zu sein. Die Stimme war weiblich, und er wusste auch, wem sie gehörte.

»Sie sind Nina, nicht wahr?«

Eine Gestalt schälte sich aus einer dunklen Ecke über ihm. Er hatte die Frau noch nie zuvor gesehen, aber schon eine Menge von ihr gehört. Sie hatte einen Gesichtsausdruck, der aus einem Felsen herausgemeißelt hätte sein können. Und sie hatte eine Waffe auf ihn gerichtet

»Sie haben keine Manieren, Croy. Ich hänge an meinem Freund, und es tut mir weh zu sehen, was Sie mit ihm angestellt haben.«

»Ich bitte Sie«, antwortete Croy und bewegte sich kaum merklich auf sie zu. »Sie haben mehr als fünfzehn Jahre in unterschiedlichen Gefängnissen verbracht. Ich hätte Sie für klüger gehalten.«

»Klüger?« Nina lachte schrill auf. »Das Einzige, was einem im Knast bleibt, ist die Hoffnung.«

»Etwa die Hoffnung, wieder an der Seite desjenigen zu sein, der Sie damals zum Verbrechen verführt hat? Ist es nicht endlich an der Zeit, das Leben von gestern gegen etwas Neues einzutauschen?« Croy blickte sie ernst an.

»Sie sind ein Narr! Ich habe Uwe mit neunzehn kennengelernt. Er hat mir die Welt gezeigt. Er hat mich aus der Unwissenheit befreit. Von Bergen war es, der meinem Leben einen Sinn gegeben hat.«

»Hat das Töten von Menschen einen Sinn?«, fragte Croy.

»Das Leben endet. Für die einen früher, für die anderen später«, antwortete Nina. »Wir haben nie die dummen Schafe bestraft, sondern Hirten ausgewählt, die es nicht wert waren, Schafe zu führen.«

»Kommen Sie mir jetzt nicht mit Gleichnissen«, sagte Croy verärgert. »Und bleiben Sie ehrlich. Der Mann, dem Sie noch immer vertrauen, hat eine Person in seine Gewalt gebracht, die mir sehr viel bedeutet. Was hat sie mit Ihren Zielen zu tun?«

»Sie ist nicht allein«, sagte Nina mit müder Stimme. »Ein Bulle steht ihr bei. Er hat sich zu weit vorgewagt. Jetzt haben wir zwei Vertreter der so viel beschworenen ›vier Gewalten‹ unter unserer Kontrolle. Die Medien und die Exekutive. Mir persönlich würde es gefallen, hätten wir noch einen Politiker und einen Richter hier.«

Nina hielt ihre Waffe noch immer auf Croy gerichtet. Sie machte nicht den Eindruck, als plane sie, die Situation zu entschärfen.

»Und was machen wir jetzt?«, fragte Croy. »Wollen wir über die Gewaltenteilung in Deutschland philosophieren? Oder überlegen Sie es sich noch mal und geben die Geiseln frei? Ich bin sicher, dass Sie von einem Leben außerhalb von Gefängnismauern träumen. Und dafür könnte ich eine Menge tun.«

»Sie könnten mit mir streiten«, sagte sie mit einem provokanten Unterton.

»Das könnte ich, aber die Situation lässt das nicht zu. Sie werden verstehen, dass ich …«

Croy machte einen Schritt.

»Bleiben Sie, wo Sie sind, Bulle!«, herrschte Nina ihn an.

Croy schaltete augenblicklich um. Er wollte kein unnötiges Risiko eingehen. Nach einem kurzen Moment des Überlegens sagte er: »Ihr Freund hat mir erzählt, wer ihm aus dem Knast geholfen hat. Ein starkes Stück, wirklich.«

»Ach ja?«, fragte sie zurück. »Hat er das wirklich? Für wie dumm halten Sie mich?«

»Ich halte Sie nicht für dumm«, entgegnete er. »Wie Sie das hier alles durchgezogen haben – alle Achtung! Ich frage mich nur: Wofür das alles?«

»Vielleicht gibt es ja Interessenlagen, die Sie mit Ihrem eingeschränkten Fahnderhorizont nicht wahrnehmen? Vielleicht sind auch Sie Teil dieser Interessenlage, Croy? Eins kann ich Ihnen jedenfalls verraten: Dass Sie überhaupt noch am Leben sind, verdanken Sie allein Ihrem Geschick. Es gibt auch in Ihrer Behörde einige Menschen, die Sie am liebsten loswerden wollen. Sie sind denen zu kritisch. Sie arbeiten zu selbstständig und treffen unvorhersehbare Entscheidungen.«

»Ach wirklich?«, gab sich Croy ungerührt. Doch in seinem Innern rumorte es. Ninas Worte hatten ihn überrascht.

»Sie sollten niemandem trauen, Croy. Nicht einmal Ihren engsten Weggefährten.«

»Warum erzählen Sie mir das?«, fragte er. »Auf wessen Seite stehen Sie?«

»Hören Sie«, sagte Nina jetzt beinahe verschwörerisch. »Ich möchte mit Uwe noch ein paar Jahre in Frieden leben. Völlig egal, wo. Und der Preis dafür ist, Sie aus dem Verkehr zu ziehen. Also stehen wir beide uns jetzt gegenüber. Da mein Freund jedoch offensichtlich unfähig ist, sich selbst zu verteidigen …«

»Seien Sie nicht ungerecht«, sagte Croy jetzt in mildem Ton, obwohl ihm nicht danach war. »Er ist über die Jahre seiner Inhaftierung ein bisschen eingerostet.«

»Ja, das ist er«, sagte Nina. »Es wäre mir lieber, wenn *Sie* jetzt unter dieser Regentonne liegen würden.«

»Und nun?«, fragte Croy. »Es sieht gerade nicht danach aus, als würden Sie Ihren Auftrag zu Ende bringen. Was wird passieren?«

»Wir kommen aus Deutschland nicht raus. Und deshalb ist es an der Zeit, das Gerede einzustellen und …«

Croy unterbrach sie schroff. »Nein, Sie lassen mich jetzt zu Katja Kirchner. Ich will erst wissen, ob Sie lebt und wohlbehalten ist.«

»Keine gute Idee«, antwortete sie und fuchtelte mit der Waffe.

»Ich komme jetzt«, gab er sich unbeirrt und selbstbewusst. Langsam und mit gesenkter Waffe stieg er die Treppen zu ihr hinauf und schaffte immerhin vier Stufen.

Doch schließlich fauchte sie: »Stehen bleiben!«

Jetzt war er nur noch etwa eineinhalb Meter von ihr entfernt. Da sie höher stand als er, zielte ihre Waffe genau auf seine Stirn.

»Ich lege meinen Revolver jetzt auf die Stufen«, sagte er und ließ sie dabei nicht aus den Augen.

»Es ist die Waffe meines Freundes«, sagte sie trotzig.

»Wem auch immer sie gehört«, entgegnete Croy, »ich will sie nicht mehr. Diese Situation ist mir zuwider. Nehmen Sie das Ding, oder lassen Sie es.«

Sie schien plötzlich verunsichert.

»Sie ergeben sich freiwillig?«, fragte sie ungläubig.

»Nennen Sie es, wie Sie wollen«, antwortete er und fasste sich mit der linken Hand an den Hemdkragen.

»Was soll das?«, fragte sie scharf.

»Ich öffne einen Knopf«, antwortete er. »Mir wird irgendwie die Luft knapp.«

Er griff sich an den Hals, als leide er tatsächlich unter Atemnot. Misstrauisch verfolgte sie sein Tun. Mit gesenkter Waffe und einem gewinnenden Lächeln machte er einen Schritt auf sie zu.

»Was wird das?«, fragte sie.

»Vertrauensbildende Maßnahme«, sagte er und sah, als habe er eine Erscheinung gehabt, unvermittelt zur Decke empor.

Nina war nicht Profi genug, um Croy zu durchschauen. Der Trick funktionierte. Noch während ihre Augen den seinen folgten, langte Croy nach dem Halsschmuck, zog ihn unterm Hemdkragen hervor, trat noch ein Stück weiter vor und drückte auf ein unsichtbares Knöpfchen. Alles hatte sich in Bruchteilen von Sekunden abgespielt und Nina überrumpelt. Zwar wich sie instinktiv zurück, doch das Gas traf Nase, Wangen und Augen. Wie betäubt vom brennenden Schmerz kippte sie Croy entgegen, ohne Chance, ihre Waffe zu gebrauchen.

Der T3-Agent fing sie auf und sagte ironisch: »Hat eine wirklich niederschmetternde Wirkung. Mit einem schönen Gruß von Ihrem Freund.«

Er trug die bewusstlose Frau hinunter in den Eingangsbereich und weiter ins Wohnzimmer, wo er sie in Seitenlage auf der Couch deponierte. Dann nahm er ihr die Waffe aus den Händen, leerte das Magazin und schob sie anschließend unter ihren Rücken.

Als er mit ihr fertig war, pirschte er über die Treppe zurück ins obere Stockwerk und lauschte. Ihn beunruhigte, dass außer Nina im Haus kein weiterer Gegner auf ihn zu lauern schien.

Aus einem Fenster im Treppenflur blickte er auf den kleinen Hof vor dem Haus. Uwe von Bergen lag immer noch regungslos mit der übergestülpten Regentonne da, die Beine weit von sich gestreckt. Die Bäume auf dem Grundstück wiegten sich im Wind, der auch durch die Ritzen des Fensters pfiff. Er fühlte sich ungeschützt. Er hörte ein Geräusch, das wie das Wimmern eines Kindes klang. Ein Kratzen drang an sein Ohr, als schabe jemand mit einer Maurerkelle über Putz.

Vor ihm gingen drei Türen vom Flur ab, der etwas weiter hinten abbog. Croy schob sich an den Türen vorbei und pirschte sich an die Flurbiegung heran. Eng an die Wand gepresst und die Waffe vor sich haltend, spähte er vorsichtig um die Ecke. Er sah eine steile Treppe, die zum Dachboden hinaufführte. Dieser war mit einer Klappe verschlossen, in die eine Art Bullauge aus Spiegelglas eingelassen war, das sich leicht nach außen wölbte. Er schätzte den Durchmesser des merkwürdigen Gebildes auf etwa einen Meter. Im spiegelnden Glas erblickte er sein eigenes verzerrtes Konterfei.

Was verbarg sich dahinter? Beobachtete ihn jemand von dort oben? Croy presste sich dicht an die Wand. Sollte er vorsichtshalber eine Kugel durch das Bullauge schießen? Er ärgerte sich, keine Waffe mit Schalldämpfer bei sich zu tragen.

In diesem Moment bogen, für Croy unsichtbar, drei schwarze Limousinen kurz hintereinander in den Ingwäonenweg ein. Die letzten Meter bis zu ihrem Ziel fuhren die Autos ohne Licht. Autotüren klappten leise auf. Sechs Männer in dunklen Kampfuniformen, Combat-Stiefeln, schwarzen Gesichtsmasken und anthrazitfarbenen Helmen sprangen heraus. Dabei hielten sie ihre G36-Schnellfeuergewehre im Anschlag.

Tanja Weber blieb im Führungsfahrzeug sitzen. In der Hand hielt sie ein Funkgerät. Sie sah Croys Rennrad auf dem Boden liegen. Vorsichtshalber gab sie noch einmal eine genaue Beschreibung ihres Teamchefs durch.

»Er hat helle, etwas längere Haare, ist schlank und groß. Auffälligstes Merkmal sind seine blauen Augen. Gehen Sie mit äußerster Vorsicht vor. Ihm darf auf keinen Fall etwas passieren.«

Einer der Männer bestätigte. Anschließend herrschte sofort wieder Funkstille. Jeder wusste, was er zu tun hatte. Alle trugen winzige Ansteckmikrofone unter ihren Kragen, die mit Kopfhörern verbunden waren, aus denen wispernde Stimmen drangen. Gegenseitig trieben sie sich an und beschrieben kurz und präzise, wie sie sich verteilen und bis an die Eingangstür des Hauses vorarbeiten wollten.

Dort angelangt, postierten sich vier der vermummten Kämpfer lautlos vor und neben der Eingangstür, die beiden anderen sicherten das Grundstück.

Einer der vier zog Uwe von Bergen, der sich noch immer im Dämmerzustand befand, aus der Regentonne.

»Hier liegt ein Mann«, sprach er in sein Mikrofon. »Identität unbekannt. Was machen wir mit ihm?«

»Ist er bei Bewusstsein?«, fragte Tanja Weber.

»Er atmet«, antwortete der vermummte Beamte. »Sieht etwas lädiert aus.«

»Ich werde ihn festnehmen«, antwortete sie.

Croys Finanzexpertin griff nach Handschellen und Fußfesseln, verließ das Auto, entsicherte ihre Waffe und machte Uwe von Bergen mit zwei, drei kurzen Handgriffen endgültig handlungsunfähig.

Währenddessen stießen die Männer die Tür des Hauses auf und drangen ins Innere vor.

Croy befand sich zu diesem Zeitpunkt in der zweiten Etage des Hauses, hatte die Geräusche vernommen und war in Deckung gegangen. Vorsichtig lugte er die Treppe hinunter.

Als er die uniformierten Männer erblickte, gab er sich zu erkennen, legte einen Finger vor den Mund und zeigte auf den Eingang zum Keller des Hauses.

Die Männer verteilten sich. Während die einen in Richtung Keller liefen, kontrollierten andere die übrigen Räumlichkeiten.

Vier der Männer durchsuchten das Souterrain, in das zwei schmale Fenster wie Sehschlitze Licht hineinließen. Sie stoppten vor der einzigen Tür, die es hier unten gab.

Die Beamten formierten sich. Einer gab ein Zeichen, dann flog das rechte Bein des kräftigsten Mannes gegen das Türblatt, das sofort zersplitterte. Blitzschnell streckte er seine Waffe mit einem winzigen LED-Aufsatz durch das entstandene Loch und leuchtete den dunklen Raum aus.

»Hier ist niemand«, flüsterte er in das Mikrofon unter seinem Kragen.

»Wir durchsuchen den Raum trotzdem«, bekam er zur Antwort.

Der Kellerraum war lang und schmal. An den Wänden standen Regale, die bis zur Decke reichten und in denen Unmengen von Kartons und schwarzen Plastikbehältern gestapelt waren.

Die Männer des Sondereinsatzkommandos durchstöberten jeden einzelnen Karton.

Croy befand sich nun direkt unter dem Bullauge. Mit einem Krachen zersplitterte das Spiegelglas. Ein Mann kam dem T3-Agenten entgegengeflogen und riss ihn zu Boden. Croy verlor seine Waffe und spürte zwei Hände, die sich um seinen Hals krallten. Mit einem Ruck schleuderte er den Angreifer herum. Beide Männer prallten gegen die Wand. Die Hände des Unbekannten lockerten sich, und Croy schlang seine Arme um dessen Brustkorb und presste ihn zusammen.

Der Angreifer befreite sich, indem er sich mit den Beinen gegen die Wand stützte und kräftig abdrückte. Wieder stürzten beide Männer zu Boden. Kampfgeräusche hallten durch das Obergeschoss. Croy packte den anderen am Hals, doch der drehte sich geschickt herum und trat Croy mit dem rechten Fuß in den Unterleib. Croy stöhnte auf. Der Angreifer schlug Croy mit der Faust hart unter das Kinn. Croys Kopf prallte an die Wand. Er spürte warmes Blut an seinem Hinterkopf.

Wutentbrannt mobilisierte Croy seine letzten Kräfte, sprang nach einer halben Rolle auf die Füße und rammte seinem Gegner mit Wucht den rechten Ellenbogen in die Rippen. Der Mann japste überrascht nach Luft, beugte sich zu weit vor, und Croy nutzte die Gelegenheit für einen gezielten Schlag unters Kinn. Der Mann schwankte rückwärts, fing sich aber schnell wieder und stürzte sich erneut auf den Agenten. Doch der hatte aufgepasst. Mit mehreren schnellen Handkantenschlägen wehrte er den Angriff ab, ging augenblicklich in die Hocke, packte den Angreifer am Steiß, hob ihn hoch und ließ seinen Körper gegen das Treppengeländer prallen. Der Mann durchschlug das Geländer und fiel auf die Treppenstufen darunter. Croy hechtete hinterher, packte seinen Gegner am Hals und drückte ihm die Luft ab.

Die SEK-Beamten waren inzwischen in den Kartons fündig geworden. Neben Heckler-&-Koch-Handfeuerwaffen, Munition, vier länglichen Tauchermessern und diversem Elektromaterial wie Kabeln, Drähten, Schaltern und Lämpchen waren sie auf einen extrem schmalen und teuren Laptop mit Steuerungsprogrammen gestoßen. Außerdem hatten sie sorgfältig in Ölpapier verpackten und verschnürten C4-Sprengstoff, Bleistyphnat, Taschenlampen mit LED-Einsätzen, eine Unzahl Handschuhe, schwarze Wollmützen, Industriepflaster zum Abkleben von Schuhabsätzen und zwei Laser mit dazugehörigen Batteriepaketen entdeckt.

»Hier haben wir das gesamte Waffenarsenal für eine tödliche Operation«, sagte einer der Beamten ins Mikrofon.

»Hier haben sich Bombenbauer eingerichtet«, ließ sich ein anderer hören.

»Einer von uns bleibt vor Ort«, sagte ihr Anführer. »Die anderen wieder nach oben. Vielleicht braucht der BKA-Kollege Hilfe.«

Während der Gruppenführer über Funk Meldung erstattete, zogen sich die anderen Männer nach oben zurück. Der verbliebene SEK-Beamte stellte sich dicht neben die Tür, sein Schnellfeuergewehr im Anschlag.

Croys Angreifer hatte aufgegeben. Handschellen fesselten seine Unterarme.

»Wo ist die Geisel?«, fragte Croy ihn böse.

Der Mann wies auf eine der Türen.

Croy erblickte die SEK-Männer, die den Ausgang des Kampfes mit Interesse und Anerkennung beobachtet hatten.

»Nehmt ihn fest und ab mit ihm. Ich kümmere mich um die Geisel.«

Croys Hände bluteten stark, am Kopf klaffte eine Platzwunde, Rippen, Oberarme und Knie schmerzten. Sein weißes Hemd war blutverschmiert, sein Westover am Ausschnitt eingerissen, sein Mantel lag zerknüllt am Boden. Er schleppte sich die Treppenstufen hinauf, las seine Waffe in einer Ecke des Flurs auf und presste sein Ohr an eine der Türen. Er hörte ein leises Wimmern. Es war Katjas Stimme.

Croy drückte die Klinke herunter. Die Tür war verschlossen. Er beugte sich zum Schlüsselloch hinab, konnte im Dunkel aber nichts erkennen.

»Katja, halt dich von der Tür fern«, rief er durch die kleine Öffnung.

Er hielt die Mündung der Beretta dicht unter die Türklinke und drückte einmal ab. Holz splitterte. Wo die Kugel eingedrungen war und ein Loch hinterlassen hatte, schob Croy die Mündung seiner Waffe hindurch und drückte das Türblatt aus seiner Verankerung. Verbrauchte Luft und der Gestank menschlicher Exkremente schlugen ihm entgegen.

Croy fand seine Freundin verkrümmt und leise schluchzend

am Boden liegend vor. Doch obwohl ihn der Anblick stark berührte, ließ er sich von seinem Mitgefühl nicht überwältigen und machte sich sofort an ihren Fesseln zu schaffen.

Erst als er Katja befreit hatte, strich er ihr über Stirn, Hals und Gesicht. Er riss sein Hemd auf und tupfte ihr mit einem sauberen Stück Stoff die Tränen aus dem Gesicht.

Sie lächelte ihn zaghaft an.

»Du hast mir so gefehlt«, flüsterte sie. »Ich hab' schon nicht mehr daran geglaubt, dich noch mal wiederzusehen.«

»Psst«, sagte er leise. »Das Reden strengt dich zu sehr an. Ich habe dich gesucht und gefunden. Und niemand wird dich mir je wieder wegnehmen.«

Erneut traten Tränen in ihre Augen.

Croy hob sie vorsichtig vom Boden auf und trug sie aus dem Zimmer durch den Flur die Treppe hinunter. Einer der SEK-Beamten bot seine Hilfe an, doch Croy sagte: »Das ist mein Job, danke.«

Als er vor der Tür Tanja Weber sah, huschte ein Lächeln über sein Gesicht.

»Passen Sie auf sie auf«, bat er. »Sie ist sehr schwach.«

Tanja Weber forderte umgehend bei einem Krankenhaus einen Rettungswagen an. Dann winkte sie einen SEK-Beamten zu sich.

Croy bettete seine Freundin behutsam auf den Rücksitz des Autos und schlug ihren Körper in eine Decke ein.

»Da ist noch jemand oben«, flüsterte Katja.

Croy sah sie fragend an.

»Er muss im Nachbarzimmer sein«, sagte sie. Dann schloss sie die Augen. Das Tageslicht verursachte nach den vielen Stunden in der Dunkelheit Schmerzen in den Augen.

Der SEK-Mann nahm neben dem Wagen breitbeinig Wachhaltung ein, während Croy ins Haus zurückkehrte.

Zwei Stufen auf einmal nehmend, hastete er die Treppe empor. Nur die Befreiung einer weiteren Geisel im Sinn, hatte er Nina vollkommen vergessen. Die Frau war langsam zu sich gekommen und, ihre Waffe in der Hand, noch etwas benommen aus dem Wohnzimmer getorkelt.

Croy war gerade im obersten Stockwerk angekommen, als er ein Geräusch aus der unteren Etage hörte. Instinktiv sprang er an die gegenüberliegende Wand und ging in die Hocke.

»Bleiben Sie, wo Sie sind!«, hörte er Ninas Stimme. »Sonst schieße ich.«

»Ich habe Ihre Waffe entladen«, rief er von oben. »Sie sollten das Haus verlassen und sich stellen. Alles andere kann nur mit Schmerzen enden.«

Nina näherte sich langsam.

Croy machte keine Anstalten zu reagieren.

Sie stand jetzt vor ihm, drückte ihm die Pistole an die Schläfe und sagte theatralisch: »Schlaf gut, Bulle.« Dann drückte sie ab.

Obwohl er sicher sein konnte, dass die Waffe nicht geladen war, jagte ihm die Situation eine gehörige Portion Adrenalin durch die Adern.

»Jetzt werden Sie wegen Mordversuchs an einem Polizisten angeklagt«, sagte Croy mit belegter Stimme und räusperte sich. »Das hätten Sie sich ersparen können.«

Urplötzlich rastete Nina aus und warf sich mit einem lauten Schrei auf den Ermittler.

Croy schlug ihr einmal kräftig ins Gesicht und bemerkte grimmig: »Kommen Sie endlich zu sich! Und lassen Sie mich meinen Job zu Ende bringen.«

Nina war zu Boden gegangen, wo sie wimmernd liegen blieb.

Croy telefonierte kurz mit seinem Handy, und nur wenige Augenblicke später führten Beamte des Sondereinsatzkommandos Nina ab.

Croy spürte jetzt heftige Stresssymptome. Sein Herz pochte hart gegen das Rippenfell, er blutete noch immer. Er sehnte sich nach Ruhe, er hatte Hunger, seiner Freundin ging es schlecht.

Er drückte erst gar nicht auf die Klinke der Tür, hinter der er die zweite Geisel vermutete. Er zerschoss das Schloss und entlud seine aufgestauten Gefühle in einem mächtigen Tritt gegen die Tür. Croy sah einen Mann, der an Lederschnüren zerrte, mit denen er an einen schäbigen Holzstuhl gefesselt war.

»Wer sind Sie?«, fragte ihn Malte Löwenbrinck entnervt.

»Mein Name ist Croy. Sind Sie verletzt?«

Der T3-Agent trat zu ihm und begann, die Lederschnüre aufzuknoten.

Löwenbrinck dehnte seinen Nacken und rieb seine Hände aneinander.

»Halten Sie still!«, knurrte Croy.

»Bis auf ein paar Rippenbrüche geht es mir gut«, antwortete Löwenbrinck.

»Sind Sie der Mann, dem seine Freundin abhandengekommen ist? Ein Kollege aus Studientagen bat mich, nach ihr zu suchen.«

»Sie meinen Stout? Den Rotschopf aus meinem Team? Es tut mir leid, dass Sie durch mich in Schwierigkeiten geraten sind«, sagte Croy, der inzwischen die Handgelenke des Rauschgiftfahnders freibekommen hatte. »Ich hätte diesen Job selbst übernehmen müssen.«

»Sie waren ja unterwegs, um die Welt zu retten«, sagte Löwenbrinck ironisch, beugte sich zu seinen Füßen hinunter und entknotete die breiten Schnüre.

Croy überhörte die Bemerkung. »Es waren drei Entführer. Eine Frau, zwei Männer. Waren Sie nicht auf die Situation vorbereitet?«

»Man hat mich auf dem Weg hierher gekidnappt«, stellte Löwenbrinck klar.

»Wer wusste, dass Sie hierher unterwegs waren?«, fragte Croy erstaunt.

»Zwei Personen«, sagte Löwenbrinck, nach kurzem Nachdenken. »Mein Informant und der diensthabende Beamte im Dezernat. Es ist aber wohl auszuschließen, dass Letzterer Kontakte zu den Entführern hatte.«

Löwenbrinck fixierte sein Gegenüber. Man konnte sehen, dass er scharf nachdachte.

»Irgendetwas stinkt an dieser Sache«, sagte er schließlich.

»Ich bringe Sie jetzt erst mal ins Präsidium zurück«, antwortete Croy.

»Kümmern Sie sich lieber um Ihre Freundin«, entgegnete Löwenbrinck. »Sie hat eine psychologische Betreuung nötiger als ich.«

Nur wenige Minuten später setzte sich die Kolonne aus Polizei- und Rettungswagen in Bewegung. Während Croy Katja Kirchner ins Krankenhaus begleitete, beförderten drei SEK-Beamte den Ex-RAF-Terroristen Uwe von Bergen, seine Freundin Nina und einen bislang unbekannten Täter in die Untersuchungshaftanstalt Berlin-Moabit. Zwei SEK-Beamte blieben so lange als Wachen am Tatort zurück, bis Beamte von der Spurensicherung eingetroffen waren.

Es war weit nach Mitternacht, als Croy endlich wieder in seiner Wohnung war. Katja Kirchner wollte auf eigenen Wunsch noch den Rest der Woche in der Klinik bleiben. Sie war nicht nur stark geschwächt, sondern ihre eigenen vier Wände hatten für sie auch alle Wärme und Vertrauensseligkeit verloren.

9

Frankreich, Saint-Quentin, am selben Abend

Beinahe eintausendzweihundert Kilometer weiter westlich saßen sich zur selben Zeit neun Männer an einem Tisch gegenüber und stritten sich lautstark. Die Luft in dem heruntergewirtschafteten ehemaligen Centre de Culture roch abgestanden. Durch die milchigen Fenster drang kein bisschen Licht herein. Es war ein stockfinsterer Abend. Ihre Geländewagen und einen kleineren Lastwagen hatten die Männer in eine der Garagen gefahren, die an das Kulturzentrum angebaut waren.

Drei der Männer trugen Wollmützen und schwarze Arbeitsmonturen. Sie kamen aus unterschiedlichen Nationen, ihre Hautfarbe variierte von europäisch hell bis südamerikanisch braun. Sie sprachen Französisch und Spanisch, hatten ein russisches Containerschiff vor der niederländischen Insel Texel versenkt und fünfundzwanzig Fässer mit Kaliumzyanid gestohlen.

Zwei weitere Männer trugen Jeans, Baumwollhemden und Anglerwesten mit auffallend vielen Taschen. Sie waren aus Russland gekommen und hatten mit der Sprengung des Uglitscher Staudamms mehr als fünfzehntausend Menschen auf dem Gewissen.

Die vier übrigen Männer hatten ihre Revolver vor sich liegen. Auch sie waren in ihrem Sinn erfolgreich gewesen: Senator Peter Gordon Smith, der letzte verbliebene Unterhändler des TRIAS-Vertrags und seine beiden Kinder waren durch ihre Hand auf dem Kirchgang zur Washington National Cathedral gestorben.

Ein Mann stach aus den versammelten Extremisten heraus.

Er war etwa Ende zwanzig und damit der jüngste von ihnen, war schlank und mittelgroß, hatte dichtes schwarzes Haar, braune Haut und lebendige dunkle Augen mit langen Wimpern. Seine Gesamterscheinung konnte man durchaus als attraktiv bezeichnen.

Er war Pakistani und entstammte einer politisch einflussreichen Familie. Während er sprach, gestikulierte er elegant.

»Männer, wir stehen vor einer großen Herausforderung. Mit der Verhaftung des Generals und des Colonels, mit der Zerschlagung einer unserer Zellen in Saint-Malo und dem Tod von Manuel beim Angriff auf die Niagarafälle sind wir ohne Führung und in unserer Schlagkraft dezimiert. Dennoch sehe ich keinen Grund, irgendetwas an unserem Plan zu ändern. Wir dürfen unsere Operationen jetzt auf keinen Fall in Frage stellen. Ihr alle wisst, dass sie ein ganz bestimmtes Ziel haben.«

Der Pakistani machte eine kleine Pause. Sein Gesichtsausdruck war hart und unnachgiebig.

Die Männer blickten ihn an. Sie alle fühlten sich als Vollstrecker des Testaments ihres Idols.

»So habe ich mir den Ausgang der Operation aber nicht vorgestellt«, bemerkte ein Kasache mit schmalen, beinahe asiatisch geschnittenen Augen. Er hatte die Operation in Uglitsch angeführt. »Meine Männer haben an der Wolga ganze Arbeit geleistet. Jetzt, da Präsident Rodriguez nicht mehr lebt, General Cortez und der Colonel verhaftet sind, müssen wir einen neuen Führer bestimmen. Ohne einen Kommandanten werden wir die vor uns liegende Herausforderung nicht bestehen.«

»Männer, wir sind jetzt unsere eigene Führung.« Der Pakistani schlug mit der flachen Hand auf den Tisch. »Wir sind Auserwählte. Als Nietos leisten wir uns keine Schwächen. Wir haben Carlos ewige Treue geschworen. Und wer diesen Schwur bricht …«

»Was redest du da?«, unterbrach ihn ein massiger Mann im Baumwollhemd mit stahlblauen Augen in einem wettergegerbten Gesicht. Er war der Steuermann des Fischerkahns gewesen, von dem aus die Rollbomben auf den Wolgastaudamm abgefeuert worden waren. »Du gehörst ja nicht mal zu uns!«

Der Uglitsch-Attentäter hatte vor nicht ganz drei Wochen den Befehl erhalten, an eine Front zu gehen, von der er nicht einmal wusste, wo genau sie verlief.

Bis auf Miguel und den Pakistani war es den anderen Terroristen ähnlich ergangen. Jeder hatte einen Anruf mit der Aufforderung erhalten, eine bestimmte Nummer zu wählen, die zu einem Anrufbeantworter geschaltet war. Auf diesem war die Stimme des Colonels zu hören, der exakte Anweisungen erteilte, wer sich an welchem Ort und zu welcher Zeit einzufinden hatte.

Der Weckruf an die Nieto-Schläfer, die Erben des einstmals so gefürchteten Terroristen Carlos, war der erste nach drei Jahren gewesen. Drei Jahre zuvor hatten dieselben Attentäter mehr als siebenhundert Menschen bei Bombenanschlägen auf das Concertgebouw in Amsterdam und die Pariser U-Bahn-Station Pigalle in den Tod geschickt.

»Die Behauptung, ich würde nicht zu euch gehören, ist *falsch*«, stellte der Pakistani in eisigem Ton klar. »Ich habe zwar nicht euer Alter, habe aber geschworen, den Tod meiner Mutter zu sühnen. Und ich habe die gleichen Ziele wie ihr. Den amerikanischen Imperialismus …«

»Hört auf zu streiten«, fuhr ein kleingewachsener südamerikanischer Typ dazwischen. »Wir haben andere Sorgen.«

»Ganz richtig, Miguel«, stimmte ihm sein Nebenmann zu. »Wir setzen die Mission fort wie geplant. Fühlt sich jemand dazu berufen, die Fäden in der Hand zu halten? Wir sind zwar alle Profis, aber …«

»Ich!«, tönte es herrisch durch den Raum.

Die Männer blickten erstaunt auf den jungen Pakistani. Der machte nicht den Eindruck, als habe er sich versehentlich zu weit vorgewagt. Als müsste er vor den Männern klarstellen, wie ernst es ihm war, rechtfertigte er seinen Führungsanspruch mit markigen Worten.

»Ich habe das Kommando vor Texel angeführt, die Sprengladungen an der *Rossija-11* angebracht und ein paar Seemänner versenkt. Ich kenne keine Gnade, wenn es um die Durchsetzung unserer Aufträge geht. Carlos ist für uns alle das einzig wirkliche Vorbild, unser General, unser Befehlshaber, unser Idol!«

Laut, sehr laut hatte er seine letzten Worte gesprochen. Sie schienen ihre Wirkung nicht zu verfehlen. Und dann fügte er donnernd hinzu: »Wir sollten ihn nicht enttäuschen! Und wer mir folgt, den werde *ich* nicht enttäuschen!«

Die Männer gaben sich zurückhaltend.

Einer fragte: »Gibt es denn neue Nachrichten aus Wien?« Es war ein Mann mit der Figur eines Ringers. Klein, untersetzt, breite Schultern, schmale Hüften, mit Händen so groß wie Brotkörbe. Seinen Kopf hielt er Miguel zugewandt. »Wie weit sind die Transaktionen?«, fragte er mit tiefer Baritonstimme.

»Wenn alles nach Plan geht«, antwortete Miguel nach einem kurzen Moment, »sollten nächste Woche die Verträge auf der UNEP-Weltwasserkonferenz in Nairobi unterschrieben werden. Und dann folgt Falcks erster weltweiter Auftritt als Bluewater-Chef. Es soll eine glühende Rede werden, in der Bluewaters Bedeutung in den Mittelpunkt gestellt wird. Soviel ich weiß, haben sich alle großen Fernsehsender angemeldet. Wer von uns nimmt Kontakt zu Falck auf?«

Die Männer blickten sich achselzuckend an. Niemand hatte bis dato mit dem mächtigen Boss des Hedgefonds Concord1 Kontakt gehabt.

»Miguel, willst du das nicht übernehmen?«, fragte der Pakistani lauernd. »Schließlich warst du der Fahrer von Cortez und am dichtesten an ihm dran. Vielleicht hast du noch ein paar Details für uns?«

»Mehr als das, was ich euch eben gesagt habe, weiß ich auch nicht«, wiegelte Miguel ab.

Ihm gefiel die Situation überhaupt nicht. Einerseits erwartete Maria Uljanowa vom FSB, dass er als Quelle funktionierte. Andererseits musste er sich davor hüten, in der Hexagon-Gruppe eine zu auffällige Rolle zu spielen. Als Doppelagent in den Diensten des russischen Inlandsgeheimdienstes FSB und des venezolanischen DISIP kam sich Miguel Herriero wie der Belag eines Sandwichs vor: immer in Gefahr, zwischen den beiden Hälften zerquetscht zu werden.

»Der General weiß mehr«, fügte er hinzu. »Aber der erzählt jetzt vielleicht alles der CIA.«

»Woher willst du das wissen? Er ist kein Verräter«, schnaubte der Pakistani.

»Den Verhörmethoden der Amerikaner hält niemand lange stand«, antwortete Miguel Herriero. »Die stülpen ihren Gefangenen Helme auf den Kopf, sodass sie nichts mehr sehen, hören oder riechen können. Sie lassen sie nicht schlafen, stechen gerade verheilte Wunden immer wieder auf und tauchen ihre Gefangenen so lange unter Wasser, bis sie denken, ihr letztes Stündlein sei gekommen. Sollte Cortez, wie unser Geheimdienst erfahren haben will, wirklich von Kabul nach Rumänien ausgeflogen worden sein, kräht sowieso kein Hahn mehr danach, was sie mit ihm anstellen. Die Amerikaner werden ihn allein für den Anschlag auf die ISAF-Botschafter verantwortlich machen, seine Auftraggeber aus ihm herauspressen und uns alle wie Freiwild behandeln.«

»Wie viel Tage bleiben uns noch bis Nairobi?«, fragte einer der Uglitsch-Attentäter.

Miguel antwortete. »Sechs Tage.«

»Dann lasst uns keine Zeit verlieren«, sagte der Pakistani kämpferisch.

Auf den Gesichtern der Männer zeichnete sich Entschlossenheit und unbedingter Wille ab.

Bis in den frühen Morgen hinein besprachen sie detailliert, wie sie vorgehen wollten. Dann bauten sie einfache Pritschen auf und schliefen bis in den späten Vormittag.

Gegen elf Uhr telefonierte Miguel mit dem Büro von Thomas Falck und verabredete sich mit ihm für neunzehn Uhr. Zwei Stunden später verließ er gemeinsam mit einem Kompagnon in einem der Landrover das Gelände und bestieg um sechzehn Uhr die Nachmittagsmaschine von Paris nach Wien. Sie würde etwa zweieinhalb Stunden später in Wien landen.

10

**Wien,
am selben Tag,
später Nachmittag**

Markus Croy hatte noch am Vormittag seine Freundin Katja im Krankenhaus besucht. Bei einem kurzen Spaziergang durch den Park des Spitals hatte er nicht viele Worte über die Einsätze der letzten Tage verloren. Viel wichtiger war es ihm zu erfahren, wie sie sich nach den Strapazen ihrer Entführung fühlte, und ihrem Gespräch eine positive Aussicht zu geben.

»Es geht mir nicht gut«, hatte sie ihm gestanden. »Ich habe Alpträume. Das Ganze war so qualvoll. Ich kann es nicht einfach so vergessen.«

Croy war mit Katja Hand in Hand durch den kühlen Park spaziert und hatte sie erst wieder am Krankenhauseingang losgelassen.

»Du darfst deine Erlebnisse nicht verdrängen«, beschwor er sie, »sonst werden sie dich dein Leben lang belasten.«

Nach ihrem kurzen Treffen war er am frühen Nachmittag mit allerhand Gepäck im Taxi zum Flughafen gefahren. Während der gesamten Fahrt ging ihm Katja nicht aus dem Kopf. Zum ersten Mal fühlte er sich schuldig an ihrem Leid.

Am Flughafen besorgte er sich eine Prepaidkarte mit neuer Mobilfunknummer, tauschte sie gegen die offensichtlich von Katjas Entführern gehackte Nummer aus und fühlte sich endlich wieder sicherer. Per Kurzmitteilung sandte er die neue Nummer an Kommissarin Etienne Loire von der Gendarmerie Nationale, BKA-Chef Konrad Kaltenborn, Kanzleramtsminister Stefan Wilkens und Tanja Weber aus seinem Berliner T3-Team.

Um vierzehn Uhr fünfzig hob sein Flugzeug nach Wien ab, um sechzehn Uhr dreißig landete er.

Die Assistentin von Thomas Falck hatte Croys Mitarbeiterin Tanja Weber zwar nur einen kurzen Telefontermin zugesagt, doch der T3-Agent war sicher, Falck in seinem Hauptquartier persönlich anzutreffen. Wenn nicht, würde er ihn in Wien auf einem anderen Weg aufstöbern. Schließlich verfügte das Bundeskriminalamt nach dem Vorbild internationaler Geheimdienste hier neuerdings über eine Filiale, die über ihre Datenbank fast jeden fand, der nicht aus Luft bestand.

Kurz bevor das Taxi das endgültige Ziel im Wiener Stadtteil Penzing erreicht hatte, bat Markus Croy den Fahrer zu stoppen.

Die restlichen Meter ging Croy zu Fuß. Vor ihm, auf dem höchsten Punkt des Gallizinbergs, erhob sich die Kirche am

Steinhof mit ihrer vergoldeten Kuppel. Das Jugendstilbauwerk bildete das optische Highlight der ansonsten eher einfachen Pavillons, die sich um die Kirche gruppierten und Anfang des letzten Jahrhunderts als Niederösterreichische Landesirrenanstalt erbaut worden waren. Vor etwa zwei Jahren hatte die Stadt Wien den östlichen Teil des Psychiatriegeländes für private Investoren freigegeben, die einige der frei gewordenen Zweigeschosser an New-Economy-Firmen und Finanzdienstleister vermieteten. Auf diesem Weg musste auch der überraschend kleine Führungsstab des Hedgefonds Concord1 hierhergelangt sein.

Verdeckt von hohen Bäumen und hinter einer Art Säulengang, der mit wildem Liguster bewachsen war, war Pavillon Nummer vierzehn auf den ersten Blick kaum zu sehen. Nur ein Besucher, der genau wusste, was er suchte, konnte aus dem winzigen Messingschildchen mit dem in schwarz eingravierten Kürzel C1 schlussfolgern, dass dies die Adresse eines der mächtigsten Hedgefonds der Welt war. Selbst der schwere dunkelblaue BMW stand nicht direkt vor der Tür, sondern etwa fünfzig Meter abseits unter einer mächtigen Buche, die noch immer ihre braunen Blätter vom Vorjahr trug. Der teure Wagen war ein Indiz dafür, dass hier jemand residierte, der auf Fahrkomfort Wert legte.

Der Chauffeur, ein älterer Mann in grauem Anzug, döste hinter dem Lenkrad, den Kopf an die Seitenscheiben gelehnt. Croy schlich sich von hinten an den Wagen heran, ging in die Hocke und riss dann mit einem Ruck die Fahrertür auf. Von der Aktion überrumpelt, kippte der Mann beinahe lautlos heraus und fiel direkt in die heranfliegende Faust des Agenten. Ein mächtiger Kinnhaken beförderte den Chauffeur zurück bis auf die Beifahrerseite. Ehe der Mann sich berappeln konnte, saß Croy bereits im Wagen und legte dem Mann Handschellen an, die er am Lenkrad befestigte. Er zog den

Zündschlüssel ab, stieg aus und drückte auf die Fernbedienung des schweren Autos.

Die reich mit Intarsien verzierte Tür des Pavillons war karminrot gestrichen und bildete einen hübschen Kontrast zum Schnee. Hier war Wien schon sehr hügelig, mit einigem Baumbewuchs und ordentlich gestutzten Hecken.

Croy fand in seiner Eile keine Klingel, pochte mit einer Hand gegen die Tür und lauschte. Etwas klirrte im Innern, als sei Glas zersprungen. Wenig später öffnete sich die Tür, und eine Frau von Ende dreißig stand vor ihm, die vielleicht irgendwann mal Miss Wien gewesen sein mochte. Sie trug ihr brünettes Haar glatt gekämmt mit einem Seitenscheitel, hatte Puder und etwas Rouge aufgelegt. Sie steckte in einem dunkelgrauen Hosenanzug und knallroten High Heels, deren Hacken fast so hoch waren wie ein Pistolenlauf lang ist.

Jetzt war Croy doch beeindruckt, zumal die Dame ein Parfüm verströmte, das ihm auf angenehme Weise den Moment versüßte.

»Darf ich eintreten?«, fragte er.

»Kommt ganz darauf an, was Sie wollen«, war die spröde Antwort.

»Ich möchte mit einem bestimmten Mann über sehr viel Geld reden«, sagte er und schielte an ihr vorbei ins Foyer des Pavillons.

»Reden Sie einfach mit mir«, sagte sie mit spöttischem Blick und wich nicht einen Millimeter von der Tür.

»Für einen Mann sind Sie besonders hübsch und auch jeden Cent wert«, rang sich Croy ein Lächeln ab.

»Wen denken Sie denn, hier zu finden?«, fragte sie, um mehr Höflichkeit bemüht.

»Thomas Falck. Sie kennen ihn nicht zufällig?« Croy gab nun seinerseits den Gentleman.

Miss Wien nagte an ihrer Unterlippe.

»Kann sein, dass ich ihn kenne«, sagte sie schließlich. »Aber selbst wenn, ich würde Sie hier nicht reinlassen.«

Ihr Ton war wieder herrisch geworden.

»Ach nein?«, knurrte Croy zurück. »Was zahlt er Ihnen dafür, dass Sie so unfreundlich sind?«

»Genug, um Männer wie Sie mit großer Freude abzuwimmeln.«

Beste Freunde würden sie nicht werden, das stand für Croy fest.

»Ach, kommen Sie«, versuchte er es erneut mit Milde. »Dafür sind Sie zu schön. Ihr Aussehen und Ihre ruppige Art passen so gar nicht zusammen.«

»Das ist das Problem«, blickte sie ihm in die Augen. »Schöne Frauen nimmt niemand ernst.«

»Deshalb tragen Sie so maskuline Kleidung, wirken ein bisschen verbissen und machen den Eindruck, als würden Sie Ihrem Boss *gehören*, anstatt nur für ihn zu *arbeiten*.«

Croy bemerkte, dass ihre Beine leicht zitterten. Lag es an den hohen Hacken oder verlor sie die Geduld?

»Jesusmaria«, stieß sie verärgert hervor. »Ihrem Auftreten nach sind Sie ein ganz gewöhnlicher Bulle, der sich nur deshalb in diesen schicken Aufzug gequetscht hat, weil er Eindruck schinden will. Aber wirklich leiden können Sie sich darin nicht. Ich schätze mal, dass ich mich nicht irre.« Sie lächelte nicht ohne Hintersinn.

»Sie haben Recht«, antwortete Croy.

Sie blickte überrascht.

»Und wissen Sie was?«, setzte er nach, »Sie lassen mich jetzt rein, und wir setzen dort unser Kaffeekränzchen fort und reden ein wenig über Ihre Kindheit. Ich könnte mir vorstellen, dass wir da fündig werden.«

Falcks Hausdame machte nicht den Eindruck, als sei sie scharf auf ein derartiges Gespräch. »Das werden wir ganz sicher nicht tun«, verkündete sie schnippisch und wollte die Tür zuschlagen.

Doch Croy war schneller, schob seinen Fuß in die Tür und warf sich kräftig gegen das schwere Portal.

»Au, Sie tun mir weh!«, fiepte die brünette Schönheit und wich erschrocken zurück.

Mit einem großen Schritt stand Croy mitten im Foyer. Es wirkte wie ein Salon, der sehr lange Zeit nicht mehr renoviert worden war. Dunkle Wände, dunkle Möbel, gedämpftes Licht.

»Ein guter Ort zum Sterben«, bemerkte Croy.

Die Frau war vor dem Eindringling hinter ihren Schreibtisch geflüchtet, der schräg zum Eingang stand, und hielt jetzt einen Telefonhörer in der Hand.

In der Düsternis des Vestibüls war sie kaum zu erkennen.

»Tun Sie das nicht«, sagte Croy fast flehentlich.

»Warum nicht?«

»Weil ich Ihnen sonst wehtun muss.« Er schob sich dicht an ihren Schreibtisch heran.

Sie ließ die Hand mit dem Hörer sinken.

»Wo finde ich denn nun den Genossen Falck?«, fragte er.

»Er ist da drin«, wies sie mit einer Hand auf eine schwere, schwarze Eichentür. Sie hob den Hörer erneut ans Ohr.

»Machen Sie sich keine Mühe«, sagte Croy, »ich finde den Weg auch ohne Anmeldung.«

Sie warf ihm einen giftigen Blick hinterher.

Sein Weg führte ihn an einer Standuhr aus dunklem Eichenholz vorbei. Es war siebzehn Uhr fünfundvierzig.

Der T3-Agent klopfte gar nicht erst an.

Der Mann an dem massiven, dunkelbraunen Schreibtisch bezog seine Eleganz einzig aus einem weißen Taschentuch, das er sich wie ein Geck auf Brautschau in die linke obere Tasche seines dunkelblauen Jacketts gestopft hatte. Was der Chefstratege untenherum trug, konnte Croy nicht sehen. Die Schreibtischrückwand war geschlossen und mit ein paar klobigen Verzierungen versehen, die in den dreißiger Jahren als schick gegolten haben mochten. Croy bemerkte an einem seiner fleischigen Finger einen goldenen Siegelring.

»Was kann ich für Sie tun?«, fragte Thomas Falck mit schläfriger Stimme. Er blickte Croy aus wässrigen blauen Augen an, unter denen dicke Tränensäcke lagen. Die Falten in seinem Gesicht bezeugten ein Alter jenseits der siebzig; um seine Mundwinkel lag ein Ausdruck der Verachtung. Er sah aus wie ein aufgeblasener Bullterrier.

»Verzeihen Sie, dass ich hier ohne Anmeldung einfach hereinrausche. Aber ich mag nun mal Überraschungen. Ich hoffe, Sie auch.«

»In Maßen«, sagte Falck. »Vor allem nicht von Leuten, die ich nicht kenne und die mir garantiert meine Zeit stehlen wollen.«

»Das hatte ich nicht vor«, sagte Croy. »Wenn Sie mir erzählen, was ich wissen will, bin ich schneller wieder an der hübschen Dame vorbei, als mir lieb ist.«

»Sie ist meine Frau«, sagte Falck.

»Dachte ich es mir doch«, sagte Croy. »Es steht natürlich außer Frage, was sie mehr liebt: den Mann oder das Geld, das er verdient.«

Falcks Gesicht verzog sich zu einer wütenden Grimasse.

»Sie Dreckskerl«, zischelte er hinter seinem Schreibtisch hervor. »Sie dringen hier ein, rauben mir meine kostbare Zeit und beleidigen dann auch noch mich und meine Frau. Was halten Sie davon, wieder zu verschwinden?«

»Nicht viel«, entgegnete Croy, griff in seine Tasche, zückte seinen Dienstausweis und trat dicht an den Schreibtisch heran.

»Geben Sie ihn mir«, verlangte Falck.

»Nein«, sagte Croy. »Ich halte ihn fest, und Sie sehen drauf. So läuft das.«

Falck riskierte nur einen kurzen Blick.

Croy war klar, dass Falck ihn so schnell es ging wieder los sein wollte. Kriminalbeamte und Chefstrategen eines milliardenschweren Fonds konnten niemals gute Freunde werden. Wo viel Geld war, war auch viel Misstrauen.

»Ich möchte wissen, warum Sie so auffällig viele Bluewater-Aktien kaufen«, sagte Croy.

»Das ist unser Geschäft«, lehnte sich Falck zurück. »Kaufen und Verkaufen. Unsere Anleger erwarten, dass wir Gewinne und keine Verluste machen.«

»Bei Bluewater ist es gerade auffällig leicht, keine Verluste zu machen. Schlechter könnte es der Aktie nicht gehen.«

»So ist nun mal das Leben an der Börse. Eine Berg-und-Tal-Fahrt. So, wenn Sie gestatten ...«

»Nein!«, sagte Croy böse. »Ich gestatte gar nichts. In Saint-Malo sollten Anrainer eines Bluewater-Stausees vergiftet werden, in Russland brach ein Damm und riss fünfzehntausend Menschen in den Tod. Und ganz zufällig kaufen Sie in genau dieser Zeit für viele Millionen Dollar Aktien des angegriffenen Konzerns. Wer hat Ihnen denn da geflüstert, was passieren wird, hm?«

Croy stand jetzt ganz dicht vor Falck. Dessen Stirn glänzte feucht und fettig. Einzelne seiner schmutzig grauen Haarsträhnen klebten nass an seinem Schädel.

»Das nennen wir in unserer Branche den richtigen Riecher haben«, wiegelte Falck ab.

»Ach, was Sie nicht sagen«, fuhr Croy ihn an. »Den hatten Sie ja schon als hoch dotierter Entwicklungshelfer in Äthiopien, nicht wahr? Mit Wasser kennen Sie sich bestens aus. Wie finden Sie denn, dass Bluewater ziemlich große Chancen hat, den Zuschlag für das größte Trinkwasserprojekt in der Dürrezone Afrikas zu erhalten?«

»Das freut mich«, sagte Falck.

»Weil Sie es eingefädelt haben, Falck. Sie haben die Ausschreibungen der UNEP manipuliert und Bluewater ganz nach oben auf die Liste geschoben. Dabei sind die Konditionen des Konzerns nicht besser als die der Mitbewerber. Im Gegenteil. Bluewater ist durch seine schiere Größe viel unbeweglicher und teurer als die Konkurrenz.«

Falck schnaufte böse. Croy hatte mit seiner Offensive genau das erreicht, was er wollte: Falck zu provozieren. Vielleicht ließ er sich ja so doch noch ein paar Sätze entlocken, die er unter normalen Umständen nie über die Lippen bringen würde.

»Ihre Fantasie ist wirklich erstaunlich«, antwortete Falck. »Sie waren in der Schule sicher immer ganz weit vorn.«

»So wie Sie auch, Falck. Immerhin haben Sie es in der DDR zu einem von der Stasi geschützten Wirtschaftsstaatssekretär gebracht. Sie haben nicht nur die Wirtschaftsbeziehungen zwischen Ostberlin und Bonn koordiniert. Dank Ihrer Gabe, stille Verhandlungen zu führen, sind unter Ihrer Ägide über die Jahre mehr als zehn Milliarden Westmark in die devisenklammen Kassen der DDR geflossen.«

»Woher wissen Sie das?«, fragte Falck.

»Gut informiert ist, wer gut informiert wird«, sagte Croy kurz und schob dann nach: »Aber es gab ja auch manch bösen Knick in Ihrer Karriere. Sie waren arbeitslos ...«

»Das war ich nie«, fauchte Falck.

»Natürlich waren Sie das«, sagte Croy. »Obwohl Sie viele Jahre lang eng mit den Russen kooperiert haben, hat Moskau Sie während der politischen Wende fallen lassen. Mehr noch. Sie haben brisante Akten der CIA übergeben. Dadurch haben Sie auf einen Schlag Ihre Reputation verloren und sich beleidigt und verletzt zurückgezogen ...«

»Ein Kommunist verliert niemals. Das sollten Sie sich merken«, zischte Falck hasserfüllt.

Croy konterte: »Lassen Sie mich gefälligst ausreden. Zwischen 1993 und 1998 haben Sie im Auftrag privater wie auch staatlicher Mandanten deutsche Kommunen beim Schuldenabbau beraten. Ob Aktienspekulationen, Verkauf von kommunalem Eigentum, Gründung von Regionalbanken oder Verkehrsverbünden zwischen deutschen Bundesländern – überall haben Sie als ehemaliger DDR-Staatssekretär und Devisenhändler Spuren hinterlassen. Und 2008 war dann Ihr ganz großes Jahr. Die UNEP beauftragte Sie mit einer gründlichen Expertise für eine Ausschreibung des größten Trinkwasserprojekts, das es jemals gab: Projekt Noah. Die Bewässerung der Sahelzone in den Dürregebieten Äthiopiens und Somalias.«

Falck schien die Blasiertheit vergangen zu sein.

»Und jetzt wissen Sie«, legte Croy nach, »warum ich davon ausgehen muss, dass Concord1 mit Kalkül versucht, eine Aktienmehrheit an Bluewater zu erlangen. Denn ohne Sie, Thomas Falck, läuft bei der Vergabe der Wasserrechte gar nichts.«

»Damit haben Sie Recht«, grinste Falck breit. Das Ganze schien ihm langsam Spaß zu bereiten.

»Und wissen Sie was?«, bellte er in Richtung Croy. »Wer auch immer den Zuschlag erhält, Afrikas Dürregebiete fruchtbar zu machen, der besitzt den Schlüssel zu einer gigantischen Gelddruckmaschine. Noah stillt nicht nur Hunger und Durst, Noah schafft auch gehobenen Lebensstandard – ein Wort, das die Afrikaner noch nicht einmal buchstabieren können.« Falcks Ohren glühten jetzt.

»Dazu kann ich nur gratulieren«, sagte Croy ganz ohne Ironie. »Aber warum müssen dafür erst einmal viele Menschen sterben?«

Falck beugte sich über den Schreibtisch.

»Kein Erfolg ohne Opfer, Sie Klugscheißer. Wer auch immer hinter den Anschlägen auf Bluewater steckt – ich ganz bestimmt nicht.«

Falck blickte lauernd auf Croy. Beide Männer ließen ein bisschen Zeit verstreichen. Doch dann drehte sich Falcks Besuch ein wenig zur Seite und hielt – für Falck ganz und gar überraschend – plötzlich eine Waffe in der Hand.

»Ich werde Sie jetzt erschießen«, sagte Croy ganz ruhig. »Dann ist die Welt einen Hai mehr los. Und danach erschieße ich Ihre Frau. Was halten Sie von diesem Vorschlag?«

Falck lächelte dünn. »Solche Sätze kenne ich aus Kinofilmen. Spielen Sie nicht den Mann, der die Welt rettet. Sie wissen doch ganz genau, wie dieses System organisiert ist. Geld will mehr Geld. Ein ganz normaler Hunger. Sie glauben doch nicht, dass sich irgendetwas ändert, wenn Sie mich aus der Welt schaffen?«

Durch Falck ging ein Ruck. Er entfernte sich vom Schreibtisch und bewegte sich auf Croy zu – in einem Rollstuhl, schwer atmend.

»Oder wollen Sie wirklich auf einen Krüppel schießen, Croy?«

Croy blieb kühl, blickte mit gespieltem Desinteresse auf den Rollstuhl. Doch innerlich befand er sich in einem Gewissenskonflikt. Er war dicht davor, Falck zu entlocken, wer hinter den Anschlägen steckte. Dass er sich dabei gewisser Druckmittel und seiner Autorität als Polizist bediente, war legitim. Doch Falcks dramatische Aktion, mit einem Rollstuhl auf ihn zuzufahren, verunsicherte ihn.

»Ich schieße auch auf Rollstuhlfahrer«, sagte Croy schließlich und blickte mit seinen stahlblauen Augen reglos und ohne ein Fünkchen Wärme auf Falck.

»Nun gut«, antwortete der Concord-Chef, drückte auf einen Knopf, surrte in Richtung Schreibtisch zurück, hielt kurz inne und wandte sich plötzlich mit einer Waffe in der Hand um.

Croy hatte dem Rollstuhl überrascht hinterhergestarrt und einen Moment lang nicht aufgepasst.

»Ich denke, jetzt steht es eins zu eins«, höhnte Falck.

»Nein«, sagte Croy, »es steht zwei zu eins.«

Die Antwort verblüffte Falck zwar nur kurz, was aber ausreichte, um ihn zu überrumpeln. Croy schoss ihm den Revolver aus der Hand. Falck schrie vor Schmerz auf, ein Finger blutete stark.

Die brünette Schönheit kam ins Büro gestürmt.

»Bleiben Sie ruhig und machen Sie jetzt keinen Fehler«, warnte Croy sie. »Stellen Sie sich hinter Ihren Mann, stillen Sie das Blut und halten Sie den Mund.«

Croy zog einen der Bürostühle zu sich heran. Sie waren schwer und klobig. Er hatte lang genug gestanden und spürte, wie seine Beine langsam taub wurden.

Falcks Frau benutzte kurz entschlossen das Einstecktuch ihres Mannes als Verband.

»Das war erst der Anfang«, blieb Croy unerbittlich. »Wenn Sie mir nicht sofort die Namen der in die Anschläge verwickelten Personen nennen, trifft die nächste Kugel Ihre schöne Frau.«

Das Paar blickte düster auf den Kommissar. Wahrscheinlich hatten sie sich den Abend anders vorgestellt.

»Tut mir leid. Ich kann Ihnen nicht helfen«, flüsterte Falck mit schmerzverzerrtem Gesicht. Er blickte jetzt fast unterwürfig auf sein Gegenüber. Doch Croy glaubte ihm nicht.

»Ich nehme mir jetzt Ihre Frau vor.«

Croy erhob sich, schritt hinter Falcks Rollstuhl, packte die Wiener Schönheit am Handgelenk und zerrte sie dicht zu sich heran. Das Parfüm war mit der Zeit nicht schlechter geworden. Croy riss sich zusammen.

»Wohin soll ich schießen, Falck? Sie kennen doch hoffentlich ihre sensiblen Stellen. Wo tut es ihr am meisten weh, hm?«

Croy wusste, dass er sich dicht an der Grenze dessen bewegte, was ihm in der Ausbildung beigebracht worden war. Man darf das Opfer nie zu sehr demütigen, hatte er gelernt, sonst verschließt es sich für immer.

»Erschießen Sie sie. Sie ist nur auf mein Geld scharf. Wer will schon einen Krüppel an seiner Seite?«

Croy war überrascht. Mit dieser Haltung hatte er nicht gerechnet. Und so ganz nebenbei nahm ihm der Concord-Stratege auch noch ein Druckmittel aus der Hand. Er überlegte kurz, dann sagte er: »Nein, ich werde eher Sie erschießen, Falck. Sie scheinen mir ganz besonders am Leben zu hängen.«

»Tun Sie das«, zischte Falcks Frau. Und dann überschlugen sich ihre Worte.

»Er ist nicht nur ein mieser Liebhaber und extrem geizig. Er ist vor allem ein Ewiggestriger. Diese endlosen Abende mit ehemaligen Staatssicherheitsleuten am Kamin. Diese nervtötenden Diskussionen über RAF und *Kapitalismuskritik*. Sein Hang, sich bei den Behörden einzuschleimen, Informationen einzuholen und ihre Chefs zur Belohnung bei uns zu Hause zu empfangen, mit ihnen Whisky zu trinken – mich widert das alles an! Erschießen Sie ihn! Sie haben meinen Segen.«

Für Croy zu viele Informationen auf einmal. Was hatte Sie gesagt? RAF? Kapitalismuskritik? Whisky?

Wie sollte er jetzt weiter vorgehen? Falcks Ehefrau, so viel war klar, wartete offenbar sehnsüchtig darauf, dass ihr Mann aus dem Leben schied, um an sein Geld zu kommen. Falck wiederum war ein betagter Krüppel im Rollstuhl, dem Moral und Werte inzwischen nichts mehr bedeuteten. Er hatte sein ganzes Leben lang Monopoly gespielt. Erst für die eine, dann für die andere Seite. Und nun lebte er nach seinen eigenen Gesetzen, die den Tod unschuldiger Menschen in Kauf nahmen und in denen die Frage nach dem Ziel seines Tuns nur eine einzige Antwort kannte: den eigenen Vorteil.

Jetzt war es an Thomas Falck, seine Frau hasserfüllt anzublicken. Ehe Croy auch nur den Hauch einer Chance hatte zu reagieren, schoss Falck mit einem Minirevolver, den er irgendwo zwischen seinen Beinen deponiert haben musste, aus dem Rollstuhl auf seine Frau, die augenblicklich in sich zusammensank und mit einem tiefen Seufzer zu Boden ging.

Croys Entgeisterung hielt nur so lange an, bis Falck seine Waffe auf ihn richtete. Er reagierte ebenso schnell wie ohrenbetäubend. Das .42er-Projektil der Smith & Wesson drang mit ungeheurer Wucht in Falcks Körper ein. Croy hatte rechtzeitig abgedrückt und entging somit knapp einer Kugel aus Falcks Waffe.

Croy war zu sehr mit dem hässlichen Anblick zweier blutüberströmter Körper beschäftigt, als dass er darüber nachdenken hätte können, warum Falck diese Waffe nicht schon früher benutzt oder zumindest damit gedroht hatte. Er beugte sich über den schwer verletzten Concord-Manager, der mit halb geschlossenen Augen dalag und nur noch sehr flach atmete.

Falck machte eine Handbewegung.

»Wollen Sie mir noch etwas sagen?«, fragte Croy eindringlich.

»Ich ... hatte ... Ideale«, sagte Falck mit ersterbender Stimme. »Als junger Mann ... und ... später ... Wir wollten etwas Neues aufbauen ... eine neue Gesellschaft ... Wir waren Kriegskinder ...«

Er zuckte zusammen und presste eine Hand auf seinen Bauch.

»Ooh, sind das Schmerzen ... Ich wollte so vieles erreichen ... aber ich habe versagt. Das ist so bitter.«

Falcks Kopf sank auf die Brust. Croy blickte mit einer Mischung aus Mitleid und Verachtung auf ihn hinunter. Dann durchsuchte er Falcks Schreibtisch, durchwühlte Schubladen, sicherte mehrere Ordner mit Transaktionsunterlagen, Geschäftsberichten und Memoranden des Fonds. Er blickte sich suchend um. Sein Blick fiel auf einen dicht belaubten Gummibaum in der Ecke, durch dessen Blätter etwas Metallisches hindurchschimmerte. Mit dem Fuß schob Croy die Pflanze beiseite und sah sich einem etwa zwanzig Zentimeter hohen und ebenso breiten Tresor gegenüber, der keine Zahlenkombination, sondern einen Spezialschlüssel brauchte.

Vorsichtig durchsuchte Croy die Innentaschen des toten Concord-Managers und wurde fündig. Der Schlüssel war schmal und lang und hatte einen unregelmäßig gezackten Bart. Er passte.

In Inneren halbierte ein Regalboden den Tresor. Obenauf lag ein respektabler Stapel Bargeld, auf dem Tresorboden eine Mappe mit milchiger und deshalb nicht ganz durchsichtiger Vorderseite. Croy schlug die Mappe auf. Ihm sprang das Wort Hexagon regelrecht ins Gesicht, so auffällig war es auf das erste Blatt gedruckt. Neugierig durchblätterte Croy die nachfolgenden Seiten. Akribisch genau wie in einem Drehbuch war hier aufgeführt, welche Terrorzelle welches Ziel angreifen sollte. Technisches Gerät, Sprengstoffe, Gifte, Zündmaterial waren ebenso aufgeführt wie Treffpunkte, Abfahrtzeiten und die Logistik vor Ort.

Croy fand die Namen von General Cortez, Paul Vadalis, Uwe von Bergen und die von fünf weiteren Agenten. Die Anschläge auf die Niagarafälle, die Kaperung der *Rossija-11*, der Giftanschlag auf Saint-Malo, die Sprengung des Uglitsch-Staudamms und der Mord an den ISAF-Botschaftern in Kabul – das Ausmaß dieser Attentate ließ darauf schließen, dass es noch viel mehr Agenten geben musste. Doch wo hielten sie sich auf?

Croy stieß auf die detaillierten Pläne des Angriffs auf den Kabuler Präsidentenpalast. Mit dabei lag eine Kostenaufstellung für Logistik und Material, angewiesen und bezahlt von Falck.

Endlich hatte er es schwarz auf weiß: Concord1 war der Finanzier des Terrornetzwerks. Croy war überzeugt, in dem Tresor weitere Beweise für eine Verstrickung von Concord1 in die blutigen Angriffe der Taliban-Kämpfer auf die ISAF-Truppen zu finden. Fieberhaft machte er sich auf die Suche nach entsprechenden Dokumenten. Ohne diese Belege würde es nicht möglich sein, kriminelle Finanziers des Fonds aufzustöbern und Concord1 zu zerschlagen.

Er setzte sich an Falcks Schreibtisch, sah die Unterlagen weiter durch und stieß auf eine E-Mail mit einer russischen Absenderadresse, in deren Betreffzeile das Kürzel *UNEP* und *Nairobi* standen. Eine Nachricht in englischer Sprache. Croy war kaum über die erste Zeile hinausgekommen, als es an der Eingangstür schellte. Schnell druckte er die Mail aus und schob sie zusammengefaltet in die Innentasche seines Jacketts.

Vorsichtig erhob er sich, schlich katzenartig um den Schreibtisch, zog den Leichnam von Falcks Ehefrau zur Seite und den Rollstuhl mit dem toten Concord-Chef in eine Zimmerecke. Es schellte erneut und lang anhaltender. Er riss die Vorhänge von den Fenstern und warf sie über die Leichname. Hastig verließ er dann Falcks Büro und schloss leise die Tür hinter sich. Er setzte sich an den Schreibtisch, von dem aus zuvor die brünette Schönheit das Büro ihres Mannes gemanaged hatte, zog seine Beretta aus dem Jackett, entsicherte sie, legte sie vor sich ab und rief dann laut:

»Herein!«

Die schwere Tür öffnete sich. Ein Mann trat ein, der Markus Croy gänzlich unbekannt war. Er war von kleiner Statur, hatte ein auffallend braunes Gesicht, trug einen schwarzen Schnurrbart und wirkte eher wie ein Chauffeur denn wie ein Wiener Geschäftsmann. Seine Augen wurden klein und hart, als er dem Agenten gegenüberstand.

Croy richtete seelenruhig seine Waffe auf ihn und stellte ihm eine Frage.

»Wer sind Sie?«

Der Unbekannte stammelte ein paar unverständliche Brocken.

Croy blickte irritiert.

»Speak english?«, fragte der Mann.

»All right«, sagte Croy und wiederholte seine Frage.

»Ich hatte einen Termin mit Mister Falck. Wissen Sie, wo er ist?«

»Er sitzt hinter dieser Tür in einem Rollstuhl. Ich glaube, er macht ein Schläfchen.«

Die Ironie in Croys Worten konnte dem Besucher nicht entgehen.

»Er schläft? Wie soll ich das verstehen?«

Croy musterte ihn kalt.

»Sie brauchen erst mal gar nichts zu verstehen. Der Einzige, der hier etwas verstehen will, bin ich. Zum Beispiel, wer Sie sind, und was Sie hier suchen. Ihr Name?«

»Sind Sie Polizist?«, fragte der Mann. Sein Schnurrbart zitterte leicht.

»So was Ähnliches«, erwiderte der Spezialagent geduldig. »Mein Name ist Croy. Wenn Sie mir jetzt Ihren Namen nennen wollen …?«

»Miguel«, stieß der Mann hervor. »Miguel Herriero.«

Croy stutzte. Der Name sagte ihm etwas. Doch was, wollte ihm partout nicht einfallen.

»Mexikaner?«

»Venezolaner.«

»Sieh an«, verbarg Croy seine Überraschung. »Sie sind nicht zufälligerweise der, der gern Kokain schnupft und dann die wichtigsten Informationen verpasst?«

In Miguels Gesicht stand echte Verblüffung.

»Woher …?«

»Von Ihrer Mentorin aus Moskau. Sie sind ihr doch noch verbunden, oder?«

Croy hatte die Waffe etwas gesenkt.

»Man könnte es so nennen.«

»Sind Sie bewaffnet, Miguel?«

Der Venezolaner nickte leicht.

»Dann mal her mit dem Eisen. Und ganz ruhig bleiben dabei. Zu viel Gezappel macht meinen Abzugsfinger nervös.«

Miguel gehorchte und legte brav zwei Pistolen und ein eindrucksvolles Springmesser vor Croy auf den Tisch. Der fragte sich, wie Herriero es geschafft hatte, diese stattliche Waffensammlung quer durch Europa zu transportieren, ohne damit zumindest am Flughafen aufzufallen. Aber er behielt diese Frage für sich. Vermutlich würde er ohnehin nur Lügen zu hören bekommen.

»Ist das wirklich alles, Miguel? Oder tragen Sie noch irgendwelche Wurfsterne mit sich herum?«

Herriero schüttelte den Kopf.

»Gut, setzen Sie sich dort hin.«

Croy wies mit dem Lauf seiner Beretta auf einen riesigen Sessel, dessen Beine aus dunklem Nussholz und dessen Polsterung aus moosgrünem Leder waren. Miguel setzte sich und war kaum noch zu sehen.

Croy blickte neben sich. Der Schreibtisch von Frau Falck war von der Sorte, die man gern besitzen würde, aber nicht bezahlen kann. Seine ebenfalls aus feinem Nussholz gearbeitete Schreibfläche war spiegelglatt poliert. Seine Füße waren mit braunem Leder überzogen. Neben dem Telefon hatte ein

Zettelkasten seinen Platz und eine Blechdose mit Stiften. In einer mit Leder überzogenen Ablage lagen eine Schere, ein Locher, mehrere Büroklammern und ein Radiergummi. Ein Zwanzig-Zoll-Notebook versorgte sich gerade mit Strom, allerdings war es zugeklappt und vermutlich mit einem Passwort gesichert. Die beiden Rollläden an den Seitenfächern des Schreibtischs waren hochgezogen, die Schlüssel steckten. Croy drehte den rechten davon in seinem Schloss, worauf der Rollladen mit einem rasselnden Geräusch nach unten sackte. In einem der Fächer stand eine Flasche Glenmorangie. Croy schnalzte mit der Zunge und beförderte die Flasche auf den Tisch. Er blickte sich suchend um.

Miguel tat es ihm nach. Er machte nicht den Eindruck, als befürchte er, demnächst verhaftet zu werden. Die Beine hatte er übereinandergeschlagen, in der Hand hielt er ein Zigarettenetui.

»Darf ich rauchen?«, fragte er.

»Nur zu«, gab sich Croy leutselig.

Er hatte das Schränkchen mit den Gläsern entdeckt. Es war aus demselben Holz wie der Schreibtisch und hing versteckt hinter einem schweren Vorhang an der Wand.

»Hol uns mal zwei Gläser«, sagte Croy absichtlich barsch. Er wollte nicht das Gefühl erwecken, er sei zum Spaß hier.

Mit zwei Whiskygläsern in der Hand trat Miguel dicht an den Schreibtisch heran.

Die Männer sahen sich einen Moment lang in die Augen. Ihr Blick verriet ein sich anbahnendes gegenseitiges Vertrauen.

Croy goss ein, erhob sein Glas und trank. Dabei ließ er Miguel nicht aus den Augen. Der hatte sich eine Zigarette gerollt, trank ebenfalls und nahm einen Zug. Der schwere Duft venezolanischen Hochlandtabaks wehte durch den Raum.

»Er ist gut«, sagte er und ließ sich in den Sessel fallen.

Croy war sich jetzt ganz sicher, die Geheimdienstquelle von

Maria Uljanowa vor sich zu haben. Er nahm sich vor, sie zum Sprudeln zu bringen. Der Termin der Weltwasserkonferenz in Nairobi schwebte wie ein Damoklesschwert über dem Agenten. Er wusste noch viel zu wenig über ein mögliches Bedrohungspotenzial, um jetzt nicht auf Nummer sicher zu gehen.

»Miguel«, begann er, »Sie arbeiten für zwei Seiten. Für den venezolanischen Geheimdienst DISIP und für den russischen FSB. Wann hatten Sie das letzte Mal Kontakt zu Maria in Moskau?«

»Vor vier Tagen«, antwortete der Venezolaner.

»Das sind sechsundneunzig Stunden, in denen sehr viel passiert ist. Warum sprechen Sie so selten miteinander? Wenn ich mich richtig erinnere, sind Sie an einem Komplott venezolanischer Agenten beteiligt, oder irre ich mich da?«

»Nein, Sie irren sich nicht. Ich gehöre einer Gruppe an, die sich Hexagon nennt.«

»Und welche Position bekleiden Sie da? Sind Sie lediglich ein eingeschleuster, passiver V-Mann der Russen oder aktives Mitglied?«

Herriero brauchte für diese Antwort etwas länger.

Croy blickte interessiert zu ihm hinüber. Irgendetwas sagte ihm, dass er Miguel zwar vertrauen konnte, aber nicht zu leutselig werden durfte.

»Ich gebe zu, eine etwas zwiespältige Rolle zu spielen. Einerseits vertraut mir die Gruppe, gleichzeitig muss ich mich vorsehen, nicht mit in den Abgrund gezogen zu werden. Immerhin sind mehrere Attentate passiert. Ich war jedoch bisher an keinem dieser Anschläge direkt beteiligt, weil ich von Saint-Quentin in Frankreich aus die Terrorteams logistisch unterstütze. Ich besorge Tickets, Waffen, Munition, Karten, Ortungs- und Funkgeräte, gefälschte Pässe und buche Unterkünfte. Aber seitdem General Cortez und Colonel Timoco verhaftet worden sind, ist die Gruppe ohne Führung.«

»Und wer erteilt bei Hexagon jetzt die Befehle?«, fragte Croy schnell.

»Es gibt da einen jungen Mann. Wasin Ali Bhutto. Ein Pakistani. Sein Großvater war in den siebziger Jahren Präsident und später Premierminister Pakistans. Er hatte auch eine berühmte Mutter, Benazir Bhutto, die seiner Überzeugung nach vor fünf Jahren von einem amerikanischen Geheimdienstkommando bei einer Wahlkampfveranstaltung getötet wurde. Die Gruppe hat großen Respekt vor ihm, weil er messerscharf denkt und keine Skrupel kennt. Selbst General Cortez sprach von Bhutto als dem Anführer einer neuen Generation von Terroristen, die auch den Einsatz von Atomwaffen nicht scheuen würden.«

Croy rutschte auf seinem Stuhl unruhig hin und her. Atomwaffen? Diese Bedrohung war bislang als völlig unrealistisch eingestuft worden. Zwar besaßen die im amerikanischen Kriegsjargon als »Schurkenstaaten« bezeichneten Länder wie Pakistan, Indien, Nordkorea und neuerdings auch der Iran Atomwaffen, doch glaubten die internationalen Sicherheitsbehörden noch immer, dass der Zugriff von Terroristen auf Abschusscodes unmöglich war.

»Wie groß ist Bhuttos Einfluss auf die Hexagon-Gruppe?«

»Sehr groß. Er ist bemüht, den Verlust des Colonels mit außerordentlichem Engagement auszugleichen. Es war Bhutto, der den Anschlag auf den amerikanischen Präsidentenberater Smith vorbereitet hat.«

Croy gab sich äußerlich gefasst. Gleichzeitig erschien ihm dieser Pakistani immer mehr wie ein Monster, das in seiner Gefährlichkeit dem einstmaligen chinesischen Geheimdienstgeneral Lee Kong in nichts nachstand. Im Vergleich zu dem getöteten Chinesen war Bhutto aber wohl sehr viel jünger und damit agiler und zudem von einem Hass getrieben, der ihn noch bedrohlicher und unberechenbarer machte. In Croy stiegen Hitzewellen empor.

»Wie viel weiß Maria Uljanowa in Moskau?«, fragte er den Doppelagenten.

»In etwa so viel wie Sie.«

Croy erstarrte. Sein Mund wurde trocken.

»Wie bitte?«

Miguel schob sich eine weitere Zigarette zwischen die Lippen. Sie vibrierte etwas.

»Hat Sie Ihnen nie berichtet, was Sie von mir erfahren hat?«, fragte der Venezolaner ruhig.

Croy quetschte ein »Nein« heraus und betrachtete grimmig seine Schuhspitzen. Viele Gedanken schossen ungeordnet durch seinen Kopf. Warum hielt sie ihr Wissen zurück? Kochte Uljanowa ihr eigenes Süppchen? Bislang hatte er geglaubt, der russischen T3-Teamchefin bedingungslos vertrauen zu können.

Croy dachte scharf nach. Was Herriero ihm bisher erzählt hatte, klang logisch. Doch Croy musste mehr über den Mann erfahren.

»Welche Rolle spielen Sie beim venezolanischen Geheimdienst? Welche Funktion haben Sie?«

Herriero rückte sich zurecht, bevor er antwortete.

»Ich war lange Zeit Adjutant von General Cortez. Ich habe mehr als zehn Jahre für ihn gearbeitet, war an vielen Entscheidungen beteiligt und wurde Zeuge von etlichen geheimen Absprachen, auch mit anderen Geheimdiensten. Dann ernannte er Colonel Timoco zu seinem Stellvertreter, der als Erstes alle Personen aus dem nahen Umfeld des Generals entfernen ließ. Vielleicht wollte er sich mit dieser Art Säuberung profilieren, keine Ahnung. Und so wurde ich zu Cortez' Fahrer degradiert. Allerdings behielt ich dadurch Kontakt zu ihm, auch wenn ich selbst nicht mehr an Entscheidungen beteiligt war. Aber der General hat sich oft mit mir ausgetauscht und um Rat gefragt.«

Croy hatte sich zurückgelehnt und genau zugehört. Ihn interessierte vor allem ein Punkt.

»Was für Absprachen mit anderen Geheimdiensten meinen Sie?«

Miguel lächelte etwas süffisant.

»Wenn Sie gestatten, werde ich mir die Antwort auf diese Frage für später aufheben. Das hat einen bestimmten Grund.«

Croy blickte Herriero prüfend an. Dann bewegte er unmerklich seinen Kopf.

»Erscheine ich Ihnen jetzt vertrauensvoller? War Misstrauen der Grund für Ihre Frage nach meiner Position innerhalb des DISIP?«

»Ja«, gab Croy zu.

»Ich verstehe Sie sehr gut. Mittlerweile meine ich auch zu wissen, wer Sie sind.«

»So?«, fragte Croy. »Wer bin ich Ihrer Meinung nach?«

»Sie sind der Agent, von dem Cortez sagte, dass er eliminiert werden muss.«

»Nun, dann ist er zu spät gekommen, denn gerade habe ich ihn festgenommen.«

Der Venezolaner blickte ihn verdutzt an.

»Gratulation. Allerdings hatte er einen Killer auf sie angesetzt. Sein Name ist Uwe von Bergen. Ist er Ihnen begegnet?«

»Nein«, log Croy. »Wo hält er sich auf?«

»Ich habe ihn zu diesem Zweck nach Berlin geschleust.«

Jetzt war es an Croy, seine Verblüffung zu zeigen. Herrieros Offenheit irritierte ihn.

»Was wissen Sie über den Kerl?«

»Er hat nie zum inneren Kern der Gruppe gehört«, berichtete der ehemalige Fahrer von Cortez. »Ein anderer Deutscher, Paul Vadalis, hat ihn da reingebracht, weil er Chemiker ist. Er versprach sich von ihm Kenntnisse im Umgang mit Kaliumzyanid. Vadalis und er scheinen sich lange zu kennen.«

Croy nahm an, dass er über das Verhältnis der beiden Männer inwischen mehr wusste als Herriero. Deshalb wechselte er das Thema.

»Warum sind Sie hierhergekommen? Was wollen Sie von Falck?«, fragte Croy. »Welche Rolle spielt er für Hexagon?«

»Thomas Falck ist ein Strohmann für das Netzwerk. Wie Sie vielleicht wissen, wird die Gruppe von sechs Ländern politisch und finanziell getragen: Venezuela, China, Pakistan, der Ukraine, Indien und den Taliban in Afghanistan. Es war das Ziel von Präsident Rodriguez, durch die Aktionen von Concord1 den Bluewater-Konzern in die Hand zu bekommen, um sich die Wasserrechte für Projekt Noah zu sichern.«

»Was wollte Rodriguez mit dem Konzern?«, fragte Croy.

»Bluewater würde als Bauherr diverser Trinkwasserobjekte in Afrika zum absoluten Leader unter den Versorgerkonzernen aufsteigen. Projekt Noah würde Bluewater so viel Geld in die Kassen spülen, dass sich der Konzern damit die noch außer TRIAS verbliebenen Schürf- und Förderrechte für Gold, Gas, Erdöl und Diamanten in Alaska, vor der brasilianischen Küste und in der Nordpolregion sichern könnte. Bluewater, so sein Kalkül, würde die Dinge gegenüber TRIAS ins Gleichgewicht bringen und die Versorgungssicherheit für die Chinesen, die Inder, die Lateinamerikaner, die Ukrainer und seine Freunde in Afghanistan garantieren. Eine Pattsituation, die vor gut einem Jahr noch undenkbar gewesen wäre. Oder, um es volkstümlich auszudrücken: Projekt Noah würde den Spieß umdrehen. Bluewater wäre dafür das Werkzeug und Thomas Falck sein Gehilfe.«

»Was wäre nach dem großen Deal mit Thomas Falck geschehen? Hätte er das venezolanische Verdienstkreuz erhalten?« Croy beugte sich interessiert über den Schreibtisch.

Miguel zog eine Handkante quer über den Hals.

»Verstehe«, sagte Croy. »Leider war ich gezwungen, diese Aufgabe bereits zu erledigen, bevor Falck Bluewater in die Hände einer Terrorgruppe und deren Hintermänner geben konnte.«

Herriero blickte erschrocken auf.

»Sie haben ihn …?«

Croy lehnte sich zurück und machte eine fahrige Handbewegung. Wieder wurde ihm heiß. Sollte er es ihm sagen? Er entschloss sich, nicht lange um den heißen Brei zu reden. Wenn er Offenheit von seinem Gegenüber verlangte, musste er selbst etwas bieten.

»Ja, ich habe ihn kaltgestellt. Es ging nicht anders.«

Er machte eine kurze Pause, als sei er von der Wucht dieser Aussage selbst erschrocken.

»Er hat mich bedroht«, fuhr er schließlich fort. »Falck ist und war für mich das Böse. Die Inkarnation des bestechlichen Menschen, der um seines Vorteils willen alle anderen über die Klinge springen lässt. Er hat mithilfe von Hexagon einen Konzern über Börsengeschäfte ruiniert. Aber Falck hat nicht nur in der Gegenwart eine miese Rolle gespielt. Sie werden mit Sicherheit seine Vergangenheit kennen.«

Miguel nickte leicht mit dem Kopf, bevor er antwortete.

»Ich fürchte, dass Falcks Tod eine neue Welle der Gewalt auslösen wird. Die verbliebenen acht Agenten von Hexagon wollen aus den Verhandlungen bei der Weltwasserkonferenz in jedem Fall als Sieger hervorgehen, und dazu ist ihnen jedes Mittel recht.«

»Und was heißt das?«, fragte Croy.

Miguel schwieg in Gedanken versunken.

»Noch einen Whisky?« Croy langte nach der Flasche.

Miguel erhob sich und nahm ein halb gefülltes Glas mit zu seinem Sessel.

»Wenn der Auftrag für Projekt Noah an Bluewater gehen soll, dürfen Lobbyisten anderer Firmen keine Chance bekommen, die Angelegenheit in Nairobi noch einmal zu drehen. Zwar hatte Thomas Falck als UNEP-Gesandter und Urheber der Ausschreibung die Verträge beinahe todsicher in der Tasche, doch es sollte am Ende von seinem Vortrag, von seinen demagogischen Fähigkeiten abhängen, ob er die Regierungschefs der UNEP-Geberländer hundertprozentig überzeugen kann. Cortez, der Colonel, aber auch Bhutto sind sich sicher, dass die TRIAS-Länder unter Führung der Amerikaner versuchen werden, einen, wenn nicht gar zwei eigene Bewerber ins Rennen zu schicken. Auch wenn ich mich wiederhole: Projekt Noah ist mit fünfzig Milliarden Euro ein so fetter Bissen, dass die mit Venezuela verbündeten Länder dafür über Leichen gegangen sind und weiter gehen werden. Hexagon wird also versuchen, jeglichen Gegner von Falck im Vorfeld zu neutralisieren.«

»Und wie?«, fragte Croy zweifelnd. »Ganz sicher spaziert heute kein Terrorist mehr einfach in eine Veranstaltung von Staats- und Regierungschefs und eröffnet das Feuer.«

Herriero lächelte hintergründig.

»Nein, so machen es nur wir Südamerikaner. In Peru beispielsweise. Aber zurück zu Ihrer Frage. Derzeit lagern noch zehn Fässer Zyanid in Saint-Quentin. Der Plan sieht vor, die Trinkwasseranlage unter dem Konferenzgebäude anzuzapfen und Blausäurezylinder wie große Tröpfe vor die Ansaugstutzen zu legen.«

Der Plan erinnerte Croy an den G8-Gipfel im Ostseebad Marienstrand vor einem Jahr. Damals hatten der chinesische Geheimdienstgeneral Lee Kong und der Chef des rechtsnationalen Netzwerks *Weiße Ritter* gedroht, den Tagungsort mit Giftgasgranaten zu beschießen.

»Dieser Plan hat schon in Saint-Malo nicht funktioniert«,

sagte Croy. »Er ist größenwahnsinnig und undurchführbar.«

»Saint-Malo war eine Pleite«, stimmte der Venezolaner zu. »Die drei Agenten hatten die Hartnäckigkeit ihres Verfolgers unterschätzt. Außerdem war die Wahl des Objekts falsch. Aber Uglitsch hat funktioniert ...«

»Es reicht!« Croy hieb wütend mit der Faust auf den Tisch. »Auf welcher Seite stehen Sie eigentlich? In Saint-Malo wurde eine Katastrophe knapp verhindert, aber an der Wolga starben mehr als fünfzehntausend Menschen. Ist Ihnen das klar?«

Croy hatte seine Waffe inzwischen in das Holster unter sein Jackett gesteckt. Er lief erregt auf und ab.

»Sie reden von einer falschen Wahl des Objekts und wie gut Uglitsch funktioniert habe, als seien diese mörderischen Angriffe Sandkastenspiele gewesen.«

Miguel hatte den Kopf eingezogen.

»Mir ist durchaus bewusst, dass ich mit allem, was ich sage, falsch verstanden werden kann. Aber haben Sie schon mal als Quelle gearbeitet, die sich nach beiden Seiten absichern muss, um nicht selbst dabei draufzugehen?«

»Sie wiederholen sich«, sagte Croy. »Und Mitleid können Sie von mir nicht erwarten.«

»Haben Sie sich schon mal gefragt«, entfuhr es Herriero erregt, »warum bisher keine Sicherheitsbehörde den Hexagon-Aktionen zuvorgekommen ist? Wie ich schon sagte: Maria Uljanowa in Moskau ist immer auf dem neuesten Stand.«

Croy hatte Lust, gegen die Wände zu treten, doch er beherrschte sich. Warum kam ihm Herriero mit dieser Retourkutsche? Oder sprach er da etwas aus, was er, Croy, bislang übersehen hatte?

»Ich bat Sie vorhin darum, Geduld mit einer Antwort auf eine bestimmte Frage zu haben. Erinnern Sie sich?«

»Ja.«

»Wir haben in den letzten Jahren auch mit dem FSB zusammengearbeitet. Dabei ging es auch um das rigide Vorgehen von Victor Rodriguez gegenüber den Amerikanern. Die Russen waren an Informationen interessiert, auf welche Weise wir die amerikanischen Ölfirmen durch Enteignungen schwächen und wie Washington darauf reagiert. Maria Uljanowa tat sich bei dieser Art Informationsbeschaffung besonders hervor. Daher rührt auch mein enger Kontakt zu ihr. Allerdings frage ich mich, warum sie – bei allem Wissen über die aktuellen Vorgänge – die Aktionen von Hexagon nicht stoppt. Es wäre für sie ein Leichtes, den TRIAS-Verbündeten mitzuteilen, wo und wann das Netzwerk zuschlägt. Vielleicht«, sinnierte der Venezolaner, »spielt Uljanowa ja ein doppeltes Spiel?«

Croy blickte wütend auf ihn herab.

»Oder vielleicht sind Sie ein verdammter Märchenerzähler, der von seinen eigenen Problemen ablenken will, Herriero!«

Croy hatte sich jetzt dicht vor dem Venezolaner aufgebaut. Der drückte sich verängstigt in seinen Sessel. Croy hatte seine Waffe gezogen.

»Lügen Sie oder stimmt es, dass Uljanowa von Anfang an über Hexagon Bescheid wusste?«

Der deutsche Spezialagent presste die Mündung seiner Waffe an die rechte Schläfe des venezolanischen V-Mannes.

»Warum sollten Uljanowa und der FSB Hexagon gewähren lassen?«, schrie er Miguel an.

Doch Croys aufkeimende Enttäuschung, das Gefühl, an der Nase herumgeführt worden zu sein, waren jetzt bereits stärker als sein Vertrauen in Uljanowa. Möglicherweise verfolgten die Russen im Fall Bluewater eigene Interessen? Waren sie am Ende selbst scharf auf die Milliarden, die das Projekt Noah versprach, und torpedierten daher das enge Verhältnis, das

TRIAS zwischen Washington, Berlin und Moskau geschaffen hatte?

»Wissen Sie eigentlich, was Sie da eben gesagt haben? Ist Ihnen die Tragweite Ihrer Worte klar, Herriero?«

Miguel drehte seinen Kopf von Croys Beretta weg und rollte sich seelenruhig eine Zigarette. Er blickte kurz auf.

»Ja.«

Croy ermahnte sich, ruhig zu bleiben, doch in seinem Innern brodelte es. Seine Gedanken waren jetzt so heiß wie eine frische Schweißnaht. Ihm erschien es geradezu absurd, dass er ausgerechnet in dieser Situation auf einen Mann angewiesen war, dem als Doppelagent das Spiel von Täuschungen und Verrat gewissermaßen zur zweiten Natur geworden war.

»Ich verstehe, wie Sie sich gerade fühlen und was Sie denken. Sie sehen einen Mann vor sich, der für all das Böse steht, das Sie bekämpfen. Ich habe eine Person in Frage gestellt, der Sie vertraut haben. Nehmen Sie diese Herausforderung an, und reagieren Sie dementsprechend. Ich denke, Maria Uljanowa hat einen Auftrag, von dem Sie nichts wissen. Sie haben jetzt nur noch eine Wahl: *Wir* arbeiten zusammen und erledigen Hexagon, oder Sie machen es allein, und Uljanowa grätscht Ihnen, wo sie kann, zwischen die Beine.«

Croy hatte genau zugehört. Und das, was Herriero gesagt hatte, traf es punktgenau. Doch er schaffte es nicht, die eigene Eitelkeit zu unterdrücken.

»Wofür sollte ich Sie brauchen, Herriero? Ich komme sehr gut allein zurecht. Mit Uljanowa werde ich abrechnen, wenn ich Hexagon zerschlagen habe.«

»Ja, Mister Superheld«, übte sich Herriero in Ironie, »das mag alles richtig sein. Aber *ich* weiß, wie die Giftzylinder nach Nairobi kommen. Und *ich* weiß auch, wie die Terroristen in das Gebäude gelangen werden, denn *ich* habe die Pläne aus dem Architekturbüro stehlen lassen.«

Croy war, wie schon oft bei diesem Gespräch, von seinem Gegenüber beeindruckt. Herriero hatte Mumm, keine Frage. Er hatte bislang nur für die falsche Seite gearbeitet. Und Croy ahnte, dass er von seinem hohen Ross als Vertreter der deutschen Sicherheitsadministration herunter musste, um zu seinem Ziel zu gelangen. Auch wenn er einen Pakt mit einem Mann einging, der trotz aller Offenheit ein zwielichtiger Zeitgenosse war.

»Dann erzählen Sie mal. Wie gelangen die Giftzylinder aus Frankreich nach Kenia? Flugzeug, Schiff, Bahn?«

Der Venezolaner griff nach seinem Glas und ließ sich mit dem letzten Schluck Zeit.

Croy blickte zu einer Standuhr, deren dumpfes Ticken durch den Raum hallte.

»Die Fässer werden in diesen Stunden aus einem kleinen Lastwagen in einen unauffälligen und umetikettierten Container verladen und anschließend auf einen Autozug verfrachtet, der jeden Abend um dieselbe Zeit von Saint-Quentin in Richtung Biarritz in die Feriengebiete fährt. Von dort geht es nach San Sebastián in Nordspanien. Baskische Verbindungsmänner entladen den Container und schicken ihn mit einem Tieflader in die südspanische Hafenstadt Algeciras. Von dort geht es mit einem Schiff weiter nach Marokko, wo bereits eine Chartermaschine wartet und das Zeug nach Kenia fliegt. Ein örtlicher Spediteur bringt die Fässer in einem Gemüsewagen bis dicht an den Tagungsort heran. Im städtischen Wasseramt sitzt ein Verbindungsmann von uns, der mithilft, die Ladung durch einen unterirdischen Schacht zur Wasserleitung des Kenya International Congress Center zu schaffen. Der gesamte Transport dauert exakt neunundsiebzig Stunden, wenn alles nach Plan läuft. Also genügend Zeit für die Hexagon-Agenten, um rechtzeitig vor Ort einzutreffen.«

»Wir müssen diesen Transport aufhalten«, sagte Croy entschlossen. »Doch zuvor möchte ich, dass Sie in meinem Beisein ein Gespräch mit Maria Uljanowa führen. Dieser Apparat hier«, zeigte Croy auf das Telefon, »hat eine Mithörfunktion.«

Herriero willigte ein. Sie besprachen kurz seine Gesprächsstrategie gegenüber der Russin und wechselten dann die Plätze. Croy hockte sich in den Sessel, der V-Mann nahm hinter dem Schreibtisch Platz.

Herriero wählte zunächst die Nummer des Inlandsgeheimdienstes FSB in Moskau. Als sich die Zentrale meldete, sagte er:

»Dobri den, Herriero tadi. Ja chotschu gawarit Maria Uljanowa. Daite mne uwerennuju swjas. Cpassibo.«

Herriero hatte eine sichere Verbindung verlangt. Croy war des Russischen noch aus seiner Schulzeit mächtig und frischte es zwischendurch immer wieder auf. Mehrsprachigkeit war eine der Pflichten eines Spezialagenten.

Es dauerte einen Moment, bis Uljanowa in der Leitung war. Als Herriero ihre Stimme hörte, wechselte er ins Englische. Zuvor hatte er die Lautsprechanlage aktiviert. Sie war deutlich zu verstehen.

»Von wo aus rufen Sie an, Herriero?«

»Aus Wien. Ich habe, wie mit der Gruppe verabredet, Thomas Falck aufgesucht, um mit ihm Einzelheiten zu Nairobi zu besprechen.«

»Wie geht es Falck?«, fragte sie lauernd.

»Er sitzt in seinem Arbeitszimmer und feilt an seiner Rede. Seine Stimmung ist etwas gereizt. Er hat mir auch nur ein paar Minuten gewährt und mich dann wieder vor die Tür gesetzt.«

»Ich verstehe. Falck muss überzeugend wirken in Nairobi. Ist seine Frau bei ihm?«

Herriero blickte schnell auf Croy. Der schüttelte den Kopf.

»Nein, sie ist in die Stadt gefahren, Einkäufe machen.«

»Sie kauft selbst ein? Seit wann denn das?« Uljanowa klang ehrlich überrascht.

Croy zeigte Herriero zwei Finger.

»Ihr Chauffeur ist dabei. Sie sind eben abgefahren.«

»Fahren die beiden immer noch einen schwarzen Citroën?«, fragte sie ganz harmlos.

Croy zeigte auf sein Ohr.

»Die Verbindung ist schlecht«, sagte Herriero. »Können Sie noch mal wiederholen?«

Währenddessen war Croy aufgesprungen und hatte dem Venezolaner Automarke und Farbe auf ein Blatt Papier geschrieben.

Sie wiederholte ihre Frage.

»Aber Maria, Sie wissen doch, dass Falck zu BMW gewechselt ist«, sagte Herriero beinahe vorwurfsvoll.

»Ach ja, richtig«, antwortete sie. »Ich vergaß.«

Herriero kannte diese Spielchen. Uljanowa war eine misstrauische Person, die gern vorgab, etwas nicht zu wissen, um dann mit einer richtigen Antwort auf Nummer sicher zu gehen.

»Nun, Herriero, wie laufen die Vorbereitungen der Gruppe für Nairobi? Wann sind die Zylinder vor Ort?«

Croys blaue Augen verloren augenblicklich ihre Freundlichkeit. Er blickte böse auf das Telefon. Uljanowa machte keinen Hehl daraus, welche Seite sie unterstützte. Jetzt wusste er endgültig Bescheid.

»Sie sind auf dem Weg«, antwortete Herriero.

Croy winkte ihm und deutete dann auf sich selbst.

Der Venezolaner verfolgte Croys Tun mit den Augen und sagte in den Hörer:

»Aber dieser Deutsche, von dem Sie mir erzählt haben, ist hinter den Zylindern her. Wie hieß der gleich?«

»Croy«, rasselte es aus dem Hörer.

»Ja, genau der. Er will die Ladung in Algeciras abfangen, bevor sie auf die Fähre nach Tanger verladen wird.«

»Sollte der nicht längst …«

Sie stoppte abrupt, als habe sie sich auf die Zunge gebissen. Stattdessen sagte sie: »Woher kennt dieser Kerl die Route?«

»Er hat den Colonel auf seinem Flug in den Iran in die Mangel genommen.«

»Wie bitte?«, schrie Uljanowa in den Hörer. »Davon weiß ich noch gar nichts. Ich hatte mit Croy verabredet, dass er mich über alle Aktionen auf dem Laufenden hält.«

»Dazu kann ich Ihnen nichts sagen. Fakt ist jedenfalls, dass der Colonel geplaudert hat und Croy auf dem Weg nach Algeciras ist.«

»Schalten Sie ihn aus, Miguel. Oder beauftragen Sie jemand anderen aus Ihrer Gruppe damit.«

»Das müssen Sie schon selbst erledigen«, sagte Herriero forsch. »Unsere Verabredung ist eindeutig: Wir sorgen für das Chaos und sichern Nairobi ab, derweil hält uns Ihre Firma Croy vom Hals.«

»Aber ich habe mit Cortez besprochen …«

»Wurde auch verhaftet.«

»Schto?« Uljanowa war ins Russische gewechselt.

»Ja, ebenfalls von Croy. Vorgestern. Direkt auf dem Flughafen in Kabul. Muss sich ziemlich ungeschickt angestellt haben. Hat ja auch schon ein paar Jährchen auf dem Buckel, der General.«

»Wenn man nicht alles selbst macht!«, schrie die FSB-Agentin in den Hörer.

»Eben«, stimmte Herriero zu.

»Ich mache mich mit ein paar Leuten auf den Weg«, sagte sie, nun etwas ruhiger. »Wann soll die Ladung in Algeciras eintreffen?«

»Übermorgen.« Der Venezolaner blickte auf seine Uhr. »In genau neunundzwanzig Stunden.«

Croy gab Herriero erneut einen Fingerzeig.

»Wollen wir uns vor Ort treffen, Maria?«

»Ja. Die russische Residenz befindet sich in der Calle Tarifa.«

»Ich kenne diese Straße«, bestätigte Herriero. »Sie stößt auf die Calle de las Huertas. Wir haben dort auch einen kleinen Stützpunkt.«

»Das weiß ich, Miguel. Dann kennen Sie dort sicher auch das Café Colón, an der Kreuzung zur Cristóbal Colón.«

»Wollen Sie mich auf die Probe stellen, Maria? Das Café heißt seit Jahren Rosa.«

»Oh ja, Sie haben Recht«, gab sie mit unschuldiger Stimme zu. Herriero blickte genervt auf den Hörer.

Croy bedeutete ihm, ruhig zu bleiben.

»Dort treffen wir uns«, sagte sie. »Und nehmen Sie Ihre Voice-Mail-Box mit. Anschließend kümmern sich meine Leute um Croy, und Sie sichern den Transport auf die Fähre ab.«

»Also gut«, antwortete Miguel. »Ich beende jetzt das Gespräch.«

»Warten Sie«, sagte die russische Agentin.

»Arbeitet Croy eigentlich allein?«, fragte sie für Herriero überraschend.

Der T3-Agent zuckte die Achseln.

»Das weiß ich nicht«, sagte der Venezolaner. »Sie kennen ihn besser als ich.«

»Ich werde das herausfinden. Wir haben gute Kanäle nach Berlin.« Sie machte eine Pause.

Croy spitzte die Ohren. Gut, dass er Tanja instruiert hatte.

»Holen Sie mir doch mal Falck ans Telefon«, verlangte sie plötzlich. »Ich will wissen, ob es ihm gutgeht.«

»Okay«, antwortete Herriero leichthin. »Ich frage ihn, ob

er mitten in diesen schwierigen Vorbereitungen Zeit für einen kleinen Telefonklatsch hat.«

Die Antwort hatte gesessen. Maria Uljanowa schnaufte in den Hörer. Nach einem Moment, den die beiden Männer in eher angespannter Haltung verbrachten, knurrte sie in den Hörer: »Bestellen Sie ihm Grüße. Und bis übermorgen, Miguel. Behalten Sie Croy im Auge.«

Es knackte im Hörer. Die FSB-Agentin hatte aufgelegt.

Miguel Herriero wischte sich den Schweiß von der Stirn.

Croy drehte ein paar Runden in dem düsteren Raum, um sich zu entspannen. Als Nächstes musste er Vincent Talo über den Stand der Dinge informieren. Croy wusste, dass sein CIA-Kollege und dessen T3-Team durch die Suche nach den Mördern von Gordon Smith und den katastrophalen Anschlag an den Niagarafällen voll ausgelastet waren. Vielleicht, ging ihm durch den Kopf, war dies genau das Kalkül von Uljanowa. Sie wusste nicht nur, was Hexagon plante, sondern deckte die Anschläge auch, um die amerikanische T3-Sektion quasi zu neutralisieren. Wenn das Bestandteil ihres perfiden Plans war, konnte sie sich zu ihrem Erfolg beglückwünschen.

»Ich habe nie Kokain probiert«, sagte Croy unvermittelt.

»Wovon reden Sie?«, fragte der Venezolaner überrascht.

»Von Ihrer Schwäche, Miguel. Von den Idolen meiner Jugend hieß es, sie hätten gekokst, gekifft oder gesoffen. David Bowie, Eric Clapton, Grace Jones, Patti Smith, Guns N'Roses ...«

Croy wunderte sich selbst, dass er plötzlich über persönliche Dinge redete. Aber Herriero hatte ihm gerade den Beweis geliefert, dass Maria Uljanowa eine Falschspielerin war und den gemeinsamen Auftrag der internationalen T3-Sicherungsgruppe verraten hatte. Mit Sicherheit wäre er ihr ins offene Messer gelaufen, und nur Herriero hatte ihn davor bewahrt. Croy verspürte so etwas wie Dankbarkeit.

»Lassen Sie uns nicht weiter darüber reden«, brummte Miguel. »Das Koksen führt mich häufig in einen Tunnel, aus dem es keinen Ausweg gibt. Und ist man erst mal davon abhängig, gehört man zu einer Parallelwelt, die die Nichtkokser ausschließt.«

»Worin äußert sich das?«, fragte Croy interessiert.

»Kokser biegen sich die Realität zurecht und laufen Gefahr, schizophren zu werden. Sie halten sich für unschlagbar, beginnen zu lügen, halten Verabredungen nicht ein und schwadronieren unaufhörlich über das, was sie gern wären oder schaffen würden.«

Herriero hatte sich jetzt ebenfalls erhoben und steuerte auf Falcks Büro zu.

»Werden sie auch zu Verrätern?«, fragte Croy.

Herriero zuckte die Schultern und drückte auf die Klinke zu Falcks Büro.

»Das wird kein schöner Anblick«, warnte Croy.

Als Herriero Minuten später etwas blass in den Vorraum zurückkehrte, hatte Croy den Telefonhörer in der Hand und sprach eindringlich hinein. Herriero verstand kein Wort. Croy sprach Deutsch.

»Ja, das ist gut, Tanja. Instruieren Sie auch die anderen. Und bestehen Sie auf einem kurzen Telefontermin mit dem Kanzleramtsminister. Teilen Sie ihm mit, was ich vorhabe und dass kaum Zeit für ausführliche Besprechungen ist.«

Croy lauschte in den Hörer.

»Ja, das ist eine gute Zeit. Und schicken Sie mir das Paket nach Wien. Die Adresse erhalten Sie in Kürze. Ich melde mich wieder.«

Croy legte auf.

»Ich habe alles für den Showdown vorbereitet«, sagte er an Herriero gewandt. »Ich hoffe, Sie enttäuschen mich nicht. Wenn doch, werden Sie das nicht überleben.«

Er griff erneut nach dem Telefon und wählte die Nummer der BKA-Niederlassung in Wien. Er ließ sich mit dem Verantwortlichen verbinden und schilderte ihm kurz, was in Falcks Büro geschehen war. Bevor er das Gespräch beendete, sagte er:

»Und halten Sie die Polizei da raus. Der Tod Falcks und seiner Frau darf unter keinen Umständen an die Öffentlichkeit dringen. Säubern Sie alles gründlich, und schaffen Sie die beiden möglichst unauffällig aus dem Haus.«

Croy hörte einen Moment lang schweigend zu.

»Dann denken Sie gründlich nach«, knurrte Croy schließlich. »Es gibt mit Sicherheit eine Möglichkeit, die beiden Leichen in irgendeiner Pathologie zu parken. Ich kümmere mich inzwischen um den Chauffeur und nehme dann den Wagen von Falck mit. Und noch etwas: Wir müssen damit rechnen, dass Falck Besuch von seinen Freunden bekommt. Lassen Sie die Telefonhörer neben den Apparaten liegen, sodass ständig besetzt ist. Ich schließe die Tür von innen ab und lasse den Schlüssel stecken; ein Fenster im Vestibül wird angelehnt bleiben. Da kommen Sie rein. Dadurch gewinnen wir etwas Zeit. Und lassen Sie die Lichter an. Das Haus muss bewohnt aussehen. Und nun viel Glück!«

Croy legte auf.

»Kommen Sie«, sagte er zu dem venezolanischen Agenten, »wir müssen heute noch ein Hotel finden, morgen geht es dann nach Spanien.«

Croy ließ die Lichter brennen, verschloss die Tür von innen, ließ den Schlüssel stecken und kletterte aus dem Fenster des Vestibüls in den Hof. Herriero folgte ihm.

Der Atem des noch immer am Lenkrad arretierten Chauffeurs hatte die Scheiben des BMW inzwischen vollständig beschlagen lassen. Daher ging Croy vorsichtshalber in Deckung, bevor er den Wagen öffnete, Herriero aufforderte einzusteigen und sich selbst in den Fond setzte. Er warf dem Venezolaner einen Schlüssel zu und drückte dem Fahrer seine Beretta in den Nacken.

»Schließen Sie seine Handschellen auf, Miguel. Und dann fährt uns der Herr ins Zentrum zum Hotel Ambassador. Die Adresse kennen Sie ja wohl, oder?«

Der Chauffeur rieb seine Handgelenke. Sie waren dunkelrot angelaufen und geschwollen. Er bewegte leicht seinen Kopf.

Croy reichte ihm die Autoschlüssel.

»Und keine Mätzchen. Sie fahren so, als würde Madame Falck hinter Ihnen sitzen. Gesittet und brav. Und nun los.«

Nach zwanzig Minuten hatten sie ihr Ziel erreicht. Das Ambassador lag in unmittelbarer Nähe des Doms und hatte die vornehme Eleganz eines kleinen Luxushotels.

In etwa hundert Metern Entfernung parkte ein weißer Toyota mit Wiener Kennzeichen. Croy winkte ihn heran.

Der Fahrer stellte sich als Günter Braun vor und zeigte seinen BKA-Ausweis. Er wechselte ein paar Worte mit Markus Croy, nahm dann den Chauffeur mit sich und verschwand in dem Toyota genauso unauffällig, wie er gekommen war.

Croy nahm ein Doppelzimmer für sich und Herriero und erteilte dem Concierge einen Sonderauftrag: »Fahren Sie den BMW bitte in die Tiefgarage. Heute Nacht wird ein größeres Paket für mich geliefert, das Sie bitte für mich annehmen.«

Der Mann an der Rezeption nickt eilfertig. »Sehr zu Diensten, Herr Croy.«

Der Agent schob ihm einen Geldschein zu und steuerte dann, bevor er überhaupt das Zimmer angesehen hatte, mit Herriero im Schlepptau das Hotelrestaurant an. Die letzten Stunden hatten die beiden Männer sehr hungrig gemacht.

11

Frankreich, Saint-Quentin, zur selben Zeit

Die acht Hexagon-Agenten verließen ihr geheimes Quartier im französischen Saint-Quentin und machten sich in zwei Geländewagen und einem Kleinlaster auf den Weg zum Verladebahnhof für Autozüge. Sie stoppten bei einem kleineren, heruntergekommen wirkenden Bauernhof, von dem aus die Gleisanlagen bereits zu sehen waren.

Ein kleiner, fetter Mann mit groben Gesichtszügen trat aus dem Haus und drückte einen Knopf auf einem kleinen schwarzen Kasten.

»Bonjour! Fahrt den Laster gleich in die Scheune. Ich hab' alles vorbereitet.«

»Großartig, Carnot«, erhielt er zur Antwort. »Auf dich ist Verlass.«

Der Mann, der als Wachmann in dem stillgelegten, nahe gelegenen Kulturzentrum Dienst tat, brummte etwas Unverständliches als Antwort.

Das Tor der benachbarten Scheune öffnete sich und gab einen hohen Raum frei, in den vom Boden bis zur Decke solide Regale eingebaut waren. Licht flammte auf. Angeführt von dem Pakistani betraten die Ankömmlinge die Scheune. Sie begannen, rasch die Fracht durchzuzählen. Zehn Fässer mit 500 Kilogramm Kaliumzyanid standen ordentlich aufgereiht vor ihnen.

»Wo ist der Container, Carnot?«, fragte der Pakistani auf Französisch.

»Er kommt!«

Kurz darauf knatterte ein beleuchtetes stählernes Ungetüm heran, das an seiner Frontschürze über eine breite Doppelgabel verfügte, auf der ein großer, quaderförmiger Transportbehälter stand. Er war grau lackiert, und an den Seiten befanden sich starke Verriegelungen. Carnot fuhr den Container dicht an das Scheunentor heran, öffnete die Riegel und klappte zwei Flügeltüren auf.

Wortlos gingen die acht Extremisten gemeinsam daran, die giftige Ladung in den Container zu stapeln. Nach getaner Arbeit verschloss Carnot den Container, schob Ladepapiere zwischen zwei kurze, seitlich angebrachte Stahlschienen, stieß mit dem Gabelstapler zurück und verließ mit seiner Ladung den Hof. Die beiden Landrover mit den Männern folgten ihm.

Nach etwa zehn Minuten waren sie auf dem Verladebahnhof angelangt und steuerten auf eine Krananlage zu, deren starke Scheinwerfer das Gelände ringsherum in ein fahles Licht tauchten. Kurze Zeit später hatte der Portalkran den Container auf einen Niederflurgüterwaggon gehievt. Der Transportmanager des Zugs machte sich gar nicht erst die Mühe, auf die Ladepapiere zu sehen. Er erhielt einen Geldschein, den er sich in die Innentasche seiner dicken Jacke steckte.

»In Biarritz ist alles organisiert?«, fragte ihn Carnot.

»Alles wie besprochen, Michel«, erhielt er zur Antwort.

»Merci bien, Philippe, a très bientôt.«

»Au revoir, Michel.«

Während Carnot auf sein Gehöft zurückkehrte, machten sich die acht Männer auf den Weg nach Biarritz im Südwesten Frankreichs. Ihre Fahrt würde sie über Paris, Orléans, Tours und Bordeaux an die westliche Atlantikküste führen. Bis nach Algeciras waren es etwas mehr als zweitausend Kilometer. Lief alles nach Plan, würde der Container die Südspitze Spaniens in etwa eineinhalb Tagen erreichen. Die Fähre würde am darauffolgenden Morgen mit dem Container in Richtung Tanger in Marokko auslaufen.

Die roten Rückleuchten der Geländewagen hatten sich längst in der Dunkelheit verloren, als der Autozug den Verladebahnhof verließ und langsam Fahrt aufnahm. Es war kurz vor Mitternacht.

Markus Croy und Miguel Herriero saßen in dem kleinen Restaurant des Wiener Hotels Ambassador und diskutierten bereits seit geraumer Zeit verschiedene Möglichkeiten eines Angriffs auf die Hexagon-Agenten und ihre gefährliche Ladung.

»Zehn Fässer? Mit solch einer Menge kann man eine ganze Stadt vergiften!«, rief Croy erregt aus. »Ich frage mich, wo wir mit geringem Aufwand am effizientesten auftreten können und keine Menschen gefährden!«

Markus Croy blickte besorgt auf sein Gegenüber und stach dabei in ein Stück Wiener Schnitzel.

Herriero sah auf die Uhr.

»Die Agenten dürften unterwegs sein. Der Plan sieht vor, dass sie sich in Bordeaux trennen. Vier begleiten den Container bis zum Fährhafen im südspanischen Algeciras, wo er übermorgen Mittag erwartet wird. Die anderen fliegen mit der Sechs-Uhr-Maschine von Bordeaux nach Amsterdam und dann weiter nach Nairobi.«

»Können Sie mir die Männer beschreiben?«

»Es sind zwei Venezolaner, ein Mexikaner und ein Russe. Warten Sie, ich besorge Papier und schreibe Ihnen auf, wie sie aussehen.«

Ein paar Minuten später lag vor Croy eine exakte Personenbeschreibung, die er sich in die Innentasche schob. Weißwein wurde gereicht. Ein österreichischer Veltliner, Jahrgang 2009. Der Kellner überließ es Herriero zu kosten. Der übernahm die Aufgabe etwas widerwillig. Als Südamerikaner hatte er nur wenig Ahnung von österreichischem Wein.

»Er ist in Ordnung«, sagte er zu dem Kellner.

Der tänzelte um den Tisch der beiden Männer und lächelte dabei, als seien ihm die Mundwinkel nach oben festgewachsen.

Croy fragte sich kurz, ob der Wein auf den Whisky passte. Er nahm einen kräftigen Schluck. Der Wein hatte eine weiche Säure und den Geschmack nach grünen Äpfeln.

»Wie lange haben die Agenten Aufenthalt in Amsterdam?«, fragte Croy.

»Sie landen um acht Uhr, weiter geht es dann um zehn Uhr fünfzehn. Warum fragen Sie?«

»Eine Sondereinheit könnte die Agenten in Schiphol hochnehmen. Zwei Stunden müssten dafür ausreichen. So dezimieren wir die Hexagon-Gruppe um vier Mann und riskieren gar nicht erst deren Ankunft in Nairobi.«

»Das klingt nicht schlecht«, sagte Herriero, biss sich dabei aber auf die Lippen und wiegte den Kopf. »Was mir nicht gefällt, ist, dass die Agenten untereinander in Verbindung stehen. Es würde auffallen, wenn das Nairobi-Team nicht erreichbar ist.«

»Das sind sie ja ohnehin nicht, wenn sie erstmal in der Maschine von Amsterdam nach Nairobi sitzen. Der Flug dauert mindestens acht Stunden«, warf Croy ein. »Der sensible Moment wird der Aufenthalt auf dem Amsterdamer Flughafen sein. Aber da lasse ich mir etwas einfallen. Diese Operation werden Profis übernehmen. Wir konzentrieren uns derweil auf die Neutralisierung der Ladung und die Zerschlagung von Hexagon auf dem Weg nach Algeciras.«

»Ich halte Nordspanien für zu gefährlich«, wandte Herriero ein. »Mit den Basken ist nicht zu spaßen. Unsere Verbindungsmänner in San Sebastián sind nicht nur gut ausgebildet, sie kennen auch keine Gnade mit Störenfrieden. Im Übrigen ist geplant, dass ich nach Algeciras komme und die Fracht gemeinsam mit den anderen übers Meer nach Marokko begleite. Ich halte also Algeciras für sicherer. Falls die Operation da nicht funktioniert, können wir immer noch an Bord der Fähre eingreifen.«

Der Venezolaner zwinkerte Croy zu. Er schob sich die Gabel voller Kartoffelsalat in den Mund und schmatzte zufrieden. Der Salat war mit Speck angemacht, der ihm eine kräftige Note verlieh. Croy hatte nach seinem Communicator gegriffen und war dabei, eine kurze Nachricht abzusetzen.

»Da mögen Sie Recht haben, dennoch müssen wir uns aufteilen«, entgegnete Croy, ohne von seinem Handy aufzublicken. »Ich werde versuchen, Uljanowa und ihre Leute dingfest zu machen. Währenddessen sabotieren Sie die Verladung der Giftzylinder. Ich werde ein spanisches Eliteteam dorthin beordern, das Sie unterstützt.«

Croy tupfte sich die Lippen ab. Er aß etwas schneller als sein Gegenüber.

»Das Ganze sollte relativ reibungslos vonstattengehen, weil die Hexagon-Agenten keinen Verdacht schöpfen werden. Schließlich fungiere ich als ihr Logistiker.«

»Sie sollten aber im entscheidenden Moment wissen, was zu tun ist, Miguel. Ich denke, dass Sie sich gut bewaffnen müssen.« Croy griff nach seinem Glas. Er nahm einen ordentlichen Schluck.

»Erwarten Sie nicht ein größeres Paket, Mister Croy? Ich müsste mich schon sehr irren, wenn sich in der Sendung keine Ausrüstung für den derzeit schlagkräftigsten Agenten befindet.«

Herriero hatte wieder dieses ironische Grinsen aufgesetzt, das Croy nicht mochte. Der Communicator des T3-Agenten klingelte. Er blickte auf den Videobildschirm und sah das Gesicht von Etienne Loire.

»Entschuldigen Sie mich«, sagte er zu dem Venezolaner

und verließ mit schnellen Schritten das Restaurant. In der Lobby nahm er in einem der roten Ledersessel Platz.

»Guten Abend, Etienne«, sprach er leise in den Hörer. Er machte zunächst nur Andeutungen, um kein Risiko einzugehen:

»Es brennt ganz in Ihrer Nähe und Sie sind die Einzige, die das Feuer löschen kann. Ich muss Sie bitten, sehr kurzfristig zu reagieren. Haben Sie eine abhörsichere Leitung, die ich anwählen kann?«

Nach einem Moment stillen Wartens sagte er: »Ja, das ist gut.«

Er schlenderte zur Rezeption.

»Wo sind Ihre Telefonzellen?«

Der Mann am Empfang, ein blonder Bursche von Mitte zwanzig, deutete auf zwei Kabinen, die voll verglast waren und in die jeweils ein Telefon in Form einer Melone aus Stahl installiert war. Jetzt flackerte in einer der Zellen ein Licht auf.

»Könnte das für Sie sein?«, fragte der Blondschopf.

»Ich werde es herausfinden«, antwortete Croy, ging zu der Glaszelle und griff nach dem Hörer.

Etienne war in der Leitung.

»Was gibt es denn so Dringendes?«, fragte sie.

Croy berichtete ihr vom Vorauskommando der vier Hexagon-Agenten und ihrem Plan, am frühen Morgen per Flugzeug von Bordeaux über Amsterdam nach Nairobi zu gelangen.

»Können Sie innerhalb kürzester Zeit ein Team zusammenstellen, das die Männer neutralisiert?«, fragte er.

»Das kann ich Ihnen nicht versprechen«, antwortete sie ehrlich. »Aber ich beglückwünsche Sie zu der Entscheidung, diese Operation in die Hände zu geben, in die sie auch gehören. Ich habe in meiner Behörde wegen Ihres Soloeinsatzes in Saint-Malo eine Menge unangenehmer Fragen über mich ergehen lassen müssen.«

»Mir ist jetzt nicht danach, Ihnen zu erklären, wie ich arbeite«, reagierte Croy gereizt. »Ich bin verraten worden und mit mir mein Team und, wenn man es genau nimmt, ein ganzes Land. Selbst wenn ich es wollte, könnte ich jetzt nicht in Amsterdam vor Ort sein.«

»Gut«, sagte sie, »worum geht es genau?«

Croy erklärte es ihr. Abschließend sagte er:

»In Algeciras wird sich vieles, vielleicht sogar alles entscheiden. Haben Sie einen verlässlichen Kontakt zur spanischen Eliteeinheit GOES?«

Etienne Loire ließ sich einen Moment Zeit mit ihrer Antwort.

»Hören Sie, Markus, Ihre Vorgehensweise zum Schutz des G8-Gipfels vor fünfzehn Monaten in Marienstrand war respektabel und effektiv. Allerdings befanden Sie sich da auf *deutschem* Boden. Ihre einsamen Entscheidungen und Soloangriffe auf fremdem Territorium werden mit Sicherheit in Spanien genauso für Ärger sorgen wie in Frankreich. Ich empfehle Ihnen also dringend, sich Rückendeckung aus Berlin zu holen. Ich nehme mal an, dass sich Ihr Innenminister mit seinen Kollegen in Paris und Madrid versteht und eine transnationale Operation genehmigen wird.«

Jetzt war es Croy, der einen Moment lang schwieg. Er wusste, dass Etienne Loire – nahm man das Europol-Protokoll ernst – Recht hatte. Andererseits hätte er über offizielle Kanäle niemals erfahren, dass sich der russische FSB die Operationen der Hexagon-Gruppe zunutze machte und versuchte, damit das milliardenschwere Noah-Projekt unter Moskaus Kontrolle zu bringen.

»Sie haben Recht, Etienne. Allerdings werde ich das von hier aus kaum bewerkstelligen können. Ich bitte Sie also darum, alles zu tun, damit morgen früh ein Sonderkommando auf dem Amsterdamer Flughafen die Männer in Empfang nimmt und unschädlich macht.«

Croy blickte auf das Oval der Telefonanlage. Ihm kam dieses Gespräch fast unwirklich vor. Er war es gewohnt, allein zu entscheiden und zu handeln.

»Also gut, Markus. Ich werde alles Notwendige veranlassen.«

»Bekomme ich ein GOES-Team?«, fragte er.

Etienne seufzte in den Hörer.

»Ich bestehe zu Ihrem eigenen Schutz darauf, dass Sie sich wegen des spanischen Einsatzes bei Ihrer Regierung rückversichern. Werden Sie das tun, Markus?«

Croy verzog seinen Mund. Die französische Kommissarin klang wie eine Lehrerin, die für ihren Schüler nur das Beste wollte, aber furchtbar nervte.

»Ja, werde ich tun, Etienne.« Croys blaue Augen spiegelten sich in den gläsernen Zellenwänden.

»Also schön. Ich kontaktiere die spanische Nationalpolizei. Wie viele Kräfte brauchen Sie und für wann? Welche Technik?«

Croy dachte scharf nach.

»Zwei Beamte als Unterstützung gegen Uljanowas Meute. Vier Männer für die Neutralisierung der Hexagon-Agenten und die Bergung des Kaliumzyanids. Unauffällige Kleidung, kleine Maschinenpistolen, aber üblicher Schutz. Bitte keine Combat-Stiefel und Stahlhelme. Algeciras hat nur eine winzige Innenstadt. Die Hexagon-Agenten dürfen nicht merken, dass wir sie im Visier haben. Zur Luftüberwachung drei Drohnen und für eine mögliche Abwehr zwei panzerbrechende Schulterwaffen. Zeit: übermorgen Abend in Algeciras, spätestens zweiundzwanzig Uhr.«

»Oui«, sagte Etienne nach einer Weile. »Das lässt sich bewerkstelligen. Senden Sie mir eine verschlüsselte Nachricht mit genauer Orts- und Zeitangabe sowie die Personenbeschreibungen der Terroristen an die Nummer, die ich Ihnen jetzt sage.«

Loire gab ihm eine Reihe von Zahlen durch, die Croy direkt in seinen Communicator eintippte. Ihr Abschied war kurz. Croy hängte den Hörer ein und kehrte zu Herriero zurück.

Der erwartete ihn bereits mit zwei frisch gefüllten Weingläsern.

»Werden Sie mit dem FSB wirklich allein fertig?«, fragte Herriero. »Die Russen sind verdammt gut ausgebildet.«

»Das bin ich auch«, sagte Croy kurz. »Und die Nahkampftechniken von Uljanowa und ihren Agenten beherrsche ich allemal.«

»Trinken wir auf den Erfolg«, brachte der Venezolaner einen Toast aus. Beide erhoben ihre Gläser.

Croy empfand die Zusammenarbeit mit Herriero als angenehm und überschaubar. Er arbeitete zwar gern allein, doch mit Herriero hatte er jemanden an seiner Seite, der den Feind sehr gut kannte und außerdem offensichtlich einen Hang zum Genießen hatte.

»Trinken wir auch auf unsere Feinde und ihre Fehler. Mögen Sie uns nützen.«

Croy blinzelte auf den Glasrand. Allmählich wurde er müde.

Sie blieben noch etwa eine halbe Stunde sitzen. Dann bezogen sie ihr Zimmer, das konventionell, aber praktisch eingerichtet war. Ein Doppelbett mit einem knallroten Überwurf, zwei braune, gedrechselte Holzstühle, ein dazu passender Schreibtisch, eine Minibar, zwei Ablagen für Koffer und Einbauschränke für die Kleidung.

Croys Schlaf war mehr als unruhig. Immer wieder erwachte er und blickte auf die Uhr. Es machte ihn nervös, dass die Operation in Paris oder Amsterdam ohne ihn vonstattengehen würde.

In der Nacht kam das Paket für Croy an. Der Kurier bestand auf einer sicheren Verwahrung in einer verschließbaren Kammer hinter der Hotelrezeption und ließ sich anschließend die Personalien des diensthabenden Nachtportiers geben.

»Das geschieht zu Ihrer eigenen Sicherheit«, erklärte er auf den erstaunten Blick des Mannes hin. Etwas Ähnliches war dem altgedienten Rezeptionisten in seiner ganzen Laufbahn noch nicht begegnet.

12

Kiew, Ukraine,
Büro des Präsidenten,
am nächsten Morgen, 8:00 Uhr Ortszeit (7:00 Uhr MEZ)

Die Hauptstadt der Ukraine lag in einem Nebel aus Autoabgasen, feuchter Nachtluft und den Rauchschwaden aus den Schloten des größten Heizkraftwerks der Region. Die Stadt war wie immer früh erwacht, die Straßen voller Autos, Minibusse und Geländewagen amerikanischer Bauart

Maxim Kislinsky, Chef des ukrainischen Geheimdienstes im Rang eines Generals, betrat soeben das Büro des ukrainischen Präsidenten Viktor Komarenko. Er sog den Duft nach Ledermöbeln, Smog von außen und schwerem Herrenparfüm ein. Kislinskys Nasenflügel bebten. In der Hand hielt er ein Blatt Papier. Er marschierte mit großen Schritten auf den Schreibtisch des Präsidenten zu.

»Ich erhielt heute Morgen eine Nachricht von einem unserer Verbindungsoffiziere aus dem russischen FSB. Demnach ist Markus Croy auf dem Weg nach Algeciras, um die Ladung mit dem Kaliumzyanid abzufangen.«

Bei Viktor Komarenko brach augenblicklich Panik aus.

»Schto?« Er runzelte bedrohlich die Augenbrauen. »Wer wagt es …? Was weiß dieser Mann?«

»Ich fürchte, alles«, sagte Kislinsky kalt und beherrscht. »Croy ist ein Profi. Das ist der Mann, der General Lee Kong und unsere Verbindungsleute zu den Rechtsnationalen in Deutschland ausgeschaltet hat. Du erinnerst dich? Paul Graf von Sprock, der …«

»Ja, ja«, fuhr Komarenko unwirsch dazwischen. »Erspar mir diese alten Geschichten. War er auch an dem Anschlag auf Präsident Rodriguez beteiligt?«

»Ganz sicher nicht. Croy war zu diesem Zeitpunkt nicht in Caracas. Unser Dienst geht eher davon aus, dass es die Amerikaner waren.«

»Wer immer es war, er hat versucht, eine großartige Idee zu vernichten«, sagte Komarenko mit verschleiertem Blick. »Meinst du, er weiß etwas über unsere Verbindungen zu Thomas Falck?«, fragte er nach einem kurzen Moment.

»Ich bin mir sicher, dass dieser verdammte Deutsche eins und eins zusammenzählen kann. Außerdem hat das BKA vorzügliche Analysten. Und wie wir vom FSB wissen …«

»Herrgottnochmal«, unterbrach Komarenko stöhnend Kislinsky. Das deutsche Nachrichtenmagazin *Der Spiegel* lag auf seinen Knien. Eine Seite mit einem Foto war aufgeschlagen, das die blutigen Folgen des Anschlags auf den Kabuler Präsidentenpalast zeigte. Vor Komarenkos Augen lief blitzschnell ein Szenario ab, das unangenehmerweise an einer Mauer endete, an der er sich vor einem Erschießungskommando stehen sah.

»Wir müssen schnellstmöglich herausfinden, wie dieser Hurensohn an die Informationen gekommen ist. Stand er nicht auch auf der Zielliste von Hexagon?«

»Ist ihnen wohl entwischt«, sagte Kislinsky eine Spur zu lässig. Der Präsident geriet jetzt richtig aus dem Häuschen.

»Lass alle Bluthunde von der Leine, die wir unter Sold haben. Weltweit. Kontaktier die Hexagon-Agenten. Du hast alle Freiheiten, Maxim!«

Der Präsident sprang auf und stelzte mit Riesenschritten durch sein Büro.

Kislinsky lehnte derweil lässig an einem der Sofas und gab den äußerlich ruhigen Elder Statesman, der er aufgrund seiner Erfahrungen und seiner Erscheinung auch hätte sein können. Doch in seinem Innern brodelte es. Es war nicht nur Croys Erfolg, der heiße Wut in ihm aufsteigen ließ. Es war vor allem die Schmach, die er als Geheimdienstgeneral erlitten hatte. Bislang waren die vormaligen Nieto-Schläfer mit äußerster Präzision vorgegangen. Der Erfolg in Nairobi war bereits in greifbarer Nähe gewesen. Mit Projekt Noah hätte sich die Ukraine aus dem Schuldental ziehen und den Russen gegenüber selbstbewusster auftreten können. Er musste unbedingt Thomas Falck erreichen. Er musste ihn warnen und alles daransetzen, dass er nicht die Nerven verlor. Falcks Rede in Nairobi, die Präsentation eines gesunden Bluewater-Konzerns, war der Schlüssel zu dem Fünfzig-Milliarden-Auftrag.

In Kislinsky stiegen Erinnerungen hoch, wie er Thomas Falck kennengelernt hatte. Mit dem Ostdeutschen verband ihn nicht nur Freundschaft, sondern auch eine Gesinnung, die es beiden Männern möglich gemacht hatte, auf gleichem Niveau zu kommunizieren und miteinander Geschäfte zu machen, ohne sich vom anderen übervorteilt zu fuhlen. Falck war mehr als nur ein klassischer Geschäftsmann und Devisenbeschaffer für die sozialistische DDR gewesen. Er besaß darüber hinaus hervorragende Kenntnisse über das weltweite Geheimdienstgeschäft und kannte sich vorzüglich im arabischen Raum aus. Er hatte im Jemen, dem Irak, Syrien, Kuwait, Saudi-Arabien und Palästina die ersten deutschen Freundschaftsgesellschaften gegründet, die bis heute bestanden, und aus deren Erfahrungsfundus die deutsche Bundesregierung noch immer schöpfte. Doch obwohl Falck den Rang eines Staatssekretärs bekleidet und somit über die Prokura verfügt hatte, zum Wohle des werktätigen Volks Geschäfte zu machen, war bei den Arabern ein Rest Misstrauen geblieben, das auch die DDR nicht zerstreuen konnte und eigentlich auch nicht wollte. Falck wusste, dass eine zu große Nähe zwischen Geschäftspartnern unabhängiges und notwendiges Feilschen um den besten Preis erschwerte. Bei einer jener Geschäftsreisen hatte er auf einem Botschafterempfang des Libanon für die DDR-Gesandten Maxim Kislinsky kennengelernt, der als Außenmitarbeiter des ukrainischen Geheimdienstes SBU in Beirut eine unauffällige Niederlassung betrieb. Falcks ausgezeichnete Russischkenntnisse erleichterten beiden Männern die Annäherung. Kislinsky weihte den sozialistischen Waffen- und Handelsbruder in die Details der Geheimdienstarbeit ein; Falck revanchierte sich mit Informationen über die Wirtschaftsvorhaben jener arabischen Länder, die der UdSSR wegen ihrer Unterdrückungspolitik gegenüber den Muslimen in den südöstlichen Provinzen weniger nahestanden als den USA.

»Und, Maxim«, holte ihn der ukrainische Präsident aus seinen Gedanken zurück, »setz jede Technik ein, die nötig ist, um herauszufinden, wie wir Croys habhaft werden können. Wir enden beide in Straflagern, wenn auch nur das Geringste über unsere Mitwisserschaft an Hexagon und Projekt Noah bekannt wird.«

Komarenko fuhr sich mit der Hand über die Stirn. Sie war schweißnass. Kislinsky war über den flackernden Blick des Präsidenten plötzlich mehr als beunruhigt.

»Vitja.« Nun benutzte der General absichtlich die Koseform von Viktor. »Wir haben schon andere Operationen erfolgreich zu Ende gebracht. Erinnere dich daran, wie wir deinen Vorgänger in die Hölle geschickt haben. Niemand weiß bis heute, warum der Mann gelähmt ist…«

»Ja, ja, ich weiß«, unterbrach ihn der Präsident, »ins Paradies werden wir sicher nicht mehr kommen.« Er bekreuzigte sich zweimal.

General Kislinsky lachte in sich hinein. Das Amt des Präsidenten hatte seinen einstigen Weggefährten verändert. Komarenko war vorsichtiger geworden. Vor allem, wenn es darum ging, wie der Staat gegen die politische Opposition und die aufmüpfigen Medien vorging, benutzte der Präsident in letzter Zeit auffällig oft das Wort Moral. Zu Zeiten der Sowjetunion, als Kislinsky und Komarenko gemeinsam beim ukrainischen KGB Dienst taten, waren sie der Überzeugung, dass der Zweck die Mittel heilige – wenn es dem Machterhalt der Kommunisten nützte.

Kislinsky war auch heute noch dieser Meinung, doch bei Viktor Komarenko konnte er sich da nicht mehr sicher sein. Der General dachte mit leichtem Schaudern daran, was zu tun war, wenn sein Freund und Präsident die Nerven verlor. Noch erlaubte er es sich nicht, diesen Gedanken zu Ende zu denken.

»Das Paradies ist immer der Tag, den wir gerade genießen«, sagte Kislinsky zum Präsidenten. »Lass uns einen Wodka trinken, das entspannt.«

Komarenko lächelte etwas unsicher. Innerlich fühlte er sich seinem Geheimdienstchef zwar eng verbunden, heute ordnete er jedoch seine freundschaftlichen Gefühle dem Präsidentenamt unter. Und sollte Kislinsky wie ein durchgeknallter Sheriff über das Ziel hinausschießen und damit sein Amt gefährden, würde diese Freundschaft an ihre Grenzen stoßen. Kislinsky durch ein Sonderkommando aus dem Verkehr ziehen zu lassen, wäre zwar die letzte, aber eine durchaus denkbare Möglichkeit. Trotz des frühen Morgens erhoben beide ihre Gläser und prosteten sich zu.

Kurz darauf verließ Kislinsky das Büro des Präsidenten und befahl eine Schar von Frauen und Männern seines Dienstes zu sich. Er gab kurze, präzise Anweisungen. Die Plaudertasche beim FSB in Moskau versprach in einer E-Mail gegen Mittag ohnehin ausführlichere Informationen.

Anschließend versuchte Kislinsky, Thomas Falck in Wien zu erreichen. Wie schon am Abend zuvor und auch am heutigen Morgen ertönte nur das Besetztzeichen. Er hatte ein ungutes Gefühl.

13

**Wien,
am selben Morgen,
7:00 Uhr Ortszeit**

Als Croy und Herriero erwachten, herrschte draußen noch ein dämmriges Licht. Während der T3-Agent eine Dusche nahm, übermittelte Herriero mit einem kleinen schwarzen Kästchen eine Mail, die der Empfänger zunächst als kryptischen Text und wenige Sekunden später decodiert lesen konnte. Schnell verstaute er das Gerät wieder.

Als Croy aus der Dusche trat, war er nur mit einem Handtuch bekleidet, das er sich um die Hüften geschlungen hatte. Die Blessuren, die er bei Katjas Befreiung davongetragen hatte, waren deutlich zu sehen: Er hatte Hämatome an den Armen, auf der Brust und im Halsbereich.

Herriero konnte sich nicht verkneifen zu fragen: »Was ist Ihnen da passiert?«

»Es ist wirklich interessant, dass ausgerechnet Sie mich das fragen«, antwortete Croy knurrig. »Sie haben doch davon gewusst, dass Uwe von Bergen damit beauftragt war, mich kaltzustellen.«

Der Venezolaner konnte ein Grinsen nicht unterdrücken, wurde aber gleich wieder ernst.

»Ich war Zeuge eines Gesprächs zwischen General Cortez und dem Colonel«, gab er zu. »Da war die Rede davon, Sie zu neutralisieren. Ich habe aber Maria Uljanowa davon berichtet.«

»Die mich auch gewarnt hat«, gab Croy zu. »Doch sie hat mir nicht gesagt, wer hinter mir her ist und in welchem Stil das ablaufen sollte.«

»Ich verstehe Uljanowa auch nicht.« Herriero schabte mit dem Nagel seines großen Zehs auf dem Teppich des Hotelzimmers. »Der russische FSB hat zwar zum venezolanischen Geheimdienst DISIP traditionell gute Beziehungen. Aber dass Moskau die Aktionen von Hexagon deckt, um selbst bei Noah im Spiel zu bleiben, hat mich doch überrascht.«

»Jedenfalls sind solche Wunden früher schneller geheilt«, sagte Croy. »Ich werde wohl langsam zu alt für diesen Job.«

»Alte Hasen kennen auf ihrer Flucht die besseren Abkürzungen«, erwiderte Herriero.

»Ja, ja«, grollte Croy. »Und mit vierzig erreicht der Mann das Alter der höchsten Vernunft. Ginge es nur nach meinen Überlegungen, stünde ich jetzt nicht hier. Aber Terror nimmt nun mal keine Rücksicht auf Ideale. Daher muss er ohne Erbarmen bis zum bitteren Ende bekämpft werden.«

Croy warf achtlos das Handtuch hinter sich aufs Bett und schlüpfte rasch in Boxershorts und Jeans. Das Hotelzimmer war angenehm temperiert. Er öffnete eine Flasche Orangensaft aus der Minibar und betrachtete sich kurz im Spiegel. Ihm sah ein Mann entgegen, der in den letzten Tagen wenig Ruhe gehabt hatte. Die Bartstoppeln, seine blauen Augen, um die Lachfältchen spielten, und seine blonden, strähnigen Haare gaben ihm etwas Verwegenes, aber auch Unauffälliges. Er beschloss, sich nicht zu rasieren. Er durfte in Algeciras möglichst wenig Aufmerksamkeit erregen. Deshalb ließ er auch den Anzug in seiner Reisetasche, den er tags zuvor noch bei seinem Besuch bei Thomas Falck getragen hatte.

Das Telefon auf dem Nachttischchen klingelte. Croy langte nach dem Hörer.

»Ja, bitte?«

Nachdem er einen Moment gelauscht hatte, sagte er: »Das ist eine gute Idee. Ja, kein Problem. Wiederhören.«

Er wandte sich Herriero zu, der in einer Werbezeitschrift blätterte, die auf dem Schreibtisch gelegen hatte.

»Die Sendung aus Berlin ist heute Nacht eingetroffen und wird gleich von einem Pagen hochgebracht. Ich denke, wir können bald nach Algeciras abreisen.«

»Ich bin gespannt«, leckte der Venezolaner sich die Lippen.

Kurz darauf klopfte es an der Tür. Herriero griff automatisch nach der Waffe unter seinem Kopfkissen.

Croy legte einen Finger auf den Mund und machte eine fordernde Handbewegung. Herriero warf ihm die Waffe zu.

Croy schlich dicht an die Tür heran und blickte durch den winzigen Türspion. Er sah einen Pagen in weinroter Kleidung und mit einem Käppi auf dem Kopf. Neben ihm stand ein Servierwagen, auf dem eine etwas größere Schachtel lag. Der Page hatte einen unschuldigen Blick und kaute mit seinem Eckzahn auf seiner Unterlippe. Croy entriegelte die Tür, öffnete sie einen Spaltbreit, dabei die Waffe hinter sich haltend.

»Kommen Sie langsam herein und legen Sie das Paket auf dem Boden ab«, sagte er in neutralem Ton und zog sich von der Tür zurück.

Der Page blickte verunsichert um sich, während er das schwere Paket von seinem Servierwagen hob und vorsichtig auf dem Boden absetzte. Die beiden Männer ließen ihn nicht aus den Augen, doch eine Gefahr ging ganz offensichtlich nicht von ihm aus. Der Page zog sich schnell wieder zurück, verschwand irgendwo im Gang und hinterließ nur eine leichte Parfümfahne.

Ein paar Handgriffe später lag der Inhalt des Pakets vor Croy und Herriero: zwei Heckler&Koch-Pistolen, sechs Packungen Kernmantelmunition, zwölf Stäbe C4-Sprengstoff und als Initialsprengstoff Bleistyphnat, ein zusammengeklapptes Schnellfeuergewehr, zwei Fünfzig-Meter-Abseilrollen mit Karabinerhaken, Abstoppautomatik und Rückzugwinde, eine Brille mit eingebautem Nachtsichtgerät, umschaltbar auf Röntgenstrahlung, ein hochempfindliches Mini-GPS, eine Atemschutzmaske mit eingebautem Giftgasfilter, eine Multicut-Zange, zwei Mobilfunktelefone mit Wecker und Zünderfunktion, vier Nebelgranaten, zwei langsam und zwei schnell zündende Handgranaten. Verpackt waren die Waffen in einem Rucksack, der außerdem eine Kevlar-Weste, einen Anzug aus wasserdichtem Neopren, Flossen, Tauchermaske und eine kleine Sauerstoffflasche enthielt sowie eine schwarze Wollmütze, Lederhandschuhe mit eingelassenen Metallfäden und ein paar Knieschützer.

»Ich bin beeindruckt«, sagte Herriero andächtig.

»Mein Team hat wirklich an alles gedacht«, nickte Croy. »Der Rucksack war eine geniale Idee. Jetzt müssen wir das ganze Zeug nur noch möglichst unauffällig transportieren. Wir werden mit Falcks BMW fahren müssen. Kein Flugzeug dieser Welt nimmt uns mit dem Waffenarsenal hier mit.«

Während Herriero eine Dusche nahm, überprüfte Croy die Waffen, indem er sie auseinandernahm und wieder zusammensetzte. Sie waren in tadellosem Zustand.

Kurz darauf bestätigte er seiner Teamanalystin Tanja Weber, dass die Sendung wohlbehalten angelangt war. Außerdem vereinbarte er mit ihr einen Zeitpunkt, um in einem ausführlicheren Gespräch zu klären, in welcher Weise ihn das T3-Team in Algeciras unterstützen konnte. Anschließend sandte er Vincent Talo über seinen Communicator eine harmlos klingende E-Mail folgenden Inhalts:

Lieber Vincent, ich habe einen Mathematiker kontaktiert, der in Washington lehrt und es auf seinen Reisen bis an die Niagarafälle geschafft hat. Er sagt, die Zahl 6 ist deshalb so glaubwürdig, weil man sie auf die einfachste Reihung zurückführen kann: 1+2+3. Ich glaube ihm übrigens. Noch etwas: Maria hat einen gefährlichen Virus und ist so ansteckend, dass wir uns nicht mit ihr treffen dürfen. Sie braucht absolute Ruhe. Das war's in Kürze. Später mehr. Markus.

Der Venezolaner war inzwischen aus dem Bad zurückgekehrt, präsentierte seine stark behaarte Brust und ein paar bemerkenswerte Muskeln an Armen und Beinen. Croy hatte nur kurz hingesehen, sich aber sofort instinktiv gefragt, wo Miguels Stärken und Schwächen im Zweikampf lagen. Er würde mit ihm so viel Zeit im Auto verbringen, dass es mit einer Antwort aber keine Eile hatte. Er blickte auf die Uhr. Die Operation gegen die Hexagon-Agenten in Schiphol müsste jetzt angelaufen sein. Croys Blutdruck stieg augenblicklich.

Eine halbe Stunde später hatten sie ihre persönlichen Sachen gepackt, den Inhalt des Pakets untereinander aufgeteilt und das gesamte übrige Gepäck an der Rezeption zur Aufbewahrung abgegeben. Während Herriero noch zwei Einzelzimmer in einer kleinen Pension in der Nähe des Hafens von Algeciras bestellte und wie gewohnt unter einem falschen Namen und mit einem gefälschten Pass quittierte, war Croy bereits in den Frühstückssalon unterwegs, wo er und sein Begleiter kurz darauf mit einem kräftigen Frühstück in den Tag starteten.

Als der BMW aus der Tiefgarage rollte, war es kurz vor zehn Uhr. Wenig später hatten die beiden Männer ihr Gepäck verladen, ihr Navigationsgerät programmiert und Wien über die Autobahn 1 in Richtung München verlassen. Vor ihnen lagen zweitausendneunhundert Kilometer, für die sie nicht länger als bis zum nächsten Abend brauchen durften. Ihre Fahrt würde sie über München, Lausanne, Nîmes, Barcelona, Valencia und quer durch die Sierra Nevada in die südspanische Hafenstadt Algeciras führen.

Zwischen Kiew und Moskau liefen die Drähte heiß. Herrieros Informationen über Croys Vorhaben und die mittlerweile tote Leitung zu Falcks Büro hatten für eine hektische Betriebsamkeit in den einstmals verbündeten Geheimdiensten der Russen und der Ukrainer gesorgt.

Maxim Kislinsky war gerade dabei, Maria Uljanowa über einen abhörsicheren Kanal anzurufen. Als er sie in der Leitung hatte, klang seine Stimme böse.

»Ich bin mir sicher, dass in Wien etwas geschehen sein muss. Falck ist seit Jahren mein Vertrauter, der sich regelmäßig bei mir gemeldet hat.«

»Meine Quelle hat aber noch gestern Abend mit ihm gesprochen«, erwiderte Uljanowa.

»Wie sicher ist diese Quelle?« Kislinsky sprach, als habe er auf eine Bittermandel gebissen.

Uljanowa dachte sofort an Herrieros Kokainsucht. Doch sie verkniff es sich, dem Venezolaner zu misstrauen. Er hatte sie mehr als drei Jahre mit verlässlichen Informationen über die Restriktionen Venezuelas gegenüber den USA versorgt.

»Ich vertraue ihm«, sagte sie.

»Und warum erreiche ich unseren Genossen in Wien dann nicht?«, bellte Kislinsky in den Hörer.

»Schicken Sie einen Agenten zu ihm«, riet ihm Uljanowa. »Ihr habt doch halb Wien mit euren Leuten durchseucht.«

Sie lachte etwas gequält in den Hörer. Als Atommacht hatte die Ukraine ihr Ohr ganz dicht an der Internationalen Atomenergiebehörde, die in der österreichischen Hauptstadt seit 1957 ihren Sitz hatte.

»Vielleicht ist Falck inzwischen ›stillgelegt‹ worden, und Ihre Quelle hat das gar nicht bemerkt?«, spekulierte Kislinsky. »Nicht einmal zu Hause nimmt jemand das Telefon ab. Könnte es nicht sein, dass Falck das Opfer einer Operation nach Geheimdienstmanier wurde?«

»Maxim, Sie reden mir zu viel im Konjunktiv. Schicken Sie einen Mann los, sonst setze ich jemanden in Bewegung.«

Mittlerweile hatte es der SBU-Chef geschafft, Uljanowa in Unruhe zu versetzen.

»Nein!«, sagte Kislinsky scharf. »Die Ukraine …«

»Wir sitzen alle in einem Boot«, fuhr die FSB-Agentin dem SBU-Mann dazwischen. »Croy ist am Leben, obwohl ihm drei Hexagon-Agenten aufgelauert haben. Wir wissen, wo er sich demnächst aufhalten wird. Ich werde persönlich mit einem Team nach Algeciras fahren, ihn eliminieren und wie geplant den Transport nach Nairobi führen.«

»Was ist mit dem Amerikaner? Wie halten wir uns den vom Leib?«, fragte Kislinsky nach.

»Sie meinen Vincent Talo? Die CIA lässt ihn derzeit nicht nach Europa. Die beiden Anschläge auf Smith und die Niagarafälle haben in Langley für wilden Aktionismus gesorgt. Talo steckt als amerikanischer T3-Chef bis zum Hals in Arbeit. Wie ich aus Berlin gehört habe, steht nicht einmal Croy mit ihm in Kontakt.«

»Was ist mit unserem verehrten Berliner Kollegen?«, fragte der Ukrainer in galligem Ton. »Hatte er es nicht in der Hand, Croy zu neutralisieren?«

»Die drei von ihm beauftragten Hexagon-Agenten waren es, die vor Ort versagt haben. Das sagte ich Ihnen bereits.« Uljanowa klang jetzt nicht weniger scharf.

»Wenn er auffliegt, können wir uns alle warm anziehen«, orakelte Kislinsky.

»Deshalb agiert er auch so zurückhaltend«, erwiderte die Russin. »Aber was ich wissen muss, erfahre ich von ihm. Außerdem weiß er, dass wir ihn in der Hand haben.«

»Gut«, räusperte sich Kislinsky. »Sie hören von mir, sobald ich Nachrichten aus Wien habe.«

Der Ukrainer hatte es auf einmal sehr eilig. Die Sorge um Falcks Wohlergehen beherrschte seine Gedanken. Kislinsky hatte eine Fähigkeit, die guten Geheimdienstmännern vorbehalten war: Er besaß einen sechsten Sinn, und er folgte ihm.

Während der SBU-Chef einen bewaffneten Mitarbeiter des ukrainischen Geheimdienstes in den Wiener Stadtteil Penzing beorderte, bereitete sich Maria Uljanowa auf das Zusammentreffen mit Markus Croy vor. Sie stellte eine Ausrüstung für sich und ihr dreiköpfiges Team zusammen, die der von Markus Croy in nichts nachstand. Außerdem ordnete sie ein mehrstündiges Nahkampftraining an, das sie selbst leitete. Uljanowa wusste, dass sie und ihre russischen Agenten für das Aufeinandertreffen mit Croy in nicht mehr ganz zwei Tagen nicht nur eine perfekte Kondition besitzen, sondern auch mental auf der Höhe sein mussten.

In den späten Nachtstunden machten die Russen sich in zwei Hubschraubern auf den Weg. Wegen der notwendigen Zwischenstopps würden sie das spanische Küstenstädtchen Algeciras erst am nächsten Tag erreichen.

14

**Algeciras,
28 Stunden später,
17:00 Uhr Ortszeit**

Während ihrer langen Fahrt hatten sich Markus Croy und Miguel Herriero mehrfach am Steuer abgewechselt und seltene, dafür aber lange Pausen gemacht. Etienne Loire hatte sich nur einmal mit einer knappen Nachricht gemeldet.

Hexagon-Agenten gefasst und dem Haftrichter vorgeführt. Aktion unspektakulär und ohne Blutvergießen. Später mehr. Etienne.

Croy und Herriero hatten noch ein wenig darüber spekuliert, wie die Operation auf dem Amsterdamer Flughafen Schiphol wohl im Detail verlaufen war. Herriero hatte außerdem darauf gedrungen, mit den Agenten Kontakt aufzunehmen, die den Transport der zehn Giftfässer nach Südspanien begleiteten.

»Eine reine Vorsichtsmaßnahme«, hatte er beteuert. »Denn wenn sie nichts von mir hören, schöpfen sie vielleicht Verdacht.«

Croy hatte kein Wort von der Nachricht verstanden, die Herriero anschließend über seine Voice-Mail-Box an die Terroristen absetzte.

Als die beiden Männer in ihrem staubigen BMW nach beinahe dreitausend Kilometern Fahrt von Wien über die Schweiz und Frankreich in Algeciras anlangten, lag eine Dunstglocke über der südöstlichsten Hafenstadt Spaniens. Auf der Autovía del Mediterráneo herrschte nur wenig Verkehr. Auch die Zahl der Lastwagen auf dem Weg zu den Hafenanlagen war eher gering.

Von hier aus starteten die Fähren in die marokkanische Küstenstadt Tanger. Weil das Touristengewimmel des Sommers fehlte und viele Souvenirgeschäfte noch nicht geöffnet waren, hatte die Stadt eine beinahe morbide Atmosphäre. Der Felsen von Gibraltar lag im Nebel und war kaum zu erkennen. Die Zollstationen, Wartehäuser, Abfertigungsterminals, Ent- und Beladerampen und die Zufahrtsstraßen verliehen dem Hafenareal ein zerklüftetes Aussehen. Die spanischen Behörden hatten sich erst gar keine Mühe gemacht, die Vielzahl von Überwachungskameras zu tarnen. Eine der Afrikafähren ließ ihre Sirene dumpf aufheulen. Sie war bereit abzulegen.

Croy, der am Steuer saß, lenkte den BMW von der Autovía del Mediterráneo in eine schmale Nebenstraße und stoppte vor einer kleinen Pension mit Namen El Gato. Beiden Männern waren die Strapazen der Reise anzusehen. Nur ein paar wenige Stunden hatten sie sich Ruhe gegönnt und versucht, auf den Sitzen der Limousine zu schlafen.

Croy spürte eine bleierne Müdigkeit.

»Wie weit ist es von hier zu diesem Café, wo Sie sich mit Uljanowa treffen wollen?«, fragte Croy den Venezolaner etwas schleppend, während er seinen Sitz weit zurückfuhr.

»Luftlinie zweihundert Meter. Durch die verwinkelten Gassen und die Einbahnstraßen acht Minuten mit dem Wagen. Ich werde sie jetzt kontaktieren«, antwortete der Venezolaner mit müder Stimme.

»Tun Sie das. Außerdem müssen wir das Auto irgendwo verschwinden lassen«, sagte Croy.

»Oder wir ersetzen das Wiener Kennzeichen durch ein einheimisches. Wer weiß, ob wir den schnellen Wagen nicht noch in einer unübersichtlichen Situation brauchen können.«

»Gut«, beschied der Spezialagent knapp. »Ich parke den

Wagen irgendwo am Hafengelände. Da fällt er am wenigsten auf. Sie besorgen das Kennzeichen.«

»Vielleicht werde ich dabei gegen Recht und Ordnung verstoßen müssen«, sagte Miguel und gähnte.

Croy verzog die Mundwinkel.

»Das fällt bei Ihrer Vita ja wohl nicht mehr ins Gewicht. Wir treffen uns also in dreißig Minuten in der Pension. Unter welchen Namen haben Sie uns angemeldet?«

Herriero sagte es ihm.

Sie stiegen aus dem Wagen und trennten sich.

Für Croy nicht zu sehen, blieb der Venezolaner an der nächsten Ecke stehen, drückte sich in einen Hauseingang und zog ein kleines Döschen aus seiner Manteltasche. Er entnahm ihm ein etwa zwei Zentimeter langes Löffelchen aus Edelstahl. Vorsichtig schüttete er eine gewisse Menge Kokain hinein, schloss das Döschen wieder und versenkte es in seiner Manteltasche. Dann beugte er seinen Kopf leicht vor, sog mit der Nase das Rauschgift ein und leckte einen Rest mit der Zunge auf. Er stand für einige Minuten still da und genoß die Wirkung des Stoffs, der sich über die Nasenschleimhäute blitzschnell in die Blutbahnen verteilte. Als er den Hauseingang verließ, war sein Gang aufrecht und energisch.

In Kiew wusste Maxim Kislinsky, der Chef des ukrainischen Geheimdienstes SBU, seit den Vormittagsstunden desselben Tages, dass Thomas Falck für seinen Agenten in Wien unauffindbar und möglicherweise nicht mehr am Leben war.

Trotz mehrfacher Besuche eines Agenten bei Falcks Geschäftsvilla hatte niemand die Tür geöffnet, niemand ging an dessen Privatanschluss, und das Bürotelefon war dauernd besetzt. Der ukrainische Agent hatte daraufhin das Türschloss zerschossen und sich gewaltsam Zutritt verschafft. Er hatte die neben den Apparaten liegenden Telefonhörer entdeckt, sich dann weiter gründlich umgesehen und Reste von Blutflecken an den Wänden von Falcks Büro entdeckt. Sie waren nur flüchtig beseitigt worden. Nach den Informationen seines Agenten deuteten nicht mehr ganz frische Spuren von Autoreifen darauf hin, dass Falcks BMW hier gestanden hatte, dann aber irgendwohin weggefahren war.

Kislinskys Recherchen über den Verbleib des Fahrers führten ebenfalls ins Leere. Auch Nachfragen bei anderen Geschäftspartnern Falcks verliefen ergebnislos. Daraufhin hatte der Ukrainer die russische FSB-Agentin Uljanowa kontaktiert, die ihm mitgeteilt hatte, dass sie auf dem Weg nach Algeciras war.

»Wir müssen davon ausgehen, dass Croy hinter Falcks Verschwinden steckt«, hatte sie auf Kislinskys Mutmaßungen erwidert. »Bluewater und Projekt Noah sind für Hexagon und die an dieser Operation beteiligten Länder nur zu retten, wenn wir Croy daran hindern, sein Wissen zu offenbaren. Er muss sterben.«

»Ich setze einen eigenen Mann in Bewegung«, hatte Kislinsky geantwortet. »Ein Sniper von allererster Güte. Er gehört zu einem Programm des SBU, das sich ausschließlich mit der Beseitigung von Einzelpersonen beschäftigt. Er wird mit Ihnen Kontakt aufnehmen. Kriegen Sie Croy nicht zu fassen, wird mein Scharfschütze diesen Job mit Sicherheit erledigen.«

»Kenne ich den Mann?«, hatte Uljanowa gereizt zurückgefragt. Sie mochte es nicht, wenn sich zu viele Agenten an einem Ort aufhielten, der so überschaubar war wie Algeciras.

»Er ist Pakistani«, hatte der SBU-Mann geantwortet. »Der Sohn eines vormals einflussreichen Politikers, der ins Exil gehen musste, weil die Militärs die Macht in Islamabad übernommen hatten. Er wuchs auf der Halbinsel Krim auf und zählt mittlerweile zu meinen besten Agenten.«

»Ist er bereits in die Operation von Hexagon eingeführt worden, Maxim?«

»Ja. Ihm verdanken wir den Tod von Präsidentenberater Smith. Leider wurde sein Auftrag, die deutsche Bundeskanzlerin umzubringen, vor einem Jahr in letzter Minute abgesagt.«

»Ja, aber es musste sein. Dennoch ein guter Mann«, hatte Uljanowa anerkennend geantwortet. »Ich erwarte ihn heute Abend in Algeciras. Er erreicht mich auf die übliche Weise.«

Als Uljanowa das Gespräch beendet hatte, beschlich sie plötzlich ein mulmiges Gefühl. Sie arbeitete nun schon seit beinahe zehn Jahren für den russischen Inlandsgeheimdienst FSB, hatte viele Quellen angeworben und selbst geführt, blickte auf Einsätze in Beirut, Kabul, dem Jemen und Saudi-Arabien zurück. Uljanowa kannte sich mit stiller Diplomatie aus und hatte mehr als einmal Verhandlungen zwischen verfeindeten Gruppen aus Christen und Muslimen innerhalb Russlands initiiert.

Als junges Mädchen war es immer ihr Traum gewesen, Schauspielerin zu werden. Ihre Rollen in Schultheatergruppen und ihre Zeit als Souffleuse hatten ihr dabei geholfen, heute so januskÖpfig auftreten zu können. Uljanowa war es nicht schwergefallen, Croy glauben zu machen, dass sie auf seiner Seite stand, Herriero mit seiner Kokain-Abhängigkeit zu erpressen und die Berliner Quelle mit ihrem Insiderwissen unter Druck zu setzen. Maria Uljanowa war jetzt Ende dreißig, und sie hatte bis zum heutigen Tag keinen Augenblick Zweifel daran gehabt, dass sie diese komplizierte Doppelmission auch zu einem Erfolg führen würde. Sie war eine Abenteurerin, die ganz nach oben wollte. Noch niemals zuvor in der Geschichte Russlands hatte es eine Frau auf den Chefsessel des mächtigen russischen Geheimdienstes geschafft. Aber mit genau diesem Posten hatte Präsident Saizew gewunken, wenn sie es schaffte, dass Moskau beim Ringen um den milliardenschweren Auftrag für das Wasserprojekt Noah siegreich war.

Wie lautete der Satz, den Saizew nach dem Treffen mit Kanzlerin Sprado und dem US-Präsidenten Foxx bei ihrem geheimen Meeting zu ihr gesagt hatte? Er klang ihr noch im Ohr: *TRIAS war gestern, Noah ist heute.*

Doch Markus Croy erwies sich als ein sehr viel schwierigerer Rivale, als sie geglaubt hatte. Zwar wusste sie, dass er bei der Verteidigung des TRIAS-Vertrags unerbittlich vorgegangen und effizient gewesen war. Doch dass er sich jetzt Uljanowas Karriereplanung in den Weg zu stellen drohte und womöglich sogar Moskaus Träume von einer weltweiten Vorherrschaft über die Wasserversorgung platzen ließ, erzeugte in ihr nicht nur eine rasende Wut, sie spürte plötzlich auch ein diffuses Gefühl von Hilflosigkeit und Angst. Deshalb hatte sie in den letzten Tagen ihr Team und sich selbst zu mentalen und körperlichen Höchstleistungen angestachelt. Auch wenn sie auf Angebote fremder Hilfe stets mit Misstrauen reagierte – vielleicht würde sie tatsächlich Kislinskys Scharfschützen brauchen, falls sich Croy als zu harter Brocken erwies.

Sie rief eine Telefonnummer an, die auf die übliche Weise erst zerhackt und später von einem Dechiffrierprogramm wieder zusammengesetzt wurde. Als jemand am anderen Ende abnahm, sagte sie:

»Ihr müsst umdisponieren. Der Transport ist unsicher. Plan B, großes Geschütz. Ende.«

Als die Russin und ihre drei Begleiter kurz nach achtzehn Uhr in Algeciras ankamen, unterzog sich Croy im Zimmer der Pension gerade Dehnungs- und Lockerungsübungen. Der Venezolaner war noch nicht wieder aufgetaucht. Die dreißig Minuten waren längst vorbei.

Als er endlich an die Tür klopfte, war es achtzehn Uhr zwölf. Herriero wirkte atemlos, seine Augen flackerten nervös, und die Worte sprudelten nur so aus ihm heraus.

»Croy, wir sind von Feinden umzingelt. Sehen Sie hier.«

Herriero hielt eine Straßenkarte von der Innenstadt in der Hand und tippte theatralisch mit dem Finger darauf.

Croy machte nicht den Eindruck, als beunruhige in dieser Umstand. Vielmehr löste Herrieros merkwürdige Hektik Nervosität in ihm aus. War etwas geschehen, was ihn, Croy, zur Vorsicht mahnen sollte? Hatte er Drogen genommen? Doch er schüttelte diesen Gedanken ab. Herriero würde in dieser Situation wohl kaum ein unnötiges Risiko eingehen.

»Sie kommen spät, Miguel. Mit dem Auto alles klar?«, fragte Croy so beiläufig wie möglich.

Herriero nickte stumm. Seine Stirn war schweißnass.

»Ich habe Hunger«, sagte er plötzlich in dringlichem Ton.

»Ich auch«, antwortete Croy. »Außerdem bin ich müde. Wer auch immer was von uns will, er richtet sich ab sofort nach uns und nicht umgekehrt. Bleiben Sie also gelassen, Miguel, und erzählen Sie mir beim Essen, was Sie wissen.«

Der Venezolaner verlor augenblicklich seinen gehetzten Gesichtsausdruck.

»So machen wir es. Wir sind die Jäger und die anderen das Freiwild.« Er grinste breit.

»Genau.« Croy wandte sich seiner Beretta zu, die er prüfend betrachtete und dann in den Hosenbund schob.

Ein kalter Wind schlug den beiden Männern vom Meer entgegen. Der Nebel hatte sich fast vollständig verzogen. Die Lichter des nahen Hafens tauchten die Innenstadt in einen fahlen, gelben Schein. Croy und Herriero steuerten auf eine nahe gelegene, blau illuminierte Tapas-Bar zu und suchten sich einen Tisch, der vom Eingang nicht zu sehen war. Sie bestellten nacheinander die für Südspanien typischen winzigen Kreationen aus Fisch, Fleisch, Gemüse und Früchten, die fantasievoll und pikant angerichtet waren.

Croys Communicator blinkte. Um keine Aufmerksamkeit zu erregen, hatte er das komfortable Handy auf lautlos gestellt. Eine unbekannte Rufnummer. Croy überlegte blitzschnell, wem er seine Nummer gesandt hatte. Er nahm das Gespräch an.

»Hier Croy.«

»Wilkens am Apparat. Darf ich wissen, wo Sie sind?«

Der T3-Agent war überrascht. Der Kanzleramtsminister hatte sich mit persönlichen Anrufen bislang zurückgehalten. Croy verließ den Tisch und zog sich in eine ruhige Ecke zurück.

»In Spanien«, antwortete Croy. »Ich stehe kurz vor einer Operation, die den Weg für ein ungestörtes Meeting in Nairobi frei macht.«

»Ich habe einen Anruf von einer gewissen Etienne Loire aus Paris erhalten. Sie bat mich sicherzustellen, dass Sie Verstärkung von der spanischen Elitetruppe GOES erhalten. Ich wollte Ihnen mitteilen, dass eine Einheit von sechs Spezialisten von Europol genehmigt wurde. Allerdings frage nicht nur ich mich, was genau Sie planen.«

Croy berichtete ihm in kurzen Worten von Katjas Entführung und den Erpressungsversuchen Hexagons und erwähnte dabei auch den Plan, nach dem der Weltwasserkonferenz in Nairobi ein Blausäureanschlag drohte.

»Geht es Ihnen um Rache, weil man Ihre Freundin bedroht hat?«, fragte Wilkens.

»Nein«, antwortete Croy knapp. »Es geht um weit mehr.«

»Sind Sie sicher, dass Sie nicht nur aus persönlichen Gründen Vergeltung suchen?«

»Halten Sie mich nicht für unhöflich«, antwortete Croy etwas grob, »aber ich habe gelernt, damit zu leben, dass man mir den Arsch aufreißen will.«

»Wenn Sie hier nämlich als Ihr eigenes Killerkommando eine Rechnung begleichen wollen, werden wir *Sie* aus dem Verkehr ziehen«, blieb der Anrufer unnachgiebig.

Croys Augen verdunkelten sich. Doch er unterdrückte seine aufsteigende Wut und fragte mühsam beherrscht:

»Sagt Ihnen Projekt Noah etwas?«

Croy hörte jetzt nur noch Wilkens Atem. Nach einem längeren Moment des Schweigens antwortete der mit einer Gegenfrage.

»Warum wollen Sie das wissen?«

»Weil ich davon ausgehen muss, dass eine weltweite Verschwörung im Gange ist, deren Protagonisten in diesem Moment auf diesem kleinen Fleckchen Erde versammelt sind. Und deshalb bin ich hier. Ich werde dem ein Ende bereiten.«

»Natürlich kenne ich Noah. Es liegt der Bundeskanzlerin sehr viel daran, dass in Nairobi *der Richtige* zum Zuge kommt. Aber was für eine Verschwörung meinen Sie? Klären Sie mich jetzt endlich mal auf?«

»Das ist mir am Telefon viel zu riskant, Herr Minister. Ich werde Tanja Weber aus meinem Team bitten, Ihnen unter vier Augen zu erklären, worum es geht. Ansonsten bitte ich Sie nur um eins: Vertrauen Sie mir, so wie Sie das bei TRIAS auch getan haben.«

Wieder ließ sich Wilkens mit einer Antwort Zeit. Schließlich sagte er:

»Also gut. Ich vertraue Ihnen. Aber Gnade Ihnen Gott, sollten Sie Ihre herausgehobene Stellung innerhalb der deutschen Sicherheitsbehörden missbrauchen.«

»Sie können sich auf mich verlassen.«

»Das hoffe ich«, schnarrte es aus dem Hörer. »Das GOES-Team erwartet Sie bereits in der Präfektur der Guardia Civil. Ich wünsche Ihnen Glück, Croy.«

»Das kann ich gebrauchen, Herr Minister. Auf Wiederhören.«

»Auf Wiederhören.«

Als Croy an den Tisch zurückkehrte, blickte Herriero ihm neugierig entgegen. Die Augen des Venezolaners glänzten auffällig. Er rieb seine Nase, als jucke sie ihn stark. Croy ließ sich seine Beobachtungen nicht anmerken.

»Mein Boss wollte mich sprechen. Anscheinend langweilt er sich in Berlin.«

Er winkte dem Kellner und bat um die Rechnung.

»La cuenta, por favor!«

Dann wandte er sich erneut dem Venezolaner zu.

»Die Verstärkung aus Madrid ist bereits in der Stadt. Wann treffen Sie auf die Hexagon-Agenten?«

Herriero verzog den Mund. Seine Miene hatte plötzlich etwas Diabolisches.

»Darüber wollte ich vorhin schon mit Ihnen sprechen. Ich hatte Ihnen bereits von einem Pakistani namens Bhutto erzählt. Sie erinnern sich?«

»Der neue, selbst ernannte Anführer von Hexagon?«

»Genau der. Er ist ein Ziehkind des ukrainischen Geheimdienstchefs Maxim Kislinsky. Wasim Ali Bhutto ist als Sniper vom SBU ausgebildet worden, um missliebige Gegner des SBU, aber auch anderer Geheimdienste gezielt auszuschalten. Bhutto hat den Befehl bekommen, sich um Sie zu kümmern.«

»Was für eine interessante Vorstellung«, antwortete Croy mit einem schiefen Grinsen. Er blickte Herriero jetzt direkt in die Augen. Der hielt seinem Blick nicht stand. Croy spürte ein Ziehen im Magen. Er sagte mit einem leichten Vibrieren in der Stimme: »Jetzt warten hier also zwei Killer auf mich. Algeciras ist wirklich ein reizender Ort. Wenn Bhutto vor Ort ist, wer koordiniert dann Transport und Verschiffung der zehn Zyanidfässer?«

»Ich«, zog Herriero seine Waffe. »Tut mir leid Croy. Aber für mich hängt eine Menge Geld an diesem Job.«

»Wie viel?«, fragte Croy, um Zeit zu gewinnen. Er hatte sich also nicht geirrt. Herriero hatte ihm unbewusst Hinweise gegeben, auf die Croy nicht entschlossen genug reagiert hatte. Nun musste er diese neu entstandene Situation erst einmal verarbeiten und Zeit gewinnen.

»Einhunderttausend«, antwortete der Venezolaner.

»Bolivar oder Dollar?« Croy verzog spöttisch den Mund.

»Grinsen Sie nicht so dreckig.«

Herriero fuchtelte mit seiner Waffe über dem Tisch herum. Croy überlegte fieberhaft, wie er ihn unschädlich machen konnte. Er sah aus den Augenwinkeln, dass sich der Kellner mit der Rechnung in der Hand näherte. Croy hielt den Atem an.

Der Kellner, der von der bedrohlichen Situation offenbar nichts mitbekommen hatte, berührte den Venezolaner leicht von hinten an der Schulter, während er den Bon auf den Tisch schieben wollte. Herriero erschrak, wirbelte reflexartig herum und schoss dem Kellner in den Bauch.

Im selben Augenblick stürzte Croy sich auf den Venezolaner und riss dabei die Tischdecke samt Tellern, Schüsseln und Wassergläsern mit sich, die am Boden scheppernd zerbrachen. Croy legte sich mit seinem gesamten Körpergewicht auf den Rücken des Doppelagenten, der sich zappelnd zu befreien suchte.

»La madre que te parió …«, quiekte er.

In seiner Verzweiflung feuerte Herriero mehrfach seine Pistole ab, deren Kugeln durch den Raum pfiffen.

Panikartig suchten andere Gäste Schutz, während der getroffene Kellner, sich den Bauch haltend, zu Boden gegangen war. Erneut traf ihn eine Kugel aus Herrieros Waffe, direkt zwischen die Beine.

Croy hieb mit seiner Faust auf den Schädel des Venezolaners ein, bis dieser sich nicht mehr rührte. Blut sickerte ihm aus Hinterkopf und Stirn, die bei den harten Schlägen immer wieder auf den Fußboden gekracht war.

Croy sprang auf die Füße. Er atmete schwer.

»Spricht hier jemand Englisch?«, fragte er in den Raum hinein. Ein völlig eingeschüchterter Mann hob die Hand.

»Sind Sie Spanier?«, fragte Croy.

Der Mann nickte.

»Gut. Rufen Sie die Guardia Civil über das Kneipentelefon an. Die Polizisten sollen ohne Sirenen und Blaulicht kommen und sich ruhig verhalten.«

Der Spanier bewegte sich nur langsam in Richtung Küche. Die Situation überforderte ihn sichtlich.

»Tempo, Tempo«, rief Croy.

Der Mann parierte und hielt wenig später ein Telefon in der Hand, in das er aufgeregt hineinsprach.

Croy hatte unterdessen Herrieros Hände und Füße am Esstisch festgebunden und kontrolliert, ob der Venezolaner noch lebte. Herriero atmete nur sehr flach und war ohne Bewusstsein.

Wenige Minuten später trafen zwei Polizisten ein, die sich zunächst erstaunt umsahen.

Croy trat auf sie zu, zeigte seinen Europol-Ausweis vor und gab den Beamten ein unmissverständliches Zeichen. Während ein Polizist seine Handschellen zückte, rief der andere über sein Handy einen Krankenwagen.

Croy trat vor die Tür. Er erspähte ein Taxi und hielt es an. »A la Guardia Civil.«

Der Fahrer fuhr um drei Ecken und hielt vor einem Haus, dessen Fassade braune Flecken aufwies und an dessen Erkern breitflächig der Putz bröckelte. Croy stürmte in die Polizeistation, trat vor eine Art Counter, wies sich aus und sagte:

»Buenas noches.«

Bevor der T3-Agent eine Frage stellen konnte, plapperte der diensthabende Beamte auch schon los.

»Qué problema tienes?«

Croy, der ihn nicht verstand, antwortete etwas unbeholfen und mit fragendem Blick

»Señores de la GOES?«

Die Geräusche hektischen Funkverkehrs hallten durch den karg eingerichteten Raum. An der Wand hing ein Porträt des spanischen Königs. Der Beamte, ein kleiner Mann in blauer Uniform, mit wachen braunen Augen, wies mit einer Hand hinter sich.

Croy nickte dankend. Er trat durch eine fleckige Schwingtür, gelangte in einen länglichen Flur und vernahm heftiges Stimmengewirr. Zwei Uniformierte eilten wild mit den Händen gestikulierend an ihm vorbei. Vorsichtig bewegte sich Croy vorwärts. Im Ausland eine fremde Sprache nicht gut genug zu beherrschen, gab ihm ein Gefühl der Unsicherheit.

Aus einem der Räume, die links und rechts vom hell gestrichenen Korridor abgingen, erklangen wohlbekannte Geräusche: Waffen wurden gereinigt, geprüft und durchgeladen. Er trat ein und sah sich sechs jungen, kräftig gebauten Männern gegenüber, die das global übliche Outfit trugen: Jeans, Sweatshirts, Turnschuhe. Ihre Augen waren dunkel, ihre Haare kurz rasiert. Sie blickten auf den Ermittler mit einer Mischung aus Neugier, Argwohn und Abenteuerlust.

Croy grüßte und suchte mit den Augen nach ihrem Anführer.

»How are you?« Einer der Männer erhob sich und kam auf ihn zu. »Ich bin Comisario Pablo Montero«, sagte er auf Englisch und stellte nacheinander die fünf anderen GOES-Beamten vor, die alle den Dienstrang eines Comisarios hatten. Sie musterten Croy freundlich, aber distanziert.

Pablo fasste seinen deutschen Kollegen unter.

»Lass uns in die Cafeteria gehen und reden. Die Männer sollen sich inzwischen konzentriert auf ihren Job vorbereiten.«

Croy war es recht. Er folgte dem Beamten, der mit seinen breiten Schultern und dem ausladenden Gang wie ein Bodyguard wirkte.

Der Pausenraum der Polizeistation war eng, muffig und besaß einen Kaffeeautomaten, der nur ein einziges Getränk braute: Café con leche.

Pablo drückte zweimal auf den einzigen Knopf des Geräts, das einen fiependen Klagelaut von sich gab und zwei Pappbecher ausspuckte, in die nacheinander eine braune Brühe und eine weiße Flüssigkeit flossen.

Croy blickte amüsiert, Pablo entschuldigend. Sie setzten sich an einen schäbigen Holztisch, tranken und blickten sich dabei prüfend in die Augen. Croy wusste, dass er und die Männer schnellstmöglich zueinander Vertrauen fassen mussten. Sie würden, wenn es hart auf hart käme, auf Leben und Tod füreinander einstehen müssen.

Pablo ergriff als Erster das Wort.

»Worum genau geht es, Markus? Unsere Informationen sind nur sparlich und ungenau.«

Croy beschloss, mit offenen Karten zu spielen, aber die Nairobi-Thematik nicht anzusprechen. Noch immer ging ihm das Wort Verrat durch den Kopf.

»Wir haben folgende Situation. Nach meinen Informationen sind ein russisches FSB-Kommando und eine Gruppe Agenten einer Organisation namens Hexagon auf dem Weg hierher oder bereits vor Ort. Darunter ist auch eine Frau. Ihr Name ist Maria Uljanowa. Angeblich gehört zu den insgesamt acht bis zehn Gegnern auch ein Sniper, der im Auftrag des ukrainischen Geheimdienstes handelt. Er ist Pakistani und etwa in deinem Alter. Sie haben zwei Ziele: den Schmuggel von zehn Fässern Kaliumzyanid, aus dem sich Blausäure herstellen lässt. Das zweite Ziel bin ich. Ich arbeite im Auftrag der deutschen Regierung an der Aufklärung mehrerer Anschläge, von denen du gehört haben dürftest.«

Pablo, der aufmerksam zugehört hatte, schaute wütend drein.

»Diese Mörder! Bei dem Anschlag auf den Präsidentenpalast in Kabul sind auch der spanische Botschafter und seine Frau umgekommen. Sie waren so etwas wie Helden für uns, weil sie unsere Nation in einem Land vertreten haben, in das ein Spanier freiwillig niemals reisen würde.«

Croy fragte sich, was er wohl damit meinte, beließ es aber dabei.

»Wie viele Männer brauchst du für deinen Schutz?«, fragte Pablo weiter. Sein vertrauensvoller Ton stimmte Croy zuversichtlich.

»Den Gifttransport nach Tanger zu verhindern hat absolute Priorität«, antwortete Croy, ohne zu zögern. »Mir reicht ein Mann, der mich absichert.«

»Ich gebe dir zwei«, sagte Pablo in einem Ton, der keine Widerrede duldete. »Ich selbst und einer meiner besten Männer. Wenn du nur halb so gut ausgebildet bist wie eure Leute vom Kommando Spezialkräfte und der GSG 9, dürften wir es gemeinsam schaffen, unsere Gegner zu neutralisieren.«

Croy nahm einen tiefen Schluck. Er musterte dabei sein Gegenüber. Dessen Gesicht verriet, dass er zu allem bereit war.

»Alles in Ordnung?«, erkundigte sich Pablo.

Croy fragte zurück: »Heizen wir ihnen richtig ein?«

Pablos Mund verzog sich zu einem breiten Grinsen. »Wir grillen sie.«

Sie stießen die Kaffeetassen aneinander. Croy wäre jetzt ein Whisky lieber gewesen.

»Wie erfahren wir, wo sich die Russengangster aufhalten?«, fragte Pablo nach einem kurzen Moment.

»Ich spiele den Köder«, antwortete Croy. »Ich kontaktiere Maria Uljanowa. Und wenn ich mich nicht täusche, hält sie mich für ahnungslos. Was den Transport der Fässer anbelangt, so schlage ich vor, dass sich die Guardia Civil und die Einheiten vom Zoll vor sämtlichen Zufahrten des Hafengeländes und vor den Beladeeinrichtungen aller Schiffe postieren, die bis übermorgen früh in Richtung Tanger abgehen. Es gibt insgesamt vier Fährlinien. Mit der vorhandenen Manpower dürfte es nicht schwer sein, jeden Transporter zu überprüfen, bevor er an Bord rollt. Bekommst du das hin?«

»Das ist kein Problem und kostet mich nur einen Anruf«, antwortete Pablo. »Die Grupos Operativos Especiales de Seguridad haben die U-Bahn-Attentäter von Madrid ermittelt und die Terrorzelle zerstört. Wir arbeiten mit der Guardia Civil und der spanischen Nationalpolizei sehr gut zusammen.«

»Gut«, sagte Markus Croy. »Dann lass uns die anderen Comisarios instruieren, wie wir in den nächsten Stunden vorgehen werden.«

Auf dem Flur kam ihnen ein junger Mann entgegen, der ein auffallend hübsches Gesicht mit dunklen Augen, langen Wimpern, einer gerade Nase und vollen Lippen hatte.

»Das ist Lucas Méndez«, stellte Pablo ihn vor, »unser Jüngster im Team. Er ist erst seit wenigen Monaten bei der Truppe und hat sich vor allem als kluger Späher Respekt erworben.«

Pablo grinste den jungen Beamten an. Der blickte neugierig auf Markus Croy, der ihn aufmerksam musterte.

»You speak English?«, fragte er ihn.

»Yes«, antwortete Lucas und warf Croy einen ironischen Blick zu. »Englisch ist wie bei euch Pflichtfach an der Polizeiakademie.«

»Wenn das die Franzosen nur auch so sehen würden…«, feixte Croy.

»Eine gemeinsame Sprache ist für diese Operation sicher sehr hilfreich«, sagte der Spanier.

»Ich freue mich auf unseren Einsatz.« Croy blickte freundlich auf sein Gegenüber.

»Ganz meinerseits«, gab Lucas zur Antwort.

Croy spürte ein Gefühl der Erleichterung. Mit den Antiterrorspezialisten würde er wahrscheinlich gut klarkommen. Gemeinsam verließen sie den Flur, gesellten sich zu den anderen und beratschlagten im Team, wer welche Aufgabe übernehmen sollte.

Maria Uljanowa und drei weitere Agenten des FSB hatten sich nur wenige Gehminuten von ihnen entfernt in einem heruntergekommen wirkenden Hostel einquartiert. Es lag in einer Seitenstraße ohne Laternen, die so schmal war, dass kein Baum Platz zum Wachsen gehabt hätte. Die vier Russen hockten auf dem Boden eines kleinen Schlafsaals, in dem sich jeweils Doppelstockbetten gegenüberstanden. Der Platz dazwischen reichte aus, um ihre Handfeuerwaffen und Maschinenpistolen reinigen, ölen und laden zu können.

»Wie gehen wir weiter vor?«, fragte einer aus Uljanowas Truppe. Er hieß Jurij und war wie die anderen von kräftiger Statur, trug dunkle Freizeitkleidung und eine schwarze Kappe und war kaum älter als zwanzig. Er spielte mit seiner Waffe, einer Jarygin P Ja, deren Magazin mit Parabellummunition geladen war.

»Wir müssen herausfinden, wo Markus Croy sich aufhält«,

sagte die Russin. »Das dürfte nicht allzu schwer sein. Ich rufe ihn selbst an. Ich denke nicht, dass er bereits Verdacht geschöpft hat. Einer von euch kümmert sich um meinen venezolanischen Kontaktmann. Wir brauchen ständigen Kontakt zu Herriero. Die Ladung *muss* sicher in Nairobi ankommen. Jurij, Sie nehmen Kontakt zu dem Mann aus Kiew auf. Er muss wissen, was wir tun, damit wir ihm nicht in die Quere kommen.«

»Was ist, wenn er unbedingt zum Zug kommen will?«, fragte Jurij.

»Wer Croy ausschaltet, spielt keine Rolle. Es darf nur nicht zu Verwechslungen kommen. Und nun schlaft noch ein bisschen. Ich glaube kaum, dass heute Abend noch was passiert. Ich werde jetzt unser Ziel kontaktieren.«

Maria Uljanowa griff nach ihrem Rucksack und verließ den Schlafsaal. Auf dem Flur entdeckte sie eine Treppe, die auf das Flachdach der Pension führte. Von oben hatte sie einen unverstellten Blick auf die Hafenanlagen und die Dächer der Innenstadt von Algeciras. Zwischen den Häusern gab es mitunter Höhenunterschiede von mehreren Metern. Eine Flucht über die Dächer, dachte die Agentin, würden nur geübte Springer und Kletterer unverletzt überstehen.

Sie blickte durch ihr Fernglas auf ein Chaos aus Ventilatoren, Fallrohren, Klimaanlagen, renovierten und verwitterten Fenstern und Fassaden. Sie schwenkte hinüber zum Hafen. Autos, Lastwagen und schwere Baumaschinen rollten an Bord einer Fähre, die mit starken Trossen vertäut war. Das Fernglas vergrößerte so stark, dass sie den Kapitän auf der Brücke dabei beobachten konnte, wie er etwas in ein großes Bordbuch schrieb. Sie sah auch, dass neben ihm auf dem kleinen Schreibtisch eine Pistole lag. Uljanowa zog die Augenbrauen hoch, richtete das Fernglas wieder auf die Stadt und blickte auf den Abendverkehr, der sich in die Stadt hinein- und aus ihr hinausbewegte. Es war nicht viel los. Als suche sie ein bestimmtes Haus, schweifte ihr Blick langsam über die Straßenzüge der Stadt.

»Na, Bastard«, flüsterte sie, »in welcher dieser Buden steckst du?«

Sie setzte das Fernglas wieder ab, ging in die Hocke, legte ihren Rucksack neben sich und machte es sich bequem. Der Abendhimmel war blassgelb im schlierigen Sternenlicht. Vom Meer war Feuchtigkeit ins Landesinnere gezogen, die die eben noch gute Sicht vernebelte. Die FSB-Agentin nahm ihr Handy, suchte eine Nummer im Adressverzeichnis und drückte auf einen Knopf.

In etwa dreihundert Metern Entfernung verabschiedete sich Croy gerade von Pablo und verabredete mit ihm ein Treffen für den nächsten Morgen um fünf Uhr. Sein Communicator blinkte und läutete leise. Der T3-Agent erkannte die Nummer, doch er nahm das Gespräch nicht an. Eine Polizeipräfektur mit ihrem immerfort säuselnden Sprechfunkverkehr war als Hintergrund für ein solches Telefonat zu unruhig und vor allem zu verräterisch. Außerdem wollte er den weiteren Verlauf der Dinge selbst bestimmen und ihn sich nicht von seinen Gegnern diktieren lassen.

Vor der Tür der Polizeistation blickte Croy sich vorsichtig um. Er sog die kühle Meeresluft ein, die aus östlicher Richtung in die Hafenstadt strömte. Dunstschleier lagen über den Krananlagen und dem Verladebahnhof. Mit schnellen Schritten überquerte er die Straße, betrat die Pension, ging in sein Zimmer hinauf und begann die Taschen von Miguel Herriero zu durchsuchen. Er stieß auf ein Döschen mit Kokain und auf ein Notizbuch, das nicht größer als ein Fünf-Euro-Schein war. Begierig suchte Croy nach weiteren Details des Transports, dem Zeitpunkt der Übergabe der Fässer und Hinweisen auf weitere Hintermänner von Hexagon. Doch Herrieros Aufzeichnungen waren in Spanisch abgefasst. Croy beschloss, Pablo um eine Übersetzung zu bitten. Er schob das Notizbuch in die Innentasche seines Jacketts und stieß dabei auf die E-Mail, die er sich in Falcks Büro ausgedruckt hatte. Obwohl die Zeit drängte, las er die auf Englisch verfasste Nachricht – und erstarrte.

Der Absender benutzte einen russischen Server, dessen er sich selbst oft bedient hatte. Das Kürzel MU vor der Domain *swanidse.ru* war der Deckname Maria Uljanowas und ihrer T3-Abteilung beim FSB. Swanidse war auch der Name eines hochgeheimen prunkvollen Saals im Kreml, den Präsident Saizew nur für ausgewählte Gäste öffnete.

Die Russin hatte offenbar nicht nur mit Falck wegen seines Vortrags vor der Weltwasserkonferenz in Nairobi in Kontakt gestanden. Aus der E-Mail ging auch hervor, dass Uljanowa sich beim deutschen Bundeskriminalamt wegen ihres Vorgehens rückversichert hatte. Wörtlich las Croy:

Seien Sie ohne Sorge, Falck, dass jetzt noch etwas Unvorhergesehenes passiert. Wie mir unser Kontaktmann in Berlin versichert hat, ist eine Störung von außen nicht zu erwarten. Er hat sich dafür persönlich verbürgt.

Croy wurde übel bei dem Gedanken, dass in Berlin ein Verräter sitzen könnte, der ihm und seinem Team gefährlich nahe war. Er las die E-Mail noch einmal und fragte sich, wer der Singvogel sein mochte und zu welcher Behörde er gehörte. Das Wort Erpressung waberte durch seinen Kopf wie giftiger Nebel.

Er setzte sich auf einen Stuhl am Fenster und blickte hinaus. Er war müde. Die letzten Tage und die lange Autofahrt forderten ihren Tribut. Croy wusste, dass er sich bei Uljanowa melden musste, um herauszufinden, wo sie sich aufhielt. Er musste zu Ende bringen, was er freiwillig nie begonnen hätte. Jetzt, da ihm der Venezolaner keine Hilfe mehr war – und er hatte es wohl von Anfang an auch gar nicht sein wollen –, war er auf sich allein gestellt. Die GOES-Eingreiftruppe würde ihm nur dann helfen können, wenn er den Takt vorgab.

Croy richtete sich mit einem Ruck auf, griff nach seinem Communicator und tippte eine Reihe von Zahlen, Buchstaben und Sonderzeichen ein. Ein Signal baute sich auf, das an ein System namens Sonic gesandt wurde, das der russische FSB vom deutschen BND nach dem Angriff auf TRIAS vor mehr als einem Jahr übernommen hatte. Sonic entschlüsselte die kryptische binäre Zahlen- und Buchstabenfolge in rasanter Folge. Es ertönte ein Rufzeichen. Croy war freigeschaltet und tippte Uljanowas Telefonnummer ein, die aus Sicherheitsgründen vom Verschlüsselungsprogramm Wi-Fi Protected Access 4 in Sekundenbruchteilen zu einem Algorithmus umgebaut wurde. Als endlich das Rufzeichen ertönte, war mehr als eine Minute vergangen.

Die Russin nahm nach vier Klingeltönen ab und gab ihrer Stimme einen unschuldigen Klang.

»Markus, wie geht es Ihnen? Wie kommen Sie voran?«

Croy stieß mit seiner Schuhspitze gegen das Stuhlbein. Doch seiner Stimme war seine Erregtheit nicht anzumerken.

»Man wollte mir meine Freundin wegnehmen«, antwortete er, »aber ich habe es verhindert.«

»Oh! Das wusste ich nicht«, gab sich Uljanowa unwissend. »Aber ich hatte Sie ja gewarnt.«

»Ja, das haben Sie«, antwortete Croy gezwungen freundlich. »Woher auch immer Sie diese Information hatten.«

»Von Herriero, unserer Quelle beim DISIP. Das hatte ich Ihnen doch gesagt.«

»Ja, Herriero«, sagte Croy mit ironischem Unterton,

»unser Kokainschnüffler. Ich wüsste gern, was er gerade macht.«

Uljanowa schien Croys Stimmfärbung nicht entgangen zu sein.

»Wieso? Ich habe vor etwa einer halben Stunde mit ihm gesprochen. Er hat mir übermittelt, was die Hexagon-Agenten vorhaben.«

»Was haben sie denn vor, Maria?«

»Sie sind auf dem Weg nach Südspanien und versuchen nach Nairobi zu gelangen.«

»Dann müssen wir sie aufhalten«, sagte Croy kurz angebunden.

»Wo sind Sie denn derzeit, Markus?«

»In der Nähe von Paris«, log er.

»Ah, Paris …«, sagte die Russin gedehnt.

»Und Sie?«, fragte er zurück.

»In Moskau. Dann werden wir wohl kaum zusammen die Bande zerschlagen können, was?«

Es entstand eine kurze Pause. Croy hatte das Gefühl, allein in einem Käfig voller hungriger Raubtiere zu stehen.

»Nein, das glaube ich auch nicht«, antwortete er. »Es sei denn, Sie können noch bis übermorgen warten. Eher kann ich auf keinen Fall in Südspanien sein.«

»Dann machen wir das eben allein«, wurde die FSB-Agentin unvorsichtig.

»Ach? Steht der Jet in Moskau schon bereit?«

Croys ironischer Unterton war jetzt nicht zu überhören. Doch Uljanowa tat so, als habe sie ihn nicht bemerkt. Stattdessen sagte sie:

»Je schneller wir die Gruppe zerschlagen, desto schneller kehrt wieder Ruhe unter unseren Regierungschefs ein.«

»Ach, gibt es Unruhe?«, fragte Croy. »Meine Bundeskanzlerin schien mir entspannt zu sein.«

An diesem Punkt ihres Gesprächs entschloss sich Croy zu einer Finte.

»Sie ließ mir übermitteln, dass die TRIAS-Länder auf der Weltwasserkonferenz am Wochenende in Nairobi einen eigenen Vorschlag zur Ausschreibung des Projekts Noah unterbreiten werden. Ich denke, dass Bluewater über kurz oder lang ausgebootet und damit in seiner globalen Macht beschnitten wird.

»Wie bitte?«, keifte Uljanowa unbeherrscht in den Hörer, fing sich aber sofort wieder. »Ja, aber das sind doch wirklich gute Nachrichten, Markus.«

»Das sehe ich genauso, Maria. Wie gelangt man denn aus Spanien nach Afrika? Cádiz, Algeciras, Gibraltar? Nein«, gab sich Croy selbst die Antwort. »Von Cádiz gehen die Fähren nur auf die Kanaren ...«

»Algeciras«, sagte Uljanowa. »Direkte Verbindung nach Tanger in Marokko.«

»Oh ja, ich kenne diese Stadt. Es gibt am Hafen eine kleine, hübsche Wehranlage aus dem 14. Jahrhundert. Hat viel erlebt, der Ort. Kämpfe der Bewohner gegen Piraten. Die Räuber hatten meist das Nachsehen, weil die Bewohner immer rechtzeitig erfuhren, wann die Freibeuter zuschlagen wollten. Ich war lange nicht mehr dort. Wollte immer mal wieder hin.«

Croy schwieg jetzt. Uljanowa atmete in den Hörer. Sekunden vergingen, in denen keiner der beiden ein Wort sagte.

Die Russin durchbrach die Stille.

»Wenn Sie nicht so weit weg wären, könnten wir uns dort treffen und beratschlagen, wie wir gemeinsam Hexagon aufreiben.«

Croy antwortete ihr direkt. »Glauben Sie mir nicht, dass ich in Paris bin?«, fragte er.

»Sollte ich Anlass dazu haben, Ihnen nicht zu glauben?«, fragte sie lauernd zurück

»Das müssen Sie selbst wissen«, entgegnete Croy, wartete eine mit Sicherheit gallige Antwort der Agentin gar nicht erst ab und beendete das Gespräch.

Croy war sicher, dass Uljanowa sofort recherchieren würde, von wo aus Croy telefoniert hatte. Seitdem jede Einwahl in ein Mobilfunknetz gespeichert wurde, konnten Kontrollbehörden wie Polizei und Geheimdienste die Geodaten jedes Mobilfunkmastes auf der Welt abrufen, über den eine bestimmte Nummer telefoniert hatte. Aber Croy war es recht, dass sie Nachforschungen anstellte. So war garantiert, dass er spätestens am nächsten Morgen auf seine Gegner treffen und dem Spuk aus Falschspielerei und Berechnung ein Ende bereiten würde.

Den Ort eines möglichen Aufeinandertreffens hatte er der Russin schon verraten. Jetzt mussten er und das GOES-Team nur noch zur Wehranlage von Algeciras aufbrechen und wie ein Rudel Wölfe auf der Jagd vorsichtig und geduldig sein. Er teilte Pablo Montero mit, dass er ihn in einer Stunde sprechen wollte, warf sich auf sein Bett und nahm sich eine Stunde Auszeit. Es war kurz nach ein Uhr nachts.

Croys letzte Bemerkung und der abrupte Abbruch ihres Gesprächs hatten in Maria Uljanowa ein jähes Gefühl von Furcht ausgelöst. Sie fühlte sich verunsichert und unversehens in der Defensive. Ihre erste Handlung war deshalb herauszufinden, von wo aus Croy sie angerufen hatte. Seine Bemerkung über die historische Wehranlage am Hafen von Algeciras war ihr zu pointiert erschienen, als dass sie ihm geglaubt hätte, er sei in Paris.

Als sie etwa zwanzig Minuten später einen Anruf aus Moskau erhielt, war sie vom Ergebnis der Nachforschungen nicht überrascht.

»Er ist irgendwo in Algeciras«, erklärte Dima ihr. Er war

einer der begabtesten Analysten und gleichzeitig auch der Logistiker ihres T3-Teams. »Er telefoniert mit einem Prepaid-Handy und einer SIM-Karte, die unter seinem Namen bei einer britischen Telefongesellschaft registriert ist.«

»Warum, glauben Sie, tut er das, Dima?«

Der russische Agent ließ sich einen Moment Zeit. Dann sagte er: »Vielleicht will er gefunden werden?«

Erneut stieg in Uljanowa diese unbestimmte Angst auf. Ihr war Croy auf einmal nicht mehr geheuer. Offensichtlich wusste er etwas. Die Frage war nur: wie viel? Sie fror. Es war kühl hier oben auf dem Dach des Hostels.

»Halten Sie mich auf dem Laufenden, wohin er sich bewegt, mit wem er telefoniert und ab wann sein Handy abgeschaltet ist. Ich brauche zeitnahe Daten«, forderte die Russin.

»Geht in Ordnung«, antwortete Dima und legte auf.

Sie hielt ihr Handy, in das sie, wie zuvor Croy, eine Kombination aus Zahlen und Buchstaben eingegeben hatte, um ohne Abhörgefahr mit dem FSB-Hauptquartier sprechen zu können. Sie blickte es mit einem derartigen Respekt an, als beherrsche seine Technik ab sofort ihr weiteres Leben.

Kurz darauf kehrte sie zu ihren Begleitern zurück, von denen sich zwei in ihrer schwarzen Kampfmontur aufs Bett gelegt hatten und leise schnarchten. Die anderen beiden spielten Schach auf einem kleinen Brettchen mit winzigen Figuren.

Uljanowa klatschte in die Hände und schnarrte einen Befehl in russischer Sprache. Sofort waren die schlafenden Männer auf den Beinen, die beiden anderen klappten das Reiseschachbrett zusammen.

»Es geht los«, sagte sie mit einem metallischen Klang in der Stimme. »Unser Gegner befindet sich in der Stadt. Wir wissen nicht, ob er in Begleitung oder allein ist. Aber wir sollten davon ausgehen, dass er sich Verstärkung mitgebracht hat. Jakub«, wandte sie sich an einen der beiden Schachspieler – er war ein offensichtlich bärenstarker Mann von Mitte zwanzig –, »du kümmerst dich um den Sprengstoff und das Auto. Wo du es abholen kannst, weißt du bereits. Jurij weiß, was er zu tun hat, und Roman und Kolja, ihr kommt mit mir. Das Ziel ist ein ganz bestimmtes Bauwerk am Hafen. Auf geht's!«

Die Russin und ihre beiden Begleiter schulterten schwarze Umhängetaschen, in denen es verräterisch klirrte. Im Schutz der Dunkelheit machten sich die fünf FSB-Agenten auf den Weg.

Die Zollbehörden von Algeciras und Truppen der Guardia Civil hatten sich unterdessen bereit gemacht, einen Transporter mit zehn Fässern voll hochgiftigem Kaliumzyanid aufzuspüren und vier der derzeit gefährlichsten Terroristen der Welt zu verhaften oder, wenn es die Lage erforderte, auch auszuschalten. Anfangs hatte Pablo Montero einige Mühe, den etwas lahmen südspanischen Behörden klarzumachen, dass diese Operation nicht nur im nationalen Interesse Spaniens lag.

»Hör zu, Paco«, hatte er zum Polizeichef gesagt, »wenn wir als Spanier hier versagen, haben wir unter Umständen nicht nur einen Untersuchungsausschuss am Hals, sondern gleich den Europäischen Gerichtshof. Die Operation ist von Europol sanktioniert und kein Sonntagsspaziergang.«

»Wir haben doch aber gar nicht die Leute dafür«, hatte ihm Paco geantwortet.

»Du lügst, weil die Sache nach richtiger Arbeit riecht, die unter Umständen gefährlich werden könnte. Du hast vier Männer von mir zur Unterstützung, hast deine Waffenkammern voller Pistolen und Schnellfeuergewehre und kannst die Kontrollarbeiten an den Zoll delegieren. Erzähl mir also nicht, dass du überfordert bist.«

Paco war daraufhin eingeknickt und hatte sämtliche nicht im Dienst befindliche Beamte in die Dienststelle zitiert, bewaffnet und an den Zufahrtswegen zum Hafengelände postiert. Den vier Hexagon-Terroristen würden somit hundertfünfzig Mann der Guardia Civil und vier Spezialisten des GOES-Eingreifteams gegenüberstehen. Pablo Montero war zufrieden.

Als Nächstes hatte er die Zollbehörden kontaktiert, deren Chef, Raúl, wie ein Schweißhund reagierte, der auf eine frische Blutspur gestoßen war. Raúl war begeistert.

»Pablo, du kannst dich auf uns verlassen. Es wird nicht ein Gramm dieses Zeugs auf eine der Fähren geraten. Du weißt ja, wie erfolgreich wir in den letzten Monaten die Einfuhr von Drogen aus Afrika verhindert haben.«

Pablo erinnerte sich genau. Den Zollbehörden war der Fund von eineinhalb Tonnen Kokain geglückt, das auf äußerst verschlungenen Wegen nach Marokko gelangt war und dann zu Drogenküchen nach Frankreich und Holland hätte weitertransportiert werden sollen.

»Wir alle brauchen solche Erfolge, Raúl. Seitdem die spanische Regierung wirklich alle Sicherheitsbehörden des Landes wegen möglicher Einsparungspotenziale auf den Prüfstand stellt, müssen wir an einem Strang ziehen. Der Zoll soll ja davon auch betroffen sein.«

»Manchmal träume ich davon«, hatte der Zollbehördenchef geantwortet, »dass die Schmuggelquote exorbitant steigt, und damit unsere Aufklärungsrate, um zu zeigen, wie wichtig wir sind.«

»Da ist was dran«, hatte Pablo in den Hörer geknurrt, »vielleicht müsste es noch öfter knallen in Spanien, damit die Regierung merkt, wie wichtig auch wir sind.«

»Wir sollten dieses Gespräch besser nicht vertiefen, Pablo.«

»Richtig, das könnte missverstanden werden. Adiós und viel Erfolg, Raúl.«

»Adiós, Pablo.«

15

**Algeciras,
2:12 Uhr**

Als Markus Croy sein Zimmer verließ, fühlte er sich von seinem kurzen Schlaf gekräftigt; seine Sinne waren wieder geschärft. Er warf sich den Waffenrucksack über den Rücken, versorgte sich mit einer Packung Traubenzucker und machte sich auf den Weg zum Dienstgebäude der Guardia Civil.

Unterwegs kam ihm eine Hundertschaft Polizei entgegenmarschiert, die sich, geordnet wie eine Militäreinheit, in Richtung Hafen bewegte. Die Männer trugen schwarze Kampfkleidung, Combat-Stiefel und Schutzhelme und hatten sich Schnellfeuergewehre über die Schultern gehängt. Der Polizeichef hatte sich erst gar nicht die Mühe gemacht, unauffällig vorzugehen. Erstens waren die Straßen menschenleer, und somit war nicht mit Aufsehen zu rechnen. Zweitens würden seine Männer in weniger als zwanzig Minuten in ihrem Zielgebiet sein und mit den Zollbehörden in aller Öffentlichkeit jedes Fahrzeug unter die Lupe nehmen, das mehr als zwei Räder hatte. Ein vorheriger Anruf im spanischen Innenministerium hatte ihm noch einmal klargemacht, dass dieser Einsatz mehr als eine Fingerübung war, die seine Beamten im Winter vor dem Einrosten bewahren sollte. Zur Verstärkung, hieß es in Madrid, würde eine zusätzliche Polizeistaffel Hubschrauber ins Einsatzgebiet geschickt. Mit ihrer Ankunft sei aber nicht vor fünf Uhr zu rechnen.

Im Hafen von Algeciras hatten sich die Zoll- und Polizeieinheiten formiert; sie verschonten weder in- noch ausländische Fahrzeuge mit Kontrollen. In Sechsergruppen durchwühlten die Beamten mit entschlossenen Gesichtern Koffer- und Laderäume, während die Fahrzeugbesitzer machtlos und genervt das akribische Treiben beobachteten. Doch Beute machten die Sicherheitskräfte nicht.

Vier GOES-Beamte hatten sich derweil in einem Stahlturm postiert, der etwa zwanzig Meter vom Haupttor zum Hafen entfernt lag und das Aussehen eines Ballons auf Stelzen hatte. Ursprünglich als Wasserreservoir gebaut, residierte heute in der verglasten Stahlkugel – ähnlich einem Tower auf einem Flughafen – das Verlademanagement des Hafens. Fünfzehn im Halbrund angeordnete Monitore übertrugen die Bilder der Kameras, die den gesamten Hafen mit ihren Farbobjektiven abstrichen.

Die vier GOES-Männer hatten kurzerhand die Kugel besetzt und zusätzlich zur vorhandenen Einrichtung ihre beweglichen Hochleistungskameras und Beobachtungsgerätschaften aufgebaut. Diese reagierten sowohl auf Wärme als auch auf bestimmte Metalllegierungen, wie sie im Waffenbau verwendet werden.

Pablo Montero hatte zusätzlich drei unbemannte Drohnen in die Luft beordert, die sich in einem Umkreis von fünfzig Kilometern bewegten und aus einer Höhe von hundertfünfzig Metern mit Spezialkameras den Verkehr rund um Algeciras im Auge behielten und ihre Bilder auf die Monitore in der Stahlkugel schickten.

Croy trug in dieser Nacht ebenfalls eine Kombination aus schwarzen Cargohosen, eine Kevlar-Weste, darüber einen schwarzen, eng anliegenden Baumwollpullover und eine schwarze Jacke mit einer Menge aufgenähter Taschen. Ein ebenfalls dunkles Basecap versteckte seine hellen Haare. Wie seine beiden GOES-Begleiter war er mit zwei Beretta-Handfeuerwaffen und einer kurzen MP5K-SD-Maschinenpistole mit Schalldämpfer und mehreren Magazinen mit Neun-Millimeter-Parabellumgeschossen ausgerüstet. Zusätzlich trugen die beiden GOES-Männer eine salzwasserresistente MP5 Maritim über den Schultern, die aus besonders korrosionsbeständigem Material gefertigt war.

Markus Croy, Pablo Montero und Lucas Méndez bewegten sich zu Fuß zur Wehranlage, die zu den kleineren, aber durchaus effektiven Bollwerken an der spanischen Küste gehörte. In Form und Ausmaßen erinnerte sie eher an das imposante Anwesen eines exaltierten Architekten als an eine Festung gegen Piraten. Relativ niedrige Steintürme mit Schießscharten ermöglichten Schüsse aus jedem Winkel. Der Hof der etwa sechzig Meter breiten, fünfeckig angelegten Anlage war mit Steinen gepflastert, die Wehrzinnen mit glattem Blech überspannt worden. Ein Tunnel war schräg durch die etwa einen halben Meter dicken Mauern hinunter in den Fels getrieben worden.

Die drei Männer pirschten sich heran. Unter ihren Kragen waren Mikrofone, in ihren Ohrmuscheln winzige Lautsprecher versteckt. Eine Steintreppe mit einem von der Seeluft angegriffenen Holzgeländer führte von der Straße ins Innere des Bauwerks. Während Pablo und Lucas den T3-Agenten absicherten, schlich der sich vorsichtig die Stufen hinauf, seine Beretta weit von sich gestreckt.

Der Wind von See hatte den Dunst wieder vertrieben, der Himmel war sternenklar, mit einem Dreiviertelmond. Croy fühlte sich wie ein Leitwolf, der sein Rudel in Habachtstellung zurücklässt, um als Alphatier die Beutelage zu sondieren. Das markante Refrainmotiv von Billy Idols »Flesh for Fantasy« und sein hartes Gitarrenriff blitzten durch seinen Kopf; er lauschte innerlich auf die Melodie und verdrängte sie schnell wieder. Er dachte an Katja und fragte sich, wie sie sich wohl gerade fühlte.

Vorsichtig griff er nach seinem Nachtsichtgerät, und während er dicht an die Mauer des steinernen Eingangstores gepresst stand, strich sein Blick über den Hauptplatz der Wehranlage. Wie viele Kämpfe hier wohl stattgefunden hatten? Wie viel Blut mochte hier zwischen den alten Steinen versickert sein? Das auf Wärme reagierende Nachtsichtgerät zeigte keinerlei fremde Bewegung an. Uljanowa schien noch nicht vor Ort zu sein.

Croy hielt sich weiter dicht an den Kanten des Mauerwerks und schlich auf den Hauptturm des Fünfecks zu, der wie das Ruderhaus eines Schiffs an der Seeseite der Festung herauswuchs. Er war kreisrund gebaut, etwa zehn Meter hoch und hatte, nach Croys Schätzung, etwa einen Durchmesser von drei Metern. Er war direkt mit einem Felsen verbunden, der aus dem Meer ragte.

Croy hörte, wie die Wellen an die Felsen und an den Fuß des Turms schlugen und dabei gurgelnde Geräusche machten. In die grauen Steine waren Schießscharten eingelassen, die in alle Himmelsrichtungen wiesen. Die meisten von ihnen zeigten aufs Meer und waren, für ein effektives Zielen, mit Holzbrettern ausgelegt. Die Oberkante des Ausgucks bestand aus zerklüfteten Steinquadern, zwischen denen seine Erbauer Abstände von etwa einem halben Meter gelassen hatten. Das Martialische des Turmabschlusses wurde durch Eisenspitzen unterstrichen, die in die Oberfläche der Quader eingelassen waren. Sie würden es Angreifern von außen auf sehr unangenehme Weise erschweren, ins Herzstück des Turmes zu gelangen.

Der T3-Agent fixierte durch das Spezialfernglas den Turm und die Schießscharten. Wollte er dort hineingelangen, musste er aus dem Schatten treten. Dann würde ihn das Licht des Monds erfassen. Lauerte jemand irgendwo im Dunkeln auf ihn, gäbe er ein leichtes Ziel ab.

»Alles in Ordnung bei euch?«, flüsterte Croy in sein Mikrofon.

»Ja, alles ruhig«, antwortete Pablo. »Bleiben auf Empfang.«

»Okay, ich bewege mich jetzt in Richtung Hauptturm. Bisher kein Feindkontakt.«

»Wir auch nicht. Checken jetzt das Gelände.«

»Aber seid vorsichtig«, warnte Croy. »Russische Bären lieben das Dunkel.«

»Iberische Luchse auch«, erwiderte Pablo.

Croy hörte den Atem der beiden Männer. Es beruhigte ihn, nicht allein gegen einen bislang unsichtbaren Gegner vorgehen zu müssen. Der T3-Agent blickte zum Himmel. Noch immer keine Wolke in Sicht, die sich vor den Mond legen und ihm so ein gefahrloses Annähern an den Hauptturm ermöglichen würde. Doch dann gab sich Croy selbst Entwarnung. Wenn tatsächlich jemand im Innern des Ausgucks auf ihn wartete, hätte der ihn mit seinem Nachtsichtgerät längst entdeckt.

Croy glitt ins Helle und langte in zwei kurzen, leisen Sprüngen am Zugang des Turmes an. Er stülpte sich eine Nachtsichtbrille auf und nutzte für sein Vorwärtskommen das Mondlicht, das durch die Schießscharten fiel und ihm den Weg zu einer Treppe wies, die rundläufig nach oben führte.

Auf einmal hallten Geräusche wie Donnerschläge aus seinen Ohrhörern. Croy erstarrte. Hektisches Atmen und Worte, die wie Flüche klangen, vermischten sich mit tumultartigem Lärm.

»Pablo?«, zischte Croy in sein Mikrofon. »Was ist bei euch los?«

»Russian bears! Russian bears!«, schrie der GOES-Agent.

Croy wurde schlagartig klar, das Uljanowa sein Team angegriffen haben musste. Überstürzt sprang Croy, mehrere Stufen auf einmal nehmend, die Turmtreppe hinunter, überquerte achtlos den Innenhof, prallte, wo er den Mauereingang zum Bollwerk vermutete, gegen ein Hindernis, strauchelte und fiel bäuchlings zu Boden. Seine Nachtsichtbrille rutschte ihm vom Gesicht. Er hatte den Geschmack von Erde und Blut im Mund.

Bevor Croy sich erheben konnte, hatte sich jemand rittlings auf ihn gesetzt und prügelte mit einem harten Gegenstand auf Schultern und Nacken ein. Croy war unter den Hieben kaum in der Lage, sich zu wehren. Der nächste Schlag raubte ihm das Bewusstsein.

Pablo und Lucas waren noch immer in den Kampf mit drei russischen Agenten verwickelt, die offenkundig fernöstliche Kampftechniken beherrschten und mit Messern auf die beiden GOES-Agenten losgegangen waren. Doch Pablo und Lucas reagierten geschickt. Sie standen Rücken an Rücken und wehrten die Angriffe ab. Wer von den dreien Maria Uljanowa war, war nicht zu erkennen. Ihre Gegner trugen schwarze Masken, aus denen ihre Augen im Mondlicht angriffslustig funkelten. Nur mit Mühe hielten die beiden Spanier die Angreifer, die in der Überzahl waren, in Schach.

Dann krachten Schüsse. Lucas ging zu Boden. Pablo war verwirrt. Bislang hatten nur drei Russen mit Messern herumgefuchtelt. Den kurzen Moment der Unaufmerksamkeit bezahlte Pablo teuer. Ein schwerer Gegenstand traf ihn am Kopf. Er geriet ins Wanken, riss aber geistesgegenwärtig die MP5 an die Hüfte, drückte ab und zielte dabei direkt auf seine Gegner. Zwei der Russen gingen sofort zu Boden, dann trafen ihn selbst zwei Schüsse in Hüfte und Leisten. Pablo strauchelte, versuchte noch einen Schritt nach vorn, brach aber gleich darauf zusammen. Blut quoll aus seinem Unterleib, das schnell zu einer größeren Lache anwuchs.

Lucas, der zwar getroffen worden war, dessen Kevlar-Weste aber Schlimmeres verhindert hatte, blieb an den Boden gepresst liegen. Er wusste, dass dies seine einzige Chance war zu überleben. Ein schwerer Tritt gegen den Kopf folgte.

»Konez«, sagte eine weibliche Stimme auf Russisch.

»Njet!«, antwortete eine harte Männerstimme.

Lucas hörte schweres Atmen dicht über seinem Kopf. Er spannte seine Muskeln an, rollte sich blitzschnell zur Seite, riss dabei seine MPi zu sich heran und schoss ziellos das gesamte Magazin leer. Vielfach hallte das Echo von den Mauern der Wehranlage wider und vermischte sich mit den Geräuschen des grollenden Meers.

Als die kleine Maschinenpistole verstummt war, presste sich Lucas wieder auf den Boden und spähte umher. Drei Menschen lagen reglos übereinander, schwarze Masken auf dem Kopf. Lucas tauschte das entleerte gegen ein gefülltes Magazin.

Und dann sah er Pablo in einer riesigen Lache Blut liegen, die so schwarz wie Teer war und auf der im Mondlicht die ersten Insekten gelandet waren. Voller Schmerz über den Verlust seines Freunds und angesichts der Brutalität seiner Gegner tat er etwas, das einer Antiterroreinheit nur im absoluten Notfall gestattet war: Er richtete die vor ihm liegenden Angreifer durch gezielte Kopfschüsse endgültig hin.

Dann warf er sich erneut zu Boden und robbte in Richtung Eingangstor des Bollwerks.

Irgendwo musste der Deutsche sein, ging es ihm durch den Kopf. Markus Croy ist es, der geschützt werden muss, hämmerte es in ihm. Wie viele Gegner blieben noch? War nicht von fünf Angreifern die Rede gewesen? Den Schmerz über den getöteten Kameraden verdrängte er.

Nur noch etwa sechs Meter lagen zwischen ihm und dem Eingang zur Wehranlage, für die er allerdings wegen seiner Waffen länger brauchte. Trotz der kugelsicheren Weste schmerzten seine Rippen von den Einschlägen der Projektile. So leise es ging, arbeitete er sich vorwärts. Niemand schien ihn zu verfolgen. Von ferne hörte er Polizeisirenen. Erneut war Nebel vom Meer aufgezogen.

Lucas stemmte sich jetzt an der Mauer hoch und schaute seitwärts, um einen Blick auf die erste Ebene der Festung zu haben. Doch der gepflasterte Innenhof war leer. Der GOES-Agent zupfte an seinem Mikrofon. Dank drahtloser Bluetooth-Übertragung brauchte es kein Kabel mehr. Doch irgendetwas schien nicht zu funktionieren. Jetzt erst bemerkte er, dass der winzige Ohrhörer ihm aus dem Ohr gerutscht war; er schob ihn wieder an seinen Platz. Er hörte knisternde Geräusche und ein Schurren, als riebe jemand mit seinen Schuhen auf Sand.

»Hello, Croy«, flüsterte er leise, »kannst du mich hören?«

Lucas lauschte. Keine Antwort. Doch dann, einige Augenblicke später, drang etwas wie ein »Hm« an sein Ohr.

»Pablo ist tot. Ich komme jetzt hoch«, raunte er.

»Hm, hm«, brummte es erneut in seinem Ohrhörer.

Croy war also am Leben, folgerte der GOES-Agent. Er stand jetzt vor dem gleichen Problem wie zuvor der T3-Agent: Wenn Croy nicht auf der ersten Ebene war, blieb nur noch der Turm. Lucas war sicher, dass Croy dort war, aber nicht allein, sonst hätte er sich wortreicher geäußert, als nur dieses eigentümliche Brummen von sich zu geben. Doch um in den Turm zu gelangen, musste auch Lucas durch das Mondlicht, das allerdings durch den aufziehenden Nebel längst nicht mehr so stark strahlte.

Der GOES-Agent beugte sich weit nach hinten, als nehme er Anlauf für einen Hochsprungversuch, presste seine Maschinenpistole eng an sich, preschte dann vorwärts, duckte sich wie ein iberischer Luchs auf einer Blutspur, fiel zu Boden und rollte blitzschnell über die Steine des Hofs. Nur wer in diesem Moment genau hingesehen hatte, dem wäre die zirkusreife Nummer aufgefallen. Zwar war dieses Manöver nicht geräuschlos geblieben, doch eine Gegenwehr provozierte es nicht.

Mit eingezogenem Kopf und sich dicht am rissigen Mauerwerk haltend, betrat er die gewundene Turmtreppe und schlich an mehreren Schießscharten vorbei die Stufen empor. Die MP5 hatte er entsichert. Ihm blieben noch fünfzehn Schuss. Fahles Mondlicht erhellte den Treppenabsatz. Feuchter Wind drang durch die Maueröffnungen herein.

Lucas biss die Zähne zusammen. Für jemanden, der von oben kam, war er jetzt ein leichtes Opfer. Er begann zu zittern und spürte, wie seine Hände feucht wurden.

Lucas Méndez war erst seit einigen Monaten Mitglied der GOES-Elitetruppe, die für ihn wie eine Familie geworden war. Die Männer standen füreinander ein und stellten sich gemeinsam den Herausforderungen mühseligen Trainings oder strategischer und taktischer Überlegungen. War einer der Männer mental nicht auf der Höhe, litt jemand von ihnen unter Versagensängsten oder familiärem Stress, waren sie ohne zu zögern füreinander da. Für Méndez war mit der Berufung in Spaniens geheimstes Eingreifteam ein Traum in Erfüllung gegangen. In nicht ganz drei Wochen würde er fünfundzwanzig Jahre alt werden und hatte eine Feier mit vielen Freunden auf dem Hof seiner Eltern in der Nähe von Valencia geplant. Wie hatte ihm seine Freundin Victoria vor nicht ganz vier Stunden in einer Kurzmitteilung geschrieben?

Pass auf dich auf, kleiner Luchs. Ich liebe dich, deine Vic.

Lucas unterdrückte aufkeimende Emotionen. Er musste den mutmaßlichen Mörder von Pablo finden und unschädlich machen.

Dumpfe Schläge, als knallte jemand einen Sack Kartoffeln an eine Wand, hallten durch den schmalen, muffigen Treppenaufgang. Lucas erhöhte sein Tempo. Die Treppe schien kein Ende zu nehmen. Endlich hatte er die letzte Stufe erreicht. Die Schläge waren lauter geworden. Zwischendurch war immer wieder das schmerzvolle Aufjaulen eines Menschen zu hören. War das nicht Croys Stimme? Wurde er gefoltert?

Lucas stand jetzt am Rand des Plateaus, von dem aus das Meer zu sehen war. Der Platz war verwinkelt, hatte dunkle Ecken. Von irgendwo vorn kamen die Schlaggeräusche, die sich mit dem Pfeifen des Windes vermischten, der sich in den Mauervorsprüngen verfing. Der GOES-Agent prüfte noch einmal, ob seine Maschinenpistole saß und die Kletter- und Abseilvorrichtungen nicht gelitten hatten. Vorsichtshalber entsicherte er eine seiner zwei Handgranaten.

Er hielt sich das Nachtsichtgerät vor die Augen. Wärmeschatten und sich bewegende dunkle Flecken erregten seine Aufmerksamkeit. Er begann in ihre Richtung zu schleichen. In diesem Moment verebbten die Schlaggeräusche genauso plötzlich, wie sie begonnen hatten.

Mit angelegter Waffe machte er einen Satz, fegte um den Mauervorsprung und sah sich einem unbekannten Mann gegenüber, der gerade ausholte, um auf den an Armen und Beinen gefesselten Markus Croy einzuprügeln. Des GOES-Manns ansichtig, ließ er von seinem Opfer ab, hielt ihm seinen Revolver entgegen und fragte auf Spanisch:

»Was willst du?«

»Was machen Sie mit ihm?«, fragte Lucas zurück.

»Ich quäle ihn ein bisschen, und dann werde ich ihn töten«, antwortete der Mann mit schneidender Stimme. Sein Gesicht war auffällig braun und seine schwarzen Haare schweißnass. Lucas schätzte, dass er nicht sehr viel älter als er selbst sein konnte. Ihn verwunderte der Gesichtsschnitt des Fremden. Er erinnerte ihn an die indischen Einwanderer, die in jüngster Zeit an Spaniens Küsten angelandet waren.

»Wer sind Sie? Ihre russischen Freunde schmoren bereits in der Hölle.«

»Das interessiert mich nicht«, fauchte der Mann. »Ich arbeite nur für mich allein. Dieser verdammte Deutsche wird sterben.«

Die beiden Männer belauerten sich wie Rivalen, die wussten, dass nur einer von beiden überleben konnte. Croy bewegte sich unmerklich.

»Zuerst müssen Sie aber mich töten«, erwiderte Lucas und legte seine Maschinenpistole auf sein Gegenüber an.

»Kein Problem«, erhielt der GOES-Agent zur Antwort und sah den Lauf eines Revolvers auf sein Herz gerichtet. Lucas ahnte, dass dies ein Pattspiel war.

»Sie haben noch eine andere Möglichkeit«, schlug Lucas nach kurzem Zögern und einem Blick auf den schwer misshandelten T3-Agenten vor. Croys Augen waren von den Schlägen zugeschwollen; er blutete stark aus der Nase. »Sie holen sich den Mann hier später. Was sagen Sie dazu?« Lucas bemerkte eine winzige Bewegung Croys.

»Warum sollte ich das tun?«, fragte der Killer, der seitlich von dem am Boden liegenden T3-Agenten stand. »Ich bin ein Profi, der seine Aufträge grundsätzlich zu Ende bringt.«

Jäh fuhr ihm Croys Stiefel gegen den Fußknöchel; er verlor den Halt und drückte dabei den Auslöser seines Revolvers. Doch die Kugel verfehlte ihr Ziel.

Lucas nutzte die Situation aus und feuerte eine kurze MP-Garbe Wasim Ali Bhutto direkt vor die Füße. Der hatte sich wieder gefangen und wich jetzt zurück. Viel Platz hatte er nicht mehr bis zur Turmbrüstung, hinter der es beinahe zwanzig Meter steil hinunter ins Meer ging.

»Springen Sie«, sagte Lucas, »sonst mache ich aus Ihnen ein Sieb.«

»Langsam, Soldat …«

»Ein letztes Mal: spring!«

Der Killer erklomm mit wutverzerrtem Gesicht die Brüstung und blickte erst auf Croy, dann aufs Meer hinunter.

»Wir sehen uns wieder«, rief er, stieß sich mit den Füßen so weit es ging ab und stürzte kopfüber in die Tiefe.

»Hoffentlich nicht«, knurrte Lucas und wandte sich dann Croy zu, den sein Manöver offensichtlich die letzten Kräfte gekostet hatte.

Lucas packte den verletzten Agenten unter den Armen und stellte ihn auf die Füße. Croy stützte sich auf ihn, und gemeinsam schleppten sich die beiden Männer durch das enge Treppenhaus hinunter zum Ausgang.

Lucas legte seinen deutschen Kollegen unten vorsichtig ab, alarmierte über Handy die Guardia Civil und forderte einen Polizeibus und einen Krankenwagen an. Anschließend meldete er sich in der GOES-Zentrale in Madrid und schilderte seinem Vorgesetzten, was geschehen und dass Pablo ums Leben gekommen war. Über Funk nahm er danach Kontakt zu den vier GOES-Agenten auf, die im Tower des Hafengeländes die Kontrollen der Zoll- und Polizeibehörden verfolgten.

»Wie sieht es bei euch aus?«, fragte er.

»Negativ. Bisher keine verdächtigen Fahrzeuge«, erhielt er zur Antwort. »Und bei euch?«

»Wir haben Pablo verloren und die russischen Angreifer getötet.«

»Pablo ist tot? Maria im Himmel. Wie konnte das geschehen?«

Lucas berichtete und sagte abschließend: »Seid weiter wachsam. Ich bin in Kürze bei euch.«

»Sí. Ende.«

Zwei Sanitäter luden Markus Croy auf eine Trage und fuhren ihn in die städtische Ambulanz. Lucas kümmerte sich um den Abtransport von Pablos Leiche, begleitete den Toten schweren Herzens bis zur Polizeistation, versorgte sich dort mit Munition und telefonierte kurz mit seiner Freundin Victoria.

Er verdrängte den Tod seines Kameraden ganz bewusst; er würde seine mentale Stärke für einen möglicherweise bevorstehenden Kampf gegen vier weitere Hexagon-Agenten brauchen, die die tödliche Kaliumzyanidfracht begleiteten.

Er machte sich auf den Weg zum Hafen. Etwa eine halbe Stunde später klingelte sein Handy. Der diensthabende Arzt der Ambulanz war am Apparat.

»Ihr Kollege hat die Krankenstation wieder verlassen. Er wird in wenigen Minuten bei Ihnen sein.«

»Ist er denn schon wieder fit genug?«, fragte Lucas erstaunt.

»Wir haben zwei Wunden genäht, ihn verbunden und ihm ein Schmerzmittel gespritzt. Er ist ein harter Hund und als Patient absolut unbrauchbar. Passen Sie auf ihn auf. Er dürfte noch etwas geschwächt sein.«

Lucas versprach es. *Er ist Pablo sehr ähnlich*, dachte er bei sich.

16

**Hafen von Algeciras,
4:00 Uhr**

Starke Polizeikräfte hatten sich in dem nicht weit entfernten spanischen Küstenort San Roque auf die Lauer gelegt, um den Gifttransporter möglichst vor Algeciras abzufangen. Doch auch von dort war nur zu hören, dass die Lage ruhig sei.

Unaufhörlich gingen Meldungen im Hafentower ein, die von den GOES-Beamten entgegengenommen und gelegentlich auch beantwortet wurden. Wenn es stimmte, dass die Fracht mit der Frühfähre in Richtung Marokko abgehen sollte, blieb den Hexagon-Terroristen nicht mehr viel Zeit.

Auch die Drohnen hatten bisher keine nennenswerten Informationen geliefert. Die einzigen Bilder, die bei den Hafenbehörden für eine gewisse Neugier sorgten, waren Aufnahmen eines bislang unangemeldeten Schwerlasttransporters, der sich auf der A7 von San Roque kommend auf Algeciras zubewegte. Nach den Berechnungen der empfindlichen Messgeräte der unbemannten Flugkörper hatte der Truck eine Länge von fünfzig und eine Breite von vier Metern. Eine straff gespannte, wasserfeste Plane, die mit einer Vielzahl von Stahlseilen befestigt war, verhinderte einen Blick auf die offenbar quaderförmige Ladung, die an beiden Seiten um mehr als einen Meter herausragte. Und eine Drohne, die nach dem Prinzip von Röntgenstrahlung jedes Fahrzeug, jedes Haus oder auch einen Wald hätte durchleuchten können, befand sich nicht in der Luft.

Mit seinen starken Scheinwerfern an Front und Dach, der vielfachen Seitenbeleuchtung und dem Funkeln seiner gelben Warnleuchten sorgte der Schwerlasttransporter für ein eindrucksvolles Lichtspektakel. Wer sich so auffällig über eine Autobahn bewegte, erregte kaum den Verdacht, etwas Unrechtes im Schilde zu führen.

Also hatte die spanische Polizei den Lastentransporter ohne Kontrolle passieren lassen. Schließlich lautete der Auftrag, zehn Fässer mit Kaliumzyanid sicherzustellen, die, da waren sich die Einsatzkräfte an den Kontrollpunkten einig, wohl nicht auf einem derartigen Monstertruck transportiert werden würden.

Die Geschwindigkeit des Trucks betrug jetzt achtzig Stundenkilometer. In etwa fünfzehn Minuten würde er, bei gleichbleibender Geschwindigkeit, den Hafen erreicht haben. Eins der beiden Begleitfahrzeuge, die an den Seiten den Namen einer spanischen Transportfirma trugen, scherte jetzt aus, überholte den Truck und setzte sich vor dessen lange Motorhaube. Die Kolonne bremste auf etwa sechzig Stundenkilometer ab.

Die Drohnen übermittelten gestochen scharfe Wärmebilder direkt an den Hafentower. Mittlerweile hatte der imposante Lastzug eine Menge Beobachter angelockt, die munter mutmaßten, was der Truck wohl geladen haben konnte und welche der Fähren die Ladung aufnehmen würde. Nach mehreren Versuchen hatte einer der GOES-Agenten endlich den Dispatcher einer Fährreederei erreicht, die sich auf großvolumige Transporte nach Afrika spezialisiert hatte. Seine beiden Roll-on-/Roll-off-Schiffe waren die einzigen, die eine derart große Ladung aufnehmen und gefahrlos transportieren konnten. Doch der Mann wusste von nichts.

Als auch der für die Frachtanlieferung zuständige Manager der Hafenbehörde bestätigte, dass weder für diese Nacht noch für die folgenden Tage ein Transport von solcher Größe angemeldet war, setzte hektische Betriebsamkeit ein. Der Polizeichef von Algeciras, ein stämmiger Mann von mittlerer Größe, mit fleischigem Gesicht und struppigen Augenbrauen, griff nach seinem Funkgerät und bellte mit überschnappender Stimme erste Befehle hinein.

»Alle mal herhören«, dröhnte es in zweihundertfünfzig Ohrenpaare, »wir haben vielleicht ein Problem. Der Schwerlasttransporter muss in jedem Falle gestoppt werden, *bevor* er auf das Hafengelände gelangen kann. Er hat keine Genehmigung zur Löschung seiner Ladung auf einer der Schwergutfähren. Also los, Männer, nehmen wir den Truck unter die Lupe!«

Überwachungskameras zeigten, dass der Schwertransport bereits in die Carretera Rinconcillo, die Zufahrtsstraße zum Hafen, einbog und mit seiner schieren Breite fast beide Spuren okkupierte. Die Drohnen filmten den Vorgang aus der Luft, und man sah, dass beide Begleitfahrzeuge den Truck in die

Mitte genommen hatten, wobei dessen Motorhaube aus der Formation herausragte und so das Bild einer Rakete mit zwei Flügeln entstand.

»Ich fürchte, es ist zu spät, Roberto«, antwortete ihm ein Mann mit heller Stimme.

»Das sehe ich auch!«, knurrte der Polizeichef zurück. »Schließt das Hafentor und fahrt die Poller aus …«

Mitten in den Befehl des Polizeichefs hallten Donnerschläge, zehn der fünfzehn Monitore fielen plötzlich aus.

»Was, zum Teufel, geht hier vor?«, schrie Roberto in sein Funkgerät.

»Die beschießen mit Kanonen aus der Persenning des Trucks den Hafen!«, überschlug sich die helle Stimme.

Zu diesem Zeitpunkt saß Markus Croy in einem Jeep der Guardia Civil, vernahm das Donnern aus Richtung des Hafens und trieb den Fahrer zur Eile an.

Der Arzt hatte seine Wunden an der Stirn genäht und die Blessuren am Hals mit großen Pflastern überklebt. Croys linkes Handgelenk war bandagiert. Gesicht und Handrücken zeigten Schürfwunden, seine Kampfkleidung war verschmutzt und an den Knien aufgerissen. Dennoch sah der T3-Agent nicht so aus, als zöge ein Invalide in den Krieg. Seine Augen funkelten angriffslustig, als der Jeep um die Ecke bog und Croy meterhohe Flammen aus dem Passagierterminal des Fährhafens schlagen sah. Wieder krachte es, als würden Kanonen abgefeuert. Nur einen Augenblick später explodierte ein Gebäude mit solcher Wucht, als sei ein Treibstofflager in die Luft geflogen. Die Druckwelle fegte Kleinwagen vom Parkplatz und zerstörte die Fensterscheiben umliegender Gebäude.

Croy sah durchs Fernglas, aus welchen Rohren geschossen wurde. Unter der halb aufgeschlagenen Persenning des jetzt in

Sicht kommenden Schwerlasttransporters versteckten sich zwei Cavalry Fighting Vehicles des amerikanischen Schützenpanzertyps M3 Bradley.

Croy dirigierte den Jeep zum Hafentower. Er stürmte samt seiner Waffentasche in den Kontrollraum hinauf und sah sich wie paralysiert wirkenden Männern gegenüber, denen der überraschende Angriff offenbar jede Entscheidungskraft genommen hatte. Gerade mal zwei Monitore waren noch in Betrieb und zeigten das friedliche Bild von Wasser, das an die Kaimauern plätscherte.

»Lucas, her mit den Panzerfäusten!«, schrie Croy und zeigte auf die geladenen Waffen.

Der Spanier griff danach, während Croy immer wieder »Go! Go!« rief, um die Männer der Antiterroreinheit aus ihrer Erstarrung zu reißen.

Wieder schlug irgendwo ein Geschoss ein und explodierte in der Nähe der unzähligen Verladerampen. Die GOES-Soldaten luden ihre Waffen durch. Lucas übernahm eine der beiden Panzerfäuste, dann folgten die Männer Croy aus dem Tower.

Dicht hintereinander pirschten sie sich an den Truck heran und suchten dabei Deckung zwischen parkenden Autos. Croy sah durch das Fernglas, dass der Richtschütze des vorderen Panzers jetzt den Stahlturm des Hafenmanagements anvisierte. Er musste den Angriff auf den Hafentower unbedingt vereiteln.

Er winkte Lucas hektisch zu sich, drückte ihm das Fernglas vor die Augen und zeigte mit einem Finger nach vorn. Lucas verstand, erklomm das Dach eines Geländewagens, legte sich flach darauf und legte die Panzerabwehrwaffe an. Der Einschlag des hundertzehn Millimeter dicken Geschosses erfolgte nur Sekunden später. Eine meterhohe Stichflamme begleitete den ungeheuren Knall, mit dem das Projektil auf den Panzerstahl traf. Der M3 Bradley wankte, blieb aber auf seinen Ketten stehen. Der Turm mit dem Ladeschützen existierte nicht mehr. Ein zweites Geschoss drang dort ein, wo der Motor- und Getriebeblock saß. Der dreißig Tonnen schwere Koloss wurde auf die Seite gedrückt, rutschte schließlich von der Ladefläche und schlug laut auf dem Asphalt auf.

Croy war unterdessen weitergestürmt, um den zweiten Panzer aufzuhalten. Mit seinem Schuss traf er einen der leichten Begleittransporter, der wie ein Jo-Jo in die Luft stieg, wieder nach unten trudelte und in das Wrack des brennenden Panzers krachte. Bei dem Aufprall riss der Benzintank auf; der auslaufende Treibstoff entzündete sich und erzeugte ein Flammenspektakel, das die nachtdunkle See gespenstisch erleuchtete.

Der zweite Schützenpanzer war inzwischen von der Ladefläche des Trucks gerollt, nahm jetzt Fahrt auf und dröhnte durch das zerschossene Hafentor in Richtung Hafenbecken, in dem die Fünf-Uhr-Fähre *Elisa* ankerte.

Wie ein Roboter bewegte sich der Panzer durchs Hafengelände, überrollte Autos, zermalmte Blumenkübel, riss Bäume um, walzte die Mauern einer Verladefirma nieder, als seien sie aus Papier, und hielt dann direkt auf die *Elisa* zu. Abrupt stoppte der Panzer und wippte noch einige Zeit nach. Seine Kanone hatte einen Durchmesser von fünfundzwanzig Millimetern und erlaubte den Abschuss von neunhundert Projektilen. Am Schützenturm war zusätzlich ein Maschinengewehr angebracht, mit dem zweitausendzweihundert Schuss abgefeuert werden konnten.

Das Panzerrohr hatte nun direkt den Bug der Fähre im Visier. Würde er durchschossen, ließe das die Fähre unweigerlich kentern und dann sinken. Zudem würde eine Explosion der Ladung von fünfzig Tonnen reinem Alkohol eine derartige Detonation zur Folge haben, dass am Passagierkai kein Stein auf dem anderen bliebe.

Der Motor des Panzers brüllte auf, doch der Tank bewegte sich keinen Millimeter. Das Rohr zielte auf das Schiff, doch es fiel kein Schuss.

Croy und die GOES-Agenten hatten sich an den Panzer herangepirscht. Die Geräusche knisternder Flammen und ein beißender Geruch nach verbranntem Plastik und Reifen lagen in der Luft.

Croy sah, wie zwei bewaffnete Männer eine Gruppe von vielleicht zwanzig, dreißig Passagieren aus dem Passagierterminal in Richtung Fährschiff trieben. Wer sich weigerte, wurde von den Terroristen vorwärtsgestoßen. Als die Letzten von ihnen an Bord waren, tauchte wie auf Kommando plötzlich der zweite Lieferwagen auf, der den Schwerlaster begleitet hatte.

Croy glaubte kurz, eine Erscheinung zu haben. Doch dann war er sicher: Diesen Lieferwagen kannte er von der Verfolgungsjagd quer durch Frankreich an die Atlantikküste. Zu jenem Zeitpunkt hatte er Fässer des hochgiftigen Kaliumzyanids geladen und das Gezeitenkraftwerk von Saint-Malo zum Ziel gehabt. Croy hatte diesen Anschlag in letzter Minute verhindern können. Und blitzartig wurde ihm klar, dass Miguel Herreiro, der Doppelagent im Auftrag von Hexagon und des russischen FSB, nur die halbe Wahrheit gesagt hatte. Es war niemals geplant, die Giftfässer über den Seeweg von Algeciras nach Nairobi zu transportieren. Dieses Spektakel war, wie schon der Angriff auf Saint-Malo, ein Ablenkungsmanöver für einen möglicherweise viel perfideren Plan. Doch warum mussten dafür so viele Menschen sterben? Warum hatte Uljanowa sich persönlich hierherbegeben, um ihn, Markus Croy, ihren einstigen Teampartner, aus dem Weg zu räumen? War der Transporter vielleicht doch bis oben hin mit dem Teufelszeug KCN beladen?

Croy traf eine Entscheidung. Weil der Panzer mit seiner

Kanone jederzeit ein höllisches Feuerwerk veranstalten und das Schiff in Trümmer schießen konnte, hatte der Schutz der gekidnappten Passagiere jetzt Priorität. Über Funk gab der T3-Agent einen kurzen Befehl an den Hafentower durch. Kurz darauf erscholl über einen Lautsprecher, der an der Stahlkugel des Turms angebracht war, eine Stimme, die zunächst auf Spanisch und dann auf Englisch alle Einsatzkräfte zum Rückzug aufforderte.

Durch sein Fernglas erblickte Croy im Fahrerhaus des Lieferwagens drei Männer. Einer von ihnen hielt eine Landkarte, ein anderer eine Uzi-Maschinenpistole in den Händen. Der Lieferwagen musste auf seinem Weg zum Schiff mehrfach Schuttbergen ausweichen, die der Panzerbeschuss verursacht hatte. Er stoppte vor der weit geöffneten Bugklappe der *Elisa*, die die Fähre wie einen hungrigen Wal aussehen ließ. Über eine fünf Meter breite Rampe rollte der Transporter an Bord und verschwand im Bauch des Schiffs.

Wieder brüllte der Panzermotor auf und setzte sich dann in Bewegung. Auch er rollte scheppernd und mit rasselnden Ketten bis dicht vor den Laderaum der *Elisa*.

Nur wenige Minuten später waren die Geräusche eines Helikopters zu hören, der sich sehr schnell näherte und mit blinkenden Positionslichtern und viel Lärm zunächst das Schiff umkreiste und dann gemächlich über dem Panzer herunterging. Stahlseile fielen aus dem Hubschrauber auf das Dach des Panzers, die sein Kommandant rasch verzurrte. Der Helikopter war auffällig rot lackiert und für ein solches Fluggerät von gewaltigen Ausmaßen.

Croy suchte mit dem Fernglas nach der Typenbezeichnung und fand sie schließlich am Heck: Es war eine Mil Mi-26, der Welt größter Schwerlasthubschrauber. Croy wusste, dass er über fünfzig Tonnen heben konnte.

Er wird nicht nur die Fässer ausfliegen, durchschoss es Croy.

Der fliegende Transporter stieg jetzt kerzengerade und mit ungeheurem Dröhnen in die Luft, hob den Panzer dabei wie ein Spielzeug an, überflog die Fähre und setzte ihn vorsichtig auf der großen Freifläche des hinteren Oberdecks ab.

Die Stahlseile wurden gelöst und hochgezogen, dann senkte auch der Hubschrauber ab und parkte auf dem mehr als fünfzig Meter langen und dreißig Meter breiten Deck, das sich hinter dem Steuerhaus wie ein Flachdach fast über die gesamte Schiffslänge erstreckte. Croy sah, wie zwei Männer mit Maschinenpistolen dem Fluggerät entstiegen und in Richtung Steuerhaus stürmten.

Nur wenig später erzitterte das Schiff, und schwarzer Rauch stieg aus den Schornsteinen in den Himmel. Croy setzte das Fernglas ab und starrte einen Moment lang in die Dunkelheit. Obwohl er noch nicht alle Mosaiksteinchen beieinanderhatte, war ihm doch klar, was hier gespielt wurde. Um ganz sicherzugehen, mit ihrer Giftladung nicht aufgehalten zu werden, nahmen die verbliebenen Hexagon-Agenten Geiseln mit an Bord, schützten sich vor Angriffen aus der Luft mit einem abwehrstarken Panzer, der sich bereits im Irakkrieg bewährt hatte, und hatten zusätzlich einen Hubschrauber an Bord, in den sie die Giftfässer verladen und an ihren Bestimmungsort transportieren konnten.

»Ein fast perfekter Plan«, murmelte Croy.

Schon flogen die ersten Leinen von den Pollern, und langsam senkte sich die riesige Bugklappe. Doch noch war sie nicht so weit geschlossen, dass die *Elisa* ablegen konnte. Der Zeitpunkt, heimlich an Bord zu gehen, war gekommen.

Croy zurrte die Laschen seiner Waffen- und Materialtasche auf dem Rücken fest, presste seine MPi an sich und sprintete auf das ablegende Schiff zu. Solange die Heckschrauben noch nicht in Betrieb waren, hatte er eine Chance. Croy hörte hinter sich ein Keuchen und wich in vollem Lauf zur Seite aus.

Doch es war nur Lucas, der ihm mit erhobener Faust zulachte. Zu zweit stürmten sie vorwärts und sprangen, die Dunkelheit ausnutzend, in letzter Sekunde vom Kai auf die Stahlleiter am hoch aufragenden Heck. Sie war für Bergungs- und Reparaturarbeiten fest mit dem Schiffskörper verschweißt und führte von der Reling des Oberdecks bis hinunter zum Kiel.

Croy hangelte als Erster die rutschigen Sprossen nach oben, Lucas folgte ihm mit geringem Abstand. Als der T3-Agent die Reling erreicht hatte, blickte er sich vorsichtig um. Da in Kürze auch die Hecktaue von den Pollern gelöst und von der Seilwinde aufgezogen wurden, mussten sie vorerst in Deckung bleiben.

Vorsichtig glitt Croy über die Reling und half Lucas mit einer Hand nach oben. Der Ermittler legte einen Finger auf die Lippen und gab dem GOES-Beamten ein Zeichen. Mit schnellen Schritten eilten sie in gebückter Haltung vom Heck zu einer hölzernen Deckstür und verschwanden dahinter.

Nur wenig später spazierte einer der Hexagon-Agenten, ein vierschrötig aussehender Mann, in schwarzer, wattierter Jacke, Baumwollhemd, Jeans und dunkler Wollmütze über die Eisenplatten des Decks und setzte eine Winde in Gang, die die letzten Taue aufzog.

Die *Elisa* hatte abgelegt, glitt rückwärts aus dem Hafenbecken, drehte auf dem offenen Wasser und nahm Fahrt in Richtung Afrika auf. Es war fünf Uhr zwölf.

Markus Croy und Lucas Méndez fanden sich in einer Art großer, fensterloser Kammer wieder, in der Taue und Seile zusammengerollt, Farbeimer übereinandergestellt und Entrostungswerkzeuge fein säuberlich gelagert waren. Die Luft roch nach Alkydharzen und feuchtem Hanf; es war heiß und stickig. Croy leuchtete mit der Maglite in die Winkel des Lagerraums. Es herrschte eine peinliche Ordnung. Der Bootsmann, verantwortlich für die Deckmatrosen, schien ein sorgsamer Mann zu sein.

»Wie gehen wir jetzt vor?«, fragte Lucas und berührte sein Gegenüber leicht am Arm. Croy zuckte zurück und verzog sein Gesicht. Méndez hatte, ohne es zu wollen, eine frisch genähte Wunde berührt.

»Wir müssen uns einen Überblick verschaffen, mit wie vielen Gegnern wir es zu tun haben.«

Croy drückte auf einen Knopf seiner Uhr. Das Zifferblatt leuchtete auf: kurz vor halb sechs. Noch herrschte ein schummriges Morgenlicht.

»Wollte um diese Zeit nicht ein Verstärkungsteam aus Madrid in Algeciras eintreffen?«, fragte er.

»Selbst wenn wir Verstärkung bekommen«, antwortete Lucas, »ist wahrscheinlich eine Strategie der ruhigen Hand angeraten. Wenn ich mir unsere Lage so anschaue, denke ich, dass wir uns unsichtbar machen und unsere Gegner nach und nach lautlos ausschalten sollten.«

»Sehe ich genauso«, nickte Croy. »Zu viel Lärm erzeugt zu viel Gegenlärm.«

Sie packten ihre Waffentaschen aus und verglichen, womit sie sich aushelfen konnten. Die Maschinengeräusche der *Elisa* drangen zu ihnen durch. Die Vibrationen waren schwach, aber gleichmäßig. Nach der Inventur war ihnen klar, wo ihre Schwachstellen lagen. Ihre Munition war begrenzt, der Sprengstoff reichte höchstens für die Zerstörung einer Schiffssektion, und für die verbliebene Panzerfaust gab es gerade mal noch drei Granaten.

»Wir müssen sehr präzise arbeiten.« Croy sah seinen jüngeren Partner ernst an.

Lucas schlug ein Kreuz.

»*Er* wird uns beistehen, da bin ich sicher.«

»Hast du Frau und Kinder, Lucas?«

»Eine Freundin. Sie heißt Victoria. Und du?«

Croy zögerte kurz. »Ja, ich habe eine Freundin. Katja. Eine Journalistin. Sie hat viel durchmachen müssen in den vergangenen Monaten.«

»Erzählst du mir, was passiert ist?«, fragte Méndez wie ein guter Freund.

Der T3-Agent schilderte ihm kurz die dramatischen Ereignisse um TRIAS und wie er und Katja sich später nähergekommen waren.

»Liebst du sie?«, wollte Lucas wissen. Croy ließ sich mit seiner Antwort Zeit. Schließlich sagte er:

»Je mehr passiert ist, und je länger ich sie nicht gesund und fröhlich bei mir habe, desto mehr vermisse ich sie. Liebe ist ein sehr großes Wort, aber ich denke, ich bin dafür mittlerweile reif.«

»Du bist viel zu kopfgesteuert. Du musst auf deinen Bauch hören.«

»Vielleicht hast du Recht, Lucas. Aber ich glaube, es ist jetzt nicht die Zeit …«

»Hast du viele Freunde?«, bohrte Lucas weiter.

»Nein«, gab Croy zu. »Nur einige wenige, und die sind auch noch über die ganze Welt verteilt.«

»Also ein typischer Einzelgänger?«

»Sind wir das in diesem Beruf nicht alle?«, erwiderte Croy.

»Nein, das würde ich bestreiten«, antwortete Lucas. »Wir alle wurden durch unsere Überzeugungen, was wir sind. Wer Polizist wird, hat sich für eine bestimmte Seite entschieden. Doch das bedeutet noch lange nicht, dass wir wegen unseres antrainierten Misstrauens privat niemand mehr an uns heranlassen sollten. Ich liebe meine Freundin, meine Freunde, meine Eltern und meine Hobbys. Es gibt den Lucas, der entschlossen gegen Terroristen vorgeht. Es gibt aber auch den Lucas, der das Leben genießen will.«

»Vielleicht hast du ja wirklich Recht: Manchmal lasse ich mich zu Gedanken wie ›Ich hasse die Menschen‹ hinreißen. Was sicher mit meinen häufigen Erfahrungen mit Dummheit, Blindheit und Ignoranz zu tun hat.«

»Dennoch«, unterbrach ihn Lucas etwas hitzig, »hast du nicht das Recht, über alle Menschen so pauschal zu urteilen. Der Einzelne kann doch oftmals gar nichts dafür, dass er so ist, wie er ist. Er wurde durch die Umstände geformt.«

»Da hast du sicher Recht«, beschwichtigte ihn Croy. »Doch jetzt sollten wir uns wieder auf unsere Aufgabe konzentrieren …«

»Gut«, gab Méndez nach. »Also, wie wollen wir es anstellen? Wenn ich nicht irre, müssen wir dieses Schiff und seine Entführer davon abhalten, den Hafen von Tanger zu erreichen, richtig?«

»Korrekt«, antwortete Croy. »Die Fahrzeit beträgt siebzig Minuten. Wir erreichen Tanger also voraussichtlich gegen sieben Uhr. Demnach haben wir nicht viel Zeit. Ich schlage vor, dass wir uns aufteilen und über Funk in Kontakt bleiben. Wir sollten so viele Gegner wie möglich ausschalten.«

»Si«, bestätigte Lucas.

Nachdem sie kurz besprochen hatten, wer welches Ziel übernehmen sollte, traten sie vorsichtig nacheinander aus dem Lagerraum. Die Luft über der offenen See war feucht, das Licht milchig trüb.

Im Hafen von Tanger gingen unterdessen Mannschaftswagen der marokkanischen Polizei in Stellung. Sie riegelten das Ankunftsterminal ab und bereiteten sich auf einen eventuellen Einsatz vor. Militärhubschrauber überflogen das Hafengelände und hielten aus der Luft nach möglicher Verstärkung der Terroristen von See oder Land Ausschau.

Markus Croy hatte über den Communicator eine gleichlautende E-Mail nach Berlin und Madrid abgesandt, in der er seine Anwesenheit, die eines GOES-Beamten sowie die von dreißig Geiseln an Bord der *Elisa* mitteilte. Von seiner Vorgehensweise gab er keine Details preis. Croy wollte sichergehen, dass das Schiff nicht aus der Luft bombardiert wurde und sie dadurch in Lebensgefahr gerieten.

17

Südlicher Atlantik,
30 Seemeilen vor Agadir,
5:25 Uhr

Im südlichen Atlantik, dreißig Seemeilen von der marokkanischen Küstenstadt Agadir entfernt, befand sich zu diesem Zeitpunkt auch ein U-Boot der deutschen Marine auf offener See. Es war auf der Rückfahrt nach Eckernförde und plante einen Bunkerstopp zur Wasser- und Treibstoffaufnahme im französischen Kriegsmarinehafen Brest. An Bord befanden sich fünf Offiziere und zweiundzwanzig Offiziersanwärter. Vertreter marokkanischer Seestreitkräfte hatten zuvor den neuesten Typ des mit Brennstoffzellen betriebenen U-Boots der Klasse 212A eingehend besichtigt.

U-36 war mit zwölf Torpedos bestückt und befand sich auf Höhe der Meerenge von Gibraltar, als ein Funkspruch der höchsten Dringlichkeit im Funkraum einging. Der diensthabende Hauptbootsmann informierte sofort den Kommandanten, Korvettenkapitän Arne Hansen.

»Wir haben einen Funkspruch aus dem Einsatzführungskommando in Potsdam erhalten«, spulte er aufgeregt herunter, »Z-Spruch, dringender Handlungsbedarf, streng geheimer Status.«

»Lassen Sie mich das mal lesen«, langte sein Vorgesetzter nach dem Stück Papier. Hansen war ein Mann von Anfang fünfzig, mit dichten blonden Haaren und blauen Augen. Er sprach einen unverkennbar norddeutschen Dialekt. Jetzt verfinsterte sich seine Miene. Er berief sofort eine Lagebesprechung ein.

Nur wenig später brütete eine kleine Gruppe von Offizieren über einer Seekarte. Der Navigationsoffizier hantierte mit einem silberfarbenen Zirkel.

»Wie ist die Position der *Elisa?*«, fragte Hansen mit einem leichten Zittern in der Stimme.

»Hier«, der Navigationsoffizier pochte mit seinem Zirkel auf einen Punkt. »35°58' N und 005°25' West. Mit Volllast unserer zwanzig Knoten könnten wir das Ziel frühestens in vierzig Minuten erreichen.«

»Wenn wir diese Operation durchführen«, sinnierte sein Vorgesetzter, »muss der Einsatz auf offener See und möglichst außerhalb der marokkanischen Hoheitsgewässer erfolgen. Ich glaube nicht, dass sich jemand im Einsatzführungskommando in Potsdam und im Außenministerium in Berlin diplomatische Verwicklungen mit einem Land wünscht, in dem sich mutmaßlich Al-Quaida-Nester befinden.«

»Was hat die Fähre geladen?«, fragte ein junger Offiziersanwärter. Er war an den Seiten seines Kopfes stark geschoren.

»Fünfzig Tonnen reiner Alkohol, eine halbe Tonne Kaliumzyanid, zehn Terroristen und – und das halte ich für besonders bemerkenswert – ein M3-Bradley-Panzer sowie ein Schwerlasthubschrauber der Mi-Klasse«, dozierte Hansen.

»Und was haben die vor?«, fragte der junge Anwärter aufgeregt. Die Sache roch nach Abenteuer und würde die vor ihnen liegenden vierzehn Tage Rückfahrt auf spektakuläre Weise aus der gefürchteten Ereignislosigkeit reißen.

»Das geht aus dem Funkspruch nicht hervor«, antwortete

der Kommandant wahrheitsgemäß. »Aber wenn mich meine Chemiekenntnisse nicht täuschen, dann entsteht aus Kaliumzyanid unter Zugabe von Wasser Blausäure. Das tödlichste Gift, das es je gab. Wer weiß, wohin die mit dem Zeug wollen …«

Die Männer blickten sich alarmiert an.

Hansen sagte barsch: »Ende des Treffens. Ab sofort höchste Gefechtsbereitschaft. Wir fahren äußerste Kraft und bereiten dem Spuk ein Ende.«

Er griff nach dem Mikrofon der Wechselsprechanlage und rief nach dem Steuermann.

»Käpten?«, knarzte es aus den Lautsprechern.

»Kursänderung. Ruder hart Steuerbord, Fahrt über Wasser nach Osten. Gehen auf Abfangkurs. Der Navigationsmaat soll den genauen Kurs berechnen und dann auf AK gehen. Ende.«

»Verstanden. Ende.«

Lucas Méndez hatte sich an Bord der *Elisa* aufs zweite Deck vorgearbeitet, ohne dass er auf Gegenwehr gestoßen wäre. Bislang gab es auch noch keine Anhaltspunkte, wohin die Passagiere verschleppt worden waren. Insgesamt verfügte die etwa hundertzwanzig Meter lange Frachtfähre über vier Decks, von denen drei Lastautos, Wohnwagen und Frachtgütern in Containern vorbehalten waren. Entlang des Oberdecks waren Kabinen für sechzig Passagiere eingerichtet worden. Zwei Restaurants und ein nüchtern eingerichteter Saal mit Tischen, Bänken und mehreren Spielautomaten verlockten nicht sonderlich zum Verbleib.

Der GOES-Agent hatte gerade die letzte Stufe der Eisentreppe zum dritten Deck erreicht, als er Stimmen hörte. Schnell blickte er sich um, doch nirgendwo bot sich Deckung. Er entsicherte seine Maschinenpistole, stellte wegen seiner Munitionsknappheit auf Einzelfeuer und konzentrierte sich.

Um ein möglichst kleines Ziel abzugeben, presste sich Méndez an die weiß lackierte Stahlhaut der Deckswand. Auf einer Eisenluke stand das Wort »Danger«, darunter prangten das Zeichen für Hochspannung und ein Totenkopf.

Keine zwei Sekunden später trat aus einem benachbarten Schott ein hochgewachsener Mann in schwarzer Arbeitskluft. Überrascht blickte er auf den GOES-Mann. Doch bevor er nach seiner Waffe greifen konnte, hustete ihm Lucas' MP bereits eine Kugel zwischen Hals und Brustbein. Der Mann ging leise stöhnend zu Boden, Lucas packte seine Füße und zog ihn unter die Treppe. Dann atmete er kurz durch und setzte seine Jagd fort.

Markus Croy hatte sich in Richtung Maschinenraum vorgearbeitet. Sein Ziel war es, das Schiff zu stoppen, manövrierunfähig zu machen und auf diese Weise Zeit zu gewinnen. Da das Schiff über zwei Bugstrahlruder verfügte, musste er beide Antriebe zerstören. Wie viel Sprengstoff er dafür benötigen würde, wusste er nicht. Eine Operation dieser Art hatte er zuvor noch nie geprobt. Konzentriert setzte er einen Fuß vor den anderen.

Er stand bereits dicht vor dem Eingang zum Maschinenraum, als auch er auf einen ersten vermeintlichen Gegner stieß: ein unbewaffnetes Jüngelchen, vielleicht Anfang zwanzig, in fleckiger Arbeitskleidung, mit schwarzen Haaren und ölverschmiertem Gesicht. Er lief Croy fast in die Arme. Der Junge erschrak so sehr, dass ihm alles Blut aus dem Gesicht wich.

»Wer bist du?«, fragte Croy drohend.

»Mmm...aschinenassistent«, stotterte sein Gegenüber. Croy blickte ihn misstrauisch an. Dann fragte er:

»Und wo befinden sich die Kidnapper? Auch im Maschinenraum?«

»Ja, zwei haben sich im Keller verschanzt. Zwei andere sind im Steuerhaus und drei beim Hubschrauber.«

»Ich brauche Hilfe«, antwortete Croy. »Tust du mir einen Gefallen?«

Der Bursche nickte so schnell mit dem Kopf, als teste er die Elastizität seiner Halswirbel.

»Geh in den Elektroraum und versuch das Hauptkabel der Innenversorgung vom Strom abzuschneiden. Schaffst du das?«

Der Junge blickte ihn mit beleidigtem Gesichtsausdruck an.

»Ich bin der beste Maschinenassistent der Blue Ferry Lines«, sagte er mit Stolz. »Mir kann man so schnell nichts vormachen.«

Croy griente. »Dann mal los, zeig, was du kannst. Und immer schön in Deckung bleiben.«

Der Spanier hastete davon.

Croy öffnete die Luke zum Maschinenraum, wurde von einem ungeheuren Getöse empfangen, glitt schnell hinein und verschloss das Schott wieder hinter sich. Der Maschinenraum war durch ein eisernes Laufgitter in zwei Etagen unterteilt. Es war heiß und stickig hier unten; in der Luft lag der Geruch von schwerem Maschinenöl. Zwei Schiffsdiesel von stattlicher Größe trieben mit martialischem Lärm die Antriebswelle an, die sich in einem langen, nicht einsehbaren Tunnel drehte. Unter dem Schacht befand sich die Bilge, die überflüssigen Schmierstoff und kondensiertes Wasser auffing.

Croy sah, dass er an die Antriebswelle so ohne Weiteres nicht herankommen würde. Konnte er die Treibstoffzufuhr unterbrechen? Doch auch die erfolgte unter schweren Eisenplatten. Was war mit der Luftzufuhr? Die Motoren brauchten sauerstoffhaltige Luft, die stark komprimiert wurde, sich erhitzte und dadurch den Treibstoff zündete. Wurde die Sauerstoffzufuhr unterbrochen, »erstickten« die Motoren. Die Luftrohre verliefen von innen nach außen und trugen Filter an ihren Enden. Sie hatten den Umfang kräftiger Oberarme und waren – für Croy gut erkennbar – blau lackiert.

Aus dem hinteren Teil des Maschinenraums näherte sich ein bulliger Glatzkopf, der Ohrschützer aus gelbem Plastik trug und einen Schraubenschlüssel und eine Ölkanne in den Händen hielt. Er bemerkte den Besucher nicht und goss behutsam Leichtlauföl in die Nuten der Dieselventile. Ihm folgte einer der Kidnapper, an dessen Hüfte eine russische Maschinenpistole des Typs Kalaschnikow hing. Ihr Sicherungshebel zeigte nach oben; demnach war die Waffe nicht schussbereit.

Croy zielte und drückte ab. Das Krachen seiner Neun-Millimeter-Beretta wurde vom dumpfen Bollern der Schiffstriebwerke übertönt. Der Terrorist brach sofort zusammen.

Der Maschinist hatte von all dem nichts mitbekommen und goss weiter unverdrossen Öl nach. Als er seine Arbeit verrichtet hatte und umkehren wollte, stolperte er fast über die Leiche. Er hielt jäh inne und blickte sich entsetzt um. Croy war ihm gefolgt und zeigte auf dessen Ohren. Der Maschinist zog die Lärmschützer herunter und blickte fragend und ängstlich auf Croy.

»Wo ist der zweite Terrorist?«, brüllte der T3-Agent gegen den Lärm an.

»Im Maschinenbüro!«, brüllte der Maschinist zurück.

»Und wo sind die Geiseln?«

»In den Frachträumen, bei den Fässern. Eingesperrt!«

»Bringen Sie sich in Sicherheit! Hier wird es gleich ein kleines Feuerwerk geben!«

»Sie wollen doch nicht etwa meine Maschinen zerstören? Tun Sie mir das nicht an«, gestikulierte der Maschinist wild.

»Es muss sein!«, rief Croy, der sich bereits abgewandt hatte. »Und nun gehen Sie schon!« Der Mann gehorchte nur widerwillig.

Croy spürte leichte Schiffsschwankungen. Geschwind drückte er auf jede der drei Zuluftleitungen mit Hilfe von weichem Kitt ein Päckchen C4-Sprengstoff, setzte den Initialsprengstoff Bleistyphnat davor und verkabelte ihn mit einem elektronischen Zünder. Er drückte auf einen kleinen Hebel, LED-Lämpchen einer digitalen Uhr glühten auf und begannen bei zwei Minuten rückwärts zu laufen. Croy blickte sich noch einmal prüfend um und verschwand dann schnell aus dem dröhnenden Unterdeck.

Die Detonation erschütterte die Eisenplanken des umliegenden Bereichs und führte zu einer kurzen, aber heftigen Vibration der Stahlwände des Schiffs. Dann erstarben die Maschinengeräusche. Die Fähre verlor langsam an Geschwindigkeit; schließlich trieb sie nur noch wie in Zeitlupe auf dem offenen Meer.

Croy nahm Verbindung zu Lucas auf.

»Wie ist die Lage?«, fragte er.

»Einen habe ich erwischt«, antwortete sein Kamerad.

»Gut«, sagte Croy. »Die Maschinen sind abgeschaltet.«

»Gut gemacht, Markus. Ich arbeite mich zum Hubschrauber vor. Vielleicht kann ich die Treibstoffleitung zerstören.«

»Nein, wir müssen unseren Plan ändern. Die Geiseln sollen in irgendeinem Frachtraum sein, in dem vermutlich auch das Zyanid lagert. Die Herrschaften haben sich doppelt und dreifach abgesichert. Ich hoffe, dass die Terroristen wegen des manövrierunfähigen Schiffs nicht durchdrehen. Wir müssen als Erstes die Menschen aus der Gefahrenzone befreien. Um den Hubschrauber und den Panzer kümmern wir uns später.«

»Darf ich einen Vorschlag machen, Markus?«

»Natürlich.« Croy schob sich ein Stück Traubenzucker in den Mund.

»Es besteht die Gefahr, dass die Terroristen mit dem Hubschrauber und dem Zyanid fliehen. Das sollten wir verhindern.«

»Gut«, antwortete Croy. »Ich kümmere mich um die Geiseln, du um die Mi-26. Und nimm die Panzerfaust. Macht zwar einen Höllenlärm, ist aber sehr effektiv.«

»Si, Ende«, sagte Lucas. Es knackte in Croys Kopfhörern.

Obwohl Markus Croy den Communicator auf Empfang gestellt hatte und jede Nachricht sofort auf dem Bildschirm erschien, hatte ihn die Information über ein mögliches Eingreifen eines deutschen U-Boots bis dato nicht erreicht.

Eine raue Stimme erscholl über die Bordlautsprecher der antriebslosen Fähre. Eine Durchsage in englischer Sprache.

»Wer auch immer an Bord seine Spielchen treibt«, hallte es über die Decks, »der soll wissen, dass wir die ersten Geiseln töten. Geben Sie auf und zeigen Sie sich. Es liegt jetzt an Ihnen, ob weitere unschuldige Menschen sterben müssen. Wir geben Ihnen fünf Minuten Zeit, dann wird eine junge, hübsche Geisel hingerichtet. Durchsage beendet.«

Croy fasste an sein Kragenmikro.

»Wir bleiben bei unserem Plan, Lucas. Wir können im Augenblick sowieso nichts für die Geiseln tun. Wie dicht bist du an dem Hubschrauber dran?«

»Perfekte Schussposition für meine Panzerfaust«, erhielt Croy zur Antwort.

»Also dann los. Aber sei vorsichtig und bleib in Deckung.« Croy grauste bei der Vorstellung, dass dieser Einsatz den jungen und mutigen Polizeibeamten das Leben kosten könnte.

Nur wenige Augenblicke später – Croy befand sich kurz vor dem Zugang zu den Frachtdecks – ertönte ein ungeheures Getöse. Das Schiff erzitterte, und die Stahlluken neben Croy ächzten. Ein Feuerball, so hell wie Magmaglut, stieg auf und erleuchtete die Umgebung des Schiffs mit seinem gleißenden Licht. Es donnerte erneut, und Glas, Metallteilchen, Gummifetzen und Plastikstücke regneten herab. Jetzt erloschen sämtliche Lichter auf dem Schiff; gleichzeitig sprangen die Notstromaggregate an.

Croy hörte unbändiges Fluchen aus Männerkehlen und nutzte die Verwirrung zu einem Spurt hinunter in die Frachträume. Hell blitzte der Schein seiner Maglite-Taschenlampe. Von ferne hörte er Rufe von Menschen und das Hämmern an Stahl. Er sicherte die Seiten, sah sich immer wieder aufmerksam um und hielt dabei die MPi im Anschlag. Offensichtlich war die Konfusion auf dem Oberdeck so groß, dass sich niemand seiner Gegner hier unten aufhielt. Doch er hatte diesen Gedanken noch nicht zu Ende gedacht, da hörte er das eilige Trampeln schwerer Stiefel. Croy presste sich dicht an die Eisenwand des Gangs. Zwei Meter vor ihm machte der Gang einen scharfen Knick.

Plötzlich Schüsse, Kugeln pfiffen von hinten an ihm vorbei. Instinktiv hechtete Croy zu Boden, riss seine Maschinenpistole hoch und feuerte in die Richtung, aus der die Schüsse gekommen waren.

Stille.

Croy sah sich vorsichtig um und bemerkte, wie einer seiner Feinde sich an der Tür zu schaffen machte, aus der er die verzweifelten Rufe gehört hatte. Er schoss und traf den Mann in Beine und Bauch.

Rückwärts laufend und seine MPi dabei weit von sich haltend, näherte Croy sich der Tür. Er schob den niedergeschossenen Terroristen zur Seite und drückte auf die Klinke. Verschlossen. Schnell fingerte er in dessen Taschen nach dem Schlüssel, wurde fündig und entriegelte die Eisentür.

Wo bleibt der andere Angreifer?, fragte sich Croy fieberhaft. Doch für lange Überlegungen blieb keine Zeit. Er stieß die Tür weit auf. Die Menschen in dem Raum blickten ihn hilfesuchend und angstvoll an.

Erneut fielen Schüsse, diesmal aus der Ecke des Gangs, in der er eben noch Schutz gesucht hatte. Croy entsicherte eine Handgranate und warf sie zielgenau in den Knick des Gangs. Sie explodierte mit lautem Krachen. Sicherheitshalber warf Croy noch eine zweite Granate hinterher. Die Geiseln blickten mit vor Schreck geweiteten Augen auf den Polizisten.

»Ich bin zu Ihrem Schutz hier«, stieß Croy atemlos hervor, »vertrauen Sie mir.«

Zehn der eingesperrten Männer und Frauen waren mit Seilen an die Fässer mit dem hochgiftigen Kaliumzyanid gebunden. Alle anderen waren an Armen und Beinen gefesselt.

Croy fasste an sein Mikrofon.

»Lucas, bist du in Ordnung?«

Er erhielt keine Antwort. Croy fluchte, doch er musste jetzt die Nerven behalten. Mit seinem Tauchermesser befreite er die ersten Geiseln und drückte dann einem stämmigen Mann mittleren Alters das Messer in die Hand.

»Machen Sie die anderen los. Schnell. Und dann folgen Sie mir. Und dicht beieinander bleiben.«

»Wohin bringen Sie uns?«, fragte eine jüngere Frau mit stumpfen Augen. Sie stand offenkundig unter Schock.

»Auf Beiboote. Wir sind noch nahe genug am spanischen Festland. Für den Umstieg müssen wir aber ein Deck höher.«

Die Frau blickte Croy jetzt dankbar an.

Der T3-Agent rief erneut in sein Mikrofon:

»Verdammt, wo steckst du?«

Doch aus seinem Ohrhörer ertönte nur ein mattes Rauschen.

18

An Bord von U-36,
6:27 Uhr

Das empfindliche Hochfrequenzsonar von U-36 hatte das Ziel bereits geortet. Korvettenkapitän Arne Hansen scharte erneut den Führungskern von U-36 um sich.

»Männer«, sagte er mit fester Stimme, »unser Ziel liegt noch etwa acht Seemeilen in westlicher Richtung entfernt und scheint keine Fahrt mehr zu haben. Entweder es ankert, oder es hat einen Ruderschaden. Da wir noch keinen Rückzugsbefehl erhalten haben, geht von dem Schiff offensichtlich nach wie vor Gefahr für die Sicherheitsinteressen Deutschlands aus. Was das bedeutet, muss ich Ihnen nicht sagen.«

Seine Untergebenen blickten ernst. U-36 war seit seiner Indienststellung noch nie mit einer solchen Situation konfrontiert worden. Die Trainingseinheiten waren auf Nato-Übungen beschränkt gewesen, bei denen ein Feind nur simuliert worden war.

»Sollte tatsächlich das finale Go befohlen werden, schicken wir einen Torpedo auf die Reise. Das ist effektiv und die sauberste Lösung. Noch Fragen?«

Der Kommandant blickte in die kleine Runde.

»Ja«, meldete sich derselbe Offiziersanwärter zu Wort, der Hansen bereits Minuten zuvor gelöchert hatte. Seine Ohren glühten.

»Wenn sich das Schiff nicht bewegt, dann ist es vielleicht tatsächlich manövrierunfähig und kann demzufolge einen Hafen gar nicht aus eigener Kraft erreichen. Es könnte geentert werden, und wir müssten kein Feuerwerk veranstalten.«

Hansen blickte den jungen Mann aufmerksam an.

»Sie mögen Recht haben«, sagte er. »Aber wie ich bereits bei unserem ersten Meeting sagte, befindet sich ein Schwerlasthubschrauber an Bord. Damit könnte im Fall einer Erstürmung das Gift sofort abtransportiert werden. Reicht Ihnen das?«

Hansen wirkte angefressen, weil ausgerechnet ein Grünschnabel einen Einsatz infrage stellte, der sich endlich einmal von den üblichen Trockenübungen unterschied. Bei dieser Aktion konnte sein Boot die geballte Feuer- und Zerstörungskraft in der Wirklichkeit demonstrieren.

Der Unteroffizier strich sich über die Stoppelhaare.

»Ich habe noch eine Frage«, traute er sich.

»Fragen Sie«, knurrte Hansen.

»Wie sicher können wir sein, dass keine Passagiere an Bord sind? Zumal ein Schiff, das mit einer brisanten Fracht ausläuft und von Terroristen entführt wurde, doch ein perfektes Ziel für ein Antiterrorkommando aus der Luft abgäbe ...«

Der Kapitän schluckte kurz. Niemand sonst an Bord von U-36 wusste, dass ein zweiter, streng geheimer Funkspruch über die Entschlüsselungsmaschine Aroflex in seinem Büro eingetroffen war. Nur der Kapitän besaß den Code, um solch eine Nachricht zu dechiffrieren. Darin hatte es geheißen, dass vermutlich dreißig Geiseln an Bord festgehalten wurden. Doch dieser Umstand, so schrieben die Verfasser aus dem Einsatzführungskommando in Potsdam wortwörtlich, sei »nebenrangig«. Priorität hätten die Zerstörung der Ladung und die Liquidierung des Terrorkommandos. Und daran würde Hansen sich halten.

Aber dass sich an Bord auch ein Spezialagent des BKA und ein Offiziersanwärter der spanischen Antiterroreinheit GOES befanden, davon war in dem Funkspruch nicht die Rede gewesen.

»Ich bin sicher, dass alle Alternativen geprüft wurden«, antwortete Hansen schmallippig. »Und jetzt alle Mann auf Gefechtsposition.«

Nachdenklich blickte Hansen auf die Seekarte und das Einsatzgebiet.

19

An Bord der *Elisa*, 6:40 Uhr

Mehr als die Hälfte der Geiseln befanden sich bereits oberhalb der Frachträume im Schutz eines Deckvorsprungs. Da tauchte über ihnen an der Reling ein Mann auf und nahm die Geiseln ins Visier. Ein Schuss fiel. Eine Frau sank zu Boden. Croy wirbelte augenblicklich herum und eröffnete das Feuer. Der Mann stürzte vom Oberdeck zwei Etagen tiefer und schlug vor ihnen auf den Schiffsplanken auf. Die Geiseln wichen entsetzt zurück. Croy wandte sich wieder den Booten zu. Ihm blieb keine Zeit für Emotionen.

Da die *Elisa* ein betagtes Schiff war, verfügte sie nicht über Rutschen, mit denen die Rettungsboote zu Wasser gelassen werden konnten. Die Boote hingen an altertümlichen Kränen und mussten mit Winden und Stahlseilen ins Wasser hinabgesenkt werden.

Croy setzte den ersten Kran in Gang, löste die Halterungen zweier Rettungsboote. Er warf eine Rettungsleiter über die Schiffswand, die sich zunächst auspendelte und dann stillhing. Croy spornte die Umstehenden an:

»Kommen Sie! Los! Beide Hände an die Seitenläufe! Steigen Sie vorsichtig runter. Und nicht nach unten sehen!«

Nacheinander stiegen die Geiseln mit verängstigten Blicken die aus festen Stricken und Holzstufen bestehende Leiter hinunter und kletterten in die Boote, die Croy neben ihnen zu

Wasser ließ. Sie waren an Stahlseilen befestigt und mit zwei einfachen Handgriffen zu lösen.

Croy behielt währenddessen die Umgebung im Auge. Er besaß noch zwei Magazine mit je fünfzehn Schuss. Noch immer hatte Lucas sich nicht gemeldet. Befand er sich in einem Funkloch? Schließlich bestand das Schiff ja aus Stahlwänden, die wie ein Faraday-Käfig wirkten.

Plötzlich ertönte ein ungeheurer Knall. Eine Wasserfontäne türmte sich auf. Sie hob ein Rettungsboot in die Höhe und brachte es beinahe zum Kentern. Eine Rauchwolke bildete sich über dem Schiff. Die Menschen in dem Boot schrien wild durcheinander. Croy brüllte:

»Shut up! Quick, get on board!« Dann schob er mit kräftigem Druck den Nächsten auf die Leiter.

Nun passte niemand mehr ins Rettungsboot, Croy löste die Verankerung an Deck und rief nach unten:

»Motor anlassen und weg vom Schiff. Schnell! Beeilt euch!«

Tatsächlich gelang es einem der Passagiere, den Außenborder anzuwerfen.

»Welche Richtung?«, rief er panisch zu Croy hinauf.

»Norden«, brüllte Croy zurück und zeigte mit der rechten Hand auf die Gestade der spanischen Küste. Noch warteten fünfzehn Geiseln auf ihren Abtransport über das offene Wasser. Vier von ihnen saßen bereits im zweiten Boot.

Das nächste Donnern klang wie die Entladung einer gewaltigen Gewitterzelle.

»In Deckung!«, schrie Croy und riss drei umstehende Geiseln mit sich.

Ein glühender Regen aus Metallsplittern fiel vom Himmel, dem nur einen Moment später ein riesiger Schwall von Ruß folgte, der sich über das gesamte Schiff legte. Sekundenbruchteile später krachte es auf dem Oberdeck. Eine Druckwelle wie von einem schweren Bombentreffer raste über das Oberdeck, riss Winschen mit sich, hebelte Luken aus ihren Verankerungen, zerstörte Bullaugen und ließ die Aufbauten mit Steuerhaus, Passagierkabinen, Restaurants und Wartesaal einstürzen.

Lucas!, frohlockte Croy innerlich, von heftigen Adrenalinstößen bis aufs Äußerste erregt.

Zwei Frauen weinten hemmungslos. Drei der fünf verbliebenen Beiboote brannten lichterloh. Die Plastikbarken zerschmolzen unter der Hitze, der Qualm war schwarz und ätzend.

Croy versuchte fieberhaft, seine Gedanken zu ordnen; die Lage erschien ihm unübersichtlich und voller Tücken.

20

An Bord von U-36,
6:50 Uhr

U-36 befand sich zum Zeitpunkt der Explosionen exakt in Feuerweite von siebenhundert Metern. Der Ausguck auf der Brücke, ein Maat, hatte den weithin sichtbaren Feuerschein und die Rauchwolken soeben an den Kommandanten weitergemeldet.

»Machen Sie mal Platz«, schob der Kommandant seinen Untergebenen beiseite.

Hansen sah nun selbst die Zerstörungen auf der Fähre. Er machte eine dunkelgekleidete Person mit hellen Haaren aus, die andere Menschen über die Reling der Fähre auf eine Leiter hievte und in ein zweites Beiboot dirigierte.

»Es sind Menschen an Bord, die entweder fliehen oder in Sicherheit gebracht werden«, gab er seine Beobachtungen an den Ersten Offizier weiter. »Ich erkenne einen zerborstenen Panzer und Teile eines Hubschraubers. Wir sehen uns das mal genauer an. Vielleicht hat sich unser Einsatz ja auch schon erledigt, bevor er überhaupt begonnen hat.«

Er verließ die Brücke mit einem gewissen Bedauern und machte sich auf den Weg in sein Quartier. Eigentlich hätte Hansen vor exakt zweieinhalb Minuten den Feuerbefehl geben müssen. Doch der Kommandant zögerte noch angesichts der dramatischen Vorgänge an Bord der Fähre. Über die Aroflex setzte er einen Funkspruch an das Einsatzführungskommando in Potsdam ab. Darin schilderte er seine Beobachtungen und fragte nach neuen Befehlen.

Währenddessen schob sich U-36 immer näher an die Fähre heran. Die Besatzung konnte jetzt mit bloßem Auge das Ausmaß der Zerstörungen an Bord erkennen.

Der Kommandant erschien erneut auf der Brücke und blickte durch sein Fernglas. Er sah, wie zwei maskierte Männer einen eher klein gewachsenen Mann mit verdrehten Armen mitschleiften, als sei er ihr Gefangener.

»In Sehrohrtiefe sinken«, rief er zu seinem Steuermann hinunter. »Vielleicht haben wir ja doch noch einen Job. Obermaat Tim von Lilienthal und Obermaat Jan Carstens sollen sich zum Ausstieg bereitmachen. Taucherausrüstung, leichte Bewaffnung, kugelsichere Weste.«

Während U-36 unter die Wasseroberfläche glitt und unsichtbar wurde, behielt der Kommandant das Geschehen durch sein Sehrohr im Auge. Hansen drehte am Rohr. Eine letzte Person kämpfte sich die schwingende Leiter hinunter. Der blonde Mann an Deck löste die Stahlseile und ließ das Boot frei. Es nahm Fahrt auf. Hansen suchte nach den beiden Männern mit ihrem Gefangenen. Er sah, wie die beiden Männer den Gefangenen in die Knie zwangen und seinen Kopf auf eine Stahlwinde drückten. Lilienthal und Carstens, zwei ehemalige Kampfschwimmer, traten in voller Froschmannmontur zu ihrem Vorgesetzten ans Sehrohr.

»Seht euch das mal an«, sagte Hansen. »Befreit diesen Mann. Es sieht so aus, als seien Sicherheitsbeamte auf dem Schiff, die für so was keine Zeit haben. Aber verwechselt nicht Freund und Feind. Und nun raus aus der Schleuse! Marsch!«

Die beiden verschwanden augenblicklich durch die Tauchschleuse ins Wasser, schwammen dicht unter der Oberfläche in Richtung *Elisa* und hangelten sich wenige Augenblicke später an der Ankerkette auf die Fähre.

Hansen verfolgte ihr Tun durch winzige Kameras, die an den Tauchermasken befestigt waren.

»Signalraketen in die Luft«, befahl er. »Farbcode F. Wenn Soldaten an Bord sind, werden sie es erkennen. Ansonsten werden wir damit für Ablenkung sorgen und unseren Leuten einen Zeitkorridor verschaffen.«

Sekunden später stiegen hell glühende blaue und rote Leuchtraketen in abwechselnder Farbfolge in den Himmel auf. U-36 lag jetzt fast längsseits der Fähre und schaukelte weithin sichtbar im Wasser.

21

An Bord der *Elisa*,
7:05 Uhr

Nachdem er das letzte Rettungsboot auf die Reise geschickt hatte, machte sich Markus Croy auf die Suche nach Lucas Méndez. Von seinem GOES-Kamerad war noch immer nichts zu hören, obwohl er beide Aufgaben – die Zerstörung des Mi-26-Hubschraubers und des M3-Bradley-Panzers – erfolgreich erledigt hatte. Als plötzlich die Signalraketen aufstiegen, war er zunächst verwirrt, erinnerte sich aber sofort ihrer Bedeutung. Farbcode F stand für *friends around*. Croy schulterte seine Maschinenpistole und rannte los. Er spürte nach langer Zeit wieder ein Gefühl der Erleichterung.

Die Männer, die ihr Opfer mit dem Kopf auf die Seilwinde gezwungen hatten und eben dabei waren, sich einer besonders grausamen Folter zu bedienen, blickten aufgeschreckt in den Himmel. Die Signalraketen stellten für sie eine Fortsetzung der unbegreiflichen Sabotageakte dar, die sich auf dem Schiff ereignet hatten. Bei ihrer Abfahrt in Algeciras waren sie sicher gewesen, unbehelligt in Marokko anzukommen. Niemand in der Gruppe hatte damit gerechnet, dass Aufklärungsspezialisten an Bord gelangt sein könnten. Doch nun würden sie sich wenigstens an einem ihrer Gegner rächen und, wenn es nicht anders ging, mit ihm gemeinsam sterben. Die Hände ihres Gefangenen waren zwischen zwei Stahlholmen eingeklemmt, sein Hals von Stahlseilen umschlungen, und auf seine Beine hatten die Terroristen zwei Stahlplatten geschoben.

Lucas spürte, wie schnell seine Kraft schwand. Er war sicher, dass er sterben würde. *Vermutlich geschieht es mir sogar recht*, dachte er. Viel zu siegessicher war er nach dem erfolgreichen Panzerfaustangriff aus seiner Deckung getreten. Er hatte schlichtweg vergessen, dass zu dem Panzer auch eine Besatzung gehörte, die er als Erstes hätte ausschalten müssen. Sie war bei dem Explosionslärm aus dem Innern der Fähre ins Freie gestürmt, und Lucas war ihnen direkt in die Arme gelaufen.

»Waffen fallen lassen und den Mann losbinden!«, schnarrte eine Stimme übers Deck.

Die Terroristen erstarrten. Nur sehr langsam drehten die beiden Männer sich zu Markus Croy um. Er blickte in zwei vermummte Gesichter, sah zwei Augenpaare, die ihn böse anfunkelten. Die Männer waren kräftig gebaut und trugen wie er selbst schwarze Kampfuniformen. Ihre Kalaschnikows baumelten griffbereit an den Hüften, die Sicherungshebel waren auf »Feuer« gestellt, doch Croys MP 5 flößte ihnen offensichtlich Respekt ein.

»Machen Sie ihn los!«, herrschte er den linken der beiden Männer an. Croy sah, wie Lucas Méndez litt. Sein Gesicht war vor Schmerz verzerrt, seine Augen nur noch halb geöffnet.

Der Terrorist beugte sich zu Méndez hinunter. Urplötzlich zog er ein Messer aus seinem Ärmel, doch Croy sah die Klinge kurz aufblitzen und drückte sofort ab. Der Terrorist sank zur Seite und fiel mit einem hässlichen Keuchen auf den Gefangenen. Méndez strampelte mit den Beinen. Er bekam kaum noch Luft.

»Alle Waffen runter! Sofort!«, hallte es übers Deck.

Die beiden U-36-Kampfschwimmer standen breitbeinig auf einem Zwischendeck in etwa zwei Metern Höhe über dem Geschehen. Sie wirkten wie zwei Generäle auf einem Feldherrnhügel.

Croy ließ seine MPi sinken.

»Ich bin Markus Croy vom BKA. Behalten Sie den Mann hier im Auge, und machen Sie jetzt keinen Fehler.«

»Ist uns egal, wer Sie sind!«, brüllte von Lilienthal. »Waffen auf den Boden. Hier gibt im Moment nur einer Befehle, und das bin ich!«

Croy beugte sich. Er wusste, dass solche Situationen leicht eskalieren konnten.

»Lassen Sie mich wenigstens meinem Kameraden helfen«, rief er nach oben.

Eine Pause entstand.

»Gut«, rief Carstens einen Moment später. »Aber provozieren Sie uns nicht!«

Die beiden Obermaate beobachteten kritisch das Geschehen, die Waffen im Anschlag.

Croy machte einen Schritt auf die Winde zu. Er musste am Kompagnon des toten Terroristen vorbei. Der grinste ihn höhnisch an. Mit einer blitzschnellen Bewegung trat Croy ihm in den Bauch. Der Mann klappte zusammen, doch Croy riss ihn empor, umfasste ihn von hinten, nahm ihn in den Würgegriff und hielt ihn als Schutzschild vor sich.

Lilienthal schoss als Erster in die Luft.

»Was soll das?«

»Er ist ein Terrorist«, brüllte Croy. »Machen Sie jetzt keinen Fehler! Kommen Sie herunter und helfen Sie!«

Ohne eine Antwort abzuwarten, warf Croy den halb ohnmächtigen Hexagon-Agenten zu Boden, presste ihm seine Waffe an die Schläfe und fragte:

»Wo ist Bhutto?«

Der Extremist schüttelte den Kopf.

Croy sprang mit seinem gesamten Körpergewicht und den Knien voran auf den Rücken des Mannes. Der stöhnte laut auf.

»Wo ist Bhutto?«, wiederholte er.

Keine Antwort. Daraufhin sagte Croy den Satz, den er lange nicht mehr benutzt hatte: »Ich verhafte Sie wegen mehrfachen Mordes und terroristischer Angriffe auf den deutschen Staat.«

Von den Kampfschwimmern ungehindert, verknotete Croy dem Hexagon-Agenten mit einem Schiffstau Hände und Füße. Er erhob sich und schwankte etwas; der Kampf mit dem pakistanischen Terroristen in der Zitadelle hatte seine Spuren hinterlassen. Er war hungrig, und seine Muskeln schmerzten.

Während Tim von Lilienthal durch ein winziges Funkgerät U-36 Bericht erstattete, befreite Croy seinen GOES-Kameraden, fasste ihn unter und trug ihn die Decks hinunter bis zu einer Seitenluke der Fähre. U-36, das nun längsseits der ramponierten *Elisa* ankerte, nahm die vier Männer an Bord. Der Hexagon-Agent wurde eingesperrt, vor seiner Tür ein bewaffneter Obermaat als Wache postiert.

Das U-Boot legte ab, nahm Fahrt auf und barg kurz darauf auch die Menschen aus den beiden Rettungsbooten. Wegen Platznot im Innern hockten die befreiten Geiseln auf dem Paradedeck des U-Boots und blieben dort, bis ihre Retter in den Fährhafen von Algeciras einliefen. Ein Rettungswagen brachte Lucas Méndez in die städtische Klinik. Wegen seines kritischen Zustands wurde er in einen künstlichen Tiefschlaf versetzt.

Croy schrieb eine kurze Nachricht nach Berlin, die der Lagedienst des Bundeskanzleramtes entgegennahm und umgehend an den Kanzleramtsminister weiterzuleiten versprach. Auf dem Weg in seine Pension stoppte Croy an einem spanischen Imbiss für Taxifahrer. Der T3-Agent stärkte sich ausgiebig, obwohl er Fastfood eigentlich nicht mochte. Doch er war zu abgekämpft, kraftlos und hungrig, um einen Geschmacksaufstand zu proben. Es war beinahe acht Uhr, als er endlich ins Bett kam.

22

Im Hafen von Algeciras, am Nachmittag desselben Tages

Korvettenkapitän Arne Hansen trommelte ungeduldig mit den Fingerspitzen auf den kleinen Schreibtisch in seiner Kajüte. Alle Versuche, Markus Croy über eine Berliner BKA-Nummer zu erreichen, waren fehlgeschlagen. Der Spezialagent war unerreichbar. Der spontane Einsatz auf See und ihr Einlaufen in Algeciras hatten das ohnehin enge Zeitkorsett bis zu ihrer Ankunft in Eckernförde noch enger geschnürt. Doch nach Hansens Ansicht hatte es Ungereimtheiten bei ihrem nächtlichen Einsatz gegeben. Das machte ihn nervös und bedurfte dringend einer Klärung. Sein Instinkt sagte ihm, dass er darüber zunächst mit Markus Croy sprechen sollte, bevor er das Einsatzführungskommando in Potsdam damit konfrontierte. Während er noch darüber nachsann, warum der Informationsfluss in diesem Fall so lückenhaft gewesen war, nahm der Funkmaat einen externen Telefonanruf an.

»Hier Markus Croy. Der Kommandant wollte mich sprechen?«

»Ja, das ist richtig. Ich verbinde Sie.«

Sofort hatte Croy den Korvettenkapitän in der Leitung.

»Guten Morgen, Kommandant. Was kann ich für Sie tun?«

»Ich möchte Sie einige Dinge fragen, allerdings unter vier Augen. Können Sie zu mir an Bord kommen?«

»Ich brauche zwanzig Minuten.«

Der T3-Agent war pünktlich, wirkte aber noch ein wenig verschlafen. Er gähnte ungeniert, als er an Bord des U-Boots ging, war jedoch innerlich hochkonzentriert. Als er das Quartier des Kommandanten betrat, saß Hansen am Schreibtisch und feilte an den letzten Zeilen seines Berichts über die Geschehnisse der Nacht. Seine Unterkunft war penibel aufgeräumt und ohne jeden Schmuck. Einzig eine kleine Deutschlandfahne, das Foto eines in Marineuniform gekleideten Mannes mit verwittertem Gesicht und das Signum einer studentischen Verbindung zierten den ansonsten nüchtern wirkenden Raum. Hansen bot Croy einen Stuhl, Kaffee und Gebäck an. Croy nahm dankend an.

»Der Hafen wurde schlimm zugerichtet«, begann Hansen das Gespräch.

»Ja«, antwortete Croy, »auf der Fahrt hierher hat mich das Ausmaß der Zerstörung ebenfalls überrascht. Nachtlicht sorgt ja immer für eine gewisse Unschärfe in der Wahrnehmung und verdeckt Details.«

»Ein gutes Stichwort.« Der Kommandant hob bedeutungsvoll das Kinn.

Croy bemerkte einen feinen Schmiss in Hansens Gesicht, der sich über seine linke Wange zog. Gehörte er jener Verbindung an, deren Signum an der Wand hing? Er wusste von vielen Managern, Juristen, einflussreichen Sicherheitsbeamten und Politikern, die sich in Verbindungsnetzwerken tummelten und Seilschaften pflegten, die sie sich während ihres Studiums aufgebaut hatten. Ihre Grundsätze waren stets gleich: Loyalität, Vaterlandsliebe, die Pflege von Männlichkeitsritualen und Solidarität mit den Verbindungsbrüdern. An Croy waren Angebote, solchen Bünden beizutreten, stets abgeprallt. Er war viel zu misstrauisch Vereinigungen gegenüber, die sich von der übrigen Gesellschaft abkapselten und sich an nur für sie geltenden Prinzipien ergötzten. Er glaubte an Gott und ging in die Kirche. Diese Art Lebensbund erschien ihm erfüllend genug.

»Was meinen Sie?«, fragte Croy.

»Das Stichwort heißt *Unschärfe*. Mich beschäftigt der Einsatz meines Boots in den vergangenen Stunden. Es gibt ein paar Widersprüche, die man auch als Paradoxien bezeichnen könnte.«

Croy, der weder Zeit noch Lust hatte, die beinahe unmenschlich anmutenden Ereignisse nochmals Revue passieren zu lassen, blickte Hansen mit einer gewissen Verständnislosigkeit an.

Hansen deutete den Blick seines Gegenübers richtig und erklärte: »Als ich den ersten Funkspruch aus dem Einsatzführungskommando in Potsdam erhielt, war ausschließlich von einer Handvoll Terroristen, Fässern mit Gift, einem Benzintank, einem möglichen Fluchthubschrauber und einem amerikanischen Bradley-Panzer die Rede. In einer zweiten, nur mir zugänglichen Nachricht hieß es später, es seien auch Geiseln an Bord. Die genaue Zahl wurde mir nicht mitgeteilt. Was ich aber nie erfuhr, war«, und jetzt beugte sich Korvettenkapitän Hansen weit zu Croy hinüber, »dass sich zwei Antiterrorspezialisten an Bord der *Elisa* befanden. Wie erklären Sie sich das? Wusste Potsdam oder Berlin nichts von Ihrem Eingreifen?«

Jetzt drangen detaillierte Bilder, Gesprächsfetzen und Befehle auf Croy ein. Er fühlte, wie Hitze in ihm aufstieg. Er war körperlich extrem gestresst.

»Kennen Sie die Befehlskette?«, fragte er den Kommandanten.

Der bejahte und sagte: »In der Regel werden alle Operationen, die sich gegen Feinde der nationalen Sicherheitsinteressen Deutschlands richten, vom Verteidigungsminister genehmigt. Da er Mitglied des Bundeskabinetts ist, wird in der Regel auch der Kanzleramtsminister und in jedem Fall das Außenministerium informiert oder sogar mit einer Empfehlung versehen. In diesem Falle würde ich sogar so weit gehen, anzunehmen, dass die Nationale Sicherheitsagentur und das Bundeskriminalamt von dem Einsatz informiert waren.«

Croy stützte sein Kinn auf beide Daumen und legte die Fingerspitzen aneinander. Was Hansen da eben gesagt hatte, verunsicherte ihn zutiefst. Offenbar hatte es in der vergangenen Nacht niemanden gegeben, der an seinem Schutz interessiert war. Sollte es nach dem russischen Geheimdienst FSB etwa auch in der Bundesregierung Menschen geben, die an seinem Tod ein Interesse hatten?

Kommandant Hansen blickte Croy aufmerksam an.

»Nehmen Sie mir meine Frage bitte nicht übel, aber haben

Sie Feinde in Berlin? Wie es aussieht, hat Sie jemand ins offene Messer laufen lassen. Hätten Sie nicht in allerletzter Sekunde dieses Feuerwerk an Bord veranstaltet, läge die *Elisa* laut meinem Befehl jetzt auf dem Meeresgrund. Und zwar mit Mann und Maus. Glauben Sie mir: Torpedos sind sehr effizient.«

Hansen griff nach einer Blechschachtel, die mit hübschen rot-blauen Mustern bedruckt war und auf der das Wort »Luxus« stand.

»Ein Zigarillo?«

Croy schüttelte geistesabwesend den Kopf, griff aber gleichzeitig nach dem braunen Stäbchen. Hansen gab ihm Feuer. Croy hustete leicht und sah dann dem blauen Rauch nach. Das Stäbchen schmeckte nach Mandeln und roch nach Vanille.

»Kann ich von hier aus einen Funkspruch absetzen?«, fragte er unvermittelt.

Hansen nickte und reichte ihm ein Blatt Papier mit der Bootskennung.

»Überlegen Sie gut, *wem* Sie etwas schreiben.« Väterliche Wärme klang in seiner Stimme durch. Hansen war einundfünfzig Jahre alt und steuerte auf die nächste Beförderung zu. Fregattenkapitän wollte er in jedem Fall noch werden.

Croy schrieb nur zwei Zeilen auf das Blatt Papier.

»Haben Sie eine Vertrauensperson im Einsatzführungskommando?«, fragte er und sog an dem Zigarillo.

»Ja, einen guten Kameraden aus Studententagen.«

»Gehört er derselben Verbindung an wie Sie?«

Hansen musterte Croy mit distanziertem Blick, sah aber nichts als ehrliches Interesse.

»Ja, das tut er. So wie eine Handvoll anderer Kameraden, die Führungspositionen in der Bundeswehr und im Bundesinnenministerium innehaben. Wir schützen uns gegenseitig vor Intrigen und Machtspielen.«

»Ah, so«, bemerkte Croy und sagte schnell: »Die Nachricht muss direkt zu Kanzleramtschef Stefan Wilkens. Ohne Umwege, wenn möglich.«

»Darf ich sie lesen?«, fragte Hansen.

Croy schob ihm das Blatt hin.

Hansens Augen überflogen die wenigen Worte und verdüsterten sich. Der Korvettenkapitän zog die Chiffriermaschine Aroflex zu sich heran, tippte den kurzen Text direkt über eine virtuelle Tastatur auf dem Bildschirm ein und drückte dann auf »Senden«.

»Wenn Sie mich brauchen, bin ich jederzeit für Sie da«, sagte er leise. »Uns gibt es überall, und wir haben beste Kontakte.«

»Gut zu wissen«, antwortete Croy.

Kurz darauf beendeten sie ihre Unterredung, denn es war ihnen klar, dass sie bestimmte Fragen nicht mehr selbst beantworten konnten.

Auf dem Weg zurück in seine Pension drängte es Croy, seine Teamkollegen zu kontaktieren. Doch er entschied sich dagegen. Zu stark wirkte das Treffen mit dem U-36-Kommandanten nach. Solange er annehmen musste, dass es auf höchster Ebene innerhalb des deutschen Sicherheitsapparats einen Maulwurf gab, würde er seine weiteren Schritte nicht mehr mit dem Bundeskanzleramt abstimmen und aus dem Schatten heraus operieren.

Am frühen Abend desselben Tages brachte ihn ein Polizeihubschrauber der Guardia Civil nach Madrid, wo er sich in einem unscheinbaren Motel in der Nähe des Flughafens einquartierte und sich gründlich ausschlief.

Am nächsten Morgen, nach einem ausgiebigen Frühstück, beschloss er, Katja anzurufen. Zum einen, weil er fürchtete, er könnte die Geduld seiner Freundin überstrapazieren, wenn er sie weiterhin im Ungewissen über seinen Aufenthaltsort ließ. Zum anderen war sich Croy sicher, dass sie ihm beim Aufspüren des Maulwurfs behilflich sein konnte. Von seinem Pensionszimmer aus wählte er die private Telefonnummer der Journalistin. Sie nahm ab und meldete sich mit ihrem Namen.

»Hier ist Markus«, sagte er mit einem reuigen Unterton. »Es tut mir wirklich leid, dass ich so lange nicht mehr von mir habe hören lassen.«

»Es waren doch nur vier Tage«, antwortete sie etwas spitz, fügte aber sogleich in milderem Ton hinzu: »Es ist in Ordnung. Wir haben ja eine Absprache, an die ich mich mittlerweile gewöhnt habe. Wann kommst du nach Hause?«

»Ach, Katja, wenn du wüsstest, wie sehr du mir immer wieder gefehlt hast. Glaub nicht ...«

»Es passt nicht zu dir, wenn du jammerst«, sagte sie ein wenig streng. »Ich habe verfolgt, was in den letzten Wochen geschehen ist. Unsere Korrespondenten haben aus Washington, Niagara, Uglitsch und Kabul berichtet. Und da ich eins und eins zusammenzählen kann, weiß ich, dass du dich irgendwo zwischen diesen Orten aufgehalten haben wirst. Außerdem hieß es, dass die Wasserkonferenz in Nairobi von Anschlägen bedroht sei. Stimmt das?«

»Ja«, sagte Markus Croy. »Es stimmt. Besser gesagt, es stimmte, denn die Gefahr ist gebannt. Es ist vorbei.«

»Aha«, sagte Katja Kirchner. »Gefahr gebannt. Und du bist heil herausgekommen?«

»Ja, wie du hörst.«

»Gut. Und was nun? Gibt es einen neuen Marschbefehl, der dich wieder um die halbe Welt führt?«

»Nein, ich ...«

»Markus!«, rief sie plötzlich mit überschnappender Stimme in den Hörer. »Wo bist du? Und warum kommst du nicht einfach nach Hause, wenn doch alles vorbei ist?«

»Katja, hör mir zu.« Und dann verstieß Croy gegen den Kodex, den sie beide sich auferlegt hatten: Er berichtete ihr, was sich in den letzten Tagen in Wien, später in Algeciras und schließlich auf der Fähre zugetragen hatte. Dabei erwähnte er besonders auch den Verdacht, dass es offenbar eine Verschwörung gegen ihn gab.

»Was darf ich schreiben und was nicht?«, fragte sie ihn erregt.

»Keine Details«, sagte er. »Wir geraten sonst beide in Teufels Küche. Allerdings muss herauszulesen sein, dass Sicherheitskreise den Verdacht haben, dass der internationale Terrorismus die TRIAS-Administrationen unterwandert hat. Ich vertraue auf dein Gespür für das, was uns beiden nützt und nicht schadet.«

»Gut, Markus.«

»Katja?«, fragte er nach einem kurzen Moment in verändertem Ton. Er klang weich, beinahe traurig. »Gäbe es dich nicht, würde meinem Leben etwas fehlen.«

Er hörte ihren Atem an seinem Ohr.

»Was würde dir fehlen, Markus?«

Croy rieb sich verlegen die Nase. Dann sagte er: »Die Liebe, die Wärme, die Zärtlichkeit. Und ich verspreche dir, so schnell wie möglich zurückzukehren.«

»Fahren wir dann zusammen ganz weit weg?«, fragte sie bittend.

»Wohin?«

Sie ließ sich mit einer Antwort einen Moment lang Zeit.

»Nach Frankreich, an den Atlantik. Fisch essen, am Strand spazieren gehen … Wir mieten uns ein Boot und machen ein paar Tage Urlaub.«

Croy verkniff sich eine Widerrede. Sie würde es nicht verstehen, dass er von Frankreich, dem offenen Meer und Schiffen vorerst genug hatte.

»Tolle Idee. Vielleicht im Frühling?«

»Ja, der beginnt in drei Wochen«, sagte sie ironisch. »Ich werde etwas buchen. Und jetzt muss ich auflegen, damit ich meinen Artikel noch in der morgigen Ausgabe unterbringe.« Und einen Moment später: »Ach, Markus?«

»Ja, schöne Frau?«

»Was hältst du davon, wenn ich meinen Text auch an einen Freund gebe, der in Berlin als Korrespondent für die *New York Times* arbeitet?«

»Eine fabelhafte Idee, Katja. Und nun muss ich ...«

»Ich freue mich auf dich, Markus. Ich küsse dich.«

»Ich dich auch«, sagte er leise. Dann legten sie auf.

Croy atmete tief durch. Die Vorstellung, dass eine Frau, die er liebte, und die ihn liebte, auf ihn wartete, erzeugte Hochgefühle in ihm. Er musste jetzt nur noch einen Job erledigen. Doch dafür würde er verlässliche Informationen brauchen und noch einmal verreisen müssen. Er wählte die Nummer seines verlässlichsten Informanten, der zwar offiziell als Immobilienmakler für das Bundesvermögensamt arbeitete, aber wesentlich mehr Zeit darauf verwandte, mit geheimdienstlichen Mitteln die mittlere Beamtenebene unterschiedlicher Ministerien abzuschöpfen. Wie immer schaltete sich erst die Mailbox an. Croy legte auf und wartete. Nach etwa zwei Minuten klingelte sein Communicator. Er war gespannt, mit welchem Namen er sich heute melden würde.

»Hier Karpow«, sagte der Teilnehmer.

»Karpow? Seit wann gebrauchen Sie denn diesen Namen?«

»Seit eben«, lachte der andere in den Hörer.

»Spielen Sie gerade Schach?«, fragte Croy zurück.

»Nein, dieses Spiel ist mir zu politisch.«

»Warum?«, fragte Croy.

»Mir nützen Bauern mehr als Könige und Damen«, antwortete Karpow.

»Aber Sie sind ein guter Läufer«, stieg Croy auf die Anspielung ein.

»Ich bin lieber ein Turm«, antwortete Karpow.

»Dann greifen Sie doch mal zum Fernglas und verschaffen sich einen Überblick über eine ganz bestimmte Angelegenheit«, grinste Croy in den Hörer.

»Welche?«, fragte der Informant. Er arbeitete seit fünf Jahren erfolgreich für Croy und wurde von ihm dafür gut entlohnt.

Croy sagte es ihm.

»Ausgerechnet dieses Ministerium?«, stöhnte Karpow. »Sie wissen doch, wie ungern dort über diese Angelegenheit geredet wird.«

»Deshalb beauftrage ich ja auch *Sie* damit und niemand anderen.«

»Das wird aber mindestens zwei Stunden dauern«, antwortete der Informant.

»Geht in Ordnung«, sagte Croy und verabschiedete sich.

Bereits eineinhalb Stunden später besaß er die benötigten Informationen und buchte über den Communicator einen Flug nach Bukarest. Er schrieb CIA-Agent Vincent Talo, dem amerikanischen T3-Teamchef, eine Nachricht an eine bestimmte Telefonnummer in Langley. Er bat seinen Freund um eine Rückantwort bis zweiundzwanzig Uhr mitteleuropäischer Zeit.

Am nächsten Tag, einem Sonntag, verließ Croy Madrid und flog mit der ersten Maschine nach Bukarest. Nach seiner Landung mietete er sich in einer kleinen Absteige im Zentrum der rumänischen Hauptstadt ein und nahm Kontakt mit dem CIA-Mitarbeiter vor Ort auf. Der quirlige kleine Mann mit seiner eher dunklen Haut und den schwarzen Haaren war offensichtlich rumänischer Herkunft. Doch obwohl Mihail

Kalescu in Bukarest geboren war, war sein Englisch beinahe akzentfrei. In der Nähe vom städtischen Herastausee traf Croy den CIA-Mann im Restaurant Lucky 13, das in seiner Vornehmheit einem bürgerlichen Café im Münchner Stadtteil Bogenhausen in nichts nachstand. Hohe Fenster und Bogendurchgänge, saharagelbe Wände und dunkelbraunes Mobiliar schufen eine behagliche Atmosphäre. Die Agenten erkannten sich an einer Ausgabe der *New York Times* unter ihren Armen. Croy dirigierte den CIA-Mann an einen Tisch, der im Halbdunkel stand. Der CIA-Mitarbeiter wählte eine Stimmlage zwischen Raunen und energischem Flüstern.

»Was Sie da von mir verlangen«, sagte er, »braucht seine Zeit.«

»Kennen Sie General Cortez?«, fragte Croy ebenso leise zurück.

»Soll ein harter Hund sein«, antwortete Kalescu. »Er wird um sich beißen, seitdem er an der Kette liegt.«

»Wo, glauben Sie, befindet er sich genau?«

Kalescu wiegte den Kopf. Er winkte nach einem Kellner.

»Wollen Sie auch Kaffee?«, fragte er den T3-Agenten.

»Mit Milch«, sagte Croy.

Der Kellner verschwand.

»Ceauçescus Staatssicherheit betrieb in Bukarest eine Handvoll Verhörkeller. Einen davon hat die CIA für ihre Zwecke umgebaut, um gefangene Terroristen zu verhören. Seitdem Guantánamo wegen des öffentlichen Drucks geschlossen wurde, haben die amerikanischen Geheimdienste ihre Verhörzentrale nach Fairbanks verlagert. Jeden will man dort aber auch nicht haben. Deshalb führen die Spezialisten in Bukarest eine Art Vorgespräch durch, um herauszufinden, wie schwer die Jungs wirklich sind. Wäre ja auch zu teuer, jeden Terrorsympathisanten nach Alaska auszufliegen.«

Der Kaffee kam.

»Cortez ist sicherlich kein kleines Licht«, bemerkte Croy. »Wie es aussieht, hat er die Hexagon-Gruppe angeführt und im Auftrag von Venezuelas verblichenem Präsidenten Victor Rodriguez gehandelt. Aber all das ist für mich zweitrangig. Ich muss herausfinden, ob es in Berlin einen Maulwurf gibt. Wenn ja, wird ihn der General kennen. Und deshalb *muss* ich ihn sprechen.«

Croy nahm einen Schluck. Er verzog das Gesicht. Das Getränk war ihm zu bitter.

»Sprechen?«, grinste Kalescu. »So jemanden wie Cortez müssen sie *grillen*, damit er redet.«

Croy winkte ab.

Kalescu griff nach seiner Tasse. »Rumänischer Kaffee ist nicht jedermanns Sache«, entschuldigte er sich.

Croy machte eine wegwerfende Handbewegung.

»Ich komme schon an mein Ziel. So oder so. Sie nennen es grillen, ich nenne es hartnäckig bleiben.«

Er blickte aus dem Fenster. Eine weiße Einkaufstüte wehte hektisch durch die Luft. Durch die Ritzen des Fensters zog es etwas.

»Wie lange können Sie in Bukarest bleiben?«, fragte der CIA-Mann.

»Unbegrenzt«, antwortete Croy. »Aber in den nächsten vierundzwanzig Stunden möchte ich meinen Mann treffen.«

»Das ist nicht gerade viel Zeit«, sagte Kalescu.

»Kommt drauf an.«

Kalescu grinste etwas unsicher.

»Wie gesagt, es kann schwierig werden. Aber ich versuche mein Bestes. Und wundern Sie sich nicht, wenn kein Mercedes vor der Tür steht, um Sie abzuholen.«

»Keine Sorge«, antwortete Croy. »Ich kenne die amerikanischen Gepflogenheiten. Hauptsache, die lassen mir freie Hand und genügend Zeit.«

»Alles klar, Mister Croy. Ich melde mich bei Ihnen.«

Mihail Kalescu rutschte vom Stuhl und verließ das Lokal. Seinen Kaffee hatte er nicht angerührt.

Croy kehrte in die Pension zurück und bereitete sich auf das Gespräch mit General Rolando Cortez vor. Es würde kein Smalltalk, keine Plauderstunde werden. Croy wusste, dass er nur genügend Geduld aufbringen musste. Ein gutes Verhör brauchte seine Zeit und war eine Kunst. Es würde vielleicht die schwierigste Vernehmung seiner bisherigen Laufbahn werden.

Am Abend desselben Tages machte sich eine kleine Delegation um Bundeskanzlerin Lydia Sprado mit einer komfortablen Regierungsmaschine von Berlin aus auf den Weg in die kenianische Hauptstadt Nairobi. Die Flugzeit würde zehn Stunden betragen, sodass sie am Montag zur Eröffnung der ersten Weltwasserkonferenz im Kenyatta Conference Center pünktlich und ausgeruht eintreffen würde.

Die Sonntagszeitungen kannten nur ein einziges Thema. Katja Kirchners Artikel war von einer Vielzahl deutscher und internationaler Nachrichtenagenturen aufgegriffen und sofort weiterverbreitet worden.

23

**Nairobi,
Kenyatta Conference Center,
Montag, 12:00 Uhr Ortszeit**

Das Kenyatta International Conference Center warf einen riesigen Schatten auf den Vorplatz des Gebäudes, der in seinen Ausmaßen an einen Aufmarschplatz von Soldaten erinnerte.

Die noch immer heiße Abendsonne näherte sich dem Horizont, doch frischer wurde die Luft nicht. Das KICC hatte die Form eines riesigen Schornsteins, dem man Fenster spendiert hatte. Sie klebten wie Bienenwaben aneinander, waren ein wenig nach hinten versetzt und sorgten so für architektonische Bewegung. Sein Erbauer, ein Mann namens Nostvik, hatte dem Hochhaus einen weit ausladenden, runden und nach oben spitz zulaufenden Steinhut aufgesetzt, auf dem sich in den nächsten vierundzwanzig Stunden keine Schaulustigen drängen und gierig nach Fotomotiven Ausschau halten würden. Vielmehr hatten Scharfschützen Posten bezogen, und starke Polizei- und Armeekräfte hatten das KICC im Umkreis von einem Quadratkilometer abgeriegelt. Spezialtrupps des Secret Service und andere amerikanische, westeuropäische und lateinamerikanische Sicherheitsdienste waren in Flugzeugen, Hubschraubern und auf See angereist und durchleuchteten jeden Winkel in der nahen Umgebung des imposanten Baus.

Im Innern des KICC schrieb die Tischordnung der ersten UNEP-Weltwasserkonferenz vor, wer neben welchem Regierungschef saß. War es Zufall oder Absicht? Bundeskanzlerin Lydia Sprado hatte Russlands Präsidenten Saizew als Nachbarn zur Linken und Chinas Staatschef Jiang zu ihrer Rechten. Nur zwei Stühle weiter hatte der Präsident der Ukraine, Komarenko, seinen Platz. Sein Nachbar war der pakistanische Präsident, der heute Mittag etwas blass aussah und nervös an einem schweren Ring drehte, der an seinem Mittelfinger thronte. Der amerikanische Präsident Will Foxx war etwas abseits platziert worden und unterhielt sich angeregt mit seinem Amtskollegen aus Georgien. Seitdem die Russen durch massive Truppenentsendungen für eine Neuordnung der benachbarten Staatsgebiete gesorgt hatten, schwankte Washington zwischen Anerkennung und Entrüstung. Einerseits war den USA Moskaus Hang zur Hegemonialpolitik nicht unbekannt; andererseits ärgerte es Foxx maßlos, dass Washington häufig erst aus den Nachrichten erfuhr, wann Moskau Truppen in Bewegung gesetzt hatte, um unliebsame Nachbarländer zu maßregeln.

Lydia Sprado machte nicht den Eindruck, als säße sie hier gern. Ihre Mundwinkel hingen weit nach unten, ihre Stirn warf Falten wie ein Plisseerock. Doch sie wusste, was sich an einem solchen Ort gehörte: diplomatisches Geplänkel, harte Debatten unter vier Augen und etwas Klatsch mit engsten Vertrauten. Sie beugte sich zu Chinas Präsidenten Jiang hinüber, suchte kurz nach einem passenden Einstieg in *höflichem* Englisch und sagte zu ihm mit zuckersüßer Stimme:

»Dass wir uns hier begegnen würden, war mir klar. Aber, dass wir miteinander kuscheln würden, hätte selbst ich nicht erwartet.«

Jiang gefror das Dauerlächeln, das auf seinem Gesicht meist wie mit Pattex festgeklebt saß. Nach kurzem Nachdenken sagte er ironisch: »Wenn Sie erlauben, biete ich Ihnen zunächst das *Du* an.«

Sprados Kopf zuckte zurück, als röche Jiang nach zehn Tage altem Fisch.

»Haben Sie schon die Zeitungen von heute Morgen gelesen?«, schaltete sie schnell um. »Wenn ich nicht sehr irre, fiel auch Ihr Name in den Artikeln.«

Jetzt war es an Jiang, die Contenance zu verlieren. Er säuberte das Tischtuch mit einer Handkante, obwohl da nicht ein Stäubchen lag.

»Das ist alles Unfug«, beteuerte er inbrünstig. »Sie glauben doch wohl nicht, dass die Chinesen den internationalen Terrorismus unterstützen würden.«

»Nein«, antwortete die Kanzlerin schneidend, »glauben tue ich es nicht. Ich weiß es.« Dann wandte sie sich von dem kleinen, schwarzhaarigen Mann ab, der mit seinen gelblichen Händen so fest auf das Tischtuch drückte, dass sie sich beinahe europäisch weiß verfärbten. Er lehnte sich an dem Pakistani vorbei zu Komarenko und flüsterte: »Sie ist eine unverschämte Person. Frauen sind mir in der Politik einfach zuwider.«

»Alles Kochtopfkanaillen«, knurrte der Ukrainer zurück. »Kopftuch auf und ab in die Speisekammer.«

Obwohl Jiang ein konservatives Frauenbild verfocht, fragte er sich jetzt doch, ob Komarenko nicht urplötzlich geisteskrank geworden war. Dessen Antwort hatte jedenfalls nicht danach geklungen, als sei der ehemalige Hexagon-Partner derzeit satisfaktionsfähig.

Sprado hatte sich derweil Russlands Präsidenten Saizew zugewandt.

»Mein lieber Nicolai Andrejewitsch«, sprach sie ihn auf Russisch an, »wie viel wussten Sie von dem Vorgehen ihrer T3-Chefin Uljanowa? Die Zeitungen sprechen von einer Verschwörung innerhalb der russischen Regierung.« Lydia Sprado blieb bei ihrer nebulösen Taktiererei. Zu abhängig war Deutschland von russischen Öl- und Gaslieferungen über den TRIAS-Vertrag, als dass sie sich mit Saizew anlegen und damit eine einseitige Aufkündigung des sensiblen Vertragswerks riskieren wollte.

»Ich bewundere, liebe Lydia, wie konsequent Sie in Ihrem Land die Geheimdienste unter Ihre Kontrolle gebracht haben. Vielleicht tut das in unserem Land auch not. Offenbar lasse ich meinen Bluthunden eine zu lange Leine.«

»Das klingt, als wüssten Sie von nichts«, sagte Sprado mit funkelnden Augen und griff in die Obstschale vor sich. Sie schälte eine Banane und biss herzhaft hinein.

»Wir sind doch Partner, oder?«, sagte Saizew mit Unschuldsmiene.

»Nun«, Sprado schluckte ein letztes Fruchtstück hinunter,

»auch Partner sollen ja gelegentlich den Wunsch haben, sich zu trennen.« Mit sehr viel Ruhe platzierte sie die Bananenschale unter eine Serviette und legte dann ihre Hände darauf.

Saizew polkte mit der Zunge zwischen seinen Zähnen. Er hatte eine Birne verspeist und fühlte jetzt winzige Spelzen zwischen seinen Kronen.

»Das soll vorkommen«, sagte er leichthin. »Doch ist man gut beraten, sich vorher einen neuen Partner zu suchen, damit einem der Abschied vom Vorgänger nicht so schwerfällt.«

Jetzt war der Punkt gekommen, an dem Lydia Sprado den Weg der feinen Gesprächstaktik verließ und einen raueren Ton anschlug.

»Und Sie dachten, Projekt Noah wäre solch ein neuer Partner?«, zischte sie. »Wollten Sie als Herrscher über ein Wasserimperium uns und die Amerikaner über kurz oder lang an den Abgrund drängen? War das Ihr Plan, Nicolai Andrejewitsch?«

Saizew zog den Kopf ein. Das letzte Mal, dass eine Frau in derart harschem Ton mit ihm geredet hatte, war, als ihn seine Freundin Darja beim Fremdgehen mit einer Kasachin in flagranti erwischt hatte.

»Lydia«, versuchte er sie zu beruhigen.

»Für Sie ab sofort *Frau Bundeskanzlerin!*«, sagte sie gefährlich leise. »Falls Sie tatsächlich Hexagon und die Anschläge billigend in Kauf genommen haben, weil Sie über Bluewater und Projekt Noah die Alleinherrschaft erlangen wollten, werde ich sehr intensiv über die bestehende Stundung russischer Kredite in Höhe von zehn Milliarden Dollar nachdenken!«

In der Luft lag der Pulverdampf eines Angriffs von der Güte Waterloos.

Die beiden Politiker saßen zwar noch immer dicht beieinander, aber sie fühlten sich kilometerweit voneinander entfernt. Zwar wusste Sprado, dass sie gar nicht anders konnte, als sich mit Saizew wieder zu versöhnen, doch den Zeitpunkt dafür wollte sie selbst bestimmen. Wenn der russische Präsident klug war, hielt er die tiefgreifende Verstimmung zwischen ihnen einen Moment lang aus.

Saizew griff nach seinem Handy und tippte eine Nachricht hinein. Sprado sehnte sich nach einem Gespräch mit ihrem Mann. Sie war fasziniert davon, wie er als Physiker die Abläufe in der Politik in wissenschaftliche Formeln zu fassen verstand. Sie erinnerte sich an einen Satz, den er im Zusammenhang mit der Neuordnung deutscher Geheimdienste zu ihr gesagt hatte:

»Jedes System besteht aus einer Vielzahl von Teilchen. Für den einen Betrachter mögen sie chaotisch hin und her fliegen, ein anderer erkennt darin eine Ordnung. Doch ohne einen inneren Kern, um den sich die Teilchen bewegen, würde jedes System auseinanderfliegen und wäre zu nichts nütze.«

Genau diesen Eindruck hatte sie im Moment: Den TRIAS-Ländern fehlte ein innerer Kern, der für Vertrauen zwischen Moskau, Berlin und Washington sorgte.

Sie erhob sich und wechselte für längere Zeit zu einem Stuhl, der – eigentlich für einen Dolmetscher vorgesehen – neben dem kenianischen Präsidenten Titus Sasura stand. Sie hatte ihm vorher ein Handzeichen gegeben, das von ihm freundlich erwidert worden war. Sasura galt als verlässlicher Verhandlungspartner, seitdem seine Koalitionsregierung die größten Bevölkerungsgruppen aus Kikuyu und Luo in einem mühseligen Prozess geeint hatte. Dennoch flammten immer wieder Brandherde auf, die von den UNO-Blauhelmsoldaten aber rasch wieder erstickt wurden. Mit seinen Grenzen zum Sudan, Äthiopien, Tansania, Uganda und dem Indischen Ozean gehörte Kenia zu den strategisch bedeutsamen Ländern – ein Umstand, den sich sowohl die deutsche als auch die amerikanische Administration durch eine geschickte Außenpolitik und eine Menge finanzieller Zuwendungen zunutze machten.

»Liebe Bundeskanzlerin«, empfing Sasura Lydia Sprado huldvoll, »setzen Sie sich doch.«

Sprado murmelte irgendetwas und sagte dann in säuerlichem Ton: »Die Sitzordnung ist doch sehr gewagt.«

Sasura blickte sie erstaunt von der Seite an.

»Sie werden doch nicht beleidigt sein? Ich dachte, nach all dem, was in den letzten Wochen passiert ist, hatten Sie das Bedürfnis nach ...«

»Wonach?«, fragte die Kanzlerin schnell. »Nach Gesprächen mit den mutmaßlichen Urhebern? Nein, Mister Sasura, wenn ich überhaupt ein Bedürfnis habe, dann das: endlich die Themen abzuarbeiten, deretwegen wir hier sind, und anschließend nach Berlin zurückzureisen. Sie wissen, dass ich mitten im Wahlkampf bin.«

Sasura nickte verständnisvoll.

»Ich freue mich, dass Deutschland beim Klimaschutz als leuchtendes Beispiel weiterhin vorangehen will«, sagte Sasura nach einem kurzen Moment. »Und sicherlich wird Ihr Land daran interessiert sein, an dem größten Bewässerungsprojekt aller Zeiten beteiligt zu werden, oder?«

Sasura blickte mit listiger Miene auf Sprado.

Die Kanzlerin lehnte sich in ihrem Stuhl zurück und sagte in etwas gedämpftem Ton:

»Sie wissen genauso wie ich, dass die hungrigen Riesenreiche wie China, Indien, Brasilien, Argentinien und die Ukraine oder auch Großstaaten des ehemaligen Sowjetreichs nicht im Traum daran denken, für den Klimaschutz ehrgeizige Wirtschaftsziele auch nur eine Sekunde lang in Frage zu stellen. Also, eins können Sie vergessen: Deutschland wird sich nicht vordrängen, um Umweltschäden in den Entwicklungsländern zu beheben. Und was Noah angeht: Ich habe mit meinem amerikanischen Kollegen besprochen, dass wir Ihrem Land drei Milliarden Dollar Schulden erlassen, wenn hier beschlossen wird, dass nicht nur der Global Player Bluewater mit Noah die Wüste bewässern darf.«

Sasura lehnte sich jetzt seinerseits zurück und rückte etwas näher an die Bundeskanzlerin heran.

»Ein verlockendes Angebot. Was ich Ihnen zusagen könnte, ist, dass sich einzelne Länder der Afrikanischen Union bei dem Referendum über das teure Großprojekt ihrer Stimme enthalten. Und da nur Einstimmigkeit zu dieser teuren Auftragsvergabe führt, haben Sie entweder gleich oder später die Gelegenheit, erweiterte Vorschläge für ein Konsortium zu machen.«

Lydia Sprado strahlte jetzt übers ganze Gesicht und sagte verschwörerisch: »Ein Konsortium, in das wir Bluewater natürlich als Beteiligten eingliedern werden.«

»Natürlich«, grinste Sasura, klatschte dann in die Hände, schaltete sein Mikrofon ein und rief:

»Lassen Sie uns beginnen!«

Die Bundeskanzlerin kehrte zu ihrem Platz zurück. Sie ließ Saizew spüren, dass sie zufriedener Stimmung war.

Er wiederum hatte mit großem Argwohn die Nähe der Kanzlerin zu Gastgeber Titus Sasura verfolgt. Eins war ihm in dem Moment klar geworden: Dieses beinahe triumphierende Lächeln Sprados konnte nichts Gutes bedeuten. Doch anstatt seinen Unmut zu zeigen, fragte er galant: »Darf ich Sie wieder Lydia nennen?«

Lydia Sprado blickte dem russischen Präsidenten tief in die Augen.

»Eine Scheidung ist immer das letzte Mittel, lieber Nicolai.«

24

**Bukarest,
Montag,
später Abend**

Mihail Kalescu hatte das fast Unmögliche geschafft: Markus Croy erhielt die Erlaubnis, den Chef des venezolanischen Geheimdienstes, General Rolando Cortez, in einem ehemaligen Staatssicherheitsgefängnis der rumänischen Securitate zu verhören. Um den CIA-Außenposten wurde so viel Geheimnistuerei betrieben wie um die Rituale der Morgentoilette der deutschen Kanzlerin.

»Mehr als eine halbe Stunde haben Sie nicht«, hatte Kalescu ins Telefon geschnarrt und Croy gebeten, sich in seinem Hotel bereitzuhalten. »Und bleiben Sie entspannt, falls die Männer etwas grob sein sollten.«

Croy wusste, was das bedeutete. Er hatte von den rüden Methoden der CIA-Auslandsaufseher gehört.

Als es so weit war, klopfte es an die Tür seines Apartments. Croy blickte durch den Türspion und sah zwei Männer in grauen Anzügen und mit schmalen Hüften. Sie konnten auch ein Killerkommando sein. »Was wollen Sie?«

»Sie haben einen Termin, Mister Croy.«

»Mit wem?«, fragte Croy durch die Tür zurück.

»Mit einem Paket aus Caracas.«

»Halten Sie Ihre Dienstausweise vor den Spion.«

Sie taten murrend, was Croy verlangte.

Jetzt öffnete er die Tür. Ehe er sich versah, landete eine blickdichte Kapuze auf seinem Kopf, zwei Hände packten zu und nahmen Croy jede Chance zur Gegenwehr.

»Bleiben Sie ruhig, Mister Croy«, hieß es, »Sie können uns vertrauen.« Croy murmelte etwas, das nicht wie ein Dankeschön klang.

Die Männer führten den T3-Agenten aus der Pension auf die Straße und drückten ihn in den Rücksitz eines hochrädrigen Autos.

Etwa zwanzig Minuten später hielt der Wagen, die Männer stiegen aus und dirigierten den Agenten zu einem Eingang mit Sicherheitsschleusen. Croy stolperte, fluchte und wusste doch, dass diese Vorgänge »normal« waren.

Nach weiteren fünf Minuten treppauf, treppab zogen die Agenten Croy die Kapuze vom Kopf, entschuldigten sich für ihr Vorgehen und entfernten sich wieder.

Croy stand in einem lang gezogenen, dunklen und niedrigen Gang. An seinem Ende lag ein Zimmer, dessen Tür offen stand und aus dem Tippgeräusche drangen. Er machte sich auf den Weg, trat über die Schwelle des Raums, erblickte ein Schildchen mit dem Aufdruck *Warden Office* und sah sich einem bulligen Typen gegenüber, der eine Glatze und ein rotes, fleischiges Gesicht hatte. Auch er trug einen grauen Anzug, der beinahe mit der Farbe der Wände verschmolz. Croy erschauerte angesichts so viel Abwechslungsreichtums.

Der Glatzkopf hielt mit dem Tippen inne.

»Was wollen Sie?«, fragte er so ruppig, wie es ihm nur möglich war.

»Ich habe eine Verabredung mit General Cortez.« Croys Ton war keine Spur wärmer.

»Warten Sie vor der Tür. Sie werden gleich abgeholt.«

Der Typ beachtete Croy nicht mehr weiter. Er senkte seine Hände erneut auf die Tastatur und drosch jetzt besonders lustvoll auf die Tasten aus schwarzem Plastik ein.

Nach weiteren Minuten des Wartens bog ein muskelbepackter Mann in den Gang ein und hielt direkt auf Croy zu. Er stoppte seine Proteinmasse dicht vor dem T3-Agenten und fragte gelangweilt:

»Zu Cortez?«

»Ja. Wo ist er?«

»Ich bringe Sie hin. Sitzt gleich nebenan. Können Sie Spanisch?«, fragte der Muskelmann.

»Nein. Wieso?«

»Weil er mit uns nur in seiner Muttersprache sprechen will.«

»Aha«, sagte Croy und schwieg dann. Er wusste, dass Cortez des Englischen mächtig war. Nach zahlreichen labyrinthischen Windungen des weithin fensterlosen Ganges stoppten sie vor einer Eisentür, die mehrfach gesichert war.

»Ich bin einer der Bewacher des Generals. Wenn Sie mich brauchen, drücken Sie auf den Klingelknopf in der Zelle. Ich werde Ihnen dann beinahe jeden Wunsch erfüllen.« Der Wärter grinste vieldeutig und rasselte mit einem Schlüsselbund, der wie ein Blumenstrauß aus Metall wirkte.

»Ich werde zurechtkommen«, sagte Croy abwehrend und stellte sich augenblicklich vor, wie der CIA-Mann den Gefangenen gegenüber die Muskeln spielen ließ.

Die Zelle, in der Rolando Cortez einsaß, war ein fensterloser, schmaler Raum, von dessen gelblichen Wänden der Putz rieselte. Ein Klosett war nur notdürftig mit einem verschlissenen Vorhang abgeteilt worden. Die Luft roch feucht und abgestanden. Der venezolanische Geheimdienstchef saß auf einem Holzstuhl an einem fleckigen Holztisch. Um seine Beine lagen Ketten mit kräftigen Gliedern. Sie schnitten ihm ins Fleisch; die Haut war an einigen Stellen bereits wund. An der Wand stand eine Pritsche, die nur unwesentlich breiter war als ein Handtuch, auf verrosteten Füßen ruhte und keinesfalls den Eindruck machte, bequem zu sein. Die Zellentür aus Stahl war ebenso gelblich lackiert, und der dazugehörige Schlüssel hätte jedem mittelalterlichen Schließer Freude gemacht.

Cortez spielte mit Dominosteinen, die er aufstellte und wieder zum Umfallen brachte.

Als Croy eintrat, blickte er kurz auf. Ein Lächeln huschte über sein Gesicht.

»Buenas tardes«, sagte er. Keine Spur von Abwehr in seinem Gesicht.

Croy war überrascht und schaltete augenblicklich das Programm *Kontra* ab. »Allein spielen ist doch langweilig«, sagte er auf Englisch und zog sich den zweiten Holzstuhl heran. Ehe Cortez antworten konnte, hatte Croy nach einem Stapel Steine gelangt, einen Doppel-5er-Stein herausgefischt und eine neue Reihe eröffnet.

»Sie sind dran«, sagte er und blickte Cortez aufmunternd an.

Der Geheimdienstgeneral sah müde aus; er hatte tiefe Augenringe, seine Bartstoppeln stachen weiß aus seinem Gesicht heraus. Zögernd griff er nach einem 5/1er-Stein und legte ihn an. Croy folgte mit einem Doppel-1er, Cortez zückte den 1/6er, den Croy mit einer Doppel-6 komplettierte. Nach und nach fügten sich die Steine aneinander, bis nur noch wenige geblieben waren. Beide besaßen noch drei Steine, wobei der General über eine Doppel-0 verfügte, die er jetzt triumphierend anlegte.

Croy musste passen und hob bedauernd die Arme.

»Okay, you have won«, sagte er.

»You try again?«, fragte Cortez.

»Nein, belassen wir es dabei, General. Sicher wollen Sie wissen, warum ich hier bin.«

»Nein, das interessiert mich nicht.« Cortez stieß gegen die Steine, die nacheinander umfielen und dabei ein klackerndes Geräusch erzeugten.

»Sie sind so gut wie tot, Cortez. Ich glaube nicht, dass die Amerikaner nachsichtig sein werden. Immerhin waren Sie der Befehlshaber von Hexagon und haben tausendfach gemordet.«

»Das ist der Lauf der Welt. Ich habe getötet, und nun wird man mich töten.«

»Dabei wollten Sie doch nur die Welt retten, oder, Mister Cortez? Alle Terroristen wollen das, und jeder, den wir geschnappt haben, war überzeugt, das Richtige getan zu haben.«

»Was Sie nicht sagen. Wer sind Sie überhaupt?«

»Mein Name ist Croy.«

»Sie sollten längst tot sein.«

»Ich weiß. Doch alles hat seine Zeit.«

»Dann dürfte ich nicht hier sein. Hexagon hatte einen Auftrag, der noch nicht zu Ende gebracht ist.«

»So? Welchen denn?« Croy schabte mit einem Fingernagel über die Holzplatte des Tisches.

»Die Dinge wieder ins Gleichgewicht zu bringen. Mit TRIAS ist die Welt in ein Ungleichgewicht geraten und schmutziger geworden.«

»Terroristen als Saubermänner? Verzeihen Sie, aber über so viel Unsinn kann ich nur lachen.«

»Dreck ist eine Frage der Definition. Was Sie für Schwarz halten, halte ich vielleicht für Weiß. Nur weil Sie eine Regierung vertreten, bedeutet das noch lange nicht, dass Sie hier der Saubermann sind. Mag aber sein, dass Sie sich für einen solchen halten.«

»Ich mache meinen Job nicht, weil ich an das Gute glaube, sondern weil mich das Böse fürchtet. Sie sind das Böse, Cortez, und deshalb gibt es mich.«

»Ja, das ist die Dialektik des Lebens. Menschen wie ich erzeugen Menschen wie Sie.«

»Aber dazwischen gibt es die anderen. Diejenigen, die Gut und Böse nicht unterscheiden wollen, die sich für Geld und Anerkennung verkaufen. Die Doppelagenten und Falschspieler.« Croy blickte böse auf sein Gegenüber.

»Ich bediene mich der Menschen, die mir hilfreich sein

können«, erwiderte Cortez. »Dabei ist mir egal, aus welchem politischen Lager sie kommen. Sie kriegen ihren Lohn und verziehen sich wieder.« Der CIA-Gefangene lächelte dünn.

»So einer dürfte Ihnen jetzt fehlen. Oder glauben Sie etwa daran, jemals wieder freizukommen?«, fragte Croy lauernd.

»Nein.«

»Würde es Ihnen dann vielleicht helfen, wenn ich Sie auf der Stelle erschieße? Der Vorteil ist, Sie hätten alles hinter sich.«

»Was meinen Sie damit?«

»Stundenlange Verhöre, Durst, Folter, Gefangenschaft an einem der einsamsten Orte der Welt. Die Amerikaner sähen Sie lieber tot als lebendig. Menschen wie Sie kosten nur Geld und bringen keins. Wenn Sie es wenigstens wert wären, ausgetauscht zu werden. Aber Sie sind alt und verbraucht.«

Croy sah, wie der Kehlkopf des Generals hektisch auf und nieder wippte.

»Wollen Sie mir etwa drohen?«, fragte er gepresst.

»Warum nicht? Glauben Sie mir, im Umkreis von fünftausend Kilometern gibt es hier niemanden, der sie mag.«

»Und nun? Wollen Sie mich töten, und niemand hat etwas gesehen?«

»Man wird es höchstens hören, Cortez. Aber was bedeutet das schon? Sie sind für die CIA ein Mann ohne Namen, Freiwild, ein Nichts.«

»Und wenn ich nun sage, was Sie wissen wollen? Was ändert das an meiner Situation?«

»Sie können ihr Gewissen entlasten, Cortez.«

»Entlasten, wovon?«

»Von einem Wissen, das Ihnen nichts mehr nützt.«

»Viele Menschen sterben mit unnützem Wissen, Croy.«

»Ja, vor allem die, denen man nie richtig zugehört hat, Cortez.«

»Wie meinen Sie das?«

»Sie hatten doch sicher eine Mission, General. Wenn Sie mit mir darüber reden, erfahre ich endlich, was Sie *wirklich* beschäftigt.«

»Mich hat immer nur beschäftigt, den größtmöglichen Spaß zu haben.«

»Menschen ausspionieren, gegeneinander ausspielen, vor sich herjagen und in die Luft sprengen – das bezeichnen Sie als Spaß?«

»Sie haben etwas vergessen, Croy. Dabei zusehen, wie sich andere quälen oder gequält werden.«

»Nun, vielleicht haben ja auch *Sie* etwas vergessen: die Möglichkeit, *selbst* gequält zu werden. Vielleicht eine neue Spaßerfahrung? Machen wir doch den Test.«

Croy rief nach dem Wärter.

»Unser Mann hier sagt, er liebt Spaß. Bringen Sie mir einen Zwanzig-Liter-Eimer, voll mit Wasser.«

»Kalt?«, fragte der Wärter.

»Nein, *sehr heiß*, bitte. Er ist ein Würstchen, und ich möchte ihn weich kochen.«

»Was bin ich?«, erregte sich Cortez.

»Schon unterwegs«, brummte der Aufseher und klirrte mit seinem Schlüsselbund.

Croy pfiff ein Liedchen. Doch in seinem Innern rumorte es.

»Sie sind ein Würstchen ohne Charakter«, sagte Croy gleichmütig. »Sie bedienen sich anderer Menschen, die genauso charakterlos wie Sie selbst sind. Wie wäre es zum Beispiel mit Erpressung?«

»Ich weiß nicht, wovon Sie reden«, brummte Cortez.

»Doch! Das wissen Sie!«

Der Wassereimer kam. Er dampfte, als sei noch Feuer unter seinem Boden. Der Wärter stellte ihn ab und fragte: »Kann ich es selbst tun?«

»Nein«, antwortete Croy. »Das ist mein Job. Lassen Sie uns allein.«

Das Muskelpaket griente und verließ die Zelle. Der dampfende Eimer stand zwischen Croy und Cortez.

»Schmerzt wahrscheinlich teuflisch«, sagte der T3-Agent.

»Sie nutzen meine Wehrlosigkeit aus, Croy.«

»Das ist richtig. Ich denke gerade an die vielen Menschen in Niagara, Kabul und Uglitsch, deren Tod Sie befohlen haben. Niemand von ihnen ahnte, dass sein Leben Sekunden später vorbei sein würde. Wehrlose Menschen mussten für Ihren Plan sterben, mit Terror die Welt aus den Angeln zu heben. Und wenn ich Sie jetzt verbrühe, tut das zwar weh, aber Sie werden noch am Leben sein. Zwar mit großflächigen Verbrennungen …«

»Schon gut, Croy!«, unterbrach Cortez wütend. »Behalten Sie Ihre perversen Fantasien für sich.«

Croy hasste diese Art psychologischer Manöver bei einem Menschen, der wehrlos war. Doch Cortez war ein Mann ohne Gnade und im Wortsinn *abgebrüht*. Croy war überzeugt, ihn nur dadurch zum Reden bringen zu können, indem er ihm jegliche Hoffnung auf Nachsicht nahm.

»Wer ist Ihr Kontaktmann in Berlin? Womit haben Sie ihn erpresst?«

Auf Cortez' Gesicht gingen erstaunliche Veränderungen vor. Wollte er reden? Croy schöpfte Hoffnung. Er wollte nicht mehr Zeit als nötig mit diesem Mann vergeuden.

»Ich habe selbst noch nie jemanden erpresst«, wich der General aus.

»Oh, ich vergaß, die Drecksarbeit erledigen immer andere.«

»So ist es«, sagte Cortez beinahe würdevoll.

»Dann nennen Sie mir Ihren Handlanger! War es Uljanowa?«, versuchte Croy es mit einem Namen.

Cortez blickte stumm an die Zellenwand. Sie war mit Fliegenkot übersät.

»Sie ist tot, nicht wahr?«, fragte er mit tonloser Stimme.

Croy war überrascht und konnte es nicht ganz verbergen.

»Ja, das ist sie«, antwortete er. »Erschossen von einem spanischen Beamten. Peng, und weg war sie.«

»Eine gute Agentin«, sagte Cortez. »Zielstrebig und engagiert.«

»War Sie Ihre Kontaktperson zu dem Maulwurf in Berlin?«

Cortez nickte unmerklich. Er brauchte eine Pause, die Croy dazu nutzte, seine staubigen Schuhspitzen zu inspizieren. Einen Moment später tauchte Croy eine Fingerkuppe in das Wasser, zog sie aber gleich wieder zurück. »Kocht fast noch«, verzog er das Gesicht.

Cortez summte leise vor sich hin. Croy ließ ihm Zeit. Schließlich war sein Gegenüber nicht irgendwer. Ein Mann wie der General musste erst eine Schwelle überwinden, die *Eitelkeit* hieß.

»Schon gut, Croy. Wenn ich Ihnen erzähle, wie alles zusammenhängt, bekomme ich dann ein faires Verfahren?« Der General wirkte erschöpft. Die Strapazen seiner Gefangenschaft zeitigten erste Spuren.

»Das weiß ich nicht«, antwortete Croy ehrlich. »Mein Einfluss ist sehr begrenzt. Ich könnte allerdings meine guten Kontakte zur CIA nutzen und ihre Kooperationsbereitschaft zur Sprache bringen.«

»Also gut«, sagte Cortez. »Ich erzähle Ihnen jetzt eine wahre Geschichte aus der Vergangenheit. Ihre Auswirkungen reichen bis in die Gegenwart.«

Croy nickte und lehnte sich in dem harten Holzstuhl zurück. Ihn gelüstete es nach einer Zigarette. Der General schlug die Beine übereinander. Er strich sich über den rasierten Kopf.

»Der FSB und der ukrainische Geheimdienst SBU besitzen Tausende von Unterlagen über den ehemaligen DDR-Staatssicherheitsdienst«, begann er. »Darunter sind auch Akten einer Operation, die den Codenamen Gulag trug. Diese Akten dokumentieren die Beziehungen deutscher RAF-Terroristen zum ostdeutschen Ministerium für Staatssicherheit, zur französischen Terrororganisation Action Directe und zum Terrornetzwerk meines Landsmanns Illech Ramírez Sánchez. Er nannte sich Carlos, wie Sie wissen.«

Croy nickte unmerklich. Er erinnerte sich an sein Gespräch mit Maria Uljanowa. Damals hatte er ihr noch vertraut; sie hatte ihm keinen Anlass zu Misstrauen gegeben. Noch immer schmeckte die Erkenntnis bitter, dass ausgerechnet die russische T3-Teamchefin eine Verräterin gewesen war.

Cortez fuhr fort. »Operation Gulag war der erfolgreiche Versuch, die meistgesuchten RAF-Terroristen in die DDR zu schleusen, ihnen eine neue Identität zu verpassen und gleichzeitig das kapitalistische System durch Anschläge zu schwächen.«

»Aus eigenem Erleben kenne ich diese Zusammenhänge nicht. Zu der Zeit war ich noch ein halbes Kind«, unterbrach ihn Croy.

»Die Achtzigerjahre waren eine sehr bewegte und gefährliche Zeit«, sinnierte Cortez. »Den Kalten Kriegern war jedes Mittel recht, um die Gegenseite zu schwächen. Es herrschte Klarheit darüber, wogegen man war und wo der Feind stand. Und auf einmal kam ein Geheimdienst auf die Idee, sich derer zu bemächtigen, die einst im Schoß des sogenannten Klassenfeinds aufgewachsen waren. Für das ostdeutsche Ministerium für Staatssicherheit waren die RAF-Terroristen so etwas wie Märtyrer, die sich selbst in Gefahr brachten, um das kapitalistische System von innen heraus zu zerstören. Gleichzeitig pflegte Carlos, den die Medien auch Schakal nannten, lange Zeit die besten Beziehungen zur Action Directe und zur Stasi.

Carlos hatte bei der ostdeutschen Staatssicherheit Freunde, die ihm halfen unterzutauchen. Und nicht nur das: Sicherheitsbeamte des westdeutschen Staats wussten von all dem. Mindestens acht hochrangige BND- und BKA-Beamte erlangten über Quellen beim MfS Kenntnis über die Emigration der RAF-Terroristen in die DDR und über die Stasi-Hilfe für Carlos.«

Croy blickte ungläubig.

»Sie wollen mir weismachen, dass die Bundesrepublik deren Flucht in Kauf nahm?«

Cortez hob die Hände, als beschwöre er einen Geist.

»Sie hatten sich sozusagen selbst entsorgt! Bonn brauchte sie nicht mehr zu fürchten. Natürlich hätte der deutsche Generalbundesanwalt die RAF-Terroristen nur zu gern angeklagt und vor Gericht gestellt. Doch erstens verliefen die Fahndungen jahrelang im Sand, und zweitens bestand die Gefahr, dass jede Verurteilung auch Märtyrer produzierte. Nein, die BRD war froh, dass sie in der DDR untergetaucht waren.«

»Und die DDR?«, fragte Croy. »Was hatte die davon?«

»Operation Gulag war ideologisch motiviert. Das MfS anerkannte damit die Leistung der RAF und von Carlos, hochrangige Politiker und Manager für eine gerechte Sache umgebracht und damit den Kapitalismus geschwächt zu haben. Es war in der Wahrnehmung des marxistisch-leninistischen Staats der erste Versuch einer Revolution von unten. Es war eine Geste der Dankbarkeit, die Brandstifter im Rahmen der Operation Gulag aufzunehmen, ihnen eine neue Identität zu geben und sie in der DDR zu beheimaten.«

Croy erinnerte sich, wie er die Akten der einstigen RAF-Terroristen durchwühlt hatte, um hinter die wahre Identität von Paul Vadalis zu kommen. Dass er dabei nicht auf die Mitwisser aus Westdeutschland gestoßen war, erschien ihm jetzt logisch. Die Aufnahme des harten Kerns der RAF-Terroristen durch die DDR-Staatssicherheit musste in den Achtzigerjahren das Staatsgeheimnis Nummer eins auf beiden Seiten der Mauer gewesen sein. Jedenfalls war der Name der Operation in den Akten des Generalbundesanwalts nirgendwo aufgetaucht. Croy spürte, wie sein Blut in den Adern pochte.

»Und genau hier liegt das heutige Erpressungspotenzial, nicht wahr? Es kann nur ein politisches Motiv sein!«

Cortez blickte anerkennend.

»Sie sind scharf im Kombinieren, Croy. Mich wundert nicht, dass Sie auf die Todesliste von Hexagon gerieten.«

»Ein vergiftetes Kompliment, General! »

»Nein, ein ehrliches. Sie sind wirklich gut, Croy. Vielleicht zu gut. Könnten Sie sich vorstellen, dass Sie deswegen einer Person in Ihrem Umfeld zu gefährlich wurden?«

»Nein«, sagte Croy spontan. »Ich kenne niemanden, der so viel Dreck am Stecken hat, dass er fürchten müsste, von mir verhaftet zu werden.« Dennoch hatte Croy das Gefühl, ihm würde die Luft abgeschnürt.

Cortez wiegte seinen Kopf.

»Wir sind vielleicht alle reinen Herzens zur Welt gekommen, aber die Erbsünde tragen wir in uns.«

»Lassen wir die Religion aus dem Spiel, General. Bleiben wir bei meinem Umfeld«, schnarrte der T3-Agent.

»Wer in Ihrem Umfeld hat das nötige Alter, um viel erlebt und deshalb auch viele Fehler gemacht zu haben?«, fragte Cortez ruhig.

»Meinen Sie jemanden, der es trotz seiner Fehler ganz nach oben geschafft hat? Der Macht hat?«

Croys Augen flackerten. Er stand vor einer Situation, in die er eigentlich nie hatte geraten wollen. Jemand, der ihm sehr nahe war, würde sich womöglich als Lump und Verräter entpuppen.

Schließlich nannte er einen Namen, dann noch einen.

Cortez schüttelte immer wieder den Kopf und blickte ihn mit leeren Augen an.

Jetzt blieb nur noch ein Mann, von dem Markus Croy wusste, dass er ein rastloses, stürmisches und manchmal auch spektakuläres Leben geführt hatte. Ein Mann, der stets den Eindruck erweckte, dass es in seiner Biografie immer noch etwas gab, was niemand ahnte. Croy liebte diesen Mann, weil er sein Mentor, sein väterlicher Freund, sein Vorbild war. Croy zögerte, seinen Namen auszusprechen, weil ihm dieser Verdacht ungeheuerlich, widersinnig und ungerecht erschien. Den Namen nicht zu nennen bedeutete jedoch, niemals wirklich Gewissheit über die Unbescholtenheit jenes Mannes zu erlangen. Croy wand sich innerlich. Der General musterte sein Gegenüber mit erstauntem, ja, respektvollem Blick. Noch wehrte sich Croy gegen die Konsequenzen, die eine Bestätigung durch Cortez haben würde. Doch er wusste, dass er jetzt am Zug war. Er richtete sich auf und sprach den Namen langsam aus.

Cortez klatschte in die Hände.

»Ich weiß nicht, wie Sie sich jetzt fühlen, Mister Croy. Ich könnte mir vorstellen, dass …«

»Nichts können Sie sich vorstellen!«, fauchte Croy den General an. »Gar nichts! Und ich brauche auch keinen Claqueur!«

»Hören Sie …«

»Was?«, wütete Croy. »Was soll ich hören, General? Dass es Ihnen leidtut?«

Croys Enttäuschung war grenzenlos. Er wuchtete sich aus dem Stuhl und drückte seinen Rücken durch, der schmerzte und ihn noch immer an seinen Einsatz in Algeciras erinnerte. Wie ein Raubtier im Käfig lief er in der Zelle auf und ab. Hatten Uwe von Bergens intime Kenntnisse über Aufenthaltsort und Privatleben von Katja Kirchner auf Informationen aus

Berlin beruht? Hatte sie als Lockvogel herhalten müssen, um ihn, Croy, in die Hände zu kriegen? War die Behauptung des Rauschgiftfahnders Malte Löwenbrinck doch glaubhaft, wonach er in einen Hinterhalt gelockt worden war? Und wieso hatte der Kommandant von U-36 nicht erfahren, dass Croy und Méndez an Bord der *Elisa* waren? Croy verspürte ein Stechen in der Brust. Schnell setzte er sich wieder. Er musste Cortez gegenüber stark bleiben, bei allem Schmerz und unendlicher Enttäuschung.

»Warum fürchtet Konrad Kaltenborn mich? Warum ausgerechnet *er?*«

»Vermutlich sind Sie ihm mit Ihren Recherchen gefährlich nahegekommen. Ich kenne keinen Chef einer Sicherheitsbehörde, der sich nicht davor fürchtet, dass seine Vergangenheit zu einem Bumerang werden könnte. Jede Karriere eines Spionage- oder Abwehrchefs birgt Geheimnisse. Werden die ans Licht gezerrt, ist die öffentliche Schmach fürchterlich. Da können die Betroffenen gleich auf eine Zyankalikapsel beißen.«

»Gehören zu diesen Geheimnissen auch Uwe von Bergen und Thomas Falck?«

Cortez nickte.

»Der Ex-RAF-Terrorist gehörte mit in das ›Paket‹, mit dem Uljanowa Kaltenborn erpresst hat. Und Thomas Falck hat das Wissen über Operation Gulag vor mehr als fünfundzwanzig Jahren an Kaltenborn weitergegeben.«

Croy war fassungslos.

»Sie lügen!«

»Nein, Croy, es ist die Wahrheit. Konrad Kaltenborn war einer der Schlüssel zu einer groß angelegten Verschwörung. Er war Täter und Opfer zugleich.«

»Können Sie mir das überzeugend erklären?«

Croys Puls raste. Sein positives Bild von Kaltenborn lag in Trümmern.

»Thomas Falck war nicht nur ein ostdeutscher Wirtschaftsstaatssekretär. Er bekleidete zudem auch den Rang eines Generalleutnants des Ministeriums für Staatssicherheit *und* war eine Quelle des Bundesnachrichtendienstes. Somit verfügte er über hervorragende Kontakte zu beiden Seiten. Der KGB, von dem sich später der Inlandsgeheimdienst FSB abgespaltet hat, erfuhr von Falcks doppeltem Spiel, hielt aber seine schützende Hand über ihn. Die Russen gelangten auf diese Weise an Informationen, an die sie allein nur schwer herangekommen wären. Falck war über seine Stasi-Kontakte in die Operation Gulag eingeweiht, kannte jeden der RAF-Terroristen, die in der DDR Asyl erhielten.«

»Und wie erfuhr Kaltenborn davon?«, fragte Croy. Er war jetzt gänzlich verwirrt. Gleichzeitig klang die Geschichte mehr als spannend.

»Ich habe Durst«, sagte Cortez.

Croy ließ den Wärter kommen und bat ihn um eine Flasche Wasser und zwei Gläser. Nur wenige Augenblicke später stand das Gewünschte auf dem rissigen Holztisch der Zelle. Cortez trank und nahm den Faden wieder auf.

»Wie Sie vielleicht wissen, war Kaltenborn nur sehr kurz als junger Streifenpolizist auf der Straße unterwegs. Er studierte bereits mit zweiundzwanzig Jahren an der Polizeiakademie und wurde gleichzeitig informeller Mitarbeiter des hessischen Landesamts für Verfassungsschutz.«

Croy bestätigte diese Information. Kaltenborn hatte darüber mit ihm aber nie ausführlicher gesprochen.

»Kaltenborn trat mit sechsundzwanzig Jahren in die Dienste des BKA und übernahm Führungsaufgaben im Referat Personenschutz. Eine unerschöpfliche Quelle für Informationen über hochstehende Politiker und deren Umfeld. Während dieser Zeit schöpfte der BND auch aus seiner DDR-Quelle Thomas Falck und gab das Wissen über die Operation Gulag an das Bundesamt für Verfassungsschutz in Köln weiter. Auf einer abendlichen Krisensitzung, irgendwann 1987, beschlossen die Herren, dieses Wissen unter der Decke zu halten. Teilnehmer dieses Treffens war übrigens auch ein inzwischen pensionierter ehemaliger BND-Chef, der noch heute gern in deutschen Talkshows als Experte in Sachen RAF-Terrorismus auftritt ...«

»Und wie erfuhr Kaltenborn von der Operation Gulag?«, fragte Croy etwas kurzatmig.

Cortez zuckte mit der Schulter.

»Das entzieht sich meiner Kenntnis. Der Ex-BND-Chef könnte einer seiner Klienten beim Personenschutz gewesen sein. Fakt ist: Er wusste davon, hat sich aber gegenüber seinen Vorgesetzten nie offenbart. Nun ist er selbst Chef des Bundeskriminalamts und teilt sein Wissen vermutlich noch mit ein paar anderen hochrangigen deutschen Sicherheitsbeamten und Politikern.«

»Ein unglaubliches Erpressungspotenzial«, entfuhr es Croy. »Und ab welchem Zeitpunkt wurde Konrad, äh, Kaltenborn erpresst?« Er hatte einen trockenen Mund.

»Als Thomas Falck vor einigen Monaten von der UNO-Umweltorganisation UNEP beauftragt wurde, für Projekt Noah einen schlagkräftigen und finanziell robusten Geldgeber zu finden, konzipierten wir mit anderen Geheimdiensten die Operation Hexagon ...«

»... mit dem Ziel, den weltgrößten Wasserkonzern Bluewater durch Anschläge in die Knie zu zwingen und dessen Führung zu übernehmen ...«, brummte Croy.

»... und dafür brauchte es schlagkräftige Männer, Killer ohne Nerven und Spezialisten«, beendete Cortez seinen Satz.

Croy dachte scharf nach. Dabei bewegte sich sein Kopf vor und zurück. Schließlich sagte er:

»Das war also jener Moment, in dem die Schläfer geweckt wurden. Die Enkel von Carlos, die Nietos. Richtig?«

Cortez nickte und fuhr fort:

»Und Paul Vadalis, einer der Stasi-Offiziere, Uwe von Bergens Betreuer, hatte die grandiose Idee, den ehemaligen RAF-Terroristen aus Rippersdom zu befreien, weil uns seine Chemiekenntnisse von Nutzen sein konnten. Bei einem stillen Treffen zwischen Kaltenborn und Uljanowa drohte ihm die Russin, ihn auffliegen zu lassen, wenn er es nicht schaffte, Rippersdom zu einem bestimmten Zeitpunkt *durchlässig* zu machen. Und so kam es, dass Herr von Bergen sozusagen aus dem Knast hinausspazieren konnte.«

»Aber die Nummer mit dem Kranwagen ...«

»Alles nur Show«, winkte Cortez ab. »Es musste nach einem perfekten Ausbruch aussehen.«

»Und was war mit Nina Liesegang, Uwe von Bergens Gefährtin?«

»Wir fanden heraus, wo sie eingesperrt war, fingen sie bei einem Freigang ab und integrierten sie in die Gruppe. Es war den Russen ein Bedürfnis, eine Familienzusammenführung zu inszenieren.«

»Daraus ist ja bekanntlich nichts geworden«, sagte Croy sarkastisch. »Denn ich habe es verhindert.«

»Und so wurden Sie zum meistgehassten Zielobjekt, Croy.«

»Was ich nicht verstehe«, überging Croy die Bemerkung, »warum war Kaltenborn so ängstlich? Was wäre passiert, wenn Uljanowa ihr Wissen preisgegeben hätte?«

»Es hätte Kaltenborn vermutlich seinen Job gekostet und seine langjährige Arbeit fürs BKA unglaubwürdig gemacht. Männer wie Kaltenborn haben ein Ehrgefühl, das durch solch eine Enttarnung tief verletzt wird.«

»Und wie erfuhren Sie von all dem?«, fragte Croy. »Was hat der venezolanische Geheimdienst mit den MfS-Vorgängen zu tun?«

»Über Carlos. Er ist Venezolaner, war ein Teil der Operation Gulag und stand bis zum Fall der Mauer unter dem Schutz des MfS. Und wie Sie mittlerweile selbst wissen, ist Hexagon ja nicht nur eine Erfindung Venezuelas. Auch die Ukrainer ...«

»Was hat der SBU damit zu tun?«

»Das kann ich Ihnen sagen. Der KGB unterhielt bis zum Zerfall der UdSSR in der Ukraine seinen wichtigsten Ableger mit Namen ›Adler‹. Die damaligen Chefs waren Maxim Kislinsky, der auch heute noch den ukrainischen Geheimdienst SBU führt, und ein anderer Herr, der heute der Präsident der Ukraine ist, Viktor Komarenko. Über ihre engen KGB-Kontakte erfuhren sie von den Vorgängen um die RAF-Terroristen in der DDR. Innerhalb von Hexagon war es Kislinsky, der den Kontakt zu Falck hielt und ihn führte.«

»Jetzt verstehe ich«, antwortete Croy. »Eine Frage blieb bisher aber unbeantwortet: Wer hat Victor Rodriguez getötet? Haben die Amerikaner ihn erledigt, um Rache für den ermordeten Präsidentenberater Smith zu nehmen?«

»Nein«, sagte Cortez, »wir waren es.«

Croy blickte ungläubig.

»Ebenso wie Smith starb auch Rodriguez durch ein venezolanisches Kommando«, fuhr Cortez unbeirrt fort. »Der Zeitpunkt dafür war hervorragend. Wir tarnten uns als amerikanische Investmentbanker, die in Caracas einen Termin hatten. Anschließend verbreiteten wir überall in der Öffentlichkeit, dass es die verdammten Gringos waren.«

»Warum musste er sterben?«, fragte Croy. Ihn wunderte die Gesprächigkeit des Generals nicht.

»Das hatte mehrere Gründe. Der wichtigste war: Wir mussten die Hexagon-Terroristen so stark motivieren, dass sie tatsächlich ihre Anschläge eiskalt und präzise ausführten. Ein anderer Grund: Rodriguez war nicht mehr glaubwürdig. Seine Lebensweise passte nicht zu den Zielen, die wir hatten.

Die Enteignungen der amerikanischen Großkonzerne und der privaten Banken haben sich natürlich auf unsere Wirtschaftskraft ausgewirkt. Sie können aber einem Volk nicht sagen, dass es den Gürtel enger schnallen muss, und selbst in Saus und Braus leben. Er gefiel sich in der Rolle des selbstherrlichen Autokraten. Deshalb verstand er sich auch so gut mit dem ukrainischen Präsidenten Viktor Komarenko, den Chinesen und den Pakistanis. Dazu kam, dass wir in Raúl Castro einen Partner hatten, dessen Vorstellungen von einem freien Kuba mit den Zielen von Rodriguez nicht übereinstimmten. Rodriguez hätte Kuba gern viel stärker unter seinen Einfluss gebracht und die Reformen wieder rückgängig gemacht, die Fidels Bruder initiiert hatte. Um Druck auf Kuba auszuüben, kürzte Rodriguez die Erdöllieferungen. Aus einstigen Freunden wurden Feinde. Also tat ein kleines Team, was getan werden musste.«

»Und Gordon Smith?«, versuchte Croy das Gespräch am Laufen zu halten. »Warum musste er sterben?«

Obwohl die Gründe auf der Hand lagen, wollte Croy die Motive aus dem Mund des Auftraggebers dieser Bluttat hören. Cortez tat ihm den Gefallen.

»Er war der letzte lebende Initiator des TRIAS-Vertrags und hat als Präsidentenberater für außeramerikanische Wirtschaftsangelegenheiten Venezuela gedemütigt. Mehr muss ich Ihnen dazu wohl nicht sagen. Ich denke, dass Sie die Motive längst selbst kennen.«

Croy erhob sich und wanderte einmal in der Zelle auf und ab. Dann setzte er sich wieder und sagte:

»Der Anschlag auf Smith, inmitten einer derart geschützten Stadt wie Washington, war in der Tat professionell vorbereitet und ausgeführt. Die Handschrift könnte zu einem Mann passen, dem ich selbst schon begegnet bin.«

Der General konnte sich ein Lächeln nicht verkneifen.

»Sie meinen den Sniper? Wasim Ali Bhutto? Ich wüsste gern, was mit ihm geschehen ist.«

»Entkommen«, sagte Croy dünnlippig. »Vermutlich tot.«

Cortez sah nach oben. Um die kahle Glühbirne an der Decke tanzten zwei Mücken.

»Er ist der Beste«, sagte Cortez versonnen. »Er gibt niemals auf. Und wenn er den Befehl erhält, jemanden aus dem Weg zu räumen, dann tut er das früher oder später auch.« Cortez sank plötzlich in sich zusammen.

»Wenn er nicht längst in der Hölle schmort«, murmelte Croy.

»Und wenn nicht?«, blinzelte ihn der General an.

»Dann werde ich ihn finden und aus dem Weg räumen. Terroristen gegenüber bin ich frei von Emotionen.«

Der T3-Agent spürte, dass aus dem General nichts Erhellendes mehr herauszuholen war. Mit Nina Liesegang würde er sich gesondert unterhalten. Die vielen kleinen Puzzleteilchen würden sich über kurz oder lang zu einem Gesamtbild zusammenfügen. Davon war Croy überzeugt. Es war Zeit für ihn, nach Berlin zurückzukehren.

»Sie waren sehr kooperativ«, versuchte er erst gar nicht, seine Dankbarkeit zu leugnen.

Cortez hob träge seinen Kopf. Er winkte ab, als seien die letzten Minuten nichts weiter als eine Geste der Großzügigkeit gewesen.

»Wenn ich etwas für Sie tun kann, General, dann sagen Sie es mir.«

Der Geheimdienstchef blickte beschämt an sich herunter. Die schwarzen Ketten lagen straff um seine Beine; er roch seinen eigenen Schweiß.

»Sie können sich bestimmt vorstellen, wie ich mich fühle. Ich würde gern noch einmal die Sonne sehen«, sagte er.

Croy unterdrückte aufkeimendes Mitgefühl.

»Ich kann Ihnen nichts versprechen«, antwortete er, »aber spielen wir doch noch eine Runde Domino!«

Cortez nickte dankbar. Doch die Runde ging dieses Mal an Croy.

»Ein drittes, für eine Entscheidung?«, fragte der General.

»Nein«, antwortete Croy.

Cortez wankte von seinem Stuhl auf die Pritsche.

Croy verließ die Zelle und erhielt im *Warden Office* einen kleinen Umschlag mit dem Chip des aufgezeichneten Verhörs.

Als die CIA-Agenten Croy aus dem geheimen Gefängnis führten, gingen sie nach dem gleichen Muster vor. Sie stülpten dem deutschen T3-Agenten eine Kapuze über den Kopf und befreiten ihn davon erst, als sie vor seiner Pension angelangt waren.

Am Mittag des nächsten Tages kontaktierte ihn der CIA-Mann in Bukarest und offerierte ihm einen Flug mit einer Chartermaschine. Croy war erstaunt über das Angebot, nahm es aber an. Es wäre nicht das erste Mal, dass die CIA im europäischen Luftraum operierte, als stünde er unter amerikanischer Hoheit.

Epilog

Berlin, Bundeskanzleramt, drei Tage später

Wie gewohnt betrat BKA-Direktor Konrad Kaltenborn gegen neun Uhr sein Büro in den Berliner Treptowers. Er ahnte nicht, dass im zweiten Flügel des Hochhauses, seinem Büro genau gegenüber, Markus Croy mit einem Fernglas stand und jede seiner Bewegungen beobachtete. Es handelte sich um ein spezielles Gerät, das für die Fokussierung bestimmter Objekte auf Entfernungen bis zu einem Kilometer von einer deutschen Firma entwickelt und erst einigen wenigen Spezialisten aus Observationsteams zur Erprobung überlassen worden war. Croy stellte das Okular scharf. Er hätte Kaltenborns Gesichtsfalten zählen können, wenn es ihn interessiert hätte.

Croy erkannte jedes Detail in dem Raum, der von Regalen eingekeilt war, die vom Fußboden bis an die Decke reichten. Vor einem grau lackierten Safe in einer Ecke stand ein schwarzer Lederstuhl, auf dem sich Kaltenborn jetzt niederließ.

In Croy stiegen Erinnerungen auf. Wie er mit Kaltenborn schon um zehn Uhr am Vormittag Whisky getrunken und über Gott, TRIAS und bestechliche Politiker diskutiert hatte. Er dachte an das Gespräch mit dem Stasi-Offizier Michael Storm und dem Marokkaner Saamidou Saanigri, der zu viel wusste und deshalb auf grausame Weise sterben musste.

Kaltenborn erhob sich, spazierte zum Panoramafenster und blickte hinunter auf die Spree. Jäh drehte er seinen Kopf zu seinem Schreibtisch. Croy sah durch sein Fernglas, dass ein kleines Lämpchen des abhörsicheren Telefonapparats leuchtete. Ein Anruf. Der BKA-Direktor langte nach dem Hörer. Während er lauschte, fiel sein Blick auf ein Foto, auf dem seine geschiedene Frau und die zwei Söhne in einem Strandkorb am Meer abgebildet waren.

Als Konrad Kaltenborn den Hörer auflegte, war seine Miene merkwürdig verzerrt, ja beinahe panisch. Croy beobachtete, wie Kaltenborn eilig zu seinem Tresor schritt, in die Hocke ging und eine Zahlenkombination eingab. Der BKA-Direktor öffnete das stählerne Ungetüm, griff nach einer Akte und blätterte darin. Er machte einen Schritt nach links, näher ans Fenster heran. Croy senkte das hochempfindliche Fernglas etwas, doch Kaltenborn stand in einem ungünstigen Winkel zu ihm. Kaltenborn entnahm der Akte einzelne Blätter, fotokopierte sie und verstaute die Papiere eilig in seiner abgewetzten Ledertasche. Er entriegelte ein Wandschränkchen aus Metall, legte die Aktentasche hinein und verschloss es wieder. Die Originale legte er behutsam in den Safe zurück und ging dann erneut in die Hocke.

Croy drehte am Okular. Doch Kaltenborns Rücken versperrte ihm die Sicht. Plötzlich stieg Rauch aus dem Safe auf und verteilte sich im Raum. Kaltenborn erhob sich wieder, trat an ein Regal, griff vorsichtig nach einem schwarz lackierten Kasten, öffnete ihn und nahm einen Revolver samt Schalldämpfer heraus. Er steckte ihn auf die Waffe, ließ sich in seinen Sessel sinken, schob sich den Lauf in den Mund und blickte einen Moment lang in den immer dichter werdenden Qualm.

Croy stockte der Atem.

Kaltenborn drückte ab.

Blut spritzte aus seinem Hinterkopf mitten auf einen Kunstdruck von Jawlensky mit dem Titel *Meditationen*. Kaltenborns toter Leib hing in dem Sessel wie eine Marionette, an deren Schnüren niemand mehr zog.

Croy verließ seinen Beobachtungsposten und eilte so schnell es ging zum völlig verrauchten Büro seines Vorgesetzten.

Er hielt sich ein Taschentuch vors Gesicht, während er die Taschen seines einstigen Mentors und Vorgesetzten durchsuchte. Croy fand einen Schlüssel, der zu dem Wandschränkchen passte. Er nahm die Aktentasche mit den Fotokopien an sich, trat in das weniger vernebelte Vorzimmer des Büros und öffnete sie dort.

Croy blickte auf ein Deckblatt, dessen Kopf den Stempel »Streng Geheim« trug. Darunter stand in schwarzen Lettern »Operation Katharsis«. Ein Stempel am Blattende bestätigte, dass es sich um ein amtliches Papier einer deutschen Sicherheitsbehörde handelte. Croy durchsuchte die Aktentasche nach weiteren Hinweisen und stieß auf eine Nachricht, die Kaltenborn mit seinem Montblanc-Füllfederhalter auf ein gelbes Post-it geschrieben hatte:

Lieber Markus, ich habe Sie enttäuscht. Ich hatte in meinem Leben vielleicht mehr zu kämpfen als Sie und habe verloren. Behalten Sie mich als Ihren Freund in Erinnerung. Und vergessen Sie niemals die wichtigste Regel in unserem Beruf: Der Mensch ist von Natur aus böse. Ihr KK.

Kaltenborn hatte als Postskriptum noch einen Satz darunter geschrieben:

Operation Katharsis ist der Schlüssel zu allem.

Croy schluckte. Tränen traten ihm in die Augen. Wieder stiegen Erinnerungen an die gemeinsame Arbeit in ihm auf, aber auch an viele kleine Episoden, die die beiden Männer miteinander verbunden hatten.

Wie in Trance alarmierte er den Wachschutz und die Rettungsambulanz.

Markus Croy verbarg den Zettel in der Innentasche seines Jacketts, ging zurück in das Büro und strich seinem langjährigen Gefährten mit der Hand über die Stirn. Mit verschleiertem Blick sah er auf seinen einstigen Vertrauten und väterlichen Freund, ergriff seine noch warme Hand und sagte zu ihm mit verhaltener Stimme:

»Wer immer dich auf dem Gewissen hat, ich werde ihn aufspüren. Und ich werde den Schlüssel finden und ihn benutzen.«

Er verließ leise den Raum und zog die Tür fest hinter sich zu.

Danksagung

An Fabian Rehbein für seine Präsenz.

An SC und CJ für deren Großzügigkeit.

An die Crew um Claudia Limmer und Bettina Breitling, Random House.

An Stephan Clausen, Alexander Wagner, Markus Naegele, Dominik Graf, Margret Kolbe, Tobias Schneider, Rainer Strecker, die Berliner Freunde – und meinen Bruder.

Danke für die Briefings und Hintergrundinformationen von politischen Beratern und unabhängigen Fachleuten deutscher und internationaler Behörden und Organisationen.

Dieses Buch ist den Aktivisten von Attac, Greenpeace, Cinema for Peace und der UNEP gewidmet.